DUMONT

Februar 2003. Nach den Anschlägen von New York steht der Krieg gegen den Terror vor einem weiteren Höhepunkt: Die USA und ihre Verbündeten bereiten sich darauf vor, in den Irak einzumarschieren. BND-Agent Frank Jaromin ist gerade von einem Einsatz in Bosnien zurückgekehrt und will sich eigentlich um seine zerstrittene Familie kümmern. Da kommt ein hochbrisanter Auftrag aus dem Kanzleramt: Eine irakische Regimegegnerin behauptet, die Vorwürfe, die den Krieg legitimieren sollen, seien erfunden, es gebe im Irak nachweislich keine Massenvernichtungswaffen. »Curveball« – jener Informant, auf dessen Aussage die Vorwürfe basieren – lüge. Der BND schickt Frank Jaromin mit zwei Kollegen in geheimer Mission nach Bagdad, um die Beweise der Dissidentin zu sichern und den Krieg im letzten Moment zu verhindern. Das aber liegt nicht im Interesse einer Gruppe einflussreicher Akteure – ganz im Gegenteil. Und schon bald kämpft Frank Jaromin um sein Leben …

Dem sechsfachen Deutschen-Krimipreis-Träger Oliver Bottini gelingt mit seinem neuen Roman ein Meisterwerk des Spionagethrillers, politisch brisant und absolut mitreißend.

Oliver Bottini wurde 1965 geboren. Für seine Romane erhielt er zahlreiche Preise, unter anderem den Krimipreis von Radio Bremen, den Berliner ›Krimifuchs‹, den Stuttgarter Krimipreis und sechsmal den Deutschen Krimipreis, zuletzt 2022 für ›Einmal noch sterben‹. Bei DuMont erschienen außerdem ›Der kalte Traum‹ (2012) und ›Ein paar Tage Licht‹ (2014) – kürzlich von ARTE/ZDF unter dem Titel ›Algiers Confidential‹ verfilmt – sowie die Kriminalromane um die Freiburger Kommissarin Louise Bonì. Oliver Bottini lebt mit seiner Familie in Frankfurt am Main.

Oliver Bottini

Einmal noch sterben

Roman

DUMONT

Von Oliver Bottini sind bei DuMont außerdem erschienen:

Mord im Zeichen des Zen
Im Sommer der Mörder
Im Auftrag der Väter
Jäger in der Nacht
Das verborgene Netz
Der kalte Traum
Ein paar Tage Licht
Im weißen Kreis
Der Tod in den stillen Winkeln des Lebens

Dieses Buch wurde klimaneutral produziert.

August 2023
DuMont Buchverlag, Köln
Alle Rechte vorbehalten
© 2022 DuMont Buchverlag, Köln
Umschlaggestaltung: Lübbeke Naumann Thoben, Köln
Umschlagabbildung: © Jean-Pierre De Mann/DEEPOL by plainpicture
© Snaptitude/Adobe Stock
Karte: © Kartografie Angelika Solibieda, Cartomedia-Karlsruhe
Satz: Angelika Kudella, Köln
Gesetzt aus der Adobe Garamond Pro
Druck und Verarbeitung: CPI books GmbH, Leck
Gedruckt auf säurefreiem und chlorfrei gebleichtem Papier
Printed in Germany
ISBN 978-3-8321-6696-0

www.dumont-buchverlag.de

Für Hans-Christof von Sponeck,
dessen Mut und Integrität in der Welt der Diplomatie und Politik
ihresgleichen suchen

(Ein Personenregister finden Sie
am Ende des Buches.)

PROLOG

Bosnien und Herzegowina

ENDLICH, denkt Jaromin.

Im Dunkel der Nacht sind zwei winzige gelbe Lichter aufgetaucht. Lautlos gleiten sie in der Ferne über die unbeleuchtete Straße. Verschwinden in Kurven, hinter Bäumen, Hügeln. Tauchen wieder auf. Das Auto fährt schnell, ein ums andere Mal springen die Lichter aus dem Fadenkreuz.

Jaromin fängt sie wieder ein.

»Auto von Osten, fünfzehnhundert Meter«, murmelt dicht neben ihm Koeppen ins Mikro.

»Sind bereit.« Ivos Stimme in seinem Ohr.

Dann herrscht wieder Stille, bis auf die Geräusche des nächtlichen Waldes.

Plötzlich erlöschen die beiden Lichter. Als sie wieder aufglimmen, beginnt Jaromin stumm zu zählen. Nach zehn Sekunden verschwindet das Licht erneut. Kehrt zurück, und Jaromin zählt.

Und ein drittes Mal.

Das verabredete Signal.

»Er ist es«, bestätigt Koeppen.

Wenig später kann Jaromin das Gesicht des Fahrers durch das Zielfernrohr sehen. Die Augen fliegen immer wieder zum Rückspiegel, er hat Angst. Mirko, ein Musikstudent. Tagsüber spielt er Violine in den Straßen von Banja Luka. Nachts verfasst er Flugblätter für eine verbotene serbische NGO.

Jetzt bringt er ihnen einen Mörder.

»Und?«, sagt Ivo in Jaromins Ohr.

»Tausend Meter«, erwidert Koeppen.

Jaromin bewegt das Visier entlang der Straße, die Mirko gekommen ist. Keine Verfolger.

Dann hat er wieder das junge Gesicht im Blick.

Gleich hast du es geschafft, Mirko, denkt er.

Doch das Schwierigste kommt noch. Mirko muss Jergović aus dem Kofferraum hieven.

Allein.

Der Musiker und der Mörder.

Im Elternhaus einer Freundin in einem Dorf am Fuß irgendeines Berges der Republika Srpska ist Mirko vor einer Woche einem Toten begegnet.

Einem Toten mit kraftloser Stimme und resignierten Augen.

Noch in derselben Nacht flüsterte er den Namen des Toten in sein Mobiltelefon. Zoran Jergović, offiziell in den letzten Kriegstagen 1995 gefallen, Ende Januar 2003 in der Republika Srpska wiederauferstanden.

Die Nachricht wanderte auf verschlungenen Pfaden nach Den Haag, wo sie am nächsten Mittag eintraf. Zwei Tage später rief ein Tribunal-Staatsanwalt in Berlin an. Zoran Jergović hatte seit 1996 unter einem falschen Namen in Passau gelebt. Anfang Dezember 2002 hatte er Wohnung und Job gekündigt und war verschwunden.

Aus Belgrad und Banja Luka hieß es: Unmöglich, unser Held Zoran Jergović ist im Krieg geblieben, täglich besuchen die Witwe und die Söhne das Grab.

Um zu verhindern, dass Jergović sich erneut absetzt, bat Den Haag Berlin um Unterstützung. Der BND wurde eingeschaltet, kurz darauf stellte Bengt Koeppen ein Team zusammen: Ivo, Toni, Jaromin. Seit zwei Tagen hausen sie im Wald in der Nähe der unbewachten Grenze zwischen der Republika Srpska und der Föderation, Jaromin und Koeppen auf einem bosnisch-serbischen Hügel, die beiden anderen einen halben Kilometer entfernt in einem bosnisch-herzegowinischen Tal. Zwei Tage in der klammen Winterfeuchtigkeit. Die größte Herausforderung war, den Körper warm und das Gewehr trocken zu halten.

Vor drei Stunden dann kam der Anruf. Mirko und seine NGO-Freunde haben Jergović am Abend in einem Bergdorf überwältigt. Ein paar mit Stöcken bewaffnete Studenten bringen einen Kriegsverbrecher zur Strecke.

Doch Jergović muss Helfer haben. Getreue von damals. Freunde, die Familie natürlich, die beiden Söhne. Informanten in Banja Luka und Belgrad.

Deshalb liegen Jaromin und Koeppen im nassen Gebüsch über dem Fluss. Um die Übergabe des Mörders zu sichern.

Dreihundert Meter bis zur Brücke.

Eine schmale Brücke aus Stein, vierzig Meter lang, nicht einmal drei Meter breit. Am diesseitigen Ufer weht im schwachen Licht einer Straßenlaterne die Flagge der Republik, gegenüber die der Föderation. Die Grenzanlagen sind längst abgebaut, die Straße ist zu dieser nächtlichen Stunde verwaist. Die Brücke ist die letzte Möglichkeit, Jergović zu befreien. Vielleicht die beste.

Jaromin trocknet die von der Wärme seines Körpers beschlagenen Stellen an Okular und Objektiv. Koeppen, kaum zu sehen neben ihm im Gebüsch, hat das Fernglas vor den Augen, wirkt wie versteinert. Wie immer in solchen Lagen scheint er höchstens alle fünf Minuten einmal zu atmen.

Jaromin spürt, dass seine Hände leicht zittern, und der Puls rast. Er tastet unauffällig nach den Tabletten in der Brusttasche, schluckt eine hinunter.

Dann holt er den herankommenden Wagen ins Visier zurück.

»Zweihundert Meter«, sagt Koeppen. »Ivo, Toni?«

»Startklar«, sagt Ivo.

Leichter Nebel liegt über dem Fluss und den Ufern, hängt zwischen den Bäumen des Waldes diesseits und jenseits der Brücke. Kein Licht außer dem der beiden Straßenlaternen. Kein anderes Auto weit und breit.

Koeppen aktualisiert Richtung und Geschwindigkeit des Windes, Jaromin justiert nach und entsichert das G22.

»Er ist jetzt an der Brücke«, murmelt Koeppen.

»Verstanden«, sagt Ivo.

Ohne das Tempo merklich zu verringern, fährt Mirko weiter. Der Wagen holpert über das Kopfsteinpflaster der Brücke, bleibt am anderen Ufer abrupt stehen. Die Tür fliegt auf, Mirko springt heraus, erbricht sich. Er ist mittelgroß und dürr, ungelenke Bewegungen, dunkler Wuschelkopf. Einer, der für klassische Musik gemacht sein mag, sicher nicht für Guerilla-Aktionen wie diese, denkt Jaromin.

»Er ist ausgestiegen«, sagt Koeppen.

Mirko hastet zum Kofferraum, öffnet ihn und weicht zurück. Erst jetzt sieht Jaromin, dass er mit der rechten Hand einen faustgroßen Stein umklammert. Er hält den Atem an. Den Haag braucht Jergović unversehrt. Wenn Mirko zuschlägt, bricht Koeppen die Operation ab.

»Verflucht!«, flüstert Koeppen.

»Was?« Ivo, alarmiert.

Sekunden verstreichen. Schließlich erscheint über dem Kofferraumrand ein fast kahler Kopf. Dann die Arme, an den Handgelenken gefesselt. Drohend hebt Mirko den Stein. Mit der linken Hand zerrt er Jergović über den Rand, lässt ihn auf die Straße fallen. Brüllt auf den Liegenden ein. Im Zielfernrohr sieht Jaromin, dass er der Panik nahe ist.

Jergović rührt sich nicht.

»Alles okay«, sagt Koeppen.

Mirko schleudert den Stein von sich, steigt in den Wagen, wendet und fährt in einer Staubwolke davon. Auf der Brücke bricht das

Heck aus, kracht gegen die niedrige Mauer. Erst am anderen Ufer bekommt er den Wagen unter Kontrolle.

Dann hat er es geschafft.

Jergović hat sich auf den Rücken gedreht. Im Vergleich zu dem Fahndungsfoto des Haager Tribunals wirkt er gespenstisch abgemagert. Weißer Rauschebart wie bei Karadžić, verschmutzte Jeans, verschmutzte Tennisschuhe. Ein todkranker Kriegsverbrecher Ende fünfzig, der zum Sterben in sein isoliertes Heimatdorf zurückgekehrt war und sein Leben nun im Fokus der Weltöffentlichkeit beenden wird.

»Können wir?«, fragt Ivo.

»Noch nicht«, sagt Jaromin.

»Was ist?«, fragt Koeppen.

Jaromin hebt den Gewehrlauf leicht an und lässt das Fadenkreuz über die Bäume jenseits der Straße gleiten. Nichts ist. Nur ein seltsames Gefühl, das ihm klamm im Nacken sitzt.

Zwei Tage und Nächte in der Winterfeuchtigkeit, denkt er. *Alles ist klamm.*

»Sprich mit mir«, sagt Koeppen.

»Eine Minute«, murmelt Jaromin.

Die Minute verstreicht, niemand taucht auf, um Jergović zu befreien.

Der Nacken bleibt klamm.

»Was siehst du?«

»Bäume. Jergović.«

»Gut«, sagt Ivo. »Dann kommen wir jetzt.«

Jaromin antwortet nicht.

Bäume und Jergović.

Der Gefesselte liegt inzwischen auf der Seite, in Jaromins Richtung gewandt. Die Augen sind offen. Er wirkt konzentriert.

Wartet.

»Klar wartet er«, sagt Ivo.

Weitere drei Minuten lang führt Jaromin den Gewehrlauf und mit ihm das Visier sachte hin und her.

Bäume, das Flussufer, Jergović. Sonst nichts.

»Wie sieht's aus?«, fragt Koeppen drängend.

»Okay«, sagt Jaromin.

Ivo und Toni brauchen keine dreißig Sekunden. Ein dumpfes Grollen kündigt sie an. Der schwere Geländewagen umkurvt Jergović, hält vier Meter von ihm entfernt, die Türen fliegen auf. Jergović hat den Kopf gehoben, lässt ihn jetzt wieder sinken. Seine Miene ist angespannt. Lauernd.

»Aufpassen!«, raunt Jaromin.

Ivo und Toni laufen auf Jergović zu, die Waffe in der Hand. Plötzlich fällt ein Schuss. Ivo stürzt mit einem überraschten Schrei, bleibt liegen. Toni feuert in Richtung Wald.

Das klamme Gefühl im Nacken.

Ein weiterer Gewehrschuss, kein Treffer.

»Im Wald, mindestens zwei«, sagt Koeppen gepresst. Jaromin hat sie im Visier, zwischen den Bäumen bewegen sie sich auf die Straße zu. Einer hält einen Selbstladekarabiner in den Händen, lädt ihn hektisch. Ein junger Mann, vielleicht zwanzig, Tarnkleidung, das Gesicht geschwärzt, jetzt legt er wieder an.

»Neutralisieren!«, sagt Koeppen.

Jaromin betätigt den Abzug, hört über den Knopf im Ohr einen kurzen Schrei, während er den Rückstoß abfängt. Koeppen bestätigt den Treffer. Schnell bringt Jaromin das Gewehr wieder in Anschlag. Der zweite Angreifer hält die Hände in die Höhe, ist auf die Knie gefallen. Jaromin schätzt ihn auf achtzehn. Alles an ihm zittert. Erneut schießt er, eine Warnung, das Projektil rast keine zehn Zentimeter neben dem Knienden in einen Baumstamm, Rinde fliegt ihm um die Ohren.

»Toni!«, sagt Koeppen.

Schon ist Toni bei dem Jungen, stößt ihn zu Boden.

Ivo rappelt sich hoch, rennt zu Jergović, die Schutzweste hat ihm das Leben gerettet. Jergović windet sich unter ihm, schreit hysterisch. Jaromin braucht einen Moment, dann begreift er. Jergović schreit Vornamen. Vladi, Jovan.

Sie warten, Toni hinter Bäumen bei dem Jungen, Ivo bei Jergović, die Mündung an dessen Schläfe, während Jaromin und Koeppen nach weiteren Angreifern suchen.

Ein Geräusch lenkt Jaromin ab. Über Ivos Mikro dringt ein Wimmern an sein Ohr.

Jergović weint.

Kurz darauf fahren Ivo und Toni mit Jergović los. Koeppen beginnt zu packen. Jaromin beobachtet, wie sich der Junge am Waldrand auf die Seite dreht und halb hochkommt. Auf allen vieren krabbelt er zu der Leiche. Legt sich neben sie, die Beine angezogen.

»Alles in Ordnung?«, fragt Koeppen.

»Ja.«

»Dann los.«

Jaromin richtet sich auf, zerlegt das Gewehr und verstaut es in dem Spezialrucksack. Schlafsack, Geschirr, Nachtsichtgerät kommen in den kleineren Rucksack. Er hält inne, blickt zur Brücke hinunter, die er mit bloßem Auge im Schein der Laternen erkennen kann. Den Jungen und die Leiche zwischen den Bäumen sieht er nicht.

Er schultert den Rucksack, als er unten auf der Straße Bewegungen wahrnimmt. Durch das Fernglas beobachtet er, wie der Junge die Brücke betritt, den Toten auf den Armen. Einmal wendet er den Kopf in Jaromins Richtung. Die Ähnlichkeit ist unverkennbar, und Jaromin begreift, weshalb Jergović geweint hat.

Er hat in dieser Nacht einen seiner beiden Söhne verloren.

Eine halbe Stunde später treten Jaromin und Koeppen an einer Straßengabelung der Föderation nahe der Grenze zur Republika Srpska aus dem Wald und steigen in Koeppens Wagen. Die Schubkraft drückt Jaromin ins weiche Polster, die Wärme der Sitzheizung strömt durch seinen Körper. Angespannt registriert er bosnische Landstraßen in völliger Dunkelheit, lichtlose Dörfer, die sekundenlang vom Lärm des starken Motors wachgerüttelt werden. Koeppen fährt verhalten, sie dürfen nicht gestoppt werden.

Knapp dreihundert Kilometer bis zur Küste.

Jaromin spürt, wie die Wirkung der Tabletten nachlässt. Der Puls steigt auf Normalniveau. Er schließt die Augen.

Sieht Mirkos Wagen, die Brücke, Jergović. Schemen im Wald.

Den toten Jungen.

Koeppen wirft ihm einen Blick zu, schaut wieder nach vorn. Wie immer nach einem solchen Einsatz kann Jaromin noch nicht darüber sprechen, nicht in den ersten Stunden. Koeppen respektiert das. Sie werden oft genug über die vergangene Nacht reden, bei einem Bier, auf einer Grillparty, wenn niemand sonst zuhört. Werden die Legenden stricken, die sie brauchen, um weitermachen zu können.

Am Vormittag lehnen sie an der Reling der Fähre Split-Ancona. Die Adria ist rau, die Spritzer der Gischt auf Gesicht und Händen fühlen sich weich und samtig an. Über ihnen tiefe Wolken, Schattierungen von Hellgrau bis Schwarz. Jaromin versucht zu rauchen, aber der Wind reißt die Glut der Zigarette mit sich.

»Fahrt ihr weg?«, fragt Koeppen.

Er schüttelt den Kopf. »Die Kinder haben Schule.«

»Ah ja.«

Koeppen hat, soweit Jaromin weiß, keine Familie. Vielleicht auch keine Ehefrau, jedenfalls spricht er nie von einer und antwortet einsilbig. Gelegentlich erkundigt er sich nach Daniela, den Kindern. Er möchte wissen, wie es seinen Leuten geht. Private Probleme können im Einsatz in Katastrophen münden.

Jaromin würde mit ihm nie über private Probleme reden.

Als die grauen Wolken aufreißen, liegen sie quer über Schalensitzen entlang der Reling und schlafen.

In Ancona verabschieden sie sich voneinander.

»Kommst du klar?«, fragt Koeppen.

Jaromin nickt.

»Dann bis in drei Wochen.«

Ein langer, fester Handschlag. Natürlich sind sie nicht Familie, sind keine Freunde. Auf der anderen Seite sind sie mehr als das, Koeppen, er und Ivo, den er bei der Bundeswehr kennengelernt hat. Gemeinsam haben sie sich 1993 von dort zum BND abstellen lassen. Koeppen holt sie immer wieder in seine Einsatzteams. Den rothaarigen Hünen Ivo fürs Getümmel, den geduldigen Jaromin als Back-up.

Er schultert den Rucksack, steigt die Gangway hinunter und geht zu Fuß weiter. In einem Straßencafé nahe dem Bahnhof isst er Spaghetti Bolognese. Koeppen passiert ihn im Auto, blickt nicht herüber. Er wird den Wagen und das Präzisionsgewehr in Rom abliefern und von dort nach München zurückfliegen. Den nächsten Einsatz vorbereiten. Ivo ist mit Toni und Jergović auf dem Weg nach Den Haag, wird in zwei Tagen wieder in Pullach sein, in einer Woche in Scharm El-Scheich.

»Scharm El-Scheich«, ein Platzhalter. Irgendwann, bei einem Bier, einer Grillparty, wird Jaromin erfahren, wo Ivo wirklich gewesen ist.

Wird die Legenden hören.

Er lehnt sich zurück, zündet sich eine Zigarette an. Die Sonne scheint warm im Februar in Ancona.

I
ABEER

1

Bagdad (Irak)

CLAUDE BITAT IST KEINE VIERZIG und hat schon drei Kriege erlebt. Vor zwölf Jahren *Desert Storm*, sieben Wochen verbrachte er mit anderen Europäern im Keller der aufgegebenen DDR-Botschaft in Bagdad, machte sich vor Angst in die gestärkten Khakihosen und starb tausend Tode. Im Bosnienkrieg Mitte der Neunziger wich die Angst einer Art Routine, er wusste nun, wie sich Agenten des französischen Geheimdienstes verhalten sollten – in die Hosen machen gehörte nicht dazu. Sein dritter Krieg dauert seit bald vierzig Jahren an und wird noch lange nicht enden. Ein Krieg, der in Frankreich erst seit Kurzem so genannt werden darf: die »Ereignisse von Algerien«.

Er wartet in einer Seitenstraße westlich des Regierungsviertels im Schatten einer Hauswand auf seine Informantin, raucht eine Zigarette nach der anderen, verteilt die Kippen unruhig mit dem Fuß im Sand. Auf dem Weg von der Botschaft hierher überall Soldaten, Militärfahrzeuge unter Tarnnetzen, Panzer, Flugabwehr, Absperrungen, Offiziere der Republikanischen Garde. An der nahen Kreuzung steht ein Jeep mit Militärpolizisten, sie müssen ihn längst bemerkt haben.

Sein Vater war an den »Ereignissen« beteiligt. Sprengte Anfang der Sechzigerjahre französische Soldaten in die Luft, wurde gefoltert und hingerichtet. Ein paar Jahre danach geriet die Mutter in Algier durch Gerüchte unter Kollaborationsverdacht und floh mit ihren zwei Kleinkindern nach Frankreich. Da sitzt sie in ihrer fast lichtlosen Küche und erzählt noch immer vom Krieg des Vaters.

Vom Helden der Familie.

Claudes Bruder nahm sich mit siebzehn in einer Gefängniszelle in Lyon das Leben. In der Familie des Helden war kein Platz für Kleinkriminelle. Er selbst verkroch sich hinter Büchern, um dem einen wie dem anderen Schicksal zu entgehen. Hockte in der Schule, bis es draußen dunkel war, später in Vorlesungen, bis sein Kopf zerbarst. Am Ende schrieb er seine Abschlussarbeit über den »Krieg in Algerien«, zu einer Zeit, als man noch von »Ereignissen« sprach.

Der Auslandsgeheimdienst las die Arbeit. Fand sie mutig und hellsichtig. Dass Claude fließend Arabisch sprach und Arabisch aussah, tat ein Übriges.

Aber ich bin wirklich kein Held …

Die Zeit der Helden ist vorbei, Monsieur Bitat. Wir brauchen Analysten. Wie Sie.

So kam er zur DGSE.

Nach Bagdad.

Begegnete Abeer.

Ein Wispern, ein Rascheln, ein feiner Lufthauch. Gepflegte, langgliedrige Finger. Der Duft nach Zimt.

Das ist Abeer.

Ihren echten Namen kennt Claude nicht.

Wie soll ich Ihnen vertrauen, wenn ich Ihren Namen nicht …

Denken Sie sich einen aus.

Sie saß auf einer Parkbank, Claude stand mit dem Rücken zu ihr, beide hatten den Kopf nur leicht zur Seite gedreht. Aus dem Augenwinkel sah er im sandigen Licht einen hellbraun verhüllten Körper. Einmal, für einen viel zu kurzen Moment, ihre Augen.

Und er nahm den Geruch von Zimt wahr.

Gut, sagen wir: Abeer.

Sie schien kurz den Atem anzuhalten. Abeer, »Duft«.

Sie nickte.

Was haben Sie für mich, Abeer?

Als sie sich kurz darauf mit einem Rascheln erhob, unterdrückte er das Bedürfnis, ihr nachzusehen. Ein Bedürfnis, das von Begegnung zu Begegnung wuchs.

Abeer, eine romantische Projektion, eine dumme Sehnsucht.

Sein Kontakt zum kommunistischen irakischen Untergrund.

Am Himmel tauchen zwei MiG-25 der irakischen Luftstreitkräfte auf. Tief rasen sie über der Stadt dahin, entfernen sich wieder. Viel Platz bleibt ihnen nicht zwischen den Flugverbotszonen, die seit 1991 in Kraft sind. Ein seltener Anblick. Fast alle irakischen Kampfjets sind verschwunden. Die Nachrichtendienste glauben, sie warten in unterirdischen Bunkern auf die große Schlacht. Oder sind heimlich nach Syrien gebracht worden und werden von dort angreifen. Abeer sagt, sie habe gehört, Saddam wolle seine Kampfjets im Krieg nicht einsetzen, sondern für die Zukunft schonen. Sie seien in der Wüste vergraben. *In der Wüste vergraben, Monsieur Bitat?*, fragte Paris. *Und Sie halten Ihre Quelle für glaubwürdig?*

Manchmal weiß er nicht, was er ihr glauben kann und was nicht. Sie hasst Bush fast so sehr, wie sie Saddam hasst.

Die MiGs kehren zurück, fliegen in die andere Richtung.

Mein vierter Krieg, denkt Claude.

Er ist seinem Vater ähnlicher, als es ihm gefällt. Auch der kannte am Ende nichts anderes mehr als den Krieg.

Seine Gedanken kehren zu Abeer zurück. Ein Anruf in der Nacht, ein Treffen außer der Reihe, schon wenige Stunden später, ungewöhnlich für sie.

Vielleicht hat es mit Colin Powell zu tun.

Die Rede im UN-Sicherheitsrat vorgestern. Saddam produziert biologische Kampfstoffe, sagte Powell. Verfügt über mobile Labors, um die UN-Kontrolleure zu täuschen. Saddam ist mit Al Qaida verbunden. Führt die Welt an der Nase herum. Die Welt muss ihn aufhalten! Powell präsentierte Beweise, Unterlagen eines übergelaufenen irakischen Chemie-Ingenieurs.

Eine Rede, die alles verändert hat. Jetzt ist die Invasion legitimiert. Der Countdown läuft. Ein paar Wochen noch, dann wird der Krieg beginnen.

Aus einer Seitenstraße nähert sich eine Gruppe Frauen, alle in schwarzen Abayas, Tücher verhüllen die Gesichter. Sie lachen und gestikulieren. Auf Claudes Höhe stolpert eine von ihnen mit einem Schmerzensschrei. Die anderen scharen sich um die »Verletzte«. Auch Claude tritt einen Schritt nach vorn, steht jetzt nah bei den Frauen.

Ein Hauch von Zimt liegt in der Luft.

Die Militärpolizisten beobachten sie gelangweilt.

Ja, es hat mit Powell zu tun.

»Die Quelle der Amerikaner lügt!«, wispert Abeer dicht neben ihm.

»Der Ingenieur?«, flüstert Claude.

»Wir haben mit seinem ehemaligen Boss gesprochen, mit anderen, die ihn kennen … Er ist ein Lügner! Es gibt keine mobilen Labors, keine Massenvernichtungswaffen! Ja, der Ingenieur, er heißt Rafid Ahmed Alwan, die CIA nennt ihn Curveball.«

Claude erinnert sich an den Codenamen. Ein Informant des Bundesnachrichtendienstes. Die Deutschen haben vor ein, zwei Jahren Vernehmungsprotokolle an die französischen Kollegen geschickt, auch die Amerikaner und die Briten haben sie bekommen. Den Inhalt kennt er nicht.

»Wir haben Beweise«, flüstert Abeer. »Aufnahmen, Skizzen, Fotos, Zeugenaussagen.« Ihre Finger berühren seinen Arm, eine schmale rechte Hand legt sich darauf, der Zimtgeruch verstärkt sich. Claude kann nicht anders und senkt den Kopf. Sieht eine Narbe quer über zwei Finger und einen schlichten Ehering. »Verstehst du, damit können wir den Krieg verhindern!«

»Und ihr rettet Saddam.«

»Wir retten das irakische Volk!«

Die Gruppe gerät in Bewegung, die Frauen schicken sich an weiterzugehen.

»Kannst du ein Treffen mit jemandem aus der deutschen Botschaft arrangieren? Der die Beweise nach Berlin bringt?«

Berlin?

Claude begreift – Schröders Nein zum Krieg. Chirac hat sich nicht so eindeutig geäußert. Der Élysée tritt für eine friedliche Lösung ein und hält sich doch alle Optionen offen. War 91 Teil der Kriegskoalition gegen den Irak. »Gib sie mir, ich leite sie weiter.«

Aus dem Augenwinkel sieht er, dass sie den Kopf schüttelt. »Nicht die DGSE. Keine Franzosen.«

»Ich bin eigentlich Algerier«, erwidert er ein wenig gekränkt.

»Kümmerst du dich darum?«

Zögernd nickt er. Dann spürt er ihre Hand von seinem Arm gleiten. »Hoffentlich nichts Ernstes«, sagt er laut in Richtung der anderen Frauen.

»Nein, bestimmt nicht, danke«, entgegnet eine fremde Stimme.

Die Frauen laufen weiter, auf die Mansour Street und die Militärpolizisten zu. Claude folgt ihnen langsam. Der Wind lässt die Abayas flattern, und es sieht aus, als führten die Frauen einen exaltierten Tanz auf. Eine von ihnen duftet nach Zimt, trägt an den Fingern derselben Hand einen Ehering und eine Narbe und will die amerikanische Regierung der Lügen überführen, um einen Krieg zu verhindern, der längst beschlossen ist.

2

Schäftlarn bei München

SECHS UHR MORGENS, eine eiskalte Nacht mündet in einen eiskalten Tag. Jaromin läuft durch erstarrte, dunkle Wälder, ist der einzige Mensch auf schneebedeckten Landstraßen, auf Pfaden entlang gefrorener Äcker. Sein Atem hängt in der Luft, auf seinen bloßen Wangen gefriert der Schweiß. Seit seiner Rückkehr aus Bosnien schreckt er trotz der Schlaftabletten jede Nacht hoch. Mirkos Wagen in seinen Träumen, die Brücke, der weinende Jergović. Ein Junge, der eine Leiche trägt. Andere Menschen und Gesichter und Tote von anderen Einsätzen.

Eine Stunde später kriecht von Osten die Morgendämmerung heran. In der Ferne taucht Kloster Schäftlarn auf, die roten Dächer grauweiß. Verkehr setzt ein. Jaromin ist am Waldrand, als ein Schuss fällt, und obwohl er weiß, dass Jäger unterwegs sind, duckt er sich unwillkürlich.

Zu Hause haben die Kinder die beiden Bäder besetzt. Er wartet im Gästezimmer im zweiten Stock. Hört sie im Flur streiten. Danielas unbeherrschte Stimme. Schließlich verlagern sich die Geräusche nach unten in die Küche. Er duscht, rasiert sich. Die Haustür fällt zu, kurz darauf rollt der Laguna mit stotterndem Motor aus der Garage.

Als er sich in seinem Zimmer anzieht, klopft es. Alina.

»Wollen wir am Samstag Ski fahren?«

»Klar«, sagt Jaromin. »Kommt Alex mit?«

»Hab ihn nicht gefragt.«

»Frag ihn, bitte.«

Sie zuckt die Achseln.

Die Tochter ist ihm nahe geblieben, der Sohn abhandengekommen. Jaromin hat sich vorgenommen, in diesen drei Wochen Urlaub zu versuchen, den Kontakt wiederherzustellen. Das Gleiche mit Daniela. Viel ist ihm bislang nicht eingefallen.

Vielleicht, weil er keine Hoffnung hat. Und nicht weiß, wie man Abhandengekommene zurückgewinnt.

Das Mobiltelefon vibriert, Koeppens Nummer wird angezeigt. Irritiert lässt Jaromin die Klappe aufspringen. »Ja?«

»Neun Uhr, üblicher Ort«, sagt Koeppen.

Jaromin bestätigt knapp, legt auf. Bosnien, denkt er. Der tote Junge. Irgendjemand macht Probleme.

»Musst du schon wieder weg?«, fragt Alina.

Er küsst sie auf die Stirn. »Nur für eine Stunde.«

Koeppens BMW steht in Hohenschäftlarn an der Abzweigung zur katholischen Kirche. Straße und Gehweg hinauf sind vereist, Jaromin geht vorsichtig. Hunderte Male ist er als Kind hier hochgelaufen, dem rastlosen Vater hinterher, der immer zu schnell war für ihn, als wollte er die Last seines Leides so rasch wie möglich nach St. Georg tragen, um nicht darunter zusammenzubrechen. Eine Stunde lang saßen sie dann auf »ihrer« Bank weit vorn, der Vater mit geschlossenen Augen, Tränen auf den Wangen, der Sohn gekrümmt von der Schuld. Wenn er die Stille nicht mehr ertrug, begann er, in Gedanken mit dem Heiligen Georg zu sprechen, der neben dem Altarauszug auf einer Wandkonsole steht, in goldener Rüstung, die Lanze in der Rechten, den Drachen zu Füßen.

Man muss seine Schuld tragen, antwortete der Heilige Georg.

Man muss das Schlechte in sich bekämpfen.

Sich für das Gute opfern.

Auch auf dem Weg hinunter ging der Vater zu schnell, als wollte er vor dem Sohn verbergen, dass er keinen Trost gefunden hatte.

Mit sechzehn, im Internat, ließ Jaromin sich das rote Georgskreuz auf die rechte Brustseite tätowieren. Jahre später erfuhr er, dass Georg der Schutzheilige des Bundesnachrichtendienstes ist.

Zufall.

Berufung.

Bengt Koeppen wandert an den zugeschneiten Gräbern entlang, die Hände in den Taschen des Parkas, bleibt stehen, als er Jaromin sieht.

Sie reichen sich die Hand, wandern zusammen weiter.

»Probleme wegen Bosnien?«

Koeppen verneint. »Ein neuer Einsatz, ziemlich heikel.«

»Ich hab Urlaub, Bengt.«

»Verschoben.«

Jaromin lässt die Luft langsam ausströmen. »Ich muss hier ein paar Dinge klären.«

»Klär sie heute. Morgen früh um fünf wirst du abgeholt.« Koeppens konzentrierter Blick liegt auf ihm.

Jaromin spreizt die Hände, schweigt. Längst spürt er das Adrenalin.

»Ohne dich geht es nicht«, sagt Koeppen.

Vier, fünf Tage, nicht länger. Und Ivo ist dabei.

Schließlich nickt Jaromin. »Wohin?«

»Amman, Jordanien. Dort triffst du Ivo und Bert. Ihr fahrt zusammen nach Bagdad.«

Jaromin bleibt überrascht stehen.

Koeppen dreht sich zu ihm. »Zwei Tage Amman, ein paar Tage Bagdad, dann bist du zurück.«

Jaromin schließt zu ihm auf. Bagdad also.

»Ihr fahrt von Amman aus mit dem Auto«, sagt Koeppen. »Neunhundert Kilometer, auf irakischer Seite eine komfortable dreispurige Autobahn. Die übliche Strecke für Diplomaten, der Geschäftsträger fährt zweimal im Monat hin und zurück, also nicht weiter problematisch. Wir haben in Amman einen Nissan Sunny, einen Kombi, nicht gepanzert. In Bagdad sicherst du die Übergabe von Dokumenten. Auf unserer Seite Ivo, Bert und ein französischer Kollege, auf der anderen eine Irakerin.«

»Regierung?«

»Opposition. Heißt es zumindest.«

Jaromin weiß, was das bedeutet: Informationen, die sich nicht verifizieren lassen.

»Was für ein Gewehr?«

»Bin noch dran«, sagt Koeppen. »Wahrscheinlich ein OSW-96. Wäre das okay?«

»Sicher.«

Eine lange, schwere Waffe, Selbstlader, knapp dreizehn Kilo, für Ziele bis fast zwei Kilometer ausgelegt. Vor drei Jahren hat Jaromin das OSW-96 getestet, er spürt noch in den Fingern, wie es sich anfühlt, erinnert sich an den bitteren Geruch des Kunststoffkolbens. Erfahrung hat er damit nicht.

Koeppen reicht ihm einen leicht abgewetzten Diplomatenausweis, vor vier Jahren in Augsburg ausgestellt, vor einem Tag in Berlin-Kreuzberg im Eilverfahren von der Bundesdruckerei produziert. Ein etwas älteres Foto, ein neuer Name: Frank Lahn, Sicherheitsberater; ein paar harmlose Ein- und Ausreisestempel, dazu Algerien und Russland.

Koeppen ist Bengt Kirchner, Militärattaché.

»Noch was.« Koeppen hebt die Brauen. »Falls irgendjemand später fragt: Ivo und Bert sind mit uns zurückgefahren.«

Jaromin hakt nicht nach, hat genug Erfahrung und Fantasie. Ivo und Bert gehören zu den Kollegen mit Kriegseinsätzen. Ivo war 1994 in Bosnien, 1999 in Belgrad, während die NATO-Bomben fielen, verbrachte 2002 mehrere Monate in Afghanistan. Bert erlebte die beiden Tschetschenienkriege vor Ort, 1997 den Aufstand gegen Mobutu im Kongo.

Sie bleiben in Bagdad, das Kanzleramt schickt sie in ihren nächsten Krieg.

Sie passieren das Grab von Jaromins Mutter. Die Inschrift ist stark verwittert, vierunddreißig Jahre Schnee, Regen, Sonne und die Fingerkuppen des Vaters. Koeppens Blick bleibt nach vorn gerichtet. Nicht zum ersten Mal fragt Jaromin sich, ob er von dem Grab und allem anderen weiß und den Friedhof deshalb für kurzfristige Treffen ausgewählt hat.

Um ihn an die Schuld zu erinnern.

Aber er *kann* nicht davon wissen.

»Macht die Familie Stress? Daniela?«

»Nicht mehr als sonst«, sagt Jaromin.

»Weil du sagst, du musst was klären.«

Jaromin lügt weiter. Alex unglücklich verliebt, ein Mädchen aus der Schule, er kommt nicht mehr aus dem Bett. Koeppen scheint sich damit zufriedenzugeben.

Am Ausgang bleiben sie stehen.

»Offiziell fliegst du nach Sarajevo«, sagt Koeppen.

Jaromin nickt.

Er sieht Koeppen nach, der auf dem glatten Untergrund kaum Mühe hat. Schnell und sicher geht er die Straße hinunter.

Draußen, an der Friedhofsmauer, steht inzwischen ein Kleinbus aus dem nahen Pflegeheim, daneben ein Rollstuhl mit einem alten Mann. Die Augen erstarrt, der Kopf umrahmt von Kunststoffpelz, im Mundwinkel steckt eine glimmende Zigarette. Die Hände liegen reglos im Schoß, die Schultern und das noch volle Haar sind schon weiß vom Schnee. Ein schmächtiger Zivildienstleistender schließt Heck- und Schiebetür, bugsiert den Rollstuhl dann mühsam über Eis und Streuschotter auf Jaromin zu. Er macht Platz.

Es dauert einen Moment, bis der Junge den Rollstuhl durch das Tor manövriert hat.

»Kann ich helfen?«, fragt Jaromin.

Die Augen des Alten bewegen sich nicht.

Der Pfleger nickt, überlässt ihm die Griffe. »Der zweite Weg rechts.«

»Ich weiß.«

Am Grab sieht Jaromin ein paar Minuten lang zu, wie die Finger seines Vaters kraftlos über den verwitterten Namen der Mutter gleiten.

Dann wendet er sich ab und verlässt den Friedhof.

3

HANNE LAY IST BESONDERE AUFTRÄGE gewöhnt, doch was sie von diesem halten soll, weiß sie noch immer nicht.

Ein Auftrag aus dem Kanzleramt.

Sie wollte ablehnen, doch das BKA nahm an. Wenige Stunden später kamen aus der Willy-Brandt-Straße zwei Kartons mit Unterlagen und ein ernster Mann Anfang sechzig mit schlohweißem Haar: Andreas von Goerden, Geheimdienstkoordinator der Bundesregierung. Zur Vorbereitung blieben der Sonntag und die Nacht auf Montag. Im Morgengrauen ging von Goerden und nahm seine Kartons wieder mit. Lay klappte einen Notizblock auf und schrieb per Hand ein Gedächtnisprotokoll. Möglichst kein Computer, hatte von Goerden gesagt. Kein Internet. Keine Handys.

Muss ich flüstern?

Kein Moment für Späße.

Nicht einmal zwei Stunden später sitzt Lay todmüde in der Kanzlergalerie auf kühlem Leder und wartet. Hinter ihr türmt sich eine Fensterfront zur grauen Spree auf, vor ihr eine leicht gewölbte grüne Wand, ein Kunstwerk, Grün nicht die Hoffnung oder die Natur, sondern die antike Tugend der Klugheit. Gegenüber dieser Wand hängen im Vergleich fast winzige Porträtgemälde, sechs Männer, die bisherigen Kanzler der Republik. Wenigstens im Nachhinein, denkt Lay, müssen sie sich an der Klugheit messen lassen.

Ist es klug, den Bundesnachrichtendienst zu brüskieren?

Sie hat Bedingungen gestellt, von Goerden hat alles abgesegnet:

jegliche Unterstützung, die sie braucht. Einsicht in alle relevanten Unterlagen. Keine Tabus. Salih mit im Team. Von Goerdens private Handynummer für den Notfall.

Und: *Ich fliege nicht in den Irak.*

Pullach genügt.

Auch von Goerden hatte eine Bedingung: absolute Geheimhaltung. Keine Information verlässt ihr Büro schriftlich.

Hanne Lay starrt die grüne Wand an. Hält sich mit dem Blick daran fest, um nicht einzuschlafen.

Später tippt ihr jemand an die Schulter. Die namenlose Frau, die sie an der Schleuse in Empfang genommen hat, steht vor ihr. Sie duftet nach Mandarinen. »Kommen Sie bitte«, sagt sie sanft.

Selbst das Nicken fällt Lay schwer.

Sie fahren mit dem Aufzug in den vierten Stock. Ein herkömmliches Büro genügt nicht für dieses Treffen. Es muss der abhörsichere Raum des Kanzleramts sein.

»Die Namen haben Sie parat?«

Lay bejaht. Von Goerden, dazu Eberhard Träger, Präsident des BND, und Heiner Seibold, Führungsoffizier jenes Mannes, um den es geht: Curveball.

»Ist Kaffee da?«

»Genug«, erwidert die Frau.

Drei Männer mit verkniffenen Gesichtern, die Mimik spricht Bände: Von Goerden redet Tacheles, Träger und Seibold sind in der Defensive. Lay hört, wie sich die Tür hinter ihr schließt. Der Raum ist groß, ein Tisch für dreißig Personen, an den Wänden Landkarten, der Nahe Osten, Irak, Afghanistan. Die Blicke der drei Männer liegen auf ihr, während sie auf den Tisch zugeht. Von Goerden stellt sie vor, nur ihr Name, keine Organisation, keine Funktion.

Wir schüchtern sie ein bisschen ein.

So leicht lassen sich BND-Leute einschüchtern?

Curveball kann sie den Job kosten.

Sie setzt sich neben ihn und fasst die beiden sichtlich irritierten Geheimdienstler gegenüber ins Auge. Träger kennt sie seit 9/11 und dem Afghanistankrieg aus dem Fernsehen, ein SPD-Bürokrat Mitte fünfzig, Brille, rote Fliege, Schuppen auf den Schultern. Schwitzt bei TV-Interviews, verhaspelt sich, macht komplexe Zusammenhänge gänzlich unverständlich. Es heißt, bei Krisenlagen tendiere er zur Hysterie. Ein Vertrauter des Kanzlers, dazu kam irgendein regierungsinterner Proporz.

Einen Kopf größer und zehn Jahre jünger. Heiner Seibold, Jeanshemd und Sakko, nachlässig gebundene Krawatte, wachsame, empathische Augen, ein Mann der Straße, des Zwielichts, wie so viele Quellenführer.

Von Goerden greift nach einer Thermoskanne und versorgt Lay mit Kaffee, lässt sich dabei Zeit. Zucker? Milch? Er wartet, bis sie den ersten Schluck getrunken hat.

Dann nimmt er einen Faden wieder auf, sagt mit wachsender Schärfe zu Träger: »Curveball ist eine BND-Quelle. Allein das muss man sich mal vorstellen: Ein Informant des deutschen Nachrichtendienstes liefert den Amerikanern die Rechtfertigung für einen Krieg, den der Kanzler und der Außenminister öffentlich abgelehnt haben. Wenn der Mann jetzt auch noch lügt ... Wenn Saddam *nicht* über biologische Massenvernichtungswaffen und diese mobilen Labors verfügt ... Nicht auszudenken!«

Träger räuspert sich. »Nach allem, was wir wissen ... aufgrund von vielen anderen Indizien und Erkenntnissen ... besitzt der Irak nach wie vor, mit hoher Wahrscheinlichkeit jedenfalls, B- und C-Waffen, außerdem mobile Labors für die Herstellung von B-Waffen ... auch wenn sich das zurzeit nicht beweisen lässt.« Mit zufriedenem Lächeln verschränkt er die Arme vor der Brust. »So habe ich es dem Direktor der CIA mitgeteilt, und so werde ich es übermorgen auch dem Auswärtigen Ausschuss mitteilen.«

»Powell sagt, es *lasse* sich beweisen.«

»Ich würde Herrn Powell nicht widersprechen wollen, allerdings würde ich es vermutlich nicht so formulieren. Möglicherweise hat Herr Powell weiterführende Informationen …«

»Blix' Leute waren vor vier Tagen im Irak und haben nichts gefunden. Also: Lügt Curveball, oder lügt er nicht?«

»Er lügt nicht«, sagt nun Seibold ruhig.

»Die Irakerin behauptet etwas anderes«, erwidert von Goerden.

»Die Irakerin kenne ich nicht. Unsere Quelle schon.« Seibold bleibt gelassen, macht auf Lay den Eindruck, als fühlte er sich seinem Präsidenten und selbst dem Mann aus dem Kanzleramt überlegen. Am Ende landet alles, was sie und ihresgleichen verfügen, in seiner Welt, in seinen Händen. »Wer ist die Frau?«

»Eine Informantin der Franzosen, DGSE.«

»Mehr haben Sie nicht?«

»Wir nicht, und die Franzosen auch nicht«, sagt von Goerden. »Zurück zu Curveball.«

Träger lehnt sich vor. »Herr Seibold hat seit Anfang 2000 Dutzende Gespräche …«

»Über hundert.«

»… über hundert Gespräche mit diesem Mann geführt. Er ist ein erfahrener Führungsoffizier … Wenn Herr Seibold also seiner Quelle vertraut und der Ansicht ist, dass sie nicht lügt, dann sollte man ihm, empfehle ich, glauben.«

Wie Seibold ist der BND-Präsident auf von Goerden fokussiert, hat Lay ganz offensichtlich abgehakt und vergessen. Sie hebt die Tasse, trinkt. Niemand scheint es zu bemerken.

Sekretärinnen sind unsichtbar.

»Sollte man das?« Aus dem Gedächtnis zitiert von Goerden aus jüngeren BND-Berichten, die Lay wenige Stunden zuvor gelesen hat. Curveball trinkt zu viel. Curveball ist wochenlang verschwunden. Stellt Forderungen, jammert, nimmt Psychopharmaka. Verlangt mehr Geld. Verlangt die versprochene Einbürgerung. Widerspricht sich. »Klingt nicht gerade nach Verlässlichkeit, finde ich.«

»Man muss das verstehen«, sagt Seibold sanft.

»Was?«

»Den Druck. Die Entbehrungen. Die Angst, enttarnt zu werden. So kann keiner jahrelang leben. Könnten Sie so leben? Er bricht unter dem Druck zusammen. Kann sich nicht mehr konzentrieren. Vergisst, was er weiß, was er erzählt hat. Dazu die Sehnsucht nach der Heimat. Die Scham, weil er die Heimat verrät. Ich habe das bei vielen Quellen erlebt. Irgendwann brechen die meisten zusammen. Aber das heißt nicht, dass sie gelogen haben.«

»Rührend«, sagt von Goerden. »Der Kanzler will Beweise.«

»Beweise …« Seibold lauscht dem Klang des Wortes mit desillusionierter Miene nach.

»Die Amerikaner …«, beginnt Träger.

Von Goerden schüttelt den Kopf. »… sind irrelevant.«

»Es *gibt* keine Beweise«, sagt Seibold. »Nur Plausibilität, Vertrauen und Erfahrung.«

»Ich bitte Sie!«

»Beweise zu verlangen heißt, Quellen in den Tod zu schicken. Erklären Sie das dem Kanzler.«

»Klar«, sagt von Goerden, streicht mit einer Hand weiße Strähnen zurück. »Meine Herren, so kommen wir nicht weiter.«

Das Ticken einer Wanduhr überlaut, während sich die drei Männer mustern. Auf Trägers Stirn steht Schweiß. Es ist nicht erst seit Colin Powells Rede vor dem Sicherheitsrat zu spät für ihn, Curveball die Rückendeckung zu entziehen. Der BND hat seit der Ankunft des Asylsuchenden im Aufnahmelager Zirndorf 1999 viele Tausend Arbeitsstunden, D-Mark und Euro in ihn investiert. Auch das Zeugenschutzprogramm ist nicht gerade billig. Dann die politischen Implikationen, die von Goerden als Schreckgespenst an die Wand gemalt hat. Also fährt Träger seit Längerem eine Doppelstrategie. Curveballs Informationen seien überaus plausibel, hat er *top secret* an Kanzleramt, CIA und DIA geschrieben – könnten allerdings nicht verifiziert werden. Auch diese Memos und Briefe hat

Lay in der vergangenen Nacht gelesen: die Stimme eines Bürokraten, der um seinen Job bangt. Curveball ist für den BND nicht mehr der Jackpot, der er anfangs war, sondern ein Albtraum. Nur darf das niemand erfahren. Also lässt der Dienst nach wie vor keine ausländischen Agenten zu ihm. Weder die CIA noch die Briten, Franzosen oder Israelis haben je mit ihm gesprochen. Lediglich eine Handvoll Eingeweihte wissen, wo er lebt, wie er mit richtigem Namen heißt und welchen Decknamen er verwendet. Und hätte nicht Colin Powell Curveballs Informationen vor der gesamten Welt öffentlich gemacht, hätte die Welt vielleicht nie erfahren, dass er existiert.

»Und wenn wir uns erst einmal ansehen«, sagt Träger, »was diese mysteriöse Irakerin an Beweisen zu haben behauptet? Sollte da etwas drinstehen, was … sagen wir … missverständlich ist … Von den Medien falsch interpretiert werden könnte … Dann sollten wir gewährleisten, dass die Medien es eben *nicht* bekommen. Es fällt ja unter die nationale Sicherheit.« Er wartet.

»Fahren Sie fort«, sagt von Goerden ruhig.

Träger beugt sich wieder vor, die rote Fliege schwebt dicht über dem Tisch. »Wer soll je erfahren, was da drinsteht, wenn wir es nicht wollen? Falls uns das, was drinsteht, nicht gefällt?«

Von Goerden nickt interessiert.

Träger nickt ebenfalls, scheint nicht zu merken, dass er in eine Falle läuft. »Wir sehen uns an, was drinsteht, und dann …« Er bricht ab, ein verschworenes Lächeln auf den Lippen.

Lay schenkt sich geräuschvoll Kaffee nach. Milch. Zucker. Bleibt unbeachtet.

»Und dann?«, hakt von Goerden nach.

Träger schweigt vielsagend.

Dann landet das Zeug im Giftschrank.

Von Goerden atmet tief durch, tippt mit einem Finger auf den Tisch. »Die Unterlagen kommen auf direktem Weg nach Berlin, und zwar hierher, ins Kanzleramt. Versiegelt und ungeöffnet. Falls nicht, leitet Ende des Jahres jemand anders den Bundesnachrichtendienst.«

Träger hüstelt indigniert. Nach einem Moment der Kontemplation schiebt er seine Kaffeetasse in Lays Richtung über den Tisch.

Sie lächelt nur.

»So viel zu Bagdad«, sagt von Goerden. »Was Curveball betrifft: Der Kanzler verlangt eine externe Untersuchung.«

Seibold scheint als Erster zu begreifen. Er wendet sich Lay zu.

»Richtig«, sagt von Goerden. »Frau Lay ist Sonderermittlerin des Bundeskriminalamtes und wird diese Untersuchung durchführen. Wann fliegen Sie nach München?«

»Übermorgen.« Sie legt zwei Visitenkarten auf den Tisch, schiebt sie in Richtung der BND-Männer. »Ich lande um sieben Uhr am Morgen und komme dann nach Pullach. Sorgen Sie bitte dafür, dass Curveball dort ist.«

Ein Sturm des Protests hebt an.

Als er schließlich abebbt, kündigt Träger an, seinen Freund, den Kanzler, anzurufen. Von Goerden erhebt sich, deutet auf die Tür. »Das können Sie sich sparen, er wartet auf uns.«

Die Frau mit dem Mandarinenduft bringt Lay zur Schleuse hinunter.

»Hat der Kaffee geschmeckt?«

Lay nickt lächelnd.

Eine Frau mit Sinn fürs Wesentliche.

4

DER VERDACHT IST NICHT NEU. Jetzt ist er wieder da.

Sie hat einen Geliebten.

Jaromin weiß nicht, woher der Verdacht kommt. Etwas in ihrem Blick, ihrer Stimme. Eine neue Selbstgewissheit. Als wüsste sie jetzt, dass sie nicht ins Bodenlose stürzt, wenn sie stürzt.

Wenn *er* sie stürzt.

Sie stehen mitten im Wohnzimmer, schaffen es nicht einmal mehr, im Sitzen miteinander zu sprechen. Zu viel Anspannung, um zu sitzen. Nur das Deckenlicht brennt noch, Terrasse und Garten liegen im Dunkel. Die Kinder sind im Bett, ein weiterer verlorener Abend geht zu Ende.

»Es ist nur für ein paar Tage«, sagt Jaromin.

»Und dann?«

»Reden wir.«

Daniela lacht dumpf. »Ach ja? Haben wir in den letzten … fünf, sechs Jahren geredet? Ich meine: richtig geredet? Ein einziges Mal? Ich erinnere mich nicht.«

Er weiß, dass sie recht hat. Er kann das nicht mehr, reden. Weiß nicht mehr, was er sagen soll. Dass er sie braucht, sie und die Kinder? Eine funktionierende Familie, eine normale, harmlose Welt als Rückzugsort? Um immer dann, wenn Koeppen ruft, mit Ivo und den anderen an Orten, von denen er nicht sprechen kann, Einsätze durchzuführen, von denen nur eine Handvoll Menschen wissen darf?

Ivo hat es drei Frauen erzählt. Ist dreimal geschieden.

Daniela geht zum Sofa, setzt sich auf die Lehne. Unter ihren Augen liegen Schatten. Wie er schläft auch sie schlecht, aus anderen Gründen. »Reden wir jetzt«, sagt sie.

Er nickt. »Hast du jemanden? Einen anderen Mann?«

»Das ist das Einzige, was dich interessiert?«

»Antworte.«

»Nein, hab ich nicht.«

Sie spricht zu schnell, zu defensiv, denkt Jaromin. Sie lügt.

»Früher haben wir viel geredet«, sagt sie. »Na ja, nicht viel, aber … intensiv. Du hast von der Ausbildung erzählt, von Auslandseinsätzen. Von Norwegen, den Offizierstreffen auf Sardinien …«

»Sizilien.«

»Ja, Sizilien.«

Jaromin nickt. Er war nie in Norwegen oder in Sizilien.

»Ivo ist manchmal gekommen. Der andere, der aus dem Verteidigungsministerium …«

»Bengt.«

»Seit ein paar Jahren kommt niemand mehr.«

»Keine Freundschaft hält ewig.«

Sie faltet die Hände im Schoß, die Daumen bohren sich ins Fleisch. »Du ziehst dich immer weiter vor mir zurück. Ich erfahre nichts mehr … Ich weiß nicht mal, in welcher Dienststelle du inzwischen bist.«

Er zuckt die Achseln. »In derselben wie vor zehn Jahren.«

»Ach ja? Vom Ausbilden von Bundeswehrrekruten bekommt man Albträume?«

Der Spott in ihrer Stimme ist neu.

»Weiß du, was ich glaube? Dass du zu irgendeiner Sondereinheit gewechselt bist, die …« Sie hebt die Schultern. »Geheimaufträge erledigt. In Krisengebieten operiert. Wie diese neue Spezialeinheit.«

Er ist überrascht, wie nah sie der Wahrheit ist. »Das KSK? Das ist in Calw stationiert. Dreihundert Kilometer von hier. Fahre ich jeden Tag dreihundert Kilometer hin und zurück?«

»Bist du bei denen?«

»Nein.«

Sie lächelt bitter. »Was für Medikamente nimmst du?«

»Wie bitte?«

»Glaubst du, ich bekomme das nicht mit?«

Er zögert. »Schlaftabletten.«

Daniela steht auf und tritt an die Terrassentür. Jaromin sieht ihr gespiegeltes Gesicht in der Scheibe, erkennt sie nicht wieder darin. Sie steht straff, wirkt stark und unerreichbar. »Wir machen uns Sorgen um dich. Du hast dich verändert. Früher hattest du keine Albträume. Keine Schlafstörungen.« Auch ihre Stimme erkennt er kaum wieder, so distanziert klingt sie jetzt. Er wirke abwesend, wirft ihm die fremde Stimme vor. Verschlossen. Aggressiv. »Und du fasst mich nicht mehr an.«

»Deshalb suchst du dir …« Er reibt sich mit zwei Fingern die Nasenwurzel, denkt: reden, reden, das bringt doch nichts. Hilft ihr nicht, hilft ihm nicht. Er kann nicht einmal sich selbst erklären, warum er jedes Mal wieder los will, kaum dass er nach Hause zurückgekehrt ist.

Das draußen ist seine Welt. Dorthin wollte er immer.

Die Welt des Heiligen Georg. Gegen die Drachen kämpfen.

Daniela hat sich umgedreht, die Arme vor der Brust verschränkt. Am Kragen ihrer Bluse hängen ein paar Wollflusen von ihrem schwarzen Schal. Es gibt Tage, da geht sie ohne Schlüssel aus dem Haus. Ohne Portemonnaie. Vergisst den Regenschirm, die Jacke, vergisst den Arzttermin. Er mochte ihre Art, damit umzugehen, sich die eigenen Versäumnisse zu verzeihen. *In meinem Kopf ist soooo viel drin, da darf ich schon mal was vergessen.*

»Dein Job macht dich krank«, sagt sie.

Krank, denkt er. Sie hat ihn zum Psycho abgestempelt.

Fällt ihm in den Rücken.

Langsam geht er zur Tür. »Wir sehen uns in einer Woche. Dann können wir reden. Versuchen, es wieder hinzukriegen. Wenn du das überhaupt willst.«

Sie mustert ihn schweigend.

»Willst du es, Danny? Oder bist du schon auf dem Absprung?«

Sie tritt einen Schritt vor, und er sieht, dass sie allen Mut sammelt. »Ich sag dir, was ich will: dass du deinen Abschied nimmst.«

Er spürt, wie sein Puls zu rasen beginnt. »Das ist keine Option.«

»Es ist meine Bedingung, Frank. Wenn du zurück bist, möchte ich eine Antwort.«

»Die Antwort ist Nein.«

Er geht nach oben in den zweiten Stock, ins Gästezimmer, die fremde Stimme im Ohr, sieht die veränderten Augen vor sich, die ihn früher voller Stolz angeschaut haben: mein Mann, der Soldat, der Offizier. Wie würden sie ihn jetzt ansehen, wenn sie es wüsste?

Mein Mann, der Scharfschütze.

Der Killer.

Selbst wenn er wollte, könnte er ihr nicht sagen, was er tut, seit er sich zum BND hat abstellen lassen. Sie wollte einen Offizier heiraten, den man herumzeigen kann, keinen Mann, der mit einem Gewehr im nassen Gebüsch liegt und Menschen tötet.

Er packt den Seesack, legt sich angezogen aufs Gästebett. Erst Stunden später hört er, endlich im Einschlafen begriffen, Danielas Schritte auf der Treppe, kurz darauf lange das Rauschen der Dusche.

Du fasst mich nicht mehr an.

Sie sind viel zu weit voneinander entfernt, als dass er sie anfassen könnte.

Um vier holt ihn der Wecker aus wirren Träumen. Um fünf hält er Alina an der Haustür in den Armen, während der Wagen, der ihn zum Flughafen bringen wird, am Straßenrand wartet. Alina, im Schlafanzug und barfuß, zittert vor Kälte. Er legt die Säume seiner Jacke um sie, hält sie dicht an sich gedrückt. Spürt den schmalen Körper, die langen dünnen Beine. »Es sind nur ein paar Tage, Schatz.«

»Aber hier geht doch alles kaputt!«, flüstert sie.

»Wir reparieren es, wenn ich zurück bin, okay?«

Er spürt sie nicken.

»Pass auf Mama und Alex auf, während ich weg bin.«

»Und wer passt auf mich auf?«

»Wir telefonieren jeden Tag. Versprochen.«

Er küsst sie auf den Kopf, schiebt sie sanft von sich. Dann läuft er in den Schnee hinaus und steigt in den Wagen. Der Kollege am Steuer nickt ihm zu.

Sie fahren los. Das Land ist weiß, der Himmel ist weiß.

Durch das Seitenfenster glaubt Jaromin im ersten Stock ein bleiches Gesicht hinter einer Scheibe zu sehen. Noch lange verfolgt es ihn, immer wieder steht es unvermittelt vor seinen Augen, auf dem Weg zum Flughafen, hoch in der Luft, Alex, das andere seiner beiden Kinder, das verlorene.

5

Berlin-Dahlem

DREI AUFREIBENDE TAGE, die Nächte unruhig und kurz, doch
jetzt steht der Plan und muss nur noch umgesetzt werden, von anderen, weit weg im Nahen Osten. Gleich das Treffen mit den Amerikanern, dann, denkt Hans Breuninger, während er das Gewächshaus betritt und den Mantel gegen die Gartenschürze tauscht,
kehrt wieder Ruhe ein in seinem Leben, das mittlerweile, Gott sei's
gedankt, aus nicht viel mehr besteht als Ruhe … Einer altersschwa-
chen Hundedame, einem Gewächshaus voller duftender Kräuter,
zwei Frauen: der jungen Vivian, die ihm die wenigen verbliebenen
Geschäfte regelt, der wenig älteren Henriette, die ihm die wenigen
verbliebenen Gelüste erfüllt. Den alljährlichen Geburtstagsanrufen
des Bundespräsidenten, die ihm zeigen, wie lang die Jahre sind, seit
er sie allein verbringt.

Aus vielen Erinnerungen.

Und Ruhe.

Er passiert die Gemüsehochbeete, an denen er bequem im Stehen
arbeiten kann, hält vor den Kräutertöpfen inne. Die alte Mary mit
dem fernen Blick neben sich, rückt er mit ruhigen Händen dem
Majoran zu Leibe.

Fünf Minuten später streicht ein kalter Luftzug über seinen Nacken. »Alle da?«, fragt er, ohne sich umzudrehen.

»Ja«, sagt Vivian.

»Wie ist die Stimmung?«

»Vielleicht ein wenig angespannt.«

Er setzt den Deckel auf die Schale mit den Kräutern, umrundet die eingeschlafene Bernhardinerhündin. An der Tür reicht er Vivian die Schale, ihr Schritt ist stabiler als seiner. Er schlüpft in den Mantel, sagt dabei: »Wesley?«

»Ist zugeschaltet.«

Nebeneinander folgen sie dem gepflasterten Weg durch den farblosen Garten zum hinteren Eingang des Hauses. Nichts ist deprimierender als ein Garten im Winter, denkt Breuninger. All die Stümpfe und Strünke, das Leben abgestorben. Ein unfreundlicher Ausblick auf den Tod. Und die Lücken im Bewuchs! Jahr für Jahr tauchen ab November jenseits des Zauns plötzlich Nachbarn, Häuser, andere Welten auf, die ihn neugierig anstarren. So kahl ist er geworden, der Herr Staatssekretär a. D.? So kraftlos schleppt er sich über die Wege, der Herr BND-Präsident a. D.? Und wo sind all die anderen geblieben, die einst die Villa und den Garten bevölkerten, den Park, es ist ja mehr ein Park?

Alle fort. Nur Mary ist noch da.

Hinter Vivian steigt er die Stufen zur Terrasse hoch, die Hand am eiskalten Geländer. Sie öffnet die Küchentür, unvermittelt liegt der Duft von frisch gemahlenem Kaffeepulver in der Luft.

»Brauchen Sie mich unten?«

»Ich denke nicht.«

In der Küche reicht er ihr den Mantel. Sie deutet auf ein Glas Wasser, gehorsam trinkt er. In der Bibliothek zieht er Jackett und Krawatte an. »Möchten Sie mit Ihrem Mann zum Abendessen wiederkommen?«, fragt er laut durch die geöffneten Türen. »Es gibt Lamm.«

Er hört sie durch die Diele zur Garderobe gehen. »Das geht leider nicht. Er hat ein Spiel und will angefeuert werden.«

»Ich drücke die Daumen. Vergessen Sie bitte nicht, Mary ins Haus zu holen.«

Allein geht Breuninger die Kellertreppe hinunter. Kein Laut dringt aus dem schallisolierten Besprechungsraum. Erst als er die schwere

43

Tür öffnet, branden Stimmen auf, Deutsch, Amerikanisch, gedämpft natürlich, Geheimnisträger haben immer die Sorge, zu laut zu reden. Die Anspannung, von der Vivian gesprochen hat, ist deutlich zu spüren.

Jetzt verstummen die Stimmen, aller Blicke richten sich auf ihn.

Er hebt zur Begrüßung beide Arme halb, einem Conférencier gleich, und betritt den Raum. Schritte zurück in die Vergangenheit, denkt er mit einem wohligen Kribbeln, in den Wahnsinn der Politik, der Nachrichtendienste.

Der Kriege.

Höflich macht er die Runde, reicht den drei Amerikanern die Hand. Sie sitzen auf einer Seite des runden Tischs, die beiden Deutschen gegenüber, auf dem Wandmonitor das vertraute Gesicht des immer grimmig dreinblickenden Wesley, aus Ramstein zugeschaltet und der einzige Uniformierte. Am Ende der Begrüßungsrunde wendet Breuninger sich ihm zu, hebt erneut die Arme. »Wesley!«

Der General salutiert. »*Hans, my friend.*«

»*Berlin, next week?*«

Ein militärisch-knappes Nicken.

Breuninger setzt sich, stellt »Steffen vom BND und Petra aus dem Innenministerium« vor, denen die Amerikaner zum ersten Mal begegnen. Steffen gehört zu den jüngeren Mitgliedern der Gruppe Schmidt. Breuninger möchte den Amerikanern zeigen, dass man sich um den Nachwuchs kümmert. Dass junge Leute da sind, wenn er dereinst abtreten wird.

Er will gerade fortfahren, als Ben, der Repräsentant des »Project for the New American Century« in Europa, mit kaum verhohlener Wut und ungebremstem texanischen Einschlag ruft: »Wer zum Teufel *ist* diese Irakerin?«

Breuninger verschränkt die Hände auf dem Tisch. Er hat keine Mühe, höflich zu bleiben, auch wenn er Ben in höchstem Maße unsympathisch findet. Zu impulsiv und unhöflich für einen Mann um die fünfzig, zu ungepflegt – gelbe Zähne, schlechte Rasur, Haarbüschel in den Ohrmuscheln. Die gemeinsamen Ziele helfen darüber hinweg. »Irgendeine unbedeutende Kommunistin, die Franzosen haben sie ›Abeer‹ genannt.« Er lauscht seinen Worten nach, distinguiertes New-England-Amerikanisch, das sich ungeheuer wohltuend von Bens texanischem Slang absetzt.

»Das ist alles? Mehr wissen Sie nicht?«

Steffen antwortet an seiner Stelle. Nicht einmal Abeers französischer Kontaktmann wisse mehr. Wie sie wirklich heiße, wo sie wohne, ob sie die »Beweise« schon in Händen halte oder noch besorgen müsse. Was man unter »Beweisen« überhaupt zu verstehen habe. Nur eines sei klar: Die einzige Möglichkeit für die Gruppe Schmidt und damit für PNAC und die amerikanische Regierung, Abeers »Beweise« abzufangen, sei der Moment der Übergabe in Bagdad.

Breuninger spürt mehr, als dass er es sieht, wie sich Petra von links leicht zu ihm neigt. Spürt ihre plötzliche Unruhe.

»In Bagdad, Hans? Wie willst du das bewerkstelligen?«, murmelt sie.

Er mustert sie nachsichtig. Petra Weissmann, Staatssekretärin im Innenministerium, früher Vizepräsidentin des hessischen Verfassungsschutzes, Witwe seines Freundes Michael, mit dem er die Gruppe Schmidt 1998 gegründet hat. Seit drei Jahren ist sie im Führungsgremium, um das Werk Michaels fortzusetzen.

Der letzte Wunsch eines Sterbenden im Morphiumrausch.

Anfangs dachte Breuninger, dass sie mit ihrer Erfahrung, ihren Verbindungen, ihrer kühlen Entschlossenheit ein Glücksfall für die Gruppe sein könnte. Aber die Trauer zersetzt sie.

»Mach dir keine Gedanken«, entgegnet er ebenso leise.

»Und wenn das nicht klappt?«, bellt Ben.

»Es wird klappen«, erwidert Steffen.

Ben reibt sich die Schläfen, seine Finger hinterlassen purpurrote Abdrücke. Es heißt, er habe politische Ambitionen, wolle aus dem Think Tank PNAC zu Rumsfeld ins Pentagon wechseln. Europa ist seine Chance, sich zu bewähren. Doch »Europa« bedeutet zu Bens

Leidwesen im Moment Bagdad und Abeer. Es bedeutet, die Hände in den Schoß zu legen und Breuninger und der Gruppe Schmidt zu vertrauen.

Jim, CIA, nickt sinnierend. Nancy, State Department, mustert Breuninger konzentriert. Ben knurrt: »Schön, dass Sie da so sicher sind.«

»Wie soll die Übergabe stattfinden?«, fragt Wesley.

Ein Sondereinsatzteam des BND sei bereits zusammengestellt, erwidert Breuninger. Durchgeführt werde die Operation »Abeer« unter der Leitung eines altgedienten Agenten, den er selbst noch geführt habe. In Kürze würden der französische Agent und Abeer einen Übergabeort vereinbaren. Dort übernehme »unser Mann« die Unterlagen.

Alles im Griff also.

»Das heißt, Sie haben einen Mann im BND-Team?«, hakt Ben nach.

Breuninger lächelt nur.

»Ach kommen Sie, Hans! Ich brauche mehr!«

»Keine Namen«, sagt Wesley vom Monitor herab. Der Einzige unter den Amerikanern, der ihm blind vertraut. Der Einzige, der ihn aus der alten Zeit kennt, jenen Jahren, als die Villa und der Park noch bevölkert waren.

Breuninger greift nach der Kaffeetasse, trinkt.

Wesley war der Erste, der ihn im leeren Haus aufsuchte, Anfang 1983. *Sie sollten es verkaufen,* sagte er. *Das kann ich nicht,* erwiderte Breuninger. Der erste Golfkrieg, seit zwei Jahren schlachteten sich Iraker und Iraner ab. Sie tranken an Marions Teetischchen Whiskey und besprachen die Optionen des Westens. Marys Mutter lief bellend durchs Haus und suchte vergeblich nach dem Frauchen und den Kindern.

Auch nach 9/11 war Wesley der Erste, der kam. Das Teetischchen befand sich da längst in Washington, wie alles andere, was Marion mitgenommen hatte. Zum ersten und einzigen Mal überhaupt reichten sie sich die Hand. *Wir finden Ihren Sohn,* sagte Wesley. *Lebend. Das verspreche ich Ihnen.*

Ein sehr amerikanisches Versprechen, dachte Breuninger ohne Vorwurf: uneinlösbar.

So war es dann auch gekommen.

Sachte stellt er die Tasse zurück, fixiert Ben, der eingeschnappt schweigt.

Jim, hochgewachsen, graumeliert, räuspert sich. »Ihr Mann wird auf sich allein gestellt sein. Weder wir noch die DIA haben Agenten in Bagdad.«

Die Botschaft ist freundlich verklausuliert, aber klar: Man hält nicht viel vom BND. Noch immer eines der Grundprobleme des deutschen Dienstes. Diesmal allerdings brauchen die Amerikaner die Deutschen. Und umgekehrt natürlich.

»Wir bekommen Unterstützung aus Ramstein«, sagt Steffen.

Breuninger nickt lächelnd.

Doch die Übergabe bereitet Jim, Ben und Nancy weiterhin Sorgen. Wie stellt ihr euch das vor? Wie wollt ihr garantieren, dass euer Mann die »Beweise« bekommt, nicht einer der anderen BND-Leute? Oder der französische Agent? Dass es keine Kopien gibt, die dann in den westlichen Medien auftauchen? Die Übergabe ist zu wichtig, als dass man Risiken eingehen dürfte! Saddam *muss* endlich abgesetzt werden! Die Operation Iraqi Freedom *muss* stattfinden!

Bereitwillig stellt Breuninger sich den Sorgen. Beantwortet die Fragen und wirbt um Vertrauen. Der BND mag es nicht mit der CIA aufnehmen können, gibt er zu, aber unser Mann ist erprobt. Spricht Arabisch, kennt Bagdad. Kann improvisieren, falls nötig.

»Sie meinen hoffentlich: liquidieren«, schnarrt Ben.

Eine Bedingung, keine Frage. Breuninger reagiert nicht. Noch immer spürt er die Unruhe links von sich. Die größte Skeptikerin sitzt womöglich im eigenen Lager. Vor ein, zwei Jahren hätte ihn diese Erkenntnis überrascht. Dabei weiß er doch, dass der Tod eines Nahestehenden die Menschen verändert.

»Was passiert mit den angeblichen Beweisen?«, fragt Jim.

»Sie werden noch in Bagdad vernichtet.«

Seine einzige Lüge an diesem Nachmittag.

Später spricht Nancy das Thema Curveball an. Droht uns hier Gefahr? Breuninger schüttelt den Kopf. Der Mann wird hermetisch abgeschirmt. Niemand – und er wiederholt und betont: *niemand* – wird zu ihm durchdringen. Abgesehen davon sind nur eine Handvoll Menschen in die Wahrheit um Curveball eingeweiht. Alle gehören der Gruppe Schmidt oder dem PNAC an. Weder »mein ehrwürdiger Nachfolger, Mr. Träger« noch Curveballs Führungsoffizier sind darunter.

Dann nähert sich das Treffen dem Ende.

»Falls Sie Hilfe brauchen, Hans …«, sagt Nancy.

Das Angebot, auf das Breuninger gewartet hat. »Wir könnten Unterstützung vom jordanischen Geheimdienst brauchen.«

Ein Grummeln vom Monitor, dann erwidert Wesley: *»Shouldn't be a problem. We're best friends with the GID.«*

6

EIN TAXI BRINGT JAROMIN vom Flughafen in die Stadt, über die er so gut wie nichts weiß, außer dass Bengt Koeppen in den Neunzigern hier zwei Jahre als Resident verbracht hat. Die jordanische Königin fällt ihm ein, Rania – Daniela liebt arabische Königinnen, verfolgt noch immer fasziniert Hochzeiten und Charity-Auftritte im Fernsehen. Ebenfalls nicht unwichtig: der Zeitunterschied. In Amman ist es eine Stunde später als in Sarajevo.

Andererseits kennt er wenige Städte besser als diese. Er hat den halben Stadtplan auswendig gelernt.

Im Zentrum verlassen sie den Highway und kommen nur noch im Schritttempo voran. Auch die Gehsteige sind bevölkert, auffallend viele junge Männer, die Frauen zum Teil verschleiert, Gruppen von Polizisten. Kleine Geschäfte dicht an dicht, Konditoreien, farbenprächtige Damenmode, Uhren, Schmuck, Schuhe. Vor Metzgereien und in Seitengassen Schächtungen, heute beginnt das islamische Opferfest. Eine Demonstration, Plakate gegen Bush und die USA, ein Sternenbanner brennt, Polizei und Militär stehen bereit. Und immer wieder der Blick auf die antiken Ruinen des Zitadellenhügels.

Vor dem Hotel, das Koeppen genannt hat, steigt Jaromin aus. Die Luft ist mild und sandig, riecht nach Abgasen und Stein. Er betritt die Lobby, passiert West-Journalisten, die auf Sofas und Sesseln auf den Krieg warten. An der Rezeption fragt er nach »Mr. Kerry« und erhält einen Umschlag mit dem Wohnungsschlüssel.

Draußen wendet er sich nach Norden, folgt den Straßen und Markierungspunkten vor seinem inneren Auge. Auf den Schildern stehen die Straßennamen in arabischer und lateinischer Schrift, so kann er sich zusätzlich orientieren. Nach einem Kilometer biegt er ab, geht hügelaufwärts nach Osten. Oben ein Wohnhauskoloss, Satellitenschüsseln vor den Fenstern, zahllose Funkmasten auf dem flachen Dach. Kurz danach führt rechts ein breiter Durchgang zur Parallelstraße hinunter. Auf halber Strecke steht ein schmales weiteres Hochhaus, der Eingang zwischen zwei schlanken, turmartigen Vorsprüngen. Zu Fuß steigt er nach oben, Kameras auf allen Treppenabsätzen, unscheinbare kleine Äuglein hoch oben in Winkeln und Ecken, vom Schmutz kaum zu unterscheiden. Vor der ersten Wohnungstür im vierten Stock öffnet er den Umschlag und nimmt den Schlüssel heraus.

Eine schlichte Zweizimmerwohnung, die nur einem Zweck dient: dass BND-Mitarbeiter in Amman übernachten können, ohne sich in Hotels anmelden zu müssen. Kleine Räume ohne Vorhänge, nach Norden ausgerichtet, schon im Halbdunkel liegend. Im Wohnzimmer ein paar wenige Möbel, im Schlafzimmer zwei schmale Betten und ein Schrank. Schon lange scheint niemand mehr die Wohnung benutzt zu haben. Die Hälfte der an Kabeln herabhängenden Fassungen enthält keine Glühbirnen. In Ecken und Winkeln vertrocknen tote Spinnen. Das Bier im Kühlschrank hat das Mindesthaltbarkeitsdatum um ein halbes Jahr überschritten. In Pullach wartet ein Formular zum Zustand der Wohnung auf Jaromin. Viele kleine Quadrate zum Ankreuzen, der BND ist ein penibler Nachrichtendienst.

Er öffnet zwei Fenster und die Balkontür der Küche, um den Geruch nach Schimmel zu vertreiben. Im Bad kniet er sich neben das WC und tastet auf dem verschlierten Boden nach einer losen Fliese. Darunter liegen, von einer Staubschicht bedeckt, eine Walther PPK, eine Sig Sauer, Munitionsschachteln, jeweils ein Bündel Jordanische

Dinare und US-Dollar, ein Satellitentelefon, zwei Prepaid-Handys, der Autoschlüssel.

Ohne etwas herauszunehmen, schließt Jaromin das Fach.

Auf dem Küchenbalkon raucht er eine Zigarette, lässt dabei den Blick über die Stadt gleiten. Wieder die Ruinen auf dem Hügel, der inmitten anderer Hügel liegt, alle überzogen von fast ausschließlich sandfarbenen Gebäuden, als käme hier, am Rand der arabischen Wüsten, nur diese eine Farbe infrage.

Alinas Stimme, die nicht in diese Wüsten gehört, auch ihn herauszureißen droht. Aber er weiß, wie wichtig die Telefonate für sie sind.

Erzähl mir von Sarajevo …

Er liegt auf dem Bett, starrt auf Spinnweben über sich, die »Sniper-Alley« vor Augen, von Einschusslöchern übersäte Hauswände, zerbombte Brücken über den Fluss Miljacka. »Aber die Altstadt ist nett. Viele kleine Läden. Wie in einer Markthalle, nur ohne Dach. Ćevapčići-Bratereien. Richtige Ćevapčići, nicht das langweilige Zeug, was Mama kocht.«

Sie lacht. »Hast du da heute gegessen?«

»Noch nicht.«

Er hört sich von den Hügeln über Sarajevo erzählen, auf denen Schnee liegt. Den verfallenden Anlagen der Olympischen Winterspiele dort oben. Den vielen weißen Friedhöfen auf halber Höhe. »Und wie war dein Tag?«

»Cool«, sagt sie. Schlittenfahren mit Freundinnen. Am Wochenende wollen sie nach Garmisch zum Skifahren.

Er hört die Tränen in ihrer Stimme. Steht auf. Die Fensterscheibe ist kühl an seiner Handfläche, selbst auf der Innenseite spürt man winzige Sandkörner. Auf den Ruinen der Zitadelle liegt weiches rötliches Licht. Er verspricht ihr, übernächstes Wochenende mit ihr nach Garmisch zu fahren.

»Ja?«

Ihre Skepsis macht ihn sprachlos.

Von draußen ist jetzt die elektrisch verstärkte Stimme eines Muezzin zu hören. Jaromin hält den Atem an. Zu früh für Sarajevo?

»Ich mag das«, sagt Alina.

»Was?«

»Diesen Klang. Wenn sie singen.«

Schweigend lauschen sie dem monotonen, fast melancholischen Sprechgesang, der, von zahllosen Lautsprechern verstärkt, von der Scheibe gedämpft, über der Stadt liegt.

»Wenn sie singen, hat man das Gefühl, alle Menschen gehören zusammen«, sagt Alina.

»Alle, für die sie singen.«

»Alle, die es hören.«

»Ja«, sagt Jaromin.

»Und alle, die es nicht hören.«

Nach dem Telefonat verlässt er die Wohnung, geht die vier Stockwerke hinunter nach draußen. Koeppen hat ihm einen Imbiss in der Nähe empfohlen, *wenn es ihn noch gibt*, den Durchgang hinunter, die Hashemi Street ein paar Meter Richtung Römisches Theater. Er folgt dem inneren Plan nach Nordosten. Im Stehen isst er heiße Falafel, klaubt mit den Fingern Gemüse aus der Alufolie. Die laute Straße leuchtet bunt. Immer wieder passieren ihn Streifenwagen, Militärjeeps. Später lässt er sich im Strom der Passanten treiben, versucht, die Anspannung loszuwerden. Seit ein paar Jahren liegt sein Ruhepuls bei achtzig, der Blutdruck gewöhnlich bei hundertvierzig zu achtzig. Nichts Organisches, nur die Wachsamkeit und die Gedanken, Erinnerungsfetzen, Möglichkeiten. Was geschehen ist und beinahe geschehen wäre. Der Musiker Mirko, der dem Mörder aus Angst beinahe den Kopf eingeschlagen hätte. Ivo, der die Kugel bei einer anderen Bewegung, einem anderen Timing vielleicht in den Kopf bekommen hätte und morgen nicht am Flughafen von Amman auftauchen würde. Zweifel und Fragen. Hätte er die beiden Schatten im Wald sehen müssen? Ähnliche Fragen zu all den anderen Orten, an denen er offiziell nicht gewesen ist. Sein Kopf birst vor Fragen, auf die er keine Antworten findet.

Gegen zwanzig Uhr kehrt er zum Haus zurück. Noch im Erdgeschoss hört er von oben sich nähernde Stimmen und Schritte. Ein Mann kichert, eine Frau sagt etwas auf Arabisch, sie klingt zornig. Auf dem Absatz im ersten Stock begegnet er ihnen. Die Frau ist Anfang dreißig, trägt ein Tuch locker über dem Haar. Dicht hinter ihr geht der Mann, füllig, mit Schnauzbart, seine Hände sind an ihrer Hüfte. Sie wehrt sich, versucht, die Hände abzustreifen. Die Hände kommen wieder.

Weder die Frau noch der Mann beachten Jaromin.

Ein Stück hinter ihnen schlurft ein Junge, Kopf gesenkt, etwa zehn.

Dann ist auch der Junge an ihm vorbei.

Vor Jaromins Augen taucht ein anderer Zehnjähriger auf. Blass und kraftlos steht er da, ein bisschen krumm. Will das neue Fahrrad nicht berühren, Jaromin muss es am Sattel festhalten, damit es nicht umfällt. Draußen strömender Regen, die Tropfen pochen und klopfen und trommeln von allen Seiten gegen die Hülle des Hauses. Jaromin erklärt das Rad, eines der brandneuen leichten Mountainbikes mit Präzisionsschaltung. Seine Stimme kämpft gegen die Geräusche des Regens an, gegen Alex' bitteres Schweigen. Dabei weiß er es natürlich: Es ist das falsche Geschenk. Alex mag die Berge nicht. Mag die Natur nicht, körperliche Anstrengung, Herausforderungen.

Die Welt des Vaters.

Jaromin tauschte das Mountainbike gegen den aktuellsten Computer, einen iMac mit halbdurchscheinendem Gehäuse, ungleich hässlicher und nutzloser.

Ein Geschenk kann man tauschen, den Vater nicht.

Als er Schritte hinter sich wahrnimmt, fährt er herum.

Der Junge. *»Please, Sir, can you help?«*

Von unten dringt das giftige Lachen des Mannes herauf. Seine Stimme, mal süßlich, mal drohend.

Die Regeln sind klar, mit gutem Grund: nie einmischen im Einsatz. »*I am sorry.*«

Die zornige Stimme der Frau erklingt.

»*Please!*«, drängt der Junge.

Jaromin lächelt bedauernd und setzt seinen Weg nach oben fort. Er hört den Jungen die Treppe hinunterrennen, mit empörter Stimme etwas rufen. Ein kleiner Löwe, der sich in den Kampf stürzt.

Der Mann lacht.

Eine Hand klatscht auf bloße Haut, der kleine Löwe schreit auf. Durch die schmalen Schächte dringt die vor Zorn gellende Stimme der Frau. Geräusche eines Gerangels. Noch einmal das Klatschen und ein heller Schrei.

Und ununterbrochen das hochmütige Lachen.

Es hört selbst dann nicht auf, als der Mann Jaromin kommen sieht. Er ist unerfahren und nicht trainiert, zwei harte Ohrfeigen, und er sackt in sich zusammen, das Gesicht verzerrt vor Schmerz.

Jaromin durchsucht ihn mit groben Händen. Keine Waffe.

Die Frau ist in eine Ecke zurückgewichen, in den Augen harter Stolz. Sie sagt etwas auf Arabisch, und Jaromin erkennt eines der Wörter, die er sich während des Fluges eingeprägt hat: »*Shukran.*« Danke.

Bevor er etwas erwidern kann, hat sie das Gebäude verlassen.

Der Junge ist noch da. Er blickt auf den an der Wand kauernden Mann hinunter, tritt ihm gegen die Beine, und Jaromin lässt ihn gewähren.

Dann wendet sich der Junge ihm zu, streckt die Hand aus. »*My name is Djadi.*«

»*Frank.*«

Sie schütteln sich die Hände.

»*Can you teach me, Mr. Frank?*«

»*Teach you what?*«

Der Junge imitiert einen Faustkampf. »Damit ich meine Mutter beschützen kann.«

»Vielleicht morgen.«

Der Junge nickt und läuft in die Dunkelheit hinaus.

Jaromin kniet sich vor den Mann, packt ihn mit einer Hand am Kinn, drückt den Kopf gegen die Wand. *»You leave her alone, got it?«*

Die von Tränen feuchten Augen werden sanft. »Willkommen in Amman, Herr Lahn«, sagt der Mann auf Deutsch. »Mein Name ist Bashar, ich bin ein Vertrauter von Pullach.«

Jaromin lässt ihn los. Bashar, ein Vermächtnis Koeppens.

Er wendet sich ab, ist schon auf der Treppe, als Bashar wieder auf den Beinen steht. Auf dem Absatz holt er Jaromin ein. »Und ein Händler«, raunt er und zählt auf, was er besorgen kann, »mit Kollegenrabatt«: Marihuana, jegliche Form von Alkohol, falsche Pässe, Waffen, ein Mädchen, einen Jungen, vielleicht sogar die Frau von eben … »Sie ist schön, nicht wahr? Und allein!« Bashar hat eine Hand auf seinen Arm gelegt, Jaromin spürt den warmen Körper, der fast an ihm klebt. Mit der Linken nimmt er die Hand, gar nicht einmal schnell, verdreht sie mit Druck an den richtigen Stellen, und Bashar sinkt mit einem empörten Quieken auf die Knie.

Allein geht er weiter, nur die Äuglein in den Winkeln über ihm begleiten ihn, die vermutlich zu einem bleichen Männer- oder Frauengesicht viele tausend Kilometer westlich von Amman gehören.

7

Bei München

UM NEUN LANDET HANNE LAY auf dem Franz-Josef-Strauß-Flughafen. Während sie am Mietwagenschalter wartet, taucht in ihrem Augenwinkel am Nebenschalter ein bärtiges, bebrilltes Gesicht auf. Salih, der bei einem anderen Unternehmen gebucht hat.

Auf der Autobahn fährt sie schnell, der Opel Vectra kooperiert willig. Sie behält den Rückspiegel im Blick, doch die Schatten des BND zeigen sich nicht. Falls sie überhaupt da sind. Es spielt keine Rolle. Wichtig ist nur, dass sie Salih nicht auf dem Radar haben.

In Pullach parkt sie außerhalb des BND-Geländes, geht die letzten Meter entlang einer Mauer mit Stacheldrahtkrone zu Fuß. Es ist kalt, hat geschneit, anders als in Berlin. Die Zufahrt wird von zahllosen Kameras überwacht. Ein zweiflügeliges Metalltor, Einfahrt und Ausfahrt, dazu eine schmale Tür für Fußgänger. Minutenlang steht sie in der Morgenkälte, lässt sich scannen, identifizieren, kategorisieren, vielleicht ein bisschen ärgern, bevor der Summer ertönt. Jenseits der Tür vier Wachhäuschen für die Autofahrer, eines für die Fußgänger. Straßenlaternen mit Doppelleuchten legen grelles Licht über das Grauweiß.

»Sie werden abgeholt«, sagt der Pförtner, verstaut ihre Dienstwaffe und ihr Handy und gibt ihr einen Besucherausweis.

Zwanzig Minuten später kommt ein Mann im Wintermantel angelaufen, stellt sich desinteressiert vor: »Müller, Assistent.«

»Assistent von wem?«

»Abteilungsleitung.«

Zehn Minuten lang folgt sie Müller im Eilschritt über das baumbestandene Gelände durch den Schnee. Als es wieder zu schneien beginnt, zischt er: »Scheiße!«

Dann sitzt sie allein in einem winzigen, immerhin beheizten Empfangsraum. Wieder vergeht eine halbe Stunde. Eine Frau holt sie ab, ohne sich vorzustellen, und führt sie in einen Vernehmungsraum mit Einwegspiegel.

»Haben Sie vielleicht einen Kaffee für mich?«

Die Frau erschrickt. »Bedaure.«

Kurz darauf tritt ein schlanker Mann Anfang fünfzig ein, sagt mit sanfter Stimme und gewinnendem Lächeln: »Entschuldigen Sie, dass Sie warten mussten. Josef Bardeaux.« Leichter bayerischer Einschlag, sonores Selbstbewusstsein. Sein Blick ist fest, der Händedruck ebenfalls. Der Gegenentwurf zu Träger, dem leichtgewichtigen Präsidenten. Bardeaux leitet die Abteilung 1, Operative Aufklärung. »Eine Bitte, Frau Lay«, sagt er entspannt. »Curveball weiß nichts von der Informantin in Bagdad. Wenn Sie sie erwähnen, wird er … na ja. Er ist labil. Manchmal hysterisch. Er würde vielleicht abbrechen.«

Lay nickt, während sie den leicht gerollten »R« nachlauscht, die sie immer schon ansprechend fand.

Selbstverständlich wird sie Abeer erwähnen.

»Geht gleich los«, sagt Bardeaux und verschwindet wieder.

Er kommt nicht zurück. Stattdessen erklingt kaum eine Minute später seine Stimme über Lautsprecher: »Wenn Sie jetzt bitte Ihre Fragen stellen, Frau Lay.«

Sie starrt auf den Einwegspiegel. »Ist das Ihr Ernst?«

Curveballs Bedingung, erklärt Bardeaux freundlich.

Im Hintergrund ist eine gedämpfte Frauenstimme zu hören, die ins Arabische übersetzt.

»Ich muss ihn sehen!«, sagt Lay.

Eine andere Männerstimme, monoton und leise, sagt etwas auf Arabisch.

Die Frau übersetzt. »Er sagt, so oder gar nicht. Er hat schlimme Jahre hinter sich. Er geht kein Risiko mehr ein.«

»Sie wissen, dass ich im Auftrag des Kanzleramts hier bin, Bardeaux.«

Sie hört ihn seufzen. »Geben Sie mir eine Minute.«

Die Lautsprecher werden ausgeschaltet. Drei Minuten verstreichen.

»Er will nicht«, sagt Bardeaux dann.

Lay erhebt sich und tritt dicht an den Spiegel. Sieht sich selbst darin und den Raum, in dem sie sich befindet.

Sie ist ihnen auf den Leim gegangen.

Noch kann sie die Wut im Zaum halten. »Schaffen Sie ihn rüber.«

»Helfen Sie ihr«, hört sie Bardeaux leise sagen. »Sie beißt nicht. Und wenn, dann beißen wir zurück.« Er lacht aufmunternd.

Das Flüstern der Frau. Dann wieder die kleine, beleidigte Männerstimme.

Die Frau: »Er sagt Nein. Es wissen schon zu viele Leute, wie er aussieht.«

»Bedauere, Frau Lay«, sagt Bardeaux.

Für einen Moment verliert sie die Contenance, schlägt mit der flachen Hand gegen die Scheibe.

Die auf der anderen Seite schweigen.

Schließlich spricht Curveball. Dann die Frau: »Er sagt, er hat der Welt einen Gefallen getan und ein gutes Leben geopfert, damit Saddam verschwindet. Und Sie kommen her und behandeln ihn wie einen Kriminellen. Er fragt, wieso Sie glauben, dass er lügt.«

Lay unternimmt einen letzten, schon hilflosen Versuch. »Von Angesicht zu Angesicht, oder wir lassen es.«

Die Frau, Curveball, die Frau: »Er sagt, dann lassen wir es.« Die Lautsprecher übertragen Stühlerücken, Rascheln. Eine Tür öffnet sich, schließt sich.

Bardeaux räuspert sich. »Er ist gegangen.«

Müde kehrt Lay zu ihrem Stuhl zurück und setzt sich. »Also gut. Holen Sie ihn zurück.«

Eine halbe Stunde lang beantwortet Curveball mit Hilfe der Dolmetscherin jenseits des Einwegspiegels Lays Fragen. Hin und wieder sagt er »Kein Kommentar«, als hätte er zu viele amerikanische Gerichtsfilme gesehen, oder beschwert sich bei Bardeaux über ihren »aggressiven Ton« und ihre »böswillige Art«. Lay fragt die Daten und Fakten ab, die sie aus von Goerdens Unterlagen kennt – Studium der Chemie in Bagdad; der Job im »Chemical Engineering and Design Center«, wo Wissenschaftler wie er, vor der Welt verborgen, an Massenvernichtungswaffen gearbeitet haben; die mobilen Biowaffenlabors, mit deren Hilfe die UN-Kontrolleure getäuscht werden; der Giftunfall, bei dem zwölf Menschen ums Leben gekommen sind. Später die Flucht über Libyen, Marokko und Spanien nach Deutschland, die Ankunft in Zirndorf im November 1999, die ersten Gespräche mit dem BND. Curveball leiert seine Antworten unkonzentriert herunter, die Stimme klanglos und weinerlich. Manchmal vergisst er etwas, muss sich korrigieren. Lay ist aufgestanden, geht an der Spiegelscheibe entlang. Von Zeit zu Zeit bleibt sie stehen und starrt durchdringend auf das Glas, ein lächerlicher Versuch, Curveball einzuschüchtern oder zumindest zu verunsichern.

»Kommen wir zu den Widersprüchen«, sagt sie.

Curveball spricht, klingt jetzt müde und frustriert.

»Er sagt, das ist doch alles längst geklärt.«

»Bei den ersten Gesprächen mit dem BND haben Sie behauptet, Sie hätten das Projekt in Djerf al-Nadaf geleitet. Später …«

»Später, später, später!«, ruft Curveball gequält auf Deutsch mit starkem Akzent. »Später es ging mich schlecht!«

Eine Litanei folgt, erst Arabisch, dann Deutsch. Er hatte angefangen zu trinken, war verzweifelt, der BND erlaubte nicht, dass er nach Spanien zu seiner schwangeren Frau fuhr. Stattdessen permanente Wohnungswechsel, neue Betreuer, das kaum verhohlene Misstrauen, die lediglich kleinen Geldbeträge, die er erhielt und die zum Leben kaum reichten … So, sagt er, sagt die Dolmetscherin, sei es schließlich zu den Lügen gekommen. Er habe »diese Leute« verunsichern wollen, um ihnen klarzumachen, dass sie ihn brauchten. Alles, was er vor den Lügen gesagt habe, entspreche der Wahrheit. Doch wer weiterhin die Wahrheit von ihm erwarte, müsse ihn respektvoll behandeln.

»Er sagt, können wir bitte aufhören. Er hat Kopfschmerzen.«

»Ich denke auch, es reicht jetzt, Frau Lay«, sagt Bardeaux.

Sie tritt einen Schritt von der Spiegelscheibe zurück. »Wir machen am Nachmittag weiter. Von Angesicht zu Angesicht.«

»Wer ist dies Frau?«, ruft Curveball auf Deutsch. »Was sie will von mir?«

»Nichts, was sie nicht längst hat«, sagt Bardeaux. »Wir telefonieren, Frau Lay.«

Wieder Stühlerücken, Rascheln und die Tür, die sich öffnet und schließt.

»Fünfzehn Uhr«, sagt Lay. »Hier.«

Mit einem elektrischen Knistern wird der Lautsprecher abgeschaltet.

Eine andere Mitarbeiterin bringt sie in den Empfangsraum, ein anderer Assistent zur Pforte. Erst draußen, jenseits der Metalltür, schaltet sie das Telefon ein. Fünf Textnachrichten von Salih aus den letzten Minuten: Straßennamen.

Curveballs Route von Pullach nach München.

Sie lächelt. Sie wird ihr Gespräch von Angesicht zu Angesicht bekommen. Wenn auch nicht hier, sondern in einem kuscheligen Verhörraum in Berlin-Treptow.

8

Amman

GEWÜRZTER ARABISCHER MOKKA in einem Straßencafé, dazu irgendetwas Klebrig-Süßes zum Essen, hinterher ein paar Zigaretten
im Morgentrubel der Stadt. Nachdem er den Nissan Sunny gefunden hat, kehrt Jaromin in die Wohnung zurück. Kein Sightseeing.
Koeppen hat zwar von der Zitadelle geschwärmt, vom Archäolo-
giemuseum, der König-Abdullah-Moschee mit der blauen Kuppel,
überhaupt die Moscheen ... Doch Jaromin braucht Ruhe, keine Ablenkung. Und anders als Koeppen ist er weder Fan noch Kenner
der arabischen Welt.

Er liegt auf der muffigen Matratze, überlegt, welche Welt *er* kennt.
Wovon *er* früher geschwärmt hat. Längst kann er das nicht mehr,
schwärmen. Zu viele Zweifel und Fragen.

Der Junge in Bosnien ist sein vierter Toter.

Kommst du klar?, fragt Koeppen nach jedem Einsatz.

Natürlich kommt er irgendwie klar.

Helles Kinderlachen dringt durch das geöffnete Küchenfenster
und weckt ihn. Barfuß tritt er auf den Balkon. Wieder das Lachen,
dann eine fröhliche Stimme.

Der Junge, hoch über ihm unter dem Himmel.

Aus einem Impuls heraus verlässt Jaromin die Wohnung und steigt
die restlichen vier Stockwerke nach oben. Eine Metalltür führt auf
das Flachdach hinaus, das von einer hüfthohen Mauer umgeben ist.
Instinktiv hält er inne.

Tausende Augen können ihn sehen.

»*Mr. Frank!*«, ruft der Junge.

Sie halten ein riesiges nasses Bettlaken in den Händen, der Junge zwei Ecken, die Mutter die anderen zwei, in der Mitte zwischen ihnen steht ein Korb mit nasser Wäsche. Mit eingespielten Bewegungen gehen sie aufeinander zu, falten das Laken, das auf die Wäsche im Korb durchhängt, nicht auf den Boden, gehen wieder auseinander. Auf langen Wäscheleinen trocknen Bettbezüge, Tischtücher, weitere Laken in der Sonne, so viele, dass sie nicht aus einem einzigen Haushalt stammen können.

»*Come, Mr. Frank, and help!*«, ruft der Junge fröhlich. An einer Schnur um seinen Hals hängt ein gelbes Plastikfernglas.

Auch die Mutter sieht Jaromin an. »*As-salamu alaykum. How are you?*«

Langsam erwidert er: »*Wa alaykum as-salam.*«

Der Junge lacht ihn aus, die Mutter neigt beinahe huldvoll den Kopf. Sie trägt Jeans und Turnschuhe, kein Tuch über den langen schwarzen Haaren. Ihr Blick taxiert ihn. Wieder spürt er ihren Stolz. Eine ungeheure Distanziertheit.

Er tritt zu dem Jungen. »*Djadi, right?*«

»*Yes!*«

Er übernimmt einen Zipfel des Lakens, dann gehen sie auf die Mutter zu, reichen ihr die Ecken. Er hilft ihr, das Laken aufzuhängen. Dann die restlichen Wäschestücke. Manchmal berühren sich ihre Finger. Ihre Augen begegnen sich nicht.

Als der Korb leer ist, hebt Djadi das gelbe Fernglas. Zeit für Sightseeing, Mr. Frank!

Fünfzehn Minuten später kennt Jaromin Amman. Weiß, wo man am besten Fußball spielen kann; wo die Jungs Kaugummis, Zigaretten und DVDs klauen; wo auffallend viele Männer *aus einem bestimmten Grund, du weißt schon,* Vollbart tragen; wo Djadi zur Schule geht; wo sein Freund Emad wohnt, der aus Basra stammt, nicht aus Bagdad; und wo der riesige hässliche Imam mit den langen Fingernägeln predigt, der ihn nachts in seinen Albträumen heimsucht. »Und da«, flüstert Djadi, zeigt mit der Hand auf das nahe Hochhaus mit den Satellitenschüsseln und Funkmasten, und Jaromin bewegt das Fernglas mit, »wohnt eine schöne Frau, manchmal sehe ich sie nackt im Bad, sie duscht und hat dabei eine Mütze auf dem Kopf, und ich schwöre, ich kann ihre Nippel sehen!«

Kein Moment für moralische Vorhaltungen aus dem Westen.

Als Jaromin die Hände auf den kühlen Stein der Brüstung legt, ist die Unruhe schlagartig wieder da. Tausende Augen aus dem Licht des Mittags, und vielleicht ein unsichtbares Paar darunter, das sich nur für ihn interessiert, Bashar, jemand vom jordanischen GID, irgendwer. Als Kind war er davon überzeugt, dass ihn der Heilige Georg beobachtete, nicht nur in der Kirche von der Wandkonsole herab, sondern immer und überall im Leben nach dem Tod der Mutter. Der Einzige – auch davon war er überzeugt –, der ihn wirklich *ansah*. Schützend und mahnend. Tröstend und erinnernd.

Man muss seine Schuld tragen, sagte der Heilige Georg.

Noch immer fühlt Jaromin sich manchmal von ihm beobachtet.

Er spürt Djadis Hand am Arm.

»Nicht runterschauen, Mr. Frank!«

»Warum?«

»Wenn du runterschaust, zwingen sie dich zu springen!«

»Wer?«

»Die Dämonen!«, flüstert Djadi. Dann lacht er hell. Doch Jaromin hat die Angst in seinen Augen gesehen.

Sie sitzen mit dem Rücken an der Mauerbrüstung, werfen mit mechanischen Bewegungen aus dem Handgelenk abwechselnd Steinchen in eine verbeulte Blechtasse, die irgendjemand hier oben vergessen hat. Djadi trifft fast immer, Jaromin seltener, kein geeignetes Spiel für seine zitternde Hand. Immerhin ist die innere Ruhe zurückgekehrt, was mit der Mauer zu tun hat, mehr jedoch aber, denkt

Jaromin, mit dem fröhlichen Jungen, der die Dämonen schon wieder vergessen zu haben scheint.

Dämonen, die man vergessen kann, existieren nicht.

»Du musst besser zielen, Mr. Frank!«

Er gibt sich Mühe, trifft jetzt häufiger.

»Ihr seid aus Bagdad?«

Dajdi nickt.

»Wie alt bist du?«

»Fast zwölf.«

»Zehneinhalb«, ruft seine Mutter, die an den Leinen entlanggeht, die Wäsche geradezieht, immer und immer wieder, dabei auf ihr Kind aufpasst.

»Siehst du, fast zwölf! Hast du Kinder?«

Jaromin nickt. Eine Tochter, elf, einen Sohn, vierzehn.

Djadis Steinchen-Hand hält inne. »Dein Sohn, spielt der auch Fußball?«

»Nein.«

»Spielen die Jungs in Deutschland nicht Fußball?«

»Manche schon.«

»Was macht er dann?«

»Computerspiele. Lesen. Musik hören.«

»Er sollte Fußball spielen, dann ist er draußen, an der frischen Luft.«

Jaromin lächelt.

Sie werfen wieder Steinchen. Djadi ist zufrieden. »Besser, Mr. Frank!« Er beugt den Kopf in seine Richtung. »Hast du die Augen der Spione schon gesehen?«

Jaromin braucht einen Moment, bis er das Kameraauge entdeckt. Es ist an einem Zweig einer vielgliedrigen Antenne befestigt, die auf einem weiteren Treppenhauszugang am anderen Ende des Dachs steht. »Jordanische Spione?«

»Deutsche. Der Mann von vorhin auch.« Erbost spuckt er zur Seite aus.

»Er wird euch jetzt in Ruhe lassen.«

Jaromins Blick bleibt an einem Flugzeug hängen, das südlich der Stadt gestartet ist und sich nach Osten bewegt. Eine kleine Maschine mit T-Leitwerk, weiß, schlank, eine Fokker der Royal Jordanian.

Auch Djadi hat sie gesehen. »Wenn wir genug Geld gespart haben, fliegen wir damit nach Hause«, sagt er und zeigt nach Osten.

Jaromin nickt. Ein Zuhause, das so, wie der Junge es kennt, nicht mehr lange existieren wird.

Schweigend folgen sie der Maschine mit dem Blick. Viermal pro Woche fliegt die Royal Jordanian Bagdad an, die einzigen internationalen Linienflüge, die noch geduldet werden. Die UN stufen sie als »humanitäre Hilfe« ein. Niemand weiß, wie lange Amerikaner und Briten sie die Flugverbotszonen unbehelligt passieren lassen.

Zu gefährlich jedenfalls für deutsche Diplomaten.

Djadi klatscht in die Hände. »Und jetzt, Mr. Frank, zeigst du mir, wie man kämpft, okay?«

Ein paar harmlose Armbewegungen, um Schläge abzuwehren, ein »Bashar«-Tritt mit gestrecktem Fußrist in den Unterleib, den Djadi mit besonderer Hingabe übt, dann verabschiedet Jaromin sich.

Die Mutter kommt ihm entgegen.

»Sie unterrichten Djadi, er unterrichtet mich«, sagt sie auf Englisch. »Vielleicht können Sie ihm morgen mehr zeigen?«

»Ich reise morgen ab.«

Ihre Augen lassen keinerlei Regung erkennen. »Dann wünsche ich Ihnen eine sichere Reise.« Rasch nimmt sie seine Hand, drückt sie mit beiden Händen kurz.

An der Tür zum Treppenhaus dreht Jaromin sich noch einmal um. Djadi übt konzentriert, seine Mutter steht reglos da, die Arme verschränkt, den Kopf nach Osten gedreht, als folgte auch ihr Blick der Fokker, suchte über die Häuser, die östlichen Viertel der Stadt, die Vororte, die Wüste hinweg die unsichtbare Heimatstadt, die bald in Trümmern liegen wird.

9

SEIT ZWEI TAGEN HAT CLAUDE BITAT nichts von Abeer gehört. Inzwischen ist ihr Telefon abgeschaltet. Wie er sie kontaktieren kann, weiß er nicht. Wo er Informationen für sie hinterlassen kann.

Ob sie am Leben ist.

Dafür ruft Bengt Koeppen vom BND jeden Tag an und stellt in akzeptablem Französisch Fragen, die Claude zumeist nicht beantworten kann. Wer ist Abeer? Welcher Gruppierung des Widerstands gehört sie an? Ist sie Schiitin? Sunnitin wie Saddam? Wo will sie sich mit uns treffen? In Bagdad? In einem Haus? Draußen? Wann? Wie umfangreich sind die Dokumente? Kommt sie allein?

Ich weiß es nicht, Monsieur.

Wie kann das sein? Sie ist Ihre Quelle!

Sie erzählt mir nur wenig.

Vertraut sie Ihnen nicht?

Nein, sie vertraut ihm nicht. Und sie hat Angst vor Saddams *Muchabarat*, dessen Augen und Ohren überall sind. Sonst würde sie die Beweise einfach in die deutsche Botschaft bringen. Doch sie weiß, dass sie verhaftet würde, kaum wäre sie wieder draußen.

Das immerhin versteht Koeppen.

Claude sitzt in einem Imbiss nahe der französischen Botschaft und wartet auf sein Mittagessen. Der Blick geht über den Tigris, am anderen Ufer im Dunst hinter Palmen das Regierungsviertel. In seinem Büro in der Botschaft hängt ein Stadtplan Bagdads, der zeigt, dass der mäandernde Tigris eine riesige Nase ins Zentrum schneidet.

Auch auf Satellitenbildern ist sie zu erkennen. Bagdad ist ein halbes Gesicht, so dicht an der Vollendung wie davon entfernt.

Ein Junge taucht auf, stellt den Teller vor ihn. Claude isst Kibbeh, ohne Hackfleisch, das Mangelware ist für die, die nicht zu den Reichen zählen. Außerhalb der gut gefüllten teuren Läden des Zentrums sind fast alle Lebensmittel Mangelware. In der Botschaft nicht, dort gibt es auch Hackfleisch. Nur gibt es drinnen kein Kibbeh, man kocht Französisch.

Claude ist der Einzige, der so oft wie möglich rausgeht. Die anderen Franzosen brauchen die Nähe der Landsleute, er die Distanz. Selbst hier, im Irak, spürt er, dass sie immer auch den Algerier in ihm sehen und dass sie damit etwas Negatives verbinden. Ein gegen Frankreich – *Frankreich!* – aufbegehrendes Volk. Gegen Frankreich gerichtete Waffen. All die französischen Toten. Sie sehen ihn an und fragen sich, ob seine Vorfahren ihre Vorfahren abgeschlachtet haben.

Ja, erwidert er im Stillen. Und deine haben meine abgeschlachtet. Also könnten wir einander doch verzeihen.

Doch Frankreich verzeiht nicht.

Deshalb geht er so oft wie möglich raus.

Vielleicht sucht er auch nur die Nähe Abeers in den Gesprächen, den Geräuschen, den Gerüchen ihrer Stadt.

Das, denkt er, wäre ein sehr dummer Grund.

Auf dem Tisch vibriert das Mobiltelefon. Sein dummes Herz macht einen Sprung.

Der Al-Zawraa-Park am anderen Tigris-Ufer, auf dem Flügel der Nase, in dreißig Minuten.

Er wartet am Brunnen neben dem geschlossenen Zoo, blickt durch die Gitter auf einen müden Löwen, der über das Gelände schleicht, als suchte er Gesellschaft. Die Anlage wird seit einem Jahr renoviert, für April ist die Wiedereröffnung geplant. So lange, denkt Claude, werden die Amerikaner und die Briten nicht warten.

Wieder kommt Abeer mit anderen Frauen, diesmal sind auch

Kinder dabei, überhaupt ist der ganze Park voller Familien, als stünde Bagdad nicht der nächste Krieg bevor. Der dritte Tag des Opferfests, die Menschen feiern trotzig.

Wie immer liegt erst der Duft nach Zimt in der Luft, dann steht sie neben ihm, stützt wie er die Hände auf das niedrige Geländer vor dem Zaun.

»Sind die Deutschen schon in der Stadt?«

»Sie kommen morgen.«

»Diplomaten?«

»Geheimdienst.«

»BND? Der irakische Lügner ist ein BND-Informant!«

»Sie sichern die Übergabe, das ist alles.«

»Kennst du sie?«

»Den Einsatzleiter, aber nur vom Telefon.«

»Wie heißt er?«

Claude zögert. »Kirchner.«

»Wird er bei der Übergabe dabei sein?«

»Nein, aber in der Nähe.«

Jenseits der Gitter nimmt der Löwe Witterung auf und trottet in ihre Richtung.

»Wem gebe ich die Dokumente?«

»Einem der BND-Leute.«

Kinder turnen neben Abeer auf dem Geländer, Mütter zerren sie zurück. Abeer scheint es nicht zu bemerken. Sie hat den Kopf ein wenig mehr in seine Richtung gedreht. Aus dem Augenwinkel sieht er einen hellen Streifen Gesichtshaut zwischen schwarzem Stoff. »Herr Wagner muss dabei sein. Ihm gebe ich die Beweise, nicht dem BND.«

»Wagner?«

»Der Geschäftsträger.«

Sie ist gut informiert, denkt er leicht überrascht. Und sie weiß, dass die Deutschen keine diplomatischen Beziehungen mit dem Irak unterhalten, keinen Botschafter in Bagdad haben. Sie kennt den Unterschied.

Warum auch nicht? Es ist kein Geheimnis.

Er verspricht, ihre Bitte zu übermitteln.

Der Löwe bleibt auf ihrer Höhe stehen, fünf Meter entfernt, zwei Metallzäune und ein gepflasterter Weg dazwischen trennen sie. Gelangweilt mustert er sie abwechselnd.

Claude spürt, dass Abeers Blick auf dem Tier liegt.

»Wo treffen wir uns?«, fragt er.

»Ich rufe dich an.«

Da ist es wieder, das Misstrauen.

Vertrau mir, fleht er stumm. Vielleicht bin ich in dieser Stadt, in diesem Land der Einzige, dem du uneingeschränkt vertrauen kannst.

»Sag mir, in welchem Viertel. Nur das. Kirchner muss es wissen.«

Sie antwortet nicht gleich. »Al-Amiriya. Am 15.«

In drei Tagen, unmittelbar nach dem Opferfest.

»Ruf an, wenn du Hilfe brauchst.«

Aus dem Augenwinkel sieht er sie nicken.

Eine tonlose Frauenstimme flüstert etwas.

»*Muchabarat!*«, wispert Abeer.

Im Pulk der Frauen und der Kinder entfernt sie sich.

Langsam dreht Claude sich um, lässt den Blick über die nahen Wege und Flächen gleiten. Auf der anderen Seite des Brunnens stehen zwei Männer und reden aufeinander ein. Dann gehen sie in die entgegengesetzte Richtung davon. Jemand anders fällt ihm nicht auf. Aber sein Blick ist nicht so geschult wie der einer Irakerin aus dem Widerstand.

Minutenlang bleibt er noch stehen, betrachtet den Löwen, der ihn manchmal aus halb geschlossenen Lidern ansieht. Ein heimlicher Verbündeter, fast zu beneiden – er hat in Abeers Augen gesehen.

10

HANNE LAY SITZT IM FONDS eines silberfarbenen BMW-Kombis und betrachtet auf dem ausklappbaren Display einer mächtigen Minolta-Digitalkamera Dutzende Fotos. Ein dunkler Passat mit getönten Scheiben, der das Pullacher BND-Gelände verlässt. Sie erkennt den Mann am Steuer, es ist Heiner Seibold, Curveballs Führungsoffizier. Auf der Rückbank, kaum zu sehen, ein zweiter Mann, mit Sonnenbrille und Hut. Curveball? Dann ein Mehrfamilienhaus jenseits einer schmalen, verschneiten Parkanlage im Stadtteil Harlaching. Der Passat steht in der Einfahrt zur Tiefgarage. Der Mann mit Hut, als er aussteigt, das Haus betritt, während der Wagen auf die Straße zurücksetzt. Er trägt einen Wintermantel, Kragen aufgestellt. Keine Aufnahme seines Gesichts.

Lay sieht auf, nimmt das Haus hinter dem Park in den Blick.

»Und?«, fragt Salih.

»Keine Ahnung. Ich müsste ihn sprechen hören.«

Sie sitzen im Wagen von Walter, einem LKA-Kollegen, Lay hinten, Salih vorn. Walter – grauer Schnauzer, Tränensäcke – ist ein massiger, etwas vernachlässigter Mann, schweigsam und unergründlich. Er scheint in seinem Dienstwagen zu wohnen, hat vorn wie hinten Habseligkeiten ausgebreitet, selbst im Fußraum. Handschuhe, eine Krawatte, Sportschuhe, Süßigkeiten, *Autobild*, Jerry Cotten, und in den Polstern hängt eine Melange aus den Gerüchen seines Lebens: Zigaretten, Minz-Zahnpasta, Frittierfett, Müdigkeit. Ihr ist aufgefallen, dass seine Augen immer wieder zu Salih gleiten, irgendeine kognitive Dissonanz scheint ihn zu plagen. Vielleicht liegt es am Bart; seit Salih nach 9/11 auf der Straße angefeindet wird, rasiert er sich nicht mehr. Lay mag den Bart, die große Brille, irgendwie wirkt das zusammen ungeheuer modern, als wäre er Abgesandter einer jungen New Yorker Bohème, kein Berliner Kripomann.

Walter hat vermutlich andere Assoziationen.

»Was ist mit dem Nummernschild?«, fragt sie.

Salih winkt ab. Ein Tarnkennzeichen. Der Passat gehört einem Zahnarzt, der sagt, der Wagen sei kurz zuvor gestohlen worden.

Dann wissen sie jetzt, dass wir an ihm dran sind, denkt Lay.

»Da tut sich was«, brummt Walter.

Ein Mann ist aus dem Haus getreten – Daunenanorak, Schal, kein Hut, dafür ein Basecap, Sonnenbrille, Handschuhe. Er wendet sich in Richtung Stadt, die Hände in den Anoraktaschen, mit einem leichten Hinken, als wäre die linke Hüfte blockiert. Derselbe Mann?

Walter fotografiert, Salih hat das Fernglas vor den Augen, sagt: »Mitte dreißig, Naher Osten, vermutlich Araber.«

»Sie spielen mit uns«, sagt Lay.

Nachdem der Mann in einer Seitenstraße verschwunden ist, fahren sie los.

Sie finden ihn rasch wieder. Halten, lassen ihm Zeit. Er steigt in einen älteren blauen BMW, der vor der nächsten Kreuzung wartet. Lay greift nach dem Fernglas. Am Steuer sitzt ein Unbekannter.

Sie folgen dem BMW.

Walter telefoniert, sagt heiter: »Zugelassen auf einen Rechtsanwalt in Moosach, wird gleich als gestohlen gemeldet.«

Die Münchner Innenstadt, eine Seitenstraße zwischen Sendlinger Tor und Karlsplatz. Der unbekannte Fahrer hat den Mann im Anorak vor einem Altbau abgesetzt und ist weitergefahren. In einer Wohnung im vierten Stock brennt seitdem Licht. Manchmal taucht hinter dem Vorhang ein Schatten auf. Der LKA-Wagen steht gegenüber, halb verborgen hinter Mülltonnen.

Walter am Telefon, Salih mit dem Fernglas, Lay überlegt. Wo würde *sie* Curveball unterbringen? Einen Informanten, der Angst vor der Enttarnung und der Rache hat, labil ist, suchtgefährdet, im Fokus diverser Geheimdienste steht? Der nur die Hand heben und rufen müsste: Ich bin der Chemie-Ingenieur, von dem Colin Powell gesprochen hat!, um Bündel von Geldscheinen zu bekommen und auf den Titelseiten der Weltpresse zu landen?

Wenn er so lange am Leben bliebe.

Sie würde ihn isolieren. Eine Wohnung im zehnten Stock eines gesichtslosen Hochhauses am Stadtrand, in einer Gegend, die durch Migranten aus dem Nahen Osten geprägt ist, damit er nicht auffällt. Keine Restaurants in der Nähe, keine Kneipen, keine Tabledance-Bars wie hier. Keine glitzernden Geschäfte, keine Versuchungen. Nichts, was den Wunsch nach mehr Geld wecken könnte. In unmittelbarer Nähe keine U-Bahn, kein Bus, keine Straßenbahn. Die einzige Ablenkung: ein großer Fernseher, eine Kiste voller Videokassetten oder, um ihn zu beeindrucken, DVDs.

Hier jedenfalls, im Zentrum einer Großstadt, würde sie ihn nicht unterbringen.

Walter beendet das Telefonat, brummelt: »Hinterausgang auf einen Hof, von da könnte er ins gegenüberliegende Haus und in die Parallelstraße.«

Lay steigt aus, das Spiel ist noch nicht zu Ende.

Sie steht an einem Imbisstisch, hält einen Döner in der Hand, als gegenüber ein Jogger aus dem Haus tritt. Funktionskleidung, Laufschuhe, Schal, Mütze, Handschuhe, keine Sonnenbrille. Schwerfällig setzt er sich in Bewegung. Bleibt langsam.

Die linke Hüfte klemmt.

Sie informiert Salih, hängt sich an den Jogger dran. Zweihundert Meter weiter steigt er in einen Audi A2. Eine Frau sitzt am Steuer, im Fond Heiner Seibold. Während der Jogger die Tür schließt, beugt Seibold sich vor, und es hat den Anschein, als würde er zu Lay herüberschauen und voller Mitgefühl lächeln.

Dann fällt die Tür zu, der A2 beschleunigt und biegt ab.

Sekunden später hält Walter neben Lay, sie springt hinein. Im Abstand von fünfzig Metern folgen sie dem Audi.

»Seibold hat mich gesehen«, sagt Lay.

Die beiden Männer reagieren nicht.

An der nächsten Ampel stehen sie ein paar Autos hinter dem Audi.

»Du solltest den Bart abrasieren«, sagt Walter.

»Ach ja?«, entgegnet Salih.

»Ist doch sicher keine Tradition in Syrien, so ein Bart.«

»Jungs, bitte«, sagt Lay.

»Es ist Grün, du Rassist«, sagt Salih.

Walter lacht gemütlich und fährt an. Er lacht noch, als mitten auf der Kreuzung ein heftiger Aufprall das Heck des Wagens ausbrechen lässt. Die Airbags lösen aus. Lay schreit, fliegt zur Seite, hört Walter lauthals fluchen, draußen erklingen Hupen.

Mit schmerzendem Kopf richtet sie sich auf.

Salih ist auf der Straße, rennt hinter einem Lieferwagen her, der sich schnell entfernt.

»Mein Auto!«, brüllt Walter zornig. »Mein Auto!«

Lay langt nach der Minolta, findet den Zoom, schießt Fotos von dem Lieferwagen.

Doch das Nummernschild ist völlig verdreckt.

Sie haben das Spiel verloren.

Andreas von Goerden ist außer sich. Spricht von Konsequenzen für den BND. Lay schweigt. Konsequenzen für den BND?

Dann richtet sich seine Wut gegen sie.

»Ich dachte, Sie würden sich durchsetzen.«

Durchsetzen gegen den BND?

»Ja«, sagt sie.

»Und hatte ich Sie nicht um Geheimhaltung gebeten? Wie kann man einen Unfall mitten in München geheim halten?«

Einen *Unfall*?

»Ja«, sagt sie.

Schweigen.

»Ich rede mit dem Minister. Und Sie … Keine Ahnung, was Sie machen. Was machen Sie?«

»Polizeiarbeit.«

Sie haben drei Autos und zwei Wohnungen.

Walter muss überzeugt werden; dann lässt er den Passat, den BMW und den Audi zur internen Fahndung ausschreiben. Am Ende scheint er den Gedanken beinahe tröstlich zu finden, nachdem ihm sein bewohnter Dienstwagen unter dem Hintern zu Schrott gefahren worden ist. »Nach BND-Autos fahnden«, murmelt er halb belustigt.

Für die Wohnungen braucht Lay jemand Mutigeren als Walter. »BND-Wohnungen durchsuchen? Du spinnst ja.«

Nach etlichen Telefonaten mit unterschiedlichen Dienststellen unterschiedlicher Behörden in Berlin und München hat sie eine Richterin aufgetan, die mit den Tatbeständen »Widerstand gegen die Staatsgewalt« und »Unterstützung eines völkerrechtswidrigen Angriffskriegs« in Verbindung mit »Gefahr im Verzug« und »Fluchtgefahr« etwas anfangen kann.

»Grüßen Sie Andy von mir«, sagt die Richterin.

Die Wohnung im Zentrum ist nicht schwer zu identifizieren. Es ist die einzige im Haus, die von verschiedenen Personen genutzt wird und dazwischen wochenlang leer steht. Als Mieterin firmiert seit gut einem Jahr die Firma *Fölker und Thewelig Marketing GbR* mit Sitz in Gauting bei München. Für die Wohnung in Harlaching brauchen sie länger, aber auch da bringen die BKA-Kanäle schließlich Antworten. Mieterin ist die Firma *Rosenberg Schiller Public Relations*, Sitz ebenfalls in Gauting bei München, die Adressen sind identisch.

Die Eigentümer der Wohnungen verbergen sich hinter einer Kette von Namen und Unternehmen. BND-Tarnfirmen.

Um vierzehn Uhr sind Kriminaltechniker des bayerischen LKA in den Wohnungen. Stellen Kleidungsstücke, Fingerabdrücke, Zigaretenstummel und Etliches mehr sicher.

Um vierzehn Uhr dreißig gehen die ersten Anrufe bayerischer und Berliner Politiker ein. Walter wird abgezogen. Die Richterin widerruft den Durchsuchungsbeschluss.

»Andy« von Goerden ruft an. »Sind Sie sicher, dass Sie was finden?«

»Ich bin nicht Gott«, erwidert Lay. Sie steht vor dem Haus in Harlaching, das Haar schneebedeckt, die Nase läuft vor Kälte, die Glieder sind eingefroren.

»Heißt?«

»Nein, ich bin nicht sicher.«

»Machen Sie weiter, bis es nicht mehr geht.«

Das Telefon klingelt ununterbrochen.

Um fünfzehn Uhr geht es nicht mehr, der Druck von oben ist zu groß geworden. Lay informiert die Techniker, bricht die Spurensuche ab. Aber die BKA-Computer arbeiten auf Hochtouren.

Mit ihrem Mietwagen fährt sie zu der Wohnung im Zentrum. Dort springt Salih auf den Beifahrersitz. »Haben wir schon was?«

»Jede Menge DNA und Fingerabdrücke.«

»Curveball?«

Sie nickt. Hautreste an der Sonnenbrille, Fingerabdrücke auf den Gläsern.

Er schnallt sich an. »Wo verstecken wir uns?«

»Wo es was zu essen gibt.«

»Obazda«, sagt Salih.

»Was ist das denn?«

»Keine Ahnung. Aber ich will es probieren.«

11

DIE MASCHINE AUS ISTANBUL landet mit Verspätung. Jaromin sitzt im Eingangsbereich, sieht den Eins-neunzig-Mann Ivo von Weitem, der rote Schopf ragt hoch über die anderen Köpfe hinaus. Den Seesack über der Schulter, bewegt Ivo sich mit wiegendem Gang durch die Menge. Sonnenbrille im Haar, die Miene wie immer freundlich, fast belustigt. Ein Mann, dem man nach ein paar Sekunden Bekanntschaft die eigenen Kinder anvertrauen würde. Nur die eigenen Kinder werden ihm nicht mehr anvertraut. Zu viele Ehefrauen und Scheidungen zu schnell hintereinander. Zu viele mysteriöse Abwesenheiten. Einmal habe Ivo die Hand gegen die Mutter eines der Kinder erhoben, heißt es. Er spricht nicht darüber.

Ein paar Meter neben ihm schlurft Bert Förster, einen Rollkoffer ziehend. Beige Lederjacke, braune Stoffhose, das groß karierte Hemd lappt ihm über den Hosenbund. Auf dem Kopf sitzt ein Sonnenhut.

Ivo Morić, Sicherheitsberater.

Bertold Schneider, Kulturattaché.

Jaromin erhebt sich. Erst jetzt fällt ihm auf, dass ausgerechnet hier keine Polizisten oder Militärs zu sehen sind.

Als er sicher ist, dass Ivo ihn bemerkt hat, verlässt er das Gebäude. Draußen wendet er sich Richtung Parkplatz.

Da bricht hinter ihm ein Tumult los. Panische Schreie erklingen, Menschen drängen aus dem Gebäude, beginnen zu rennen. Urplötzlich tauchen Militärpolizisten auf, drängen hinein. Durch die Fenster sieht Jaromin, dass Ivo und Bert stehen geblieben sind. Im Abstand von zwanzig Metern um sie herum befindet sich niemand mehr. Von allen Seiten strömt MP auf sie zu, Maschinenpistolen sind auf sie gerichtet. Oben auf der Galerie knien Scharfschützen. Jaromin sieht einen Offizier Befehle brüllen, hört die ferne Stimme, ohne zu verstehen, was sie sagt.

Ivo sinkt auf die Knie, Förster tut es ihm gleich. Dann verschwinden sie hinter Uniformen.

Jaromin fährt schnell, hängt sich an andere Autofahrer, die die Geschwindigkeitsbegrenzung missachten. Die drängendste Frage: Wissen die Jordanier von ihm? Mit einer Hand entfernt er die SIM-Karte aus dem Diensthandy, schnippt sie aus dem Fenster. Den Akku steckt er in die Jackentasche.

Im Zentrum hat er Glück, der Verkehr fließt.

Er parkt den Nissan an der Straße unterhalb des Gebäudes mit den beiden Türmen, hastet den schmalen Durchgang hinauf. In der Ferne Martinshörner, noch sind sie einige Kilometer entfernt.

Dann ist er im Haus.

Plötzlich ertönen ganz nah weitere Sirenen. Aus einer Seitenstraße rasen Streifenwagen heran. Als er den zweiten Stock erreicht, hört er sie vor dem Eingang halten. Er rennt weiter.

Schnelle Schritte und Rufe im Erdgeschoss. Der Aufzug setzt sich in Bewegung. Aus der Kabine dringen Stimmen an sein Ohr, dazu ein helles Klopfen, ein ungeduldiger Rhythmus, als schlüge jemand mit Metall auf Metall.

Im vierten Stock bleibt Jaromin stehen. Die Tür der Wohnung ist geöffnet, aus dem Inneren sind Stimmen zu hören.

So leise wie möglich läuft er ins oberste Stockwerk und öffnet den Ausgang aufs Dach. In der Ferne stehen drei schlanke Insekten am Himmel über der Stadt. Ein Black Hawk, zwei Hueys. Von unten sind Rufe zu hören, dazu trampelnde Schritte. Sie kommen herauf.

Er tritt ins Freie.

Ein vierter Hubschrauber taucht hinter einem der Hügel auf und nähert sich langsam. Jetzt ist der Rotor zu hören.

Djadi und seine Mutter stehen eng umschlungen an der Brüstung, blicken auf das Blaulichtflimmern hinunter. Die Mutter bemerkt ihn zuerst.

Sie läuft zu ihm, sagt: »*Come.*«

Zögernd folgt er ihr um die Ecke des Aufbaus. Entlang der Wand sind eine Handvoll Müllsäcke aufgereiht. Schnell öffnet sie den ersten, kippt den Inhalt auf den Boden. Laken, Bettbezüge, Handtücher – Schmutzwäsche. Der Inhalt des zweiten folgt. Jaromin langt nach dem nächsten Sack. Auch Djadi hilft mit.

Der Berg Schmutzwäsche wächst rasch.

Dann kauert Jaromin sich hinein. Der Puls galoppiert, in beiden Ohren das Rauschen und Pochen des Blutes. Mit einem frechen Grinsen wirft Djadi Laken über ihn. Das Letzte, was er sieht, ist der Blick der Frau, die Augen liegen auf ihm, voller Leben, voller Trauer.

Kurz darauf spürt und hört er, wie die Metalltür gegen die Wand kracht. Über den Beton knallen harte Schritte.

Nach einer halben Stunde geraten die Stoffstücke über Jaromin in Bewegung. Frische Luft strömt in seine Lungen.

»*They are gone*«, sagt die Frau.

Jaromin steht auf. Gedämpfter Rotorenlärm, der Huey kreist über der Nachbarschaft. Die anderen Hubschrauber sind nicht zu sehen.

»*Shukran.*«

Ein flüchtiges Lächeln gleitet über ihr Gesicht. »*You helped us, we help you.*«

Sein Blick fällt auf die Kamera am anderen Ende des Dachs. Er kann nur hoffen, dass die Jordanier keinen Zugang zu den Aufnahmen haben.

»Du stinkst«, sagt Djadi und hält sich demonstrativ die Nase zu.

Seine Mutter lacht. »Nicht mehr als du.«

Djadi erzählt, er habe die Polizisten zur gegenüberliegenden Tür geschickt. Dorthin sei der Ausländer gerannt. Ein Russe, er habe auf Russisch geflucht. Vielleicht auch ein Pole, er könne die Russen nicht von den Polen unterscheiden. Seine Hände gestikulieren. Fünf Streifenwagen stehen unten in der Straße und vor dem Haus, sagt er, außerdem ein Kleintransporter. Eine Wohnung im vierten Stock wird durchsucht. Deine Wohnung, Mr. Frank? Jaromin nickt.

»Ich brauche ein Telefon.«

»Ich klau dir eins«, sagt Djadi, will schon los.

Jaromin schüttelt den Kopf. »Dauert zu lang.«

»Sie können meins nehmen«, sagt die Mutter.

»Danke. Passen Sie auf die Kamera da drüben auf.«

Sie kehrt dem gläsernen Auge den Rücken zu und zieht ein silberfarbenes Nokia-Handy aus der Jeans. Ein älteres Modell, Neunzigerjahre. Es ist warm von ihrem Körper.

»Nur Ortsgespräche!« Djadi grinst aufgeregt.

Jaromin entfernt sich ein paar Meter, bringt die Wäsche auf den Leinen zwischen sich und die Kamera.

Tatsächlich ein Ortsgespräch. Eine der Nummern der deutschen Botschaft in Amman, von dort wird sein Anruf automatisch nach Pullach weitergeleitet.

Endlich ist am anderen Ende der Leitung eine Frauenstimme zu hören. Jaromin nennt seinen Decknamen. Codewörter werden ausgetauscht. Er sagt: »Ich brauche Bengt. Schnell.«

Sekundenlang die Beatles, »*I Want to Hold Your Hand*«.

»Ich kann ihn nicht erreichen«, sagt die Kollegin schließlich.

»Dann Josef.«

Wieder die Beatles. Nach einer Weile beginnt das Lied von vorn.

»Ja?« Bardeaux' ferne Stimme, alarmiert.

Jaromin setzt ihn ins Bild, benutzt dafür Codes. Er meint zu hören, wie ein Bleistift über Papier kratzt, Papier raschelt. Bardeaux ist Schreibtischstratege und hat anderes zu tun, als wieder und wieder Codes zu memorieren.

»Bleib am Apparat.«

Djadi und seine Mutter tragen den Wäscheberg ab, verteilen die einzelnen Teile wieder auf die Tüten. Sie muss ihn antreiben, er hilft nur widerwillig, anders als am Vormittag. Keine Arbeit für einen, der den Bashar-Tritt beherrscht und Polizisten in die Irre schickt, denkt Jaromin.

Bardeaux ist wieder da, sagt: »Du stellst dich. Das Ganze muss ein Missverständnis sein, wir klären es über die Botschaft. Bis dahin kooperierst du mit den Behörden.«

»Und Bengt?«

»Ist noch nicht los.«

Bardeaux wiederholt die Anweisung: Stell dich. Unverzüglich. Keinen weiteren Ärger. Keine Eskalation. Wir holen euch so schnell wie möglich raus.

Jaromin kehrt zu Mutter und Sohn zurück, reicht ihr das Telefon. Wenigstens das sieht die Kamera nicht, denkt er. Alles andere hat sie gesehen.

Wie die beiden ihn versteckt haben.

Die Mutter entschuldigt sich: Es sei unhöflich, dass sie sich nicht vorgestellt habe. Sie heißt Nūr.

Jaromin unterdrückt ein Lächeln. Auch diesen Namen kennt er aus dem Wohnzimmer in Schäftlarn. So heißt Danielas andere jordanische Königin. Die ältere.

Die böse.

Er ist auf dem Weg nach unten, als Djadi leise nach ihm ruft: ein Anruf, Mr. Frank!

Er nimmt zwei Stufen auf einmal. Oben auf dem Treppenabsatz gibt ihm der Junge Nūrs Handy.

Die vertraute Stimme von Koeppen: »Du fährst weiter wie geplant.« Die »Behörden« hätten sich noch immer nicht zu den »Ereignissen« geäußert. Niemand wisse, wo »unsere Freunde« hingebracht worden seien. Wie und warum es zu der Aktion gekommen sei. Die »anderen« – Bardeaux und Träger? – gingen davon aus, dass die Angelegenheit morgen geklärt sei. »Nichts wird morgen geklärt sein«, sagt Koeppen.

»Die anderen wollen, dass ich bleibe, und du willst, dass ich fahre?«

»Ja.«

»Bist du sicher?«

»Wir werden da gebraucht, Frank. Ich weiß, ich bringe dich in die Bredouille.«

»Nicht mehr als sonst.«

Koeppen lacht kurz. »Ein Freund wird dir einen Namen und eine Telefonnummer geben, falls es unterwegs Probleme gibt.«

»Der Händler?«

»Ja.«

»Hast du hier noch andere Freunde? Vertrauenswürdigere?«

»Einen Bekannten. Da, wo du den Umschlag bekommen hast.«

»*Mr. Frank*«, flüstert Djadi, deutet an die Decke.

Einer der Hubschrauber kehrt zurück.

»Du weißt, wo du findest, was du brauchst«, sagt Koeppen.

Das Versteck im Bad der Wohnung. »Ja.«

Der Hubschrauber ist jetzt über dem Haus, fliegt langsam weiter.

»Wir sehen uns morgen in Scharm El-Scheich«, sagt Koeppen und legt auf.

Nūr steht wieder an den Wäscheleinen, hängt nasse Stoffstücke auf. Jaromin wartet, bis sich der Hubschrauber in der taubengrauen Dämmerung verloren hat, dann geht er zu ihr. »Sie müssen die SIM-Karte rausnehmen.«

Sie nickt schwer atmend, wischt sich mit der Hand den Schweiß von der Stirn. Im Schutz der Wäsche entfernt Djadi die Karte. Kniend treibt er konzentriert die Klinge eines Taschenmessers durch das Plastik.

»Er wird Ihnen zeigen, wo Sie sich verstecken können«, sagt Nūr.

Djadi hebt den Blick. »Das beste Versteck von Amman, Mr. Frank!«

12

Berlin, im Grunewald

MITTWOCH IST SPIELPLATZTAG. Schmerzenstag.

Hans Breuninger macht es sich auf dem alubeschichteten Sitzkissen bequem, zieht die Wollmütze über die Ohren, der Wind pfeift bissig durch den kahlen Grunewald. Neben ihm auf der verwitternden Bank liegt, in eine Decke gehüllt, Mary, die seit einigen Wochen mittags ausgedehnte Nickerchen einlegen muss. Als die ersten Kinder zu hören sind, spitzt sie die Ohren und hebt den Kopf. Mit unergründlichem Blick sieht sie ihn an, als wollte sie fragen: Sind sie zurück? Obwohl Mary seine Kinder nicht erlebt hat, scheint sie zu wissen, dass sie da waren. Im Haus, im Garten, im Grunewald. Manchmal steht sie im oberen Flur vor den Zimmern der beiden und lauscht, und Breuninger fragt sich, ob sie sie aus der Ferne hört wie er.

Sanft krault er ihr den Kopf.

Dann stürmen zehn Kindergartenkinder den Spielplatz.

Und der Schmerz setzt ein.

Ein anderer Wald, eine andere Bank, ein anderer Hund.

Ein anderes Jahrtausend.

Marion, die mit den Kindern kletterte, sprang und stürzte. Mit dem Hund im Sand raufte. Mehr Sand ins Haus trug als Hannes und Sara zusammen. Die die Erinnerung an den Vater aufrechterhielt, wenn er wochenlang kam und ging, während die Kinder schliefen. Marion in den bunten Joan-Baez-Kleidern, mit den bunten Visionen und Hoffnungen.

Mit dem falschen Ehemann.

Einem Ehemann, in dessen Albträumen sowjetische IL-28-Jäger Atombomben über Bonn, Frankfurt und den amerikanischen Stützpunkten abwarfen. Mit nuklearen Sprengköpfen ausgestattete SS-16 beziehungsweise, später, SS-20 in Richtung Westen starteten. In dessen Arbeitsalltag es fast ausschließlich um Geheimdienstaufklärung, sowjetische Waffenprogramme, Stellvertreterkriege und das Ende der Welt ging.

Um den Kalten Krieg.

Ein Ehemann, der sich auch in Gegenwart der Kinder nicht von seinen Kriegen befreien konnte. Gerade da nicht.

Einer, der nicht spielen konnte.

Fast dreißig Jahre lang ertrug sie ihn. Ließ sich von seinen Visionen und Befürchtungen infizieren. Um ihn ein wenig von der Last der Eingeweihten zu befreien, legte sie die bunten Kleider und Träume ab und wurde Teil seiner bleiernen Welt. Lange Abende hörte sie ihm zu, wenn er sich die bedrückenden Planspiele, Gedanken und Bedrohungen aus den Abgründen der Politik und der Nachrichtendienste von der Seele redete. Sie teilte seine Albträume mit ihm. Tauschte ihre friedliche Welt gegen seine brutale Realität.

Dann kam der Afghanistan-Krieg, die Operation »Sommerregen«. Wochenlang saß er 1983 mit dem jungen Bengt Koeppen und ein paar anderen Pullachern in Pakistan nahe der Grenze im Schutz eines Flüchtlingslagers. Sie »bestellten« bei den Mudschaheddin sowjetische Rüstungsgüter und untersuchten, was sie bekamen, in einem Container, der offiziell als Sanitärstation diente. Einmal in der Woche brachten sie das Zeug nach Peschawar, von wo aus es von einer Transportmaschine der Bundeswehr nach Deutschland geflogen wurde. Wieder zu Hause, erhielten sie in aller Heimlichkeit Belobigungen, der verantwortliche Unterabteilungsleiter das Bundesverdienstkreuz.

»Sommerregen« brachte das Fass zum Überlaufen. Marion nahm die Kinder und verließ ihn. *Ich möchte nicht mehr am Abend mit Angst ins Bett gehen und am Morgen mit Angst aufwachen!*, schrie sie.

Angst um ihn, Angst *vor* ihm, vor seiner Welt.

Im ersten Jahr sah er die Kinder regelmäßig. Dann kam ein französischer Diplomat und nahm die neue Familie mit nach Washington.

Breuninger dachte damals: Wenigstens sind sie in den USA sicherer.

Ein schrecklicher Irrtum. Er hätte es ahnen müssen. Aber er dachte noch in den Kategorien des Kalten Kriegs, nicht in denen des asymmetrischen.

Zwei Tage nach dem 11. September rief Marion aus Washington an. Hannes wurde seit den Anschlägen vermisst. Offenbar war er in einem der Türme oder in unmittelbarer Nähe gewesen.

Breuninger öffnet die Thermoskanne, schüttet Kaffee in den Becher, pustet auf die dampfende Flüssigkeit.

Ein anderer Wald, eine andere Bank, ein anderer Hund.

Ein anderes Leben.

Die Kindergartenkinder sitzen nebeneinander auf einem Baumstamm und essen Apfelschnitze, als auf seinem Mobiltelefon eine SMS eingeht. *Schlechtes Wetter in A. Nur zwei im Trockenen.*

Steffen. Der nicht anders kann, als Codes zu verwenden, obwohl beide abhörsichere Telefone benutzen.

Breuninger ruft ihn an. »Wer fehlt?«

»Der Back-up-Mann.«

Er stützt sich mit der Hand auf der Lehne ab, erhebt sich. Mary regt sich nicht. Ein paar der Kinder drehen den Kopf in seine Richtung, als hätten sie den einsamen Opa, der ihnen seit einer Stunde versunken beim Spielen zusieht, erst jetzt bemerkt. Aus einem Impuls heraus winkt er ihnen zu. Rote, blaue und schwarze Fäustlinge heben sich, winken zurück.

Handschuhe. Das Winter-Drama.

Jahrelang bekamen sie keine Fäustlinge an Hannes' Hände. Kein Polizist oder Feuerwehrmann oder Torwart trug Fäustlinge. Fritz Walter nicht, Helmut Rahn nicht. Also auch Johannes Breuninger nicht.

Marion gab bald auf. Anders als er, der abwesende Vater, der längst jegliche Einflussmöglichkeiten verloren hatte.

Aber auch Schläge halfen nicht.

Er entfernt sich einige Schritte. »Wo ist er jetzt?«

»Das wissen wir noch nicht.«

»Verdammt, Steffen, wir können uns keinen Pfusch erlauben!« Breuninger dämpft die zornige Stimme, spricht aber mit Nachdruck. »Haben wir es verbockt oder die …?« Der Code für »Jordanier« fällt ihm nicht ein, doch Steffen versteht auch so.

»Das überprüfen wir gerade. Sie dachten, er sitzt im selben Flugzeug wie die anderen beiden, irgendwie muss …«

»Klärt das. Und findet ihn.«

Noch etwas ist offensichtlich zu klären: Jaromin wurde angewiesen, sich zu stellen, berichtet Steffen verklausuliert, doch Bengt hat ihn weitergeschickt. Irritiert bleibt Breuninger stehen. Bengt stellt sich quer, hat spontan bessere Ideen.

»Wir könnten das nutzen«, sagt Steffen.

Ja, tatsächlich, denkt Breuninger.

Konturen eines neuen Plans zeichnen sich ab. Die Amerikaner werden begeistert sein.

Breuninger steckt das Telefon ein und kehrt zu Mary zurück. Zeit für ein Gespräch mit Wesley in Ramstein. Wenn die Kinder gegangen sind und nur noch ein einsamer Opa mit einem sterbenden Hund am Waldspielplatz sitzt.

13

BENGT KOEPPEN WAR AUF ÄRGER eingestellt, und so lässt er Trägers Wutausbruch unbeeindruckt über sich ergehen. Allerdings, ein bisschen beeindruckt ist er schon. Ein hysterischer BND-Präsident, wann erlebt man das schon?

Politik, denkt er verächtlich. Nichts, rein *gar* nichts qualifiziert diesen Mann für diesen Job, außer das Parteibuch. Rot-Grün hat Träger installiert, nachdem der Kohl-Mann Breuninger Ende 2001 aus privaten Gründen ausgeschieden ist.

Der BND, ein Spielball der Politik. Doch wenn es darum geht, Verantwortung zu übernehmen, taucht die Politik ab.

Er schlägt ein Bein über das andere; die Hysterie will nicht enden. Mit halbem Ohr hört er zu, wie Träger ihm seltsam überdimensionierte Begriffe entgegenschleudert: Subversion, Intrige, interner Putsch, tatsächlich: *Ist das etwa ein interner Putsch gegen mich?*

Natürlich kann Koeppen die Wut nachvollziehen. Ein Einsatzleiter missachtet eine Anweisung seines Präsidenten – auch das erlebt der BND selten. Hans Breuninger hätte ihn und jeden anderen mit kurzer, kalter Wut abgemahnt und als Resident in die Mongolei versetzt.

Nach dem Einsatz in Bagdad selbstverständlich.

Doch dafür fehlt Träger der Mut.

Koeppens Blick gleitet zu Josef Bardeaux, der neben ihm auf Trägers Bürosofa sitzt und ihn jetzt flüchtig ansieht, eine Braue leicht nach oben ziehend. Kein Lächeln um die Mundwinkel. Bardeaux ist Pragmatiker durch und durch. Operative Ziele stehen an erster Stelle, dann kommt lange nichts, dann die Karriere. Ein guter Mann, trifft zumeist die richtigen Entscheidungen und akzeptiert die Entscheidungen anderer. Wie die des Kanzleramts, ihm einen planlosen Hysteriker vor die Nase zu setzen.

Koeppens Augen beginnen zu wandern wie seine Gedanken, finden Orte der Ruhe im Raum, die dunkle Holztäfelung, die zahllosen Bücher, verschlossen hinter Glas, in denen Träger, so geht das Gerücht, stundenlang blättere, als hielten sie die Antworten auf die Krisenlagen der Welt für ihn bereit, die er in seinem wirren, sprunghaften Verstand nicht entdeckt. Seine Augen folgen den erstarrten Verrenkungen des zwanzig Jahre alten chinesischen *Ficus Ginseng*, den Träger vor zwei Jahren aus der Botschaft in Beijing mitgenommen hat, nachdem ihn das Kanzleramt in seiner allumfassenden Weisheit zum Nachfolger Breuningers auserkoren hatte. Es geht ihm sichtlich schlecht in Pullach, dem *Ficus Ginseng*.

Auch sein Besitzer wird hier, dessen ist Koeppen sicher, früher oder später eingehen.

Träger springt auf. »Wagen Sie es nicht, mich nicht anzusehen!«

Koeppens Blick kehrt zurück. »Ich muss zum Flughafen.«

»Wir sind hier noch nicht fertig! Abgesehen davon bleiben Sie in Deutschland.«

»Herr Präsident?«

»Sie gehen nicht nach Bagdad! Niemand geht nach Bagdad.«

»Eine verständliche Überlegung angesichts der mysteriösen Ereignisse in Amman, Herr Präsident«, sagt Bardeaux.

Träger lässt sich auf den Sessel fallen, die Hand nestelt an der Fliege, deren Rot an diesem trüben Nachmittag seinem Gesichtston entspricht. »Wir überlassen die Operation den Franzosen. Viel zu viel Chaos. Erst die Verhaftung … Dann … Wie konnte es überhaupt dazu kommen? Auch Ihre Verantwortung, Koeppen?«

»Herr Präsident«, sagt Koeppen.

Bardeaux antwortet für ihn. »Bengt kann nichts dafür. Wir wissen noch nicht, was schiefgelaufen ist. Das GID mauert. Der Botschafter wird mit Ausreden abgespeist. Unser Resident in Amman bekommt nur Subalterne ans Telefon. Offiziell gab es keine Verhaftung. Möglicherweise könnten *Sie* ...«

Träger nickt nachdenklich, die Augen gesenkt, blättert wohl im Geiste eines seiner weisen Bücher durch. Dann murmelt er: »Ja, offensichtlich muss der Präsident persönlich den Karren aus dem Dreck ziehen.«

»Gut«, sagt Koeppen und erhebt sich. Zu früh, er ahnt es. Doch er ist nicht gemacht fürs Aussitzen.

»Setzen Sie sich!«, bellt Träger.

Koeppen geht zur Fensterfront, gehorcht dort, setzt sich halb auf das Sims. Die Tannen draußen unter schwerem Schnee, auf den verschneiten Straßen des Geländes ist eine Räummaschine unterwegs. Er hofft, dass die Linienmaschine nach Frankfurt, wo der für Bagdad vorgesehene UN-Flieger zwischenlandet, starten kann. Dass er sie überhaupt noch erwischt.

Er *muss* sie erwischen.

Sekundenlang spielt er mit dem Gedanken, einfach zu gehen. In seinem Büro steht gepackt der alte Rucksack, der den Irak schon kennt. Draußen im Schnee wartet ein Wagen. Irgendwo in Bagdad die Dissidentin. Er mahnt sich zur Geduld.

»Wären Sie wenigstens so gütig, mir Ihre Gründe darzulegen?«, fragt Träger entnervt.

Koeppen nimmt ihn in den Blick, sagt, was zu sagen ist: Zum einen, Bagdad hat oberste Priorität. Zum anderen, egal ob das SET oder ein Ersatzteam aus Deutschland oder Frankreich, es werden Agenten in einen völlig unkalkulierbaren Einsatz geschickt. Sie wissen *nichts* über Abeer. Ist sie, was sie zu sein vorgibt? Ist die vermeintliche Übergabe eine Falle? Deshalb ist Frank Jaromin der wichtigste Mann bei dieser Operation. Unbedingt loyal, erfahren, ein sicherer Schütze. Ohne ihn wäre es fahrlässig, die Übergabe unter Leitung des BND durchzuführen. Also hat er ihn weitergeschickt.

»Bengt hat grundsätzlich schon recht, Herr Präsident«, sagt Bardeaux.

Träger verzieht das Gesicht. »Habe ich mich nicht deutlich genug ausgedrückt? *Niemand* geht nach Bagdad. Nicht unter diesen Umständen.«

Koeppen wendet sich wieder dem Schnee zu. Weiß ist ihm unheimlich. Es gaukelt Leere vor. Verbirgt, was verborgen sein will.

Noch drei Minuten, denkt er, dann gehe ich.

»Wir sollten die Wünsche des Kanzleramts in unsere Überlegungen einbeziehen«, hört er Bardeaux sagen.

»Die Wünsche des Kanzleramts«, wiederholt Träger sinnierend.

Koeppen verschränkt die Arme vor der Brust, sieht zu, wie Bardeaux den Präsidenten sanft in die Defensive und die Lösung des Problems treibt.

»Und natürlich die Vereinbarung mit den Amerikanern. Wenn wir keine Agenten in Bagdad haben, können wir nicht liefern. Ob unser Mann dann in Camp Doha bleiben darf?«

Träger schweigt. Die Hände ballen sich zu Fäusten, öffnen sich. Er hat dem Kanzleramt den Deal im Herbst 2002 vorgeschlagen, nach einer Idee von Josef Bardeaux. Der Dienst wird das US-Militär vor und nach Kriegsbeginn mit relevanten Informationen aus Bagdad versorgen. Dafür darf er einen Mann ins CENTCOM in Kuweit schicken, wo die Invasion koordiniert wird. Drei Fliegen mit einer Klappe. Die Deutschen beweisen ihre Bedeutung für den amerikanischen Freund, können sich in Bagdad ein verlässliches Bild der Lage vor Ort und in Camp Doha einen Eindruck der gesamten Entwicklungen machen. Und niemand außer den Beteiligten wird je davon erfahren.

Das Kanzleramt war erst skeptisch, dann begeistert.

Bardeaux räuspert sich. »In Berlin hat die Übergabe der Dokumente hohe Priorität. Und nicht nur dort. Der halbe Westen blickt auf uns. Washington, Paris.«

»Das Kanzleramt verkennt die Komplexität.« Träger spricht leise, wie für sich, vielleicht ja auch zu dem *Ficus Ginseng*, zuzutrauen wäre es ihm. »Wir sind die Experten. Wenn wir sagen, die Gemengelage ist zu komplex, zu unübersichtlich … Unsere Einschätzung sollte über allem anderen stehen … steht über allem anderen … Und man muss sich doch nur einmal vorstellen, die Medien erfahren davon … spekulieren … nicht auszudenken … spekulieren, was wir in Bagdad zu suchen haben …« Er fährt sich mit der Hand über die Augen.

»Wir brauchen Ersatz für Ivo und Bert«, sagt Koeppen, sieht Bardeaux an.

Der nickt.

»Einwände gegen Toni?«, fragt Koeppen.

»Nein. Guter Mann. Vielleicht …«

»O doch!«, unterbricht Träger.

Sie mustern ihn, warten.

»*Ich* entscheide das!«

»Natürlich«, sagt Bardeaux, scheinbar verwundert, als müsste das nicht eigens betont werden.

»Sie können selbstverständlich Vorschläge machen.«

»Toni Baumann«, sagt Koeppen und setzt sich in Richtung Tür in Bewegung.

»Steht auch auf meiner Liste.« Bardeaux nickt erneut, als sein Blick dem Koeppens begegnet. *Ich kümmere mich darum,* sagen seine Augen, *du kriegst Toni.*

»Er wird nicht der Einzige sein, der infrage kommt«, murmelt Träger.

Koeppen hat die Tür erreicht.

»Ich werde zwei, drei Alternativen benennen«, sagt Bardeaux hinter seinem Rücken. »Bengt?«

Er dreht sich um.

»Irgendwelche Einwände, wenn wir Ramstein um Satellitenunterstützung bitten?«

»Die Amerikaner?«, fragt Träger.

»Zu viele, die dann Bescheid wüssten«, erwidert Koeppen.

»Deine Leute wären besser geschützt.«

»Allerdings!« Träger wirkt beinahe erleichtert. »Wir fragen in Ramstein an.«

Bardeaux' Blick bleibt auf Koeppen, signalisiert: Du entscheidest.

Er atmet tief ein, atmet aus.

Stimmt zu.

14

HINTER DEN PLASTIKGLÄSERN mit den Kratzern und nebligen Flecken durchsuchen Polizisten die Wohnung. Leeren Jaromins Seesack auf dem Bett aus, füllen ihn wieder. Später wird er in den Kofferraum eines Streifenwagens geworfen. Selbst die Bierflaschen aus dem Kühlschrank nehmen sie mit. Hände in Plastikhandschuhen verstauen sie vorsichtig in Schachteln, als könnten sie explodieren. Auch der Nissan wird konfisziert.

Djadi hat Jaromin über die zweite Treppe vom Dach des BND-Gebäudes hinunter und in einen mannsbreiten Durchgang geführt. Von dort auf Umwegen über Hinterhöfe und Brachen in das Haus mit den Satellitenschüsseln und Funkmasten.

Das Haus mit der duschenden Frau.

»Jetzt ich, Mr. Frank«, sagt der Junge, der neben ihm auf dem Beton liegt.

Jaromin reicht ihm das Fernglas, rutscht zur Seite. Am Fuß der Steinbrüstung, die auch dieses Dach umgibt, befindet sich ein Abflussloch für das Regenwasser. Durch die Öffnung haben sie einen guten Blick auf das Gebäude mit der BND-Wohnung.

Djadi beobachtet, murmelt dabei: »Bist du ein Spion, Mr. Frank?«

»Nein.« Er sieht Djadi grinsen.

»Du *bist* ein Spion. Und ich bin auch einer.«

Jaromin dreht sich auf den Rücken, um den Nacken zu entlasten. Der Puls ist zu schnell. Er hat Mühe, sich zu konzentrieren.

Atmet langsam.

Die Sonne hinter den Hügeln, kühl kommt die Dämmerung. Er denkt an Alina, die sich Sorgen machen wird, weil er nicht anruft. An Ivo, der irgendwo nicht weit von hier in einer Zelle sitzt oder verhört wird, die Augen schmal, die Lippen unsichtbar hinter dem roten Bart, und sich fragt, wer in Pullach geschlampt hat.

Und wenn es keine Schlamperei war?, denkt Jaromin. Wenn irgendjemand will, dass das SET nicht nach Bagdad fährt?

Ein Frösteln überläuft ihn.

»Sind wir gute oder böse Spione, Mr. Frank?«

Er dreht sich wieder auf den Bauch. »Kommt drauf an.«

»Nein«, sagt Djadi. »Wir sind gute Spione.«

Wenig später verschwindet der Junge in der Dunkelheit. Im hohen Haus gegenüber taucht er wieder auf, in der Küche über der beschlagnahmten Wohnung. Er redet auf Nūr ein, die Hände erzählen mit.

Nūrs Blick gleitet über die Brüstung, hinter der Jaromin liegt.

Im Stock darunter öffnet sich die Balkontür. Ein Polizist tritt ins Freie, Zigarette im Mund. Hinter ihm, in der erleuchteten Küche, erkennt Jaromin Bashar. Ein Mann in Zivil schlägt ihm ins Gesicht. Bashar hält sich die Wangen, weitere Schläge folgen, auf seine Hände, der Kopf zuckt zur einen Seite, zur anderen. Zwei Beamte führen ihn ins Schlafzimmer und stoßen ihn aufs Bett. Jaromin sieht ihn gestikulieren. Reden.

Spätestens jetzt hat der Dienst einen Vertrauten weniger in Amman.

Der Polizist auf dem Balkon stützt sich auf die Brüstung, blickt herauf, vage in seine Richtung. Zentimeter um Zentimeter zieht Jaromin sich hinter die Mauer zurück.

Auf dem Rücken liegend, wartet er.

Ein beinahe schon vertrautes, vielfaches elektrostatisches Knistern setzt ein. Dutzende Lautsprecher werden angeschaltet. Dann folgt der Gesang des Muezzin.

Alle Menschen gehören zusammen.

Er ahnt jetzt, was Alina ihm damit sagen wollte. Was sie fragen wollte. Gehören *wir* noch zusammen, Papa? Du, Mama, Alex, ich? Er weiß es nicht.

Fragt sich, ob sie jemals zusammengehört haben. Ob er das überhaupt kann, zu jemandem gehören.

Djadi kehrt zurück, bringt Berge von Fleisch, Hummus, gebratenes Gemüse, Fladenbrot, Wasser. Das Fleisch ist warm.

Gemeinsam stürzen sie sich auf das Essen.

»Ich brauche deine Hilfe noch mal«, sagt Jaromin kauend.

Djadi nickt begeistert. Aber er hat eine Bedingung. »Nur wenn du mich nie vergisst, Djadi al-Omari, Sohn von Nūr, den guten Spion aus Bagdad!«

Jaromin verspricht es.

Als es dunkel ist, macht sich der Junge wieder auf den Weg. Drüben isst Nūr allein an einem kleinen Küchentisch. Die Wohnung darunter liegt im Dunkeln. Minutenlang hält Jaromin das Kinderfernglas auf die Fenster gerichtet. Dann weiß er, dass sie noch da sind. Die Kontur eines Kopfes im Schlafzimmer. Im Wohnzimmer bewegt sich ein Schatten. Und einmal eine kleine Flamme, gefolgt von Zigarettenglut.

Kurz darauf ist Djadi wieder da, reicht ihm einen weiteren Umschlag aus dem Hotel, außerdem ein schlichtes Prepaid-Handy. Atemlos läuft er wieder los.

Jaromin öffnet den Umschlag. Auf einem Zettel stehen, wie von Koeppen angekündigt, eine Telefonnummer, ein Name, ein Kürzel.

Ibrahim al-Faili, IIS.

Iraqi Intelligence Service, Saddams Geheimdienst für die Gegenspionage.

Djadi bringt Männerkleidung, lose in eine Tüte gestopft – dunkle Stoffhose, kariertes Hemd, Wollmütze, grauer Wollmantel. Damit du dich hier draußen nicht erkältest, Mr. Frank. Jaromin zieht sich um. Die Kleidung aus der Tüte riecht nach Jahren in einem dunklen Schrank. Er fragt nicht, wem sie gehört. Wo Djadis Vater ist.

Djadi al-Omari, Sohn von Nūr.

Der Junge reibt sich die Hände. »Was brauchst du noch, Mr. Frank?«

Seine Fröhlichkeit berührt Jaromin. Er legt ihm die Hand auf die Schulter. »Wo kann ich ein Auto ausleihen, ohne dass ich dafür bezahlen muss?«

Um Mitternacht laufen sie ins Erdgeschoss hinunter, hasten über die Brachen, drüben über die zweite Tür aufs Dach. Jaromin hat sich dagegen entschieden, die Kamera aus dem Spiel zu nehmen. Er weiß nicht, wer wo vor dem Monitor sitzt, wie schnell die Polizei informiert wäre. Hand in Hand schlendern sie an den Wäscheleinen vorbei zur anderen Tür, ein Sohn mit seinem Vater, einem schwerfälligen Mann mit Mütze und Mantel, dessen Gesicht unsichtbar bleibt.

Jaromin wartet im fünften Stock, während Djadi im vierten wiederholt an die Wohnungstür klopft. Lange passiert nichts. Dann wird die Tür geöffnet, und Djadi beginnt zu reden. Er hat den Ausländer, der übers Dach geflüchtet ist, wieder gesehen. Unten, in der Hashemi Street, er ist in ein Hotel. An der Rezeption hat er sich einen Zimmerschlüssel geben lassen. Rausgekommen ist er bis vor Kurzem nicht. Wenn ihr ihn wollt, holt ihn euch. Aber ihr müsst euch beeilen, sonst geht er raus, um was zu essen, und ihr verpasst ihn.

So ungefähr haben sie seinen Text formuliert.

Die Männer scheinen ihm zu glauben. Jaromin hört ihre aufgeregten Stimmen. Sie reden gleichzeitig, telefonieren offenbar. Dann dämpft die Aufzugtür die Stimmen.

Djadi pfeift auf den Treppenstufen nach oben vor sich hin.

»Du solltest jetzt heimgehen«, flüstert Jaromin.

Er wartet, bis sich die Wohnungstür hinter dem Jungen geschlossen hat.

Im vierten Stock ist die aufgebrochene Tür angelehnt. Jaromin öffnet sie, gleitet hinein, lehnt sie wieder an. Rasch überprüft er die Räume. Er ist allein.

Ohne das Licht einzuschalten, ertastet er die lose Fliese hinter dem WC. Das Fach darunter ist leer.

Als er wieder im Flur ist, schwingt die Wohnungstür knarzend auf, das Licht aus dem Treppenhaus fällt auf ihn.

Djadi.

»Es ist langweilig zu Hause, Mr. Frank!«

Vater und Sohn kehren über das Dach zurück. Der Vater hält sich den Bauch, hat zu viel gegessen, sieht nicht auf. Schwer stützt er sich auf den Sohn.

Drüben die Treppe, der Durchgang, die Brache.

»*Wait here*«, sagt Djadi unten vor dem Hauskoloss, und Jaromin taucht ins Dunkel einer Ecke.

Wenige Minuten später röhrt ein verschmutztes Auto heran, biegt unendlich langsam in die Tiefgarage unter dem Koloss ein. Am Steuer Djadi, die Stirn vor Konzentration in Falten, der Kopf reicht knapp über das Lenkrad.

Für einen Moment ist Jaromin fassungslos.

Dann folgt er dem Wagen, einem Mitsubishi Colt, der vor zwei Jahrzehnten weiß gewesen sein mag, hinunter in die Tiefe.

15

EIN SPÄTER GAST MIT unerfreulichen Nachrichten: Eine BKA-Ermittlerin ist im Auftrag des Kanzlers an Curveball dran.

»Warum erfahre ich das erst jetzt?«, fragt Breuninger schroff.

Steffen erwidert seinen Blick unbeirrt. Pullach halte es für nebensächlich, sagt er. Sie sei unter Kontrolle. Mach dir keine Sorgen.

Beschwichtigen, immer ein Fehler.

Und wer *ist* »Pullach«? Der BND? Die Gruppe? Breuninger räuspert sich, schluckt den Zorn hinunter. Steffen ist nur der Bote, kann nichts dafür. Und wofür auch – es ist ja nichts geschehen.

Seufzend zieht er den Gürtel des Hausmantels enger, knotet ihn neu. Dann geht er voraus ins Arbeitszimmer.

Als sie auf den Sesseln sitzen, ist er wieder etwas milder gestimmt. Kann über die Possen um Curveball in Pullach und München lächeln, von denen Steffen berichtet.

Doch ein Rest Skepsis bleibt. Wer weiß, ob die BKA-Ermittlerin mit den Spuren, die ihre Techniker finden werden, nicht doch etwas anfangen kann?

Mary erscheint in der Tür, schleppt sich herein, während er Steffen aufträgt, an der Ermittlerin dranzubleiben und Informationen über sie zu beschaffen. »Alles, was du in Erfahrung bringen kannst. Wer sie ist, wo sie lebt, mit wem sie verheiratet ist. Weshalb das Kanzleramt ausgerechnet sie beauftragt hat.«

»Pullach schlägt vor ...«

»Wen meinst du mit ›Pullach‹, Steffen?« Ein Rest Verärgerung ist geblieben. Es läuft nicht so glatt, wie er den amerikanischen Freunden versprochen hat. Die Unruhe macht ihn grimmig.

»Unsere Leute in Pullach.«

Er nickt. »Sie sollen sich bedeckt halten.«

Pullach ist ein Glaskasten. Die Mitglieder der Gruppe im Glaskasten dürfen nicht auffallen. Die draußen – wie er selbst – können freier agieren. Dinge vielleicht besser einschätzen, eben weil sie freier sind. Verstehst du, Steffen? Natürlich versteht er. Was er immer mal wieder aus dem Blick verliert, vermutet Breuninger, ist das große Ganze. Also erklärt er es ihm aufs Neue. Unsere Freunde in Washington bereiten einen immens wichtigen Krieg vor. Die Gruppe leistet ihren Beitrag dazu, dass er erfolgreich ist, und das heißt: Wir sind wachsam. Erkennen potenzielle Probleme, bevor sie entstehen, und eliminieren sie. So, wie wir das Problem in Bagdad eliminieren werden. Auch Curveball könnte zum Problem werden, er ist unsere Achillesferse. Der BND schützt ihn, so gut es möglich ist. Da decken sich die Interessen der Gruppe und des Dienstes. Und doch müssen wir, die wir draußen sind, wachsam sein. Probleme in der Entstehung erkennen.

Steffen mustert ihn unbeeindruckt, gestattet ihm den Ärger zu später Stunde. Ein guter Mann, hat keine Angst. Still und effizient.

Mary steht jetzt neben Breuninger. Die reglosen Augen auf Steffen gerichtet, lässt sie sich die Flanke tätscheln. Sie liebt Steffen, hat ihn als Familienersatz akzeptiert. Aber auch sie weiß, dass Liebe Strenge braucht.

»Was gibt es Neues in Amman?«

»Jaromin wurde lokalisiert«, sagt Steffen.

»Gut!« Halbwegs beschwichtigt lauscht Breuninger. Jaromin ist mehrfach aufgetaucht und wieder verschwunden. Er hat zufällige Helfer, einen Jungen und eine Frau, die ihn mit dem Nötigsten versorgen. Am Abend war er kurz in der Wohnung, aber das GID hat das Geheimfach wie gewünscht ausräumen lassen. Wo er sich zurzeit aufhält, ist nicht bekannt. Pullach geht davon aus, dass er bald nach

Bagdad aufbrechen wird, wenn er nicht schon unterwegs ist. Breuninger schmunzelt flüchtig, überlegt, welches Pullach Steffen jetzt meint. Das offizielle? Das geheime? Tarnnamen und all die verklausulierten Reden erschweren schon die Geheimdienstarbeit gehörig; nicht zu reden von Verschwörungen.

»Wir lassen ihn in Ruhe«, sagt er. »Und das SET bleibt beim GID, bis die Übergabe in Bagdad stattgefunden hat.«

»Träger will sich einschalten«, sagt Steffen. »Er hat Angst, dass Bagdad ein Fiasko wird, so, wie sich die Dinge anlassen. Die Verhaftung in Amman, Koeppens Alleingang.«

»Pullach wird ihn beruhigen«, sagt Breuninger.

Steffen lächelt nicht.

Zwei Männer, die am Ernst ersticken.

Auch deshalb hat er Marion so geliebt. Sie hatte sich selbst mit fünfzig eine Form kindlicher Fröhlichkeit bewahrt.

Wie Hannes.

Sara weniger, sie schlägt mehr nach ihm. Hat sich und ihn schon allein dafür gehasst.

Mary wendet sich ihm zu und bewegt aufmunternd den Kopf, als hätte sich seine Melancholie über seine Hand auf ihre Flanke übertragen.

»Das Kanzleramt macht über Regierungskanäle bei den Jordaniern Druck«, sagt Steffen. »Irgendwann muss sich das GID äußern.«

»So spät wie möglich. Ich spreche mit Wesley, er wird sich darum kümmern. Sonst noch etwas?«

Steffen zieht ein eckiges Ding von der Größe eines Taschenmessers aus der Manteltasche. »Kannst du schon mit USB-Sticks arbeiten?«

»Was auch immer das sein mag: nein.«

»CD-ROM?«

»So alt bin ich nun auch wieder nicht.« Breuninger langt nach der CD-ROM-Hülle, die Steffen aus der anderen Manteltasche gezogen hat. Eine unbeschriftete CD liegt darin.

Kurz darauf bringt er Steffen zur Tür, klopft ihm zum Abschied auf die Schulter. Auf dem Rückweg ins Arbeitszimmer begegnet er Mary, die in Richtung Küche trottet. Er begleitet sie, füllt Napf und Wasserschale nach, sieht ihr beim Fressen zu. Auch sie hat sich trotz ihres Alters etwas Kindliches bewahrt, wenn man das bei einer Hündin so nennen kann.

Es hat ihn immer angezogen, das Kindliche. Eine Form der Unschuld vielleicht. Ein kleiner Teil des Herzens ist rein geblieben. Ein unbelasteter Ort, an den man sich zur Erholung zurückziehen kann.

Ein Ort, unbeschadet von Kriegen.

Im Arbeitszimmer fährt er den Computer hoch, legt die CD-ROM ein.

Da ist er, Jaromin, bewegt sich durch die grisseligen schwarz-weißen Bilder aus Amman, mal im Treppenhaus des Gebäudes im Zitadellenviertel, mal auf dem Dach, und Breuninger begleitet ihn.

16

DREI AUTOS, ZWEI WOHNUNGEN und kurz vor Mitternacht ein Name: Ahmed Hassan.

Fingerabdrücke haben sie zu Hassan geführt.

Nur zwei Personen haben in beiden BND-Wohnungen Abdrücke hinterlassen, in Harlaching und in München-Zentrum. Die der einen Person fanden sich außerdem überall in dem älteren blauen BMW, der Curveball in Harlaching aufgesammelt hat – das einzige der drei Autos, das sie trotz Tarnkennzeichen gefunden haben. Reiner Zufall, einer Streife ist der Wagen aufgefallen. Heiner Seibold saß drin.

Die Abdrücke der anderen Person hat Salih durch sämtliche Polizeicomputer geschickt, zu denen er vom LKA aus Zugriff hatte. Gegen 23.40 Uhr hat der Verbindungsbeamte des BKA bei Interpol in Lyon einen Treffer gemeldet. Ein Iraker, dessen Fingerabdrücke mit denen aus München identisch sind, ist Mitte letzten Jahres in Madrid bei einer Demonstration gegen Saddam Hussein verhaftet worden. Er war betrunken und aggressiv, leistete Widerstand, saß dann für einige Tage in Untersuchungshaft, bis ein paar Schlapphüte aus Deutschland mit streng vertraulichen Formularen angereist sind und ihn mitgenommen haben.

Madrid passt, denkt Lay. Curveballs Frau ist dort.

Jetzt sind sie unterwegs zu Hassan. Fahren durch eine Gegend, die fast exakt ihrer Vorstellung von einem Versteck für gefährdete Quellen wie Curveball entspricht – Stadtrand, seelenlose Hochhäuser, ein verlorenes Viertel, von Migration und Mittellosigkeit geprägt. Hier und da eine Döner-Bude, geduckte Eckkneipen; strahlend hell und bunt wie eine Verheißung auf ein freundlicheres Leben nur eine Tankstelle. Und die U-Bahn-Station liegt weit hinter ihnen.

»Sind gleich da«, sagt Walter, der sich überraschend schnell vom Verlust seines geliebten Dienstwagens erholt hat. Er sitzt neben dem Fahrer, einem weiteren LKA-Kollegen, vor Salih.

Blaulicht erhellt die Straßen, die Häuserfronten, fällt in dunkle Ecken und auf verschreckte Gesichter.

Vor einem Wohnturm warten Streifenwagen, eine Insel aus Licht in der Finsternis. Auch das Mobile Einsatzkommando des Landeskriminalamts ist da. Der BND, findet Lay, verdient das große Kino.

Walter musste erst überzeugt werden. Selbst Salih hatte Vorbehalte. *Das MEK? Wozu? Wir wollen doch nur mit ihm reden.*

Nein, Salih. Wir nehmen ihn mit.

Sie steigen aus. Walter schiebt sich eine Zigarette in den Mund, hält die Schachtel in die Runde. Salih nimmt sich eine. Walter nickt, gibt ihm Feuer. Die beiden sind inzwischen beste Freunde. *Mann, ist der schnell,* hat Walter gesagt, während Salih hinter dem Lieferwagen hergerannt ist.

Ein Kollege nähert sich, klein, kräftig, die Schutzweste verleiht ihm etwas Bulliges. Das Gesicht ist eingefallen und kantig. Christo Radew, der Einsatzleiter des MEK. Schweigend werden Hände geschüttelt. Währenddessen sagt Radew: »Treppenhaus und Flur vor der Wohnung gesichert. Kein Licht.« Er schnippt mit dem Finger, Einsatzkräfte in Kampfmontur stehen plötzlich neben ihnen, Schutzwesten in den Händen.

»Ach, *bitte*«, sagt Lay.

»Anziehen, sonst bleibst du unten«, sagt Radew.

Seine Leute helfen.

Inmitten der Schwerbewaffneten betreten sie das kahle Innere des Turms. Vor Lay geht eine Polizistin, ein blondes Zopfende schaut unter dem Helm hervor. Mit bayerischem Einschlag murmelt sie Unverständliches in ihr Mikro.

»Vierzehnter Stock«, sagt Radew.

»Rumäne?«, fragt Salih, während sie auf den Aufzug warten.

Radew schüttelt den Kopf. »Und du? Iraker?«

Salih schüttelt den Kopf.

Im Aufzug studiert Radew den Vollbart, die Augen konzentriert.

»Sag nichts«, rät Lay.

»Solltest dich rasieren, weißt du.«

»Wenn du weiterwächst«, entgegnet Salih.

Radew grinst. »Bulgarien. Vor langer Zeit.«

»Syrien, nie dort gewesen.«

Der Geruch nach Schweiß breitet sich aus. Nach Testosteron.

»Vielleicht ist seine Frau da«, sagt Lay. »Sein Kind.«

Radew nickt, spricht die Information ins Mikro. Ein Mann, vielleicht eine Frau, ein Kind.

Plötzlich bricht sich die Erinnerung Bahn. Lay hält die Luft an, lässt sie langsam entweichen. Ein Mann, eine Frau, ein Kind. Und einer, der auch dreißig Jahre später nur Atem ist und Geräusche und Blut.

Sie verdrängt die Bilder und den Schmerz.

Vierzehnter Stock. Die Aufzugtüren schaben an Metall entlang. Im Flur springt die Beleuchtung an. Die Tür zum Treppenhaus steht offen, mit leisen Schritten strömen die MEKler, die dort gewartet haben, in den langen Gang.

»*My game*«, sagt Lay, und Radew nickt. Sein Gesicht ist jetzt eine Maske, starr, der Atem kurz und schnell. Mit knappen Handbewegungen positioniert er seine Leute.

Vor einer Tür ohne Namensschild bleiben sie stehen. Lay klingelt. Radew ist einen halben Meter neben ihr, Pistole in beiden Händen, Arme gestreckt, noch zeigt die Mündung nach unten.

Niemand öffnet.

Erst nach dem dritten Klingeln sind von innen schlurfende Schritte zu vernehmen. Radew hebt die Waffe. Mahnend streckt sie eine Hand aus.

Da geht die Tür auf, ein arabisch aussehender Mann im Schlafanzug steht vor ihnen. Seine Augen weiten sich, gleiten über die schwarzen Leiber, die Waffen, die Helme. Er beginnt zu zittern.

»Ahmed Hassan?«, fragt Lay.

Sie wird zur Seite gestoßen, als Radew und Salih in die Wohnung drängen, gefolgt von den Einsatzkräften. Der Mann beginnt, um Hilfe zu rufen, nein: zu brüllen. Er hebt die Hände an den Kopf, weicht zurück bis zur Wand, in seinen Augen steht Panik. Die Kollegin mit dem blonden Zopf zwingt ihn auf die Knie, fixiert seine Arme auf dem Rücken. Er hört nicht auf zu brüllen.

Sekunden später ist die Wohnung gesichert.

Lay tritt auf einen weichen Teppich mit orientalischen Mustern. Ihre Augen huschen über großformatige Landschaftsfotos an den Wänden, eine Kommode mit einer Schlüsselschale und zwei geöffneten Briefen auf einem bestickten Spitzenset, vor der Küche ein Perlenvorhang.

Keine Wohnung des Übergangs. Kein anonymes Versteck.

Täuscht sie sich? Haben sie den falschen Mann?

Walter ist hinter ihr. »Alles paletti?«

»Ja. Wartet unten.«

Radews Stimme, die in den Hilferufen des Mannes fast untergeht: keine Frau, kein Kind, niemand sonst in der Wohnung. Lay kniet sich vor den Schreienden, hält ihm ihren Ausweis hin, obwohl er sie erkennen muss, er hat sie in Pullach lange genug durch den Einwegspiegel gesehen. Falls er auf der anderen Seite gesessen hat.

Er brüllt weiter.

Jetzt riecht sie den Alkohol. Nicht stark, aber deutlich.

Radew tritt neben sie, hält ihr einen Pass hin. Das Foto des Mannes, sein Name.

»Herr Hassan«, sagt sie eindringlich.

Keine Reaktion, nur die Schreie, als wäre Hassan nicht Herr seiner Sinne. Sie schlägt ihm kräftig ins Gesicht. Das Geschrei endet abrupt.

»Sehen Sie mich an.«

Er gehorcht. Kein Hinweis in seiner Miene, dass er sie erkennt.

Salih ist bei ihr, beugt sich zu Hassan hinunter. »Sie sprechen Deutsch?«

Hassan schüttelt den Kopf, murmelt: »*No German.*«

Salih seufzt.

»›Später, später, später‹«, zitiert Lay Curveball erbost.

Hassan runzelt die Stirn. Spricht Salih auf Arabisch an. Ein Wortwechsel folgt, Hassan stellt Fragen, Salih antwortet.

Hassan will wissen, wer sie sind und was sie von ihm wollen.

Lay mustert ihn. Ist das die Stimme, die sie aus den Lautsprechern in Pullach gehört hat? Sie *muss* es sein. »Erklär's ihm«, sagt sie und erhebt sich.

Salih hilft Hassan hoch. Zitternd steht er vor ihr, kaum größer als sie, das Gesicht schweißnass, die Augen fragend. Lass dich nicht ins Bockshorn jagen, denkt sie. Wie viele Lügner, Trickser, begnadete Schauspieler hat sie vernommen? Hunderte. Das ist ihre Expertise: Lügner enttarnen.

»Er sagt, das muss ein Missverständnis sein. Wir verwechseln ihn mit jemandem.«

»Sag ihm, er soll eine Tasche packen«, entgegnet Lay.

Die beiden Männer gehen auf eine Tür zu, verschwinden in einem der Zimmer. Hassan bewegt sich flüssig, hinkt nicht.

Radew kommt auf sie zu, der Blick distanziert. »Probleme?«, erkundigt er sich.

»Nur die alltäglichen.«

Er nickt. »Ihr kommt hier klar?«

»Ja. Danke für eure Hilfe.«

Kein Händedruck diesmal. Sie kann ihn verstehen. Aus seiner Sicht war das große Kino vollkommen überflüssig. Und wenn man ehrlich ist: Es *war* überflüssig. Der BND wird sich davon nicht beeindrucken lassen.

Falls sie überhaupt den richtigen Mann haben.

Radew wendet sich zur Tür. Ein knapper Befehl, Sekunden später sind die schwarzen Gestalten fort. Lange noch hört sie schwere Schritte aus dem Treppenhaus.

Salih kommt zurück, Hassan vor ihm, einen kleinen Rucksack in der Hand. »Er will telefonieren.«

»Mit wem?«

»Sagt er nicht.«

»Vielleicht wenn wir unten sind.«

Schweigend fahren sie hinunter. Vierzehn Stockwerke lang kein Wort, nur peinigende Gedanken, Zweifel, Erschöpfung. Ein zitternder Hassan. Salihs ratloser Blick. Eine stumme Stimme: Lass dich nicht ins Bockshorn jagen.

Draußen nehmen die Kollegen von der Schutzpolizei Hassan in Empfang, setzen ihn in den Fonds des LKA-Wagens. Lay betrachtet ihn durch die Fensterscheibe. Er wirkt verstört. Eingeschüchtert.

Wie sie es von Curveball erwarten würde.

Sie verabschieden sich von Walter. Salih setzt sich neben Hassan, sie steigt vorn ein. Als sie die Autobahn nach Nürnberg erreichen, spricht Hassan, und Salih übersetzt: »Er fragt, wohin wir ihn bringen.«

»Sag's ihm«, erwidert Lay.

»Berlin«, sagt Salih.

»Frag ihn, ob er weiß, was ein Haftrichter ist.«

Er weiß es. Wird hysterisch. Will telefonieren.

Lay schüttelt den Kopf. Dann räkelt sie sich in den Sitz hinein, legt den Kopf zur Seite. Irgendwann im Halbschlaf vernimmt sie dicht an ihrem Ohr eine bekannte Stimme, die flüstert: »Wissen Sie, welche Chaos Sie da tun?«

Da ist sie wieder, die Stimme aus den Pullacher Lautsprechern.

Sie schließt die Augen, lächelt.

Sie haben ihn.

Curveball.

17

Amman

LANGE VOR SONNENAUFGANG tanzt im Schein einer Straßenlaterne, in eine weiße Djellaba gehüllt, ein kleines Gespenst mit seltsamen Verrenkungen und Verbeugungen über die ungeteerte Straße, als betete es den schwarzen Himmel über Amman und gleich darauf den Sand zu seinen Füßen an. Hüpft im Kreis, bückt sich, um Steine aufzuheben und zu jonglieren, und singt dabei mit heller Stimme. Vor seiner weißen Brust baumelt ein gelbes Plastikfernglas. Sechs Polizisten sehen zu, lachen hin und wieder. *Ich werde den Dschinn spielen, Mr. Frank, und du fährst weg, wo immer du hinfahren musst, aber vergiss mich nicht, Djadi al-Omari, Sohn von Nûr, den guten Spion aus Bagdad, hörst du, sonst wird dir das Paradies auf immer verschlossen bleiben!*

Urplötzlich holt der Dschinn aus und schleudert einen faustgroßen Stein gegen die Windschutzscheibe des am nächsten stehenden Streifenwagens. Während die Polizisten sich erschrocken ducken, verschwindet die weiße Gestalt hügelaufwärts in der Dunkelheit.

Die Polizisten setzen ihr mit wütendem Geschrei nach. Motoren springen an.

Jaromin gleitet in den Schatten der Hauswand weiter, läuft die Auffahrt der Tiefgarage hinunter. Über der Schulter trägt er einen zerrupften Kinderrucksack mit Kleidung, Fleisch, Wasserflaschen, in der linken Hosentasche Jordanische Dinare, in der rechten Irakische Dinare, in der Jacke ein neues Prepaid-Handy und jordanische Zigaretten. Geld, Handy und Zigaretten stammen von Djadi. Genauso die frisch gewaschene Decke, in der Jaromin die kalte Nacht auf dem Dach des Kolosses verbracht hat. Sogar an eine Sonnenbrille hat der Junge gedacht.

Der Colt springt an, rattert und knurrt. Jaromin umfasst das Lenkrad, das mit ausgeblichenem gelbem Kunstfell bezogen ist, und legt den ersten Gang ein.

Mühsam quält sich der Wagen die Auffahrt hoch.

Von den Polizisten keine Spur. Jaromin biegt in die entgegengesetzte Richtung ab. Nach ein paar Metern setzt Regen ein.

Nein, nicht Regen – es schneit.

Tausende kleine Dschinns tanzen im Licht der Straßenlaternen.

II

Die Falle

18

SIE VERBRINGEN DEN REST DER NACHT im Auto. Eine mächtige schwarze BMW-Limousine, der Fahrer heißt Ludwig, beide vom LKA ausgeliehen für die Fahrt nach Berlin. Auf der Autobahn, so Lays Kalkül, haben sie Ruhe vor dem BND und gewinnen Zeit.

Sie behält recht.

Die Ruhe wird nur von Erinnerungen gestört: ein Mann, eine Frau, ein Kind. Der Mann und die Frau liegen in einer Blutlache auf dem weiß bezogenen Bett. Das Kind steht in der Schlafzimmertür und darf nicht schreien. Aus dem Wohnzimmer dringt das Geräusch von Schritten. Schubladen werden geöffnet. Der Blutmann ist noch im Haus. Zitternd versteckt sich das Kind im Kleiderschrank. In der Dunkelheit.

Als der Schrank viele Stunden später geöffnet wird, beginnt es zu schreien.

Schreit in den Armen einer Polizistin.

Der Mörder ihrer Eltern wurde nie gefasst. Eines Tages, dessen ist Lay sicher, wird sie ihm gegenübersitzen. Dafür sorgen, dass nun er in die Dunkelheit kommt.

Hinter Hof schläft sie ein. Bei Schkeuditz Pinkelpause. Lange vor Sonnenaufgang erreichen sie Alt-Treptow.

Während Salih den zeternden Hassan in den Vernehmungsraum bringt, schiebt Lay den Akku ins Mobiltelefon. Vier Anrufe von Josef Bardeaux um zwei Uhr morgens herum, drei mit müden, aber freundlich klingenden Nachrichten: *Halten Sie ihn bitte um Himmels willen unter Verschluss! / Wir sollten zusammenarbeiten, nicht gegeneinander, Frau Lay. / Wissen Sie eigentlich, wie wichtig dieser Mann für uns, für die Welt ist?*

»Und jetzt?«, fragt Salih.

»Geh heim, schlaf dich aus.«

»Wer passt dann auf ihn auf?«

Sie schmunzelt. »Ich halte mich zurück, versprochen.«

»Vielleicht bleibe ich besser«, sagt Salih.

Sie ruft von Goerden auf dessen Privatnummer an, erwischt ihn beim Joggen. »Wir haben ihn. Wollen Sie ihn sehen?«

»Das also ist Curveball.«

»Ja«, sagt Lay.

Sie stehen in ihrem Büro vor dem Bildschirm, auf den die Kameras im Vernehmungsraum geschaltet sind, Lay mit Kaffeebecher, von Goerden trinkt grünen Tee. Er trägt Anzug und Krawatte, die Wangen sind vom Morgensport noch leicht gerötet, die weißen Haare akkurat gescheitelt.

Hassan frühstückt. Er hat während der Fahrt kaum geschlafen und wirkt erschöpft.

»Wie sicher sind Sie?«

»Bardeaux will ihn zurückhaben, also ziemlich sicher.«

»Dann informiere ich den Kanzler. Sehen Sie zu, dass Sie die Wahrheit aus ihm herausbringen.«

»Mit allen Mitteln?«

Aber von Goerden ist nicht zu Scherzen aufgelegt.

Hassan will telefonieren, will einen Anwalt, will Heiner Seibold. »Sie verstehen nicht!«, ruft er auf Arabisch, Salih übersetzt, »Sie haben ja keine Ahnung!« Er reibt sich mit beiden Händen die Schläfen. »Alle sind hinter mir her, und Sie zerren mich an die Öffentlichkeit!«

Lay mustert ihn müde. »*Wer* ist hinter Ihnen her, Herr Hassan?«

Eine beeindruckend lange Liste folgt, die Salih stoisch auf Deutsch wiedergibt: IIS, CIA, MI6, Mossad ... Die Russen, die Franzosen, die Iraner ... Die Chinesen, Heiner hat Anfragen aus Peking erwähnt ... »Seit drei Jahren versuchen die Geheimdienste, an mich ranzukommen – und Sie verraten mich! Sie verraten Ihr Land, kapieren Sie das nicht? Und Sie bringen mich in Gefahr! Nur der BND kann mich schützen! Rufen Sie Heiner an, er soll sich was überlegen, nach München kann ich nicht mehr, er muss mich woanders hinbringen ... Er muss selbst kommen, mit jemandem anders gehe ich nicht mit ...«

»Erst reden wir, Herr Hassan.«

»Die werden mich entführen!«

Lays Mobiltelefon vibriert auf dem Tisch. Kein Name, Rufnummer unterdrückt – ihre neuen Freunde vom BND müssen sich gedulden.

»Bagdad 1999«, sagt sie. »Sie wollen aus dem Irak raus. Warum?« Sie ist jetzt in ihrem Element. Darauf läuft alles hinaus, nur darauf: Zwiegespräche. Das davor können andere besser: Ermitteln, Spuren auswerten, auf Lagen reagieren.

»Warum, warum, warum?«, ruft Hassan auf Deutsch und vergräbt das Gesicht in den Händen.

Wieder das Telefon. Kein Name, keine Rufnummer. Seufzend steht sie auf. Draußen auf dem Flur geht sie dran. »Ja?«

»Hanne Lay?« Eine Frauenstimme, älter, distinguiert. Im Hintergrund ein Durcheinander anderer Stimmen, fahrende Autos. Eine Lautsprecherdurchsage kündigt einen Zug an. Durch die Glasscheibe des Vernehmungsraums betrachtet Lay Hassan. Er redet auf Salih ein, Hände in der Luft, die Miene mal besorgt, mal verängstigt. Sie gibt ihm zwei, drei Stunden, vielleicht vier, dann wird er ihr die Wahrheit sagen.

Sie hat so viele Lügner zum Reden gebracht.

»Frau Lay?«

»Wer sind Sie?«

»Sie müssten sich bitte identifizieren.«

»Wie bitte?«

»Ich möchte mich absichern.« Die Frau verlangt die Nummer ihres Dienstausweises.

»Ich lege jetzt auf«, sagt Lay.

»Warten Sie.« Die Anruferin nennt die ersten vier Ziffern.

Lay beginnt zu laufen. »Erst will ich wissen, worum es geht.«

Das Treppenhaus, sie nimmt zwei Stufen auf einmal.

»Um den Mann, den Sie vergangene Nacht nach Berlin gebracht haben.«

Der nächste Stock. Sie erfindet eine Zahlenkombination, erntet ein verärgertes Lachen. »Letzte Chance, Frau Lay.«

Vor der Zwischentür zur Datenstation hält sie inne, kontrolliert den Atem. Dann nennt sie die korrekte Nummer.

»Sie haben den Falschen«, sagt die Frau, »Ahmed Hassan ist nicht der, den Sie suchen. Er spielt ihn nur für Sie.«

Lay öffnet die Zwischentür, eilt den Flur entlang. »Netter Versuch.« Leise klopft sie an eine Bürotür, tritt ein, den Zeigefinger an den Lippen. Die Technikerin, halb verborgen hinter einem voluminösen gelben Wollschal, nickt. Sie ist jung, sitzt bleich im Halbdunkel, die Jalousien sind zur Hälfte heruntergelassen. Dicht neben ihrem Kopf steht eine Tageslichtlampe.

»Sie sind dem BND auf den Leim gegangen«, sagt die Anruferin.

»Woher wissen Sie das?«

»Spielt keine Rolle.«

Lay steht neben der Technikerin, die mit raschen Bewegungen der Finger Computerprogramme öffnet, die aktuellen Telefonverbindungen durchgeht, mit der Nachverfolgung des Anrufs beginnt.

»Vergessen Sie Hassan«, sagt die Frau. »Wichtig ist, was in Bagdad passiert. Vierzehn Uhr, alter Lokschuppen Pankow-Heinersdorf, nur Sie und ich. Noch was: Vertrauen Sie niemandem. Sie schwimmen mit den Haien.«

Dann ist die Leitung tot.

»Mitte«, sagt die Technikerin. Eine Funkzelle nahe Bahnhof Friedrichstraße, ein totes Handy mit Prepaid-Nummer.

Und eine Frau, die zu viel weiß.

Ahmed Hassan hat während ihrer Abwesenheit begonnen, seine Geschichte zu erzählen, als wäre allein Lay das Hindernis, ihre kalte Art, ihre Unterstellungen, ihr Misstrauen. Sie verstehen sich gut, die beiden Araber, die Wurzeln zählen, nichts sonst, soll Lay denken, denkt sie, und sie weiß, dass Salih dasselbe denkt. Sein Bart ist in permanenter Bewegung, gelegentlich wirft er ihr irritierte Blicke zu. Den Verhafteten Monologe führen zu lassen gehört nicht zu Lays üblichen Techniken. Hassan ist in Fahrt, sie haben Libyen, Marokko und Spanien hinter sich, sind in Köln, wo ihn ein Schlepper Ende 1999 hingebracht hat statt nach London wie vereinbart. »Ich wollte nicht nach Deutschland«, sagt Hassan, sagt Salih, »ich hatte Freunde in London, in Deutschland kannte ich niemanden, aber was sollte ich tun, ich hatte kaum noch Geld.« Mit dem Zug fuhr er nach Nürnberg und weiter nach Zirndorf ins Aufnahmelager, wo der BND ihn schnell als »besonderen Fall« einstufte, mehrfach verwendet er dieses Wort, »besonderer Gesprächspartner«, »besonderer Flüchtling«, »besonderer Zeuge«.

Nach fünfzehn Minuten weiß Lay, dass die Anruferin die Wahrheit gesagt hat. Hassan spielt den Profilneurotiker, dessen Wissen und Mut die Geschicke der Welt verändern werden.

Er spielt Curveball.

»Mach weiter«, sagt sie zu Salih und verlässt den Raum. Das Telefon in der Hand, geht sie den Flur entlang, weg von Ahmed Hassan, dessen Anblick ihre Gedanken lähmt. Irgendwo ein Fleckchen Morgensonne, die sich durch ein Ost-Büro hindurch in den West-Gang stiehlt, dort lehnt sie sich an die Wand und meint zu spüren, wie ein kleines bisschen Winterwärme über ihre Haut kriecht.

Von Goerden ist in Eile und kurz angebunden. Ohne die Anruferin zu erwähnen, sagt Lay: »Wir müssen über Bagdad sprechen.«

»Nicht Ihre Baustelle.«

»Es sind Fragen aufgetaucht, die …«

»… ich nicht beantworten kann. Konzentrieren Sie sich bitte auf Curveball.«

Sie schweigt.

»Sonst noch was?«

»Was passiert in Bagdad?«

Von Goerden flucht und legt auf.

Sie gönnt sich einen Moment Pause, hier, wo kein Lügner ihre Gedanken lähmt, im warmen Morgenlicht.

Doch das Licht ist in Wahrheit müde und das Hirn auch.

19

As-Safawi, Jordanien

EIN DORF IM GLEISSENDEN MORGENLICHT, As-Safawi, hundert-
dreißig Kilometer östlich von Amman. Jaromin hält an einer Tankstelle, füllt Benzin nach. Am Kotflügel des Colt lehnend, isst er süßes
Gebäck aus Djadis Rucksack, kippt Kaffee und Wasser in den verkleb-
ten Magen. Auf dem ungeteerten Parkplatz stehen ein Dutzend Lkw,
die Scheiben von innen beschlagen. Hin und wieder taucht aus ihren langen Schatten ein müdes, unrasiertes Männergesicht auf. Jaromin verteilt Zigaretten, Floskeln werden ausgetauscht. Wachsam achtet er auf die Blicke und Gesten.

Immer wieder dieselbe Frage: »*American?*«

»*German.*«

Kurze Kommentare über deutsche Autos, den deutschen Kanzler,
das verlorene Finale 2002.

»*Look*«, sagt einer der Fahrer. Auf der Fernstraße gleitet ein Konvoi
lang gezogener, flacher Tanklastzüge in Richtung irakischer Grenze
vorbei. Mattes Militärgrün, in weißen Großbuchstaben auf rotem
Grund die Aufschrift »Jet Fuel« und »No Smoking within 50 ft«. »*American*«, sagt der Fahrer. Die Hände zeigen eine Explosion. »*Boooom.*«
Jaromin holt sich einen weiteren Kaffee.

Der Colt macht nicht mehr als sechzig Kilometer pro Stunde,
egal ob auf einer Landstraße oder einer konstruierten Autobahn.
Bis zum Abend sind die restlichen siebenhundertfünfzig Kilometer nach Bagdad nicht zu schaffen. Für Benzin allein wird Djadis
Geld noch reichen, für Übernachtung und Essen nicht.

Aber der Rucksack ist gefüllt, und im Auto liegt die Wolldecke.

Jaromin schickt eine SMS an Koeppen: *Komme einen Tag später. F.* Dann wählt er Alinas Nummer, macht aus den kahlen Gebirgsausläufern entlang der Fernstraße durch die Wüste die schneebedeckten Hügel Sarajevos.

Minuten später steigt er wieder ins Auto, fährt weiter, hinein in die weiß glühende, kalte Sonne.

20

Bagdad

MAZIN, SIEBEN JAHRE ÄLTER, das Haar doppelt so viele Jahre grauer. Die Pfunde um die Hüften sind fort, die Augen müde. Das überschwängliche Lächeln aber ist noch da. »Herr Kirchner!«

»Mazin.«

Sie reichen sich die Hand.

»Waren wir nicht per Du?«, fragt Koeppen.

»Du hast dich nicht verändert«, entgegnet Mazin auf Deutsch, der Akzent schwerer als in den Neunzigern. »Als wärst du gestern abgereist.«

»Die Voralpenluft, mein Freund.«

Sie stehen auf dem Flugfeld des Saddam International Airport. Überall Militär, Jeeps rasen über die Pisten. Eine betagte Boeing 727 der Iraqi Airways, die mit Duldung der Amerikaner und Briten im Inland unterwegs sind, ist im Landeanflug. Für einen Moment donnernde Triebwerke, dann kann man sich wieder unterhalten.

Mazin nimmt ihm den Rucksack ab. »Was macht die Familie?«

Koeppen nickt flüchtig, alles wie immer, danke. »Und deine?«

»Hat noch mehr Hunger als früher.«

»Arabisch bitte, ich muss wieder reinkommen.«

»Wir haben uns verändert«, murmelt Mazin auf Arabisch. »Die letzten zehn Jahre …«

»Ja«, sagt Koeppen nur, will nicht in Diskussionen über die Sanktionen oder den bevorstehenden Krieg verwickelt werden. In den Neunzigern war alles, was nicht unmittelbar mit Mazins Tätigkeit für die Botschaft oder den Dienst zu tun hatte, Privatsache, auch und vor allem die Politik. Jetzt scheint das nicht mehr zuzutreffen.

»Kann ich auf dich zählen, Mazin?«

Die Antwort kommt nicht gleich. »Solange wir nicht für die Amerikaner arbeiten.«

Koeppen hat damit gerechnet. »Danke für deine Offenheit.«

Im Pulk der UN-Mitarbeiter und Security-Leute bewegen sie sich auf das kantige, vom Sand rötlich gefärbte Ankunftsgebäude zu. Die trockene Luft macht Koeppen zu schaffen, die Nase ist nach wenigen Minuten wie ausgedörrt. Die ersten Alterserscheinungen? In den Neunzigern hatte er keine Anpassungsschwierigkeiten.

Drinnen die Passkontrolle unter den Augen schwer bewaffneter Soldaten. Er nimmt ihre Unruhe wahr, den verletzten Stolz der Offiziere, die offene Aggressivität gegenüber den Angehörigen der Vereinten Nationen. Weder das Embargo noch die UN-Kontrollen werden die Invasion verhindern, was also wollt ihr hier?, scheinen die Blicke zu sagen. Gelangweilt dagegen der Zöllner, der den Diplomatenpass überprüft.

In den leeren Hallen laufen sie über Teppiche, auf die *DOWN U.S.A.!* gesprüht ist. Quer über eine WC-Tür hat jemand *Down Bush!* gepinselt.

Draußen hält Mazin auf einen verstaubten schwarzen Geländewagen zu, einen Mercedes, viertürig, gepanzert, der Radkasten so hoch, dass Koeppens Rucksack hineinpassen würde. Unter dem Staub glänzt der Lack, der Wagen ist fast neu.

»Gehört der Botschaft, Herr Wagner fährt damit.« Mazin verstaut den Rucksack im Fond. Wagner, erzählt er währenddessen, hat vor einer Weile aus Deutschland den neuesten Detektor mitgebracht. Seitdem überprüfen sie den Wagen täglich auf Wanzen und Mikrofone. Er schließt die Tür, und sie steigen ein.

»Lebt dein Vater noch in Al-Amiriya?«, fragt Koeppen.

Mazin mustert ihn überrascht. »Ja.«

»Fahren wir zu ihm.«

»Er wird einkaufen sein. Oder in irgendeinem Café sitzen.«

»Lass es uns versuchen.«

»Aber er ist nicht zu Hause, Bengt.«

Koeppen überlegt, ob er Mazin schon einweihen kann. Doch sieben Jahre sind zu lang, um blind zu vertrauen. »Wir haben in Al-Amiriya zu tun«, sagt er vage.

Mazin nickt lächelnd. »Manchmal trinkt er seinen Vormittagstee zu Hause.«

»Dann los.«

Sie verlassen die Flughafen-Schnellstraße nach wenigen Kilometern, fahren auf belebten Straßen ein Stück zurück in Richtung Westen durch Wohnviertel, Saddam noch präsenter als in den Neunzigern, überall Plakate, Gemälde auf Hauswänden, Büsten, Statuen, dazu zahlreiche antiamerikanische Parolen. Dann deutet Mazin nach vorn: Al-Amiriya. Sie biegen ab, folgen einer Straße in gemäßigtem Tempo nach Norden. Schlangen vor Supermärkten, an einer Tankstelle. Ein paar Restaurants, Geschäfte, Schulen, Moscheen, eine Mall. Al-Amiriya ist nicht allzu groß, etwa sechs Quadratkilometer, die Satellitenbilder der Amerikaner zeigen zahllose flache, sandfarbene Einfamilienhäuser, zum Teil hinter Mauern, kleine Gärten, viel Grün. So gut wie keine höheren Gebäude. Die Straßen sind auch hier weitgehend schachbrettartig angeordnet, manche von Palmen gesäumt.

Die Palmen, denkt Koeppen, könnten zum Problem werden.

Sie halten in einer Seitenstraße, gehen auf eines der kleinen sandfarbenen Häuser zu.

»Warte, bitte«, sagt Mazin und schließt die Eingangstür auf.

Eine Minute später kommt er zurück. »Er ist nicht daheim.«

»Schade«, sagt Koeppen.

»Und jetzt?«

»Fahren wir ein bisschen durch Al-Amiriya.«

Als sie wieder im Wagen sitzen, sagt Mazin: »Du weißt, dass jemand an uns dran ist? Der weiße Hyundai da vorn.«

Koeppen läuft es kalt den Rücken hinunter. Damit hat er nicht gerechnet. Tatsächlich, er wird alt. »Verschwinden wir.«

Sie passieren den Hyundai, der mit laufendem Motor am Straßenrand steht. Zwei jüngere Männer sitzen darin.

»IIS«, sagt Mazin.

Koeppen nickt.

Sein alter Freund Ibrahim al-Faili.

Auf dem Botschaftsgelände angekommen, bezieht Koeppen die Wohnung des Residenten. Anschließend sucht er eine der irakischen Sekretärinnen im Hauptgebäude auf, fragt auf Arabisch nach Post für Bengt Kirchner. »Große Post. Ein Paket. So.« Er deutet die Länge an, zwei Meter.

Die Sekretärin nickt eingeschüchtert.

»Koeppen«, sagt eine tiefe Stimme hinter ihm.

Er dreht sich um. In der Tür zu seinem Büro steht Clemens Wagner, der Geschäftsträger, ein bulliger, bärtiger Mann. Sie kennen sich aus Sarajevo, Koeppen war Resident, Wagner Referatsleiter, machte damals kein Hehl aus seiner Abneigung gegen Geheimdienstleute. Seinem Blick nach zu urteilen hat sich daran nichts geändert.

»Auf ein Wort.« Wagner geht in sein Büro zurück.

Koeppen folgt ihm. Vor einer Wandkarte des Irak stehen zwei GSG-9-Beamte. Koeppen schüttelt Hände, dann bittet Wagner die beiden, draußen zu warten. Er lehnt sich an einen Aktenschrank, verschränkt die Arme und fixiert Koeppen, der sein Paket entdeckt hat, es steht hinter dem Schreibtisch, als hätte Wagner es konfisziert.

Ein wenig diplomatischer Vortrag des Hausherrn folgt. Das Nein der Bundesregierung zur Invasion entspreche seiner politischen wie persönlichen Haltung. Er könne deshalb in keiner Weise nachvollziehen, was ein Einsatzteam des BND ausgerechnet jetzt in Bagdad zu suchen habe. Da der Resident des Dienstes abgezogen worden sei, gehe er davon aus, dass das Team Spezialaufgaben für die Zeit des Krieges habe. Er will keinen »Mucks« von Koeppens Leuten hören, will sie nicht sehen und schon gar keine Klagen der Irakis auf den Tisch bekommen. »Sie werden sich also alle miteinander an die Regeln halten. Haben Sie verstanden?«

Koeppen lächelt freundlich und deutet auf das Paket. »Darf ich?«

Wagner schnaubt durch die Nase.

Koeppen holt sein Paket, das deutlich mehr als fünfzehn Kilo wiegt und natürlich weder frankiert noch mit einem Absender versehen ist. Nur eine mehrstellige Zahl in arabischer Schrift steht darauf, ein Code. Wagner hat den Code vorab erhalten, damit er das Paket nicht aus Sicherheitsgründen sprengen lässt.

»Im Übrigen bin ich nicht Ihre Poststelle«, knurrt Wagner, als Koeppen schon an der Tür ist, aber er registriert es kaum. Er denkt wieder an die Palmen entlang der Straßen von Al-Amiriya, ein wesentlicher Faktor, unbedingt einzukalkulieren, wenn es darum geht, Jaromins Standort auszuwählen.

21

DIE WÜSTE IST WEIT UND FLACH und sepiabraun, die Fahrt ereignislos. Jaromin fährt halb auf dem Standstreifen der einspurigen Straße, lässt überholen, was überholen kann, gepanzerte Zivilfahrzeuge mit PS-starkem Motor und jordanischem oder irakischem Diplomatenkennzeichen, ein kleiner Konvoi aus weißen UN-Jeeps, klapprige Autos einer Hilfsorganisation. Ein bunter Kleinbus mit der Aufschrift *»No War!«*, Sattelschlepper, die Lebensmittel für das UN-Programm transportieren, lärmende Zweiräder, Busse hinterlassen Wolken aus Qualm. In den Dörfern, durch die der Highway schneidet, hocken jordanische Panzer.

Achtzig Kilometer vor der Grenze zum Irak springt ihm ein Ortsname ins Auge, Al-Ruwaished. Als wenig später in der Ferne lautlos Kampfjets über den ockerfarbenen Himmel jagen, erinnert Jaromin sich, woher er den Namen kennt. Die Region um Ruwaished ist militärische Sperrzone. Hier, heißt es in Pullach, haben die Amerikaner vor Kurzem einen alten britischen Militärflugplatz übernommen: Luftunterstützung für die geplante Westfront.

An einer Haltebucht stoppt er, stellt sich neben zwei Lkw-Fahrer, die in den Sand urinieren, und tut es ihnen gleich.

»American?«

»German.«

»Ah, German! Schreder!« Ein Daumen hebt sich, ein dunkles, zerknittertes Gesicht wird freundlich.

Auf den Fersen hockend, isst er im Schatten einer einsamen Palme kaltes Fleisch und Couscous, schließt dann die Lider. Vor seinen Augen hüpft der Dschinn, tanzen die Schneeflocken von Amman. Im Schnee sieht er seinen Vater die Straße nach St. Georg hocheilen, nachdem alles zerstört war. Wenige Tage später standen sie an einem frisch ausgehobenen, nach Erde duftenden Grab, das Jaromin, sechs Jahre alt, im Chaos seiner Gefühle nicht zuordnen konnte. Ein Sarg wurde hineingelassen, ohne dass er wusste, wer darin liegen mochte. Ein Pfarrer nannte einen Frauennamen, der ihm nichts sagen wollte. Menschen trösteten und umarmten ihn, und er fragte sich, weshalb.

Von diesem Moment an eilte sein Vater durch die Tage, als liefe er vor etwas davon. Vor dem Leid, vor sich selbst.

Vor ihm.

Alles hast du zerstört, alles! Mein Leben hast du zerstört!

Man muss seine Schuld tragen, sagte der Heilige Georg.

Das Schlechte in sich bekämpfen.

Sich für das Gute opfern.

Sag mir, wie!, dachte er verzweifelt.

Vier Höllenjahre folgten. Dann schrie der Vater: *Du musst weg von hier, sonst schlag ich dich tot!*

Er kam in ein Internat in Niedersachsen, fünfhundertachtzig Kilometer von Schäftlarn entfernt. Einmal im Jahr durfte er zum Vater nach Hause, an Weihnachten.

Aber das Leben wurde besser. Freunde, Mädchen, der fröhliche Wahnsinn der Jugend. Er begann zu laufen und zu schwimmen. Lief oder schwamm morgens und abends. Stand nachts auf und lief.

Mit achtzehn Wehrdienst, der Drill gefiel ihm. *Dich kriegt keiner tot, was?*, rief der Ausbilder. Er verpflichtete sich bei den Gebirgsjägern, kam nach Strub, hundertfünfzig Kilometer bis Schäftlarn; dann Mittenwald, fünfundachtzig Kilometer bis Schäftlarn, später Murnau, fünfzig Kilometer. Es blieb dabei: Nur an Weihnachten durfte er nach Hause. In aller Früh zerrte ihn der Vater dann ans Grab unter St. Georg. Da lag, was er zerstört hatte: die Mutter.

Mit vierundzwanzig lernte er an einem Wochenende in München

Daniela kennen. Von da an fuhr er an Weihnachten nicht mehr heim. Sein Vater schien es nicht zu bedauern; vielleicht bemerkte er es nicht einmal. Gelegentlich besuchte Jaromin das Grab. Sah, wie die Inschrift im Lauf der Jahre verblasste unter Schnee, Regen, Sonne, den Fingerkuppen des Vaters.

Die Schuld verblasste nicht.

An einem dieser Tage sah er den Vater wieder. Ein Zivildienstleistender schob ihn im Rollstuhl über die Friedhofswege. Jaromin rief im Pflegeheim an. Schlaganfall schon vor Jahren, mit fünfzig, nie davon erholt, längst halb dement, spricht kaum ein Wort, erkennt niemanden, hieß es.

Er sagt, er hat keine Kinder.

Ein Nachbar des Vaters kümmerte sich.

Als Daniela eines Tages sagte, sie wolle aus München raus, aufs Land ziehen, schlug Jaromin Schäftlarn vor.

Die Kinder kamen in seine Grundschule.

Setzten seine Kindheit fort.

Überschrieben sie.

Am Mittag erreicht er die irakische Grenze. Inmitten der Einöde ragen plötzlich Befestigungsanlagen auf, Stacheldraht, Laternenalleen, die Straße liegt in künstlichen Sicherheitskurven. Auf jordanischer Seite steinerne Rundbögen und ein Porträt des Königs zum Abschied, auf irakischer Spitzbögen und ein Porträt Saddams zur Begrüßung.

Es ist heiß, kein Wind, der Himmel wolkenlos.

Die Jordanier winken ihn durch.

Die Iraker stoppen ihn.

Das Auto passt nicht zum Diplomatenpass. Das Passfoto nicht zum Gesicht.

»This not you!«, sagt der Zollbeamte, der im winzigen Checkpoint hinter einem Tresen sitzt, zwischen zwei Kollegen, an der Wand hinter ihnen ein Porträt Saddams. Ein ordentlicher Mann, weißes Hemd, Krawatte, darüber ein grau-rot karierter Pullunder. Er schwitzt vor

Konzentration und Irritation. Dann klopft er mit dem Zeigefinger auf das Passfoto und wiederholt vorwurfsvoll: »*Not you.*«

Jaromin atmet tief ein, lange aus. Ausgerechnet das Foto, denkt er. Das Einzige an diesem Pass, was echt ist, abgesehen vom Vornamen.

Einer der Kollegen prüft den Ausweis. »*American?*«

Er schüttelt den Kopf. »*German. Security advisor at the embassy.*«

»*Luggage?*«

Jaromin hebt Djadis Rucksack hoch.

Die drei Männer starren ihn verblüfft an. »*Diplomatic luggage? Suitcase?*«

»*Stolen in Amman.*«

Sie kaufen es ihm nicht ab. Kein Diplomatenauto, kein Diplomatengepäck – kein Diplomat.

Nach einem kurzen Disput auf Arabisch schlägt der Mann im Pullunder vor, die Botschaft anzurufen. Jaromin nickt skeptisch. Führung und Personal der Botschaften sind gewöhnlich nicht involviert.

Der Beamte sucht eine Nummer heraus, wählt, spricht auf Arabisch. Liest den Decknamen aus dem Pass vor, Frank Lahn. Er nimmt sich Zeit, scheint zu erklären, zu wiederholen. Schließlich legt er auf und sagt fast bedauernd: »Die Botschaft kennt Sie nicht.«

»Ein amerikanischer Spion«, sagt der zweite Beamte und greift zu einem anderen Telefon.

Nur Sekunden, nachdem er aufgelegt hat, hört Jaromin Schritte hinter sich, spürt Bewegungen. Soldaten haben das Gebäude betreten und postieren sich. Er kann ihre Waffen riechen. Den Stoff der Uniformen. Die Anspannung.

Er hebt die Arme seitlich an, damit sie seine Hände sehen. Ruhig sagt er: »Rufen Sie bitte den IIS an. Ibrahim al-Faili.« Vorsichtig legt er den Zettel aus dem Hotel in Amman auf den Tresen.

»*Muchabarat?*«, fragt der Mann im Pullunder erstaunt. Dann wählt er, den Zettel in der Hand, die Bewegungen langsamer als vorhin. Seine Stimme klingt entschuldigend. Umständlich steht er auf, hebt zu einer hastigen Rede an, die unterbrochen wird. Er hört zu, der Rücken beugt sich. Nach einer Minute setzt er sich und legt auf. »Oberst al-Faili kennt Sie nicht.«

Eine Hand umfasst Jaromins Arm. »*Come, Mr. American*«, sagt eine wachsame Soldatenstimme.

Sie nehmen den Colt auseinander. Die beiden Türen, die Heckklappe und die Motorhaube stehen offen. Zwei Soldaten hocken gekrümmt auf den Sitzen, einer vorn, einer hinten, werfen harmlose Abfälle aus dem Auto. Jaromin, die Hände auf den Rücken gebunden, sitzt im Sand und sieht ihnen zu. Die Mittagsonne brennt herab, Schweiß tropft ihm von der Stirn, läuft unter dem T-Shirt über seinen Oberkörper, Ströme von Schweiß, als taute das Eis des deutschen Winters in seiner Haut. Früher war der Körper Hitze gewöhnt, Alpenquermärsche im Hochsommer, Übungen in den nordafrikanischen Wüsten. Beim BND bleibt dafür keine Zeit, zu selten kann Koeppen seine Leute für ein paar Tage zum Training in die Hitze schicken.

Koeppen, denkt er.

Er kann sich nicht vorstellen, dass Koeppen al-Faili nicht informiert hat. Er sorgt gewöhnlich vor.

Irgendjemand lügt.

Neben ihm steht einer der Grenzer, gelegentlich tippt die Gewehrmündung an seinen Hinterkopf. Eine kleine Demonstration der Macht, Erinnerung daran, dass sein Schicksal nicht mehr in seiner Hand liegt. Sie wollen ihm Angst machen.

Er hatte nur einmal im Leben wirklich Angst.

Eine Stunde lang.

Eine Stunde Warten auf den Vater im hohen, abgedunkelten Raum, den er sonst allein nicht betreten durfte.

Ein Raum wie eine Gruft.

Was der Vater »mein Leben« nannte, lag in dieser Gruft.

Zumindest das, was davon übrig war. Gruslige Reste eines Menschen – nein, keines Menschen. Ein unbestimmbares Wesen aus dem

All lag da, knöchern und bleich wie der Mond. Die Augen riesig und Furcht einflößend. Die Stimme ein kaum hörbares Krächzen, das Piepen des Monitors übertönte sie.

Er glaubte dem Vater nicht, dass das die Mutter war. Die Mutter war schön und weich und sonnenbraun. Irgendwann war sie verreist und wollte nicht zurückkommen.

Er konnte es ihr nicht verdenken. Wer klug war, kam nicht zu ihnen zurück. Und sie war klug!

Der Vater hatte auf die Wanduhr gedeutet. *Wann bin ich wieder da?*

Wenn beide Zeiger auf die Eins-zwei zeigen.

Auf die zwölf.

Die zwölf.

Dann ging der Vater, und er brachte so viele Meter zwischen sich und das Wesen, wie es der Raum erlaubte.

Als das Piepen immer schneller wurde, hielt er sich die Ohren zu und überlegte, was ihm die Maschine sagen wollte. Sang sie ein Maschinenlied für ihn?

Er hörte das Lied durch die Hände hindurch. Es machte ihm Angst.

Für die schöne, weiche Mutter wäre er mutig gewesen. Er wäre zu ihr getreten und hätte versucht herauszufinden, was sie und die Maschine von ihm wollten. Aber diesem Wesen nahe kommen? Es berühren? Seinen Gestank riechen? Der sich in ihn hineinschleichen, sich in ihm ausbreiten, für immer in ihm bleiben würde? Selbst wenn er gewollt hätte, er konnte nicht.

Reglos starrte er das Wesen an.

Der kleine Zeiger stand zwischen eins-eins und zwölf, der große hatte sich verlaufen, als das Lied ein einziger, unendlicher Ton wurde.

Um zwölf kam der Vater in die Gruft gerannt.

Ein paar Stunden später hatte das furchtbare Wesen den Raum verlassen. Das Licht durfte wieder hinein.

Und »mein Leben« war zerstört.

Jaromin dreht den Kopf, erkennt gegen die Sonne nur Umrisse.
»Water, please.«

»No, Mr. American.«

Die Gewehrmündung kitzelt seinen Kopf.

Hinter der Windschutzscheibe sieht er einen der Soldaten auf-
lachen. Er kriecht aus dem Auto, Zeitschriften in der Hand, wirft
sie vor ihn. Amerikanische Pornos. Auch der zweite Soldat kommt
aus dem Wagen, blickt auf die Titelseiten hinunter. Die beiden sind
jung, genauso wie der neben ihm mit dem AK-47, höchstens Anfang zwanzig. Dunkler Bartschatten, die Koteletten akkurat gestutzt,
Sonnenbrille, hübsche Gesichter. Sie freuen sich über ein bisschen
Spaß, denkt Jaromin. Sie wissen, dass jenseits der Grenzen ihres
Landes hundertfünfzigtausend feindliche Soldaten darauf warten
anzugreifen. Dass keine achtzig Kilometer von hier in Ruwaished
amerikanische Kampfjets und Bomber starten und Panzer und Bo-
dentruppen wie ein Sandsturm aus der jordanischen Wüste heranrol-
len werden.

Dass sie in wenigen Wochen sterben werden.

In den Achtzigern haben sie den Krieg gegen den Iran erlebt, 1991
den gegen die US-Koalition, vielleicht den Vater oder einen Onkel
verloren. Sie wissen, was Krieg ist.

Und er?, denkt Jaromin. Was weiß er?

Mit Anfang zwanzig kletterte er mit den Kameraden durch die
Alpen und übte Krieg, damals hieß der Feind UdSSR. Die Schmerzen kamen durch die Überlastung der Muskeln, verstauchte Gelenke, gebrochene Knochen, eisige Kälte, die Erschöpfung, das zusätz-
liche Gewicht der MILAN auf dem Rücken – aber nicht durch
Kugeln oder Bomben. Die meisten seiner Kameraden waren froh darum. Sie hatten Frauen im Kopf, Kinder in Planung, ein Haus im
Grünen als Traum.

In Jaromins Kopf war die Stimme des Heiligen Georg.

Die Stimme seines Vaters.

Alles zerstört.

An freien Tagen wartete er frühmorgens auf dem Friedhof. Wenn der Zivi und sein Vater kamen, ging er ihnen entgegen. Manchmal streifte ihn ein schläfriger, erschöpfter Blick des Vaters. Glitt wieder davon. Nicht einmal ihn erkannte der Vater. Der Schmerz war größer als der Hass.

Bei den jungen Grenzern hier muss der Hass größer sein als der Schmerz.

Irgendwo klingelt ein Telefon. Kurz darauf eilt der Mann im Pullunder aus dem Grenzhäuschen. Er bückt sich vor ihn, die Hände auf den Knien. *»Jaromin? Frank Jaromin?«*

Er nickt seufzend.

»Colonel al-Faili know you!«

Die jungen Soldaten helfen ihm hoch, lösen die Handfesseln, der Mann im Pullunder gibt ihm den Pass zurück. *»German spy, not American«*, sagt er und klopft Jaromin lächelnd auf die Schulter.

Einer der Grenzer hebt die Pornomagazine auf, schüttelt den Sand ab. Der andere räumt die Abfälle wieder in das Auto. Der mit dem Gewehr reicht ihm eine ungeöffnete Wasserflasche.

»Thank you«, sagt Jaromin.

Sie schweigen, während er trinkt. Dann reichen sie ihm der Reihe nach die Hand. *»Schreder good man«*, sagt einer.

Jaromin steigt ins Auto. Als er an ihnen vorbeirollt, machen die Soldaten das *Victory*-Zeichen, der Mann im Pullunder winkt, alle vier strahlen.

Im Rückspiegel sucht er sie vergeblich. Das flammende Rot der tief stehenden Sonne hat sie verschlungen.

22

SIE FAHREN DIE DAMASCUS STREET in Richtung al-Zawraa-Park, als Koeppens Mobiltelefon klingelt. Überrascht starrt er auf das Display, entscheidet sich dann ranzugehen. »Hans?«

»Ich vermute, du kannst nicht reden?«, entgegnet Breuninger.

»Richtig.«

»Schon in der Stadt des Friedens?«

Koeppen lächelt. Madīnat as-Salām, der Name der im 8. Jahrhundert am westlichen Tigris-Ufer gegründeten Siedlung. »Wie geht's Mary?«

»Schleppt sich durch ihre letzten Monate. Ein trauriger Anblick, Bengt. Ein Hund, der weiß, dass seine Zeit gekommen ist. Sie würde sich bestimmt freuen, dich noch einmal zu sehen.«

Mazin fährt auf den Parkplatz des Iraqi Intelligence Service, hält am Kontrollpunkt. Ein stoischer Soldat prüft die Ausweise ein bisschen umständlich, in den Händen alle Zeit der Welt. Endlich winkt er sie weiter.

»Anfang März habe ich ein paar Tage frei«, sagt Koeppen.

»Szegediner Gulasch mit Hefeklößen und Sauerkraut?«

»Ohne Kümmel, bitte.«

»Seit wann magst du Kümmel nicht mehr?«

»Seit ich ihn nicht mehr vertrage.«

»Eine Finte des Körpers, Bengt. Er testet dich. Hörst du auf ihn, weiß er, dass er die Herrschaft übernehmen kann. Hörst du nicht auf ihn, wird er sich dir weiterhin unterordnen.«

Koeppen lacht. »Was auch immer das bedeuten mag.«

»Wir werden es erörtern, wenn du in Berlin bist. Darf ich dir einen Rat geben?«

»Jeden Morgen eine Tasse Kümmeltee?«

»Keine Alleingänge mehr. Du gefährdest die Operation.«

Koeppen runzelt die Stirn, überlegt, worauf Breuninger abzielt. Dass er Frank eigenmächtig weitergeschickt hat?

»Gedankenaustausch unter einem *Ficus Ginseng*.«

Koeppen begreift: Breuninger war bei Träger. Hat dem hysterischen Präsidenten die Hand gehalten und moralische Unterstützung im Schlamassel zukommen lassen. Das Pflänzchen gegossen.

Mazin hält, sie steigen aus.

»Dein Chef ist nicht gut auf dich zu sprechen«, sagt Breuninger. »Er macht dich für Bosnien verantwortlich. Und jetzt das. Du musst aufpassen, Bengt.«

»Werde ich«, sagt Koeppen. »Grüß Mary bitte von mir.«

Zwei Soldaten führen ihn durch die noch vertrauten hohen Flure an Saddam-Porträts vorbei, die Schritte hallen, im blitzblank geputzten dunklen Steinboden spiegeln sich ihre Körper.

Ibrahim Al-Faili ist aus seinem Büro in den Gang getreten, blickt ihm entgegen, die Hände hebend, als wollte er einen alten Freund umarmen. Unter der hohen Decke wirkt er klein und trotz Uniform fast fragil. »Willkommen in Bagdad, Herr Kirchner!«

Sie belassen es bei einem Händedruck.

»Wie geht es Rebekka?«

Koeppen ist für einen Moment beeindruckt. Der Oberst erinnert sich an den Namen seiner Tochter … »Soweit ich weiß, gut. Und Lamia?«

»Fürchtet den Krieg.«

»Wer will es ihr verdenken?«

Al-Faili führt ihn in sein Büro, deutet auf die Sitzecke aus kargen Möbeln. Er hat sich schon in den Neunzigern der Tendenz zum Prunk widersetzt, die den Mächtigen um Saddam eigen ist. Er wolle sich nicht den Blick für das Wesentliche von Kitsch und Protzerei verstellen lassen, sagte er, und nicht den Blick der anderen auf ihn, auf die Qualität seiner Arbeit. Also kein Süßgebäck auf dem Couchtisch, keine kubanischen Zigarren, der Tisch ist leer. Wer möchte, bekommt Tee oder Kaffee, die der Oberst von seiner Sekretärin bringen lässt.

Koeppen wird Kaffee bekommen.

»Und die Kinder?«

Seien wohlauf und in Sicherheit, erwidert Al-Faili.

Auch er hat Sorgenkinder. Die Tochter studierte damals in London, erinnert Koeppen sich, der Sohn war Arzt in Beirut, beide waren, wie al-Faili es ausdrückte, mit den »Verhältnissen in der Heimat nicht glücklich«. Dass die Heimat deshalb mit ihnen ebenfalls nicht glücklich war, sagte er nicht. Es war ein offenes Geheimnis damals in Bagdad. Al-Faili wurde mehrfach zu Saddam zitiert. Die Chefs des IIS standen für den Oberst ein, sie wussten, was sie an ihm hatten: einen unbestechlichen Patrioten, der gelernt hatte, die Amerikaner zu hassen, und den Dienst an seinem Land über alles andere stellte. Dass »über alles« auch Saddam einschloss, ahnten sie wohl; möglicherweise war das der Grund dafür, dass er es nie nach ganz oben geschafft hatte.

»Ich fahre in wenigen Tagen nach Amman«, sagt Koeppen. »Vielleicht möchte Lamia dort … Besuche machen?«

»Ein sehr freundliches Angebot, dass ich sofort annehmen würde. Doch meine Frau leidet unter derselben Krankheit wie ich – Loyalität. Sie würde mich in schweren Zeiten nie allein lassen. Aber ich danke Ihnen.«

Die Sekretärin bringt den Kaffee, al-Faili schenkt ein, lässt Koeppen in Ruhe einen ersten Schluck trinken. Dann sagt er: »Der Bundesnachrichtendienst zieht den Residenten wegen des Krieges ab – und schickt Sie. Weshalb, Herr Kirchner?«

Koeppen gibt sich Mühe, überzeugend zu klingen. Ein aussichtsloses Unterfangen, al-Faili ist zu klug, um Zusammenhänge zu übersehen und Lügen nicht zu erkennen. Aber er wird ihm die Lügen nachsehen, sie gehören nun einmal zu beider Beruf. Die deutsche Botschaft werde vor Ausbruch der Kriegshandlungen geschlossen, erwidert er. Jemand müsse Unterlagen und Eigentum des Dienstes sichern. Den Umzug in die französische Botschaft vorbereiten. Das Team einweisen, das als Verbindung zwischen Bagdad und Berlin in der Stadt verbleiben werde, im Gegensatz zu ihm, der den Irak in ein paar Tagen wieder verlasse.

»Nun, der Zeitpunkt ist auffällig.«

»Ich verstehe nicht, Oberst.«

»Wir haben Hinweise darauf, dass Ihre französischen Kollegen in Kontakt zu einer kommunistischen Terrorgruppe stehen.«

»Einer irakischen Gruppe?«

»Zumindest in Teilen. Was weiß der BND darüber?«

»Nichts, Oberst.«

»Haben Sie mit Ihrem Residenten gesprochen?«

»Ich habe seine Berichte gelesen. Kein Wort darüber.«

Al-Faili lächelt freundlich und erklärt, man stehe kurz davor, die Gruppe auszuheben und die Mitglieder zu inhaftieren. Er hoffe sehr, dass bei den Verhören keine Kontakte zum BND offenbar würden. Koeppen entgegnet, das könne er ausschließen. Allerdings bringe so manches Verhör Dinge zutage, die nicht der Wahrheit entsprächen.

Nicht im Irak, sagt al-Faili.

Gut zu hören, sagt Koeppen.

»Und Ihre Leute, Herr Kirchner? Vier weitere BND-Beamte für den Umzug?«

Koeppen zuckt die Achseln. »Die deutsche Bürokratie.« Logistikleute, Sicherheitsberater, selbst eine vorübergehende Botschaftsschließung sei nun einmal aufwändig.

Al-Faili verweist auf die inzwischen verschärften Regeln für ausländische Agenten, schließlich befinde man sich unmittelbar vor einer feindlichen Invasion. Waffen seien nicht gestattet, genauso wenig Satellitentelefone. Und jede dienstliche Fahrt müsse angemeldet werden.

»Wir werden uns daran halten«, lügt Koeppen.

Nach einer Stunde begleitet Al-Faili ihn durch die langen Flure zum Ausgang. »Ihr Anblick bringt Erinnerungen mit«, sagt er.

»Gute oder schlechte?«

»Wie man es nimmt: Erinnerungen an die Hoffnung.«

Ein Satz, der Koeppen minutenlang begleitet, während er mit Mazin Richtung Tigris fährt. Er erinnert sich an diese Hoffnung, die viele Iraker bis Mitte der Neunziger geteilt hatten. Die Hoffnung, dass bald alles gut werde, weil »unser Präsident« sicher klug genug sei, den Weg zurück in die internationale Gemeinschaft zu wählen. Die Hoffnung, dass sich die UN auf ihre zentrale Aufgabe besinnen würden, die Menschen dieser Welt zu vertreten, nicht sie auf Geheiß einiger mächtiger Staaten zu quälen. Die Hoffnung, dass verheerende Fehleinschätzungen wie die, Saddam durch Sanktionen schwächen zu können, sicherlich korrigiert würden.

Die Hoffnung auf Gerechtigkeit.

Vor seinem Blick tauchen jenseits niedriger Häuser im Nordosten die wuchtigen Schwerter von Kadesia auf, die Ende der Achtziger, wenige Jahre vor seinem ersten Aufenthalt in Bagdad, errichtet worden sind. Die Arme, die die Schwerter halten, sind Saddams Armen nachgebildet, vierzig Meter über der Straße kreuzen sich die Spitzen. Eines der vielen Symbole von Saddams Größenwahn, unversöhnliches Triumphgeheul in Richtung der in mehreren Kriegen unterlegenen Perser.

Wie kann man mit diesem Denkmal vor Augen auf die Klugheit hoffen? Auf Einsicht?

Auf Gerechtigkeit?

Vielleicht, denkt Koeppen, weil al-Faili Klugheit, Einsicht, Gerechtigkeit auch auf der anderen Seite nicht erkennen kann.

23

VERTRAUEN SIE *niemandem.*

Ein billiger Satz aus dem Repertoire der Manipulation. Trotzdem beherzigt Hanne Lay die Warnung. Von Goerden vertraut sie seit dem Morgen ohnehin nicht mehr. Die Chefs und die Kollegen stehen auf der roten Liste, seit sie für das Kanzleramt arbeitet. Jeder, der ihr einfällt, ist jetzt darauf. Abgesehen von Salih, dem sie immer vertraut.

Ganz oben allerdings steht die unbekannte Anruferin.

Sie sind am Vormittag ein paar Mal an dem Lokschuppen vorbeigefahren. Der Autobahnzubringer passiert ihn auf halber Höhe. Das ganze Gelände, ein ehemaliger Güterbahnhof, wird seit ein paar Jahren nicht mehr genutzt und verfällt. Die Kollegen vom zuständigen Revier holen gelegentlich Kletterer von einem der Türme herunter. Beenden Partys in den verlassenen Gebäuden, schicken Obdachlose fort.

Jetzt wartet Salih irgendwo in der Nähe, verborgen im Grau des frühen Nachmittags. Lay hat seine Stimme im Ohr, als sie den Zubringer verlässt, mysteriöse Ortsangaben, *»bin im Durchgang, Südrichtung, jetzt unterer Teil, nach Norden, über der S-Bahn, hinter einer Glasscheibe, ich bleibe in Bewegung, bis sie aufgetaucht ist«.* Auf DDR-Betonplatten fährt sie an einer Kleingartenkolonie entlang, in ein schmales Sträßchen linkerhand hinein, zu beiden Seiten hohes Gebüsch, Bäume. Dann hat sie das einstige Bahn-Gelände erreicht. Von Gras überwucherte Schienen führen auf den Lokschuppen zu, ein kreisrundes Klinkergebäude mit hohen Fenstern und

Kuppeldach. Viele Scheiben sind zersplittert, die Außenwände von Graffiti übersät. Sieben Jahre genügen in dieser gleichgültigen Stadt, um aus einem spektakulären Industriedenkmal des 19. Jahrhunderts eine Ruine zu machen.

Das Areal ist unübersichtlich. Ein Waggon, der vor sich hin rostet, Stapel demontierter Schienen, ein im Gebüsch versinkendes niedriges Klinkerhaus, eine Handvoll weitere Gebäude. Auf der anderen Seite des Lokschuppens die S-Bahn-Gleise und die Haltestelle Pankow-Heinersdorf, über die der Autobahnzubringer verläuft.

In der Ferne ragt eine Hochhaussiedlung auf, ein paar winzige Lichter hinter Hunderten Fenstern. Aus einem der Fenster ganz oben links hat Lay vor vielen Jahren ein paar Mal hinausgeschaut, sie erinnert sich an Sonnenaufgänge, Wolken in Reichweite, das lärmende Asphaltband unter ihr. An den Lokschuppen, der damals noch in Betrieb gewesen sein muss, erinnert sie sich nicht. Von der Einraumwohnung hat sie kein genaues Bild mehr vor Augen, auch nicht von dem Jungen, der auf einer Matratze in einer Ecke schlief. Sie weiß nur, dass er höchstens zwanzig war, fünf, sechs Jahre jünger als sie, die nackte Frau am Fenster. Fast alle Jungen und Männer waren und sind deutlich jünger als sie, ein vollkommen unsinniger Versuch, sich überlegen zu fühlen, um den Mangel an Vertrauen auszugleichen und hin und wieder wenigstens Sex zu haben.

Vertrauen Sie niemandem.

Mir, denkt sie, musst du das nicht sagen.

Auf einem Gleisbett betritt sie den Rangierschuppen, die Pistole in der Hand. Eine riesige Halle öffnet sich vor ihr. Graues Winterlicht dringt durch die Fenster und schafft es kaum bis zum Boden. Überall liegen Glassplitter, Holzlatten, die sich offensichtlich aus dem Dach gelöst haben, Metallteile, zerbrochene Ziegel.

In ihrem Ohr sagt Salih: *»Östlich des Schuppens steht ein weißer Passat, Fahrer nicht zu sehen.«*

Sie erwidert nichts.

»Passen Sie bitte auf, wo Sie hintreten«, sagt eine Frauenstimme aus einer Entfernung von dreißig, vierzig Metern. »Und wenn Sie die Pistole freundlicherweise auf den Boden legen würden.«

»*Nein!*«, flüstert Salih.

Lay zückt die Taschenlampe, schaltet sie an. Dicht neben ihr verläuft eine schmale Werkstattgrube, die mit Regenwasser gefüllt ist. Sie lässt das Licht auf halber Höhe gleiten, sieht Kabel, die von Metallstreben herabhängen. Tauben fliegen auf, suchen sich einen neuen Platz im Dunkeln. Weiter Richtung Mitte stützt ein Kreis aus Eisensäulen das Kuppeldach. In der Wand dahinter erkennt sie Türöffnungen, die nicht ins Freie zu führen scheinen, vielleicht Lagerräume oder Büros. Dort irgendwo muss die Frau sein.

Sie geht in die Hocke, legt die Pistole ab. Spürt beim Aufrichten das schmale Taschenmesser in der hinteren Hosentasche.

Ganz unbewaffnet ist sie nicht.

»Suchen Sie sich einen sicheren Platz, dann schalten Sie die Lampe bitte aus.«

Lay macht ein paar Schritte auf die Stimme zu. Sie ist identisch mit der am Telefon, klingt aber angespannter. Subversive Treffen in abrissreifen Industrieanlagen gehören nicht zum Alltag ihrer neuen besten Freundin.

»Bleiben Sie auf Ihrer Seite, Frau Lay.«

Ein Flüstern in ihrem Ohr: »*Noch näher.*«

Sie löscht das Licht, tastet sich weiter vor. Ein herabhängendes Kabel streift ihre Schulter. Dann hat sie die erste Dachstütze erreicht.

»Frau Lay, bitte.«

»*Okay*«, sagt Salih.

Sie bleibt stehen. Keinen Zentimeter zu früh, unmittelbar vor ihr ist der Boden eingebrochen. Holzstreben liegen frei, dazwischen geht es zwei Meter hinunter.

»Eines müssen Sie wissen«, sagt die Frau. »Ich riskiere viel, indem ich mich mit Ihnen treffe.«

»Wir könnten Sie schützen.«

»Ich habe nicht vor überzulaufen.«

Lays Augen haben sich an das Dämmerlicht gewöhnt. Aber die Frau ist nicht zu sehen. »Von den Bösen zu den Guten?«

»Von den Entschlossenen zu den Gleichgültigen. Wir haben keine Zeit für Geplänkel, Frau Lay.«

»Was haben Sie dann vor, wenn Sie nicht überlaufen wollen?«

»Ich will einen Mord verhindern.«

»Bagdad?«

»Richtig.«

»Zuerst sprechen wir über Curveball.«

»Curveball ist unwichtig.« Ungeduld liegt in ihrer Stimme, aber auch Sorge.

Sie will hier weg, denkt Lay.

»Nicht für mich. Wenn Hassan nicht Curveball ist, wer ist er dann?«

»Ein Strohmann des BND, Ali Karim.«

»Der den echten Curveball schützen soll?«

»Ihn und alles, was mit ihm in Verbindung steht.«

»Wie komme ich an den echten ran?«

»Vorerst gar nicht. Vielleicht in zwei, drei Jahren, wenn der Krieg und Saddam Hussein Geschichte sind.«

»Verschaffen Sie mir Zugang zu Curveball.«

Schritte, die sich entfernen, dann verharren. Die Stimme ist voller Verärgerung. »Offenbar habe ich mich in Ihnen getäuscht. Ich dachte, gerade Sie wären dafür prädestiniert, einen Mord an einer Unschuldigen zu verhindern.«

Sie weiß es, denkt Lay überrascht. Sie weiß von dem Mann im Wohnzimmer. Von den Toten im Elternbett.

Wieder die Schritte. Warten Sie, will Lay sagen, aber die Überraschung hat ihr die Sprache verschlagen.

Doch diesmal nähern sich die Schritte wieder. »Sind Sie noch da?«

»Ja«, flüstert sie.

Wenige Minuten später fährt sie über die Betonplatten zurück. Im Grau schwebt, fast zum Greifen nah, der Autobahnzubringer. Am Ende der Kleingartensiedlung hält sie. Salih steigt ein, sagt: »Der BND plant einen *Mord*?«

»Nicht der BND. Einer aus dem Team.«

»Wenn das nicht dasselbe ist.«

Sie gibt Gas, muss kurz darauf stadtauswärts abbiegen.

»Falsche Richtung«, sagt Salih.

»Geht ja nicht anders, verflucht.«

Sie spürt, dass er sie ansieht.

»Was war da drin los?«

»Nichts. Lass mal hören.«

Salih zieht das Aufnahmegerät aus der Jackentasche. Schaltet es an. Rauschen.

Lay nimmt die erste Ausfahrt zurück in Richtung Stadt, folgt der Straße in einem großen Bogen, während Salih zunehmend hektisch vor- und zurückspult. Die Straße überquert den Zubringer, führt nach Norden, in unmittelbarer Nähe an dem Hochhaus vorbei, an dessen Fenster sie vor einem Jahrzehnt gestanden hat. Schließlich fädelt sie in den Verkehr stadteinwärts ein, fragt ungeduldig: »Was ist?«

Salih spielt ihr das Rauschen vor, wirkt fassungslos. »Sie hatte einen Störsender!«

Lay ist nicht überrascht. Sie haben die Frau in jeder Hinsicht unterschätzt.

Salih langt nach dem Mobiltelefon. Auch das Ergebnis des Gesprächs ist nicht mehr überraschend: Das Kennzeichen des weißen Passats existiert nicht.

»Sie legt uns rein, jede Wette!« Er lacht konsterniert.

Nein, denkt Lay. Schlimmer. Sie ist ein Profi.

Immerhin ein Profi mit Skrupeln.

24

Nahe ar-Rutba, Irak

KOEPPEN HAT NICHT ÜBERTRIEBEN, die Autobahn auf irakischer Seite ist dreispurig und in gutem Zustand. Der Verkehr verteilt sich. Der Colt bleibt hinter allem zurück.

Bei ar-Rutba, hundertzwanzig Kilometer nach der Grenze, tankt Jaromin, der Liter Normalbenzin umgerechnet zwei Pfennig, knapp ein Euro-Cent. In einem auf höchstens fünfzehn Grad heruntergekühlten Verkaufsraum wartet er an der Kasse, muss dabei an Alex denken, der sich vor einem Jahr so verstört von der D-Mark verabschiedet hat, als müsste er einen Kindheitsfreund zu Grabe tragen. Für Wochen schien sein Leben aus den Fugen geraten. Ein Dreizehnjähriger, der Veränderungen hasst. Und aus irgendeinem Impuls heraus zielsicher alles ablehnt, was das geheime Leben seines Vaters ausmacht.

Jaromin setzt sich in den Schatten der Station, raucht.

Achtet auf Veränderungen, sagten die Ausbilder der Präzisionsschützen. *Blicke, Bewegungen, Geräusche. Schatten. Licht. Was ist neu? Was war vorher nicht da? Was ist wieder da, aber anders? Was ist nicht mehr da? Warum ist es nicht mehr da? Warum gibt es* keine *Veränderung?*

Veränderungen, das wesentliche Kriterium.

Er holt Kaffee und Wasser, setzt sich wieder in den Schatten. Beobachtet einen alten Araber, der aus unerfindlichen Gründen wieder und wieder um den Colt herumgeht, in angemessenem Abstand, eine mysteriöse Wanderung. Der Mann ist groß, trägt einen voluminösen Wintermantel über der braunen Djellaba, an den Füßen ausgeleierte Plastiksandalen, ein schwarz-weiß kariertes Tuch auf dem Kopf. Oberhalb der Stirn sitzt eine Sonnenbrille mit golden funkelndem Rand.

Schließlich bricht der Mann seine Wanderung ab und nähert sich Jaromin. Er setzt sich vor ihn, ein Knie aufgerichtet. Das Gesicht ist dunkel und hager, halb verborgen unter einem weißen Bart, ausgedünnten weißen Augenbrauen.

Jaromin hält ihm die Zigarettenschachtel hin. Sie rauchen, mustern einander.

Der Oberkörper des Mannes wirkt bullig, beult den abgerissenen Mantel aus. Die Säume zwischen den geschlossenen Knöpfen werden auseinandergezogen. Jaromin erinnert sich an Fotos von Selbstmordattentätern mit Mänteln über dem Bombengürtel, sie sahen ähnlich aus.

»*American?*«

»*German.*«

»*German!*« Die dunklen Augen leuchten auf. »Deutsch … Frage Sie Ihr Arzt unt Apotheker.« Die Stimme ist tief, ein raues Knurren; der Akzent hart, der Satz kaum zu verstehen.

»Bravo«, sagt Jaromin.

Der Mann lächelt, zeigt gerade weiße Zähne. »Ich hab du darf fir mich entdeck. Nicht is unmeglich! Deutsch!«

Jaromin nickt.

»Deutsch TV …« Er schließt die Augen, der Zeigefinger klopft gegen die Schläfe. Die Lider öffnen sich. »Imme ein gutte Supp!«

»Maggi«, sagt Jaromin.

Der Alte klatscht in die Hände. »Makki!«

Die nächste Zigarette wird angezündet.

»*Your car?*« Der Mann nickt in Richtung Colt.

»Ja.«

Die Zigarettenhand deutet nach Osten. Schwer bewegt sich der Mantelstoff. »Bagdad?«

»*Tomorrow.*«

»*Tomorrow?*«

»*The car is very slow.*«

Der Alte zuckt die Achseln. »*I come with you.*« Die Zigarettenhand wandert von Westen nach Osten. »*Yesterday Amman, today ar-Rutba, tomorrow Bagdad.*«

Jaromin zeigt auf den Mantel. »*What is in your coat?*«

»*Me.*«

»*Please open it.*«

Die Brauen senken sich vor Verärgerung. »*No, Mr. Deutsch!*«

»*A weapon?*«

»*Bah!*« Er lacht. »*No weapon. No bomb. No worries.*«

»*Show me.*«

Der Alte scheint zu überlegen, noch immer verärgert. Dann schlägt er vor: Er im Auto vorn, der Mantel im Kofferraum, okay?

»*Okay.*« Jaromin steht auf. »*No luggage?*«

»*La.*« Nein. Der Alte zieht eine Zahnbürste aus der linken Manteltasche, lässt sie wieder verschwinden.

Jaromin geht voran, der Alte folgt ihm. Als sie den Colt erreichen, trägt er den Mantel über beiden Armen. Sorgfältig verstaut er ihn im Kofferraum. Jaromin wartet hinter dem Steuer, beobachtet ihn im Rückspiegel.

»*I'm Frank*«, sagt er, als der Alte neben ihm sitzt.

»Abu Said bin al-Bayyati at-Mandali. *As-salamu alaykum, Frank.*« Ein stolzer Mann, legt Wert auf das Drumherum. *Abu*, »Vater«. *Bin*, »Sohn«.

»*Wa alaykum as-salam, Abu Said*«, erwidert Jaromin.

Said sieht ihn an, sagt in krachendem Deutsch: »Denn wer sich Allians fesichet.«

Lächelnd gibt Jaromin Gas, manövriert den Wagen zurück auf die Autobahn. Bald ist die Höchstgeschwindigkeit erreicht.

»*You drive, I sleep*«, sagt Abu Said.

Zweihundert Kilometer nach ar-Rutba fährt Jaromin von der Autobahn auf eine Art Rastplatz ab – ein Toilettenhäuschen, ein paar steinerne Tische und Bänke unter zwei Palmen. Sie setzen sich an einen Tisch, teilen, was sie haben. Fleisch und Brot aus Djadis Rucksack, Datteln und Nüsse von Said, Jaromins Zigaretten. Vor Jaromin liegt im rötlichen Abendlicht die endlose steinerne Wüste, gequert von einer genauso endlosen Reihe stummer Hochspannungsleitungen. Hinter ihm halten lärmend Lkws, fahren nach wenigen Minuten weiter. Said raucht ununterbrochen, wirkt jetzt unruhig. Eine Zigarette zwischen den Lippen, verschwindet er im Toilettenhäuschen. Als er zurück ist, schlägt er vor, doch an diesem Abend nach Bagdad zu fahren. Er finde sich dort in der Dunkelheit zurecht, werde Jaromin wohlbehalten in der Botschaft abliefern, *I promise*, meine Augen wie die eines Adlers, bei Tag und bei Nacht.

Jaromin schüttelt den Kopf, deutet auf einen eben wieder anfahrenden Lkw. *»Ask them.«*

»It is dangerous here!«

»With you or without you?«

»Outside oft the cities it's dangerous.« Said gestikuliert. *»The desert is dangerous.«*

»I stay.«

Für eine Weile fällt kein Wort.

»You go home before the war?«, fragt Said dann.

»Yes.«

»To your family? Your children?«

Jaromin nickt, wartet auf Vorträge gleich welcher Art. Als Said nichts mehr sagt, steigt er in den Wagen, parkt ein Stück vom Toilettenhäuschen entfernt und kehrt zum Tisch zurück.

Das Rot des Lichts ist dunkler geworden, die Luft kühler.

Said sagt: *»You sleep in the car, I sleep outside.«* Er holt den Mantel aus dem Kofferraum, breitet ihn zwei Dutzend Schritte weiter auf dem Boden aus.

Jaromins Blick liegt auf ihm, während er betet.

Anschließend setzt er sich ins Auto und ruft Alina an. Hört die Tränen, die Sehnsucht. Am meisten schmerzt die Skepsis. Als ginge sie davon aus, dass er seine Versprechen nie mehr erfüllen wird. Skifahren bei Garmisch, Schlittschuhlaufen auf dem Ickinger oder dem Harmatinger Weiher.

Alina, die Eisprinzessin. Zum ersten Mal auf Kufen mit drei Jahren, strahlend überquerte sie den Weiher, die Beine einen Meter weit auseinander.

Seit Langem hat er sie nicht mehr Schlittschuhlaufen gesehen.

»In ein paar Tagen bin ich daheim. Dann fahren wir rüber.«

»Und wenn das Eis bis dahin taut? Die Sonne scheint jeden Tag!«

»So schnell taut Eis nicht.«

»Ich weiß nicht. Wie haben echt viel Sonne.«

»Wie kalt ist es?«

»Unter null.«

»Siehst du. Was macht Alex? Mama?«

Alex sitzt am Computer. Mama ist ausgegangen. Er muss nicht nachfragen, Alinas Stimme sagt alles im Versuch, harmlos zu klingen.

Er steigt aus, geht ein paar Schritte. Aus der Steinebene kriechen die Nacht und die Kälte heran.

Said ist ein Fels in der zunehmenden Dunkelheit.

Ein Fels, der plötzlich spricht, sehr höflich fragt, ob es wohl möglich sei, das Telefon für einen kurzen Anruf benutzen zu dürfen, er selbst besitze leider keines.

Jaromin reicht es ihm.

Nach ein paar Sätzen bricht Said ab, das Guthaben ist aufgebraucht.

25

Bagdad

WIE SO OFT IN DIESEN TAGEN und Nächten des Wartens liegt Zada wach im Bett und kann nicht schlafen.

Nur deshalb hört sie die Schritte vor der Wohnungstür.

Sie stößt ihren Mann in die Seite. »Bassim!«

Das Schnarchen setzt für einen Moment aus. Bassims Augen öffnen sich, gleiten blicklos über ihr Gesicht. Dann schließen sie sich, und das Schnarchen setzt wieder ein.

Hastig holt Zada im Dunkeln die Tasche unter dem Schrank hervor und schlüpft in die Abaya. Da wird die Wohnungstür aufgebrochen. Männerstimmen erklingen, Schritte nähern sich.

Sie hat das Fenster halb geöffnet, als die Schlafzimmertür auffliegt. Drei Uniformierte mit Maschinenpistolen stürmen herein, gefolgt von Oberst al-Faili.

»Auf die Knie!«, brüllt einer der Männer.

Die Tasche an sich pressend, gehorcht sie.

Jetzt erst erwacht Bassim. Irgendein verhängnisvoller Polizistenreflex fährt in ihn, und er ist trotz seines Leibesumfangs so schnell auf den Beinen, dass die Soldaten ihn wohl als Bedrohung wahrnehmen.

Schüsse fallen.

Brüllend wankt Bassim auf die Soldaten zu. Das helle Nachthemd ist blutdurchtränkt.

Noch ein Schuss.

Für einen Moment achtet niemand auf Zada. Die Tasche unter

dem Arm, springt sie aus dem Fenster. Sie landet ein Stockwerk tiefer auf dem Dach des Supermarkts, fällt auf die Knie.

Bassims Schreie gellen durch die Nacht.

Während sie rennt, surren Kugeln über sie hinweg. Wieder springt sie, diesmal ins Dunkel, ohne den Grund zu sehen. Lehm dämpft den Aufprall.

Keuchend eilt sie durchs Gewirr der Gassen. Bassims Schreie sind längst verklungen. Sie weiß, dass er nicht mehr lebt.

Bassim, der sie mehrfach beinahe totgeschlagen hat. Jetzt hat er ihr das Leben gerettet, ohne es zu wissen, ohne es zu wollen.

Doch daran denkt sie nicht.

Sie braucht Schuhe. Und ein Telefon.

26

CLAUDE BITAT HAT EINEN ENTSCHLUSS gefasst: Er wird Bagdad verlassen und nach Frankreich zurückkehren. Das Kündigungsschreiben ist schon formuliert. *Man muss ein Held sein, um Analyst sein zu können. Ich bin kein Held.*

Der wahre Grund steht natürlich nicht drin: keine Kriege mehr. Weder kalte noch heiße. Ich will nicht mehr wie mein Vater sein.

Er wird die Übergabe in zwei Tagen durchführen, anschließend die Kündigung als E-Mail-Anhang nach Paris schicken. Seine Sachen packen und warten, bis die DGSE eine Reisemöglichkeit organisiert hat. Oder sich Kirchner anschließen, der mit dem Auto nach Amman fährt.

Er sitzt inmitten der Kollegen und Botschaftsmitarbeiter auf der überdachten Veranda unter bunten Lampions und zwei langen Reihen französischer Fähnchen. Einer der Referenten feiert in seinen fünfzigsten Geburtstag hinein, ein freundlicher Mann aus Marseille, der das Meer vermisst und in den Nächten Spanisch lernt, um endlich aus den Wüsten herauszukommen. Auf Gartentischen türmt sich benutztes Plastikgeschirr, die Gläser sind mit Bordeaux gefüllt, nur in seinem befindet sich Mineralwasser. Neben ihm flüstern und lachen Männerstimmen, es ist die Rede von einem luxuriösen Bordell in Tigris-Nähe. Claude lächelt still. Er ist zufrieden, zum ersten Mal seit Langem, auch wenn sich hier niemand die Mühe macht, ein Gespräch mit dem schweigsamen Algerier zu führen, zu dessen Expertisen weder Small Talk noch Bordelle oder Weine gehören. So kann er den Gedanken an seine Zukunft nachhängen, die ihm noch unklar ist. Erst einmal wird es darum gehen herauszufinden, wer und was er eigentlich ist, wenn er weder ein Held noch ein Agent Frankreichs sein will.

Er ist der Einzige am Tisch, der zusammenfährt, als in einem Lampion über ihnen die Glühbirne platzt.

Eine Glühbirne, keine Bombe, Claude. Entspann dich. Dieser Krieg wird ohne dich stattfinden.

Erleichtert greift er zum Wasserglas.

Als jemand beginnt, die Sekunden bis Mitternacht herunterzuzählen, wird es beinahe still im Hof. Da hört Claude sein Handy klingeln. Er springt auf, zieht es aus der Hosentasche.

Abeer!

Sieben Anrufe in Abwesenheit. Nun der achte.

Sie flüstert, ist kaum zu verstehen.

An den Tischen bricht Jubel aus. Eine Frau beginnt zu singen, die anderen stimmen ein. Der Mann, der das Meer vermisst, ist jetzt fünfzig.

»Warte«, sagt Claude und läuft. Der Gesang wird leiser. Dann ist er im Wohntrakt, drückt die Tür hinter sich zu. »Jetzt ist es besser.«

Flüsternd erzählt Abeer. Sie ist erstaunlich gefasst angesichts dessen, was geschehen ist. *Sie* ist die Heldin, denkt er, niemand sonst.

Kaum eine Minute später legt sie auf. Claude wählt die Nummer von Bengt Kirchner, der schon geschlafen hat, und informiert ihn.

»Heute?«

»Am späten Nachmittag«, sagt Claude.

»Meine Leute sind noch nicht mal hier!«

»Dann muss es ohne sie gehen.«

27

Östlich von Bagdad

IN DER NACHT DIE TRÄUME, die gewohnten Gesichter, die gewohnten Geister. Lange vor Sonnenaufgang ist Jaromin wach. Als im Osten ein Streifen Helligkeit über den Horizont kriecht, dreht er den Sitz des Autos hoch und schält sich aus der Decke. Das ferne Land vor dem Licht ist gewellt und grün. Said schläft noch, der mysteriöse Mantel schützt ihn vor der Kälte. Jaromin sucht die Toilette auf, dann zieht er das Hemd von Djadis Vater aus und läuft los, unter den Hochspannungsleitungen hindurch in die Wüste, immer schneller, die Steine ein harter, unsicherer Grund, die Kälte ist bald besiegt.

Als er eine Stunde später zurückkehrt, steht Said eben vom Gebet auf. Er fummelt eine halbe Zigarette aus der Djellaba, zündet sie an. Steif bückt er sich nach dem Wintermantel und hebt ihn hoch. Während er in die Ärmel schlüpft, fällt eine kleine weiße Schachtel heraus, bleibt zwischen seinen Füßen liegen. Er scheint es nicht zu bemerken. Fragt: »*Did you find things in the desert?*«

»*Things?*«

»*There are lots of things in the desert.*« Said gestikuliert geheimnisvoll, geht dann in Richtung Toilette.

Jaromin hebt die Schachtel auf. Ein Medikament aus Frankreich, gegen Typhus. Die Schachtel ist ungeöffnet. Drei Schritte weiter liegen fünf einzelne neue Bleistifte übereinander wie Mikadostäbe.

Er zieht das Hemd an, wartet am Tisch auf Said.

»This I found in the desert.«

Ungerührt blickt Said auf die Schachtel und die Stifte auf dem Tisch. Er öffnet den Mantel einen Spalt, verstaut das Medikament links, die Stifte rechts.

»Wait«, sagt Jaromin.

Er spürt grimmige Augen auf sich, als er den Mantelsaum anhebt.

Auf beide Innenseiten hat jemand kleine Taschen aus schwarzem Stoff genäht, ein Dutzend links, ein Dutzend rechts. Links stecken weitere Medikamentenschachteln, rechts Bleistifte, medizinische Sprühfläschchen, anderes. Auch am Rücken sind gefüllte Täschchen zu erkennen.

Jaromin nickt nachdenklich, sagt auf Deutsch: »Arzt oder Apotheker?«

Said schnaubt durch die Nase.

»A smuggler, then.«

»A thief and a smuggler, Mr. Deutsch.«

»I don't like thieves.«

»You like Amerika! United Nations!« Saids Faust kracht auf den Tisch. *»Thieves!«* Er stößt arabische Worte hervor, scheint den Zorn nur mit Mühe zu kontrollieren. Dann langt er in den Mantel, wirft Schachtel um Schachtel vor Jaromin auf die Tischplatte, erklärt dabei unwirsch in gebrochenem Englisch: Asparaginase gegen Leukämie … Das ist gegen Durchfall … Das gegen Typhus … Noch mehr Asparaginase … Pentostam gegen Kala Azar … *»You know Kala Azar, Mr. Deutsch?«* Das Schwarze Fieber, ein Parasit, ausgerottet im Irak, wegen der Sanktionen zurückgekehrt. Es wird durch Mücken übertragen, befällt die Leber und die … Er sucht nach den englischen Entsprechungen, findet keine. Zeigt mit den Händen: Der Bauch bläht sich auf, so … Die Adern platzen … Er wühlt im Innern des Mantels, knallt eine Sprühflasche auf den Tisch, die Insektizide, mit denen wir die Mücken bekämpfen könnten, sind *dual use* und stehen auf der Embargoliste … Und so sterben Hunderte, Tausende irakische Kinder an Kala Azar, Mr. Deutsch, weil es im Irak keine In-

sektizide und kein Pentostam gibt … Er langt wieder in den Mantel. Ein Antibiotikum gegen alles, noch mehr Antibiotika, Zytostatikum für die Chemotherapie … Plastikbeutel, verboten … Irgendwo habe ich Chlor, wo ist es nur, ah, diesmal nicht, auch Chlor ist verboten …

Schließlich bricht er ab, steht reglos da.

Jaromin klopft die beiden letzten Zigaretten aus der Packung. Stumm rauchen sie. Die Sonne ist jetzt zu sehen, das Land im Osten immer noch grün, keine Fata Morgana. Sie sind nicht mehr weit vom Euphrat entfernt.

»*You sell?*« Jaromin deutet auf den Tisch.

Said schüttelt den Kopf. »*Family need. Friends.*« Er deutet auf ein Medikament, Asparaginase, für die Enkelin eines Freundes. Eine Schwägerin braucht das Zytostatikum für die Chemotherapie. Einer seiner Enkel das Pentostam. Er zeigt auf die Bleistifte. »*Dual use. Graphite, very dangerous.*« Er grinst, die Augen groß und rund. Für einen Enkel, der sich für den besten Nachwuchszeichner des Zweistromlandes hält. Einmal im Monat fährt Said nach Amman, nach Damaskus, nach Beirut, klaut, was auf einer langen Liste steht. Ich nenne sie die Liste der Verzweiflung, sagt er, es ist eine Liste für die Sterbenden, na gut, der Enkel wird nicht sterben, wenn ich ihm keine Bleistifte bringe, er muss dann eben mit Pinseln malen.

Aber die anderen.

Jaromin lässt den Blick über die das Sonnenlicht reflektierenden Schachteln gleiten. Ihm fällt nichts ein, was er sagen könnte. Also nickt er nur.

Said tut es ihm gleich.

Wenig später brechen sie auf. Diesmal darf der Mantel vorn mitfahren.

Auf der Autobahn fragt Jaromin, ob Said auch Schlaftabletten und Betablocker oder Valium dabeihat, »*stuff like that*«.

»*Family don't need*«, erwidert Said.

28

Berlin-Treptow

DER INNERE ALARM REISST LAY um vier Uhr morgens aus dem Tiefschlaf. Jemand ist in der Nähe, der nicht hierhergehört.

Sie langt nach der Pistole auf dem Nachttisch, schleicht im Schlafanzug in die Diele. Durch den Spion sieht sie, dass der Flur hell erleuchtet ist. Vor der Tür steht niemand.

Eine Minute später erlischt das Licht. Sie wartet. Sie hat vor der Tür zwei Bewegungsmelder installieren lassen, die mit der Treppenhausbeleuchtung gekoppelt sind. Der eine reagiert auf Bewegungen, der andere auf Veränderungen der Temperatur.

Es bleibt dunkel.

Erst als sie die Tür aufzieht, lässt der Präsenzmelder das Licht wieder anspringen.

Auf der Fußmatte liegt ein weißer Umschlag.

Eine Stunde später steht sie neben Salih vor ihrem Schreibtisch im Treptower Turm. Hinter den Fenstern die schwarze Nacht. Salih riecht nach Schlaf.

Vor ihnen liegt der Umschlag. Lay zieht das erste Blatt heraus. Fünf Namen in gestochen scharfer Schrift, Times New Roman, in Klammern offensichtlich die Decknamen: *Frank Jaromin (Lahn), Bengt Koeppen (Kirchner), Ivo Rebić (Morić), Bertold Förster (Schneider), Toni Baumann (Berger).* Die Agenten des BND für Bagdad. Dazu Claude Bitat, der Kontaktmann der Irakerin vom französischen Auslandsgeheimdienst DGSE.

Einer dieser sechs Männer wird zum Mörder, falls die Informantin die Wahrheit gesagt hat.

Salih ist nicht überzeugt, Lay schon.

Sie fischt ein zweites Blatt Papier aus dem Umschlag, das weitere Hinweise enthält: Rebić und Förster sitzen in Amman beim GID fest. Baumann ist als Ersatz nach Bagdad unterwegs. Jaromin sollte sich in Amman stellen, wurde aber von Koeppen eigenmächtig weitergeschickt.

»GID?«

»General Intelligence Directorate«, erwidert Salih. Der jordanische Nachrichtendienst. Er gähnt, kratzt sich unter dem Bart am Kinn. Dann fotografiert er die beiden Blätter ab, ein Hausbote holt sie samt Umschlag, die Techniker stehen schon bereit zur Spurensicherung.

Lay zieht die Einweghandschuhe, die sie seit kurz nach vier Uhr trägt, von den Händen. Jaromin, Koeppen, Baumann oder Bitat. Wie um Himmels willen sollen sie herausfinden, wer als Attentäter infrage kommt?

»Woher weiß sie das alles?«

»Ist mir im Moment egal, Salih.«

Er reagiert nicht, folgt seinen Gedanken. »Der BND schickt ein Team nach Bagdad, von dem offiziell niemand weiß. Einer der Agenten oder alle sollen eine Dissidentin töten, von der offiziell auch niemand weiß. Sie *muss* beim BND sein.«

Muss sie?, denkt Lay. Eine Formulierung der Informantin, als sie vom Überlaufen gesprochen haben, geht ihr nicht aus dem Kopf: *von den Entschlossenen zu den Gleichgültigen.* Die Gleichgültigen, das sind wohl die Politik, der Sicherheitsapparat, die Medien, die Bevölkerung. Der Staat. Doch wer sind die Entschlossenen? Eine Art geheimer Bewegung? Der BND als Teil einer wie auch immer gearteten Verschwörung?

Kaum vorstellbar.

Andererseits, der Leitspruch des Dienstes ist *Libertas et Securitas.* Keine Rede von *Fide.*

Oder gar von *Veritas*.

Sie langt nach ihrer Handtasche. »Jag die Namen durch sämtliche Datenbanken, an die du von hier aus kommst.«

Salih hebt die Brauen, wartet auf das »Dann«.

»Dann verziehst du dich und schickst sie durch alle anderen Datenbanken.«

»Verstehe ich nicht.«

»Hattest du nicht mal was mit einer Hackerin?«

»Ex-Hackerin.«

»So was verlernt man nicht.«

»Wenn man mit einem Bullen verheiratet ist schon.«

»Sie hat einen Polizisten geheiratet?«

»Mich.« Er grinst. »Sommer 2001. Du warst dabei. Hast den Brautstrauß aufgefangen.«

Lay lächelt. »Verdrängt.«

29

MARION IST FÜR IHR LEBEN GERN geschwommen. Am liebsten in
Seen, zur Not auch im Keller-Pool der Villa. Noch Tage, nachdem sie
ihn verlassen hat, ist Breuninger hinuntergelaufen, um nachzusehen,
ob sie nicht hier war. Geschwommen ist wie in all den Jahren davor.
Ob alles andere lediglich ein schlechter Traum war.

Kein Traum, nur die Wirklichkeit.

Jahrelang hat er den Raum mit dem Swimmingpool nicht mehr
betreten. Der Gärtner, zugleich Hausmeister, hat ihn in Schuss gehalten, sich um die Wasserqualität und alles andere gekümmert.
Erst nach dem Rückzug in den Ruhestand 2001 hat Breuninger das
Schwimmen zu schätzen gelernt. Die Trägheit der Bewegungen, die
Sanftheit der Geräusche. Ja, auch die Erinnerungen, die mit dieser
weiten, niedrigen Halle mit den schmalen Lichtschächten verbunden sind.

Vor allem die Erinnerungen.

Seitdem schwimmt er täglich eine Stunde, zwischen neun und
zehn Uhr morgens. Wenn Henriette da ist, schwimmt sie mit ihm,
nackt wie er. Manchmal schließt er die Augen und hört ihren Atem,
ihre Bewegungen. Sieht Marions Arme und Beine durchs Wasser
gleiten.

Nicht heute.

Heute schlendert Steffen am Beckenrand neben ihnen her und
berichtet, was er über die BKA-Ermittlerin zusammengetragen hat.
Breuninger ist beunruhigt. Lay wird zunehmend gefährlicher. Sie

weiß jetzt, dass Hassan nicht Curveball ist. Und, schlimmer: Sie hat begonnen, sich für Bagdad zu interessieren. Überprüft die Mitglieder des Teams, das der BND entsandt hat.

Woher weiß sie, was sie weiß?

Dass sie sogar die Namen und Decknamen der Agenten kennt, lässt nur zwei Schlüsse zu. Sie hat einen Informanten beim BND – oder die Gruppe hat einen Verräter in ihren Reihen.

Und das ist ein höchst verstörender Gedanke.

Breuninger legt die Hände an den Beckenrand, drückt sich ab und wendet. Henriette tut es ihm gleich. Drüben dreht Steffen um und setzt wieder geduldig einen kleinen Schritt vor den anderen.

Steffen ist über jeden Verdacht erhaben. Aber Henriette?

Doch was weiß sie schon? Von Bagdad sicher nichts. Sie gehört nicht zur Gruppe, erfährt nur hier und da etwas durch Zufall, wie jetzt. Kennt die Zusammenhänge nicht. Aufzeichnungen der Gruppe existieren nicht, weder in der Villa noch sonst wo. Abgesehen davon bezahlt er ihr für ihre Dienste ein monatliches Honorar, das eine Behörde wie das BKA nicht so ohne Weiteres ersetzen könnte.

Er verlässt die Bahn und nähert sich der Längsseite des Beckens. Als Steffen ihm den Blick zuwendet, sagt er: »Du weißt, was das bedeutet.«

Steffen nickt. Sieht fragend zu Henriette hinüber. Breuninger hebt ratlos die Augenbrauen. Wieder nickt Steffen. Er wird sich kümmern. Vorsichtig und geduldig überprüfen, wer infrage kommt. »Und die Ermittlerin?«

»Stoppt sie«, sagt Breuninger.

Er kehrt zu Henriette zurück. Ein leuchtend heller Körper, den man nur mit geschlossenen Augen mit dem sonnengebräunten Marions verwechseln kann. Aber sie weckt seine Lust, und das ist eine große Leistung.

Mehr braucht sie für ihn nicht zu tun oder zu sein.

Steffen liest Biographisches über Lay vor, während Breuninger und Henriette nebeneinander her schwimmen. Geboren 1968 in Frankfurt am Main, die Eltern Soziologen, der Vater Dozent an der Goethe-Universität.

Breuninger verliert das Interesse. Anderes ist wichtiger.

Informant oder Verräter?

Er sieht zu Henriette hinüber und lächelt.

Sie missversteht. »Möchtest du raus? Nach oben?«

Schon die Andeutung genügt. Die Vorstellung, was der junge Körper mit dem alten macht. Er nickt. Da lässt ihn ein Wort von Steffen innehalten. Er wendet sich ihm zu. »Sag das noch mal.«

Steffen blickt herüber. »Ihre Eltern sind ermordet worden.«

Ein Einbrecher, 1978. Polizisten haben die Eltern am Morgen erstochen im Bett gefunden, die zehnjährige Tochter paralysiert im Kleiderschrank. Der Täter wurde nie identifiziert.

Breuninger ist wieder zu Steffen geschwommen, stützt sich auf den Beckenrand. Kniend legt Steffen Kopien vor ihn, Zeitungsartikel, den Polizeibericht. Er überfliegt das Material. Ein Reporter hat damals spekuliert, der Einbruch sei nur vorgetäuscht gewesen, möglicherweise habe es sich um Mord gehandelt. Vater und Mutter seien politisch aktiv gewesen und von der radikalen Linken bedroht worden. Beweise dafür gibt es nicht.

Breuninger sieht zu, wie Steffen die Kopien wieder einsammelt, mit bedächtigen, entschlossenen Bewegungen. Aber er hat das Kind vor Augen.

Das kleine Mädchen im Kleiderschrank.

Er langt nach Steffens Arm, sagt: »Für ein, zwei Tage. Bis Bagdad erledigt ist.«

30

AM SPÄTEN VORMITTAG ERREICHEN SIE Bagdad. Said lotst Jaromin durch Nebenstraßen, Gassen, bitterarme Viertel, vorbei am Verkehr und den Militärposten und der Gefahr, wie er behauptet. Doch Jaromin wird den Eindruck nicht los, dass er ihm bewusst diese Seite der Stadt vor Augen führt. Immer wieder pochen die knochigen Finger auf seinen Arm, deuten auf Menschenschlangen vor Geschäften, ausgeweidete Autos am Straßenrand. Auf einem Platz stehen Dutzende Menschen neben einem Wassertanklaster an, die Arme voller leerer Plastikflaschen. Männer und Frauen bieten den Passanten Hausrat an. Der Strom ist abgestellt, die Ampeln bleiben dunkel. Eure Sanktionen, sagt Said. Zerstören *uns*, nicht Saddam.

Im Dunst schlanke Minarette. An größeren Kreuzungen stehen Panzer. Militärpolizisten kontrollieren den einen oder anderen Wagen. Sie bleiben unbehelligt.

Dann sind sie am Tigris, den Jaromin sich aus unerfindlichen Gründen nicht so blau vorgestellt hat. Erneut klopfen die Finger auf seinen Arm. Er nickt, hat die zahlreichen Menschen am Ufer gesehen. Sie füllen das Flusswasser in Eimer und schleppen es davon. Wasser voller Keime, sagt Said, sie trinken es und kriegen Typhus davon.

An einem Kreisverkehr zeigt er auf ein verschachteltes sandfarbenes Gebäude jenseits einer Mauer. Die wenigen Fenster sind vergittert. NATO-Stacheldraht auf der Mauerkrone, zwei Meter darüber wehen die deutsche und die europäische Fahne. Auf dem überdachten Balkon des Hauses sieht Jaromin Bengt Koeppen stehen.

Er hält am Straßenrand. »*You need the car?*«

Said nickt, sichtlich bewegt.

Sie steigen aus, der Autoschlüssel wechselt den Besitzer. Said tätschelt die Kühlerhaube des Colt, brummt angestrengt auf Deutsch: »Innovation in … Bewekunk?«

»Bewegung«, sagt Jaromin lächelnd.

Said kramt zwei Schachteln mit Medikamenten aus dem Mantel, eins gegen Durchfall, eins gegen Typhus, falls du Wasser aus dem Tigris trinkst. Dann legt er die linke Hand aufs Herz. »*Ma'a as-salama, Mr. Deutsch.*«

»*Goodbye, my friend.*«

Said schließt den Wagen ab und geht zu Fuß davon, und Jaromin begreift: Er kann nicht Auto fahren.

Er wird eine andere Verwendung für den Colt finden.

Koeppen empfängt ihn an der Metalltür, die auf das Botschaftsgelände führt, sagt: »Zurück wird's komfortabler.«

Wer braucht Komfort?, denkt Jaromin.

Sie umarmen sich flüchtig. Jaromin hat plötzlich Djadi vor Augen, die Hände um das Lenkrad geklammert, die Stirn vor Konzentration gerunzelt. Djadi al-Omari, Sohn von Nūr, der gute Spion aus Bagdad, der in Amman darauf wartet, eines fernen Tages in die Heimat zurückkehren zu können. Doch wie wird es dann hier aussehen?

Sie gehen über das ummauerte Gelände, am Botschaftsgebäude vorbei, unter Palmen, deren Blätter sich im Wind wiegen. Auf dem Dach ragen hohe Antennen mit zahlreichen spindeldürren Ästchen in den bewölkten Himmel.

Koeppen wird ernst, spricht mit gesenkter Stimme. Der Franzose hat angerufen, Claude Bitat. Der IIS ist an der Irakerin dran, hätte sie vergangene Nacht beinahe festgesetzt. »Sie will, dass wir es heute durchziehen. Irgendwann am Nachmittag.«

Jaromin spürt das Adrenalin in den Adern, den beschleunigenden Puls. »Nur wir beide und der Franzose?«

»Toni ist unterwegs. Die Amerikaner bringen ihn nach Erbil, die Kurden nach Bagdad. Wenn er nicht rechtzeitig kommt, treffe ich mich mit Bitat und der Irakerin. Für dich ändert sich nichts.«

»Al-Failis Leute?«

»Ja.«

»Dann ist er auch an uns dran.« Er erzählt von dem Intermezzo an der Grenze. Dass al-Faili seinen Klarnamen kennt.

Koeppen reibt sich den Hinterkopf, die Stirn in Falten. »Er hat nur noch ein paar Stunden. Morgen früh sind wir weg.«

»Haben wir jemanden, der fährt?«

»Mazin. Arbeitet seit zehn Jahren für die Botschaft.« Koeppen deutet auf einen Iraker in den Fünfzigern, der nicht weit von ihnen entfernt Sträucher in steinernen Rabatten an der Mauer wässert.

»Weiß er Bescheid?«

»Niemand hier weiß Bescheid.«

Sie passieren eine kleine Baustelle. Irakische Arbeiter nehmen Anweisungen eines aufgeregten Deutschen in Kaki entgegen. Ein Schutzbunker für den Krieg, sagt Koeppen. Für wen auch immer – die Botschaftsleute werden dann fort sein, und Ivo und Bert kommen bei den Franzosen unter.

Vor einem Nebengebäude im hinteren Teil des Hofs bleiben sie stehen. »Und das Gewehr?«, fragt Jaromin.

»Zeige ich dir gleich. Willst du duschen? Was essen?«

Er nickt. »Und ich brauche was zum Anziehen.«

Koeppen lächelt. »Hab mich schon gefragt, seit wann du Hemden trägst. *Karierte* Hemden.« Er deutet auf eine Tür, die ins Innere des Hauses führt, wo auch die Wohnung des BND-Residenten liegt.

Allein streift Jaromin durch die anonyme Zweizimmerwohnung, findet Zigaretten auf einer Ablage, Wasserflaschen im Kühlschrank, passende Jeans und T-Shirts in einem Schlafzimmerschrank. Das Wasser aus dem Duschkopf ist lauwarm und sandig. Später hält er die Kleidung von Djadis Vater in der Hand, die jetzt auch nach ihm riecht, kann sich nicht dazu durchringen, sie wegzuwerfen. Er geht in den Hof, raucht im Schatten, bekommt den Jungen nicht aus dem Kopf, den tanzenden Dschinn. Erst allmählich wird ihm bewusst, wie viel Kraft in diesem Kind stecken muss, das den Vater und die Heimat und vieles mehr verloren hat.

Koeppen tritt zu ihm, reicht ihm ein Sandwich. Jaromin isst, während sie zum Hauptgebäude gehen.

»Was war mit Bashar?«

Koeppen lacht, als Jaromin kurz von der Begegnung im Treppenhaus erzählt. Natürlich werden sie Bashar abschalten. Eine neue Wohnung anmieten. Ein neues Geheimfach füllen. Ja, ja, und einen Umschlag mit ein paar Scheinen in den Briefkasten der Wohnung darüber werfen.

Im Botschaftsgebäude führt Koeppen ihn durch die Eingangshalle ins Büro des Residenten. Hinter einer mehrfach gesicherten Stahltür in einer der Innenwände liegt ein höchstens sechs Quadratmeter großer Raum, in dem der Dienst aufbewahrt, was niemanden sonst zu interessieren hat. Jaromin schneidet das längliche Paket auf und zieht das OSW-96 aus einem fast fabrikneuen Spezialrucksack heraus. Der Kennung zufolge gehört es zu den ersten ausgelieferten Modellen, ist also kaum drei Jahre alt. Die zahlreichen Gebrauchsspuren und Kratzer erzählen von einer langen Reise in dieser kurzen Zeit: vom Werk in Zentralrussland über einen russischen Armeestützpunkt in den Antiterrorkampf in Tschetschenien, wo es in die Hände von muslimischen Rebellen gefallen sein muss, die es nach Syrien verkauft haben. Dort, knapp zweitausend Kilometer südlich, haben syrische Spürhunde des BND es bei einem unbedeutenden Ableger von Al-Qaida im Irak entdeckt und sichergestellt. Es lag gerade ein paar Tage in der deutschen Botschaft in Damaskus, als Koeppens Suchanfrage in den Residenturen der Region eintraf. Ein syrischer Mittelsmann hat das OSW-96 an die Grenze gebracht, ein irakischer nach Bagdad.

Das Gewehr ist auffallend sauber. Kein Sand, kein Staub, und der

Geruch von Lösungsmittel und Waffenöl ist deutlich wahrzunehmen. »Wie hast du das hinbekommen?«, murmelt Jaromin, tief über den Lauf gebeugt.

»Unser Mann in Damaskus ist ein Waffennarr.« Koeppen hat ihn gebeten, das OSW zu reinigen. Ein Kollege von der »Direktion für allgemeine Sicherheit« hat das Material besorgt. Er nimmt aus einer Schublade zwei originalverpackte Uhren, Tutima Boccia, der Bund hat im Vorjahr vierhundert Stück für das KSK angeschafft, erzählt er, von dort gingen auf Umwegen einige an den BND, mit Grüßen des Koordinators. Jaromin tauscht die Suunto gegen die neue Uhr, silbernes Titangehäuse, schwarzes Stoffarmband. Sie hat ein analoges Zifferblatt, dazu zwei kleine digitale Fenster.

Koeppen deutet auf das OSW. »Wie lange brauchst du?«

»Eine Stunde. Kann ich hier irgendwo üben?«

Koeppen tritt zur Tür. »Nein. Es ist aber auch nicht vorgesehen, dass du schießt.«

Jaromin streicht mit den Fingern sachte über den Lauf, dann sieht er auf. »War es in Bosnien auch nicht, Bengt.«

Als Koeppen zurückkommt, kennt Jaromin die Mechanik der Waffe einigermaßen. Immer wieder hat er sie auseinandergenommen und zusammengebaut, den Lauf mithilfe des Verschlusses und der etwas schwergängigen Verriegelung ein- und ausgeklappt. Fast hat er sich an das Zielfernrohr gewöhnt, den Pistolengriff, den spezifischen Widerstand des Abzugs. Ein Problem bleiben die Ausmaße des OSW-96: Es ist mit dreizehn Kilogramm fünf Kilo schwerer als das G22 der Bundeswehr und mit 1750 Millimetern einen halben Meter länger. Welche Auswirkungen der Rückstoß auf seinen Körper hat, kann er sich ungefähr vorstellen. In welche Richtung der Lauf möglicherweise um hundertstel Millimeter verzieht, nicht.

Koeppen legt ein Satellitentelefon auf den Tisch, eines der neuen Thuraya Hughes, die sie seit der Markteinführung vor zwei Jahren verwenden. »Und?«

»Wie weit ist es in die Wüste?«, erkundigt sich Jaromin.

»Fünfzig Kilometer.«

»Lass uns fahren. Ich muss das Ding beschießen.«

Koeppen schüttelt den Kopf. »Al-Failis Leute würden es mitbekommen.«

»Lenken wir sie ab.«

»Zu riskant, Frank.«

Jaromin gibt nicht auf. Nur Mazin und er, schlägt er vor. Ein unauffälliger Mitarbeiterwagen, er im Kofferraum. Oder Mazin allein, sammelt ihn irgendwo bei einem harmlosen Spaziergang auf. Doch Koeppen verwehrt es ihm. Stattdessen will er demnächst nach Al-Amiriya, wo die Übergabe stattfindet. Ein offizieller Ausflug, angemeldet, im Botschaftswagen. Damit sie etwas von der Stadt sehen. Er lächelt flüchtig. Die Schwerter von Kadesia, der Abbasidenpalast, der Tigris. Dann ein kurzer Besuch bei Mazins Vater in Al-Amiriya. Vielleicht essen sie anschließend in einem Imbiss.

»Das ist allerdings eine überzeugende Tarnung«, sagt Jaromin.

»Besser, als wenn Al-Faili Fotos von einem deutschen Agenten sieht, der in der Wüste mit einem Scharfschützengewehr übt.«

Jaromin klopft mit den Fingerspitzen unruhig auf den Kunststoffkolben des OSW. Das Geräusch klingt schon wieder fremd. Was für ein Wahnsinn, denkt er. Ohne einen einzigen Schuss abgegeben zu haben! Er steht auf, schiebt das Gewehr in den Rucksack. »Wenn Toni nicht rechtzeitig kommt, stehst *du* in meinem Visier, Bengt.«

Koeppen fixiert ihn wortlos.

Sekundenlang fällt kein Wort.

Dann fragt Koeppen: »Willst du dich noch ausruhen?«

»Nein.«

Sie verlassen die Kammer, das Büro, das Haus.

»Und danach?«, fragt Jaromin. »Schon eine Vorstellung, wo's hingeht?«

»Du hast doch Urlaub.«

»Ich meinte dich.«

Koeppen hebt die Schultern. »Wohin schon?«

Jaromin nickt.

Scharm El-Scheich.

Die Wolken brechen auf, heller Sonnenschein legt sich über den Hof des Botschaftsgeländes. Jaromin hockt rauchend im Schatten der Mauer, das Thuraya am Ohr, erzählt Alina gerade von Sarajevo, als er im Gegenlicht einen mittelgroßen, gedrungenen Mann auf sich zukommen sieht. Er steht auf, sagt: »Ich muss jetzt los, Schatz.«

»Können wir später noch mal telefonieren?«

»Irgendwann zwischendurch. Ich melde mich.«

»Schatz«, sagt Toni lächelnd, und sie reichen einander die Hand. »Die Heimatfront.«

»Apropos.« Toni zieht ein Mobiltelefon hervor, wählt eine lange Nummer, sagt dabei: »Wie ist das Wetter in Sarajevo?«

»Heute regnet's.«

Toni seufzt. »Immer dieser Regen. Bengt will uns sehen.«

Sie setzen sich in Bewegung. Toni ist einen Kopf kleiner als er, macht das durch Kraft und Schnelligkeit wett. Der Einzige von Koeppens Leuten, der wie er mehrere Jahre im arabischen Raum verbracht hat und Hocharabisch spricht.

Dann hat Toni einen »Schatz« am Apparat, berichtet, dass er nach etlichen Pannen nun angekommen sei. »Es pisst in Strömen.«

»Auf den Hügeln liegt Schnee«, sagt Jaromin.

»Aber auf den Hügeln liegt Schnee. Sieht schön aus, Schatz.«

Kurz darauf ist das Gespräch zu Ende, und sie betreten das Botschaftsgebäude.

»Sieht es wirklich schön aus?«, fragt Toni.

»Hab nie darauf geachtet«, sagt Jaromin.

Koeppen hat amerikanische Satellitenaufnahmen und einen Stadtplan von Bagdad auf dem Boden des Büros ausgebreitet. Al-Amiriya ist rot umrandet. Er deutet auf einen Kreis im westlichen Teil: eine

Grundschule. In der Nähe dieser Schule werden sie Abeer treffen, hat der Franzose beim letzten Telefonat gesagt.

»Was heißt ›in der Nähe‹?«, fragt Toni.

»Wissen wir nicht.«

Jaromin spürt, wie die Unruhe in ihm wächst und der Puls steigt. Für vieles braucht er diese Unruhe wie andere das Lampenfieber. Sie macht ihn wachsam, lässt ihn klar denken, fokussiert die Gedanken. Nicht jedoch, wenn er als Back-up das Leben von Kollegen sichern soll.

Er ballt die Hände zu Fäusten, um das Zittern unter Kontrolle zu bekommen. Starrt auf die Karte, die leicht unscharfen Aufnahmen. Die Schule ein kahles Rechteck, südlich davon eine kaum bebaute größere Fläche, auf der eine Art Rundbogen sowie winzige Reihen von Steinen zu erkennen sind. Er deutet darauf. »Ein Friedhof?«

»Eine Gedenkstätte mit Gräbern«, sagt Koeppen. Zwei amerikanische Präzisionsbomben haben im Krieg 1991 an dieser Stelle einen Bunker zerstört, in dem Hunderte Zivilisten Schutz gesucht hatten. Die Ruinen stehen noch, daneben wurde eine Gedenkstätte für die vierhundert Toten errichtet.

»Warum will sie sich ausgerechnet in dieser Gegend mit uns treffen?«, fragt Toni.

Koeppen runzelt die Stirn. Auch er habe sich diese Frage gestellt, erwiderte er. Gibt es eine Verbindung zwischen Abeer und dem Bombardement von 1991? Hat sie damals ein Familienmitglied verloren? Will sie Vergeltung?

»Aber an den Deutschen?«, wendet Jaromin ein.

»Am Westen.«

»An den Amerikanern«, sagt Toni. »Indem sie Curveball als Lügner enttarnt und die Invasion stoppt.«

»Nichts kann die Invasion stoppen«, sagt Koeppen.

»Vielleicht ist ihr das nicht klar.«

»Ich hab's jedenfalls auf dem Schirm«, sagt Jaromin, »später.«

Toni klopft ihm auf die Schulter. »Guter Junge.«

Dann setzt Koeppen drei grüne Markierungen auf den Stadtplan, Gebäude mit mindestens fünf Stockwerken in Al-Amiriya, das höchste hat sieben. Er schreibt Ziffern daneben, *1, 2, 3.* »Überall stehen Palmen, das müssen wir berücksichtigen.«

»Es gibt noch ein Problem, Toni«, sagt Jaromin. »Ich habe kein einziges Mal mit dem Gewehr geschossen.«

Toni erwidert seinen Blick entspannt. »Kein Problem, wenn es dabei bleibt, oder?«

Sie besprechen Fluchtrouten, machen einen ersten Uhrenvergleich, legen die Frequenz für die Funkverbindung fest, über die Jaromin, Toni und Koeppen kommunizieren werden. Jaromin wird außerdem über Headset Verbindung mit zwei Aufklärern der US Air Base in Ramstein haben. Sie werden zusehen, sagt Koeppen, ihn warnen, falls sich in der Nähe etwas Auffälliges tut.

»Klingt komfortabel im Vergleich zu Bosnien«, sagt Toni.

»Oder Somalia«, ergänzt Jaromin.

»Ihr wart in Somalia? Ohne mich? Wann?«

Jaromin muss lachen, kann ein wenig Anspannung abbauen. »Vor einem Jahr. Bevor die Marine die Basis in Dschibuti aufgebaut hat.«

»Seid ihr von der See rein? Oder …«

»Jungs«, unterbricht Koeppen leicht genervt.

»Heute Abend will ich die Geschichte hören«, sagt Toni.

Jaromin nickt.

Es ist eine gute Geschichte: ohne Tote.

Dann skizziert Koeppen die Operation. Mazin wird sie im Kleinlaster eines Lebensmittellieferanten nach Al-Amiriya bringen, dort erst Jaromin und dann Toni absetzen. Koeppen selbst wird im Wagen bleiben und in der Nähe des Treffpunkts warten, für den unwahrscheinlichen Fall, dass jemand Toni rausholen muss. Kein Spotter diesmal, Jaromin wird allein auf dem Dach sein. »Geht nicht anders.«

Er zuckt die Achseln, hat damit gerechnet.

»Hatten wir doch alles schon«, sagt Toni.

Algerien vor drei Jahren, denkt Jaromin. Auch eine gute Geschichte.

Koeppen zieht die Brauen hoch. »Einwände, Frank?«

»Viele, aber es hilft ja nichts.«

Koeppen fährt fort. Für Mazin verbürge er sich. Anders verhalte es sich mit dem Franzosen, Claude Bitat, den er nicht kenne. Mehrere seiner Quellen bei der DGSE hielten ihn für zuverlässig und integer, wenn auch nicht kampferprobt. Er legt ein Foto auf den Stadtplan, damit sie sich das Gesicht einprägen können.

»Ein Algerier?«, fragt Toni.

»Algerischstämmig.«

»Araber oder Berber?«

»Keine Ahnung. Spielt das eine Rolle?«

»Wenn er Araber ist, könnte er mit den Irakern sympathisieren. Bringt er die Irakerin mit?«

»Nein.«

»Wir wissen also bis zum Schluss nicht, ob es eine Falle ist? Bis sie kommt?«

Koeppen nickt.

»Kommt sie allein?«

»Ja. Du übernimmst ihre Unterlagen, was auch immer wir darunter zu verstehen haben. Papier, CD-ROMs in einer Tüte, einem Rucksack, keine Ahnung. Sobald wir wissen, wo ihr euch trefft, überlegen wir, wo wir dich und Frank wieder einsammeln. Falls was schiefgeht …«

»Definiere ›schiefgehen‹«, sagt Toni.

Koeppens Blick wandert zu Jaromin, wieder zu Toni. »… kommt ihr auf eigene Faust hierher zurück.«

»Bengt.«

»Du weißt, was alles schiefgehen kann.«

Toni legt die Stirn in Falten. »Ihr habt eine Reifenpanne.«

Er lacht, und Jaromin lacht mit.

31

Berlin-Tiergarten

LAY IST SPÄT DRAN, EILT VOM fast leeren Parkbereich zum Haus der Kulturen der Welt. Ein paar Gänse, ein paar Raben, wenige Spaziergänger, der Wind pfeift eisig. Sie hat auf das Café spekuliert, aber es scheint geschlossen zu sein.

Von Goerden ist schon da, geht ungeduldig am Spreeufer auf und ab. Eine Kollegin der Sicherungsgruppe ist bei ihm, ein weiterer behält das andere Ufer im Auge. Die Kollegin – längliches Gesicht, dunkle Haut, vermutlich türkischer Hintergrund – überprüft Lays Ausweis und lässt sich die Dienstwaffe aushändigen, schmunzelt immerhin verschworen. Ihr Gesicht kommt Lay flüchtig bekannt vor. Die Sicherungsgruppe des BKA ist wie Lays Abteilung in Treptow untergebracht, man benutzt dieselbe Kantine.

»Was passt Ihnen an meinem Büro nicht?«, knurrt von Goerden mit vom Frost geröteten Wangen. Er nimmt seine Wanderung wieder auf, und sie begleitet ihn. Vor ihnen geht die Kollegin, hinter ihnen sind die Schritte des Mannes zu erahnen.

»Dass Sie vielleicht abgehört werden.«

Er bleibt abrupt stehen, starrt sie an.

»Gehen wir weiter, ja? Ich friere.«

Sie folgen dem Weg entlang der Spree, während Lay von der Informantin erzählt. Von Ahmed Hassan, der in Wirklichkeit wohl Ali Karim heißt, ein Strohmann, den ihr der BND vor die Nase gesetzt hat, weil der echte Curveball unter Verschluss gehalten werde, komme, was wolle.

Von Goerden wirft ihr ungläubige Blicke zu, schweigt jedoch. Keinen Moment lang verliert er die irgendwie staatsmännische Haltung, Oberkörper aufgerichtet, Hände auf dem Rücken, ausgreifende Schritte, während der BND zum Nachrichtendienst einer Bananenrepublik mutiert, den er, der Geheimdienstkoordinator, aus dem Griff verloren hat.

»Wenn das alles stimmt …« Er bricht ab.

»Ich weiß«, sagt Lay.

»Es *kann* nicht stimmen!«

»Ich weiß.«

Ein paar Minuten lang fällt kein Wort.

»Glauben Sie ihr?«

»Ja.«

Jetzt gerät von Goerden doch in Rage. Was maße sich der BND an, führe das Kanzleramt in die Irre, nicht nur ihn, auch den Minister und den Kanzler! Sein Gesicht hat sich ganz gerötet, der Schritt beschleunigt.

Und noch kein Wort über Bagdad, denkt Lay.

An der Kreuzung vor Schloss Bellevue kehren sie um. Von Goerden schweigt wieder, der Blick hoch konzentriert. Dann fragt er: »Irgendeine Ahnung, wer sie ist?«

»Nein. Aber ich glaube, dass sie mit Geheimdienstarbeit zu tun hat oder hatte.«

»Also BND?«

»Nicht zwangsläufig.«

»Deutsche?«

»Ja. Um die sechzig, gewählte Ausdrucksweise. In Politik bewandert.«

»Heißt?«

Lay zuckt die Achseln. »Regierungsapparat?«

»Eine Art … Verschwörung?«

»Möglicherweise.«

»Ist das nicht ein bisschen weit hergeholt?«

Sie seufzt. »Es ging nicht nur um Curveball.«

»Sondern?«

»Um den Einsatz des BND in Bagdad.«

»Wie bitte?« Wieder bleibt von Goerden unvermittelt stehen, mit ihm seine Entourage.

»Sie sagt, einer aus dem BND-Team wird die Irakerin liquidieren.«

Lay hat geahnt, dass sie von Goerden mit dieser Information verliert, und so ist es. Eine krude Vorstellung, sagt er aufgebracht, das geht nun wirklich zu weit! Der BND mag tricksen, was Curveball betrifft, aus Angst vor der großen Blamage – aber *das*? Der Dienst als Auftraggeber eines Mordes?!

»Nicht der Dienst an sich, sondern …«

»… nur die Verschwörer innerhalb des Dienstes?«

Sie nimmt den Sarkasmus in seiner Stimme wahr, kann ihn verstehen. Hier, an der trägen Spree, zwischen dürren Bäumen, Gänsefedern und Hasenkot, klingen solche Wörter verheerend absurd.

Von Goerden gestikuliert entnervt. »Soll mich das beruhigen?« Sie gehen wieder.

»Es ist nicht meine Aufgabe, Sie zu beruhigen.«

»Richtig. Ihre Aufgabe ist Curveball. Nichts anderes!«

Am Haus der Kulturen halten sie inne. Von Goerdens Miene ist so frostig wie der Wind. Seine Stimme klingt immerhin ein wenig wärmer. »Sie bleiben an Curveball dran. Finden heraus, was Karim weiß. Wer konkret seine Ansprechpartner beim BND sind.« Er will Namen, auch den der Informantin. Er wird den Kanzler einschalten, Träger nach Berlin zitieren. Grimmig sagt er: »Sie werden Zugang zu Curveball bekommen, das verspreche ich Ihnen!«

Lay nickt. »Noch mal zu Bagdad.«

Die Augen funkeln. »Nicht Ihre Baustelle.«

»Einer der BND-Agenten, die nach Bagdad unterwegs sind …«

»Es *sind* keine BND-Agenten nach Bagdad unterwegs, klar?«

Lay tritt dicht zu ihm und nennt – so leise, dass die beiden Kollegen es nicht hören können – die Namen der Agenten, die nicht nach Bagdad unterwegs sind, sagt dann: »Holen Sie sie zurück.« Sie wendet sich der SG-Kollegin zu, bekommt ihre Waffe jedoch erst, als von Goerden sie mit einem Nicken freigibt. Sie hört den Kollegen ins Funkgerät murmeln, der Rückweg zum nahen Kanzleramt steht an. Dreihundert lauschige Meter, seit dem 11. September Hochrisikozone.

Von Goerden macht eine Handbewegung in Richtung der Personenschützer: Gehen wir.

»Kümmern Sie sich um Bagdad?«

»Wir telefonieren, Frau Lay.«

Sie sieht ihnen nach, während sie davoneilen, schon die Spitze des lang gezogenen Querbaus erreichen. Von Goerden wird, dessen ist Lay sicher, beim BND nachhaken, was Bagdad betrifft. Aber er wird die Agenten nicht zurückholen.

Niemand wird sie zurückholen.

Es sei denn, sie erhöht den Druck. Wendet sich an den Kanzleramtsminister oder den Kanzler selbst. Doch würde sie Zugang zu ihnen bekommen?

Tief in ihrem Mantel macht es »Pling«. Eine anonyme SMS. Vier Wörter, zwei Ausrufezeichen: *Heute Nachmittag in BD!!*

Einen Moment lang ist sie versucht, von Goerden nachzueilen. Aber er hat seinen Standpunkt klargemacht.

Soll sie Infos an die Presse durchstechen? Nicht ihr Stil, doch wenn es nicht anders geht?

Ratlos läuft sie am verlassen daliegenden Haus der Kulturen der Welt vorbei, erreicht ihr Auto, wirft die Handtasche hinein. Als sie eben einsteigen will, legt sich von hinten ein Arm um ihren Hals und drückt ihr die Luft ab.

Bevor sie ganz begreift, was geschieht, ist die Panik da. Sie versucht, die Hände zu heben. Will um ihr Leben kämpfen. Aber sie ist wie gelähmt.

Im Kopf der Drang zu überleben, der Körper versteinert.

Durch einen Schleier aus Tränen sieht sie, wie sich von der Seite eine Hand nähert. Ein feuchtes Tuch legt sich über ihre Nase. Fast erleichtert nimmt sie den süßlichen Geruch von Chloroform wahr.

Es wird die Luft zurückbringen.

Die Panik vertreiben.

Sie wird überleben.

Wieder und wieder und wieder.

32

HANS BREUNINGER BEGINNT, sich zu entspannen. Die Gruppe hat die Kontrolle zurückgewonnen – Lay ist aus dem Verkehr gezogen, und in Bagdad läuft alles nach Plan.

Eben hat Steffen angerufen: *Unser Mann ist angekommen.*

Breuninger steht am Tisch des abhörsicheren Besprechungsraums im Keller, hat darauf jenen Stadtplan ausgebreitet, den er bei seinen beiden Besuchen in den Neunzigern verwendet hat. Für eine Weile versucht er, seine Bleistiftzeichen von damals zu verstehen. Ein Kreuzchen hier, ein Ausrufezeichen dort. Bengt hat ihn einmal zu einer hübschen kleinen Moschee geführt, vielleicht eines der Ausrufezeichen. Hier das Drehrestaurant im damals neuen Saddam International Tower. Nicht weit von der Botschaft entfernt lag ein Imbiss, den ihm ein Mitarbeiter empfohlen hatte. Die anderen Markierungen? Verloren im Strom der Zeit und der Ereignisse.

Er mahnt sich zur Konzentration.

Al-Amiriya am Nachmittag.

Der Name kommt ihm bekannt vor, irgendetwas ist dort geschehen, noch vor seinen Reisen nach Bagdad. Im Zweiten Golfkrieg?

Auch daran erinnert er sich nicht.

Mit zusammengekniffenen Augen beugt er sich über den Plan, findet Al-Amiriya im äußersten Westen der Stadt, schließlich auch die Grundschule, in deren Nähe die Übergabe stattfinden soll. Erst kurz vorher wird die Irakerin dem Franzosen mitteilen, wo genau sie sich treffen werden. Ein Einsatz, um den er Bengt, den akribischen Vorbereiter, wahrlich nicht beneidet. Die Ungewissheit muss ihn quälen. Breuninger sieht ihn im Residenten-Büro der Botschaft vor Satellitenfotos und einem ganz ähnlichen Stadtplan sitzen. Wieder und wieder geht er die Eventualitäten durch. Will nicht akzeptieren, dass er diesen Einsatz nicht so gewissenhaft vorbereiten kann wie andere.

So, wie Breuninger ihn kennt, wird er hinterher die Verantwortung übernehmen und freiwillig aus dem Dienst ausscheiden.

Er unterdrückt den Impuls, ihn erneut anzurufen. Sentimentalitäten, die er sich nicht erlauben darf. Sie stehen nun einmal auf unterschiedlichen Seiten, und irgendwann, das weiß er schon lange, wird das Konsequenzen haben.

Und was sollte er ihm auch sagen?

Du weißt doch, wie grausam das Leben sein kann?

33

SEIT DEM FRÜHEN MORGEN hockt Zada unter einem Mauervorsprung zwischen Müllsäcken und wartet. Eine Stunde bleibt ihr noch, dann steht die Sonne so, dass sie das Versteck verlassen muss, will sie nicht entdeckt werden. Ohnehin muss sie sich dann auf den Weg nach Al-Amiriya machen. Eine Stunde, um Abschied zu nehmen.

Anrufen kann sie nicht. Al-Faili wird den Anschluss ihrer Mutter abhören lassen. Und spätestens nach ihrer Flucht vergangene Nacht Agenten geschickt haben, die das Haus überwachen.

Sie hat nicht damit gerechnet, dass ihr der *Muchabarat* so dicht auf den Fersen ist. Ein Fehler, der Bassim das Leben gekostet hat und sie alles andere. Sie kann nicht mehr in ihre unauffällige Existenz an der Seite eines Polizisten zurück, ihre Tarnung für die Arbeit mit den Freunden vom Untergrund. Schlimmer, sie muss die Stadt, das Land verlassen. Die Heimat. Ihre Mutter.

Eine fast unerträgliche Vorstellung.

Sie wagt einen Blick aus ihrem Versteck. Die Schatten auf der Straße sind erneut ein Stück in ihre Richtung zurückgewichen.

Agenten sind nicht zu sehen.

Einen Moment lang beobachtet sie das kleine Haus jenseits der Straßenkreuzung. Die Fenster über der Mauerkrone stehen jetzt offen. Aber ihre Mutter taucht nicht auf, und die Tür in der Mauer bleibt geschlossen.

Komm!, fleht sie still. Spürst du nicht, dass ich da bin?

Dann hat die Sonne das Versteck erreicht. Liegt warm auf ihrem linken Fuß. Sie kann nicht länger bleiben.

Leb wohl, Mama.

Sie steht auf, macht sich bereit.

Da geschieht das Wunder: Von drüben dringt das vertraute Quietschen des Türscharniers an ihr Ohr.

Vorsichtig blickt Zada hinüber. Ihre Mutter steht auf dem Gehweg, den Einkaufskorb am Arm. Lässt ein Auto passieren. Dann überquert sie die Straße und betritt die Gasse.

Zada zieht sich ins Dunkel zurück.

Als ihre Mutter das Versteck passiert, wispert sie: »Nicht stehen bleiben, Mama! Geh zur Moschee!«

Ihre Mutter hat innegehalten, sieht aber nicht her. Stattdessen kramt sie im Korb, als suchte sie etwas. Findet es mit einem Schnauben und setzt ihren Weg fort.

Sekunden später hört Zada laute Schritte. Zwei Männer tauchen auf. Einer von ihnen wirft einen Blick in das Versteck. Er muss den Fuß sehen! Den Saum der Abaya!

Aber sein Blick ist unkonzentriert, und er geht weiter.

In der Moschee sitzen sie dicht nebeneinander. Ihre Hände umklammern sich. Zada spürt, dass ihre Mutter lautlos weint.

Tränen für Bassim.

Wenn sie wüsste, was er Zada angetan hat, würde sie nicht um ihn weinen.

Sie wendet sich Zada zu. »Du kannst nicht mehr in die Wohnung!«

»Ich weiß, Mama.«

»Aber wohin willst du? Wenn sie schon hinter dir her sind!«

Stumm erwidert Zada ihren Blick.

»Nein!«, flüstert ihre Mutter.

»Ich komme zurück, Mama. Sobald es geht.«

»Nein!«

Andere Frauen sind aufmerksam geworden. Werfen ihnen irritierte Blicke zu.

Ihre Mutter ringt um Fassung. »Wie willst du das anstellen? Du hast kein Geld!«

»Du weißt noch nicht alles, Mama.«

Sie erzählt nur das Nötigste: die Beweise für die Lügen des amerikanischen Informanten, das Treffen mit den Deutschen. Und dass die Franzosen sie außer Landes bringen werden. Überrascht bemerkt sie, dass die Trauer aus dem Blick ihrer Mutter weicht. Plötzlich sind die Augen voller Stolz.

»Wo willst du sie treffen?«

»In Al-Amiriya. In unserem Hof.«

»Aber im Haus wohnen doch Leute!«

Zada schüttelt den Kopf. Das Haus ist nach wie vor eine Ruine. Wie die anderen beiden Häuser, die durch die Wucht der Explosion des Bunkers zerstört wurden.

»Du gehst manchmal hin?«

»Nur manchmal«, lügt Zada.

Sie schweigen lange.

»Und danach verlässt du das Land?«

Sie nickt.

»Mögen mir dein Vater und dein Bruder verzeihen, Allah sei ihrer Seele gnädig«, sagt ihre Mutter. »Wir gehen zusammen.«

34

KOEPPEN NIMMT ES GENAU, fährt das Touristenprogramm. Zeigt hierhin und dorthin und erklärt, während sie im gepanzerten Geländewagen der Botschaft auf beiden Seiten des Tigris durch den inneren Teil Bagdads rollen. Mehrfach lässt er Mazin halten, zeigt und erklärt ausführlicher; Mazin ergänzt. Jaromin sitzt hinter Koeppen, spürt dessen Anspannung. Jeden Moment kann der Franzose anrufen. Dann, so ist es mit der Irakerin vereinbart, beginnt der Countdown: zwei Stunden bis zur Übergabe.

Arabische, deutsche oder französische Stunden?, wollte Toni wissen.

Jaromin ist ihm dankbar für seine kleinen Scherze. Koeppen vermutlich weniger.

Er blendet die Stimmen aus. Dass er keine Gelegenheit hat, das OSW-96 zu testen, macht ihm zu schaffen. Kann er sich darauf verlassen, dass es auf dem langen Weg von Russland nach Syrien keinen unsichtbaren Schaden genommen hat?

Nein.

Am Abbasiden-Palast steigen sie aus. Koeppen zeigt auf die alten Gemäuer, Tore, Rundbögen und erzählt. Sein ernster Blick begegnet dem Jaromins. Sagt etwas ganz anderes als seine Stimme.

Jaromin nickt kaum merklich: wird schon klappen.

Toni tritt neben ihn. »Weißer Hyundai, zwei Männer. Beiger Mercedes, ein Mann.«

Wieder nickt Jaromin. Auch er hat die irakischen Kollegen bemerkt, vor einer Weile schon. Er wischt sich mit dem Ärmel den

Schweiß von der Stirn. Die Handflächen sind ebenfalls feucht. Für Februar ist es ungewöhnlich warm, dreißig Grad, die Luftfeuchtigkeit hoch. Am Himmel keine Wolke.

Die Sonne hat ihren Zenit überschritten. Um 17.44 Uhr wird sie untergehen. Bleiben vier Stunden.

Weiß sie, dass die Übergabe bei Tageslicht stattfinden muss?

Sein Blick wandert umher. Irakische Jungs umkreisen den schwarzen Mercedes. Mazin steht in der Nähe, lässt sie gewähren, als sie den Wagen berühren. Sie tragen kurze Sporthosen, einer hält einen Fußball in der Hand, der Jaromin eher oval als rund vorkommt. Sie sprechen mit rauen Stimmen. Mazin deutet lächelnd eine Ohrfeige an. Die Jungs kichern.

Er denkt an Djadi, den guten Spion aus Bagdad. An Alex. So unterschiedlich die beiden sind, sie haben eines gemeinsam: Sie wachsen, jeder auf seine Weise, ohne Vater auf.

Und er? Ohne Mutter, nicht wirklich mit Vater.

Du hast mein Leben zerstört!

Er hat das immer geglaubt, als Kind, als Erwachsener: Er hat die Mutter sterben lassen und damit das Leben des Vaters zerstört. Der Vater hat ihm nie eine andere Erklärung angeboten. Einmal, da war sie erst ein paar Monate tot, hat Jaromin gerufen: *Aber sie wär doch sowieso gestorben! Sie war doch schon fast tot!* Der Vater hat ihn grün und blau geschlagen.

Nach zehn Minuten steigen sie wieder ein.

»Zur Al-Rahman-Moschee«, sagt Koeppen und klingt erleichtert. Der letzte Stopp vor Al-Amiriya.

Koeppen und die Gotteshäuser. In Schäftlarn die Treffen zu Füßen von St. Georg, in Amman die Moschee mit der blauen Kuppel, in Bagdad Al-Rahman. Vielleicht, denkt Jaromin, sehnt auch er sich nach Vergebung. Nach Erlösung von irgendeiner Schuld.

Die Moschee ist eine Baustelle in der Ferne. Aber man kann ahnen, welche Dimensionen sie einmal haben wird. Inmitten einer unwirtlichen Brache stehen hohe Kräne um eine Hauptkuppel, die von acht kleineren Kuppeln umgeben ist, in denen, so erzählt Mazin, sich jeweils weitere acht Kuppeln befinden.

»Saddams Versuch, Allah zu bestechen?«, fragt Toni.

»Die Menschen«, erwidert Mazin.

»Er hätte mal die Amerikaner bestechen sollen.«

Mazin dreht sich halb zu ihnen um, und Jaromin sieht in seinem Blick Erstaunen – als wäre das die Lösung aller Probleme gewesen.

»Ist doch so«, sagt Toni.

Mazins Blick trifft den Jaromins, wirkt plötzlich unsicher. Er dreht sich wieder nach vorn, legt die Hände aufs Lenkrad. Koeppen und Toni kann er einschätzen, denkt Jaromin. Den einen kennt er, der andere spricht und scherzt. Über ihn dagegen weiß Mazin nur, dass er später auf eines der Dächer gehen wird, deren Zugänge sie in Al-Amiriya überprüfen wollen.

Er wird genug Fantasie haben, um zu ahnen, weshalb.

Dann sind sie in Al-Amiriya.

Jaromin prägt sich die Gegebenheiten ein. Schmale Wohnstraßen kreuzen sich im rechten Winkel. Kleine Häuser, ein paar Läden, Schulen, Werkstätten. Vor allem die Nebenstraßen sind von Palmen gesäumt. Als sie abbiegen, sieht er für einen Moment den weißen Hyundai hinter ihnen. Er spürt Tonis Blick, bevor er dessen Stimme hört.

»Der Mercedes ist weg. Es scheint zu klappen, wir sind Zeitverschwendung.«

»Hoffen wir's.«

»Fahr zum Bunker, Mazin«, sagt Koeppen.

»Zur Gedenkstätte?«

»Ja.«

Jaromin begreift. Ein weiterer Schritt, um al-Faili zu täuschen: Die Deutschen verneigen sich vor den Opfern der amerikanischen Invasoren. Abgesehen davon liegt die Schule dicht bei dem Bunker.

Wieder steigen sie aus. Die Überreste des flachen Bunkers stehen noch. Mazin bietet an, sie hinunterzuführen. Auf drei Stockwerken, sagt er, hängen Fotos der Getöteten an den Wänden, und man sieht noch die Verwüstung durch die Bomben. »Es ist sehr eindringlich, wirklich. All die Gesichter. Fast nur Kinder, Frauen, Alte.«

»Wir bleiben oben«, sagt Koeppen.

Sie stehen am Straßenrand, blicken auf eine gewundene, mit rotweiß-schwarzen Kacheln bedeckte Mauer, die wie eine vom Wind bewegte lang gezogene Fahne geformt ist. Davor befinden sich Hunderte Gräber, alle mit identischen Grabsteinen und tropfenförmigen Leuchten.

»Wann ist es passiert?«, fragt Toni.

»13. Februar einundneunzig, morgens um vier.« Mazin wirkt dankbar, erzählen zu können. Zwei Wochen lang, sagt er, brachten die Männer ihre Frauen, Töchter, Mütter abends her, holten sie morgens ab. Die Amerikaner müssen das beobachtet haben. Hunderte Zivilisten, die hinein- und herausströmen. Schon im Krieg gegen den Iran in den Achtzigern war das Gebäude bei Luftangriffen als Bunker genutzt worden. Auch das wussten die Amerikaner. Trotzdem behaupteten sie, der Bunker sei ein Kommandoposten der irakischen Armee. Die erste Präzisionsbombe riss ein Loch ins Dach. Die zweite drang durch das Loch ins Innere. Die Menschen wurden erschlagen, verbrannten, erstickten, viele verbrühten im heißen Wasser der zerstörten Tanks. »Keine Chance, weißt du«, sagt er versunken.

»Waren Leute von dir drin?«

»Nein. Wir waren in den Achtzigern drin.«

»Frank?« Koeppen berührt seinen Arm, zeigt mit dem Kopf auf eine nahe Moschee. »Das Gebäude daneben ist die Schule.«

Jaromin nickt, hat das helle, flache Haus im Augenwinkel.

Auf dem Weg zu Mazins Vater fahren sie daran vorbei.

Toni lehnt sich vor, klopft Mazin auf die Schulter, will wissen, was hier, in Bagdad, »in der Nähe« bedeute. Fünfzig Meter? Zweihundert Meter?

»Ja«, murmelt Mazin.

»Ja was?«

Sie warten, aber er sagt nichts mehr.

Bei einem nahen Imbiss halten sie, essen an einem Stehtisch auf dem Gehweg. Jaromin ruft sich Koeppens grüne Stadtplan-Markierungen in Erinnerung, findet die beiden Häuser im Umkreis von etwa dreihundert Metern rasch. Fünf, sechs Stockwerke, sie ragen aus dem Meer der Flachbauten heraus. Er hat freien Blick auf das eine, westlich von ihnen, Nr. 2 auf dem Stadtplan; das andere, die 3, liegt nördlich, halb verdeckt von einer weiteren Moschee.

»Mazin?«, sagt er.

Mazin nickt, geht Richtung Westen los.

Jaromin schiebt den leeren Teller von sich, bekommt eine Zigarette von Toni. Gemeinsam beobachten sie, wie einer der beiden Männer aus dem Hyundai aussteigt und Mazin ein paar Schritte folgt. Dann ruft ihn der andere zurück.

Glück gehabt, denkt Jaromin.

»Mazin könnte zum Problem werden«, sagt Toni.

Koeppen, der noch isst, wie üblich kontrolliert kleine Mengen Essen auf die Gabel schiebt, schüttelt den Kopf. »Keine Sorge seinetwegen.«

»Was denkst du, wie er reagiert, wenn er erfährt, dass wir Hilfe von den Amerikanern bekommen?«

»Erzähl's ihm nicht.«

Die Minuten verstreichen. Toni summt Schlagermelodien, raucht eine Zigarette nach der anderen. Koeppen schweigt mit ernstem Blick. Jaromin spreizt und dehnt die Hände; unter dem Tisch, damit die anderen das Zittern nicht bemerken.

Toni macht sich auf die Suche nach einer Toilette.

»Was ist mit deinen Händen?«, fragt Koeppen.

»Was soll damit sein?«

»Zittern sie?«

Jaromin zuckt die Achseln, bleibt ruhig. Zu wenig Schlaf seit Bosnien, sagt er. Wird später, wenn er erst mal auf dem Dach ist, keine Rolle spielen.

»Leg dich hin, wenn wir in der Botschaft sind.«

Er nickt.

Dann ist Toni wieder da, sagt: »Lächeln, Bengt, sonst denkt Al-Faili, das Schawarma schmeckt dir nicht.«

Fünfzehn Minuten später kehrt Mazin aus nördlicher Richtung zurück. Während sie weiterfahren, berichtet er, die Schlösser beider Haustüren seien jetzt präpariert. Das Gleiche bei den Türen, die auf die Dächer führten. Man könne sie jederzeit öffnen.

»Perfekt«, sagt Jaromin und denkt im selben Moment: das falsche Wort. Ein geheimer Einsatz am helllichten Tag in Bagdad unter den Augen des IIS; auf einem Dach, das er vorher nie betreten hat; mit einem Gewehr, das er nicht beschossen hat. Mit zitternden Händen, die er nicht ruhigstellen kann.

Nein, alles andere als perfekt.

Koeppens Telefon lässt sie hochschrecken. Aber er spricht Arabisch. Der Imbisslieferant, sagt er anschließend. Wollte wissen, wie lange er sich noch bereithalten soll. Wann er zur Botschaft fahren kann.

Koeppen hat ihn losgeschickt.

Der Vater hält Koeppens Hände, lächelt gerührt. Die beiden stehen vor der Tür des kleinen ockerfarbenen Hauses, Koeppen militärisch steif. Mazin ist bei ihnen, sagt aber wenig. Die raue Stimme des Vaters dringt an Jaromins Ohr, der mit Toni am Wagen wartet. Gelegentlich erwidert Koeppen etwas auf Arabisch.

»Bengt hat eine Tochter?«, fragt Toni.

Jaromin zuckt die Schultern, davon weiß er nichts.

»Rebekka.«

»Verstehst du alles, was sie sagen?«

»Das meiste. Small Talk, Familie und so, Bagdad. Was sich verändert hat im Vergleich zu den Neunzigern.«

Jaromin kennt Koeppen gut genug, um selbst aus zehn Metern zu sehen, dass er so schnell wie möglich weiter will. Ihm selbst geht es genauso. Sie sollten zur Botschaft zurück. Er braucht Zeit mit dem OSW, wenn er es schon nicht beschießen kann.

Endlich deutet Koeppen, während er spricht, zur Straße, auf sie. Der Besuch ist beendet.

Auf der Fahrt erkundigt Toni sich nach Koeppens Tochter. Rebekka, ja? Wie alt ist sie, was macht sie, wo lebt sie? Koeppen antwortet einsilbig. Mitte zwanzig, Musik, München. Toni hängt zwischen den Vordersitzen, will es genauer wissen. Koeppen sagt: »Musik eben.«

»Und die Frau dazu? Die Mutter?«

Koeppen schweigt.

Toni wendet sich Jaromin zu. »Kennst du sie, Frank?«

Er schüttelt den Kopf.

»Die Tochter auch nicht?«

Koeppen sagt: »Es reicht, Toni.«

Toni kichert.

Da überholt der Hyundai und setzt sich vor sie. Neben ihnen taucht ein Jeep der Militärpolizei auf, bleibt auf gleicher Höhe. Der Hyundai wird langsamer, sodass auch Mazin vom Gas muss. Der Beifahrer streckt den Arm aus dem Fenster und deutet zum Straßenrand.

Koeppen flucht. »Halt an, Mazin.«

Sie haben die Innenstadt erreicht, sind nicht mehr weit vom Tigris entfernt. Auf den letzten Metern abgefangen, denkt Jaromin.

»Wir haben diplomatische Immunität«, sagt Toni.

Als sie stehen, will Koeppen aussteigen, doch einer der Polizisten ist schon neben seiner Tür und bedeutet ihm, sitzen zu bleiben. Ein zweiter öffnet die Fondtür, die Hand an der Pistole, sieht Jaromin an. *»Mr. Jaromin?«*

Er nickt.

»Please come.«

Toni sagt etwas auf Arabisch, auch Koeppen, der sich halb umgedreht hat, spricht.

Der Polizist zieht die Pistole, Lauf nach unten. *»Come!«*

Jaromin steigt aus, hebt zur Sicherheit die Hände halb. Koeppens wütende Stimme ist zu hören, dann fällt die Tür ins Schloss und schneidet sie ab.

Die beiden Polizisten führen ihn in eine Querstraße. Fünfzig Meter vor ihnen steht ein weiterer Jeep der Militärpolizei. Sie öffnen die Fondtür für Jaromin, bedeuten ihm einzusteigen. Ein uniformierter, eher kleiner, schmaler Mann mit Schnauzbart sitzt dort, hebt die Hände, sagt lächelnd: *»Mr. Jaromin! Finally we meet!«*

Ibrahim Al-Faili entschuldigt sich für den »Zwischenfall« an der Grenze. Einer seiner Leute habe die Namen verwechselt, Lahn und Jaromin, welcher sei nun der Tarnname, welcher der Klarname, ein Neuling in seiner Abteilung, der mit deutschen Namen überfordert sei. Nun trägt er erst mal Post hin und her, da kann man nicht so viel falsch machen, ich hoffe, Sie nehmen meine Entschuldigung an!

»Natürlich, Oberst.«

Al-Failis Englisch ist nahezu perfekt. Oxford, erklärt er, als Jaromin nachfragt. Außerdem habe seine Frau britische Großeltern gehabt, und so machten sie sich regelmäßig die Freude und sprächen Englisch miteinander, natürlich nur, wenn niemand sonst zuhöre, häufig während des gemeinsamen *five o'clock tea* an den Wochenenden, Tribut an die Verbundenheit der Völker, an eine bessere Welt, die in Zukunft vielleicht wieder möglich sein werde. »Und Bagdad, wie gefällt es Ihnen, Mr. Jaromin?«

»Sehr gut.«

»Eine Stadt der Kultur, der Weisheit, der Künste, zumindest in der Vergangenheit. Die Gegenwart ist … nun ja, weniger glamourös, die nahe Zukunft mehr als unerfreulich. Sie haben heute schon einiges von unserer Stadt gesehen, vielleicht bleibt noch Zeit für mehr?«

»Das wäre schön«, sagt Jaromin.

»Ich würde Sie sehr gern begleiten.«

»Danke.«

Al-Faili lächelt, legt die Fingerspitzen vertraulich auf seinen Arm, zieht sie zurück. »Was genau ist noch einmal Ihre Aufgabe hier, Mr. Jaromin?«

»Die Botschaft sichern.«

»Weil sie geschlossen wird, bevor …« Al-Faili deutet unbestimmt nach oben.

Bevor die Bomben fallen.

Jaromin nickt.

»Und die Umzugskartons des BND packen«, sagt Al-Faili.

»Auch das.«

»Hoffentlich kommt auf dem Weg in die französische Botschaft nichts abhanden. Es werden sensible Unterlagen darunter sein.«

»Wir passen schon auf.«

»Waffen sind nicht dabei?«

»Nicht dass ich wüsste.«

»Ein Präzisionsgewehr etwa?«

»Nein.«

»Es geht das Gerücht, ein russisches Gewehr sei von Damaskus nach Bagdad verschickt worden. Und Sie …« Al-Faili bricht ab, sieht ihn beinahe traurig an. »Sie sind Präzisionsschütze.«

»Schon lange nicht mehr.« Jaromin hebt spontan die Hände, mustert den Oberst, während der seine zitternden Finger betrachtet.

Was, fragt er sich, weißt du noch?

Al-Failis Augen kehren zu ihm zurück, sind beinahe sanft jetzt. »Ja, wir stehen unter einer besonderen Art von Druck, nicht wahr? Verschließen Sie die Umzugskartons gut, mein Freund.«

»Egal«, sagt Koeppen.

Sie überqueren den Tigris, biegen nach Süden ab. Toni flucht vor sich hin. Wirft Fragen in den Innenraum, die niemand beantwortet. Hat Al-Faili einen Informanten in der Botschaft in Damaskus? Wird die Botschaft hier abgehört? Weiß er auch von der Übergabe? Oder ist das alles nur Bluff?

Jaromins Augen gleiten über die Häuser und Straßen des Zentrums. Hin und wieder ist der Blick auf den Fluss frei. In der Ferne sind vage die Gebäude des Präsidentenviertels zu erkennen zwischen hohen Palmen. Nein, denkt er, Al-Faili weiß nichts von der Übergabe. Er weiß, dass Dinge im Gang sind, aber nicht, welche. Doch er ahnt, dass sie beteiligt sind.

Zum ersten Mal fragt Jaromin sich, wo sie an diesem Abend sein werden. Am nächsten Tag. Ob sie Bagdad und den Irak wie geplant morgen früh verlassen können – oder sich in einem IIS-Gefängnis wiederfinden werden.

»Egal«, wiederholt Koeppen vor ihm wütend.

Die GSG-9-Kollegen am Botschaftstor sind zu Scherzen aufgelegt, während sie den Mercedes überprüfen.

»Da ist was«, sagt der mit dem Kontrollspiegel.

»Laus mich der Affe, da auch«, sagt der mit dem Detektor.

Sie kichern.

»Ha ha«, sagt Toni durchs geöffnete Seitenfenster.

Als sie in den Hof rollen, klingelt Koeppens Telefon. Diesmal spricht er Französisch und wird, für seine Verhältnisse, kurz laut.

Jaromin steigt aus, wartet auf Koeppen, der kurz darauf zu ihm tritt. »Siebzehnhundert, irgendwo in der Nähe der Schule. Den genauen Ort gibt sie eine halbe Stunde vorher durch.«

»Wie bitte?«, ruft Toni.

Koeppen zuckt die Achseln. »Fünfzehnhundertdreißig ist Abfahrt. Ruht euch bis dahin aus.«

Jaromin zerlegt das OSW-96 und packt es in den Rucksack, den er in einem Umzugskarton verstaut. Ein Botschaftsmitarbeiter bringt den Karton in die Residentenwohnung, wo Jaromin das Gewehr wieder zusammensetzt. Er nimmt den Beutel mit Sand, den er immer dabei hat, aus dem Rucksack, bettet den Vorderlauf darauf. Prüft die Ausrichtung des Laufs mithilfe der Zielerfassung, eines Zollstocks, einer Tischkante wieder und wieder. Sogar drei abgegriffene Romane, die er im Nachttisch des Residenten gefunden hat, legt er daran.

Das Zittern der Finger macht es nicht leichter.

Toni tritt ein, sagt: »Vielleicht hilft das.« Er hat eine Wasserwaage aufgetrieben.

Damit finden sie tatsächlich eine Abweichung von der Geraden: Der Lauf ist um einen Millimeter nach rechts verzogen. Jaromin beginnt zu rechnen. Nimmt sich die Zielerfassung vor. Doch all das wird wenig bringen, wenn er das Gewehr vorab nicht auf einen Sandsack legen und ein paar Reihen schießen kann.

»Mach mal Pause«, sagt Toni.

»Später.«

»Deine Hände zittern.«

»Nicht die Hände, die Finger.«

»Ist das ein Unterschied?«

Natürlich, denkt Jaromin. Die Hände zittern, wenn man alt ist oder krank, die Finger, wenn man übermüdet ist. Er zuckt die Achseln. »Zu wenig Schlaf.«

»Dann ruh dich aus.«

»Später.«

Toni lacht. »Würde ein Schluck Whiskey helfen?«

»Du hast Whiskey dabei?«

»Im Botschaftskeller steht eine Flasche.«

Jaromin blickt durch die Zielerfassung. »Hol sie.«

Toni bringt die Flasche und zwei Espressotassen, schenkt ein, Jaromin hebt die Hand, nicht zu viel, mehr als ein Schluck soll es nicht sein. Sie stoßen an, leeren das Glas.

»Interessanter Geschmack«, sagt Toni.

Jaromin nickt, denkt: ein Millimeter nach rechts, falls sie sich nicht täuschen.

Es ist nicht vorgesehen, dass du schießt.

Er kann nur hoffen, dass Koeppen recht behält.

»Was ich dich fragen wollte«, sagt Toni. Bosnien. Warum er den zweiten Angreifer nicht ausgeschaltet hat.

Den zweiten Jungen, denkt Jaromin. Kannst du das nicht verstehen? Er war doch fast noch ein Kind. »Weil es nicht nötig war.«

Toni hebt die Flasche mit fragendem Blick, und Jaromin schiebt das Glas in seine Richtung. Diesmal ist es ein wenig mehr. Sie stoßen an, trinken.

»Wirklich interessant«, sagt Toni.

»Schaff die Flasche weg, falls Bengt kommt.«

Toni steht auf, nimmt den Whiskey, die Tassen. »Mir wäre es lieber gewesen, du hättest ihn ausgeschaltet, weißt du.«

Jaromin runzelt die Stirn.

»Ich war ein ganzes Stück von ihm entfernt. Wenn er noch mal geschossen hätte …«

»Ich hatte alles im Griff«, sagt Jaromin.

Toni geht zur Tür. Leise klirrt Glas. »Nicht dass du sentimental wirst. Wir sind ja in dem Alter.«

»Keine Sorge.«

»Schließlich hängt mein Leben davon ab, dass du dich richtig entscheidest. Die richtigen schützt, nicht die falschen.«

»Hab ich mich jemals falsch entschieden?«

»Weiß nicht. Als du geheiratet hast?«

Sie lachen.

»Leg dich ein paar Minuten hin«, sagt Toni.

Später, denkt Jaromin und nickt. Erst muss er die Freundschaft mit dem OSW festigen.

35

ALS HANNE LAY ERWACHT, hat sie nur einen Gedanken: nicht an damals denken. Nicht an das Blut, nicht an die beiden zerstörten Körper auf dem weißen Bett, das Mädchen im Schrank.

Heute ist schließlich alles anders.

Sie ist anders. Stark. Im Nahkampf ausgebildet. Kann niemanden mehr verlieren, nicht einmal sich selbst.

Die Benommenheit weicht nur langsam.

Dann, endlich, funktionieren die Sinne wieder. Ein nach Kunststoff riechender Kokon umgibt sie. Sie schlägt die Augen auf. Eine dünne Decke, durch die ein wenig Licht dringt, liegt über ihr. Sie ist in einem fahrenden Auto. Ihre Hände und Füße sind mit Kabelbinder gefesselt, ihr Kopf drückt gegen eine Metallfläche, die Schulter gegen Hartplastik. Ein offener Kofferraum.

Sie fahren schnell. Eine Autobahn?

»Slow down«, sagt eine Männerstimme.

Der Wagen wird etwas langsamer. Nicht weit von ihr entfernt atmet jemand gleichmäßig und tief. Zwei vorn, die Englisch mit vielleicht osteuropäischem Akzent miteinander sprechen, einer hinten, der schläft.

Vorsichtig zieht sie die Decke von den Augen. Hinter den Fenstern gegenüber rasen Felder vorbei. Millimeter um Millimeter richtet sie sich auf, bis sie über die Rücklehne sehen kann. Der Hinterkopf eines Mannes, zur Seite geneigt, die C-Säule hält ihn. Vorn zwei weitere Männerköpfe, der des Fahrers kahl.

Sie lässt sich zurücksinken. Die Männer haben ihre Dienstwaffe an sich genommen, sie aber offenbar nicht durchsucht. In der Hosentasche hinten spürt sie das Taschenmesser.

Mit seiner Hilfe löst sie die Kabelbinder. Anschließend drapiert sie die Decke über sich wie vorhin. Das ausgeklappte Messer behält sie in der Hand.

Jetzt heißt es warten.

Und sie kann warten. Hat es in einem dunklen Schrank gelernt, in dem sie Jahre geblieben wäre.

Wenige Minuten später verlassen sie die Autobahn, fahren auf Landstraßen weiter. Das Licht jenseits der Decke wird spärlicher. Auf beiden Seiten Wald, vermutet sie.

Die vorn schweigen, der hinten schläft.

Sie wollen sie nicht töten, sonst hätten sie es bereits getan. Was also haben sie vor? Wohin bringen sie sie? Und wer sind sie? Abgesandte der »Entschlossenen«?

Einer der beiden Männer vorn sagt etwas auf Englisch. Der andere scheint zuzustimmen. Kurz darauf halten sie an. Zwei Türen öffnen sich. Bleiben offen.

Keine Geräusche außer den tiefen Atemzügen. Doch: Schritte.

Wieder die Erinnerungen, ein plötzlicher schmerzhafter Strom entlang der Nervenbahnen: Schritte im Nebenraum, die sich nähern.

Nicht an damals denken, verflucht!

Die Schritte von heute entfernen sich. Einer der beiden Männer sagt etwas, beide lachen. Lay begreift: Pinkelpause.

Ihre Chance.

Sie zieht die Decke vom Kopf. Der Mann vor ihr schläft nach wie vor. Die beiden anderen stehen zehn Meter entfernt mit dem Rücken zum Wagen, Zigarette im Mund, Hände am Gemächt, unterhalten sich. Der mit Glatze groß und schmal, dunkle Lederjacke. Der andere mit blauer Daunenjacke, lockige schwarze Haare.

Mit angehaltenem Atem steigt sie über die Lehne, ohne sie mehr als nötig zu berühren, setzt den Fuß auf die Mittelkonsole, damit sich die Rückbank nicht bewegt. Ein Blick auf den Schlafenden, dessen Gesicht halb zum Fenster gedreht ist – helle, schlaffe Haut, die etwas plumpen Hände vor dem Bauch wie zum Gebet gefaltet. Unter dem Winterparka zeichnet sich auf Hüfthöhe eine Wölbung ab.

Sie ist versucht, es zu riskieren.

Und wenn er aufwacht? Wenn es gar keine Schusswaffe ist?

Fast lautlos kriecht sie über den Fahrersitz durch die Tür nach draußen und geht in die Hocke. Sie ist direkt neben der Straße. Autos sind nicht zu sehen. Englische Wortfetzen wehen herüber. Der Mann auf dem Rücksitz bewegt sich nicht.

Sie läuft los, verursacht dank der festen Schuhe mit Gummisohlen auf dem streckenweise vereisten Asphalt kaum Geräusche.

Hinter einem kahlen Gebüsch wirft sie sich auf den Bauch. Gerade rechtzeitig, denn jenseits des weißen Geländewagens sind Bewegungen wahrzunehmen.

Der Beifahrer steigt ein, dann der Große mit Glatze. Ein Angeberstart, die Reifen drehen ein bisschen durch. Ein Toyota.

Nach hundert Metern flammen die Bremslichter auf, und der Toyota bleibt stehen.

Als der Motor im Rückwärtsgang aufkreischt, rennt sie schon.

Sie hat den Streifen Wald durchquert, läuft über einen gefrorenen Acker auf weitere Bäume zu. Der Himmel hängt tief, erdrückt das Land unter frostigem Grau. Aus der Ferne hört sie immer wieder einen hochdrehenden Motor. Doch hinter ihr ist niemand.

Keine Häuser, kein Dorf, kein Bauernhof weit und breit.

Dann ist sie wieder im Schutz von Bäumen, taucht ein Stück ins Dämmerlicht ein, bevor sie sich umdreht. Am Waldsaum drüben taucht der Glatzkopf auf. Aufreizend langsam geht er weiter, über den Acker wie sie, doch fünfzig, sechzig Meter von der Abdruckspur entfernt, die sie hinterlassen hat. Vorsichtig bewegt sie sich im spitzen Winkel von ihm weg, sieht ihn ein letztes Mal, als er entlang der Bäume in die falsche Richtung läuft.

Minuten später sinkt sie erschöpft auf den harten Waldboden. Die Lunge pumpt, die Atemzüge holen die schneidende Kälte tief in den Körper hinein. Ihre Hände sind rot gefroren, die Kleidung eine Schicht aus Kälte.

Weiter, denkt sie. Solange sie sich bewegen kann, hat die Frau in Bagdad eine Chance.

Kurz darauf stößt sie auf einen Forstweg und folgt ihm. Mitten im Wald eine geschlossene Schranke, die ihr wie ein Zeichen der Zivilisation erscheint. Etwa einen Kilometer danach führt der Weg ins Freie und endet an einer schmalen, von dünnem Schnee bedeckten Straße. Unterschiedliche Reifenspuren, darunter die eines Traktors, aber nicht frisch, heute ist hier noch niemand gefahren.

Die Straße beschreibt eine Kurve – und mündet in ein Dorf! Zweihundert Meter weiter steht das erste Wohnhaus. Noch davor, direkt am Straßenrand, leuchtend gelb: eine Telefonzelle.

Lay rennt, den Blick auf das Ortsschild gerichtet. Kann es endlich lesen: Zechberg, Landkreis Märkisch-Oderland.

Einen Steinwurf entfernt liegt Polen. Sie wollten sie außer Landes bringen.

Dann hat sie die Telefonzelle erreicht und reißt die Tür auf. Ein banger Moment am Hörer, bis das Tuten zu hören ist. In Neuhardenberg gibt es ein Revier, binnen fünfzehn Minuten wird eine Streife hier sein. Sie wirft Münzen ein, als ihr die Warnung der Informantin in den Sinn kommt: Vertrauen Sie niemandem.

Sie flucht. Fünfzehn Minuten und ein gewisses Risiko; die Sicherheit kostet mindestens eine Stunde.

Sie nimmt die Sicherheit.

In einer Scheune zwischen der Telefonzelle und dem ersten Haus des Dorfs wartet sie auf Salih, kauert hinter ein paar halb verfaulten Strohballen und versucht, nicht zu erfrieren. Von Minute zu Minute scheint es kälter zu werden. Und dunkler. Durch ein halb eingeschlagenes Fenster auf der Rückseite der Scheune verfolgt sie, wie sich der Himmel verdüstert. Schwarze Vögel ziehen ihre Kreise, sind in der Dämmerung bald nicht mehr zu erkennen. Irgendwo brüllt ein Kind, kurz brüllt eine Mutter zurück. Hin und wieder fährt ein Auto vorbei, aber sie wagt es nicht hinauszusehen.

Und die Zeit will nicht verstreichen.

Endlich, nach mehr als siebzig Minuten, hört sie den Dienstwagen heranrasen.

Sie läuft zum Scheunentor. Durch einen Spalt sieht sie, wie der BMW schlitternd vor der Telefonzelle stoppt. Salih springt heraus, Waffe in der Hand.

Lay rennt los. »Endlich! Ging das nicht schneller?«

»Hab den Heli nicht bekommen.«

Sie lacht vor Erleichterung. Fällt ihm um den Hals und vergräbt den Kopf in seinem schwarzen Wollschal, der zur Hälfte Bart ist.

Dann sitzt sie zitternd neben Salih in der Wärme, taut ganz langsam auf, während er den schweren Wagen über vereiste Landstraßen lenkt. Hastig erzählt sie, versucht dabei, mit seinem Telefon von Goerden anzurufen, dessen Nummer sie auswendig kennt. Aber sie hat keinen Empfang.

Anschließend berichtet Salih. Kollegen checken die Verkehrskameras rund um das Haus der Kulturen der Welt. Techniker suchen nach Spuren auf dem Parkplatz.

»Was ist mit der Fahndung?«, fragt er.

»Sobald wir hier Empfang haben.«

»Bisschen spät.«

»Ging ja nicht anders.«

Zehn Minuten später kreuzen sie noch immer über menschenleere, schmale Straßen.

»Warum fährst du nicht auf die B1?«, fragt Lay.

»Weiß nicht. Ist leichter zu überwachen als die Nebenstraßen.«

»Du glaubst, die suchen noch?«

Er zuckt die Achseln.

»Fahr auf die B1, Salih.«

Im selben Moment hört sie draußen einen Motor aufbrüllen. Auf Salihs Seite rasen aus einem Forstweg grelle Aufblendlichter heran. Er bremst hart, dreht das Lenkrad, und der Toyota verfehlt sie um Haaresbreite.

Beide Wagen stehen.

»Zurück!«, schreit Lay.

Schüsse fallen, die Windschutzscheibe splittert. Geduckt versucht Salih zurückzustoßen, aber die Räder drehen durch.

Da dringt von beiden Seiten eisige Luft ins Wageninnere.

Lay wird hinausgezerrt, fällt in den Schnee, kommt hoch. Etwas Schwarzes saust auf sie zu, und ein schmerzhafter Schlag gegen die Schläfe wirft sie zu Boden.

Sie hört Salih aufschreien. Zwei Arme zerren sie hoch, schleifen sie zum Toyota, es ist der Glatzkopf, sie spürt seine schier unermessliche Kraft. Ihre Füße fassen Tritt, sie stolpert mit ihm, tritt nach ihm. Sieht Salih neben dem BMW auf dem Boden hocken. Er hält sich den blutenden Arm.

Der Glatzkopf schleudert sie gegen die Seite des Toyota. Das Gesicht vor Wut verzerrt, bohrt er ihr die Pistolenmündung in die Wange. »*We should kill this bitch!*«

»*That's not the order*«, sagt der Schlafende beinahe sanft dicht neben ihr in der geöffneten Tür.

Wieder der Geruch von Chloroform. Wieder das Gefühl der Erleichterung: nicht erleben müssen, was geschieht.

Ein feuchtes Tuch wird ihr auf die Nase gepresst. Sie starrt den Glatzkopf an, der ihren Blick erwidert. Die Wut in seinen Augen kommt ihr monströs vor. Wieder brüllt er etwas. Erst nach und nach dechiffriert ihr Gehirn die Wörter: »*And what's the order about him?*«

Was meint der Monströse?, fragt ihr Gehirn. Wer ist *him*?

Der Glatzkopf hat sich von ihr abgewendet, deutet auf Salih, der taumelnd aufsteht.

Him ist Salih, sagt ihr Gehirn.

Sein Arm hängt herab, Blut tropft auf den Boden. Das Weiß um seine Füße färbt sich rötlich. Wir müssen ihn verbinden, will sie sagen, kann nicht, erfüllt vom süßlichen Duft.

Sie spürt und hört den Schlafenden sprechen. Noch mehr Zeit vergeht, bis die Wörter verständlich werden: »*We don't have one.*«

Ihre Augen schließen sich, und sie spürt sich nach hinten in weiche Arme sinken. Sanft legt der Schlafende sie in den kalten Schnee. Da dringt von sehr weit weg ein Schuss an ihr Bewusstsein, unmittelbar danach noch einer und noch einer, und mitten in die Schüsse hinein hört sie den Schlafenden aus großer Ferne rufen: »*No!*«

Nein, denkt sie.

Nein.

Sie versucht, die Augen zu öffnen, aber es gelingt ihr nicht.

Nicht schauen, flüstert ihr Gehirn.

Nein, denkt sie erleichtert.

Sie weiß, dass sie nicht ertragen würde, was sie zu sehen bekäme.

36

UM 15.30 UHR FÜHRT KOEPPEN sie durch den Keller des Botschafts-gebäudes zu einer gesicherten Tür. Jaromin setzt ein Basecap auf, Toni trägt eine Wollmütze. Im Schutz eines Vordachs steigen sie eine Trep-pe hinauf. Die Farben draußen kommen Jaromin leuchtend und satt vor, anders als am Mittag; kein Wunder, die Sonne neigt sich dem Horizont entgegen. Zwei Meter entfernt parkt der Kleinlaster des Lieferanten, das Heck unter dem Dach, die hinteren Türen ge-öffnet. Mazin steht vorn bei dem Mann, der eine schwarze Kappe trägt und eine dunkle Plastikschürze. Sie halten Listen in der Hand. Schließlich verabschieden sie sich voneinander.

»Okay«, sagt Koeppen.

Toni springt als Erster auf die Ladefläche, dann Jaromin, den Rucksack mit dem OSW-96 unter dem Arm, zuletzt Koeppen. Sie hocken sich an die Seitenwände, Jaromin sitzt im warmen, hellen Licht, selbst mit Sonnenbrille muss er die Augen zusammenknei-fen. Keine Trennwand zur Fahrerkabine, zwei an den Rändern aus-gefranste Sitze im Gegenlicht, vom Rückspiegel baumeln Gebets-ketten herab.

Mazin und der Fahrer tauchen hinten auf. Reden und lachen, während Mazin die beiden Türen zuwirft.

Ein kühler, unangenehmer Duft breitet sich aus, den Jaromin aus Amman kennt.

Er reist auf den Spuren geschächteter Schafe.

»Kein Einsatz für Vegetarier«, sagt Toni.

Sie legen sich hin, drapieren leere Stoffsäcke über sich. Jaromin lässt einen schmalen Sichtschlitz frei, das Gewehr hält er im Arm. An der Wade spürt er gelegentlich einen zappeligen Fuß, auch Toni ist angespannt.

Draußen wandert Mazins Stimme an der Wagenflanke entlang.

Der Fahrer klettert auf den federnden Sitz. Mit geöffneter Tür rollt der Wagen an, die beiden Iraker setzen die Unterhaltung fort.

Dann winkt der Fahrer und zieht die Tür zu.

Koeppen sagt laut etwas auf Arabisch. Jaromin sieht den Fahrer nicken. Sieht ihn schwitzen. Er ahnt, was Koeppen gesagt hat: kein Wort, kein Blick nach hinten.

Eine Viertelstunde später halten sie. Jaromin hört den Fahrer rufen, draußen antwortet eine Jungenstimme. Eisen kratzt über Beton, ein Tor. Ruckelnd geht es weiter, nur für ein paar Meter. Das Tor fällt zu, der Fahrer steigt aus. Dann werden die Hecktüren geöffnet. Stimmen erklingen, der Fahrer und der Junge. Sie beladen den Transporter, Jaromin hört und spürt Säcke fallen.

Kurz darauf fahren sie weiter.

Nach zehn Minuten halten sie erneut. Er hört den Fahrer aussteigen, der Motor bleibt an.

Die Sekunden verstreichen.

Jaromin denkt an die Sonne. Wo steht sie um fünf? Um halb sechs? Mechanisch tastet seine Hand die Taschen von Hose und Jacke ab.

Sleeping pills, beta blockers, Valium, stuff like that.

Family don't need.

Endlich setzt sich der Wagen wieder in Bewegung.

»Alles in Ordnung«, sagt eine Männerstimme auf Deutsch.

Jaromin zieht den Stoff vom Gesicht. Auch Toni und Koeppen tauchen unter Säcken auf.

Hinter dem Steuer sitzt, mit dunkler Kappe und Schürze, Mazin.

Sie kreuzen durch das Al-Amiriya benachbarte Viertel, bis der Anruf des Franzosen kommt, um kurz nach halb fünf. Das Thuraya Hughes noch am Ohr, breitet Koeppen den Stadtplan auf dem Boden der Ladefläche aus. »Hier«, sagt er und deutet auf eine schmale Querstraße nördlich des Bunkers. Kifah Street, liest Jaromin. Koeppen nennt die Hausnummer. Das Haus und die Hofmauern seien weitgehend eingestürzt, die Übergabe finde im Hof statt.

»Wir müssen das Haus checken«, sagt Toni.

»Keine Zeit.« Koeppen wählt eine Nummer, gibt die Koordinaten auf Englisch durch. Ramstein.

Für Jaromin kommt nur das fünfstöckige Wohngebäude infrage, das am Mittag halb hinter der Moschee verborgen lag, Koeppens Ziffer 3. Er klopft mit dem Finger auf eine nahe Kreuzung. »Setzt mich hier ab.« Zweihundertfünfzig Meter Entfernung zu dem Haus in der Kifah Street, schätzt er. Blick nach Westen, Richtung Sonne. Doch eine andere Möglichkeit, wo er sich erhöht postieren könnte, gibt es nicht. Er wird sich an der Gedenkstätte des Bunkers orientieren, das Rot der gewundenen Mauer entlang der Gräber leuchtet kräftig.

Auch Toni starrt auf den Plan, prägt sich das Straßenbild ein.

Jaromin schultert den Rucksack.

»Und heute Abend erzählst du von Somalia, ja?«, sagt Toni.

Jaromin lächelt angespannt.

Koeppen tastet sich mit dem Stadtplan nach vorn, um Mazin zu instruieren.

Wenig später schütteln sie sich die Hand, wünschen einander Glück. Koeppens Blick ist wie immer fest und ernst, aber zuversichtlich, Toni sagt wie immer: »Na dann.«

Jaromin schweigt wie immer.

»Jetzt!«, ruft Mazin und hält.

Toni und Koeppen stoßen die Hecktüren auf, Jaromin springt ins helle Licht.

Und läuft.

Westliches Polen

SALIHS STIMME HOLT SIE aus der Bewusstlosigkeit.

Du warst dabei. Hast den Brautstrauß aufgefangen.

Sie erinnert sich an den Brautstrauß. Rosen in vier Farben, alle aus Stoff: rot, weiß, schwarz und grün. Die Farben der syrischen Flagge.

Was hast du plötzlich mit Syrien?

Abgesehen davon, dass ich Syrer bin?

Ja.

Seine Antwort hat sie vergessen.

Es gelingt Lay, die Augen zu öffnen. Der dunkelgraue Himmel über ihr, gefrorener Boden unter ihr, um sie herum eine Art verdorrtes Winterschilf. Sie richtet sich auf. Teile ihres Körpers schmerzen, als hätten die Männer sie aus dem fahrenden Wagen gestoßen. Aber die Kälte verdrängt den Schmerz.

Das Schilf reicht auf drei Seiten bis an den nahen Horizont. Hinter ihr ist Wald.

Ohne Vorwarnung kommen die Tränen. Sie hat es nicht gesehen, aber gehört. Drei Schüsse, das entsetzte *»No!«* des Schlafenden und die Laute des sterbenden Salih.

Irgendwann schafft sie es aufzustehen und rennt los. Noch ist der Nachmittag vielleicht nicht vorbei, auch nicht in Bagdad, das der deutschen Winterzeit zwei Stunden voraus ist. Nach etlichen Hundert Metern schält sich ein kleiner Bauernhof aus dem Grau heraus.

Kurz darauf hat sie ihn erreicht. Vor dem steinernen Wohnhaus steht ein alter Mann, zerschlägt mit einem Spaten Eisplatten, die den Boden überziehen.

Auf den Stiel gestützt, blickt er ihr entgegen.

Sie tritt vor ihn, ringt nach Luft. Die Augen unter den buschigen weißen Brauen mustern sie nachdenklich. Das Gesicht ist klein und zerfurcht.

Sie fragt nach einem Telefon.

Langsam hebt er die Hand ans Ohr, sagt ein paar Worte auf Polnisch.

Sie nickt.

»Doch nicht Träger!«, schreit sie in den Hörer. »Rufen Sie Koeppen an!«

»Verflucht, Hanne, das ist keine sichere Leitung!«

»Rufen Sie ihn an, von Goerden! Stoppen Sie den Einsatz!«

Lay knallt den Hörer auf die Gabel. Ein uraltes Telefon, schwarz, mit Wählscheibe, glänzend im gelben Licht der Deckenlampe, als würde es geputzt, gehegt, gepflegt.

Sie steht im langen, schmalen Flur des Bauernhauses, an der Garderobe nur Männerschuhe, Männerkleidung, schlicht und löchrig. Die Decke ist niedrig, eine grobe Holztreppe führt in ein Obergeschoss. Am Ende des Flurs eine offene Tür, dahinter die Küche. Sie nimmt den Geruch von Kartoffeln und vor Stunden gebratenem Fleisch wahr.

Es ist so still, dass sie den alten Mann atmen hört. Er steht in der Eingangstür, scheint wie vorhin zu warten, was sie als Nächstes tun wird.

Wieder nimmt sie den Hörer auf, wählt diesmal eine Nummer, die ihr das Gehirn mechanisch diktiert, und bricht ab.

Es ist Salihs Handynummer.

Auf einer abgewetzten Bank draußen neben der Haustür wartet sie auf die Kollegen. Der Bauer ist im Haus verschwunden, sie hört ihn fern in der Küche hantieren. Auf der anderen Seite des Hofs steht ein kleiner Stall, der leer zu sein scheint. Überhaupt sind keine Tiere zu sehen, nicht einmal ein Hund oder Katzen. Aber irgendwo gackern gelegentlich Hühner. Dicht über dem Dach des Stalls hängt schon das Grau des Himmels, drückt das Licht fort und die Kälte in ihre Glieder.

Sie hört den Alten durch den Flur heranschlurfen. Schweigend hält er ihr eine zusammengefaltete Wolldecke hin.

»Danke.« Sie wickelt sich hinein.

Ihr Blick fällt auf den Boden des Hofs, der vollkommen von einer Eisschicht überzogen war. Weite Teile davon hat der Alte aufgeschlagen, aber noch nicht geräumt. Eine zersplitterte Fläche aus Tausenden Eisfragmenten. Als wäre die Haut der Erde geplatzt.

Die leise Stimme des Bauern neben ihr, plötzlich der Duft von Essen. Er hält ihr einen Teller mit in der Kälte dampfenden Kartoffeln und Fleisch hin, und sie nimmt ihn und nickt und versucht zu lächeln.

Der Teller wärmt ihre Hände, ein wenig Trost in diesen trostlosen Stunden.

Essen kann sie nicht.

Bagdad

JAROMIN NÄHERT SICH HAUS NR. 3 von Osten, geht einen Block weit gegen die tief stehende Sonne, vorbei an kleinen Läden, Straßenständen. Leichter Wind von Norden, höchstens fünfzehn km/h, zu vernachlässigen. Nicht weit vor ihm leuchtet stummes Blaulicht auf. Schließlich sieht er den Streifenwagen, er steht gegenüber von Gebäude Nr. 3 am Straßenrand. Die Polizisten lehnen am Kotflügel, haben den Eingang im Blick. Stadt- oder Verkehrspolizisten, nicht Militär, nicht Al-Faili. Doch das macht es nicht besser.

Sind sie seinetwegen hier?

Langsamer geht er weiter.

Unvermittelt erklingen rhythmische Trommelschläge. Im Gegenlicht sieht er eine Handvoll Männer aus dem Haus treten, die Schlaginstrumente in Händen halten. Eine Männerstimme setzt ein, eine Art arabischer Sprechgesang. Zahlreiche Frauen in bunten Gewändern und Männer in Anzügen folgen nach draußen. Eine Traube von Menschen bildet sich vor der Tür. Sie scheinen zu warten, vielleicht auf ein Brautpaar. Die Polizisten warten mit ihnen.

Bevor sie ihn bemerken, biegt er in die Gasse unmittelbar vor dem Gebäude ein. Das Getrommel wird etwas leiser. Er findet einen kleinen Hof mit Mülltonnen, im Schatten des Hauses eine Tür, die hineinführt. Als er sie öffnet, branden Stimmen auf, die Trommeln und der Sprechgesang hallen im Treppenhaus wider. Auf dem Absatz stehen dicht gedrängt weitere Festgäste. Auch von oben sind Stimmen zu hören.

Kein Durchkommen für einen Europäer mit einem auffällig langen Spezialrucksack.

Er schließt die Tür, steht wieder im Hof.

Zwanzig Minuten bis zur Übergabe.

Der gedämpfte Singsang bricht ab. Aber die Stimmen und das Getrommel bleiben. Eine Trompete setzt ein. Frauen stoßen schrille Rufe aus.

Achtzehn Minuten. Er muss ins Haus.

Über ihm kleben Balkone an der Wand. Er macht ein paar Schritte in die Gasse, sieht zwei offene Türen im ersten Stock.

Im Schutz des Schattens wartet er einen Augenblick. Als keine Passanten zu sehen sind, klettert er über eine Mülltonne auf den ersten der beiden Balkone. Ein Wäscheständer füllt ihn fast vollkommen aus. Kleidung eines Mannes, eines Kindes. Socken und Unterhosen mit Löchern. Zerschlissene Handtücher. Mit einer Hand hält er das klapprige Gestell, während er sich daran vorbeizwängt.

Die Tür führt in ein Schlafzimmer. Auf einem weichen Teppich läuft er an einem ordentlich gemachten Bett vorbei. Betritt einen Flur. Von irgendwo sind Stimmen zu hören. Eine Junge spricht, ein Mann brummt Zustimmung.

Ein Rahmen ohne Tür, die Küche. Er wirft einen Blick hinein. Ein Achtjähriger steht am Spülbecken, wäscht auf Zehenspitzen Geschirr und redet ununterbrochen. An einem runden Tisch sitzt ein Mann in Jaromins Alter. Eine Hand streicht die Kante entlang, die andere liegt im Schoß.

Dann hebt er den Blick und sieht Jaromin an.

Aber er reagiert nicht.

Jaromin starrt in die blinden Augen, für einen Moment unfähig, sich zu bewegen.

Der Mann unterbricht den Jungen, scheint etwas zu fragen. Er spürt ihn.

Jaromin hat das Ende des Flurs erreicht, als schlurfende Schritte und die Stimme des Jungen zu hören sind. Schnell schlüpft er ins

Treppenhaus, in den Lärm der Trommeln, zieht die Tür zu. Auf dem Weg nach oben kommt ihm niemand entgegen. Im dritten Stock passiert er eine offene Wohnung, sieht inmitten anderer Frauen flüchtig die Braut.

Als er die Tür zum Dach öffnet, bleiben fünfzehn Minuten bis zur Übergabe.

Das Rot der Gedenkstätte ist mit bloßem Auge zu erkennen. Jaromin kniet sich an die Steinbrüstung, öffnet die Seitentaschen des Rucksacks. Mit dem Fernglas findet er den Hof, der im rötlichen Sonnenlicht liegt. Toni ist da, Zigarette im Mund, die Wollmütze verdeckt das Mikro. Er geht an den Ruinen des Hauses entlang, ein hilfloser Versuch, das Gelände zu überprüfen. Jaromin sieht ihn sprechen. Rasch befestigt er den Bügel mit Kopfhörer und Mikrofon am rechten Ohr. Im selben Moment hört er Koeppens ungeduldige Stimme: »Frank?«

»Bin da.«

»Probleme?«

»Nicht mehr. Toni?« Er sieht, dass Toni sich kurz in seine Richtung dreht und nickt.

»Hast du Kontakt zu Alpha?« Wieder Koeppen.

»Warte.« Jaromin setzt einen Hörer des Headsets aufs linke Ohr, regelt die Einstellungen am Funkempfänger.

Ramstein hat sich noch nicht zugeschaltet.

Sie unterbrechen die Verbindung, und Jaromin taucht in den Schutz der Mauer ab. Keine Lücken, Auslassungen in der Brüstung, in die er den Gewehrlauf betten könnte. Das Stativ kann er nicht verwenden, das OSW würde knapp einen Meter über die Mauerkante ragen. Einer der Polizisten unten müsste nur den Blick heben und würde den Lauf sehen. Jaromin zieht den Sandbeutel aus dem Rucksack.

Dann das Gewehr.

Der leichte Wind trägt das Getrommel herauf. Keine Trompete

mehr, auch die Frauen schweigen. Der Sprechgesang fängt wieder an.

Rücklings an der Mauer lehnend, setzt er das OSW zusammen. Lädt es, schraubt den Schalldämpfer auf.

Zehn Minuten bis zur Übergabe. Wo bleiben die Amerikaner?

Er schließt die Augen, atmet lang und tief. Der Puls rast. Mirko fällt ihm ein, der bosnisch-serbische Violinist, der drei Stunden nach der verabredeten Zeit gekommen ist. In Bagdad können sie nicht annähernd so lange warten. Um 17.15 Uhr wird Koeppen die Operation abbrechen. Hier, in der Stadt, sind sie zu exponiert.

Von unten sind Jubelrufe zu hören. Autohupen.

Ein Knacksen im rechten Ohr. Jaromin schlägt die Augen auf. »Der Algerier kommt«, sagt Toni.

Durch das Fernglas sieht Jaromin, wie ein schmaler, mittelgroßer Mann den Hof betritt und auf Toni zueilt. Kein Zweifel, es ist Bitat. Gestikulierend spricht der Franzose. Überall auf dem Weg hierher Militärpolizei, wiederholt Toni auf Deutsch, der Geheimdienst beobachtet die französische Botschaft mit Argusaugen, hattet ihr Probleme?

Hatten wir nicht.

»Er ist sehr nervös«, sagt Toni.

Jaromin lotst die beiden aus der Sonne.

Acht Minuten.

Koeppen meldet sich, will wissen, wo Alpha bleibt. Bevor Jaromin antworten kann, dringt ein Rauschen aus dem Hörer des Headsets links. *»Frank?«* Eine überraschend nahe amerikanische Stimme.

»Yes.«

»Hi, I'm Lenny.«

»Hi, Lenny. Thanks for everything.«

»You're welcome, man.«

»Okay«, sagt Koeppen rechts.

Lenny scheint keine Eile zu haben, macht Small Talk. Wie ist es so in »B«? Was muss man gesehen haben? Kann man irgendwo anständig essen? Gehen wir in ein paar Wochen zusammen auf ein Bier, oder bist du dann schon weg? Im Hintergrund hört Jaromin weitere Personen amerikanisches Englisch sprechen. *»Okay, what have we got ...«*, sagt Lenny plötzlich konzentriert. Ein Jeep der Militärpolizei ein paar Straßen weiter. Mehrere Panzer auf dem Weg vom Zentrum in die westlichen Außenbezirke, aber sie sind zu weit nördlich. Sonst nichts Auffälliges. Alles im grünen Bereich.

Jaromin hört ihn trinken.

Fünf Minuten.

Er prüft den Wind mit dem Hand-Anemometer. Dann legt er den Sandbeutel auf die Mauer, kniet sich auf den weichen Stoff der Rucksackklappe und bettet den Lauf des OSW auf den Beutel. Er hat die Länge des Gewehrs unterschätzt, muss ein Stück zurück.

»So, you're the shooter«, sagt Lenny.

Im Visier leuchtet das Rot der Gedenkstätte. Dann sieht Jaromin Toni. Den nervösen Bitat.

Ein Millimeter Abweichung nach rechts, denkt er.

»The Back-up«, erwidert er.

39

ZUM ZWEITEN MAL AN DIESEM TAG betritt Hans Breuninger den Besprechungsraum im Keller. Mary begleitet ihn, legt sich umständlich über seine Füße, als er vor der Telefonanlage Platz genommen hat. Eine Angewohnheit, die er sich nicht erklären kann. Empfindet sie so größtmögliche Nähe? Oder treibt sie ein hündischer Kontrollinstinkt an? Die Sorge, der Mensch könnte verschwinden, nachdem sie eingeschlafen ist? Jedenfalls ist es ein Beweis des Vertrauens und der Zuneigung, denn nur bei ihm und Steffen verhält sie sich so.

Er krault ihr kurz den Kopf, dann lehnt er sich zurück. Sein Blick fällt auf die Digitaluhr der Telefonanlage: 14.55.

16.55 Uhr in Bagdad.

Als das Telefon klingelt, spürt er, dass Mary im Schlaf zusammenzuckt. Er langt nach dem Hörer. »*Yes?*«

»*Ready, Mr. Breuninger?*«

Er bestätigt, legt auf und platziert die gepolsterten Muscheln des Kopfhörers auf den Ohren.

Sekundenlang ist nichts zu hören.

Dann erklingen aus weiter Ferne Trommeln und eine singende Männerstimme. Frauen stoßen hohe Rufe aus.

40

16.58 UHR. KEINE SPUR von Abeer.

Das rötliche Licht im Hof ist dunkler geworden. Unten auf der Straße die Trommeln, der Singsang, die Rufe der Frauen. Lenny pfeift dazu falsch durch die Zähne.

»*Sounds like a party.*«

»*A wedding*«, sagt Jaromin.

Die Feier scheint sich zu verlagern. Das Getrommel entfernt sich allmählich, der Hochzeitstross zieht ganz langsam davon. Die Trompete. Ein Hupkonzert folgt.

Dann wird es wieder lauter, sie scheinen sich in einer Querstraße zu nähern.

Plötzlich läuft der Franzose zu der klaffenden Lücke in der Mauer und sieht auf die Straße hinaus. Die Tür existiert nicht mehr. Eine Bombe hat sie wohl vor Jahren weggesprengt und mit ihr das halbe Haus. Oder die Wucht der Detonationen im nahen Bunker.

»Sag ihm, er soll bei dir bleiben«, murmelt Jaromin.

Toni ruft den Franzosen zurück.

»*Mais où est-elle?*«, fragt Bitat erregt.

Tonis Antwort versteht Jaromin nicht.

Die Musik und die Rufe der Hochzeit sind jetzt gleichmäßig laut. Der Tross ist stehen geblieben.

Er löst die Wange vom Schaft, wischt den Schweiß mit der Linken weg, prüft die Finger der Rechten. Wie der Puls und das Blut in seinen Adern wollen sie sich nicht beruhigen. Er ballt sie zur Faust, öffnet sie, das Ganze ein paar Mal. Bei zweihundertfünfzig Metern Entfernung hat die kleinste Bewegung verheerende Auswirkungen. Dazu kommt die Länge des OSW im Vergleich zum gewohnten G22. 1722 Millimeter übertragen Bewegungen stärker auf das Projektil als 1233.

Er bringt die Wange wieder ans Gewehr.

Toni, der raucht. Bitat reibt sich den Nacken. Dann streckt er plötzlich die Arme aus, über sein Gesicht legt sich ein Lächeln.

Abeer ist da, pünktlich auf die Sekunde.

Doch sie kommt nicht allein.

Jaromin verfolgt, wie zwei Frauen in langen, dunklen Gewändern und Niqabs den Hof betreten und auf die beiden Wartenden zueilen. Ihre Gesichter sind fast völlig verborgen, er sieht nur die Augenpartie. Bitat wirkt wie von allen guten Geistern verlassen. Toni hat die Hand an der Waffe, ruft den Frauen auf Arabisch etwas entgegen.

Lenny fragt nach – *two?*

»*I know*«, sagt Jaromin, bringt den Finger näher an den Abzug.

»Frank, was ist los?«

»Warte, Bengt.«

Endlich reagiert Bitat. Er spricht auf die vordere der beiden Frauen ein.

»*Which one is the target?*« Lenny.

»*I don't know.* Hilf mir, Toni.«

Er sieht und hört Toni sprechen, dann gestikuliert er – nehmt den Niqab ab!

Die Frauen gehorchen sofort und offenbaren ihr Gesicht. Die vordere ist in den Zwanzigern, die hintere in den Fünfzigern. Die junge ist die Zielperson, sagt Toni, die andere ihre Mutter. Auch sie will das Land verlassen, aber Bitat weigert sich. Zu gefährlich, die Franzosen sind nicht auf zwei Personen eingestellt.

Die Zielperson besteht darauf.

»*Her mother*«, sagt Jaromin für Lenny.

Die Diskussion setzt sich fort. Bitat ruft verzweifelt: »*Non! Ce n'est pas possible!*«

»*Tell them to hurry up. MP near*«, sagt Lenny.

»MP in der Nähe, Toni«, wiederholt Jaromin.

Toni ergreift die Initiative, spricht energisch, den Waffenarm ausgestreckt, Lauf nach oben. Die Frauen wirken eingeschüchtert, auch Bitat lässt sich beeindrucken. Jaromin sieht, dass er kapituliert.

»Die Franzosen nehmen beide mit«, bestätigt Toni.

»Dann los jetzt!«, sagt Koeppen.

Abeer langt unter ihren Umhang und fördert einen Umschlag zutage. Bitat nimmt ihn, will ihn an Toni weiterreichen, lässt aber zu früh los. Papierblätter fallen aus dem Umschlag und wirbeln zu Boden. Bitat hat sich schon gebückt, sammelt sie ein, bringt sie in die richtige Reihenfolge. Abeer kniet bei ihm und hilft.

Da verstummen die Geräusche aus dem Innenhof abrupt – in Jaromins rechtem Ohr herrscht Stille. Toni blickt in seine Richtung, nestelt an der Mütze herum.

»Bengt?«, sagt Jaromin.

Keine Antwort.

Egal, denkt er. Sie sind gleich raus.

»*Lenny?*«

»*I'm here, Frank.*«

»*Okay.*«

Bitat und Abeer stehen wieder. Toni langt nach den Unterlagen, aber der Franzose bedeutet ihm zu warten.

Er blättert um. Liest.

»Ich fasse es nicht!«, murmelt Jaromin.

Tonis Gesicht ist vor Ärger verzerrt. Er tritt dicht zu Bitat, spricht auf ihn ein.

Plötzlich hat Jaromin hektische Stimmen im linken Ohr. Laute Rufe im Hintergrund auf Englisch, dann Lenny: »*It's an ambush, Frank!*«

Ambush, denkt er, findet das deutsche Wort nicht sofort.

Hinterhalt.

»*What?*«

NSA-Computer haben Abeers Gesicht erkannt, sagt Lenny. Sie heißt Azhar al-Nussairi, gehört einer Sondereinheit der Speziellen Republikanischen Garde an, die nur aus Frauen besteht, *»Jamama«*.

Und die Satelliten melden ein Funksignal.

»She's got a bomb!«, ruft Lenny.

»Toni!«, sagt Jaromin gepresst. Aber die Verbindung ist nach wie vor tot. Er nimmt Abeer ins Visier, Azhar al-Nussairi, lässt das Absehen über ihren Körper gleiten. Kann nichts Verdächtiges erkennen, zu viel Stoff. Die Hände jedenfalls halten keinen Zünder.

Er scannt die Mutter. Sie hat die Finger vor dem Bauch verschränkt. Ihr Blick ist abgewandt, liegt auf dem zerbombten Gebäude.

Sie weint.

Das Haus, denkt Jaromin.

Das Haus, das sie nicht durchsucht haben.

»Frank!«, ruft Lenny erneut. Ein Hinterhalt! Eine Falle! Sie wird sich und deine Leute töten!

Your guys.

Aber warum die Mutter?, denkt Jaromin atemlos.

Falls es ihre Mutter ist.

Und warum weint sie?

Er beobachtet, wie Toni sich die Unterlagen in den Hosenbund schiebt. Bitat spricht mit Azhar al-Nussairi.

Da sieht Jaromin ihre Augen. Sie glühen vor Freude. Vor Eifer. Glühen fanatisch.

»Shoot her!«, ruft Lenny. *»Shoot her now!«*

»I need confirmation«, stößt Jaromin hervor.

»Fuck, man! Captain?«

Eine andere Stimme, ein Mann stellt sich auf Englisch vor, Captain John Miller, US Air Force, Ramstein, er spricht ruhig, aber entschieden. Wir haben ein Funksignal, Frank. Gesendet aus der Zentrale der Republikanischen Garde, empfangen in der Kifah Street, Al-Amiriya. Wir wurden schon letztes Jahr vor Azhar al-Nussairi gewarnt, aber sie war ein Phantom. Jetzt ist sie keines mehr.

Mach sie unschädlich, Frank, sonst sterben deine Leute!

Jaromin spürt den Abzug am Finger.

Azhar al-Nussairi steht dicht bei Bitat und Toni, während sie auf den Franzosen einspricht. Was hat sie ihm zu sagen?

Die zweite Frau verbirgt das Gesicht in den Händen. Warum nur weint sie?

»*Frank, you will loose your guys!*«, brüllt Miller.

»*Shoot, man!*«, ruft Lenny fast hysterisch.

Da wirft sich al-Nussairi in Bitats Arme. Ihr Gesicht ist Jaromin zugewandt. Sie lacht.

Die Augen glühen.

»*Shoot, Frank!*«

Ein Millimeter nach rechts, denkt Jaromin.

Er betätigt den Abzug, gibt dem abgemilderten Rückstoß nach, der ihm trotzdem das Headset vom Kopf reißt. Die Hand will nachladen wie gewohnt, aber die nächste Patrone sitzt beim OSW bereits in der Kammer.

Der Geschossknall hat Tauben aufgescheucht, die auf halbem Weg vor dem Visier herumfliegen.

Dann hat er den Hof wieder vor dem Auge.

Azhar al-Nussairi liegt mit verdrehten Gliedern da, Blut breitet sich im Sand um ihren Kopf herum aus.

Toni ist bei der anderen Frau, zwingt sie zu Boden und tastet sie ab.

Jaromin schwenkt das Absehen über die Ruine des Hauses. Keine Bewegungen zu erkennen.

Noch einmal.

Es bleibt dabei: keine Gefahr von dort.

Bitat hockt bei der Toten. Jaromin sieht ihn schreien, der Schrei bleibt stumm. Kein Zünder in ihrer Nähe, die Hände sieht er nicht, Bitat verdeckt sie.

Aus der Ferne sind jetzt Sirenen und schwere Motoren zu hören.

Toni hat die zweite Frau losgelassen, sichert den Hof, während sie zu der Leiche kriecht und sich halb auf sie legt.

Mutter und Tochter, denkt Jaromin.

Unvermittelt laufen zwei Männer in den Hof, halten Ausweise in Tonis Richtung, der für Jaromin den Daumen hebt. DGSE. An der Straße steht ein Wagen, am Steuer ein dritter Mann. Bitat spricht mit seinen Leuten, ohne aufzustehen, er scheint unter Schock. Die beiden zerren die Mutter mit sich, die sich wehrt, bei der Leiche bleiben will. Sekunden später fährt der Wagen mit ihr davon.

Bitat sitzt noch immer bei der Toten, Toni sichert ihn. »Verschwindet endlich!«, sagt Jaromin in die Stille.

Toni beugt sich über die Leiche, durchsucht ihre Taschen, steckt Dinge ein. Dann zieht er Bitat hoch, schiebt und schubst ihn zum Hofeingang.

Sie rennen, verschwinden hinter dem Nebenhaus.

Auf der Straße unter Jaromin rasen schwere Transporter und Jeeps vorbei, Sirenen heulen. Er langt nach dem Headset, das am Kabel neben seiner Schulter baumelt, setzt es auf.

»*Leave!*«, brüllt Lenny.

Vor dem Gebäude befindet sich niemand. Auch der Polizeiwagen ist fort. Während Jaromin sich von Haus Nr. 3 entfernt, passieren ihn noch vereinzelt Militärjeeps und Mannschaftswagen, die in hohem Tempo Richtung Kifah Street fahren.

Er geht den Weg zurück, den er gekommen ist.

Der Kleinlaster steht wieder dort, wo er ausgestiegen ist. Er klopft ans Heck, eine Tür schwingt auf. Koeppen nimmt den Rucksack mit dem Gewehr entgegen, die Miene ernst. Natürlich hat er den Geschossknall gehört.

Erschöpft sinkt Jaromin auf den kühlen Blechboden, während Mazin Gas gibt.

Koeppens Blick bleibt auf ihm.

Nicht jetzt, Bengt, denkt er. In ein paar Tagen vielleicht. Bei einem Bier, einer Grillparty.

Er nickt, setzt sich auf und berichtet.

41

Berlin-Dahlem

BREUNINGER HÄLT DEN KOPFHÖRER noch in der Hand, lauscht dem fröhlichen Lärm der Hochzeitsgesellschaft nach. Die Trommeln und der arabische Singsang haben ihn kalt erwischt, ihn in die fernen schöneren Zeiten zurückgeworfen. Herbst 1980, der Westen hofierte Saddam, stattete ihn mit Rüstungsgütern und vielem mehr aus. Breuninger war Unterabteilungsleiter beim BND und Kontaktmann zu den Irakern, pendelte zwischen Berlin und Pullach. Mit Marion war er an einem Wochenende zur Hochzeit eines ranghohen irakischen »Diplomaten« in Zehlendorf eingeladen. Zur Feier gehörte eine traditionelle Zaffa-Prozession, die von einer Villa zu einem nahen luxuriösen Restaurant führte. Während er sich im Hintergrund hielt, tanzte Marion mit den anderen Gästen zum Rhythmus der Trommeln, ließ sich von der Atmosphäre und der Fröhlichkeit der Menschen mitreißen. Erst Jahre später ist ihm bewusst geworden, dass ihre beiden so unterschiedlichen Welten an diesem Tag zum ersten und einzigen Mal für ein, zwei Stunden zu einer verschmolzen sind. Vielleicht wäre manches anders gekommen, wenn auch er sich hätte mitreißen lassen an diesem Tag.

Komm, Hans, tanz mit mir!

Ich kann das nicht so gut, ohne richtige Musik …

Sachte legt er den Kopfhörer auf das Tischchen.

Er erinnert sich gut: Während Marion mit der Menge tanzend vorneweg zog, erhielten er und der Bräutigam gleichzeitig die Nachricht, dass der Irak mit dem Bombardement iranischer Städte begonnen hatte und in die Provinz Chuzestan einmarschiert war. Der Bräutigam feierte weiter, Breuninger fuhr ins Büro, flog wenig später nach München und am nächsten Tag nach Washington.

Nein, nichts wäre anders gekommen. Er war nun einmal der falsche Mann für sie.

Dabei war sie die richtige Frau für ihn.

Da ist man, denkt er fast belustigt, ein Leben lang bemüht, das eigene Land zu retten und damit auch ein bisschen die Welt, das große Ganze also – und scheitert am Kleinen, auf den paar eigenen Quadratmetern. Über Jahrzehnte ist man es gewohnt, Heere von wechselnden Mitarbeitern, Konkurrenten, Neidern, Gegnern zu orchestrieren, und zerbricht an einer schmächtigen, fröhlichen Frau, weil sie die Einzige ist, die man nie und nimmer ersetzen wollte.

Als das Telefon wieder klingelt, erwacht Mary auf seinen Schuhen. Sie hebt den Kopf und sieht ihn an, und er bückt sich, um sie zu kraulen.

Wesley.

»Well done, Hans.«

»Thank you, my friend.«

Sie vereinbaren die Agenda für das Treffen in Berlin in ein paar Tagen am gewohnten Ort, einem Zigarrenladen in Mitte, in dessen Hinterzimmer herausragender Whiskey serviert wird. Auch da wird es wieder um das große Ganze gehen: um die unauffällige deutsche Unterstützung der Kriegskoalition.

42

SIE RENNEN, CLAUDE VORAN, der Deutsche dicht hinter ihm. Claude hat vollkommen die Orientierung verloren, der Deutsche lenkt ihn, schiebt ihn nach rechts, nach links in schattige, menschenleere Gassen. Manchmal hören sie Polizeisirenen, sehen den Himmel gefärbt von zuckendem blauem Licht.

Noch immer kann er nicht begreifen, was geschehen ist. Statt Abeer zu beschützen, haben sie sie in seinen Armen erschossen.

Er hätte auf sie hören müssen. *Nicht der BND! Der irakische Lügner ist ein BND-Informant!* Aber er hat gedacht, er weiß es besser. Hat den Falschen vertraut. Und sie in die Falle ihrer Mörder geführt.

Im Laufen dreht er sich zu dem Deutschen um, brüllt: »Warum? Warum habt ihr das getan?«

»Ich weiß es nicht, verdammt!«

Wie kann das sein?, denkt Claude. Dass er nicht weiß, was den eigenen Mann dazu gebracht hat zu schießen?

»Stopp!«, ruft der Deutsche kurz darauf und hält ihn am Arm fest. Polizeistreifen rasen ein Stück vor ihnen über eine Kreuzung. Der Deutsche deutet auf einen schmalen Fußweg zwischen Mauern, und Claude läuft hinein.

»Warten wir hier.« Der Deutsche bleibt am Anfang des Wegs stehen, behält die Gasse und die Kreuzung im Blick.

Im Schatten sinkt Claude an einer Mauer zu Boden, schließt die Augen. In ihrer Aufregung hat sie ihm ihren richtigen Namen genannt: Zada.

»Die Glückliche.«

Sie hat gelacht. Gestrahlt.

Wir haben es geschafft!

Ein kaum wahrnehmbarer Geruch lässt ihn die Augen öffnen. Irgendwo an seiner Kleidung haftet noch der Duft nach Zimt.

Ihr Duft und ihr Blut.

Hinter einem Schleier aus Tränen sieht er den Deutschen auf sich zukommen. Weiter, denkt er. Aufstehen und weiterrennen. Zurück nach Frankreich rennen. In ein neues Leben.

Doch eines muss er im alten noch tun: Zadas Mutter um Verzeihung bitten.

Der Deutsche, dessen Namen er vergessen hat, steht jetzt vor ihm.

»Weiter?«, murmelt Claude.

»Wir müssen unsere Waffen loswerden.«

Claude zieht seine Pistole aus dem Holster und reicht sie ihm.

»Du musstest das Zeug lesen, ja?«, sagt der Deutsche, klingt wütend.

Claude starrt ihn an. Hört die Mechanik einer automatischen Pistole. *Seiner* Pistole.

Spürt ihre Mündung an der Stirn.

Immer mehr verschwimmt der Deutsche vor seinen Augen. Da fällt ihm der Name wieder ein: Toni.

»Musstest es unbedingt lesen, verflucht!«

Plötzlich ergibt alles einen Sinn. Nicht nur das, was vorhin geschehen ist, auch alles andere. Sein ganzes Leben. Der Krieg des Vaters. Seine Kriege.

Alles ergibt einen kuriosen Sinn.

Sein Leben kann nur so enden. Hier, an diesem Tag, die Mündung der eigenen Pistole am Kopf. Weil er nichts versteht von dem Leben, das er sich ausgesucht hat.

Er wartet auf die Kraft der Verzweiflung, doch sie kommt nicht. Wie auch, er ist in diesem einen langen Krieg zu viele Tode gestorben.

Einmal noch sterben, denkt er fast erleichtert. Dann ist dieser lange Krieg endlich vorbei.

Er hört den Tod, spürt ihn nicht.

43

KOEPPEN TELEFONIERT MIT PULLACH, während sie im Büro des Residenten auf Toni warten. Jaromin geht auf und ab, bekommt all die Stimmen von vorhin nicht aus seinem Kopf: Lenny, Miller, Toni, Claude. All die Bilder. Die fanatischen Augen von Azhar. Als der Raum für seine Schritte zu klein ist, bedeutet er Koeppen: Ich bin draußen. Koeppen nickt und sagt in den Hörer: »Azhar al-Nussairi, wahrscheinlich Z-H, Doppel-S.«

Über dem Hof liegt die Abenddämmerung. Die Brise ist stärker geworden, etwa dreißig km/h. Eine Zigarette im Mund, wandert Jaromin an der Mauer entlang, vorbei an den steinernen Rabatten, an Mazin, der wieder dürre Sträucher gießt.

»Frank.« Mazin dreht die Schlauchdüse zu, hält den Schlauch verlegen in der Hand. Er will nach den Ereignissen von heute ein paar Tage zu Hause bleiben. Vielleicht kann Bengt den Geschäftsträger informieren?

»Angst um die Familie?«

Mazin nickt.

»Bengt wird es ihm sagen.«

»Danke. Was … Was genau ist eigentlich passiert?«

Jaromin zuckt die Achseln. Das, was bei manchen Einsätzen eben passiert. Unvorhergesehene Umstände, die ihn zwingen zu schießen. Er antwortet nicht, sagt nur: »Alles Gute, Mann.«

Auf dem Rückweg zum Gebäude begegnet er Koeppen.

»Kommst du klar?«

Er nickt. Natürlich kommt er klar.

»Lass uns reingehen. Toni ist da.«

Kein Sprenggürtel, keine Granate, kein Zünder. Die Tote hatte nicht die Absicht, sich in die Luft zu sprengen. Jaromin reibt sich die Schläfen, versteht nichts mehr. Die Amerikaner waren sich doch sicher.

»Aber da *war* nichts«, sagt Toni, der nach Schweiß riecht und abgekämpft aussieht. Er hat die Tote durchsucht, ihre Taschen geleert, ein spontaner Gedanke: besser eine Leiche hinterlassen, die erst einmal keinen Namen hat. Viel hatte sie nicht bei sich – ein gebrauchtes Billighandy, eine Armbanduhr, einen Pass. Er hat die Gegenstände noch in Al-Amiriya entsorgt.

»Vielleicht im Schuh?«, fragt Jaromin.

»Im Schuh?«, wiederholt Toni, sieht ihn sichtlich irritiert an.

Die Schuhe hat er nicht überprüft.

Sie sitzen nah beieinander, Koeppen hinter dem Schreibtisch, Jaromin und Toni auf den Kanten. Die Luft ist stickig, fast nicht auszuhalten, Koeppen hat das Fenster geschlossen. Niemand soll hören, was hier besprochen wird.

»Was für ein Handy?«, will Koeppen wissen.

»Prepaid, eingeschaltet, aber ohne Verbindung. Wenn ein Countdown gelaufen ist, dann nicht darüber.«

»Und die Mutter?«

»Falls sie ihre Mutter war«, murmelt Jaromin.

»Handy, Geldbörse, Pass. 'ne Einkaufsliste. Schlüssel.«

»Hast du nachgeschaut, wie sie heißt?«

»Dafür war keine Zeit.«

»Kann es sein, dass du was übersehen hast?«

»Klar.« Toni zuckt die Achseln. »Aber wäre dann nicht inzwischen irgendwo in Bagdad ein Wagen mit drei Franzosen und einer Irakerin in die Luft geflogen?«

Koeppen nickt konzentriert, die Augen schmal, fährt sich mit der Hand über die Bartstoppeln am Kinn.

»Sie hat geweint«, sagt Jaromin.

Toni bestätigt es. »Die ganze Zeit.«

»Weil sie dachte, dass sie heute sterben wird.« Aber es ergibt keinen Sinn, denkt Jaromin. Al-Faili war an Azhar dran. Hatte die Franzosen im Verdacht und vermutlich auch Koeppens Team. Warum sollte *Jamama* eine Selbstmordattentäterin schicken, wenn man wusste, wo das Treffen stattfindet? Die beiden europäischen Agenten zu verhaften hätte politisch doch viel mehr gebracht.

Koeppens Telefon klingelt, er geht dran, hört zu. Dann bedankt er sich und legt auf. Sekundenlang spricht er nicht, starrt nur vor sich hin. »Es gibt keine Azhar al-Nussairi«, sagt er schließlich. »Und keine Sondereinheit, die *Jamama* heißt.«

Jaromin spürt, wie ihm die Kälte ins Genick kriecht. »Was?«

»Sagt wer?«, will Toni wissen.

»Pullach.«

Toni stößt eine Art Lachen aus. »Seit wann sind wir Irak-Experten?«

»Frag die Amerikaner! Die Franzosen!«

»Ruhig bleiben, Frank.«

Jaromin löst sich von der Schreibtischkante. »Natürlich gibt es sie!«

Koeppen greift erneut zum Telefon, spricht Französisch, stellt Fragen. Jaromin hört Bitats Namen und den Abeers, nach Azhar al-Nussairi erkundigt Koeppen sich nicht.

Keine neuen Informationen, nur eine: Bitat ist noch nicht in die Botschaft zurückgekehrt. »Wo habt ihr euch getrennt?«

»Irgendwo in Al-Khadra'a«, erwidert Toni.

»Wollte er direkt zur Botschaft?«

»Glaub schon.«

»Wir müssen mit ihm reden«, sagt Jaromin.

Toni nickt, legt ihm stumm die Hand auf die Schulter, vielleicht ist es beruhigend gemeint, vielleicht als Zeichen der Loyalität.

»Und mit den Amerikanern«, sagt Koeppen.

Jaromin stützt die Hände auf den Schreibtisch. »Was ist mit den Unterlagen?«

»Sind im Safe. Verschlossen und versiegelt.« Koeppen wirkt ruhig, fast wachsam.

»Hast du reingeschaut?«

»Nein.«

»Dann mach das!«

»Was soll das bringen?«

»Wenn wir wissen, was drinsteht …«

Koeppen schüttelt den Kopf. Die Experten des Kanzleramtes werden die Unterlagen zu sehen bekommen, niemand sonst. So lautet der Auftrag.

»Bitat hat reingeschaut«, sagt Toni. »Wir können ihn fragen.«

Jaromin nickt, verärgert, weil Koeppen auf stur schaltet.

Wieder läutet das Telefon. Wieder die Kollegen der DGSE. Ein längeres Gespräch, erneut sagt Koeppen nicht viel. Als er sich verabschiedet, liegt sein Blick beinahe traurig auf Jaromin.

Das französische Team, das Abeer außer Landes bringen sollte, hat sich von unterwegs gemeldet. Die Frau hat geredet. Sie waren tatsächlich Mutter und Tochter. Die Tochter hieß Zada al-Hamin, das Haus gehörte der Familie, bis es 1991 beim Bombardement des Bunkers zerstört wurde.

Deshalb hat die Mutter geweint.

Koeppen hat sie hinausgeschickt, will Telefonate führen, außerdem muss er sich mit dem Geschäftsträger besprechen, bevor al-Faili vorstellig wird. Toni verschwindet in irgendeinem dunklen Winkel des Hofs, besser mal wieder daheim melden, sagt er, tätschelt ihm erneut die Schulter. Jaromin geht hinüber zum Wohngebäude, stellt sich im winzigen Residentenbad unter die Dusche. Der Gedanke an die Mutter lässt ihn nicht los. Vielleicht weiß sie es ja nicht, denkt er, weiß nichts vom Doppelleben ihrer Tochter, Zada im einen Leben, Azhar al-Nussairi im anderen. Das muss die Erklärung sein! Denn natürlich gibt es Azhar al-Nussairi und *Jamama*, und beider Existenz wird bald bestätigt, von den Amerikanern, den Franzosen. Der deutsche Dienst ist nun wirklich nicht bekannt für seine Irak-Expertise. Vielleicht sind es am Ende auch nur Schreibfehler, wer weiß, welchem Idioten Koeppen die Namen buchstabiert hat. Jaromin trocknet sich ab, nimmt frische Kleidung aus dem Schrank, die halbwegs passt, macht sich reisefertig, falls Koeppen zu dem Entschluss kommt, dass sie noch am Abend nach Amman aufbrechen müssen. Da spürt er mit einem Mal die Erschöpfung, findet kaum noch Kraft, sich zum Bett zu schleppen. Er schläft schon beinahe, als ihm wieder dieser eine tröstende Gedanke durch den Kopf geht: Sie weiß nichts vom Doppelleben ihrer Tochter, das ist die Erklärung.

44

Westliches Polen

ES IST LÄNGST DUNKEL, ALS DER WAGEN aus Berlin kommt. Das zerschlagene Eis knirscht unter den Reifen.

Der Bauer ist nirgendwo zu sehen. Lay legt die Decke auf die Bank neben die kalt gewordenen Essensreste. Die Hälfte hat sie dann doch geschafft.

Der Wagen stoppt direkt vor ihr. Durch die Scheibe erkennt sie eine graue Mähne, umgeben von hellem Kunstfell. Slavica, ihre Chefin.

Lay öffnet die Tür, sagt: »Hast du ein bisschen Geld?«

»Keine Zloty.«

Sie bekommt zwanzig Euro, legt sie unter den Tellerrand. Als sie den Hof verlassen, sieht sie den Bauern im Dunkel neben der Scheune stehen, auf seine Schaufel gestützt. Grüßend hebt sie eine Hand, doch er reagiert nicht.

»Wir müssen nach Zechberg. Schaffst du das?«, fragt Slavica.

Lay nickt.

Ein paar Kilometer vor der Grenze hört sie das vertraute Klingeln ihres Telefons. Slavica deutet nach hinten, und Lay ertastet auf der Rückbank ihre Handtasche.

Von Goerdens Nummer. Sie geht nicht dran. Mitleid würde sie jetzt nicht ertragen. Erst recht Politikermitleid. »Ist die Nachricht schon raus?«

»Salih?« Slavica wirft ihr einen Blick zu. »Nein.«

Also kein Mitleid. Sie nimmt den Anruf an.

Abeer, nicht Salih.

Dasselbe Ende.

Das dunkle Land liegt im flackernden blauen Licht, die Straße ist in beide Richtungen gesperrt. Ein Absperrband ist weiträumig um Lays Dienstwagen gespannt, der quer auf der Straße steht, die vorderen Türen offen. Kollegen aus Berlin und Neuhardenberg rauchen in kleinen Grüppchen, warten, dass sie nach Hause können. Die Kriminaltechniker haben Scheinwerfer aufgestellt. Ein Tatort wie so viele und doch ganz anders.

Gerade wird Salihs Leiche auf eine Bahre gehoben.

Slavica lässt den Wagen ausrollen. »Die Kollegen haben Timo mitgebracht. Er wartet auf dich.«

Lay nickt. Schon auf ihrer Flucht, später in der Scheune und schließlich auf der Bank des Bauern hat sie sich den Anblick ihrer Entführer und des Mörders wieder und wieder vor Augen geholt, Auffälligkeiten und Merkmale abgespeichert. Genug für detaillierte Phantombilder. »Gib mir ein paar Minuten.«

Sie wartet am Rettungswagen.

Als die Sanitäter mit der Bahre kommen, öffnet sie den Reißverschluss des Leichensacks ein Stück.

Seine Augen sind geschlossen, das Gesicht so blass. Im Bart unzählige Eiskristalle.

Die Haut kalt.

Jetzt fällt ihr Salihs Antwort wieder ein.

Was hast du plötzlich mit Syrien?

Mir ist hier oft so kalt im Herzen.

Aber er hat dabei gelacht.

Sie nickt den Sanitätern zu, sieht dem Wagen dann lange nach. So also ist ihr Leben, denkt sie, während das Blaulicht immer kleiner wird. Vor Toten stehen, die ihr etwas bedeutet haben.

Und jetzt? Vor diesem Leben fliehen?

Sie ist zur Mordermittlerin geworden, um all die anderen Mörder zu finden und zu überführen, die für den einen stehen, den seit fünf-undzwanzig Jahren niemand finden kann. Was hat es gebracht? Au-ßer Dutzenden Verurteilten? Dieser eine, begreift sie jetzt, besteht aus Hunderten, aus Tausenden – aus unendlich vielen. Sie wird nie an ein Ende kommen. Ihn nie aus all den anderen zusammengesetzt haben.

Schlimmer, sie zwingt Kollegen mit sich auf ihre aussichtslose Reise.

Zwingt sie ins Eis, wo man doch sterben kann.

Auf dem Weg zu Timo, der in einem der Mannschaftswagen wartet, klingelt ihr Handy erneut. Die Nummer ist unterdrückt.

»Sie haben sie erschossen!«, ruft eine Frauenstimme, distinguierter Alt. Wut und Entsetzen liegen darin.

Sie hat es gerade erst erfahren, denkt Lay. »Ich weiß.«

»Wie konnten Sie das zulassen?«

Lay speichert die Stimme in ihrem müden Hirn, versucht es zu-mindest. Vielleicht, denkt sie, kann Timo ja auch Stimmen zeichnen. »Wir müssen uns treffen«, hört sie sich sagen.

»Kein Kontakt mehr«, sagt ihre Informantin und legt auf.

45

Bagdad

KOEPPENS STIMME WECKT IHN, Koeppens Hand an seiner Schulter.

Jaromin folgt ihm ins Wohnzimmer, in dem die Deckenlampe brennt. Jenseits der Fenster liegt Dunkelheit; es ist drei Uhr morgens. »Willst du los?«

»Noch nicht.«

Toni liegt auf dem Sofa, blinzelnd, auch er hat offenbar geschlafen. Koeppen bittet ihn, sie für ein paar Minuten allein zu lassen. Tonis Blick streift Jaromin, wirkt irritiert. »Wir sind ein Team, Bengt, wir …«

»*Mein* Team.«

Toni nickt, greift nach seinen Zigaretten, verlässt die Wohnung.

»Was soll das?«, fragt Jaromin.

Koeppen zieht ein Diktafon aus der Jackentasche und stellt es auf den Couchtisch. Einen Augenblick lang scheint er zu zögern, dann schaltet er es ein.

»*Frank?*«

»*Yes.*«

»*Hi, I'm Lenny.*«

»*Hi, Lenny. Thanks for everything.*«

»*You're welcome, man.*«

Jaromin setzt sich auf die Couch, sieht Koeppen an, dessen Augen starr auf ihm liegen. Lennys Stimme ist deutlich und klar, seine kommt aus der Ferne, die Aufnahme stammt aus Ramstein. Warum spielt Koeppen sie ihm vor?

Rauschen, darin verwoben ferne Trommeln. Jubel. Die schrillen Rufe der Frauen deutlicher. Koeppen spult vor, übergeht den Small Talk mit Lenny. Sieht Jaromin wieder an, als wollte er seine Reaktion beobachten.

»*Two women?*« Lenny.

»*I know.* Warte, Bengt.«

Rauschen.

»*Which one is the target?*«

»*I don't know.* Hilf mir, Toni.«

Rauschen.

»*Her mother.*« Jaromin.

Rauschen.

»*Tell them to hurry up. MP near.*« Lenny.

»MP in der Nähe, Toni.« Jaromin.

Längeres Rauschen.

»Bengt?« Der Moment, als die Funkverbindung mit Toni und Koeppen versagt hat.

»*Lenny?*«

»*I'm here, Frank.*«

»*Okay.*«

Rauschen.

»Ich fasse es nicht!« Ein Murmeln, Jaromin. Er erinnert sich: Bitat, der die Unterlagen durchblättert, als hätte er alle Zeit der Welt.

Die Augenblicke vor dem Schuss.

Wieder das Rauschen, das sich hinzieht.

»*Okay, you made it. Congratulations, Frank.*« Lennys Stimme, routiniert.

Jaromin stockt der Atem. Er hört sich »*Thanks*« sagen.

Hört Lenny sagen: War mir ein Vergnügen. Wir sehen uns in Bagdad.

Das Wort, dessen Bedeutung er nicht sofort parat hatte, fällt nicht: *ambush.*

Hinterhalt.

Kein »Hinterhalt«. Kein »*Shoot!*« Kein Captain Miller.

Da fällt der Schuss, und Lenny schreit entsetzt: »*What are you doing, man?*«

Rauschen.

Lennys sich überschlagende Stimme: »*Why you fucking shot her?*«

Koeppen schaltet das Diktafon aus.

»Was zum Teufel ist das?«, stößt Jaromin hervor.

Koeppen starrt ihn an, das Gesicht eine versteinerte Maske. Die Maske bewegt sich nicht, während Jaromin konsterniert aufzählt, was er nicht gesagt hat, was Lenny nicht gesagt hat, was Lenny stattdessen gesagt hat, dass er Bestätigung verlangt hat, *confirmation*, die von Captain John Miller gekommen ist: ein Hinterhalt, Frank, *ambush*, ein Funksignal, gesendet aus der Zentrale der Republikanischen Garde, empfangen in der Kifah Street, Al-Amiriya, sie war ein Phantom, Frank, jetzt ist sie keines mehr, Azhar Al-Nussairi, *shoot her, Frank!* Die ganze Zeit hört er sich reden, wie Koeppen ihn reden hören muss, selbst in seinen eigenen Ohren klingt es hilflos, defensiv und natürlich falsch, denn sie haben ja beide gehört, was er gesagt hat, was Lenny gesagt hat, und einen Captain John Miller gibt es auf der Aufnahme nicht.

Erschöpft bricht Jaromin ab.

»Um null sechshundert brechen wir auf, ich warte am Tor«, sagt Koeppen und geht hinaus.

46

Berlin-Treptow

UM ZWEI UHR MORGENS erreichen sie Berlin.

»Sicher, dass du nicht nach Hause willst?«, fragt Slavica.

Lay nickt. Nur nicht nach Hause. Nur nicht allein sein jetzt in ihrer Festung.

Der Turm steht dunkel im Eisregen. Fünf Lichtlein zählt sie, verteilt auf alle Etagen. Sie wird sie abklappern, bis sie jemanden findet zum Heulen.

Slavica setzt sie vor dem Haupteingang ab, und Lay steigt aus. Auch hier knackt das Eis beim Drüberlaufen.

»Hanne.« Das Fahrerfenster surrt herunter. Aber dann presst Slavica nur die Lippen aufeinander und fährt davon.

Lay geht weiter. Sieht einen Schemen von rechts und reißt die Waffe aus dem Holster. Ein kreidebleicher Fahrer aus dem Kanzleramt.

Dann muss eben von Goerden zum Heulen herhalten, auch wenn er dafür nicht taugt.

Von Goerden hat anderes im Sinn. Er hat eine Ärztin einbestellt und lässt Lay in den Räumen des medizinischen Dienstes von Kopf bis Fuß untersuchen. Die Ärztin hat etwas Mütterliches und Geduld, und so nutzt Lay die Gelegenheit, um von dem Freund zu erzählen, der nicht mehr da ist, während von Goerden durchs Kanzleramt läuft und um Fassung ringt.

»Sie braucht ein heißes Bad«, sagt die Ärztin, als Lay wieder angezogen und von Goerden zurückgekehrt ist.

»Später. Jetzt …«, setzt er an.

»Ich hatte Sie gewarnt!«, ruft Lay verzweifelt.

Von Goerden schaut zerknirscht. »Kommen Sie.«

Er führt sie in den abhörsicheren Raum, wo sie fünf Tage zuvor den BND-Leuten Träger und Seibold begegnet ist. Der Raum für Katastrophen, über die man nirgendwo sonst reden darf.

Er schenkt ihr frischen Kaffee ein wie vor fünf Tagen. Entschuldigt sich für alles, was passiert ist. Nennt es »meine Versäumnisse« und übernimmt für alles die Verantwortung.

Das ist zu einfach, denkt Lay.

Sie ist froh, dass keine Tränen mehr übrig sind. Weder der Mann noch die Örtlichkeit taugen zum Weinen.

Dafür ist viel Wut übrig. »Sie vertrauen mir nicht, und so kann ich nicht arbeiten.«

»Kommt nicht wieder vor.«

»Kommt nicht wieder vor? Sie haben nicht den *Mut*, mir zu vertrauen. Natürlich wird es wieder vorkommen!«

»Bitte werden Sie nicht grundsätzlich, Hanne.«

»Genau darum geht es: ums Grundsätzliche. Machen Sie Politik – oder wollen Sie die Wahrheit?«

So geht es eine Weile hin und her. Dann ist auch keine Wut mehr übrig, nur Leere. Und Scham. Salih ist tot, und sie beschwert sich über mangelndes Vertrauen.

Von Goerdens kühle Agenda für die nächsten Tage füllt die Leere: Karim zerlegen, bis er jeden Namen nennt, den er im Leben je gehört hat. Den echten Curveball grillen, sobald von Goerden ihr Zugang zu ihm verschafft hat. Frank Jaromin grillen. Und: die Informantin treffen. »Bringen Sie sie mit Drohungen oder Versprechungen in den Zeugenschutz.«

»Wird schwierig«, murmelt Lay.

»Das ist kein Kriterium.«

»Und jetzt soll ich mich doch um Bagdad kümmern?«

»Lassen Sie's gut sein, Hanne. Ich habe mich entschuldigt.«

Noch lange lasse ich's nicht gut sein, denkt sie. Das wäre zu einfach.

Noch Jahre nicht.

47

SECHS UHR MORGENS, JAROMIN steht am Tor der Botschaft und raucht mit Toni Abschiedszigaretten, während sie auf Koeppen warten. Sie tauschen Floskeln aus, über Al-Amiriya sprechen sie nicht. Als er zufällig den Blick hebt, erkennt er die Umrisse Koeppens auf dem Balkon in der Dunkelheit. Irgendetwas außerhalb der Mauer scheint ihn zu beschäftigen. Jaromin geht zum Tor, öffnet das Kontrollfenster. Am Straßenrand um den Verkehrskreisel herum stehen ein halbes Dutzend Militärjeeps mit laufenden Motoren, die Scheinwerfer eingeschaltet. Toni, der neben ihn getreten ist, inhaliert tief, stößt den Rauch aus. »Ob die auf euch warten?«

Koeppen ist im Haus verschwunden, rollt fünf Minuten später in einem alten braunen Volvo heran.

Toni begleitet Jaromin zur Beifahrerseite. Seine kurze Umarmung ist tröstlich. »Alles wird gut, Mann.«

Jaromin nickt nur. Er wirft seinen Rucksack zu dem von Koeppen auf die Rückbank, setzt sich nach vorn, während Toni das Tor öffnet.

Ein Lichtermeer erwartet sie.

Toni tritt zum geöffneten Fahrerfenster. »Al-Faili?«

»Ja«, sagt Koeppen. »Geleitschutz aus der Stadt.«

»Du vertraust ihm?«

»Warum nicht? Er hat, was er wollte.«

Jaromin ist zu erschöpft, um gleich zu verstehen. Nur langsam formuliert das Gehirn eine Erklärung, als Koeppen losfährt, hinein ins Lichtermeer, das sich ebenfalls in Bewegung setzt.

Al-Faili wollte Abeer. Lebend oder tot. Getötet von wem auch immer.

Zwei der Jeeps fahren vor ihnen, vier hinter oder neben ihnen. In schnellem Tempo durchqueren sie die erwachende Stadt nach Westen, ohne auch nur einmal anzuhalten. Koeppen scheint recht zu behalten: Al-Faili hat kein Interesse mehr an ihnen.

Nördlich des Flughafens lassen sich die Jeeps plötzlich zurückfallen; kurz darauf biegen sie von der Schnellstraße ab.

»Die Amerikaner haben uns reingelegt«, sagt Jaromin. »Es gibt keine andere Erklärung.«

»Nicht jetzt, Frank.«

Er mustert Koeppen, spürt dessen Anspannung. Wieder dauert es einen Moment, bis er versteht: Irgendwo im Wagen befinden sich die Unterlagen Abeers. Falls hinter ihrem Tod mehr steckt als ein unglücklicher Irrtum – ist der Verantwortliche dann auch an den Unterlagen interessiert? Muss er, Koeppen, mit einem Überfall rechnen? Womöglich durch Jaromin?

Er reibt sich die Stirn. »Du kannst nicht ernsthaft glauben, dass ich …«

»Nicht jetzt!«

Jaromin schlägt die flachen Hände aufs Armaturenbrett. »… dass ich dich verrate! Dass ich sie ermordet habe!«

Koeppens Kiefermuskeln arbeiten, doch er schweigt.

Jaromin zwingt sich zur Ruhe. Geht die Ereignisse des vergangenen Nachmittags erneut durch wie so viele Male in dieser Nacht, Bild für Bild, Wort für Wort. Und bleibt immer wieder an diesem einen Wort hängen, an das er sich so gut erinnert, weil er es nicht gleich verstanden hat: *ambush*.

Ein Wort, das auf der Aufnahme nicht fällt.

»Ihr müsst die Aufnahme analysieren lassen.«

Koeppen reagiert nicht.

Sie folgen einer kreisförmigen Autobahnauffahrt, im Osten sind erste Sonnenstrahlen zu sehen. Dann fädelt Koeppen auf die A1 ein, beschleunigt abrupt. In der Ferne ist die Dämmerung grün. Die Straße führt im Süden an einer Stadt vorbei, Jaromin entziffert ein Ortsschild, Abu Ghuraib. Sein Blick gleitet über den riesigen aufgegebenen Gefängniskomplex entlang der Autobahn, der von Brandspuren gezeichnet ist, die Mauern zum Teil zerstört. Vor Monaten hat er von Plünderungen gehört, nachdem die Anlage nach einer Generalamnestie geschlossen worden ist.

Abu Ghuraib, Sinnbild für Saddams Grausamkeit.

Dafür kämpfen sie doch, denkt er: dass die Diktatoren stürzen, dass es Orte wie Abu Ghuraib nicht mehr gibt. Wie kann Koeppen auch nur in Erwägung ziehen, dass er auf der anderen Seite steht?

»Was genau wollte Al-Faili gestern von dir?«, fragt Koeppen mit plötzlichem Zorn.

Jaromin spürt, wie ihm das kalte Entsetzen in die Glieder fährt. So denkt Koeppen? Frank steht mit Al-Faili in Kontakt. Hat er Abeer auf dessen Anweisung hin erschossen?

Es gelingt ihm, ruhig zu bleiben.

In Gedanken formuliert er eine Antwort: Ich hab dir erzählt, was er wollte, Bengt. Jeden Satz, jedes Wort kennst du.

Aber will er wirklich antworten? Auf eine solche Frage?

»Verflucht«, sagt Koeppen. »Wir reden später.«

Das Grün fliegt vorbei, bleibt zurück, die Wüste vor ihnen leuchtet golden. Jaromin gibt den Kampf gegen die Müdigkeit auf und spürt, wie er in einen schweren Schlaf gleitet. Als er die Augen wieder öffnet, sechs Stunden später, steht die Sonne hoch über ihnen. Koeppen hat angehalten, sie haben die jordanische Grenze erreicht. Vor ihnen warten zahlreiche Autos, manche mit dem halben Hausstand auf dem Dach. Koeppen steigt mit den Diplomatenpässen aus, hält sie einem Soldaten hin und kehrt nach einem kurzen Gespräch zum Wagen zurück. Er zieht eine Art flachen Rucksack aus Aluminium unter dem Fahrersitz hervor, setzt ihn sich auf den Rücken und sagt: »Komm.«

Auf dem Weg zum Kontrollhäuschen passieren sie einen der Soldaten, die zwei Tage zuvor Jaromins Colt ausgeräumt haben. Lächelnd hebt der Junge zwei Finger zum Victory-Zeichen.

Auch der ordentliche Mann im grau-rot karierten Pullunder ist wieder da, diesmal kontrolliert er die Ausreisenden. »*Mr. Jaromin-Lahn*«, sagt er freundlich.

Jeweils ein Stempel, dann ist das Prozedere erledigt.

Draußen sagt Koeppen: »Gib mir deinen Pass.«

Wortlos gehorcht Jaromin.

In der Ferne jenseits von Al-Ruwaished steigen stumme Kampfjets in den Himmel. Wolken sind aufgezogen, hin und wieder fallen Regentropfen, die der Fahrtwind von den Scheiben treibt. Auf der einspurigen Fernstraße herrscht Verkehr, sie kommen nicht mehr so schnell voran. Und wenn, denkt Jaromin zum ersten Mal, Koeppen mit drinhängt? Schließlich hat *er* ihn aus dem Urlaub geholt und später in Amman entgegen der Anweisung von Bardeaux nach Bagdad weitergeschickt. Koeppens scheinbar harmlose Frage auf der Fähre Split-Ancona fällt ihm ein: *Fahrt ihr weg?*

War er, Jaromin, zu diesem Zeitpunkt schon als Sündenbock auserkoren?

Der Regen wird stärker, die Landschaft draußen grau und verschwommen. Sie halten an einer Tankstelle, im strömenden Regen füllt Koeppen Benzin nach, den flachen Aluminiumrucksack auf dem Rücken. Als er kurz darauf aus dem Verkaufsraum tritt, hält er zwei Becher in einer Hand und bedeutet Jaromin mit der anderen, unters Dach zu kommen. Er steigt aus, läuft durch den kühlenden Regen. Mit dumpfem Blick reicht Koeppen ihm den Becher, stößt dabei hervor: »Erklär's mir, Frank!« Er ist nur noch mühsam beherrschter Zorn, die Stimme, die Mimik, der Körper.

»Sie haben die Aufnahme manipuliert.«

»Die Amerikaner?«

Oder du, denkt Jaromin. Er lässt sich Zeit, trinkt einen Schluck Mokka, zündet sich eine Zigarette an. »Irgendjemand wollte, dass ich sie erschieße.«

»Aber warum? Wir haben ihr Material! Heute Abend ist es in Berlin! Das ist Bullshit, Frank!« Koeppen lässt den halb vollen Becher fallen, packt ihn am Kragen. »Erklär's mir! Nach all den Jahren bist du mir das schuldig!«

Jaromin hebt die Arme, will sich nicht wehren, fängt nur den Aufprall ab, als Koeppen ihn gegen die Gebäudewand stößt. Lauwarmer Kaffee läuft über seine Hand. Er schleudert den Becher in Richtung einer Mülltonne.

Wieder schubst Koeppen ihn hart gegen die Wand.

Plötzlich sind sie von Männern umringt, arabischen Fernfahrern, die Koeppen von ihm wegzerren, einer sagt zu Jaromin: »*You okay, Mister?*« Er nickt, beschwichtigt auf Englisch, ein Freund, alles in Ordnung. Doch die Männer lassen nicht von Koeppen ab, etwas entlädt sich in diesem Moment. Koeppen scheint für alles zu stehen, was sie umtreibt so kurz vor dem Krieg: Ärger, Angst, Hass. Sie haben einen Kreis um ihn gebildet, sprechen drohend auf ihn ein, schubsen ihn hin und her. Einer schlägt nach ihm, Koeppen weicht grimmig aus. Als Jaromin nach dem Arm des Nächsten greift, wird seine Hand abgeschüttelt. Langsam bewegt sich der Kreis entlang der Gebäudewand auf den geöffneten Schlund einer Waschanlage zu.

A friend, denkt Jaromin, sinkt an der Wand langsam auf die Fersen. »Bist du das, Bengt?«, brüllt er. »Ein Freund, für den man sich verprügeln lassen würde?«

Er zündet sich die nächste Zigarette an, inhaliert tief. Hat Koeppens Stimme im Kopf.

Fahrt ihr weg?

Ohne dich geht es nicht.

Hast *du* die Aufnahme manipuliert, Bengt? Mich als Sündenbock ausgewählt?

Ein gutturaler Ruf lässt ihn aufsehen.

Der Kreis bewegt sich nicht mehr, die Männer stehen wie erstarrt. Koeppen hält eine Automatik in der Hand, Lauf nach unten.

Jaromin kommt auf die Füße. Nur das Geprassel des Regens und seine Schritte sind zu hören. Dann ist er im Kreis, sagt: »Steck sie weg, Mann.«

Koeppen beachtet ihn nicht. Seine Augen sind dunkel, entschlossen, und Jaromin begreift, dass er schießen würde. Auf die Männer, auf ihn.

Auch mit Koeppen ist etwas geschehen in diesen Stunden.

Unvermittelt beginnt sich der Kreis aufzulösen. Schweigend sieht Jaromin den Männern nach, die sich entfernen.

»Zum Auto«, sagt Koeppen und steckt die Waffe unters Hemd in den Hosenbund. Sie gehen durch den nachlassenden Regen, beobachtet von den Männern, die erregt miteinander diskutieren. Einer will sich ihnen erneut nähern, eine Art Brechstange in der Hand. Andere halten ihn zurück.

Koeppen nimmt den Rucksack ab, sie steigen ein.

»Nach all den Jahren erwarte ich von dir, dass du mir vertraust«, sagt Jaromin.

Koeppen sieht ihn kurz an, gibt dann Gas.

Antwortet nicht.

48

HANS BREUNINGER WANDERT durch den winteröden Garten der Villa, die Hände in den Manteltaschen, die Pelzmütze auf dem Kopf. Hinter der Terrassentür sieht er, wenn er die Runde von Neuem beginnt, Mary liegen, die ihn aufmerksam beobachtet, aber nicht zu bewegen war, ihn in die Kälte zu begleiten. Dafür begleiten ihn im Kopf die Trommeln und der Singsang der Männer in Bagdad, die monotonen Rufe der Frauen, die Bilder von damals. Die Zaffa lässt ihn nicht los, Marion. Wie es ihr gehen mag? Natürlich weiß er, Wesley sei Dank, alles über sie, was er wissen darf. Dass sie zum dritten Mal verheiratet ist, diesmal mit einem Washingtoner Anwalt. Dass sie die Boutique vor Kurzem verkauft hat und in Rente gegangen ist. Dass sie sich dienstags und freitags um ihrer beider Enkel kümmert, die er nie gesehen hat.

Was er nicht weiß, ist, wie sie Hannes' Tod verkraftet hat.

Falls das überhaupt möglich ist.

Das Geräusch von Schritten im Schnee lässt ihn innehalten. Steffen kommt von der Terrasse zu ihm, ohne Mantel, in der Hand einen blauen Aktendeckel.

»Du wirst dir den Tod holen, mein Lieber.«

»Halb so wild.«

Steffen reicht ihm den Aktendeckel, und er schlägt ihn auf. Faxpapier, etwa vierzig Blatt. Schweigend überfliegt er ein paar Seiten.

Curveballs Lügen, entlarvt.

Was für ein Glück, denkt er, dass sie das Zeug abgefangen haben!

Nicht auszudenken, was geschehen wäre, hätte Berlin oder, schlimmer noch, hätten die Medien es zu Gesicht bekommen. Ein Sturm des Protests hätte sich erhoben, angeführt von den Russen und den Chinesen, dicht gefolgt von den scheinheiligen rot-grünen Weltverbesserern und dem moralinsauren Kofi Annan. Eine Frage der Zeit, wann Blair und die Australier eingeknickt wären. Und dann?

Saddam hätte triumphiert.

Wieder einmal.

»Keine Kopien, hoffe ich?«

Steffen verneint. Die Originale wurden in Bagdad vernichtet, der Speicher des Faxgeräts gelöscht, der einzige Zeuge außer der Irakerin zum Schweigen gebracht.

Breuninger sieht auf. Zwei Tote, ein hoher Preis.

Drei, um genau zu sein. Der Kripomann, der nicht hätte sterben dürfen.

Aber ist der Wert der Demokratie in Menschenleben zu berechnen? Andersherum: Ist die Demokratie nicht jedes Menschenleben wert? Fast jedes Opfer?

Was hat *er* nicht alles geopfert …

Steffen steht unverwandt neben ihm, scheint noch etwas auf dem Herzen zu haben. Sein Blick ist konzentriert, ernst beinahe.

Im Wohnzimmer wartet Besuch.

Kein ungewöhnlicher Besuch, eigentlich. Doch Steffens Blick macht ihn ungewöhnlich.

Im gläsernen Kamin verbrennt die Sendung aus Bagdad. Mary hockt davor, sieht zu, sie liebt Flammen hinter Glas, Menschen hinter Glas, überhaupt Leben hinter Glas. Als zöge sie sich Schritt für Schritt aus dieser Welt zurück, wäre irgendwie schon nicht mehr Teil davon. Sie ist, denkt Breuninger, auf ihrem Weg in die Ewigkeit wohl weiter, als er gedacht hat.

Wird ihn bald verlassen.

Mit einem stummen Seufzer wendet er sich Petra Weissmann

zu, die auf dem Sofa sitzt. Wie schon bei der Besprechung mit den Freunden von PNAC vor drei Tagen unten im Sitzungsraum spürt er ihre Unruhe. Auf ihren Nasenflügeln glitzert Feuchtigkeit. Sie sieht erschöpft aus, fast zermürbt.

Vom Verrat zermürbt?

Steffens Verdacht ist ungeheuerlich, aber nicht von der Hand zu weisen. So richtig hat Petra sich im Führungsstab der Gruppe nie wohlgefühlt. Sentimentalitäten auf allen Seiten haben sie hineingebracht. Der sterbende Michael hinterließ ihr die Gruppe Schmidt als wertvollstes Vermächtnis, die verzweifelte Petra hätte ihm jede Bitte erfüllt, und er, Breuninger, wollte seinen Wunsch respektieren. Warum auch nicht? Als Staatssekretärin im Schily-Ministerium und einstige Vizepräsidentin eines Landesverfassungsschutzes brachte sie viel Expertise und Einfluss mit. Und so nahm sie Michaels Platz im Führungsgremium ein.

Er deutet auf die Orangenzungen in der Mitte des Couchtisches, die er im Lauf des Tages gebacken hat, doch bevor er auch nur ein Wort dazu sagen kann, schüttelt sie schon den Kopf. »Ich werde mich zurückziehen, Hans.«

»Aus der Führung?«

»Aus der Gruppe. Aus der Politik. Ich muss … neu anfangen. Ein neues Leben finden, ein Leben ohne Michael. Ohne seine Themen, seine Visionen, die mich immer nur an ihn erinnern.«

»Ein verständlicher Wunsch, meine Liebe.«

»Am King's College suchen sie Experten für internationale Politik.«

»Zurück nach London also.«

»In die Zeit vor ihm, ja.«

Er lächelt, ist versucht zu sagen: Weißt du nicht, dass das unmöglich ist? Weißt du nicht, dass er mitkommen wird, wohin du auch gehst?

Etwas anderes ist wichtiger.

»Hatte Bagdad Einfluss auf deine Entscheidung?«

»Bagdad …«

Er wartet, beobachtet, wie sie um eine Antwort ringt.

»Wir haben zwei Menschen auf dem Gewissen, Hans«, sagt sie schließlich. Ihre Augen sind jetzt groß, voller Trauer, und sie selbst mag glauben, dass sie von Trauer um die Toten in Bagdad erfüllt ist. Aber natürlich ist es noch immer die Trauer um Michael. Sie wird ihrer Verzweiflung nicht Herr, auch nicht nach drei Jahren.

Auch nicht in London. Die Trauer wird für immer zu ihr gehören.

Sanft stimmt er ihr zu. Manches, was zu tun sei, widerstrebe einem zutiefst. Doch hehre Ziele verlangen Opfer. Darin sind sie sich doch einig? Fallen in ihre Zeit beim hessischen Verfassungsschutz nicht auch gewisse Opfer? Was also hat sich geändert?

Noch während er diese letzte Frage stellt, fällt ihm die Antwort ein: Sie ist nun selbst eine Hinterbliebene. Fühlt sich mit den anderen Hinterbliebenen verbunden.

Sie geht nicht auf ihn ein, sagt stattdessen: »Ich habe mir damals eingebildet, ich könnte Michaels Aufgaben in der Gruppe einfach übernehmen … Seine Visionen auf diese Weise wahr werden lassen. Aber ich bin dafür nicht geeignet, Hans. Früher vielleicht, aber nicht mehr seit seinem Tod. Dass wir andere in das gleiche Leid gestürzt haben, wie ich es empfinde … Es kommt mir fast so vor, als wäre er heute noch einmal gestorben – und als hätte ich geholfen, ihn zu töten.«

»Aber das ist doch absurd, Petra.«

»So empfinde ich nun einmal.« In ihrer Stimme schwingt ein Hauch Empörung mit.

Empörung gegen ihn und die Gruppe?

»Du weißt, dass er genauso gehandelt hätte.«

Sie richtet sich auf, sitzt nun sehr gerade. »Das mag sein. Ja, wahrscheinlich hast du recht. Aber *ich* kann das eben nicht. Und deshalb verlasse ich die Gruppe.«

Unvermittelt spürt Breuninger Marys kühle Schnauze an seiner Hand, die auf der Armlehne des Sessels liegt. Das Feuer im Kamin ist heruntergebrannt, Mary hat nun wieder Zeit und Kraft für diesen Teil der Welt. Er tätschelt ihr die Flanke, denkt dabei an das kurze, entsetzliche Gespräch mit Steffen vorhin, draußen in der Kälte.

Falls sie es war – soll ich mich dann darum kümmern?

Erst brauchen wir Beweise, Steffen. Dann muss ich mit den anderen sprechen. Dann treffen wir eine Entscheidung.

Schon Marion hat die Frage nach den Opfern aufgeworfen. Ist er bereit, die Familie für seine kalten und heißen Kriege zu opfern? Seine Antwort war immer dieselbe: natürlich nicht.

Eine Illusion. Er hat sich selbst belogen.

Er spürt Petras Blick auf sich und wendet sich ihr wieder zu.

»Und du, Hans? Kommst du damit klar? Du hast dasselbe erlebt wie ich. Macht es dir denn gar nichts aus, dass du es jetzt anderen …«

Er unterbricht sie, spürt, wie er die Contenance verliert. »Michael ist an Krebs gestorben, Hannes beim schlimmsten Attentat der Nachkriegsgeschichte!« Er steht auf, muss plötzlich aufstehen, Schritte irgendwohin machen, und sieht Mary erschrocken zurückweichen. Während er zum Kamin tritt und auf die Asche starrt, sagt er mit harter Stimme: »Bei einem Inferno, das die Mörder nur deshalb verursachen konnten, weil der Westen, weil *wir* sie zu lange haben gewähren lassen. Weil wir den Sumpf nicht ausgetrocknet haben, bevor er die Unseren zerstört. Ein Fehler, den wir nie wiederholen dürfen. Und doch wiederholen wir ihn ein ums andere Mal, aus Angst, aus Mutlosigkeit, aus Naivität, aus politischem Kalkül. Aufgabe der Gruppe, *meine* Aufgabe ist es, das zu korrigieren. Rechtzeitig, bevor die nächste amerikanische oder europäische Stadt brennt.«

Er hört sie aufstehen, ihre Schritte nähern sich.

»Deine Aufgabe als Vater?« Sie legt die Hand auf seine Schulter.

Als der, der ich bin, denkt er.

Die Hand gleitet fort, die Schritte entfernen sich.

»Und was ist die Konsequenz, Petra?« Er dreht sich um. Sie steht schon an der Tür, erwidert seinen Blick nachdenklich. Erst jetzt fällt ihm auf, wie dünn sie in den Jahren ohne Michael geworden ist, das

Gesicht schmal wie das eines Vögelchens, der Rücken krummer, die Haare vollständig grau. Eine ältere, einsame Dame, die sich an ihrer voluminösen Handtasche festzuhalten scheint, als bestünde die Gefahr, sie könnte ohne ein Gewicht, das sie hier unten auf Erden hält, davonfliegen.

Die Trauer bringt sie um, und er hätte das erkennen müssen.

Und was macht die Trauer mit mir?, denkt er unwillkürlich. Wie dünn und alt bin ich geworden?

Er schüttelt den lästigen Gedanken ab. »Bleibst du uns verbunden, Petra, oder müssen wir uns Sorgen machen?«

Für einen winzigen Moment wirkt sie erschrocken. Dann hat sie sich wieder im Griff.

Ertappt, denkt Breuninger.

»Natürlich bleibe ich euch verbunden, Hans.« Doch ein Lächeln bringt sie nicht zustande.

Durch die offene Wohnzimmertür sieht er zu, wie Steffen im Flur auftaucht und ihr in den Mantel hilft. Ein paar Abschiedsworte fallen. Er hält ihr die Eingangstür auf, schließt sie lautlos.

Breuninger geht ihm entgegen. »Alles gehört?«

Steffen nickt.

»Ich spreche mit den anderen.« Mit einem Mal fühlt Breuninger sich unendlich müde. Gemeinsam mit Mary steigt er die Treppe nach oben. Ein anstrengender Tag, eine anstrengende Woche neigen sich dem Ende zu. Eine Woche der Opfer, die die Welt ein Stückchen besser machen werden. Und doch ist da nur Müdigkeit in ihm und eine dumpfe Traurigkeit.

49

Franz-Josef-Strauss-Flughafen
bei München

SIE LANDEN AM SPÄTEN ABEND, bleiben weit draußen auf dem Rollfeld stehen; ein Linienflug, der auf die Belange des BND Rücksicht zu nehmen hat. Jaromin sitzt am Fenster, erste Reihe, der Platz zwischen ihnen ist frei, zu Koeppens Sicherheit, wie er vermutet. Durch die kleine Scheibe sieht er zu, wie sich in der Dunkelheit drei Scheinwerferpaare nähern. Die Eskorte nach Pullach.

Jetzt ist es offiziell: Koeppen bringt einen Verräter nach Hause. Einen Mörder aus den eigenen Reihen.

Ihre Blicke treffen sich kurz. Koeppen, der beinharte Asket, wirkt vollkommen erschöpft. Und wenn auch er nur ein Sündenbock ist?, denkt Jaromin.

Vor dem Fenster taucht wie aus dem Nichts die Fluggasttreppe auf.

»Gehen wir«, sagt Koeppen.

Er lässt Jaromin vor, bleibt dicht hinter ihm.

Zwei Flugbegleiterinnen sind vorn, achten auf Abstand zu ihnen. Sie verabschieden Koeppen, Jaromin sehen sie nicht einmal an.

Die Ausstiegsluke öffnet sich.

Draußen ist die Luft trocken und eiskalt. Am Fuß der Treppe wartet ein Kollege, den Jaromin nicht kennt. Wagentüren stehen offen, die Motoren laufen, Schemen hinter den Scheiben. Langsam geht er die Treppe hinunter. Schnee fällt, wie in Amman tanzen Tausende kleine Dschinns in der Nacht.

Ein schmaler, fensterloser Gang in einem Pullacher Trakt, den Jaromin bislang nie betreten hat. Die Schemen haben Gesichter bekommen, geleiten ihn und Koeppen angespannt an immergleichen Türen vorbei. Der Weg nimmt kein Ende. Jaromin ahnt, was ihn erwartet, und bemüht sich, die verzweifelte Wut zu unterdrücken.

Man muss seine Schuld tragen, echot der Heilige Georg in seinem Kopf. Das Schlechte in sich bekämpfen. Sich für das Gute opfern.

Aber was ist das Gute, was das Schlechte?

Wer sind die Guten?

Der vorderste Kollege schließt eine der Türen auf, und Jaromin betritt die Zelle. Toilette, Waschbecken, eine schmale Pritsche mit Decke, ein kleiner, am Boden fixierter Tisch unter grellem Licht. Für einen Moment verschlägt es ihm den Atem.

Er schließt die Augen. Ein guter Ort, um nachzudenken, redet er sich ein. Um sich zu erinnern, was er in Al-Amiriya gesehen und gehört hat und was nicht.

»Brauchst du noch was?« Koeppen steht in der Tür, schon halb draußen.

»Ruf Daniela an, sie soll einen Anwalt schicken.«

Koeppen schüttelt den Kopf. »Erst sprechen wir intern.«

Jaromin nickt.

Die Tür wird von außen verriegelt. Schritte, die sich schnell entfernen. Zurück bleibt Stille. Ein rasendes Herz.

Und das eine Wort in seiner Erinnerung, an das er sich so klammert: *ambush.*

III

»ICH BIN KEIN MÖRDER!«

50

Pullach

SIEBEN UHR MORGENS, IN EINEM fensterlosen, hell erleuchteten Verhörraum des BND gehen sie den Einsatz ein ums andere Mal durch. Wider Erwarten lässt Koeppen ihn fast geduldig erzählen, lässt ihn ausreden, macht sich nur gelegentlich eine Notiz, das Gespräch wird ohnehin aufgezeichnet. Auf dem schmalen Tisch zwischen ihnen stehen ein Teller mit Sandwiches, die sie nicht anrühren, eine Kaffeekanne, Plastikbecher, kleine Wasserflaschen. Jaromin leert eine nach der anderen, fühlt sich dem Verdursten trotzdem nahe. Er hat die Ellbogen auf den Tisch gestützt, kann sich vor Erschöpfung kaum noch aufrecht halten. Koeppen sitzt zurückgelehnt, die Miene ausdruckslos. Gegen acht verlassen sie den Raum, suchen die Toiletten auf, anschließend stehen sie schweigend an einem geöffneten Fenster in eisiger Luft, damit Jaromin rauchen kann. Aus dem Ort schweben schwere, dunkle Glockenschläge heran, verklingen über dem verschneiten Land. Jaromin hat den Schnee immer geliebt. Vergraben im Schnee oben in den Alpen waren alles Grauen fort, alle Erinnerungen fern, nur die Kälte und der physische Schmerz zählten, nur der Körper und das Licht und der Geruch der gewaltigen Natur.

Koeppen sieht ihn am Fenster nicht ein einziges Mal an. Zehn, zwölf Wochen im Jahr arbeiten sie eng zusammen, in Pullach bei der Vorbereitung, dann an den Einsatzorten, mit niemandem sonst verbindet Jaromin so viel wie mit ihm.

All das steht nun auf dem Spiel.

Als sie den Verhörraum wieder betreten, lehnt eine Kollegin von der Internen Sicherheit neben dem Einwegspiegel. Jaromin erinnert sich von irgendeinem Lehrgang vage an das Gesicht, der Name ist ihm unbekannt, Cecilia Reuter. Sie ist Anfang dreißig, wache, distanzierte Augen hinter einer unauffälligen Brille. Sie siezt ihn, als wollte sie deutlich machen, dass sie auf der anderen Seite steht und dort auch zu bleiben gedenkt. »Dann erzählen Sie mal«, sagt sie, ohne sich von der Wand zu lösen.

Im Gegensatz zu Koeppen lässt Reuter ihn nicht aussprechen. »Das hat er *nicht* gesagt«, korrigiert sie kühl.

»*Hat* er, verflucht. Er hat gesagt, da läuft ein …«

»Sie kennen die Aufnahme. Das Wort ›Countdown‹ fällt nicht.«

Wütend spreizt Jaromin die Hände. Reuter ist eine Wand, wohin er sich auch wendet, er rennt dagegen, eine Wand ohne Türen. »Warten wir, was die Analyse ergibt.«

»Das kann ich Ihnen sagen.« Sie setzt sich in Bewegung, geht herum, die Arme verschränkt, eine sportliche, kontrollierte Frau, ausgebildet vermutlich an internationalen Universitäten, anschließend spezialisiert in zahlreichen Lehrgängen, hochintelligent, aber nie im Einsatz, was immer eine Rolle spielt, auf beiden Seiten. Nur langsam kann Jaromin akzeptieren, dass er jetzt den Bürokraten ausgeliefert ist, die so vieles wissen, doch das Entscheidende nicht, weil sie die Unbedingtheit nicht kennen, mit der sich die Leute draußen aufeinander verlassen.

Sie wissen nicht, was aus der Unbedingtheit folgt.

Als Reuter hinter ihm verschwindet, dreht er sich nicht um, beobachtet nur, wie Koeppens müde Augen mit ihr wandern.

»Die Aufnahme ist echt«, sagt sie. »Keine Manipulationen.«

Sein Herzschlag setzt für einen Moment aus.

Dann atmet er tief, beruhigt sich: ein Trick, und du fällst drauf rein. Sie ist ihm überlegen, um Längen, und bereit, es auszuspielen. »Lassen Sie den Mist.«

Koeppens Blick liegt jetzt auf ihm.

Er hört Reuter von hinten näher kommen, wortlos legt sie ein beschriftetes Blatt neben seine Hand und entfernt sich wieder. Er bewegt nur den Kopf. Ein paar Zeilen eines Sachbearbeiters aus der Auswertung, Name und Durchwahl geschwärzt, gegengezeichnet von Bardeaux, der Betreff besteht aus den üblichen Code-Zahlen und -Buchstaben. Ungläubig überfliegt er die Sätze, die viele ihm unbekannte technische Fachbegriffe beinhalten, doch ihre Bedeutung erschließt sich schnell: keine Hinweise auf Manipulation, auf Schnittstellen, alle Wörter eindeutig den beiden Sprechern zuzuweisen, die Hintergrundgeräusche durchgehend konsistent.

»Das kann nicht sein!«

Koeppen nimmt das Blatt, erhebt sich, liest im Stehen.

»Die müssen sich getäuscht haben«, sagt Jaromin.

»Das glauben Sie doch selbst nicht«, entgegnet Reuter.

Er knallt die Faust auf den Tisch, berührt dabei einen der Becher, der umkippt. »Ich weiß, was ich gehört habe!« Kaffee läuft über die Tischplatte, tropft herunter. Reuter ist schnell da, legt eine Packung Taschentücher vor ihn. Er rührt sie nicht an.

»Hör endlich mit den Lügen auf!«, stößt Koeppen hervor.

Jaromin springt hoch. »Ich lüge nicht!« Sie stehen sich gegenüber, nur die Tischplatte trennt sie. Koeppen ist aschfahl, scheint jetzt endgültig von seiner Schuld überzeugt. Wie kannst du denen glauben!, will Jaromin rufen, wie kannst du so was von mir denken! Will es in Koeppen hineinprügeln, will den ungeheuren Verdacht aus ihm herausprügeln.

Ein Verräter, ein Mörder.

»Setzen Sie sich bitte.« Reuter ist jetzt dicht hinter ihm, ihre Stimme wachsam.

Er lässt sich auf den Stuhl sinken, sagt zu Koeppen: »Ruf Daniela an oder hol einen von unseren Rechtsverdrehern.«

Koeppen löst sich aus der Erstarrung und tritt ein paar Schritte zurück. »Seit wann, Frank?«

Seit wann? Er reibt sich die Augen, die Schläfen, kann nicht mehr klar denken, seit wann *was*?

»Wie kann das sein«, beginnt Reuter hinter ihm, »dass man etwas hört, was nicht gesagt worden ist?« Eine lange Pause folgt. Dann, fast sanft: »Drogen? Medikamente? Alkohol?«

Er schließt die Augen. In seinen Ohren widerhallt das Rauschen des Blutes. Sie weiß alles.

»Whiskey«, fährt Reuter fort. »Zwei Gläser mit dem Kollegen Baumann, ein paar Stunden vor dem Einsatz. Als sie Zada al-Hamin liquidiert haben, hatten Sie Alkohol im Blut.«

Er hebt die schweren Lider, sieht Koeppens ungläubige Miene.

»Trinken Sie vor jedem Einsatz?«

Es dauert einen Moment, bis Jaromin in der Lage ist zu antworten. »Natürlich nicht.«

»Warum diesmal?«

»Hol endlich einen Anwalt, Bengt.«

Koeppen stützt die Hände auf die Stuhllehne. »Stimmt das? Ihr habt getrunken?«

Er nickt.

Reuter tritt in sein Blickfeld. »Trinken Sie regelmäßig?«

»Nein.«

»Wie oft? Wie viel?«

»Ein, zwei Bier die Woche, höchstens.«

»Dann kann man sich ungefähr vorstellen, welche Wirkung vier Zentiliter Whisky auf Ihren Körper haben.«

Drei, denkt Jaromin, vielleicht nur zwei.

»Nehmen Sie gelegentlich die Hilfe des Psychologischen Dienstes in Anspruch?«

Er hält ihren Blick, schweigt. Ein Tabuthema. Abgesehen davon weiß Reuter natürlich, dass allen Mitarbeitern der Einsatzteams Gespräche mit den Dienstpsychiatern nahegelegt werden.

Sie wartet nicht auf eine Antwort. »Entbinden Sie Dr. Blank von der Schweigepflicht?«

»Das geht zu weit, Cecilia«, sagt Koeppen.

»Ich würde gern wissen, welche Medikamente Dr. Blank ihm verschreibt.«

Auch das weiß sie also, denkt Jaromin.

Sie ist neben ihn getreten, geht jetzt langsam weiter. Er kann ihr Parfum riechen, fein und elegant, hell wie ihre Kleidung, Beige, dunkles Weiß, Sommerliches im Winter.

»Schlafmittel? Valium? Antidepressiva? Viagra?« Sie zuckt die Achseln, fügt hinzu: »Was Männer wie Sie so brauchen.«

»Männer wie er?«, fragt Koeppen.

»Helden.« Sie verbirgt die Verachtung nicht einmal.

Koeppen sagt schroff: »Wir machen Pause.«

»Ich tippe auf Schlafmittel und Betablocker.«

Nur ein paar Stunden Vorbereitung und doch weiß sie alles. Es wundert Jaromin nicht einmal. Sie wollen ihn ans Kreuz nageln, der Sündenbock muss hängen; *natürlich* weiß sie alles.

»Viele meiner Leute schlafen daheim nicht gut.« Koeppen geht Richtung Tür. »In einer halben Stunde machen wir weiter.«

Reuters Augen liegen auf Jaromin, und für einen Moment meint er, Mitleid darin zu erkennen. Dann ist es fort. »Nicht daheim. Im Einsatz.«

Koeppen bleibt stehen, dreht sich um.

»Er fährt den Körper runter«, sagt Reuter. »Die Unruhe muss weg. Die Aufregung. Die Hände dürfen nicht zittern. Richtig?«

»Schaffen Sie einen Anwalt her«, sagt Jaromin.

Sie geht nicht darauf ein. Ihre Erklärung steht bereits, Posttraumatische Belastungsstörung, schon seit Jahren, mit den Medikamenten hatte er es halbwegs im Griff. Dann kam Bosnien, der tote Junge, alles wurde schlimmer. In Bagdad der Blackout, die Guten werden zu Bösen, im Kopf Stimmen, die sich verselbstständigen, und so hört man das Gegenteil dessen, was gesagt worden ist, tut Dinge, die niemand angeordnet hat.

Erschießt einen Menschen, den man beschützen soll.

51

EIN HINTERHALT, DENKT HANNE Lay, anders kann man es nicht nennen: Sie haben die Irakerin kaltblütig in einen Hinterhalt gelockt. Jaromin, dessen Auftraggeber, vielleicht auch Bengt Koeppen.

Zum dritten Mal ist sie im abhörsicheren Raum des Kanzleramts, diesmal sind alle Stühle besetzt. Der Kanzler ist da, Angehörige der Bundesregierung, dazu die Spitzen der Sicherheitsdienste, unter ihnen leichenblass Eberhard Träger vom BND, neben ihm der selbstbewusste Bayer Josef Bardeaux. Nur von Goerden steht, in der Hand einen Laserpointer. Alle starren auf einen großen Monitor, der an einer Wand angebracht ist.

Dort nimmt das Drama seinen Lauf.

Im Hof einer Hausruine sieht man von schräg oben und unscharf Abeer, deren Mutter Nazik, BND-Mann Toni Baumann – mit Mütze – und den französischen Agenten Claude Bitat. Zu hören sind die Stimmen von Jaromin aus der Ferne und von dem amerikanischen Aufklärer Lenny aus der Nähe. Lay sitzt ungünstig, hat den am weitesten vom Monitor entfernten Stuhl zugewiesen bekommen, der Kopf des hochgewachsenen Bardeaux blockiert biswcilen die Sicht.

Etwa sieben Minuten sind vergangen, als die Funkverbindung zwischen Jaromin, Koeppen und Baumann ausfällt. Ein Vorbote, wenn man weiß, was kommt, denkt Lay.

Sie ist müde, Körper und Seele zentnerschwer. Es geht gegen halb zehn, nach dem Gespräch mit von Goerden vor sechs Stunden hat sie den Rest der Nacht auf einem Bürosofa im Kanzleramt verbracht. Um acht ein unerfreuliches Telefonat mit Slavica, die Behördenmühlen haben zu mahlen begonnen, man braucht sie für weitere Aussagen in Treptow, für Unterschriften auf Formularen, will sie von dem Fall abziehen und in die Obhut von Psychologen geben, bevor aus dem, was gestern in Zechberg geschehen ist, ein weiteres Trauma werden kann. Einer der Vizepräsidenten des BKA hat mit von Goerden telefoniert, um den Austausch gegen einen Kollegen vorzubereiten.

Kein Austausch, hat von Goerden entschieden.

Auf dem Bildschirm übergibt Abeer ihre Unterlagen an den Franzosen. Der lässt sie fallen, offenbar vor Aufregung. Blättert durch, was er wieder in der Hand hält. Baumann gestikuliert hektisch. Als er die Unterlagen endlich bekommt, steckt er sie sich hinten in den Hosenbund und schlägt den Jackensaum darüber. Währenddessen spricht Abeer, Bitat zugewandt, mit sichtlich aufgeregten Gesten. Zu Lays Überraschung fällt sie ihm um den Hals.

»*Okay, you made it. Congratulations, Frank*«, hört sie Lenny sagen.

»*Thanks.*«

»*It was a pleasure to work with you, see you in Baghdad.*«

Beinahe überhört Lay den Schuss, fast harmlos leise klingt er durch den Umweg über Jaromins Mikrofon.

Abeer stürzt.

»*What are you doing, man? … Why you fucking shot her?*«, brüllt Lenny.

Ein Teil der Zuschauer im Kanzleramt ist aufgesprungen, Stimmen rufen durcheinander. Träger bleibt sitzen, er ist sehr klein geworden. Neben ihm reibt sich Bardeaux halb gebeugt die Stirn. Von Goerden steht aufrecht wie immer, schweigt. Lay mag sich nicht ausmalen, was ihm durch den Kopf geht.

Im Hof jetzt hektisches Durcheinander. Baumann hat sich auf die Mutter gestürzt, als wäre *sie* der Feind, Bitat ist neben der Leiche auf die Knie gefallen, man sieht ihn schreien, aber nur Lennys Stimme gellt durch den Raum, er beschimpft Jaromin, der nicht mehr antwortet. Baumann lässt die Mutter los, die zu Abeer kriecht, während an der Straße ein Wagen bremst, zwei Männer herausspringen. Von Goerdens roter Laserpunkt erfasst sie, Bitats Kollegen, erklärt er tonlos. Sie zerren die Mutter nach einem kurzen Disput mit sich und fahren davon. Baumann wirkt unentschlossen, scheint erst Bitat, der noch immer bei der Toten kniet, schützen zu wollen, dann durchsucht er Abeers Taschen. Schließlich zieht er Bitat auf die Füße, sie verlassen den Hof, rennen, verschwinden aus dem Bild.

Ein Schnitt. »Zwei Minuten später«, sagt von Goerden.

Irakische Militärjeeps und Transporter halten an der Straße vor dem zerstörten Haus, Soldaten und Offiziere strömen in den Hof. Der Laserpointer bewegt sich mit einem der Männer mit. »Ibrahim al-Faili, Oberst des irakischen Geheimdienstes.«

Dann schaltet von Goerden per Fernbedienung ab.

Aufgeregt reden die Anwesenden durcheinander. Bardeaux spricht auf Träger ein, der fast ununterbrochen nickt. Als die Unruhe nach Minuten allmählich abklingt, erhebt Bardeaux sich und verlässt den Raum.

Schließlich herrscht Stille.

»Noch mal«, sagt Lay.

»Nicht jetzt«, entgegnet von Goerden.

Es folgt, was folgen muss: das Scherbengericht.

Selbst wenn die Öffentlichkeit nie von der Katastrophe in Bagdad erfahren wird, darf sie nicht ohne Konsequenzen bleiben. Die schrecklichen Bilder, die eben im Kanzleramt gezeigt worden sind, müssen einer Person zugeordnet werden. Nur wenn der eine Verantwortliche benannt und aus dem Apparat entfernt wird, kann der Selbstreinigungsprozess beginnen. Die Schuld muss zugewiesen sein, damit alle anderen unschuldig bleiben können.

Jaromin, der Mörder, spielt dafür keine Rolle, er wird ohnehin gerichtet. Genauso Koeppen, der Leiter des Einsatzes. Auch Träger ist für Berlin nicht relevant; er kehrt, hat von Goerden am Morgen angedeutet, im Sommer als Stellvertreter einer Abteilungsleiterin an die Botschaft in Beijing zurück. Der Kanzleramtsminister wiederum ist für den Kanzler zu wichtig, um geopfert zu werden.

Bleibt nur einer: von Goerden. Und alle im Raum scheinen es zu wissen.

Er hat Lay vorgewarnt und sie gebeten, sich nicht einzumischen. Aufrecht stehend nimmt er die Fragen, Vorwürfe und den Zorn der anderen hin. Er wehrt sich nicht, erklärt nur, bekennt sich zu seiner Verantwortung, diesmal kein schaler Satz, sondern einer mit Konsequenzen.

Weil niemand *für* ihn spricht, sich für ihn einsetzt, ihm und den anderen erklärt, dass er genauso Opfer einer Intrige ist wie die meisten übrigen Beteiligten, mischt Lay sich am Ende doch ein: Als sein Blick einmal auf sie fällt, ringt sie sich ein aufmunterndes Lächeln ab.

Dein Leben immerhin, bedeutet es, geht weiter.

Zwei Stunden später wandert sie über das Areal des Lokschuppens Pankow-Heinersdorf und hängt dem konfusen Gedanken nach, dass Salih hier vor drei Tagen auch schon Geist gewesen ist wie jetzt, eine Stimme in ihrem Ohr, da und doch nicht da, *bin im Durchgang, Südrichtung … Über der S-Bahn, hinter einer Glasscheibe … Bleibe in Bewegung …* Orientierungslos irrt sie durch das aufgegebene, halb überwucherte Gelände, stolpert über zugewachsene Gleise, stößt mit dem Fuß gegen leere Flaschen, steht plötzlich vor einem einsamen, ausgeweideten Waggon unter Bäumen, die leise, volle Stimme im Ohr, *näher ran … noch näher …*

Sie waren zu nah dran.

Und wofür?

Am Ende sind Salih und die Irakerin umsonst gestorben. Das Material, das Träger im Giftschrank verschließen wollte, ist von Goerden zufolge eine Enttäuschung. Nichts als Vermutungen, Behauptungen, kommunistische Kampfbegriffe. Das »internationale Kapital« habe Curveball erfunden, damit die »faschistischen USA« im Irak einmarschieren könnten, um »ihre Petro-Industrie« mit Öl zu versorgen und »ihre geostrategischen Interessen« zu wahren. Keine belastbaren Beweise, lediglich Propaganda, voller wissenschaftlicher Fehler, was die chemischen und biologischen Begriffe und Erklärungen angehe. Stundenlang haben Regierungsexperten am frühen Morgen darüber gesessen und die Angaben ein erstes Mal überprüft, soweit möglich.

Der BND ist doppelt reingefallen. Ein Einsatz, der im Desaster endete – und vollkommen überflüssig war.

Eine Stimme lockt Lay zum Schuppen zurück, ruft ihren Namen zunehmend ungeduldiger. Sie nähert sich dem Gebäude von der anderen Seite, wo die Informantin hinein- und hinausgegangen sein muss und der Wagen der Kriminaltechniker steht. Weiß leuchten die Überzüge der beiden Kollegen im Mittagslicht, einer schält sich schon heraus wie eine übergroße Schmetterlingslarve und wird zu einem sanften, müden, schwitzenden Mecklenburger. Die andere winkt Lay zu sich. Sie hockt an einem der türlosen Eingänge und erklärt, da drüben ist deine Zeugin vermutlich rein, hier ist sie auf jeden Fall raus, schau mal: Sie hält einen Beweisbeutel hoch, der kleine Partikel enthält, kaum groß genug, um sie überhaupt wahrzunehmen. Lay hebt fragend die Brauen.

Braune Lacksplitter.

»Sie hatte cognacfarbene Pumps an – oder warst du das?« Die Kollegin zeigt auf eine Lücke zwischen Steinplatten: Hier ist jemand mit einem Frauenschuh hängen geblieben. Am linken fehlt jetzt ein bisschen Farbe, und der Absatz könnte sich gelockert haben.

Lay lässt sich neben die Kollegin sinken. »Mehr haben wir nicht?«

»Abgesehen von Reifeneindruckspuren – nein.«

Lay atmet tief durch. Sie muss einen Schuh finden, um einen Krieg zu verhindern?

Einen Schuh, um Salihs Mörder zu fassen.

Sie steht auf, verabschiedet sich, sitzt kurz darauf im Wagen und kann nicht losfahren, der Geist hält sie fest.

Irgendwann lässt der Geist los, und sie kehrt in ihren Turm zurück, geht mit einer Tasse Kaffee an zahllosen bedrückten Gesichtern vorbei durch die Gänge und bleibt abrupt stehen, als sie einen schmächtigen jungen Mann auf sich zu rennen sieht, der schon von weitem »Hanne!« und »Er ist weg!« ruft und hektisch winkt. Schwer atmend bleibt er vor ihr stehen.

»Kennen wir uns?«

»Sven, dein neuer Partner.«

Sie nickt, geht weiter. Nicht heute, Sven, auf keinen Fall heute, komm nächste Woche wieder oder nächstes Jahr.

»Hanne!«

Sie hört ihn wieder rennen, schüttelt seinen Arm ab.

»Karim ist weg!«

Bundesanwälte haben Ali Karim alias Ahmed Hassan alias Curveball am Morgen um fünf Uhr auf Geheiß des Generalbundesanwalts abgeholt. Ungläubig verfolgt Lay auf einem Monitor der Haussicherheit, wie ein Mann und eine Frau am Empfang Ausweise und Formulare präsentieren. Der Techniker spult die Aufnahme vor. Fünfzehn Minuten später verlassen die beiden Bundesanwälte das Gebäude mit Karim und steigen in eine vor dem Eingang wartende Limousine.

»Dürfen die das?«, fragt Sven.

Lay verlässt den Technikraum, zieht das Handy aus der Hosentasche, wählt. Zuckendes Deckenlicht wirft den Flur in kurzen Abständen vom Grellen ins Düstere und wieder ins Grelle. Jenseits der Fenster liegt trüb der Februartag über Berlin. Der Blick hier geht nach Osten, verliert sich schnell im Grau. Salih ist im Osten geblieben, dort, wohin man nicht blicken kann, wo man nicht sein kann. Natürlich war Salih wie die anderen Kollegen hier nicht Familie, bloß ein Ersatz dafür; doch das macht alles irgendwie noch schlimmer. Es erinnert daran, dass es nichts anderes gibt.

Mit acht, neun Jahren wollte sie Kinder, später nicht mehr. Nichts, was man verlieren kann. Keine Kinder, keinen Ehemann, keine guten Freunde, nicht mal eine Katze.

Endlich geht von Goerden dran.

»Karlsruhe? Sind Sie sicher?«

»Die Namen und Gesichter sind echt.«

»Und der GBA hat persönlich unterschrieben?«

»Hat er.«

»Ich spreche mit dem Justizminister.«

»Dürfen die das?«

»Bei Delikten gegen die innere Sicherheit, Terrorismus, Spionage: ja.«

»Passt bloß nicht so richtig, oder?«

»Eine Frage der Definition.«

»Die Frage ist, wer definiert«, sagt Lay. »Und Sie? Haben das Massaker heute Morgen offensichtlich überlebt.«

Er lacht freudlos. »Nur körperlich.«

»Die feuern Sie?«

»Sie versetzen mich im Frühling in irgendeine hübsche Sackgasse.«

»Gutes Geld, aber die Karriere ist zu Ende.«

»So könnte man es formulieren.«

»Und Sie spielen mit?«

Er schweigt.

»Sollte nicht überheblich klingen.«

»Ja«, sagt von Goerden.

Kurz darauf verlässt sie den Flur mit dem zuckenden Licht, steigt Treppen hinauf und betritt ihr Büro, in dem der fremde junge Mann an Salihs Schreibtisch sitzt und immerhin ganz furchtbar betreten dreinblickt.

»Sven, richtig?«

Er nickt.

»Du rührst nichts an, Sven. Schaust in keine Schublade, lässt die Finger vom Computer und vom Telefon, wischst den Staub nicht weg und setzt dich *nicht* auf diesen Stuhl. Hol dir einen eigenen und stell ihn an meinen Schreibtisch.«

Sven ist aufgesprungen. Schweigend warten sie, bis sich der in Bewegung geratene Bürostuhl Salihs ausgedreht hat.

»Das ist eine Gedenkstätte«, sagt Lay, auf Salihs Schreibtisch deutend, dann hebt sie die Hände in Richtung der Wände, »und das ist von jetzt an ein Mausoleum.«

52

DER ALBTRAUM SETZT SICH am Mittag fort, ohne Koeppen, ohne Anwalt. Reuter ist da und eine Mitarbeiterin der DGSE, Laura Debord, die fließend Deutsch spricht, aber so schnell redet, dass Jaromin kaum folgen kann; das Gehirn will nicht begreifen, was ihm da alles vorgeworfen wird.

Bitat wurde gefunden, zwei Kugeln im Kopf.

Toni hat den DGSE-Leuten bei der Suche geholfen, ist gestern Morgen mit ihnen zurück zu der Stelle, wo Bitat und er sich getrennt haben. Eine Gasse weiter lag die Leiche, unter Müllsäcken. War das von Anfang geplant?, will Debord wissen. Oder hat er, Jaromin, es nach der Liquidierung Abeers angeordnet? Und warum Bitat?

Was angeordnet?, denkt Jaromin fassungslos.

Debord sitzt auf der Kante von Koeppens Stuhl, dicht am Tisch, schreibt fast ununterbrochen mit einem Bleistift auf einen Block, obwohl Jaromin kaum etwas sagt. Hin und wieder wirft sie ihm abweisende Blicke zu. Seine Augen folgen ihrer schnellen Hand, was sie schreibt, kann er nicht entziffern, aber es muss die Erklärung sein für alles, die Wahrheit, die Erlösung, so klar und deutlich sind die Buchstaben, so sicher der Zug ihrer Finger.

Ihre Erklärung, ihre Wahrheit.

Er weiß, dass er ohne Anwalt schon längst keine Fragen mehr hätte beantworten dürfen. Der Impuls, sich zu wehren und die Dinge richtigzustellen, ist stärker. Wie sollte das jemandem gelingen, der in Bagdad nicht dabei war?

Er war dabei. Weiß, was geschehen ist.

Ihr legt mich nicht rein, denkt er. Ihr kriegt mich nicht.

Dabei haben sie ihn doch längst.

Die Finger vor seinen Augen halten plötzlich inne. »Wer hat meinen Kollegen erschossen?«

»Ich weiß es nicht.«

»Sie wussten, dass er liquidiert werden soll.«

Er schüttelt sprachlos den Kopf.

»Weil er in Zadas Unterlagen gelesen hat?«

Drei Namen, dieselbe Frau, behaupten sie. Zada, Abeer, Azhar. Dabei hat er mit Zada nichts zu schaffen. Er hat Azhar, Saddams Eliteagentin mit dem Tarnnamen Abeer, neutralisiert, nicht Zada.

So haben es die Amerikaner gesagt.

Auf der Aufnahme sagen sie etwas anderes.

Die Amerikaner sind der Dreh- und Angelpunkt.

»Fragen Sie die Amerikaner.«

»Was könnten die Amerikaner mit meinem Kollegen zu tun haben?«

»Lenny, Captain Miller in Ramstein.«

Debord sieht Reuter an, Reuter sagt: »Wir haben vorhin mit Lenny Rawls telefoniert.« Sie kommt zum Tisch, legt Kopien neben ihn, ein englisches Transkript der Bandaufnahme, auf dem letzten Blatt eine Unterschrift, die die Authentizität bestätigt: Lenny Rawls.

Congratulations statt *ambush*.

Jaromin tippt auf das letzte Blatt. »Millers Unterschrift fehlt.«

»Rawls sagt, er kennt keinen Captain Miller.«

»Kann nicht sein.«

»Wir haben mit seinem Vorgesetzten gesprochen. Es gibt da keinen Captain Miller.«

Captain John Miller, US Air Force, Ramstein. Hat er den Namen falsch verstanden? »John« wird stimmen, aber dann? Miller, Muller, Myer, Meller?

Es *kann* nicht sein.

»Wer hat Claude Bitat erschossen?«, wiederholt Debord.

Er wendet sich Reuter zu. »Wo ist Bengt? Warum ist er nicht hier?«

Sie blickt zum Einwegspiegel hinüber, dann wieder zu ihm. Sie will, dass er es weiß, aus welchem Grund auch immer.

Koeppen ist also da, schaut und hört zu.

Er dreht den Kopf, starrt auf die Scheibe, sieht sich am Tisch sitzen, Debord gegenüber, die schon wieder schreibt.

Reuter entfernt sich im Spiegel von ihm, während sie spricht. »Wollen Sie ihm etwas sagen, was Sie uns nicht sagen wollen?«

Du kannst so etwas nicht von mir denken, Bengt …

Es sei denn, du steckst mit drin.

Er mustert Reuter. Sie, Koeppen, die Amerikaner, der Kollege, der die Aufnahme analysiert hat, vielleicht Toni, vielleicht Debord – sie alle stecken mit drin? Und allein er weiß, wie es tatsächlich war?

Er reibt sich die Augen. Hat er wirklich gehört, was er gehört zu haben glaubt? Wenn er sich schon bei einem einfachen Namen wie Miller verhört haben muss?

Debord richtet sich auf, die Finger flach auf der Bleistiftwahrheit, den Bleistiftlügen, die Augen voller Ekel. »Soll ich Ihnen sagen, was ich denke? Sie haben sich von den Irakern kaufen lassen. Ihre Aufgabe war es, Zada zu liquidieren. Gestern Nachmittag haben Sie diese Aufgabe erfüllt.«

Reuter ist stehen geblieben, Arme verschränkt, wartet auf seine Reaktion.

»Nein. Das ist …« Er bricht ab, schüttelt den Kopf. Aus dem Albtraum wird Wahnsinn. Der Ekel in Debords Augen wirkt echt, sie zumindest spielt ihm nichts vor, ist von seiner Schuld überzeugt.

Auch Koeppens Wut und Enttäuschung wirken echt.

»Was wollte Oberst al-Faili von Ihnen?« Reuter ist wieder nah bei ihm, raunt ihm fast ins Ohr, ist so nah, dass er seine Hände um ihren Hals legen könnte, um nicht mehr hören zu müssen, was sie sagt, erst um ihren, dann um Debords Hals, Koeppen käme zu spät, müsste auch dabei zuschauen.

Er krallt die Finger ineinander, fixiert seine Hände.

Reuter hält ihm ein Foto hin, und er nimmt es automatisch. Eine leicht unscharfe Satellitenaufnahme des Hofs, in dem die Übergabe stattgefunden hat. Zahlreiche irakische Soldaten stehen um Abeers Leiche, andere sichern den Hof, das eingestürzte Haus. Datumsstempel von gestern, wenige Minuten nach der Übergabe. Sie tippt auf einen der Männer. »Al-Faili.«

»Er war an ihr dran. Hatte den Verdacht, dass wir mit ihr in Verbindung stehen«, murmelt Jaromin.

»Ja, das hat er Bengt Koeppen gegenüber behauptet.«

Er blickt in ihre kalten, distanzierten Augen.

»Erst der Vorfall an der Grenze, dann der im Auto. Seltsam, oder?«

Jaromin zuckt mit den Achseln. »Machtspiele.«

Debord sagt: »Haben Sie mit al-Faili über Claude gesprochen?«

»Nein.«

»Hat er den Mord angeordnet?«

»Sie können mich mal.«

Die Tür geht auf, Koeppen tritt ein, Papier in der Hand. Er sagt kein Wort, während er ein halbes Dutzend Blätter auf dem Tisch ausbreitet. Farbausdrucke von Fotos, Jaromin mit Nūr. Sechs Mal, die Begegnungen im Treppenhaus und auf dem Dach. Dazu eine unscharfe Vergrößerung: Nūrs Hände, die seine Hand zum Abschied drücken.

Reuter tritt näher, Debord hat aufgehört zu schreiben.

»Das kam eben aus Amman«, sagt Koeppen.

Jaromin nickt. »Die Mutter und der Junge aus dem Haus. Ich hab dir von ihnen erzählt. Der gute Spion aus Bagdad.«

»Ja«, sagt Koeppen.

Reuter entfernt sich vom Tisch. »Klärst du uns auf, Bengt?«

Koeppen deutet auf die Vergrößerung der Hände. »Was hat sie dir da gegeben? Oder du ihr?«

»Wir haben uns verabschiedet, nichts weiter.«

»Kennst du ihren Namen?«

»Nūr, wahrscheinlich al-Omari, wie der Junge.«

Koeppen nickt. »Nūr al-Omari. Sie berichtet aus Amman an den irakischen Geheimdienst. Ihr Mann und ihr Vater waren ranghohe *Muchabarat*-Leute in Bagdad. Al-Failis Abteilung.«

Wieder versagt das Gehirn sekundenlang den Dienst. Erst dann sickert die Bedeutung von Koeppens Worten in sein Bewusstsein. »Sagt wer? Die Amerikaner?«

»Unsere Analysten. Arbeitsgruppe Irak.«

Jaromin schüttelt den Kopf, will sagen, dass all das doch zu absurd ist, um wahr zu sein, aber Koeppens Wut und Enttäuschung sind echt, er kennt ihn gut genug, um das zu beurteilen, also ist es vielleicht nicht zu absurd. Schweigend blickt er auf das Gesicht von Nūr, die er *nicht* gut kennt, und hält mit einem Mal für möglich, dass er in ihre Falle getappt ist: die hilflose schöne Frau, der tapfere Junge, denen er beistehen wollte, er, der aufrechte Geheimdienstler aus dem Westen. *Männer wie Sie*, die sich für Helden halten, für unentbehrlich, das gilt für ihn genauso wie für Ivo, Toni, all die anderen, auch Koeppen, ohne sie geht es nicht, in Somalia nicht, im Kosovo, in Afghanistan, im Irak, in Tschetschenien nicht, davon sind sie überzeugt bis ins Innerste. *Männer wie Sie*, die gegen die Drachen kämpfen und dabei blind und taub geworden sind in ihrer vermeintlichen Unentbehrlichkeit. Blind tappen sie in schlichte Fallen, taub hören sie Wörter, die nicht gefallen sind, unfehlbar töten sie Menschen, die sie hätten beschützen müssen. Und damit sie bleiben, wie sie zu sein glauben, manipulieren sie den Körper mit Medikamenten, den Verstand mit Alkohol, die Seele mit ihren Legenden.

Wie könnte er behaupten, dass es nicht so ist?

Man muss seine Schuld tragen.

Das Schlechte in sich bekämpfen.

Sich für das Gute opfern.

Dafür steht das Georgskreuz.

Das Kreuz der Helden.

»Sie gibt Ihnen etwas«, sagt Reuter, über das Foto gebeugt.

Er spürt, dass Koeppen, Reuter, Debord ihn anblicken, auf eine Antwort warten, auf das Geständnis. Hinter der Scheibe werden andere stehen, vielleicht Bardeaux, der ihn noch in Amman beinahe vor all dem bewahrt hätte: Stell dich. Unverzüglich. Keinen weiteren Ärger. Keine Eskalation.

Aber sich gegen Koeppen wenden?

Er sieht ihn an.

Nie und nimmer würde er sich gegen ihn stellen. Nicht einmal jetzt.

»Die Frage ist: was?«, sagt Reuter.

Jaromin antwortet nicht.

Sieht schweigend zu, wie Koeppen den Raum verlässt.

53

ALS DIE SITZUNG UM FÜNFZEHN UHR im Gebäude der Bundesanwaltschaft beginnt, ist wieder Ruhe eingekehrt.

Davor herrschte zwei Stunden lang Aufregung.

Der Bundesjustizminister hat mit Karlsruhe telefoniert, anschließend der Kanzleramtsminister, das Ergebnis war dasselbe: Über laufende, derart heikle Lagen von internationaler Tragweite gibt der Generalbundesanwalt telefonisch keine Auskunft. Nur dies: Die Vernehmung bleibt geheim, weitere Teilnehmer nicht zugelassen.

Das wollen wir mal sehen, hat von Goerden gesagt. *Setzen Sie sich in den Flieger.*

Am späten Mittag ist Lay in Karlsruhe/Baden-Baden gelandet. Eine Nachricht von Goerdens auf dem AB: *Sie können rein. Ein Wagen holt Sie ab.*

Der Kanzler selbst hat in Karlsruhe angerufen.

Ein Wagen allerdings ist nicht gekommen.

Die Einlassprozedur bei der Bundesanwaltschaft gleicht der beim BND: von einer Station zur nächsten, dazwischen herumsitzen, diesmal immerhin in lichten, modernen Räumen mit viel Kunst und Blick auf Bäume, die das Gebäude umgeben.

Zwei Minuten vor fünfzehn Uhr dann hat man sie in den Vernehmungsraum geführt. Weit entfernt von den offiziell Beteiligten darf sie im Hintergrund Platz nehmen. An den entlang der linken Wand stehenden Tischen ganz vorn warten eine auffallend hübsche junge Staatsanwältin mit zwei Assistenten, dahinter ein

Mann und eine Frau, die weniger nach Juristen als nach Ermittlern aussehen. Gegenüber sitzt ein sehr professoral wirkender älterer Herr mit Lesebrille auf der Nasenspitze neben einem leeren Stuhl, dann folgen Curveball-Führungsoffizier Heiner Seibold und ein Anzugträger.

Niemand schenkt ihr Beachtung. Die verschworene Gemeinschaft ignoriert den Störenfried.

Um 15.02 Uhr wird Ali Karim hereingebracht und zu dem Stuhl zwischen Seibold und dem älteren Herrn geführt. Er wirkt müde, aber zuversichtlich. Dann bemerkt er Lay und springt auf, ruft auf Deutsch: »Was machen diese Frau hier?«

Die Staatsanwältin blickt flüchtig herüber. »Nur zuhören.«

»Und ein paar Fragen stellen«, sagt Lay.

»Nein, Fragen stelle ausschließlich ich.«

Eine entsetzlich öde Stunde folgt. Mit monotoner Stimme fragt die Staatsanwältin – »mein Name ist Weber« – Details zu Curveballs Biografie ab, die Lay aus von Goerdens Unterlagen kennt. Der ältere Herr übersetzt ähnlich monoton, Ali Karim bestätigt oder präzisiert mit leiser Stimme.

Selbst hier, denkt Lay, führt der BND ein Schmierentheater auf.

Irgendwann hält sie es nicht mehr aus, steht auf. »Bei allem Respekt, wie lange wollen Sie noch die falschen Fragen stellen?«

Weber mustert sie sichtlich irritiert. »Dies ist eine offizielle Vernehmung der Bundesanwaltschaft, Frau Lay. Keine Unterbrechungen mehr, sonst verlassen Sie den Saal.«

So unprätentiös wie möglich weist Lay darauf hin, in wessen Auftrag sie in Sachen Curveball ermittelt: des Kanzleramts. Des Bundeskanzlers, um genau zu sein.

»Ist das korrekt?«, fragt Weber in Richtung Seibold.

Lay sieht ihn vage nicken.

»Ja oder nein, Herr Seibold?«

»Ja.«

Weber sortiert Blätter, während sich einer der Assistenten zu ihr beugt und ihr etwas zuflüstert. Sie schüttelt den Kopf. »Was wäre eine richtige Frage, Frau Lay?«

»Zum Beispiel, wer Karim angewiesen hat zu behaupten, er wäre Curveball.«

»Herr Karim hat doch eingangs bestätigt, dass er es ist.«

»Er hat gelogen. Der echte Curveball …«

Karim springt auf, Seibold knallt die Faust auf den Tisch, sie rufen durcheinander, der Tenor ist identisch: *Natürlich* ist Karim Curveball! Auch der Anzugträger neben Seibold spricht; doch was er sagt, geht im Lärm unter.

Weber sorgt für Ruhe, sieht Lay an. »Der echte Curveball?«

»Wird vom BND gegen die Anweisung des Kanzleramts unter Verschluss gehalten.«

»Und Herr Karim?«

»Ist ein Strohmann des BND.«

Webers Augen sind schmal geworden, sie wirkt nachdenklich. »Ein ungeheuerlicher Verdacht, den Sie sicher beweisen können.«

»Noch nicht.«

»Wie darf man das verstehen?«

Lay versucht zu retten, was zu retten ist, muss mäandern, um weder Staatsgeheimnisse noch ihre Informantin zu verraten. Also spricht sie von einer »anonymen Quelle«, von »einem auf katastrophale Weise schiefgegangenen Einsatz des BND im Irak«, mit dem man Curveballs Leumund habe retten wollen, von »ungeklärten Vorgängen in Jordanien«, die verhindert hätten, dass das reguläre BND-Team nach Bagdad reise, von ihrer Entführung nach Polen, »vermutlich« durch BND-Mitarbeiter, vom Mord an Salih. Von der Charade des BND in München, von Fingerabdrücken, Unstimmigkeiten, Lügen.

Nachdem sie geendet hat, herrscht sekundenlang Stille. Seibold sieht sie wie schon in München voller Mitgefühl an, Karim kann die Zufriedenheit nicht verbergen, der Anzugträger gähnt.

Weber nickt, kein Vorwurf in ihrem Blick, sie scheint zu begreifen, zu wissen.

Es ändert nichts.

Sie fragt erst Karim, dann Seibold – ist Herr Ali Karim jener BND-Informant, dem die CIA den Tarnnamen »Curveball« gegeben hat? Beide antworten mit Ja.

Dann sieht Weber Lay an. »Mein Auftrag ist es, die Angaben von Herrn Karim zu den biologischen und/oder chemischen Massenvernichtungswaffen des Irak auf ihren Wahrheitsgehalt hin zu überprüfen – nicht aber zu überprüfen, ob er Curveball ist oder nicht. Verstehen Sie meine Situation?«

»Ja«, erwidert Lay.

Weber lächelt. »Gut, dann machen wir weiter.«

Lay erhebt sich. »Ohne mich, mein Bedarf an Lügen ist gedeckt.«

Sie wartet in der Nähe der Tiefgarage, sitzt schräg gegenüber der Ausfahrt im leichten Schneegestöber auf einer Parkbank. Autos fahren hinein, kommen heraus, im Innenraum Unbekannte. Eine Stunde vergeht, nichts geschieht, außer dass es allmählich dunkler wird.

Kein Wunder, denkt Lay frierend, so akribisch, wie Weber die Details abarbeitet.

Im Mantel klingelt das Mobiltelefon, Sven hat Fragen: Wo bleiben die, kommen die noch? Und wenn die erst nachts kommen? Haben wir sie vielleicht verpasst, ist ja schon dunkel, willst du nicht lieber im Auto warten, soll ich uns was zu essen besorgen?

»Uns«, denkt sie. Ein seltsames Wort in diesem Kontext.

Überhaupt ein seltsames Wort in ihrem Leben. Sie hat es mit ihren Eltern begraben. Genauso das »Wir« und alle anderen scheinheiligen Konsorten.

»Nein«, erwidert sie und wirft einen strengen Blick in Richtung Sven, der den Mietwagen zehn Meter von ihr entfernt auf einem Parkstreifen abgestellt hat. Aber die Scheiben sind beschlagen, er wird sie nicht sehen können. »Mach die Fenster einen Spalt auf, Mann.«

Er gehorcht, sagt: »Wir könnten uns was bringen lassen.«

»Nein!«, wiederholt sie grimmig.

Dann, wenige Minuten später, ist es so weit. Eine silberne Limousine verlässt die Tiefgarage, im Licht der Straßenlaternen erkennt Lay am Steuer Heiner Seibold. Neben ihm sitzt der Anzugträger, dahinter der Übersetzer. Ein vierter Mann auf der Fahrerseite, eine Hand, ein Arm; das Gesicht ist nicht zu sehen. Wer, wenn nicht Karim?

Sie hat das Handy schon am Ohr. »Fahr los!«

Sven reagiert schnell, und der Mietwagen springt zum Glück sofort an. Er setzt sich in Bewegung und schert vor der Limousine auf die Fahrspur ein. Langsam nähern sich die beiden Autos der nahen Ampel. Sven nimmt immer mehr Tempo heraus, kriecht am Ende, obwohl die Ampel auf Grün steht. Seibold hupt.

Dann bleibt der Mietwagen mit gekonntem Ruckeln stehen, die rückwärtigen Lichter erlöschen. Flammen auf, erlöschen, als Sven den Motor startet und wieder abwürgt. Seibold setzt zum Überholen an, da springt die Ampel auf Rot, er überlegt es sich anders. Es gibt nur eine Fahrspur, und er muss auf Grün warten. Hinter dem Mietwagen kommt die Limousine zum Stehen.

Lay hat sich erhoben, rennt von der Seite auf das Auto zu.

Als sie die hintere Tür öffnet, reißt der Übersetzer erschrocken den Kopf herum. Sie drängt sich neben ihn, schließt die Tür. Auf seiner anderen Seite wendet sich ihr das blasse, weiche Gesicht Karims zu. Getöse hebt an, Karim, der Anzugträger, der Übersetzer. Nur Seibold schweigt, schnaubt lediglich, es klingt belustigt. Er hat sich ihr halb zugewandt, mustert sie. Lächelt, wie in München vor dem »Unfall«.

Sie herrscht ihn an: »Glauben Sie wirklich, Sie können mich wieder und wieder verarschen?«

»Frau Lay, Frau Lay«, entgegnet er sanft und stellt den Motor ab.

Das Ampellicht taucht sein Gesicht in einen grünen Schimmer. »Fahren wir«, sagt sie. »Berlin, Kanzleramt.«

Seibold reagiert nicht.

Sven taucht draußen neben dem Kotflügel auf, verschränkt die Arme vor der Brust, als wüsste er nicht so genau, was sie jetzt von ihm erwartet. Für einen Moment hat sie Salih vor Augen, der die Arme auch oft vor der Brust verschränkt hat, aber gemütlich, selbstbewusst.

Plötzlich springt Sven zurück, das Gesicht vor Schreck verzerrt. Ein dunkler Wagen kommt neben der Limousine zum Stehen, unmittelbar vor ihm.

Und immer noch liegt Seibolds Blick auf ihr.

Sie sind zu dritt, zwei Männer, eine Frau, vermummt. Karims Tür wird aufgerissen, einer der Männer zerrt ihn aus dem Wagen. Karim scheint vollkommen überrascht, er wehrt sich, stößt hysterische Schreie aus. Die Frau ist bei Sven, Pistole in der Hand, drängt ihn zurück, gegen den Mietwagen. Der zweite Mann erscheint auf der Beifahrerseite neben Lay, auch er zeigt eine Waffe.

Karim ist halb draußen, sie sieht ihn stürzen. »Helft mir!«, kreischt er.

Seibold ruft etwas auf Arabisch, doch Karim scheint ihn nicht zu hören, schreit und schlägt um sich. Der Angreifer zieht ihn hoch, tritt die Tür der Limousine zu und stößt Karim auf die Rückbank des anderen Wagens. Ein großer Kerl, der Kopf über der Maske kahl … Keine Lederjacke, nur ein dicker Pulli, aber er muss es sein. Der Mann, der Salih erschossen hat.

Lay zerrt am Griff, bekommt die Tür nicht auf, der zweite Mann drückt von außen dagegen. Sekunden unwirklicher Stille folgen, in der ein unscheinbares mechanisches Geräusch zu hören ist – die Türverriegelung rastet ein.

Sie ist gefangen.

Kann nicht raus.

Sie rüttelt am Türgriff. Schlägt mit dem Ellbogen gegen die Scheibe, dann mit dem Fuß. Keine Chance.

Gefangen.

Die Luft wird schon knapp. Und gleich, ruft eine Stimme in ihrem Kopf, gleich kommt die Dunkelheit.

Raus hier! Raus!

Plötzlich verschwinden alle Geräusche, sie hört nur noch ihre Angst und den dumpfen Widerhall ihrer Stimme, die Seibolds Namen ruft, ihren hektischen Atem. Auch die Lichter verblassen, der Schein der Straßenlampen immer schwächer, das Grün der Ampel, die bunten Leuchten im Armaturenbrett vorn. Draußen laufen dunkle Leiber, der zweite Mann und die Frau, sind gleich bei ihrem Wagen.

Der andere Mann sitzt drüben am Steuer. Salihs Mörder.

Und mit ihm der andere Mörder, der von damals.

Sie zieht die Dienstwaffe, lehnt sich weit zurück und schießt auf die Scheibe der hinteren Tür. Hände zerren an ihrem linken Arm, ihr Blick streift Seibolds Gesicht, dessen Augen aufgerissen sind, er ist halb auf die Rückbank geklettert, um an die Waffe zu kommen. Erneut schießt sie, tritt dann wieder und wieder mit dem Fuß gegen die Scheibe, die nicht mehr als kleine Risse aufweist.

Panzerglas.

»Mach die *Scheißtür* auf!«, hört sie sich brüllen.

Seibold redet auf sie ein. Langt nach ihrer Waffe.

»Die Tür!«, wiederholt sie und überlässt ihm die Pistole.

Endlich öffnet er die Verriegelung.

Dann ist sie draußen, rennt dem davonrasenden Wagen nach, in dem der Mörder sitzt.

Rennt und rennt um ihr Leben.

Sven gabelt sie irgendwo in Karlsruhe auf, als sie den Wagen längst verloren hat, steht an einer Ampel plötzlich vor ihr. Sie steigt ein, streift die nassen Schuhe und die Socken ab.

Immerhin, die Fahndung läuft.

»Fahr zurück zu den BND-Leuten.«

»Die sind weg.«

Sie starrt ihn an. »Du hast sie nicht in Gewahrsam genommen?«

»Dafür war keine Zeit.«

Seibold hat schnell reagiert, ist Sekunden, nachdem sie rausgesprungen ist, losgefahren.

Sven räuspert sich. »Hätte ich sie wirklich …?«

»Hättest du.« Sie deutet nach vorn. »Fahren wir.«

»Zum Autoverleih?«

»Nach Berlin.«

»Aber ich muss das Auto zurückbringen!«

»Kannst du in Berlin machen.«

»Wollen wir nicht lieber fliegen?«

»Fahr endlich, Sven!«

Nachdem er sich beruhigt hat, will er wissen, wer »die« waren. Lay überlegt lange, ob sie ihm sagen soll, dass der eine Salihs Mörder ist und dass es eine Verbindung zum BND geben muss, zumindest zu Heiner Seibold, der genau wusste, was geschehen würde. Am Ende sagt sie nur: »Keine Ahnung.«

»Ich kann sie beschreiben.«

»Sehr gut.«

Er lächelt. »Jetzt was essen?«

54

»ER HATTE KONTAKT ZUM IRAKISCHEN Geheimdienst?« Trägers Stimme ein schrilles Flüstern, aus dem Professorengesicht ist alle Farbe gewichen, die Augen sind groß und flehend.

Willkommen in unserer Welt, denkt Koeppen.

»Was bedeutet das? Ist er ein Doppelagent? Hat er diese Frau im Auftrag der Iraker erschossen?« Träger spricht zu Bardeaux gewandt, also schweigt Koeppen. Sein Blick findet den traurigen *Ficus Ginseng*, der bald, darauf kann man wetten, wieder auf Reisen gehen wird.

Der Baum und sein Besitzer werden nicht die Einzigen sein.

Auch er selbst wird reisen. Und Jaromin, in eine dunkle Zukunft.

»So weit würde ich erst einmal nicht gehen, Herr Präsident«, sagt Bardeaux, schlägt die langen Beine entspannt übereinander, ein sicheres Zeichen, dass er bereits an Lösungen feilt. »Es ist ja längst noch nicht alles …«

Träger fällt ihm ins Wort. »Was für eine Katastrophe! Das wird der Dienst nicht überleben!«

Natürlich wird der BND überleben, doch die Politik wird sich die Gelegenheit nicht entgehen lassen, ihn besser in den Griff zu bekommen, denkt Koeppen, während seine erschöpften Augen auf den Rücken der zumeist dunklen Bücher und Folianten hinter Glas Ruhe finden und die Anspannung des Körpers allmählich nachlässt. Seit zwei Tagen ist er auf den Beinen, an Schlaf war nicht zu denken, nicht in der Nacht nach Abeers Tod, im Flugzeug nicht, in den Stunden danach. In Pullach eine Krisensitzung nach der anderen, die erste unmittelbar nach der Rückkehr mit Bardeaux, der bereits informiert gewesen ist, mit den Amerikanern telefoniert hat, mit Toni, dem Geschäftsträger in Bagdad. Noch in der Nacht ist Cecilia Reuter von der Internen Sicherheit gekommen, musste gebrieft werden, da war dann plötzlich Politik im Spiel, Hauspolitik. Seitdem hält Bardeaux die Fäden freundlich und souverän in der Hand, zurückhaltend in der Besprechung mit Träger und seinen Vizepräsidenten am frühen Morgen, anschließend dem Leitungsstab, forscher in der Arbeitsgruppe Irak danach, der er vorsitzt und der Koeppen sowie Mitarbeiter anderer Abteilungen angehören.

Nein, an Schlaf hat er nicht einmal gedacht.

War noch keine Minute zu Hause.

Trägers kippende Stimme zerrt ihn ins Gespräch zurück: »*Ihr Mann, Koeppen!*«

Er dreht den Kopf zu seinem Präsidenten, der ihm heute zerrupft vorkommt, als hätte der Lauf der Dinge von allen Seiten mit spitzen Fingern an ihm gezupft. Träger ist erst vor einer Stunde aus Berlin zurückgekommen, wo sich das Kanzleramt mit Bagdad befasst.

»Wie kann es sein, dass Sie ihn so wenig im Griff hatten?«

»Herr Präsident?«

Bardeaux springt ein, wie so oft. »Frank Jaromin mag psychisch labil sein – aber ein bezahlter Killer?«

»Und Bosnien?«, ruft Träger. »Die anderen letalen Schüsse davor? Wo ist der Unterschied? Er tötet Menschen, wenn man es ihm aufträgt!«

Koeppen erhebt sich, muss sich bewegen, um Träger nicht an die Gurgel zu springen. Für eine Sekunde weiß er nicht, was tun, dann wendet er sich wie vor der Abreise nach Bagdad zum Fenster. Nie hätte er sich vorstellen können, dass ein Präsident des Dienstes – nicht einmal dieser – so über Einsätze seiner Mitarbeiter sprechen würde.

In der Fensterscheibe erwartet ihn ein Mann in Jeans und zerknittertem Hemd, das über den Hosenbund hängt, ungekämmt, unrasiert. Er hatte nicht einmal Zeit, sich umzuziehen.

Draußen liegt noch mehr Schnee als vor ein paar Tagen. Noch mehr unter dem Weiß, was sich verbergen will. Das ist das große Problem mit der Leere: Sie enthält immer auch die Fülle – so wie umgekehrt. Jedes Ding enthält durch seine bloße Existenz auch sein Gegenstück. Beides muss man denken, erst dann hat man das vollständige Bild.

Und wenn in der Leere doch nur Leere ist?

Er reibt sich die Schläfen. Er braucht Schlaf.

»Koeppen!«

Er wendet sich dem fernen Couchtisch zu. »Herr Präsident?«

»Ich verlange eine Antwort!«

»Auf welche Frage?«

»Haben Sie einen Ihrer Leute zum Auftragsmörder ausgebildet?«

»Nein.«

»Für mich sieht es anders aus.«

»Das ist das Problem, Herr Präsident. Der eine sieht die Leere, der andere die Fülle. Wer hat recht?« Langsam tritt Koeppen in die Mitte des Raums, blickt von Träger, der ihn mit offenem Mund anstarrt, zu Bardeaux, der jetzt skeptisch wirkt, fast warnend, als wollte er sagen: Überspann den Bogen nicht, Bengt, wir haben hier ein ernstes Problem.

Plötzlich überkommt Koeppen Wehmut. Draußen in der Welt verborgen mit seinen Leuten arbeiten, das ist seine Berufung. An Orten ohne all die Sicherheiten, die das Leben hier träge und beliebig machen. In Situationen, die sie nur als Team überstehen. Sich auf das Risiko, vollkommen zu vertrauen, einzulassen, dieses Vertrauen zu empfinden und in den Blicken und Worten seiner Leute widergespiegelt zu bekommen …

Das ist sein Leben.

Nun ist das Vertrauen für immer verloren. Das Leben draußen in der Welt.

Er wird lernen, nimmt er sich vor, das Leben hier zu seinem zu machen. Die Fülle zu sehen, wo bislang nur Leere war.

Er hat eine Katze.

Eine Tochter.

»Wir haben beide recht«, beantwortet er die eigene Frage, während er schwerfällig in Richtung Tür geht. »Ich habe Frank Jaromin für Einsätze wie den in Bagdad ausgebildet, nicht für Auftragsmorde. Offensichtlich hat er das Gelernte genutzt, um einen Menschen zu ermorden. Sehen Sie, was ich meine?«

Träger schüttelt verwirrt den Kopf, hebt eine Hand. »Was reden Sie da, Koeppen? Und wohin gehen Sie?«

»Nach Hause.«

»Eine Minute noch, Bengt.« Bardeaux denkt tatsächlich schon weiter, an die Zeit nach ihm und Träger, denn er sagt, es sei wohl eher unwahrscheinlich, dass Jaromin sich von den Irakern habe anwerben lassen. Genau genommen sei es vollkommen ausgeschlossen – weil es auf den Dienst zurückfallen würde. »Und das können wir nicht zulassen.«

Träger versteht erst nach ein paar Sekunden. Dann greift er aufgeregt gestikulierend nach dem Strohhalm, als könnte er damit auch sich selbst retten. »Ganz recht! Schicken Sie Debord nach Paris zurück, sie bekommt keinen Zugang mehr zu Jaromin. Die Fotos mit ihm und dieser irakischen Agentin verschwinden, und im Abschlussbericht steht … Was steht da … Da schreiben wir Burnout hinein, PTBS, Alkoholismus, Medikamentenmissbrauch, was auch immer.«

Bardeaux nickt mit einem ernsten Lächeln. »Und dann bieten wir Frank Jaromin einen Deal an.«

Koeppen ringt sich ein Lächeln ab und verlässt den Raum. Geht durch die Flure wie ein Schlafwandler, öffnet und schließt Türen, spürt kalte Luft im Gesicht, nur die Gedanken schlafen nicht: Menschen sind gestorben, Schicksale und Karrieren zerstört, doch am Ende zählt nur eines: dass der Apparat selbst unbeschadet bleibt.

55

Pullach

DER NACHMITTAG VERSTREICHT, ohne dass die Vernehmung fortgesetzt wird. Jaromin versucht, in Bewegung zu bleiben, die Kälte zu vertreiben, geht an der Pritsche entlang zur Tür, zurück zur Wand, ganz langsam, findet in einen Rhythmus. Ein ums andere Mal wiederholt er in Gedanken das Gespräch mit Lenny, wie er es erinnert, dann das auf dem Mitschnitt der Amerikaner. Er misst die Zeit mit dem Sekundenzeiger seiner Uhr, gleicht beide Versionen mit dem Film in seinem Kopf ab, von dem Moment, da Abeer den Hof betritt, bis zum Schuss. Als Bitat in den Unterlagen blättert, weichen die Versionen voneinander ab. Das Wort, das sich ihm eingebrannt hat, fällt: *ambush.* Dann die Erklärungen zu Azhar al-Nussairi, die Bestätigung durch Miller, oder wie immer er heißen mag, die Aufforderungen der beiden Amerikaner zu schießen.

Das Gespräch, an das er sich erinnert, zu erinnern glaubt, ist gut ein Dutzend Sätze länger. Dreißig Sekunden? Ein paar mehr, ein paar weniger. War die Aufnahme dreißig Sekunden kürzer? Dann würde sie nicht zu der Bildaufzeichnung passen, die es ebenfalls geben muss.

Und die Analyse der Arbeitsgruppe Irak?

Keine Manipulationen.

Er lässt sich auf die Pritsche fallen, stützt die Stirn in die Handflächen.

Also die andere Erklärung?

Auch Daniela hält ihn für krank im Kopf.

Um halb sechs klirrt der Schlüssel in der Zellentür. Ein wuchtiger Angestellter der Haus-Security stellt ein Tablett mit einem Becher Kaffee, Wasser, Sandwiches auf den Tisch.

Lautlose Schritte, die Schuhe haben Gummisohlen.

»Hol mir Bengt Koeppen, ja? Bitte«, sagt Jaromin.

Der Mann reagiert nicht.

»Ich bleibe hier nicht noch eine Nacht!«

Als Jaromin aufsteht, hebt der Mann eine Hand zur Warnung, die andere fliegt zum Holster. Natürlich, sie haben ihn gebrieft. *Einer von uns, aber ein Verräter und Mörder.*

Jaromin setzt sich wieder, sagt ruhig: »Hol Koeppen, okay?«

»Ich kann nur Bescheid sagen.«

»Dann mach das.«

Als der Mann draußen ist, setzt Jaromin sich an den Tisch und fällt über die Sandwiches her. Beim Essen erwägt er seine Optionen. Aber es gibt nur eine: keine weiteren Gespräche ohne Rechtsanwalt, ganz egal, welche Erklärungen für Bagdad es geben könnte.

Andererseits ist ein Anwalt keine wirkliche Option, denn dann wären die Vorwürfe offiziell. Jaromin will es inoffiziell. Will, dass Koeppen hereinkommt, sagt: Alles geklärt, Frank, ein schlimmes Missverständnis, bitte entschuldige, fahr nach Hause, genieß deinen Urlaub, wir sehen uns in Scharm El-Scheich.

Die Minuten vergehen, Koeppen kommt nicht.

Vielleicht, denkt er, hat ihn die Interne Sicherheit kaltgestellt. Als Teamleiter ist er befangen. Und er wird den Kopf für Bagdad hinhalten müssen.

Doch es kommt auch niemand sonst.

Sie wollen ihn weichkochen.

Dann endlich, nach sieben, nähern sich im Gang fließende, schnelle Schritte. Eine Frau, allein. Er tippt auf Reuter.

In der Zellentür dreht sie sich um, sagt: »Gehen Sie eine rauchen.«

»Ich hör hier kein Wort.« Die Stimme des Security-Mannes.

Reuter zieht die Tür zu. Auch jetzt wirkt sie noch wach, frisch, überlegen. Bringt das Sommerliche mit in seinen Winterverschlag. »Kalt hier.«

Jaromin zuckt die Achseln.

Sie macht keine Umstände, setzt sich ans andere Ende der Pritsche, sagt: »Wollen Sie raus?«

»Was für eine Frage.«

»Wir haben einen Vorschlag.«

»Wir?«

»Der Dienst. Von oben abgesegnet.«

»Ist Bengt informiert?«

»Das weiß ich nicht.«

»Wo ist er?«

»Am Nachmittag heimgefahren.« Reuter verschränkt die Arme vor der Brust, Jaromin sieht, dass sie friert. »Wollen Sie's hören?«

Er steht auf, greift nach einer Wasserflasche auf dem Tisch, trinkt. Dann lehnt er sich an die Wand und nickt.

»Sie quittieren den Dienst und verpflichten sich, mit niemandem jemals über Bagdad zu sprechen.«

»So einfach?«

»So einfach.« Keinem hier oder in Berlin, erklärt Reuter, sei daran gelegen, dass er wegen Spionage, Landesverrat, Mord angeklagt werde. Auch den Amerikanern nicht. Nur den Franzosen – doch das Wohl des Landes und des Dienstes gehe natürlich vor. Bundesregierung und BND könnten sich einen möglicherweise öffentlichen Prozess nicht leisten. Und er? Gefängnis oder Psychiatrie oder erst das eine, dann das andere. Macht die Ehefrau das mit? Die Familie? Kommen die Kinder darüber hinweg? »Eine Unterschrift, und Sie sind in einer Stunde zu Hause.«

Natürlich ist es *nicht* so einfach. Er scheidet wegen psychischer Probleme aus, Diagnose PTBS. Kein Mörder, kein Verräter, aber krank im Kopf.

Und für immer schuld am Tod einer harmlosen Zivilistin.

Reuter beobachtet ihn, scheint seine Gedanken zu erahnen. »Die Vereinbarung ist geheim. Nur eine Handvoll Personen wissen davon, niemand sonst wird sie je zu Gesicht bekommen. Das heißt, draußen können Sie sagen, was Sie wollen. Keine Lust mehr auf den Bund, mehr Zeit für die Familie, das Ersparte reicht fürs restliche Leben, was auch immer.« Sie schmunzelt, aber darin ist sie nicht gut, Kontaktaufnahme, Verbrüderung. Alles Täuschung, sie steht auf der einen Seite, Jaromin auf der anderen.

»Es muss eine Bildaufzeichnung geben«, sagt er.

Reuter hebt irritiert die Brauen.

»Haben Sie sie gesehen?«

»Ja.«

»Zeigen Sie sie mir. Und ich will das Band noch mal hören.«

Sie kratzt sich am Schlüsselbein, hört nicht auf damit, während sie spricht. »Was ist mit der Vereinbarung?«

Jaromin schüttelt den Kopf. »Keine Vereinbarung. Ich weiß, was ich gesehen und gehört habe.«

Reuter steht auf, streicht sich unsichtbare Fussel von der Hüfte, wirkt sehr steif jetzt. Sie sieht ihn an, die Augen starr. »Darum geht es längst nicht mehr, verstehen Sie das nicht? Die Vereinbarung ist Ihre einzige Chance, halbwegs ungeschoren aus diesem Desaster rauszukommen.«

»Ich bin kein Psycho.«

»Menschen mit Traumata, mit Posttraumatischen Belastungsstörungen sind keine Psychos, auch Sie nicht. Sie sind nur einfach nicht mehr diensttauglich. Sehen Sie der Wahrheit ins Gesicht, Frank. Sie können ohne Medikamente nicht mehr schlafen und nicht mehr arbeiten. Ihre Zeit hier und bei der Bundeswehr ist in jedem Fall vorbei. Alles andere ... Bagdad, Zada al-Hamin ... Sie könnten es mit Ihrer Unterschrift vergessen machen.«

»Dann würde ich nie erfahren, was passiert ist.«

Sie dreht sich seufzend um, öffnet die Tür. »Sie *wissen*, was passiert ist.«

»Die Aufnahmen, Reuter.«

»Muss ich genehmigen lassen. Morgen vielleicht.«

Jaromin schweigt, hält die Wut im Zaum.

Reuter ist halb zur Tür hinaus, als sie innehält und sich ihm noch einmal zuwendet. Fast freundlich sagt sie: »Sie wollen ein Held sein und sind doch nur ein Narr.«

Gegen neun öffnet der Security-Mann die Tür. »Brauchst du noch was? Zweite Decke? Wasser? Was zu essen?«

»Eine Decke«, erwidert Jaromin.

Bekommt sie.

Wenige Minuten später erlischt das Licht, und er hockt in vollkommener Dunkelheit auf der Pritsche. Feuchte Kälte kriecht aus den Wänden. Er legt sich hin, die Augen offen, breitet die beiden Decken über sich aus und beginnt, Wörter zu sortieren.

Ambush. Congratulations.

Psycho. Narr.

Verräter, Mörder.

Schuld.

Drei Frauennamen, einer ist falsch: Abeer, Zada, Azhar.

Lenny Rawls gibt es, John Miller nicht.

Und wieder von vorn.

Irgendwann werden die Wörter von Rhythmen abgelöst. Trommeln führen ihn in den Schlaf.

56

Pullach

JAROMIN ERWACHT, WEIL DAS LICHT anspringt. 00:14 zeigt die Uhr.

Als kurz darauf die Tür geöffnet wird, richtet er sich auf. Es ist der Gummisohlen-Mann, in der Hand einen Laptop. »Besuch«, sagt er und macht Platz.

Josef Bardeaux tritt ein. »Tut mir leid, dass ich dich wecke.«

»Kein Problem.«

»Du wolltest dir die Bildaufnahme anschauen?«

»Und das Band noch mal hören.«

»Die Amerikaner haben Ton- und Bildspur zusammengelegt. Wirst du gleich sehen.« Bardeaux nimmt den Laptop, klappt ihn auf, stellt ihn neben Jaromin auf die Pritsche und geht davor in die Knie. Ein Abteilungsleiter auf Augenhöhe, das war Bardeaux immer, er schwebt nicht weit oben über den Einsatzteams, seine Türen sind offen, seine Ohren. Er zeigt, dass er sie schätzt, sie vielleicht auf eine gewisse Weise um ihre Erfahrungen beneidet, weil er einen anderen, harmloseren Weg gegangen ist als sie, Jurastudium, Anzüge, Schreibtische.

»Hast du die Spuren einzeln?«

Bardeaux nickt. »Auch das.«

»Zuerst die Bandaufnahme bitte.«

»Okay.«

»*Frank?*« Lennys Stimme. Jaromin startet den digitalen Timer auf dem Ziffernblatt der Uhr. Hält die Augen geschlossen, während er zuhört. Viele Pausen, Rauschen im Hintergrund. Hin und wieder eine Hupe aus Bagdad, das Getrommel, die Rufe der Frauen. Dann gratuliert Lenny, und der Schuss fällt.

»What are you doing, man?«, schreit Lenny in die Zelle.

Rauschen.

»Why you fucking shot her?«

Jaromin öffnet die Lider, gerät in Bardeaux' Blick, in dem dieselbe Frage zu stehen scheint: Warum?

Doch dann sagt Bardeaux leise: »Hättest du in Amman nur auf mich gehört.«

Jaromin sieht auf den Timer. 12:44 Minuten von *»Frank?«* bis zu Lennys letztem Wort. Was ihm ein wenig Mut macht: Er hat kein Wort ausgelassen, als er diese Fassung des Gesprächs am Nachmittag rekonstruiert hat.

Das Gedächtnis des Psychos funktioniert.

»Noch mal?«

»Nein.«

»Dann die Bildspur.« Bardeaux tippt auf der Tastatur. »Ohne den Ton?«

»Ja.«

Unscharf sieht Jaromin in der Draufsicht, was er zwei Tage zuvor durch das Absehen scharf und im Detail gesehen hat. Erneut stoppt er die Zeit.

Abeer in Bitats Armen. Dann stürzt sie.

Lennys gebrüllte Fragen.

12:46 Minuten, zwei Sekunden länger. Ein Messfehler. Der Finger am Timer war langsamer, sonst nichts. Die Aufnahmen sind gleich lang.

»Noch mal?«, fragt Bardeaux.

Jaromin schüttelt den Kopf, denkt: keine Hinweise auf Manipulation. Er hört Reuters Stimme: Wie ist es möglich, dass man etwas hört, was nicht gesagt worden ist?

Drogen, Alkohol, Medikamente. PTBS.

Er bettet das Gesicht in die Hände. Es *kann* nicht sein.

Darf nicht sein.

Aber hast du wirklich *alles* gehört?, fragt eine verzweifelte Stimme in seinem Kopf. Er versucht, sich zu konzentrieren. Nein, nicht alles. Etwas hat er nicht gehört. Auf der Tonaufnahme fehlt etwas.

Nur was?

Oder klammert er sich wieder nur an einen Strohhalm?

Er sieht Bardeaux an, der im Begriff ist, den Laptop zuzuklappen.

»Ich möchte die Tonaufnahme noch mal hören.«

»In Ordnung.«

Er schließt die Augen, blendet alles andere aus.

Lennys Stimme, gedämpft weitere Stimmen in Ramstein. Ganz fern im Hintergrund in Bagdad hin und wieder ein einzelner, lauterer Motor, ein Hupen. Vage die Trommeln, die Rufe der Frauen, aber sehr leise, wie zufällig.

Rauschen. Lenny. Rauschen.

Der Schuss.

»*What are you doing, man?*«

Rauschen.

»*Why you fucking shot her?*«

Jaromin richtet sich langsam auf, lehnt sich im Sitzen an die Wand und sieht zu, wie Bardeaux den Laptop herunterfährt. Kalte Schauer jagen ihm den Rücken hinunter. Er weiß jetzt, was er nicht gehört hat.

Nicht durchgehend jedenfalls.

Die vagen Geräusche der Hochzeit fehlen auf der Aufnahme genau an den Stellen, wo das gesagt wird, was er in Bagdad nicht gehört hat.

Stellen, die nachträglich hineinmontiert worden sind?

Falls es so ist, hat der, der das getan hat, das Getrommel und die Frauenrufe für Zufall gehalten. Kein Problem, wenn mal ein paar Sekunden ohne Trommeln kommen, ohne Singsang, Rufe. Selbst in einer Stadt wie Bagdad trommelt oder ruft ja wohl nicht dauernd jemand.

Und sein »*Thanks*« nach Lennys »*Congratulations, Frank*«?

Er hat sich vorher, im echten Teil, bedankt. Das zweite »*Thanks*« haben sie hineingeschnitten. Und dieses eine Wort, das ihn vielleicht vor dem Wahnsinn rettet, rausgeschnitten: *ambush*.

»Frank?«

Bardeaux hat sich aufgerichtet, hält den Laptop mit beiden Händen vor dem Bauch, seine Konturen leicht unscharf, die Miene nicht zu erkennen vor dem grellen Deckenlicht. Jaromin nickt, während Wangenmuskeln und Kiefer gegen plötzliche Tränen ankämpfen müssen. Bardeaux' Stimme erklingt wieder, tief und tröstend, beinahe väterlich, tatsächlich so, wie Jaromin sich eine tröstende väterliche Stimme vorstellt: »Darf ich dir einen Rat geben? Nimm den Vorschlag an. Es ist das Beste, was du tun kannst. Du bekommst dein Leben zurück ... Natürlich, es wird ganz anders sein als vorher. Aber du wirst es in Freiheit verbringen. Kannst etwas Neues anfangen.«

Jaromin fährt sich mit der Hand übers Gesicht, muss ein paar Mal schlucken.

»Aber wenn du lieber mit einem Anwalt sprechen willst, arrangieren wir das morgen früh.«

Bardeaux hat die Analyse der Arbeitsgruppe Irak unterzeichnet, denkt Jaromin: keine Hinweise auf Manipulation. Andererseits ist er Abteilungsleiter, wird jede Woche Dutzende, Hunderte Papiere unterzeichnen, ohne deren Inhalt diktiert zu haben.

Und doch: Es ist eine Analyse des Dienstes. Hier auf dem Gelände erstellt. Hier haben sie ihn reingelegt.

In Bagdad – und hier.

»Was sagst du, Frank? Ich habe unsere Vereinbarung und die Auflösung deines Arbeitsvertrags dabei.« Bardeaux zieht gefaltete Papiere aus der Sakkotasche. Hell leuchten sie vor dem dunkelblauen Stoff. Er legt sie auf den Tisch, einen Stift daneben, streicht sie glatt.

Jaromin steht auf, überfliegt den Text der einseitigen Vereinbarung, dankbar, dass er so die schwimmenden Augen vor Bardeaux verbergen kann.

Eine Vereinbarung auf seinen Wunsch. Er fühlt sich den Anforderungen seiner Tätigkeit für den BND nicht mehr gewachsen, PTBS laut Diagnose des Psychologischen Dienstes in Person von Dr. V. B. Pullach im Isartal, 17. Februar 2003.

Das ist alles.

Dieses Papier hat Bardeaux nicht unterschrieben. Niemand außer ihm wird es unterschreiben. Es existiert nicht.

Anders die Auflösung des Arbeitsvertrags. Auch hier: auf seinen Wunsch. Aus persönlichen Gründen, keine weiteren Angaben dazu. Rückkehr zur Bundeswehr hiermit ausgeschlossen. Er verpflichtet sich, Stillschweigen zu bewahren über alles, was er in zehn Jahren BND gehört, gesehen und erfahren hat. Nimmt niemals Kontakt zu früheren oder aktuellen Mitarbeitern auf. Betritt nie wieder die Liegenschaften im In- und Ausland, gleich welche. Pullach im Isartal, 17. Februar 2003.

Bardeaux' Unterschrift.

Er blinzelt ein paar Mal, bis die Augen trocken sind.

Dann unterzeichnet er beides.

»Eine gute Entscheidung, Frank«, sagt Bardeaux und lässt die Papiere in seinem Sakko verschwinden.

Sie reichen sich die Hand.

»Alles Gute.«

»Was dagegen, wenn ich bis zum Morgen bleibe?«

»So schön ist es hier unten?« Bardeaux lächelt.

Seine Schritte sind noch nicht verklungen, als das Deckenlicht wieder erlischt.

57

EINES MUSS SIE VON GOERDEN lassen, denkt Lay: Er steht rund um die Uhr zur Verfügung.

Kurz vor Mitternacht, Kanzleramt, abhörsicherer Raum, ihre zweite Heimat mittlerweile. Aber es wird nicht heimelig, von Goerden ist außer sich. Zwei Querschläger, einer knapp an dem BND-Juristen auf dem Beifahrersitz vorbeigeflogen, die zweite Kugel haben die Techniker aus dem Wagenhimmel geholt. »Sind Sie des Wahnsinns?!«

»Ich weiß«, murmelt sie.

»Nicht auszudenken, wenn Sie jemanden verletzt hätten!«

Sie stehen noch, dicht beieinander, verschworen auch in diesem unschönen Moment, gegen einen leeren Raum.

Von Goerden tobt weiter. Dafür hat er sie nicht angeheuert! Wie kann sie sich derart vergessen? Sie sollte doch diskret vorgehen! Ist eine Schießerei in der Öffentlichkeit diskret? Abgesehen davon haben sie – das Kanzleramt, Lay – durch ihr Verhalten alle politischen Vorteile bezüglich Curveball verspielt.

Er hat natürlich recht, mit allem.

Schließlich setzt er sich, reibt sich die verschwitzte Stirn mit der Hand trocken. Der BND, berichtet er nun ruhiger, habe Dienstaufsichtsbeschwerde beim Präsidenten des BKA eingereicht, außerdem Sachaufsichtsbeschwerde bei der Staatsanwaltschaft. Anzeigen würden folgen, heißt es aus Pullach. Er winkt ab. Drohgebärden, der BND wolle den Vorteil nutzen. »Ich werde sehen, was ich tun kann.«

»Die Täter spielen Opfer.«

Er mustert sie schweigend, und sie ist sich nicht sicher, ob er verstanden hat, wie der Satz gemeint ist.

»Es gibt eine Verbindung zwischen Seibold und Salihs Mörder.«

»Das mag ja alles sein.« Er beginnt, mit dem Zeigefinger auf den Tisch zu klopfen, abwesend irgendwie, ungeduldig, der Blick noch auf ihr und doch woanders.

»Okay, okay«, sagt sie, »ich hab überreagiert, ich weiß. Tut mir leid.« Im letzten Moment hält sie den schalen Von-Goerden-Satz zurück: *Ich übernehme die Verantwortung, für alles.*

So schnell also macht man es sich zu einfach.

»Hanne.«

Sie hebt die Brauen, wartet.

»Es gibt einen Deal. Jaromin kommt raus, Bagdad ist vom Tisch.«

»Heißt: wird vertuscht?«

»Hat nie stattgefunden.«

»Und die Frau, Zada?«

»Zugegeben, es ist schwer zu verkraften. Aber es gibt keine andere Lösung.« Abwehrend hebt er die Hände. »Und kommen Sie mir nicht mit der Wahrheit.« Er versucht zu erklären: Nur so sei der Kanzler zu schützen und mit ihm die Regierung, ja das ganze rot-grüne Projekt. Alle, auch der BND, verlören auf Jahre ihre Glaubwürdigkeit, sollte herauskommen, dass deutsche Agenten trotz Schröders Nein zum Krieg in Bagdad unterwegs seien. Der Bundestag würde einen Untersuchungsausschuss einsetzen, die Geheimdienstarbeit wäre auf unabsehbare Zeit beeinträchtigt. »Das verstehen Sie, oder?«

Lay tastet nach der Stuhlkante, legt die Finger darum. Das kühle Metall hilft ein wenig gegen die Empörung. Sie schweigt, dabei gäbe es so viele Argumente dagegenzuhalten, die ominöse Verschwörung um den BND, die Curveball-Scharade. Aber ihr ist klar, dass von Goerden sich nicht auf eine Diskussion einlassen wird. »Was sagen Sie Nazik?«

»Nazik?«

»Die Mutter.«

Er nickt, fährt sich mit einer Hand übers Gesicht, streicht weiße Haare aus der Stirn, ein mächtiger, müder Mann am Ende seiner Kräfte, honorig und doch jederzeit bereit, das Spiel anderer mächtiger und weniger honoriger Männer mitzuspielen. Selbst jetzt noch, nachdem er es verloren hat. Verärgert stellt sie fest, dass es von Goerden immer wieder gelingt, Mitgefühl in ihr zu wecken. »Das müssen die Franzosen entscheiden. Sie ist in Paris.«

»Verstehe ich Sie richtig: Damit bin ich raus?«

»Ja.«

»Und was ist mit Karim? Mit meiner Informantin?«

»Müssen künftig auf Ihre Gesellschaft verzichten.«

»Der Mord an meinem Kollegen?«

»Ihr Chef wird Ihnen diese Frage beantworten.« Er seufzt, und es klingt nicht einmal gespielt; er leidet tatsächlich an dem System, das er selbst am Laufen hält. »Es ist nun mal eine beschissene Welt, Hanne. Die Toten zählen nicht – nur die Lebenden.«

Sie lässt die Kante los, rückt den Stuhl gerade. »Ihre Welt, nicht meine.« Ein trotziger Reflex, aber natürlich stimmt es, auf fatale Weise. In ihrer Welt ist es fast umgekehrt, da zählen die Toten zu viel, die Lebenden zu wenig.

Acht Lichtlein im Turm in dieser Nacht, dazu kommt ein neuntes, ihres. Stundenlang tippt sie am Computer Namen in die Suchmaske, während die Nacht verstreicht, *Frank Jaromin, Toni Baumann, Bengt Koeppen, Ali Karim, Zada al-Hamin*, all die anderen Namen, echte wie falsche. Findet nichts Neues, was in irgendeiner Hinsicht relevant sein könnte.

Also weitersuchen. Sie braucht eine Spur! Denn wenn der Morgen graut, wird man ihr bei einer Tasse Kaffee im Präsidentenbüro mit mahnenden Worten die Hände binden, den Mund verkleben und die Zeit für weitere Schritte nehmen.

Irgendwann nach Mitternacht fällt ihr Blick auf einen prominenten Namen, der in diesem Zusammenhang bislang nicht vorgekommen ist. Ein leicht unscharfes Foto vom Dezember 2001 zeigt Bengt Koeppen inmitten einer Handvoll Männer bei einer öffentlichen Veranstaltung in der brandenburgischen Provinz. Die Bildunterschrift nennt Namen, die anderen Männer sind Mitglieder des ausrichtenden Vereins »Freunde Amerikas« – alle bis auf einen. Er steht auf dem Foto mittig neben Koeppen, deutlich älter, die Miene düster, fast verbittert, die wenigen grauen Haare wirr, der Anzug sitzt schlecht, keine Krawatte. Und doch ist er der Hauptgast: »Unser Festredner an diesem Abend, der ehemalige BND-Präsident und frischgebackene Ruheständler Hans Breuninger«, verkündet die Bildunterschrift.

Lay recherchiert die wesentlichen Daten, die sie zum Teil noch erinnert. Breuninger wurde 1933 geboren, war von 1992 bis 1996 Staatssekretär im Innenministerium, wechselte dann an die Spitze des BND und trat im Herbst 2001 aus ungenannten Gründen zurück.

Sie druckt das Foto aus.

Sie hat Hans Breuninger als höflichen, ernsten, doch humorvollen Staatsbeamten in Erinnerung. Konservativ, aber gesprächsoffen, auf politische Korrektheit bedacht. Immer gut gekleidet, ordentlich frisiert. Nur wenige Wochen vor der Veranstaltung der Freunde Amerikas hat sie ihn in Fernsehinterviews zu 9/11 gesehen. Betroffen, nachdenklich, aber eben so, wie er all die Jahre in der Öffentlichkeit aufgetreten ist.

Auf dem Foto dagegen ist er ein Schatten dieses Mannes.

Sie zieht die Tastatur heran und beginnt, den Schatten zu jagen.

Gegen halb drei Uhr morgens hat sie eine Spur, die allerdings in eine heikle Richtung weist und einen ungeheuren Verdacht mit sich bringt. In den Tiefen des Internets ist Lay auf eine Verbindung Breuningers zu einem neoliberalen Think Tank gestoßen, dem »Project for the New American Century«, kurz PNAC, Sitz in Washington. Einige der einflussreichsten Mitglieder der Regierung George W. Bush gehören PNAC an, darunter Donald Rumsfeld, Dick Cheney, Paul Wolfowitz, Lewis Libby, Caspar Weinberger und Richard Perle, außerdem Bush-Bruder Jeb und andere. Bei mehreren nichtöffentlichen Veranstaltungen von PNAC in den USA und Deutschland taucht Breuningers Name auf der Rednerliste auf; die Beiträge stehen jedoch nicht online. Allerdings ist Lay bei einem amerikanischen Politkommentator auf eine Zusammenfassung einer seiner Reden vor einem PNAC-Forum Mitte 2002 gestoßen. Darin fordere Breuninger einen Krieg gegen den Irak, heißt es, um den »islamischen Terror« wirksam bekämpfen zu können. Der Westen müsse die Demokratie in der gesamten arabischen Welt verbreiten, wenn nötig mit Gewalt durch *regime changes* wie in Afghanistan. Und wenn der Irak endlich demokratisiert sei, müsse der Iran folgen. Ein Zitat Breuningers beschließt die Zusammenfassung: »Lassen Sie uns gemeinsam darauf hinwirken, dass unsere Regierungen endlich entschlossen handeln, um den islamischen Diktatoren und Terroristen dieser Welt das Handwerk zu legen!«

Wasser auf die Mühlen der PNAC-Leute, vermutet Lay. Denn bereits 1998 hat der Think Tank in einem Brief an Präsident Clinton dazu aufgerufen, Saddam Hussein zu stürzen. Fünf Jahre später kommt es nun dazu – mithilfe der BND-Quelle Curveball, die möglicherweise lügt, des BND-Scharfschützen Frank Jaromin, der die irakische Dissidentin Zada al-Hamin alias Abeer erschossen hat, die Curveball als Lügner enttarnen wollte; sowie weiterer BND-Mitarbeiter, die mit dem Kanzleramt Katz und Maus spielen.

Auch mithilfe eines ehemaligen BND-Präsidenten?

Sie lässt die Stirn auf die kühle Tischplatte sinken. Hört Salihs Stimme in ihrem Kopf: Wie willst du das später dem Chef erklären? Oder deinem Freund im Kanzleramt?

Was erklären, Salih?

Ein rechtschaffener, verdienter deutscher elder statesman *als Mitglied einer Verschwörung, die gegen die eigene Regierung intrigiert?*

Sie richtet sich auf, sucht weiter. Vielleicht die entscheidende Frage: Wie wurde aus dem verbindlichen Konservativen Breuninger innerhalb weniger Monate ein verbitterter Kriegstreiber?

Eine Stunde später findet sie auf der Website eines deutschen Boulevardblatts eine mögliche Antwort. Eine Tragödie, komprimiert auf zwei Zeilen: Breuningers Sohn Johannes, der in New York gelebt und gearbeitet hat, galt seit dem 11. September 2001 als verschollen und wurde Anfang Oktober für tot erklärt.

Reicht das, Salih?

Nein!

Im Impressum der Freunde Amerikas findet Lay Namen und Anschrift des Gründers und Vorsitzenden: René Meinitz, Paulinenaue. Sie betrachtet das Foto. Meinitz, um die vierzig, Bierbauch, steht aufgeplustert auf der anderen Seite von Breuninger und blickt von allen Vereinsmitgliedern am stolzesten drein.

Die Datenbanken bestätigen, dass er noch in Paulinenaue wohnt.

Zehn Minuten später sitzt sie in der größten und elegantesten silberfarbenen Dienstlimousine, die zur Verfügung stand, dreht die Musik auf, um den lieben Geist in ihrem Kopf zu übertönen, und rast mit Blaulicht los.

Paulinenaue im Havelland, einsam gelegen, gut tausend Einwohner, umgeben von kahlen Feldern, Wäldern, irgendwo ein kleiner Flugplatz mit dem schönen Namen »Bienenfarm«. Niemand unterwegs um halb fünf Uhr morgens. Meinitz wohnt am Ende des Dorfs, am Ende einer spiegelglatten Straße. Das Haus ist flach, klein, krumm, wirkt pockennarbig, überall blättert der helle Verputz ab. Eine Art riesiger Vorgarten ohne Zaun, ungepflegt, sofern man das im Winter beurteilen kann. Ein gepflasterter Weg führt zum Haus.

Keine Klingel, nur ein Türklopfer aus Messing.

Es dauert minutenlang, bis Lay schlurfende Schritte im Inneren hört. Auf der anderen Seite der Tür verharren sie.

Sie klopft erneut.

»Ja?«, fragt eine nuschelnde Männerstimme.

»Bundeskriminalamt, Hanne Lay.«

Ein Räuspern. »Was?«

»Machen Sie bitte auf, Herr Meinitz.«

Die Glühbirne über dem Rahmen springt an, die Tür wird aufgezogen, und in Lays Nase dringt der durchdringende Geruch von Restalkohol. Der stolze Mann von dem Foto steht in ausgeleiertem T-Shirt und Boxershorts vor ihr, die halblangen Haare fettig, auf Brust und Bauch wölbt sich eine verblichene amerikanische Freiheitsstatue. Er ist höchstens ein paar Zentimeter größer als Lay, hat stark zugenommen seit Dezember 2001. Die Augen sind gerötet, der Blick eher ratlos als abweisend. »Kripo?«

»Hab nur ein paar Fragen.«

»Muss ja dringend sein.«

»Sehr dringend.«

Sein Blick fällt auf die Limousine hinter ihr, die dort steht, wo sein Grundstück beginnt. Lange sieht er den Wagen an, die trüben Augen wandern ausdruckslos von rechts nach links, von links nach rechts; dann stiehlt sich so etwas wie Sehnsucht hinein.

Meinitz führt sie durch einen schmalen Flur, auf beiden Seiten stapelt sich Zeug, Kleidung, Schuhe, Werkzeug, Bücher, Magazine, lässt nur einen Trampelpfad frei. An den Wänden hängen Poster und Plakate, amerikanische Motive, genauso im Wohnzimmer, das noch unordentlicher ist. Weitere Trampelpfade führen zum Sofa, zum Fernseher, einem Tisch, auf dem die Reste des Abendessens stehen, Blickrichtung Fernseher. Teller, Besteck jeweils für eine Person, dazu leere Bierflaschen, die für drei reichen würden. Zur Sicherheit fragt Lay nach: »Ich hoffe, ich habe niemanden sonst geweckt?«

Meinitz schüttelt nur den Kopf, dann mustert er sie von oben bis unten, den eleganten Wintermantel, die braunen Chelsea-Boots. Eingeschüchtert hebt er den Blick, weiß wohl nicht, wohin mit ihr.

»Ich nehme den Stuhl.« Lächelnd dreht Lay den zweiten Stuhl am Tisch um und setzt sich.

Während sich Meinitz zum Sofa vorarbeitet, lässt sie den Blick über die vollgeklebten Wände gleiten, erkennt die Präsidenten Reagan, Bush senior und junior, staatsmännische Gesten oder »privat«, auf anderen Postern Charlton Heston, Tom Selleck, Mel Gibson, Mike Tyson, weitere Sportler, deren Gesichter ihr nichts sagen, dazwischen ikonographische Landschaften der USA und Postkarten, Wimpel, ein Coca-Cola-Schild aus Plastik, anderes mehr, und über dem Rahmen der Küchentür hängt rot und gelb das McDonald's-»M«.

»Und was ist so dringend?«, fragt Meinitz, aber es klingt nicht ungehalten, eher wie der Beginn einer willkommenen Unterhaltung. Lay zieht den Ausdruck des Fotos aus der Tasche und hält ihn hoch. Seine Augen werden schmal vor Anstrengung, während er es vom Sofa aus betrachtet. »Was wollen Sie wissen?«

»Was der Festredner gesagt hat. Hans Breuninger.«

»›Holen wir uns die Bastarde.‹«

»Saddam?«

»Saddam, die Taliban, Gaddafi, die Ayatollahs. Assad.«

»Denken Sie auch so?«

»Ich denke, dass wir uns da raushalten sollten. Unsere Jungs nicht in solche Kriege schicken sollten.«

»Haben Sie das Redemanuskript?«

»Manuskript ist gut. Zwei Seiten, wenn überhaupt.«

»Also?«

»Irgendwo muss ein Hefter liegen. Fotos, das ›Manuskript‹.«

»Dann gehen Sie mal auf die Suche.«

Mit einem überraschten Kichern hievt er sich vom Sofa und verschwindet in einem Nebenraum. Lay folgt ihm, bleibt in der offenen Tür stehen. Ein kleines Schlafzimmer, Meinitz zieht eine Kommodenschublade auf, blickt kurz herüber. Das Fenster ist gekippt, es ist eiskalt. Auch hier leere Bierflaschen, ein zweiter Fernseher an der Wand gegenüber vom Bett. Der Bezug ausgewaschenes Blau-Rot, Stars-and-Stripes.

»Er war nur eine halbe Stunde bei uns, und er war ziemlich schlecht gelaunt«, sagt Meinitz, während er durch Papiere blättert.

»Hat seine zwei Seiten vorgelesen, Small Talk gemacht und ist wieder gegangen. Trotzdem, für uns war er eine Granate. Der Ex-Präsident des BND kommt nach Paulinenaue, das muss man sich mal vorstellen. Alle kannten den noch aus Kohl-Zeiten. Wir haben ein Zelt aufgebaut und Bierbänke reingestellt, siebenhundertfünfundfünfzig Gäste.«

»›Wir‹, das sind die Freunde Amerikas? Der Verein?«

Meinitz nickt.

»Ist er allein gekommen?«

»Nein, er hatte eine ganze Entourage dabei. Sogar zwei Personenschützer.«

»Wen noch?«

Die Hände halten inne. »Soll ich suchen oder nachdenken?«

»Kurz nachdenken.«

Er reibt sich die Stirn. »Den auf dem Foto haben Sie gesehen. Geheimdienstler, würde ich sagen, oder Soldat, er hatte was Militärisches. Breuninger musste beim Gehen gestützt werden, das hat er gemacht. Wir dachten erst, das ist vielleicht ein Sohn, weil sie so vertraut miteinander waren, aber er hatte einen anderen Namen. Dann einer, der jünger war, Anfang dreißig. Hat sich immer im Hintergrund gehalten, aber er hatte die Augen überall. Irgendwie war der ein bisschen unheimlich.«

»Beschreiben Sie ihn.«

»Da müsste ich länger nachdenken.«

Sie hebt die Schultern.

Meinitz gibt sich Mühe, wirft Adjektive in den Raum, widerruft die einen, konkretisiert die anderen. Ein paar fügen sich zu einem Bild, mit dem Lay etwas anfangen kann. Nicht dick, aber Speck um die Hüften, sanfte Stimme, weiches Gesicht, Richtung Babyface, »aber eine Knarre«.

Nicht der Glatzkopf – Salihs Mörder –, wie sie gehofft hat. Die Beschreibung passt eher auf den Schlafenden, der während der Fahrt nach Polen auf der Rückbank saß. Der Mann mit dem Chloroform.

Meinitz' Hände sind wieder in Bewegung, wühlen weiter.

»Haben Sie Fotos?«

»Durften nicht gemacht werden. Nur das eine, das offizielle. Na ja, und einer von uns hat heimlich ein zweites gemacht.«

»Bin gespannt«, sagt Lay.

»Der Unheimliche ist nicht drauf. Nur Breuninger und der andere.« Meinitz zieht einen Hefter aus der Schublade. »Ich hab's.« Auf seiner Stirn steht Schweiß, der Atem geht schwer. Suchen und Nachdenken um halb fünf Uhr morgens scheinen ihn anzustrengen. Seufzend kommt er zu ihr, bleibt zwei Meter vor ihr stehen und bedeutet ihr fast schüchtern voranzugehen.

Sie zeigt auf die blau-rote Bettwäsche. »Wie schläft man in so was?«

»Wie in Gottes Schoß.«

Im Wohnzimmer legt er den Hefter auf den Tisch, steht dann unschlüssig da. »Glas irgendwas?«

»Nein, danke.«

»Was dagegen, wenn ich …?«

»Holen Sie sich eins.«

Er tritt in eine dunkle Ecke neben dem Tisch, in der ein Kühlschrank steht, den Lay bislang nicht bemerkt hat, holt sich eins.

Leert die Flasche im Stehen halb, auf einen Zug.

»Ich muss das mitnehmen.« Lay klopft mit der Hand auf den Hefter.

»Wenn ich's wiederbekomme.«

»Natürlich.«

»Falls mal wieder mitten in der Nacht Besuch von der Kripo kommt.« Er lässt sich aufs Sofa sinken, klemmt die Bierflasche zwischen die bloßen knochigen Knie. Ein Zucken fliegt über sein Gesicht, irgendein Gedanke, er schürzt die Lippen, verwirft ihn wohl.

»Gibt es die Freunde Amerikas noch?«

»Natürlich. Solange es mich gibt.« Meinitz bleckt die Zähne, eine Art trauriges Lächeln. »Bloß haben wir keine Mitglieder mehr.«

»Wir?«

»Der Verein. Ich.«

»Was ist passiert?«

Er zuckt die Achseln, trinkt, klemmt die Flasche wieder zwischen die Knie. »Es gab Auseinandersetzungen, ein paar Wochen, nachdem Breuninger hier war. Er hat sie auf Ideen gebracht. Ich war ihnen danach nicht … Ich sag mal: nicht radikal genug.«

»›Holen wir uns die Bastarde?‹«

»Sie wären am liebsten gleich los. Die Waffen ausgraben …«

»Die Waffen?«

Meinitz schweigt, scheint abzuwägen.

»Was waren das für Leute?«

Er hebt die Flasche an den Mund, sekundenlang steht sie umgedreht senkrecht in der Luft, dann ist sie leer. »NVA. Stasi. So was.«

»Sie auch?«

»Und wenn?«

Lay winkt ab. »Und die haben Waffen vergraben?«

»Bei der Wende ist viel verloren gegangen.«

»Von wie vielen ehemaligen Mitgliedern sprechen wir?«

»Vier. Wobei, Arno ist letzten Sommer beim Angeln ertrunken. Hat sich unten bei Ketzin von einem Hecht in die Havel ziehen lassen. Herzinfarkt, er war über achtzig.«

»Und die anderen drei?«

»Schwingen Reden, wenn man sie fragt.«

»Reden?«

»›Es wird der Tag kommen, da müssen wir die Heimat gegen den Mohammed verteidigen.‹ ›Wir müssen Rot-Grün stürzen, sonst geht Deutschland unter.‹ So was. Zwei aus dem Ort, einer aus dem Westen, Hannover, ist nach der Wende hergekommen.« Er nickt in ihre Richtung. »Mir fällt gerade ein, 'ne Frau war noch dabei.«

»In Breuningers Entourage?«

»Um die sechzig, elegant. Wie Sie. Halt bloß älter. Also, viel älter.« Lay könnte schwören, dass er errötet. Er hebt den Arm, wedelt mit der Hand. »Ist auf dem zweiten Foto drauf.«

Sie schlägt den Hefter auf, blättert die Seiten mit Breuningers Rede um zu einer Klarsichthülle mit zwei Fotos. Auf dem zweiten stehen Breuninger und Bengt Koeppen bei Meinitz, der eine Hand gehoben hat und spricht. Einen Meter neben der Gruppe ist am Bildrand eine Frau zu sehen, die ein Handy ans Ohr hält, sehr beschäftigt wirkt. Beigefarbenes Businesskostüm, Brille, in der Armbeuge hängt eine große Handtasche, vielleicht braun, die Pumps im selben hellen Ton wie die Kleidung.

»Hab leider keinen Namen«, sagt Meinitz, »sie hat sich nicht vorgestellt.«

Lay nickt, sie wird den Namen herausfinden.

Sie muss sich nur erinnern, woher sie diese Frau kennt.

Meinitz führt sie in Morgenmantel und Gummistiefeln durch den Garten, weist fürsorglich auf vereiste Stellen am Boden hin, doch Lay kann den Blick nicht von seinem Rücken lösen, auf dem im Schein der Türlampe Hulk Hogan mit Sonnenbrille und rotem ärmellosen T-Shirt hochgezüchtete Bizeps-Berge präsentiert. Erst jetzt wird ihr bewusst, dass an keiner Wand des Hauses Poster von amerikanischen Frauen hängen, keine halb nackte Pamela Anderson oder Kim Basinger, Sharon Stone in *Basic Instinct*, wie man es bei einem vereinsamten Amerika-Fan in seinem Alter vielleicht erwartet hätte.

Ein weiteres kleines Rätsel um René Meinitz.

»Vorsicht«, sagt er, als es am Ende des Gartens einen halben Meter leicht nach oben geht, und hält ihr ungelenk eine Hand hin. Sie nimmt sie, lässt sich stützen und hat dabei das Gefühl, dass sie ihn ein wenig stützt, nicht körperlich, sondern mental.

Er öffnet ihr die Autotür, lächelt unbestimmt, als sie einsteigt. »Beine drin?«

Lay bestätigt, und er schließt die Tür sanft. Als sie die Hand zum Gruß hebt, sieht sie ihn nicken.

Nachdem sie gewendet hat, steht er immer noch da, die Hände in den Taschen des Morgenmantels. Dann löst er sich und stapft Richtung Haus, der Rücken leuchtend rot.

Ein paar Kilometer vor Berlin greift Lay mechanisch zum Telefon, will Salih anrufen wie so oft. Ihm Beine machen, raus aus dem Bett, ich hab Neuigkeiten, aber ich brauch deine Hilfe, beeil dich.

Nee, ich schlaf noch eine Stunde, Hanne.

Dann bring wenigstens Frühstück mit.

Sie lässt das Telefon in den Schoß fallen.

Schreit das Lenkrad an.

In Spandau hält sie vor einem Spätkauf nahe der Heerstraße und besorgt sich Kaffee. Dann zieht sie das zweite Foto hervor, starrt auf die Frau und versucht, sich zu erinnern. Aber sie ist zu müde für irgendeinen klaren Gedanken.

Solltest auch mal schlafen, Hanne, weißt du.

Sie wechselt auf den Beifahrersitz, senkt die Lehne ab, schließt die Augen.

Da kommt die Erinnerung.

Die Frau ist Petra Weissmann, einstmals Vizepräsidentin des hessischen Verfassungsschutzes. Ein Workshop in Berlin, Weissmann hat ein Seminar geleitet, an dem Lay teilgenommen hat, irgendwann Anfang der Neunziger. Später ist sie als Staatssekretärin in einem Ministerium wieder aufgetaucht, vielleicht Inneres, richtig: als Nachfolgerin von Hans Breuninger.

Und im Dezember 2001 in Paulinenaue, als Teil seiner Entourage.

Eine Frage begleitet sie in den Schlaf: Besitzt Petra Weissmann cognacfarbene Pumps?

58

KOLLEGEN BRINGEN JAROMIN am frühen Morgen im Wagen nach Schäftlarn.

Ehemalige Kollegen.

Hundert Meter vom Haus entfernt bittet er sie anzuhalten und steigt aus. Die Temperatur liegt deutlich unter Null, das Licht der Straßenlaternen färbt den Schnee gelblich. Unter seinen Schuhen knirschen Eiskristalle.

Das Haus ist erleuchtet, Erdgeschoss, erster Stock.

An der Bushaltestelle schräg gegenüber holt er Zigaretten aus dem Automaten. Dann setzt er sich in den steinernen Unterstand, raucht und wartet.

Mehrere Busse halten, fahren weiter.

Um halb acht kommen die Kinder auf ihren Fahrrädern vorbei. Um halb neun Daniela mit dem stotternden Laguna. Die Klimaanlage ist noch immer defekt, das Fenster heruntergekurbelt.

Er hat nicht gewusst, dass sie zum Fahren inzwischen eine Brille trägt.

Jetzt liegt das Haus im Dunkeln.

Er steht auf und geht hinüber.

Während die Morgendämmerung heraufzieht, ist Jaromin wieder draußen. Hinter Kloster Schäftlarn legt er die Kleidung ab und steigt in den Isarkanal, schwimmt bei fünf, sechs Grad Wassertemperatur um sein Leben, wechselt rasch vom Kraulen zum Delphin, anders geht es nicht. Zehn Minuten hält er durch. Dann packt er Badehose und Handtuch in den Rucksack, läuft los, die gewohnte Strecke, deutlich später als sonst, schneller als sonst. Die Landstraßen sind belebter, im Wald Spaziergänger, Hunde, Jogger. Auf dem Rückweg kriecht so etwas wie ein Sonnenschimmer über die roten Dächer der Abtei.

Beim Duschen kommen ihm die Namen wieder in den Sinn: Abeer, Zada, Azhar. Lenny Rawls, Captain John Miller, Muller, Meller.

Im Gästezimmer nimmt er ein gerahmtes Bild von der Wand und schreibt die Namen mit einem Filzstift auf die Tapete. Darunter notiert er:

Ramstein!!
Toni
Wagner anruf.?
Mazin?
Analyse Tonaufnahme – wer?
Nūr
Abeers Mutter?
Curveball?
Und als Letztes: *Was weiß Bengt?*

Dann steht er ratlos da, starrt auf seine Liste. Er ist kein Ermittler, hat kaum eine Vorstellung davon, wie man Spuren und Hinweise findet und überprüft. Wie man in einer solchen Situation vorgehen sollte.

Nur eines scheint klar: Niemand außer ihm darf davon wissen.

Vor allem Pullach nicht.

Er hängt das Bild über die Namen und Wörter, wirft zwei Tabletten ein, schläft bald tief.

Sanfte Finger an seinem Arm, ein gerötetes Gesicht über seinem, vor Freude strahlend, Alina. Jaromin setzt sich auf und zieht sie an sich. Als ahnte sie, was geschehen ist, beginnt sie zu weinen.

»Alles okay, Schatz.«

Sie nickt, scheint traurig und glücklich zugleich.

Sie hat Hunger, also kochen sie sich in der Küche ein frühes Mittagessen, hören dabei immer wieder »Engel« von Ben, ihrem neuen Schwarm. Alina redet, Jaromin hört unkonzentriert zu, die Schule, blödes Englisch, dann hat sie sich auf dem Heimweg auch noch einen Platten geholt. Er denkt an seine Liste, an die richtigen und die falschen Namen. An Toni, Mazin, der ein paar Tage nicht arbeiten wollte. Er muss sie kontaktieren, denkt er, kann es nicht, ohne zu riskieren, dass Pullach davon erfährt.

Irgendwann *werden* sie davon erfahren.

Spätestens dann braucht er Beweise. Und eine Sicherheitsstrategie. Wer auch immer involviert ist, wird nicht einfach zusehen, wie er nach der Wahrheit gräbt. Wird ihn unter Druck setzen, wie auch immer.

»*Bitte*, Papa!«, sagt Alina drängend. Sie steht neben ihm am Herd, dampfumwölkt, sticht mit der Gabel in eine Kartoffel.

»Bitte was?«

»Komm mit!« Rasch hebt sie den Einsatz aus dem Schnellkochtopf, lässt die Kartoffeln in eine Schüssel plumpsen, ist schon am Tisch, um aufzutragen.

Jaromin wendet die Schnitzel ein letztes Mal, versucht, sich zu erinnern, wovon sie gesprochen hat. »Okay«, sagt er, »wann?«

»Um drei.«

»Heute?«

Sie blickt ihn an, fast traurig, scheint mit einer Absage zu rechnen. Wortlos bläst sie sich Haarsträhnen aus dem Gesicht, dann nickt sie. »Du hast nichts vor, oder?«

»Nein, ich hab doch Urlaub.«

»Dann kommst du mit?«

»Na klar.«

Sie lacht. Wiegt den Kopf, ist glücklich.

Beim Essen erinnert er sich. Eine Feier in der Schule, nicht lang, eine Stunde. Mama muss arbeiten, auch Alex wird nicht dabei sein, er hasst Feiern. Alina dagegen liebt sie. Will sich fein machen.

Den unsichtbaren Vater zeigen.

Nach dem Essen geht er nach oben ins Gästezimmer, schließt die Tür. Mazin kann er vermutlich am ehesten überreden, niemandem von dem Anruf zu erzählen, wenigstens für ein paar Tage.

Er sitzt auf dem ausgezogenen Gästesofa unter der Liste, während er wählt. Dreimal das Freizeichen, dann besetzt. Mazin hat ihn weggedrückt.

Also Toni. Nach ein paar Sekunden springt die Mailbox an. Jaromin legt auf.

Er denkt lange nach, wägt die Risiken ab. Schließlich ruft er die Botschaft in Bagdad an, lässt sich mit dem Geschäftsträger verbinden.

Ein Fehler. Als er seinen Namen nennt, herrscht Wagner ihn an: »Sie wagen es, mich anzurufen?«

»Ich muss Toni Baumann sprechen. Ist er noch …«

»Sie rufen mich nie wieder an, klar?«

Die Verbindung wird unterbrochen.

Ramstein.

Auf der Website der Air Base findet er Fotos und Namen einiger Dutzend leitender Mitarbeiter. Lenny Rawls und dessen Captain sind natürlich nicht darunter. Er wählt die Nummer der Telefonzentrale, wird weitergeleitet, für den Bundesnachrichtendienst ist eine forsche Sergeant Webb zuständig. Er fragt nach Rawls, Satellitenaufklärung, kommt sich wie ein Dilettant vor. Als wüsste er nach so vielen Jahren noch immer nicht, wie das Militär und die Sicherheitsdienste arbeiten. Webb blockt wie erwartet ab, verlangt eine schriftliche Anfrage. Bevor er sich verabschieden kann, hat sie aufgelegt.

Er streicht Ramstein. Versucht es ein weiteres Mal bei Toni, bekommt wieder das Band. Mazin lässt es diesmal klingeln.

Auch bei Ivo, der ihm erst jetzt eingefallen ist, nur das Freizeichen.

Vermutlich liegt sein Handy noch in einem Plastikbeutel in irgendeinem Büro des jordanischen GID in Amman.

Soll er Koeppen anrufen? Er entscheidet sich dagegen. Auch wenn die Wut und die Enttäuschung echt gewirkt haben, ist Koeppen Teil des Systems. Wie Bardeaux. Wie Curveball.

Er streicht Curveball. Keine Chance, an ihn heranzukommen, ohne Informationen aus dem Inneren des Dienstes.

Und Nūr? Ist auch sie Teil eines Systems?

Doch wenn die Tonaufnahme der Amerikaner manipuliert ist, warum dann nicht auch die Informationen über Nūr? So wie die Informationen über Abeer, die in Wirklichkeit Azhar heißt oder Zada.

Azhar, haben die Amerikaner gesagt. Zada hat Koeppen gesagt, also Pullach. Die einen lügen, die anderen nicht.

Wer lügt? Wer hat ihn reingelegt, die Amerikaner oder Pullach?

Er springt auf. Ein kleiner, großer Denkfehler ist ihm unterlaufen, kein Wunder, alles so komplex und so absurd. Nicht nur die Tonaufnahme der Amerikaner ist ja gefälscht, sondern auch deren Analyse aus Pullach.

Beide haben ihn reingelegt.

Später sitzt er eingepfercht zwischen Alina und einer flüsternd schnatternden Mutter, hält es kaum aus, die vielen Menschen, langweilige Reden, die falschen und echten Namen in seinem Kopf; und immer wieder unergründliche Seitenblicke Alinas, die seine Unruhe spüren muss. Der alte Direktor wird am Ende des Schuljahres gehen, ein neuer kommen, jetzt wird der Mann vorgestellt, so weit hat er es verstanden. In einer kurzen Redepause entschuldigt er sich, verlässt die Aula und läuft auf der Suche nach einer Toilette einen Gang hinunter. Vor zwanzig Jahren war er mit einem Mädchen, das älter und klüger war als er, zu einer Weihnachtsfeier hier im Ickinger Gymnasium. Seltsam intensive Erinnerungen an Gerüche in den Gängen, Spekulatius, Vanillekipferl, an eine nach Pfirsich duftende Bluse. Im

Jahr darauf hatte das Mädchen genug, bist ja nie hier, und da rauf nach Wo-noch-mal? will ich nicht fahren.

Im Toilettenraum starrt er auf ein hageres, erschöpftes Gesicht, die Stirn feucht von der Unruhe, der Blick unkonzentriert. Ein paar Hände voll kaltes Wasser helfen. Er kehrt zurück in den stickigen Raum, den Alina »alte Aula« genannt hat, quetscht sich an störrischen Beinen vorbei. Als er sitzt, spürt er Alinas Hand an seiner. Sie beugt sich zu ihm, flüstert in sein Ohr: »Alles okay, Papa?«

Er nickt. »Nur müde.«

»Sollen wir gehen?«

»Nein.«

»Dauert bestimmt nicht mehr lang.« Sie lehnt sich zurück, gibt dadurch den Blick auf ein rundliches Gesicht mit Vollbart und Brille am Ende der Stuhlreihe frei, das in seine Richtung gedreht ist. Prüfend mustert ihn der Mann, gibt sich keine Mühe, es zu verbergen. Jaromins erster Gedanke ist: Natürlich, einer wie er, der in einer ganz anderen Welt als dieser zu Hause ist, muss hier auffallen.

Der zweite Gedanke: Das ist er. Danielas Liebhaber.

Während sie zum Auto gehen, sehen sie den Mann wieder. Zwei Mädchen im Alter zwischen Alina und Alex hüpfen um ihn herum, keine Frau bei ihnen. Dunkelgrüner Lodenmantel, kaschiert nicht den fußballgroßen Bauch, auf dem Kopf tatsächlich ein Hut.

Wieder blickt der Mann herüber.

Jaromin bleibt stehen, auch der Mann scheint für einen Moment innezuhalten. Doch dann beschleunigt er seine Schritte, wirkt fast ein bisschen erschrocken. Schnell steigt er mit den Mädchen in einen Audi.

Jaromin geht weiter, sein Blick begegnet Alinas aufgerissenen Augen.

Auf dem Rückweg nach Schäftlarn ist der Audi ein paar Autos vor ihnen. Jaromin prägt sich die Form der Rück- und Bremslichter ein, in der Dämmerung ist die Karosserie kaum zu erkennen.

In Ebenhausen biegen die Lichter nicht in den Ort, sondern Richtung Kloster ab. Er folgt ihnen, überholt die Wagen dazwischen und setzt sich direkt hinter den Audi. Der Mann soll wissen, dass er da ist. Wieder zu Hause ist. Trotz der Dunkelheit wird er den kleinen roten Golf sehen. Vielleicht kennt er das Auto ja.

»Du musst ihm nicht nachfahren, ich weiß, wo er wohnt«, murmelt Alina. »Straßlach.«

Jaromin holt tief Luft, biegt an der Kreuzung Klosterstraße nach Schäftlarn ab. Im Rückspiegel sieht er, wie sich die Lichter des Audis entfernen. »Bist du mit den Mädchen befreundet?«

»Nein.«

Er schweigt, will sie nicht ausfragen. Daniela muss seine Fragen beantworten, nicht Alina.

Er spürt ihren Blick, sieht sie an.

»Ich war mal mit Mama bei ihnen. Zum Kuchen.«

»War er mal bei uns?«

»Glaub nicht. Willst du wissen, wie er heißt?«

»Willst du's mir sagen?«

»Eder. Markus. Die ältere Tochter heißt Sabine, aber er nennt sie ›Muckl‹. Bescheuert, oder?«

»Und die andere? ›Pu‹?«

Sie lachen.

»Kennt Alex ihn auch?«

Alina nickt zögernd. »Er fährt manchmal rüber.« Sie dreht den Kopf zum Seitenfenster. »Sie treffen sich schon eine Weile, Mama und Markus. Seit Herbst oder so.«

Ihre Stimme klingt verloren. Als hätte sie es akzeptiert, weil sie weiß, dass sich nichts mehr ändern wird.

Er fragt sich, was es mit seinen Kindern macht mitzuerleben, wie die Familie zerfällt.

In den restlichen Minuten der Fahrt sprechen sie nicht. Jaromin ist in Gedanken bei dem dicklichen Mann aus Straßlach, der seine Tochter ›Muckl‹ nennt. Hat vor Augen, wie er Daniela küsst und im

Bett auf ihr liegt. Seine Frau voller Leidenschaft in den Armen eines anderen.

Es schmerzt weniger, als er vermutet hätte.

Wenn die Kinder aus dem Haus sind, kann sie gehen, denkt er. Aber jetzt noch nicht. Mit ihr steht und fällt alles. Sie ist eine von zwei Säulen der Familie. Geht sie jetzt zu einem anderen, zerstört sie die Familie.

Und er hat doch nichts anderes.

Hinter Alex' Fenster im ersten Stock ist Licht. Daniela scheint noch nicht zurück zu sein.

Als Jaromin am Straßenrand hält, sagt Alina: »Was ist in Sarajevo passiert, Papa?«

»Nichts Besonderes, Schatz.«

»Du bist anders, seit du zurück bist.«

Er zieht den Zündschlüssel, löst den Gurt. »Du weißt doch, was mit Mama und mir ist.«

»Ich weiß aber auch, dass das nicht alles ist.«

Er bringt ein Lächeln zustande, dann steigt er aus, trägt den Satz erschüttert mit sich, über die Straße, durch den Vorgarten, ins Haus, hört ihn noch in seinem Kopf widerhallen, als er die Treppe ins Gästezimmer hinaufsteigt.

Ja, noch etwas ist anders, und es hat drei Namen: Abeer, Zada, Azhar.

59

Pullach

BENGT KOEPPEN KANN NICHT anders, kehrt gegen sechzehn Uhr nach Pullach zurück, auch wenn Bardeaux ihm empfohlen hat, sich einen Tag auszuruhen, um Kraft zu sammeln für das, was kommen wird. Langsam rollt er im Schneematsch auf das Metalltor zu. Noch steht jenseits der Mauern sicherlich nicht fest, in welchem lichtlosen Büro welcher unfreundlichen Stadt man ihn künftig zu seiner Rehabilitierung und dem Nutzen des Dienstes unterzubringen gedenkt. Bardeaux behandelt ihn rücksichtsvoll, fürsorglich fast, als wollte er verhindern, dass Koeppen von sich aus allzu drastische Konsequenzen zieht.

Natürlich führt daran kein Weg vorbei.

Beim BND wird er für immer Bengt Kirchner bleiben, Leiter eines desaströs verlaufenen Einsatzes irgendwo im Nahen Osten. Gerüchte werden die Runde machen. Kirchner, der die eigenen Leute nicht im Griff hatte. Alkohol, Medikamente, Drogen, so sind die in ihre Einsätze gegangen. War das in Bosnien ähnlich? Gab es da nicht einen toten Jungen, kaum älter als achtzehn? Kirchner muss von den Eskapaden seiner Leute gewusst haben. Einsatzleiter kennen ihre Teams, bilden verschworene Einheiten mit ihnen. Hat er sie geschützt? Sich trotzdem wieder und wieder auf sie verlassen?

Auch in die unfreundliche Stadt würden die Gerüchte und Fragen schwappen.

Das ist das eine. Das andere: Ausgerechnet Frank Jaromin, dem er mehr vertraut hat als irgendjemandem sonst, hat ihn verraten. Und damit, das ahnt er, etwas Wesentliches in ihm zerstört – die Fähigkeit, anderen das eigene Leben anzuvertrauen.

Lautlos öffnet sich das Tor vor ihm. Im Schein der Laternen treiben Schneeflocken, bleiben auf der Motorhaube liegen. Sekunden später sind sie geschmolzen.

Er fährt aufs Gelände.

»Nachtschicht?«, fragt der Pförtner.

»Wenn du es so nennen willst.«

Der Pförtner hält seinen Blick. »Weißt *du*, was da los ist?« Ein Daumen zeigt in Richtung der Gebäude.

»Nein«, sagt Koeppen.

»Irgendwas ist passiert, heißt es. Köpfe rollen. Chefköpfe.«

Koeppen will eben weiterfahren, als sich ein orangefarbener Fleck aus dem Grau und Weiß vor ihm löst. Trägers winziger Citroën.

Träger hält auf seiner Höhe, starrt ihn durch zwei Fensterscheiben an. Neben ihm sieht Koeppen die Krone des *Ficus Ginseng*, auf der Rückbank Kartons. Er nickt zum Gruß, doch Träger reagiert nicht. Schließlich fährt er weiter.

»Dem sein Kopf zum Beispiel«, sagt der Pförtner. »Bloß warum?«

»Wenn du es erfährst, sag's mir.« Koeppen verabschiedet sich, parkt den Wagen, läuft dann langsam den mit Sand gestreuten Weg entlang. Dass Träger seinen Posten schon heute räumen muss, überrascht ihn. Ein Nachfolger muss bereits feststehen.

Die Entscheidungen fallen schneller, als er gedacht hätte.

In seinem Büro versucht er eine Weile zu arbeiten, aber die düsteren Gedanken lassen ihn nicht los. Hätte er es nicht kommen sehen müssen? Warum hat sein Instinkt so versagt? Er schlüpft in die Tai-Chi-Kleidung, macht Aufwärmübungen, dann eine der langen Formen. Im Raum steht nur, was er unbedingt braucht, so angeordnet, dass genug Platz zum Üben ist. Schreibtisch, Aktenschrank, ein Regal. Keine Pflanzen, die Wände kahl, nichts soll ablenken.

Doch die Gedanken lenken ab.

Er wechselt zum Kung Fu, die Tiger-Form, erst langsam, dann

schnell und kraftvoll. Schließt den Leopard an, holt anschließend die Schmetterlingsmesser aus dem Regal.

Als er außer Atem ist, fühlt er sich besser.

Ein Handtuch um den Hals, steht er mit geschlossenen Augen in der Bärenstellung, beruhigt die Atmung.

Irgendwann klingelt das Diensthandy.

Er atmet noch einmal lang aus, geht zum Schreibtisch.

Eine der Kolleginnen aus der Aufklärung, Natascha. »Frank ist dein Mann, richtig? Frank Jaromin.«

Ihre Stimme klingt seltsam gedämpft, kann sich nicht ausbreiten. Im Hintergrund hört Koeppen fahrende Autos, sehr leise, wie in großer Entfernung. »Ja.«

»Er telefoniert.«

»Heißt?«

»Er ruft Nummern in Bagdad an.« Koeppen vernimmt ein Rascheln, sie schlägt Seiten um. »Die Botschaft, aber der Geschäftsträger hat aufgelegt. Einen Handyanschluss, Mazin Farhan, keine Verbindung. Außerdem deinen Mann Toni. Und die Air Base der Amerikaner in Ramstein. Er hat nach zwei Männern gefragt, Lenny Rawls und Captain John Miller, vielleicht auch Muller, mit ›U‹. Ohne Ergebnis.«

Jaromin bricht die Vereinbarung.

Und noch etwas begreift Koeppen: Natascha sitzt in einem der Observierungssprinter. Deshalb die gedämpfte Stimme. »Ihr hört ihn ab?«

Sie zögert. »Sag nicht, du bist nicht informiert.«

Koeppen erwidert, er habe fast den ganzen Tag zu Hause verbracht. Selbst für seine Ohren klingt es nicht überzeugend. Doch von der unfreundlichen Stadt und allem anderen will er nicht erzählen.

»Dass Jaromin raus ist, weißt du aber?«

»Von Josef, ja.«

»Jedenfalls dachte ich, es interessiert dich. Weil er doch dein Mann ist.«

»Fahrt ihr das volle Programm? Auch Kameras?«

»Ja.«

»Halt mich auf dem Laufenden.«

»Natürlich.«

Nachdem sie aufgelegt haben, steht Koeppen lange am Fenster und blickt hinaus in die Dunkelheit. An sich findet er es nicht verwunderlich, dass Jaromin observiert wird. Bardeaux muss sicherstellen, dass er sich an die Vereinbarung hält, damit der Dienst im Notfall aktiv werden kann; zu viel steht auf dem Spiel. Und doch …

Bardeaux ist Stratege und nicht dafür bekannt, nur die halbe Strecke zu gehen. Vielleicht lässt er Jaromin gar nicht observieren, um sich abzusichern, sondern um herauszufinden, ob er Zada al-Hamin nicht doch im Auftrag Dritter erschossen hat.

Dann hielten sich beide nicht an die Vereinbarung. Und die Geschichte wäre noch längst nicht ausgestanden.

60

ES BLEIBT DABEI: DER ANRUFBEANTWORTER bei Toni, das Freizeichen bei Mazin.

Und keine neuen Ideen.

Jaromin starrt auf den letzten Eintrag seiner Wandliste: *Was weiß Bengt?* Irgendwo tief in ihm regt sich eine Antwort. Ein Gefühl. *Nicht Bengt.*

Reicht ihm ein Gefühl? Kann er es aufgrund eines Gefühls riskieren, mit Koeppen zu sprechen?

Aber hat er eine andere Wahl?

Unentschlossen verlässt er das Gästezimmer. Er holt Alinas Mountainbike, das im Vorgarten liegt, geht durch den Garten zur hinteren Garagentür, findet sie wie so oft unverschlossen. Vor dem Regal mit den Radutensilien bockt er das Rad umgedreht auf, sucht das Loch und beginnt, es zu flicken.

Noch eine Frage, die entscheidend ist: Was verbindet Daniela und den Mann aus Straßlach? So viel, dass sie bald gehen will?

Eder, Markus, der seine Tochter »Muckl« nennt.

Nachdem er beide Reifen aufgepumpt hat, bringt er das Mountainbike in den Vorgarten zum Radständer, schließt das Zahlenschloss. Sein Blick fällt auf Alex' Rad, das von einer Schmutzschicht bedeckt und nicht abgeschlossen ist. Ein City Bike, kaum zwei Jahre alt, 999,– DM Aktionspreis, fünf Gänge mit Rücktrittbremse, tiefer Einstieg, Jaromin erinnert sich an die Werbung: Comfort-Einstieg! Vollgefedert! Ein Rad für Ältere, nicht für Teenager.

Das will ich, sagte Alex.

Coolness ist ihm in anderen, für Jaromin verborgenen Bereichen wichtig. Computerspiele, Software, Musik. Seit Kurzem wohl Fotografieren. Sind diese Bereiche für Eder weniger verborgen als für ihn? Fährt Alex deshalb manchmal rüber nach Straßlach?

Und wie fährt er rüber? Mit dem City Bike? Vierzig Minuten, eher mehr. Fast eine Stunde mit Rad und S-Bahn.

Vielleicht, denkt Jaromin, mag er auch nur eine der Töchter.

Er holt einen Eimer mit heißem Wasser aus der Küche, kehrt in die Garage zurück und schrubbt das City Bike, Comfort-Einstieg, vollgefedert. Zieht Schrauben nach, justiert die Bremsbeläge, pumpt die Reifen auf, überprüft die Ventile. Als er eben die verrostete Schraube der Klingelbefestigung austauscht, öffnet sich die Tür. Es ist Alex, der in der Bewegung innehält, auf der Schwelle stehen bleibt.

»Hey.« Jaromin richtet sich auf, spürt, dass durch Alex' Kopf zahllose Gedanken rasen, die mit ihm zu tun haben. Gedanken, die Alex nicht auszusprechen wagt und die er selbst nicht hören will.

Und so stehen sie zwischen ihnen, wie immer.

Seit Alex laufen kann, geht er in die andere Richtung, weg vom Vater, geht und fährt immer dahin, wo der Vater nicht ist, in den ersten Jahren unbewusst, später absichtlich.

Er ist schon wieder gewachsen, denkt Jaromin, wirkt dünner, krummer, der Kopf hängt leicht, kommt mit dem sich verändernden Körper noch nicht klar. Will das blasse Gesicht verstecken, die Pickel, den vereinzelten Flaum, der noch kein Bartwuchs ist.

»Brauchst du dein Rad?«, fragt Jaromin.

Alex' Augen gleiten über das saubere City Bike, dann schüttelt er nachdrücklich den Kopf, als hätte er in diesem Moment beschlossen, dass er das Rad nicht mehr haben will.

Die Hände des Vaters haben es geputzt, haben es beschmutzt …

Alex betritt die Garage, geht zu den Skiern, vier Paar, nebeneinander aufgereiht, nimmt das gelbe, seines, dazu die Stöcke, hinterlässt eine Lücke an der Wand. Ungeschickt hantierend kehrt er zur

Tür zurück, die Skier lösen sich an den Spitzen voneinander, er umarmt sie mehr, als dass er sie trägt.

»Du gehst Skifahren? Jetzt?«

Kein Wort, kein Blick.

»Verdammt, antworte mir, Alex! Red mit mir!«

»Ich verschenk sie.« Ein Nuscheln, kaum hörbar und doch trotzig, die Stimme viel tiefer, als Jaromin sie in Erinnerung hat.

Schweigend beobachtet er, wie Alex mit den Skiern hinausgeht. Er hatte nie Freude am Skifahren, auch als Kind nicht, wollte immer langsam unterwegs sein, nicht schnell. Außerdem war es ihm in den Bergen zu kalt, und dann das öde Warten am Lift. Alle zwei Jahre hat Jaromin ihm neue Skier gekauft und es wieder versucht, aber Alex' Gegenwehr wurde immer stärker, die Ausflüge seltener. Seit ein paar Jahren kommt er gar nicht mehr mit.

Als Jaromin das City Bike wenig später in den Vorgarten schiebt, sieht er den Laguna am Straßenrand parken, die gelben Skier ragen über der Rückbank auf.

Daniela ist im Wohnzimmer, sitzt am Tisch, starrt auf die Tasse Kaffee, die vor ihr steht. Sie blickt kaum auf, als er den Raum betritt, sagt aber Hallo. Wortlos nimmt er ihr gegenüber Platz, kann sehen, wie sich ihr Körper versteift, die Wangen sind jetzt angespannt.

Sein Blick gleitet zum Kamin hinüber, findet auf dem Sims die gerahmten Fotos aus anderen Tagen, die fern sind und vergangen. Das Hochzeitsbild, das sie an die Gäste verschickt haben, hochaufgerichtet ein schmaler Offizier, daneben eine selbstbewusste Braut, da war sie noch stolz auf ihn. Die Kinder auf einer Wiese, halten sich an den Händen, und doch jedes für sich. Und ein fast vollkommen weißes Foto mit wenigen dunklen Einsprengseln, Jaromin in der Uniform der Gebirgsjäger oben in den Alpen, das Gewehr auf dem Rücken, Schneebrille auf der Stirn, die Augen zusammengekniffen.

Fern und vergangen. Kurze Zeit später hat er sich von der Bundeswehr zum BND abstellen lassen, was nicht einmal Daniela weiß.

Daniela räuspert sich. »Danke, dass du mit Alina in Icking warst.«

Ihre Blicke begegnen sich. Jaromin sagt: »Was läuft da mit dir und Eder?«

Ihre Augen schwimmen plötzlich in Tränen, sie schüttelt den Kopf, als wollte sie sagen: Frag nicht, zwing mich nicht, es auszusprechen. Dann legt sie die Hände vors Gesicht und beginnt zu weinen.

Antwort genug, denkt Jaromin, und jetzt schmerzt es doch. Ein bitterer, kalter Schmerz, der seinen Körper durchzieht und für Sekunden lähmt. Alles ist nun zerstört, alles, was er braucht, um nicht unterzugehen, während er die Schuld abträgt, die ihm sein Vater auferlegt hat; auch diese Familie ist nun zerstört. Er muss beinahe lachen, als er sich bewusst macht, dass er selbst sie zerstört hat, gemeinsam mit Daniela, sie hat nur den letzten Schritt getan, vielleicht damit sie endlich beenden kann, was längst vergangen ist, und in ihr neues Leben wechseln. Und obwohl er das alles weiß, sagt er, nein: hört er sich sagen, dass er gekündigt habe und in einem neuen Job neu anfangen wolle, jetzt wird alles anders, Danny, geregelte Arbeitszeiten, weniger Belastungen, mehr Urlaub, mehr Zeit für dich und die Kinder, und keiner verschiebt mir den Urlaub wieder.

Sie hört weinend zu. Als er geendet hat, fragt sie, was geschehen sei.

Sie haben mich reingelegt, Danny.

Die Amerikaner und Pullach.

Vielleicht sogar Bengt, den du ja kennst.

In Bagdad, Danny.

Er sagt es nicht.

»Meinungsverschiedenheiten.«

Sie erhebt sich, steht gerade da, voller Kraft und Sicherheit, nickt nachdenklich, dann sagt sie: »Es ist zu spät, Frank.« Langsam geht sie an ihm vorbei zur Tür. »Tut mir leid.«

Jaromin springt auf, macht ein paar Schritte auf sie zu, will nicht einschüchternd wirken, aber er sieht ihr an, dass sie Angst vor ihm hat. Er hält inne, sagt ruhig: »Keine Scheidung, solange die Kinder im Haus sind. Keine Trennung.«

»Das entscheidest nicht du allein.«

Sie geht in den Flur hinaus, und Jaromin folgt ihr, ist vor der Küchentür, als an der Garderobe ein kurzer Signalton erklingt, eine SMS auf seinem Mobiltelefon, das in der Jacke steckt. Er betritt die Küche, sieht zu, wie Daniela Töpfe aus dem Unterschrank holt und auf den Herd stellt, wiederholt es: »Nicht, solange die Kinder im Haus sind.«

Sie runzelt die Stirn. »Wärst du nur immer so für deine Familie eingetreten.«

Er sagt es ein drittes Mal, diesmal geflüstert: »Keine Trennung, solange die Kinder hier leben!«

Sie sieht ihn an, erwidert ebenso leise: »Ich weiß, Frank.«

Die Nummer anonym, die Nachricht besteht aus einem Wort: *Georg.*

Koeppen, denkt Jaromin automatisch und schlüpft schon in die Jacke. Koeppen, der aus irgendeinem Grund nicht einmal die üblichen wenigen Wörter senden will oder kann. Vielleicht aus Wut, vielleicht aus Vorsicht.

Draußen fallen winzige Eiskristalle aus der Dunkelheit über ihm, reflektieren das Licht der Scheinwerfer und Straßenlampen. Kühlen die Haut.

Was soll das heißen: *Ich weiß, Frank?*

Wie immer geht er zu Fuß zum Friedhof.

Diesmal steht Koeppens Wagen nicht an der Abzweigung.

Die Straße zur Kirche ist noch rutschiger als vor einer Woche. Vorsichtig arbeitet er sich die leichte Steigung hoch.

Der Friedhof liegt verlassen bis auf eine alte Frau, die vor einem Grab kniet und eine brüchige Melodie summt. Jaromin dreht zwei Runden, am verwitternden Namen seiner Mutter vorbei. Koeppen taucht nicht auf.

Da fällt sein Blick auf die Kirche, die er seit vielen Jahren nicht betreten hat.

Das Licht ist gedämpft, in den Sitzreihen eine Handvoll regloser Gestalten, ein vertrauter Anblick, auch nach Jahrzehnten. Genauso die zwiespältigen Gefühle, die plötzlich da sind: Geborgenheit, Schuldbewusstsein. Hass.

Langsam folgt er dem Mittelgang nach vorn, lässt die Augen über die wenigen Besucher gleiten. Koeppen ist nicht darunter. Die Bänke enden an den Wänden, Seitengänge gibt es nicht. Er bleibt stehen. Warum hätte Koeppen ihn auch kontaktieren sollen? Er muss von der Vereinbarung wissen.

Erst jetzt richtet Jaromin den Blick auf den Drachentöter vorn im Altarraum. Er kommt ihm viel zierlicher und schmaler vor als in der Erinnerung, da wirkt er groß und heldenhaft. So hat er den Heiligen Georg durchs Leben getragen, dreißig Jahre lang: mit den Augen eines Sechsjährigen. Hat sich all die Jahre wie ein Sechsjähriger trösten und beschämen lassen.

Man muss seine Schuld tragen.

Man muss das Schlechte in sich bekämpfen.

Sich für das Gute opfern.

Er findet »ihre« Bank und setzt sich. Spürt den großen Vater neben sich, über sich, hört die unterdrückten Schluchzer.

Alles hast du zerstört, alles! Mein Leben hast du zerstört!

Ich war sechs, Vater!

Ein hilfloses Kind, kein Held. Kein Retter.

Eine Hand tippt an seine Schulter, eine vertraute Stimme sagt leise: »Frank.«

Er sieht auf.

»Komm«, sagt Koeppen, »wir haben nicht viel Zeit.«

Er folgt Koeppen unter die Treppe zur Empore, sieht zu, wie er in die Schatten des Hohlraums zurückweicht, von wo aus er das Eingangsportal im Blick hat.

»Du wirst observiert«, sagt Koeppen.

Jaromin braucht einen Moment, um zu begreifen: Wie er verstoßen sie gegen die Vereinbarung.

Natürlich hätte er damit rechnen müssen.

»Bardeaux?«

Koeppen nickt. »Sie haben Kameras im Haus, und die Telefone sind verwanzt.«

»Wo sind sie jetzt?«

»Unten, der Van kommt die Steigung nicht hoch. Aber bald werden sie nachsehen, wo du bleibst.«

»Und alles nur, um zu sehen, ob ich mich an den Deal halte?«

»Eher um rauszufinden, wer noch in die Angelegenheit verwickelt ist.«

Ein kalter Schauer im Nacken, dann rast er ihm den Rücken hinunter. Darum also ging es. Der Deal war ein Täuschungsmanöver. Sie haben ihn wieder hereingelegt.

Koeppens abweisendes Gesicht taucht ein paar Zentimeter aus dem Dunkel auf. »Hör auf herumzutelefonieren, sonst kassieren sie dich ein, und du verbringst den Rest deines Lebens im Gefängnis. Denk an deine Kinder. Zieh einen Schlussstrich.«

Jaromin reibt sich die Stirn mit einer Hand, kann all das nicht fassen. Es passt doch nicht zusammen, denkt er. Aber die Widersprüche lassen sich nicht greifen. »Danke für die Warnung.«

»Mach was draus.«

Er schüttelt den Kopf, sagt: »Ist Toni noch in Bagdad?« Koeppen schnaubt durch die Nase, ungläubig, setzt sich schon in Bewegung. Jaromin tritt vor ihn. »Hängt er mit drin?«

»Aus dem Weg, Frank.«

»Hängst *du* mit drin?« Er packt Koeppen mit beiden Händen am Mantelsaum, stößt ihn zurück ins Dunkel, gegen die Wand. Hört ihn ächzen, Luft strömt aus Koeppens Mund. »Was ist in Bagdad gelaufen, Bengt?«

Koeppen schließt die Augen, sagt sehr leise: »Du hast drei Sekunden, um loszulassen.«

Jaromin gibt ihn frei, bleibt aber dicht vor ihm stehen. »Die Aufnahme ist gefälscht, und das kann ich beweisen.«

Koeppen schiebt ihn hart zur Seite, um den Hohlraum zu verlassen. Jaromin reißt ihn an der Schulter herum. »Du weißt, dass ich kein Mörder bin!«

Koeppen nickt. »Und dass du keine Tabletten brauchst und vor Einsätzen nicht trinkst.« Er entzieht sich dem Griff, geht in Richtung der Bankreihen, wird langsamer. Jaromin sieht, wie er mit der Hand den gesenkten Kopf berührt, dann Brust und Schultern, und sich setzt.

Er macht einen Schritt auf Koeppen zu, sagt noch einmal: »Ich bin kein Mörder!«

Doch Koeppen beachtet ihn nicht.

Draußen kein Niederschlag mehr. Klar und kalt strömt die Luft in Jaromins Lungen, während er den Kirchberg hinuntergeht. Die Lichter des Ortes schimmern weich. Irgendwo drehen Räder durch, dann greifen sie, unten auf der Straße schleichen die Autos dahin, hier murmeln die Motoren im Winter, und die Welt erscheint friedlich, warm und weich und friedlich, selbst jetzt, und daran klammert er sich, auch wenn sie gerade hier für ihn nie friedlich war.

Aus dem Augenwinkel sieht er einen weißen Van, der halb auf dem Gehsteig steht, passiert ihn, während er überlegt, was die Kollegen nun alles wissen. Die Telefonate, mehr hat er ja noch nicht unternommen. Icking mit Alina. Die Auseinandersetzung mit Daniela.

Und sie sehen ihn jetzt, von hinten, vielleicht von vorn, sehen vielleicht die kalte Wut in seinem Gesicht, werden ihn bald wieder reden hören, streiten, besänftigen, werden sehen und hören, wie er nachts aus den Albträumen schreckt.

Da wird ihm klar, warum er beschattet wird. Es geht nicht um irgendwelche Hintermänner, wie Koeppen glaubt. Auch nicht darum, ob er sich an den Deal hält.

Sie brauchen Gewissheit, dass er aufgegeben hat. Dass er nicht zu graben beginnt.

Nicht herausfindet, wer ihn reingelegt hat.

61

Berlin-Lichterfelde West

VON GOERDEN WOHNT VERSTECKT hinter einer dichten, drei Meter hohen Hecke in Lichterfelde West. Durch die Gitterstäbe des Tors zur Zufahrt sieht Lay im Vorbeifahren die kantigen Konturen eines Bungalows. Von der anderen Straßenseite aus, wo sie dann im Wagen wartet, ist von dem Gebäude nichts zu erkennen bis auf eine Aura aus Licht, die über dem Gebüsch im Dunkeln hängt.

Sie hat den Vormittag in Spandau im Auto verschlafen und damit den Termin bei ihrem Chef. Ein beharrliches Klopfen gegen die Fensterscheibe hat sie geweckt, das sie in ihren wirren Träumen nicht unterbringen konnte, genauso wie das grimmige schnauzbärtige Gesicht hinter dem Beifahrerfenster. Der Mann aus dem Spätkauf, der ihr frühmorgens den Kaffee verkauft hat. Hektisch verlangte er, dass sie den Parkplatz freigab, ein Getränkelaster stand schon hinter ihr.

Den Nachmittag verbrachte sie bei verriegelter Tür im Büro, mit Kopfzerbrechen, Internetrecherche, vielen Notizen und ohne Sven, der alle paar Minuten klopfte oder simste, sich ausgeschlossen fühlte. Selbst jetzt noch gehen gelegentlich SMS von ihm ein.

Sie hat sich auf langes Warten eingestellt, doch um kurz vor achtzehn Uhr rauschen zwei schwarze BMWs heran. Betont langsam steigt sie aus, hebt die Hände, in der einen den Dienstausweis. Aus dem vorderen Wagen springen zwei Personenschützer, laufen auf sie zu.

»Hanne«, grüßt die türkischstämmige Kollegin, die sie vom Treffen an der Spree kennt, streckt die Hand aus. »Dienstwaffe, bitte.«

»Ist im Büro.«

Die Kollegin beginnt, sie abzutasten, sagt leise: »Was hört man da?«

»Was meinst du?«

»Karlsruhe.«

»So was spricht sich rum?«

»Passiert ja nicht alle Tage, dass eine von uns auf Schlapphüte schießt.«

»Ich hab bloß auf ein Fenster geschossen.«

»Schlapphüte klingt besser.« Sie spricht Entwarnung ins Mikro.

Von Goerden taucht auf der abgewandten Seite des zweiten BMWs auf, sagt laut: »Habe ich mich nicht klar ausgedrückt, Frau Lay?«

»Geben Sie mir fünf Minuten, ich habe Neuigkeiten.«

»Und ich Gäste zum Abendessen.«

»Drei Minuten.«

»Nur wenn Sie den Nahen Osten mit keinem Wort erwähnen.«

»Versprochen.«

Die Kollegin deutet auf das Anwesen. »Nicht hier draußen auf der Straße, bitte.«

Von Goerden ist schon am Tor, das lautlos aufschwingt.

Sie sitzen auf einer Holzbank im Garten, über ihnen ein Dach aus Weidenzweigen, zwanzig Meter vor ihnen eine Terrasse, dahinter der Bungalow, der seltsam flach wirkt, als hätte jemand auf drei Metern Höhe alles oberhalb des Erdgeschosses abgetrennt. Jenseits der Glasfront sieht Lay drei Kinder in einem Spielzimmer toben, im Wohnzimmer daneben sitzen eine Handvoll Männer und Frauen um einen Couchtisch, im Hintergrund flackern Kerzenflämmchen auf einem gedeckten Esstisch. Kein Laut dringt in den Garten heraus.

Von Goerden schlägt den Mantelkragen hoch. »Also los, Hanne, ich werde da drin gebraucht.«

Sie wendet sich ihm zu, fasst sich ein Herz. »Haben Sie sich mal gefragt, ob vielleicht mehr hinter dem Aufwand steckt, den der BND betreibt, um Curveball zu verstecken? Dass er ihn bloß vor einer möglichen Enttarnung schützen will, ist doch absurd. Es wäre das erste Mal, dass ein Nachrichtendienst so fürsorglich mit einer Quelle umgeht.«

Von Goerden hat den Kopf gesenkt, ein Zucken läuft über seine Wange. Die Lippen sind aufeinandergepresst, als würde er sich verbieten zu antworten.

Lay spürt das Adrenalin, ist plötzlich sicher, dass er sich diese Frage tatsächlich gestellt hat. Sie beugt sich zu ihm, senkt die Stimme. »Anders formuliert: Kann es sein, dass Curveball eine Erfindung des BND ist?«

Er dreht ihr den Kopf zu, die Augen schmal, spricht noch immer nicht.

»Hat der BND sich 1999 in Zirndorf irgendeinen harmlosen irakischen Asylbewerber ausgesucht und mit gefälschten Informationen zu Saddams Chemie- und Biowaffenprogramm gefüttert? Sich zu seinem Ruhm einen falschen Super-Informanten gebastelt?«

Die weißen Brauen heben sich. »Weshalb hätte der BND das tun sollen? Kommen Sie mir nicht damit, dass man von den Amerikanern endlich ernst genommen werden wollte. Das ist genauso absurd.«

»Sehe ich auch so.«

»Und?«

»Da muss ich ausholen.«

Er blickt wieder zum Haus, nickt.

Lay wiederholt, was sie drei Tage zuvor angedeutet hat: Nicht der BND als Ganzes scheint sich selbstständig gemacht zu haben, sondern eine einflussreiche Gruppe innerhalb des Dienstes. »Und wohl auch außerhalb.«

Er sieht sie an. »Was meinen Sie mit ›einflussreich‹?«

»Kontakte zur Politik. Gleichgesinnte *in* der Politik.«

»Die Verschwörung, von der Sie gesprochen haben.«

»Sie haben es so genannt, nicht ich.«

Er wendet den Blick ab, stützt die Ellbogen auf die Knie. Weiße Haarsträhnen fallen ihm in die Stirn, als er den Kopf senkt.

Im stummen Haus rennen die Kinder ins Wohnzimmer und werfen sich über die Lehnen von Sofa und Sesseln. Überrascht weichen die Erwachsenen zur Seite, eine Frau springt erschrocken auf. Die Kinder lachen, jubeln, wie nur Kinder lachen und jubeln können.

»Sie schulden mir eine Erklärung«, sagt von Goerden.

»Um der Kriegskoalition die völkerrechtliche und moralische Legitimation zu verschaffen, die sie für die Invasion braucht.«

»Dann hätten die einen langen Atem. Curveball existiert seit Ende 1999.«

»Die Gruppe hat Verbindungen zu amerikanischen Neocons, die den Einmarsch im Irak schon 1998 gefordert haben.«

Von Goerden wendet ihr den Kopf zu. »Sie meinen das Project for the New American Century?«

»Sie kennen die?«

»Natürlich.« Er streicht die Haare zurück. »Haben Sie Namen?«

»Abgesehen von Jaromin und Koeppen bislang nur zwei.« Lay zögert. Die Namen sind ihr Faustpfand. Immer wieder hat sie am Nachmittag überlegt, ob auch von Goerden zu der Intrige gehören könnte. Ob sie sich dem Feind ausliefert, wenn sie ihn einweiht. Intuitiv hätte sie gesagt: nein. Ein minutenlanges Scharmützel mit Salih folgte, der nicht immer auf ihre Intuition hören wollte.

Aber einen Toten bestimmen lassen?

Sie seufzt.

»Sie vertrauen mir nicht mehr«, sagt von Goerden bitter.

»Das wundert Sie?«

»Sie wissen, wer mein Dienstherr ist, was erwarten Sie von mir?«

»Standhaftigkeit.«

Er stößt ein hartes Lachen aus.

»Was werden Sie unternehmen?«

»Wahrscheinlich nichts«, erwidert er offen. »In ein paar Wochen bin ich raus.«

»Warum sollte ich Sie dann einweihen?«

»Weil Sie allein verlieren werden.«

»Werde ich sowieso. Keine Beweise, keine Zeugen.«

»Was ist mit Ihrer Informantin? Mit Jaromin?«

»Die werden nicht reden.«

»Wollen Sie's nicht wenigstens versuchen?«

Sie starrt ihn an, antwortet nicht gleich. Natürlich wird sie es versuchen, die Frage ist nur: mit ihm oder ohne ihn?

Von oben, aus der Weide, rieselt Schnee herab, kühle Kristalle schmelzen auf ihrer Wange. »Überzeugen Sie meinen Chef, dass er mich weitermachen lässt, dann bekommen Sie die Namen.«

Von Goerden schmunzelt. Nickt.

»Und ich will Ihre Rückendeckung, wenn ich mir Jaromin hole.«

»Bekommen Sie.« Er erhebt sich, steht hoch über ihr, die Gesichtszüge nicht zu erkennen, nur das weiße Haar. »Passen Sie auf sich auf. Die haben auch den französischen Agenten erschossen, Bitat.«

»In Bagdad?«

Lay sieht ihn vage nicken. Zwei Kugeln in den Kopf, wenige Minuten nach dem Mord an Abeer. Sie hat Bitat vor Augen, wie er die Papiere fallen lässt, sich bückt, beim Aufsammeln liest. Toni Baumann, der hektisch gestikuliert.

Sie klopft mit der Hand neben sich auf die Bank. »Setzen Sie sich.«

Von Goerden zögert kurz, dann gehorcht er.

»Hans Breuninger und Petra Weissmann.«

Wieder nickt er kaum merklich, der Blick abwesend, während die Augen auf ihr liegen. »Breuninger war lange eine Art Mentor von Bengt Koeppen«, sagt er.

»Das wäre die Verbindung zu Bagdad.«

»Aber Hans Breuninger als Teil einer Verschwörung gegen die eigene Regierung? Er mag sehr konservativ sein, von mir aus ein Hardliner, hat sich aber immer als loyaler Staatsdiener verstanden.«

»Ich glaube, dass er sich nach dem Tod seines Sohnes radikalisiert hat.« Von einem Sohn weiß von Goerden nichts, also erzählt sie: Johannes, am 11. September nach den Angriffen auf die Türme in Manhattan verschollen, offenbar nie wieder aufgetaucht. Eine Nachricht, die es damals nicht in die großen Medien geschafft hat, weshalb auch immer; vielleicht ja, weil Breuninger es zu verhindern wusste.

Von Goerden ist noch nicht überzeugt, bringt das Wort »radikalisiert« nicht mit Breuninger zusammen, und so berichtet Lay von ihrem Besuch bei René Meinitz in Paulinenaue. Von Breuningers »Holen wir uns die Bastarde«-Rede bei den Freunden Amerikas im Dezember 2001.

Er nickt nachdenklich. »Und wie kommen Sie auf Weissmann?«

Sie beschreibt das Foto, das natürlich ebenfalls nichts beweist: Koeppen, Breuninger, Meinitz, daneben Petra Weissmann.

Von Goerden bewegt den Kopf, scheint abzuwägen, als fiele es ihm schwer, sich eine Sozialdemokratin als Verschwörerin vorzustellen. Lay hat da weniger Probleme. Immerhin war Weissmann jahrzehntelang beim hessischen Verfassungsschutz und gilt als überzeugte Sicherheitspolitikerin. Darüber hinaus war ihr verstorbener Mann ein guter Freund von Breuninger, jeden Freitag von sechs bis acht Uhr morgens Herrentennis, wenn Breuninger nicht unterwegs war, um die Welt zu retten.

»Das sind alles Vermutungen, Hanne.«

»Stimmt. Und die verrückteste kommt erst noch: Ich glaube, dass Petra Weissmann meine Informantin ist.«

Das scheint ihm schon eher zu gefallen. Die Sozialdemokratin, die vom falschen auf den rechten Weg zurückgekehrt ist.

Er will wissen, weshalb sie das glaubt. Lay bleibt vage. »Ein paar Ermittlungsdetails weisen auf sie hin. ... Kann ich die Satellitenaufnahme noch mal sehen?«

Von Goerden verneint. Von jetzt an keine Treffen mehr, nicht hier, schon gar nicht im Kanzleramt, offiziell gibt es zwischen ihnen nichts mehr zu besprechen. Nein, niemand aus dem Kanzleramt wird eine CD-ROM in einen Umschlag stecken und in einen harmlosen Briefkasten werfen oder gar bei ihr vorbeibringen. Sie müssen sich aufs Telefonieren beschränken.

Lay runzelt verärgert die Stirn, schweigt aber.

Und denkt: Nicht nur die Amerikaner haben Aufklärungssatelliten im All.

Wenig später gehen sie Richtung Terrasse. Wind ist aufgekommen, die Temperatur unter null. Die SG-Kollegin taucht aus den Schatten auf, bewegt sich lautlos, wachsam neben ihnen.

»Sagen Sie mir, dass das ein Albtraum ist«, murmelt von Goerden.

»Ach was, es ist bloß die Wahrheit.«

»Die Wahrheit … Haben Sie mal mit einem Historiker über die Wahrheit gesprochen? Oder mit einem Kreisabgeordneten?«

»Würde nicht viel bringen.«

In diesem Moment zieht einer der Jungen eine Schiebetür vom Wohnzimmer zur Terrasse auf und ruft mit heller Stimme: »Mama, Papa ist da!«

»Müssen Sie umziehen?«, fragt Lay und nickt in Richtung Haus.

»Ja.«

Sie bleiben stehen, warten auf den Jungen, der losgelaufen ist, vorsichtig, um auf der vereisten Terrasse nicht auszurutschen.

»Sie wissen nicht, was ein Albtraum ist«, sagt Lay.

»Ihr Kollege? Salih?«

Lay schüttelt den Kopf. »Damit kommt man irgendwann klar. Mit einem Albtraum nicht. Nie.«

Der Junge hat sie erreicht, umschlingt die Taille des Vaters, legt den Kopf in den Nacken. »Warum kommst du so spät?«

Von Goerden sieht Lay an, während der Junge ihn Richtung Haus zieht. »Ihre Eltern?«

Auch er weiß also Bescheid.

Alle scheinen Bescheid zu wissen.

Darüber reden will keiner.

62

DAS ABENDESSEN, EINE KATASTROPHE. Alex ist spontan zu einem Freund gefahren, Daniela rührt das Essen nicht an, in Alinas Augen glänzen Tränen. Und er, Jaromin, kann an nichts anderes denken als an die Kameras im Haus, an die Wanzen in den Telefonen, die sehen und hören, wie es um ihn und seine Familie bestellt ist.

Die ihn zum Mörder machen.

»Welcher Freund?«, murmelt Daniela.

Alina zuckt nur die Achseln.

»Sicher der Flori.« Daniela langt nach dem Wasserglas, stößt es versehentlich um. Sie springt auf, tupft hektisch mit der Serviette. So wie an diesem Abend hat er sie noch nie erlebt, verunsichert, verstört. Wie jemand, der auf verlorenem Posten kämpft.

Ist er der Gegner? Empfindet sie ihn inzwischen so, als Gegner?

Schweigend sieht er zu, wie sie tupft und tupft.

»Ist doch nur Wasser, Mama!«

Jaromin räuspert sich. »Flori?«

»Fischer«, erwidert Alina.

Endlich setzt Daniela sich wieder, die Hand achtlos auf der durchnässten Serviette. »Warum hat er mir denn nicht Bescheid gesagt?«

Alina, mit vollem Mund: »Weiß *ich* doch nicht.«

»He«, mahnt Jaromin.

Sie kaut, schluckt hinunter. »Weil er sich's erst vorhin überlegt hat.«

Daniela reibt die Hand mit der anderen trocken. »Bleibt er über Nacht?«

»Glaub nicht.«

Stille senkt sich über den Raum. Auch Alina isst nicht mehr. Jaromin hört sich kauen, hört sein Messer über den Teller schaben, in seinem Wasserglas die Kohlensäure bizzeln. Die Operateure draußen im Van und in Pullach hören jetzt ebenfalls nur das, ein Kauen, Schaben, Bizzeln, werden konzentriert seine Miene beobachten, seine Körperspannung, die leicht zitternden Hände, und nicht daran zweifeln, dass er ein Mörder und Verräter ist, der gleich nach oben gehen wird in sein Exil unter dem Dach, um die anzurufen, für die er getötet und verraten hat. Er lässt den Blick über die Wand gegenüber gleiten, sucht die gläsernen Augen, das Bord mit Büchern, ein gerahmter Computerausdruck von Alex mit wirr geordneten schiefen Nullen und Einsen, die defekte Kuckucksuhr von Danielas Eltern, das Sissi-Poster aus ihrer Jugend, findet keines der Augen, die ihn wie in Amman beobachten. Vielleicht, denkt er, waren sie dort ja auch eigens für ihn installiert, haben auf ihn gewartet, um Material zu produzieren, dass später gegen ihn verwendet werden kann. Eine Berührung zum Abschied, die nicht mehr war als eine Berührung.

Wie lange wird er das aushalten? Belauscht, beobachtet. Ohne wieder los zu können in die Welt draußen, seine Welt. Ohne weiter gegen den Drachen kämpfen zu können.

Als sein Messer gegen den Teller klirrt, zuckt Daniela zusammen. Erst jetzt schaut sie ihn an, zum ersten Mal in dieser halben Stunde am Esstisch, ihr Blick wirkt gehetzt.

Er zeigt auf die Wand, Alex' Nullen und Einsen. »Was soll das eigentlich sein?«

Alina antwortet. »Weißt du doch, Papa.«

Er zuckt die Achseln. Vergessen, wie so vieles.

»Der elfte September.«

Jetzt erinnert er sich. Die einstürzenden Türme als zerplatzende Ansammlungen der immer gleichen zwei Zahlen. Das Chaos der Welt reduziert auf Nullen und Einsen.

Wie unterschiedlich sie die Dinge sehen. Dieselbe Welt, vollkommen anders wahrgenommen. Alex sieht die zusammenstürzenden Türme in zwei Ziffern, er in einem verschleierten Gesicht, in verdächtigen Bewegungen, einer überraschenden Umarmung.

Daniela steht auf, sagt: »Ich muss noch mal weg«, ist schon in der Diele. Garderobenbügel klappern, die metallene Schuhschrankklappe prallt gegen den Rahmen.

Alina meidet seinen Blick.

Kurz darauf klickt die Haustür ins Schloss, ganz leise, als sollte niemand es bemerken.

Er steht auf und geht in die Diele.

»Bitte bleib hier, Papa!«

»Hab ich nicht versprochen, alles wieder zu reparieren?«

»Aber so?« Alina tritt in den Türrahmen, jetzt fließen die Tränen.

So?, denkt er, fragt sich, was sie meint, während er durch den Vorgarten eilt. So: heimlich, in der Dunkelheit?

Er lässt dem Laguna ausreichend Vorsprung, konzentriert sich darauf, dass Daniela ihn nicht bemerkt. Versucht, den Van zu vergessen, der ihm vielleicht folgt, vielleicht auch nicht.

Sie passiert das Kloster, überquert Isar und Kanal, nimmt dann die Abzweigung nach Straßlach-Dingharting. Vor einem Reihenhaus am Ortsrand hält sie. Jaromin steigt in sicherer Entfernung aus, bezieht zwischen Bäumen gegenüber dem Haus Position.

Gelb leuchten Alex' Skier im Laternenlicht, als sie sie durch den Vorgarten trägt.

An der Haustür klingelt sie. Ein Mädchen öffnet. Nimmt die Skier, fällt Daniela um den Hals und verschwindet im Haus. Eder erscheint, säubert sich den Bart mit einer Serviette. Sie umarmen sich, ein flüchtiger Kuss. Offenbar will er, dass sie hereinkommt, aber sie bleibt auf dem Treppenabsatz stehen und spricht, und Eder hört zu und nickt und kratzt sich am Bart und nickt und umarmt sie schließlich erneut. Ein weiterer Kuss, intensiver diesmal, dann eilt Daniela zum Auto zurück.

Als der Laguna verschwunden ist, verlässt Jaromin den Schutz der Bäume und überquert die Straße.

Wieder öffnet das Mädchen, macht dann Platz für den Vater, der ihn überrascht anstarrt.

»Reden wir«, sagt Jaromin und nickt in Richtung Straße und denkt gleichzeitig: Reden, reden, reden, was soll das bringen, die Entscheidungen sind längst getroffen, ohne ihn, wie soll ausgerechnet er da die richtigen Worte finden, sie rückgängig zu machen?

Er wartet auf dem Gehweg, ein Dutzend Meter vom Haus entfernt. Den Van der Pullacher sieht er nicht, doch das bedeutet nichts, vielleicht sind weitere Wagen im Einsatz. Vereinzelte Schneeflocken fallen, Wind ist aufgekommen, Südwest, zwanzig km/h, Tendenz steigend. Als Eder aus dem Vorgarten tritt, wie am Nachmittag in Lodenmantel und mit Hut, schneit es stärker. Schnell bilden sich weiße Schichten auf der Hutkrempe, auf dem hübschen dunklen Stoff an den Schultern, im Bart verfangen sich Flocken, Flocken auf dem Fußballbauch, der ganz weich ist über kaum spürbaren Muskeln …

Eder fällt wie ein Stein, sitzt dann ächzend auf dem Boden und schüttelt den Kopf, auch er will wohl nicht reden, kann nicht reden. Ohne hinzusehen, tastet er mit einer Hand nach seinem Hut, der in den Rinnstein gefallen ist, als wäre er ohne den Hut nichts wert oder als könnte ihn der Hut beschützen vor Jaromin, der nachsetzt und ihm den Handballen gegen die Schläfe rammt und eine Sekunde später mit der anderen Faust die Nase und die Brille bricht.

Stöhnend liegt Eder auf dem Rücken, Blut strömt aus seiner Nase. Er hat den Hut tatsächlich ertastet, hält ihn in der linken Hand, setzt ihn nicht auf, während er abwehrend die Rechte hebt und nun doch redet, leise und mit halb geschlossenen Augen.

»Ich bin kein Soldat wie Sie, Frank, ich kann mich nicht wehren.«

Jaromin packt ihn mit beiden Händen am Mantelkragen, zieht ihn halb hoch. Einen, der am Boden liegt, will er nicht schlagen.

»Das ändert doch nichts«, murmelt Eder. »Ich liebe Danny nun mal.«

Jaromin hält inne, stößt ihn dann gegen den Gartenzaun, sieht den Schmerz in seinem Gesicht. Eder sitzt wieder, zieht ein Taschentuch hervor und hält es sich an die Nase. Vom Handballen tropft Blut. Aus seinen Augenwinkeln laufen Tränen.

Die Augen sind klug und sanft.

»Liebt sie Sie auch?«

Eder legt den Hut in seinen Schoß, nuschelt: »Ich glaube, sie würde mich gern lieben.«

»Was ist das für ein Blödsinn?«

»Damit sie Sie verlassen kann.«

»Sie wird mich nicht verlassen, wir haben Kinder.«

»Vielleicht reicht ihr das nicht mehr, Frank.« Eder schluckt, spuckt Blut in den Schnee und starrt konsterniert darauf.

»Seit wann läuft das zwischen euch?«

»Seit Sie in Litauen waren.«

Jaromin versucht, sich zu erinnern, für welchen Einsatz Litauen steht. Bali vielleicht, im vergangenen Oktober, nach dem Anschlag. Oder die Elfenbeinküste, September, der Putschversuch.

Vier, fünf Monate.

»Haben Sie und Danny ...«

Eder senkt den Blick.

Natürlich, denkt Jaromin. Natürlich hast du meine Frau gefickt. Er geht in die Knie, die Hand schon erhoben, aber was will er noch aus diesem Mann herausprügeln, was will er in ihn hineinprügeln? Alles ist gesagt, alles getan, alles zerstört.

Hast dein Leben zerstört, Frank, sagt die Stimme seines Vaters. Erst meins, dann deins. Und jetzt wandert alles von Schäftlarn nach Straßlach-Dingharting: Daniela, Alex, die Skier und bald auch der Rest. Von dir zu dem da, Frank.

»Lieben *Sie* sie denn noch?«, flüstert Eder.

Ohne zu antworten, steigt Jaromin über seine Beine, ist ein paar

Meter gegangen, als er in einem Garten gegenüber Bewegungen wahrnimmt, ein Schemen gleitet hinter Büschen parallel zu ihm dahin. Dann sieht er auch den Van, der in einer Seitenstraße parkt.

Auf dem Heimweg lassen sie sich nicht blicken, wozu auch, im Haus sind ihre Augen, ihre Ohren.

Im Haus des Schlägers, des Mörders.

Daniela ist im Wohnzimmer, als er in die Diele tritt. Der Fernseher läuft, wie immer ist der Ton zu laut aufgedreht. Auf dem Weg nach oben hört Jaromin hinter Alinas Tür »Engel« von Ben, sie singt leise mit. In Alex' Zimmer ist es still, durch den Schlitz dringt aber Licht. Er widersteht dem Impuls, an die Türen zu klopfen. Er kann seinen Kindern jetzt nicht in die Augen sehen.

»Wo warst du?« Daniela steht unten am Treppenabsatz, eine Hand am Geländer.

Er mustert sie für einen Moment, hat vor Augen, wie sie Eder begrüßt, küsst, umarmt. Wortlos geht er weiter. Im Gästezimmer zieht er Laufkleidung an, denkt dabei, dass auch hier Augen und Ohren sein werden, wenn sie gründlich arbeiten und begriffen haben, dass er hier oben haust. Dann kennen sie auch die Liste an der Wand, rätseln über den Wörtern und Fragen, warum schreibt der Mörder: *Was weiß Bengt?*

Er lässt sie mit den Rätseln allein.

Läuft eine Stunde, zwei Stunden auf Wegen, die er bislang nie gelaufen ist, durch eisige Wälder, die er als Kind durchkämmt hat, in der Hoffnung, sich für immer zu verirren, und wenn nicht das, dann wenigstens dem Heiligen Georg zu begegnen, der doch immer da ist, wo er ist, wenn auch unsichtbar.

Als er gegen neun erschöpft heimkommt, ist der Laguna fort.

Keine Streifenwagen, im Haus keine Polizisten.

Alina hockt auf der Treppe, sagt nur: »Er ist im Krankenhaus.« An ihrer Stimme erkennt Jaromin, dass sie geweint hat.

Er streckt die Hand aus, um ihr über den Kopf zu streicheln, lässt es, an der Hand ist noch Blut. Er geht an ihr vorbei ins Gästezimmer, holt dunkle Kleidung, trägt sie ins Bad.

Im Geprassel des Wassers hört er Daniela heimkommen. Hört sie mit den Fäusten gegen die Tür hämmern und seinen Namen rufen. Er trocknet sich ab, zieht sich an. Als er aus dem Bad tritt, schlägt sie mit den Fäusten nach ihm, rasch greift er nach ihren Handgelenken, hält sie vorsichtig, weil sie ihm plötzlich so zerbrechlich vorkommen.

»Was hast du getan, Frank?«, brüllt sie ihm ins Gesicht. »Was für ein Monster ist aus dir geworden?«

Alina zerrt weinend an ihren Armen.

Schließlich löst Daniela sich aus seinem Griff, schüttelt Alina ab. »Weißt du, was er ihm angetan hat? Willst du es sehen?« Sie holt das Handy aus der Hosentasche, sucht mit hektischen Fingern. Dabei entgleitet es ihr, fällt zu Boden, mit dem Display nach oben bleibt es liegen, und Jaromin sieht ein Foto von Eder, der in einem Krankenbett sitzt, das Gesicht bandagiert, Daumen nach oben. Daniela hebt das Handy auf, streckt es Alina entgegen. »Hältst du jetzt immer noch zu ihm?«

Jaromin wendet sich ab, geht die Treppe hinunter. Er hört Danielas Schritte auf den Stufen, von hinten schlägt sie mit den Fäusten auf seinen Rücken, seine Schultern ein, mit jedem Schluchzer ein Schlag.

»Mama!«, brüllt Alina von oben.

In der Diele lässt Daniela von ihm ab, schreit ihm nach: »Ich will, dass du morgen früh auszieht!«

Jaromin durchquert das Wohnzimmer, öffnet die Terrassentür und tritt in die Kälte hinaus, wo er sich am wohlsten fühlt. Barfuß steht er im Schnee, Zigarette im Mund, spürt, wie das Grauen im Kopf mit dem wachsenden Schmerz an den Füßen nachzulassen beginnt. Im Süden schimmern im Mondlicht verschneite Grate und Hänge, dazwischen kantige schwarze Massive, die Voralpen, der Karwendel, und er überlegt, wie lange er nicht mehr oben war im Gebirge, an Gletscherhängen, umgeben von Schnee und Schmerz und frei.

Er hätte damals oben bleiben, Koeppen nicht in die Hitze folgen sollen.

Eine brüchige Stimme erklingt hinter ihm, beherrscht, die Tiefe noch immer ungewohnt.

»Er ist nett, weißt du. Er hat echt was auf dem Kasten, ich kann ihn alles fragen. Er kann sogar programmieren. Er ist vielleicht nicht stark, und er hat keine Ahnung von Waffen und kann nicht kämpfen, aber das will er auch gar nicht. Ich glaube, er ist der Vater, den ich mir immer gewünscht hab.«

Erst jetzt findet Jaromin die Kraft, sich umzudrehen, weniger verletzt als überrascht, weil sein Sohn ausspricht, was er selbst als Junge so oft nur gedacht hat, wenn er Nachbarn, Lehrer, Väter von Mitschülern beobachtet, ihnen zugehört hat: *So soll ein Vater sein, so einen Vater hätte ich auch gern.*

Alex steht in Hausschuhen auf der Terrasse, die Hände zu Fäusten geballt. Alles an ihm ist angespannt, und er kommt Jaromin vor wie ein großer kleiner Junge voller Angst, der gerade all seinen Mut zusammennimmt.

Angst wovor? Vor *ihm*?

Er hat seine Kinder doch nie geschlagen. Hat sie nie eingesperrt, beschimpft, verflucht. Hat ihnen keine Schuld aufgebürdet, die sie nicht tragen konnten.

Hat sie nur belogen. Sie allein gelassen.

»Und du«, sagt Alex, klingt jetzt irritiert, vielleicht weil Jaromin nicht reagiert, und die ungewohnt tiefe Stimme wird lauter, »du bist ein Gast, der manchmal kommt und den eigentlich keiner mehr einladen will außer Alina.«

Jaromin wirft die Zigarette zur Seite, räuspert sich, kann nicht sprechen.

»Weißt du, was? Ich bin froh, dass du ausziehst!« Alex stößt die Worte voller Wut aus sich heraus, weicht dabei langsam zum Haus zurück, und Jaromin meint zu sehen, wie er mit der Angst kämpft, um ihm endlich entgegenschreien zu können, was ihn quält, was auszusprechen er sich so lange nicht getraut hat, und ein seltsames Gefühl der Bewunderung ergreift ihn: Sein Sohn schafft, was er selbst sich nie getraut hat.

Er streckt eine Hand aus, will ihn berühren.

Will den Mut und die Kraft berühren.

Doch Alex ist zu weit entfernt. »Ich hasse dich für das, was du getan hast!«, brüllt er. »Ich hasse dich!« Er rennt ins Haus, schmettert die Terrassentür hinter sich zu, und Jaromin sieht das Glas brechen, sieht großflächige Scherben zu Boden sacken, wo sie lärmend in tausend Stücke splittern.

Daniela und die Kinder sind oben, während er die Scherben mit dem Besen zusammenkehrt, mit dem Staubsauger die kleinen Splitter entfernt, die Glasreste aus dem Rahmen bricht, noch einmal saugt. Manchmal hört er sie reden, Daniela weint, die neue, tiefe Stimme tröstet sie, hin und wieder spricht Alina, mal wütend, mal traurig. Aus der Garage und dem Keller trägt er an Brettern und Spanplatten zusammen, was er findet, legt auf der Terrasse ein halbwegs passendes Rechteck aus und nagelt die Einzelteile zusammen. Nachdem er das Rechteck von außen mit Nägeln am Rahmen befestigt hat, kehrt er durch den Vorgarten ins Haus zurück. Daniela und Alex stehen in Schuhen im Flur, ziehen ihre Mäntel an und drehen sich weg, als er kommt. Alina sitzt wieder auf der Treppe und starrt vor sich hin.

Jaromin kniet sich vor sie. »Fahr mit.«

Sie umarmt ihn leicht, und er spürt sie zittern. »Ich will nicht, dass du allein bist.«

»Ich muss wieder weg, Schatz.«

Sie schweigt für ein paar Sekunden, lässt sich an ihn sinken, ihr Atem warm an seinem Nacken. »Wie lange?«

»Zwei, drei Tage.«

»Aber du kommst zurück?«

»Natürlich.«

Sie nickt, drückt ihn lange an sich.

Als sie fort sind, räumt Jaromin den Esstisch ab, setzt sich dann für die unsichtbaren Augen und Ohren vor den Fernseher. Er leert zwei Flaschen Bier und geht um dreiundzwanzig Uhr zu Bett. Zwei Stunden später schleicht er lautlos durch das dunkle Haus hinunter in den Keller, den er durch die Seitentür in den Garten verlässt. Im Schatten der Garagenwand arbeitet er sich zum Nachbargrundstück vor.

Lässt die Augen und Ohren hinter sich.

IV

HOFFNUNG

63

Berlin

ES IST WEIT NACH MITTERNACHT und Petra Weissmann noch immer nicht zu Hause. Seit fünf Stunden sitzt Lay frierend in einem Zivilfahrzeug in Charlottenburg, drinnen riecht alles nach Pizza, raus traut sie sich nicht aus Sorge, sie könnte jemanden auf sich aufmerksam machen. Immer seltener fahren Autos vorbei, jedes Mal legt sie sich quer, wartet, den Kopf auf dem Pizzakarton. Zu Weissmann oder zu Breuninger, das war nach dem Gespräch mit von Goerden die Frage, wenn auch nicht lang. Noch ist es zu früh, um Breuninger aufzuschrecken, und zu welchem Zweck sollte sie ihn observieren? Also hat sie sich ausreichend weit und nah genug vor Petra Weissmanns Haus postiert und versucht, den peinigenden Gedanken zu verdrängen, dass sie sie womöglich in Lebensgefahr bringt.

Falls sie recht hat und Weissmann die Informantin ist.

Sie trinkt lauwarmen Kaffee aus der Thermoskanne und beschließt, noch eine Stunde zu warten.

Das Haus steht allein, Gründerzeit, aber unsaniert, für Lays Geschmack zu viele Bäume drum herum, auch im Frühling wird man da drin kaum Licht haben. Weissmann und ihr Mann haben es 1999 gekauft, im Jahr darauf ist er gestorben. Seit wenigen Tagen steht es zum Verkauf. Eine neue Anschrift hat Lay nicht gefunden.

Sich vom alten Leben lösen, ein neues beginnen.

Gehört dazu auch, die »Entschlossenen« zu hintergehen?

Als das Telefon klingelt, schreckt sie aus dem Halbschlaf. Die Nummer ist unterdrückt.

»Hanne Lay …«, sagt eine Männerstimme, und sie lauscht dem ungewohnten Klang ihres Namens nach. Wie vor zwei Jahren ist in dem »H« viel »CH« enthalten, und die beiden »A« bekommen Raum und Tiefe. »Habe ich dich geweckt?«

»Nicht wirklich.«

»Entschuldige bitte. Man hat mir ausgerichtet, es sei dringend.«

Höflich wie damals. Auch an Alans Hang zum Formalen erinnert Lay sich gut. Selbst im Bett hat er ihn nicht abgelegt, ein reizvoller Kontrast. So reizvoll wie der fremde Klang ihres Namens, der aus ihr eine andere Frau zu machen scheint, die ein anderes Leben führt, eine andere Vergangenheit hat, andere Möglichkeiten. »Danke, dass du zurückrufst.«

»Was kann ich für dich tun?«

»Hast du Zugang zu euren Satellitenaufnahmen?«

»Leider nein.«

Im Hintergrund ist Klaviermusik zu hören, Bach vielleicht, sehr ruhig, sehr kühl. »Ich schicke dir die Koordinaten.«

»Das wird nichts bringen. Ich bin nach wie vor ein einfacher Botschaftsmitarbeiter, an geheimdienstliche oder militärische Unterlagen komme ich nicht ran.«

»Und schon gar nicht so schnell, wie ich sie brauche, ich weiß. Gibst du mir trotzdem eine Handynummer?«

Er lacht, nennt Ziffern, die sie auf dem Pizzakarton notiert. »Damit wir uns mal zum Mittagessen verabreden können.«

»Morgen?«, fragt sie.

»Morgen lieber Abendessen. Oder später, auf ein Glas Wein.«

»Sobald wie möglich jedenfalls.«

»Ich bin aber auch nach wie vor verheiratet, Hanne.«

»Und immer noch so glücklich wie vor zwei Jahren.«

»Oh ja.«

»Warte kurz.« Sie tippt Datum, Uhrzeit und Koordinaten der

Aufnahmen, die sie braucht, ins Handy. Schickt sie los, hört sie ankommen.

Alan räuspert sich, natürlich erkennt er anhand der Zahlen die Region, Naher Osten, Irak.

Sie hofft, dass sie den Preis bezahlen kann, den er diesmal verlangt, ohne dass sie dafür ihr Land verraten muss.

64

DAS DIENSTHANDY WECKT KOEPPEN. Barfuß geht er über den kalten Steinboden seines Schlafzimmers ins Arbeitszimmer.

Natascha. »Ich muss dir was zeigen.«

»Um halb fünf morgens?«

»Josef sagt, es ist wichtig.«

Koeppen spürt den warmen Körper der Katze am Schienbein, hört sie schnurren. »Okay.«

»Du wohnst in München, richtig?«

Er zögert. Keiner aus der Firma war jemals hier. Es geht niemanden etwas an, wie er lebt.

»Sendling, sagt Josef. Ich bin in der Nähe.«

Er kapituliert, nennt ihr die Adresse.

Die Katze springt auf den Schreibtisch, lässt sich kraulen, doch der Blick ist vorwurfsvoll. »Dann geh wieder schlafen«, sagt Koeppen freundlich.

Aber sie bleibt.

Die Katze ist ein Geschenk von Hans Breuninger, der vor ein paar Jahren sagte: *Einsame Männer brauchen ein Haustier, Bengt.*

Ich bin nicht einsam.

Irgendwann wirst du es sein. Und dann ist das Tier da.

Ein Hund kam nicht infrage, Koeppen ist zu oft unterwegs. Also eine Katze, acht Wochen alt, Russisch-Blau. Flauschig lag sie auf seinem Handteller, gähnte fast ununterbrochen, Beine und Kopf hingen lang herunter. Breuninger hat ihm einen Namen genannt, doch

Koeppen hat ihn vergessen. Die Katze und er haben sich darauf geeinigt, dass sie namenlos bleibt. Sie ist eine Katze, kein Mensch.

»Wir bekommen Besuch«, sagt er.

Als es klingelt, erschrickt sie.

Natascha hat einen Laptop auf den Schreibtisch gestellt, klickt sich durch Dateien. Koeppen begegnet ihr nur alle paar Monate, jedes Mal hat sie zugenommen, wirkt müder. Die Observierungen tun ihr nicht gut. Sie ist noch damit beschäftigt, den Atem zu beruhigen; fünfter Stock, kein Aufzug.

Schließlich startet sie eine Aufnahme. Auch die Katze schaut zu, der Kopf schräg gelegt.

Koeppen sieht Jaromin in der Dunkelheit auf einem Gehweg stehen, der Zeitstempel zeigt 18:44:22. Keine zwei Stunden, nachdem sie sich in der Kirche getroffen haben.

Ein Mann tritt aus einem Vorgarten, geht zu Jaromin, sehr bayerisch gekleidet, Hut, Lodenmantel. Unvermittelt rammt Jaromin ihm die Faust in den Bauch.

Entsetzt verfolgt Koeppen, wir er den gestürzten Mann, der sich nicht wehrt, verprügelt.

Dann reden sie miteinander, kein Ton, die Kamera ist zu weit entfernt.

Wenige Minuten später geht Jaromin fort.

»Der Liebhaber seiner Frau, wie's aussieht«, sagt Natascha.

Auch das noch, denkt Koeppen. »Ist er okay?«

»Nase und Jochbein sind gebrochen, er ist im Krankenhaus. Keine Anzeige bis jetzt.«

Schweigend schauen sie zu, wie zwei Mädchen aus demselben Haus zu dem Mann laufen. Sich um ihn kümmern, nach Hilfe rufen.

Natascha öffnet eine weitere Datei. »Knapp zweieinhalb Stunden später.« Ein Stück Garten, eine Terrasse von schräg oben, wenig Licht, das Bild grisselig, 21:02:01 Uhr. Jaromin steht im Schnee, Koeppen sieht die Glut einer Zigarette aufleuchten. Ein Junge kommt auf die

Terrasse, sein Sohn, Alex. Er spricht, die Stimme leise, aber deutlich, ein Mikro im Wohnzimmer, erklärt Natascha.

Koeppen hört zu, was der Junge sagt, ist fassungslos.

Jaromin hat sich umgedreht, spricht aber nicht. Irgendwann streckt er die Hand aus, als wollte er sie dem Jungen reichen.

»*Ich hasse dich!*«, brüllt Alex und rennt aus dem Bild. Ein hässliches lautes Splittern wie von Glas erklingt. Die Katze springt mit einem Satz davon, selbst Koeppen ist erschrocken.

»Die Terrassentür«, sagt Natascha. »Er ist nicht verletzt.« Ihre Hand schwebt über der Tastatur, doch Koeppen bittet sie zu warten. Sein Blick liegt auf Jaromins Gesicht. Er wirkt ins Mark getroffen.

Koeppen weigert sich, Mitleid zu empfinden. Du hast mich verraten, denkt er.

Die nächste Datei. Dieselbe Kamera, kurz nach eins. Koeppen wartet, auf alles gefasst, sieht nichts.

Natascha spult zurück. »Hier unten.«

Etwas Schwarzes gleitet am Rand kurz durch einen Winkel des Bildes.

Koeppen begreift sofort: Jaromin, der alles immer schlimmer macht. »Seid ihr an ihm dran?«

»Bis jetzt nicht.« Sie haben die Kameras im Ort ausgewertet. Straßenverkehr, Bahnhof. Er hat kein Fahrzeug, irgendwo muss er auftauchen.

Koeppen schüttelt den Kopf. »Nicht in Schäftlarn. Wenn er nicht gesehen werden wollte, ist er durch den Wald gelaufen.«

»Josef meint, vielleicht hast du eine Idee, wo er hinwill.«

Doch Koeppen ist ratlos. Ramstein? Bagdad? Irgendeine Hütte in den Bergen? Zu einem unbekannten Freund? Jaromin ist kein Marathonläufer, aber in den sechs Stunden bis zum Morgengrauen schafft er es zu Fuß problemlos zum Münchner Hauptbahnhof, vermutlich auch zum Flughafen.

Andererseits ist ihm klar, dass er sich dort nicht mehr verstecken kann.

Natascha fährt den Laptop herunter. »Weiß er, wo du wohnst?«
Koeppen stutzt, schüttelt dann den Kopf. »Er war nie hier.« Natürlich bedeutet das nichts. Doch Koeppen will keine Kollegen vor der Tür haben, will nicht beschützt werden.

Er bringt Natascha zur Tür. Auf dem Treppenabsatz seufzt sie, die Hand am Geländer, sagt: »Runter ist schwieriger, Polyarthrose. Haut sie nicht ab?«

Koeppen sieht auf die Katze hinab, die neben ihm auf der Schwelle hockt, klein und stolz und erhaben, der Schreck ist vergessen. »Nein.«

»Ich hatte auch mal eine. Rot.«

Er ringt sich ein Lächeln ab, schließt die Tür. Nach allem, was er eben gesehen hat, ist ihm nicht danach, über Katzen zu sprechen.

Er kehrt nicht ins Bett zurück. Stattdessen setzt er sich mit einer Tasse Kaffee im halben Lotossitz auf den Wohnzimmerboden und wartet. Ohne die Katze; sie weiß längst, dass er in dieser Position tabu ist.

Der Morgen graut, Jaromin kommt nicht.

Um halb acht verlässt Koeppen die Wohnung. Sein letzter Blick gilt der Katze, die im Flur sitzt und ihn ansieht. Genauso wird sie ihn empfangen, egal, wann er zurückkehrt.

Zum ersten Mal in diesen vier, fünf Jahren freut er sich darauf.

65

Berlin-Moabit

KEINE TREFFEN MEHR, HAT VON Goerden am vergangenen Abend angekündigt. Nun sitzt Lay doch neben ihm im Fond eines der schwarzen Dienst-BMWs des Kanzleramts. Zügig rauschen sie durch Moabit in Richtung Spreebogen. *Wir können uns nicht mehr verstecken,* hat sie am Telefon erklärt. *Müssen Druck machen. Und für Sie ist es doch sowieso egal.*

Ein wenig empathisches, dafür schlagendes Argument.

Der Wagen bringt sie an die östliche Flanke des Hufeisens aus Glas und Sandstein, in dem sich das Innenministerium seit dem Umzug von Bonn nach Berlin befindet. Als sie halten, steht die Besatzung des zweiten Autos schon bereit.

»Du steigst schnell auf«, sagt die Kollegin der Sicherungsgruppe, während sie zum Eingang eilen.

»Ist nur temporär.«

»Und dann?«

»Falle ich tief.«

Die Kollegin lacht, hält ihr die Glastür auf. »Ich bin Sema.«

Drinnen wächst die Entourage, Sicherheitsleute des Ministeriums stoßen dazu, werfen misstrauische Blicke in Richtung Sema, die zwischen von Goerden und Lay geht.

»Soll ich ihnen sagen, dass ich Alevitin bin, keine Sunnitin? Kurdin, keine Türkin?«

»Wissen sie längst«, sagt Lay.

Sema lächelt, wirkt nicht aufgebracht. Sie ist wie Lay Teil der Verteidigungslinie und wird die Wachsamkeit, die Sorge verstehen. Alle rechnen mit weiteren Anschlägen, spätestens seit den amerikanischen Angriffen auf Afghanistan im Herbst 2001. Geheimdienstberichte aus aller Welt bestätigen die Gefahrenlage vor allem für Deutschland. Dass drei der vier Selbstmordattentäter von New York in Hamburg gelebt haben, hat viele bundesrepublikanische Illusionen zerstört und das Land aus dem selbstgefälligen Schönheitsschlaf gerissen. Gerade noch rechtzeitig, wie die Verhaftung der Al-Tawhid-Anhänger vergangenen April gezeigt hat.

Sie haben die Aufzüge erreicht. Sema und der zweite Beamte der Sicherungsgruppe des BKA bleiben unten, Lay und von Goerden werden nach oben gebracht.

»Je länger ich darüber nachdenke, desto weniger gefällt mir die Idee«, sagt von Goerden.

»Mir geht's genauso.«

Er runzelt die Stirn.

»Im Licht des Tages betrachtet, sind manche meiner Ideen nicht die vernünftigsten«, sagt Lay.

»Und wenn ich allein mit ihr spreche?«

»Nein.«

Die Aufzugkabine hält, sie treten in den Gang. In einem blumengeschmückten Vorzimmer hebt eine Assistentin den Telefonhörer und sagt: »Herr Ministerialdirektor von Goerden ist da.«

Eine Tür öffnet sich, Petra Weissmann erscheint. »Andreas.«

Sie reichen einander die Hand, tauschen Floskeln aus. Kein Blick zu Lay, keine Irritation.

Von Goerden tritt zur Seite und stellt Lay vor. Weissmanns Hand ist kühl, schmal, ihr Blick oberflächlich interessiert.

»Frau Staatssekretärin«, sagt Lay.

Weissmann sieht von Goerden wieder an. »BKA? Jetzt bin ich gespannt. Kaffee? Tee?« Diesmal bezieht sie auch Lay mit ein.

»Grünen Tee, wenn du hast.«

»Kaffee, danke«, sagt Lay und folgt von Goerden durch die Tür.

Zwanzig Minuten hat Weissmann ihm am Telefon zugestanden, mehr sei so kurzfristig nicht drin. Zwanzig Minuten, um eine hartgesottene Gegnerin in die Knie zu zwingen. Selbst für sie, fürchtet Lay, ist das wenig Zeit. Und sie hat nur diesen einen Versuch.

Sie braucht ein Wunder.

Grau steht das Mittagslicht in Weissmanns Büro. Bodentiefe Fenster, der Blick geht über die Spree zur Goldenen Else, östlich davon sind Tiergarten und Kanzleramt zu sehen, davon halb verdeckt die Reichstagskuppel. Lay ist ans Fenster getreten und dort geblieben, hört, wie Weissmann und von Goerden sich hinter ihr an einen Besprechungstisch setzen, hört die Assistentin Tassen daraufstellen, Getränke einschenken, den Raum verlassen.

Ein Wunder, eine zündende Idee. Sie weiß, dass sie die Frau nachhaltig erschüttern muss, damit aus den zwanzig Minuten ein paar Stunden werden.

Schließlich dreht sie sich um, geht zu ihnen. Als sie sitzt, fällt ihr Blick auf den graziösen Schreibtisch, einen restaurierten Sekretär. An einem der geschwungenen Beinchen steht eine niedrige, längliche Papiertüte.

Das Wunder?

Lay spürt die Augen der beiden auf sich, als sie sich wieder erhebt und hinübergeht. Die Tüte trägt das Logo eines Schuhmachergeschäfts. Sie kniet nieder, zieht einen Schuhkarton heraus.

»Frau Lay?« Von Goerden, irritiert.

Weissmann sagt nichts.

Lay öffnet den Karton, atmet den plötzlichen Geruch von Schuhcreme ein, von Kleber, anderen Schustermitteln. Sanft streicht sie mit den Fingern über die sorgsam platzierten, mit dünnem Papier geschützten cognacfarbenen Pumps. Klopft auf die Absätze; beide sitzen fest.

Am Boden der Tüte liegen ein einfacher Kassenbeleg und ein handschriftlicher Auftrag vom 14.2.03.

Der Tag nach dem Treffen im Lokschuppen.

»Frauen und Schuhe«, hört sie Weissmann belustigt sagen.

Lay schiebt den Karton in die Tüte zurück, nimmt sie mit zum Tisch, stellt sie achtsam neben sich. Von Goerdens Augen liegen bohrend auf ihr, aber er kennt sie inzwischen gut genug, um zu warten. Sie wendet sich Weissmann zu, spürt, wie die Erleichterung warm durch ihren Körper strömt: Sie hat den Schuh gefunden.

Zu spät, um einen Krieg zu verhindern; rechtzeitig, um einen Mörder zu fassen.

»Möchten Sie sie gern ausleihen?«, erkundigt sich Weissmann.

Lay muss lächeln, formuliert in Gedanken Fragen und Antworten. Plötzlich ist eine Frage da, die sie sich selbst bislang nicht gestellt hat: Und wenn Weissmanns Büro abgehört wird? Von Goerden hat sie, um sicherzugehen, in die Kälte des Tiergartens gezwungen.

»Hanne?«, sagt von Goerden.

»Vielleicht fängst du einfach an, Andreas?«, schlägt Weissmann vor.

Lay sieht ihn an, schüttelt den Kopf, legt den Finger an die Lippen.

»Das wird nun immer kruder«, sagt Weissmann.

Lay bedeutet von Goerden, irgendetwas zu sagen, und er versteht.

»Curveball ist dir ja ein Begriff, Petra. Wir haben seinetwegen Probleme. Kommen einfach nicht an ihn ran, der BND torpediert alle Versuche.«

Inzwischen ist Lay erneut zu dem Sekretär gegangen. Eine Telefonanlage, zwei Mobilteile, deren Griffseiten sich mit etwas Druck lösen lassen. Vorsichtig begutachtet sie das Innenleben der Geräte, kann nichts entdecken.

Weissmann hat sich erhoben, wirkt zum ersten Mal verunsichert.

Lay setzt sich wieder, nimmt einen Notizzettel aus der Handtasche.

»Der Kanzler möchte, dass Frau Lay prüft, ob man ihm glauben kann. Curveball.« Von Goerden kann die Überraschung nicht verbergen.

»Wir dachten, vielleicht können Sie uns helfen, an ihn ranzukommen«, sagt Lay und schreibt: *Sie haben sich diese Schuhe im Lokschuppen beschädigt, und ich kann das beweisen.*

Sie schiebt den Zettel über den Tisch, Weissmann liest. Macht ein verwundertes Gesicht, hebt die Schultern. Lokschuppen? Nie gehört. Nie dort gewesen. Was wollen Sie von mir?

Aber sie spielt mit. »Ich kann es gern versuchen. Mal in Pullach anrufen.«

Da begreift Lay. Weissmann will nicht in von Goerdens Gegenwart kapitulieren. Ein Rest von Selbstachtung vielleicht. Scham. Sie sind Beamte derselben Regierung. Parteigenossen.

Oder weil von Goerden doch involviert ist?

Vertrauen Sie niemandem. Sie schwimmen mit den Haien.

»Wenn möglich heute«, sagt sie. »Heute Vormittag.«

Weissmann nickt. Ihre Hände liegen reglos auf dem Tisch, die Augen wirken mit einem Mal müde.

»Hier ist meine Handynummer.« Lay schiebt für etwaige Zuhörer eine Visitenkarte in Richtung der Hände, die nicht danach greifen.

Erhebt sich.

»Danke, Petra«, sagt von Goerden sichtlich überrascht.

»Ihr habt ja gar nichts getrunken«, murmelt Weissmann.

Nicht im Aufzug, nicht in Gegenwart der BKA-Kollegen, nicht im Auto. Von Goerden muss sich gedulden.

Kurz darauf stehen sie an einem Imbisstisch nahe der riesigen Baustelle des Hauptbahnhofs zwischen Arbeitern, eingehüllt in Atemwölkchen, Zigarettenrauch und Essensdampf, Döner in der Hand.

»Ich habe keinen Hunger«, sagt von Goerden.

»Wir lassen Ihren einpacken, ich esse ihn später.«

»Petra also.«

Lay nickt.

Sema kommt, streicht sich nervös eine Haarsträhne hinters Ohr. »Ihr seid ja echt ein bisschen verrückt.« Unruhig wandert sie weiter, dreht wachsam Kreise um sie, einen Finger am Ohr.

»Wird sie anrufen?«

»Denke schon«, sagt Lay kauend.

»Na, warten wir's ab.«

Sie nickt.

»Und dann? Falls sie anruft?«

»Nehme ich sie in die Mangel.«

»Sind wir dafür bereit? Falls sie Namen nennt, meine ich. Wie wollen Sie vorgehen?«

»Diskret.«

Von Goerden rollt die Augen. »Ach ja?«

»Besser, wenn Sie nicht zu viel wissen.«

»Ich weiß für meinen Geschmack zu wenig, Hanne.«

»Sie wissen jetzt, wer die Informantin ist.«

Er stutzt, die Miene leicht verärgert. »Soll heißen?«

»Dass ich Ihnen hoffentlich zu Recht vertraue.«

Von Goerden stößt ein raues Lachen aus, wendet sich ab und geht, begleitet von Sema, zum Bordstein, wo die beiden schweren Autos warten, gewienert und gewachst, schwarz glänzend, Vehikel aus einer anderen Welt, der großen, großen Politik.

Zahlreiche Augen sind ihm gefolgt, sehen zu, wie er einsteigt, gleiten dann zu ihr.

Sie lässt den zweiten Döner einpacken, wandert entlang der Baustelle zum Brandenburger Tor, setzt sich in ein Café und wartet auf Weissmanns Anruf.

Zwei Stunden später ahnt sie, dass der Anruf nicht kommen wird.

66

»NO SNOW HERE«, SAGT DER Taxifahrer. »*It's spring!*«

»*Last week*«, entgegnet Frank Jaromin.

Der Taxifahrer gestikuliert. »*No snow for years!*«

Zumindest was den Frühling betrifft, scheint er recht zu haben. Die Menschen auf den Straßen haben die Winterkleidung abgelegt, sitzen im T-Shirt in den Cafés, die Jungs tragen Shorts.

»*You need hotel?*«

Jaromin verneint, kein Hotel; dafür etwas anderes: ein Fernglas.

Nūr scheint allein zu sein, zumindest taucht der Junge nicht auf. Am Herd stehend, bereitet sie mit schnellen Bewegungen Mokka zu, trinkt ihn dann an dem kleinen Esstisch. Später raucht sie auf dem Balkon eine Zigarette, an der Brüstung stehend, zum Greifen nah hinter den starken Okularen. Sie kommt Jaromin so fremd vor wie vor zwei Tagen, als die Fotos in Pullach vor ihm lagen, auch wenn er den Stolz und die Melancholie in ihrem Blick wiedererkennt. Von weit unten ist plötzlich eine helle Stimme zu hören, Nūr lehnt sich vor und sieht hinab. Sie ruft etwas, es klingt streng. Jaromin hört Djadi lachen. Seine Stimme entfernt sich, und Nūr hebt mit zorniger Miene die flache Hand, als wollte sie ihm drohen. Nachdem sie in die Küche zurückgekehrt ist, bewegt Jaromin das Glas ein paar Zentimeter nach unten, beobachtet die Wohnung im vierten Stock zwanzig, dreißig Minuten lang, bis er zu dem Schluss kommt, dass sie leergeräumt ist und niemand dort auf ihn wartet.

Zehn weitere Minuten vergehen, in denen er das Fernglas über das Dach des Gebäudes bewegt, dann ist er sicher, dass die Kamera an der Antenne abmontiert worden ist.

Er verstaut das Fernglas in der Reisetasche und verlässt das beste Versteck von Amman, das Dach über dem Bad der duschenden Frau.

Der BND scheint das *safe house* tatsächlich aufgegeben zu haben, auch die Kameras im Treppenhaus wurden entfernt. Ein neues Türschloss zwar, das kein Problem darstellt, aber die Möbel sind fort, die Zimmer vollkommen leer. Jaromin setzt sich im Flur an die Wand, lauscht auf die Schritte über sich, weiche, schabende Bewegungen, sie trägt Hausschuhe. Eine halbe Stunde später wird die Tür oben zugezogen, und Nūrs Schritte nähern sich im Treppenhaus.

Er steht am Spion, als sie mit einem Einkaufskorb den Treppenabsatz passiert.

Auch das Schloss ihrer Wohnung hält keine zwei Sekunden Stand. Schnell schlüpft er hinein und schließt die Tür. Ein im Halbdunkel liegender Flur wie unten, die Anordnung der Räume ist dieselbe. Im Schlafzimmer ein Doppelbett, in dem wohl auch Djadi schläft, im Wohnzimmer verblichene orientalische Teppiche und ein durchgesessenes Sofa, ein kleiner Röhrenfernseher, ein Regal mit Spielsachen. Die wenigen Möbel sind alt und viel benutzt, stammen vermutlich aus unterschiedlichen Haushalten, die Räume aufgeräumt und sauber. Jaromin sucht schnell, aber konzentriert. Wenn Nūr tatsächlich für al-Failis Geheimdienst arbeitet, wird er etwas finden. Kameras, leistungsstarke Handys, ein Satellitentelefon. Berichte, Aufzeichnungen, die er nicht entziffern könnte, Geld in ausländischer Währung, ein Pass mit ihrem Foto und einem falschen Namen. Anderes, was nicht in die Wohnung einer geflüchteten, alleinerziehenden Mutter mit einem zehnjährigen Sohn passt, die sich um die Wäsche der Nachbarn kümmern müssen, um zu überleben.

Er findet nichts.

Dafür stößt er im Schlafzimmer in den Tiefen des Kleiderschranks auf einen deckellosen Schuhkarton mit zwei Dutzend Fotos.

Nūrs Vergangenheit.

Im spärlichen Vorabendlicht legt er sie aufs Bett, versucht, sie chronologisch zu ordnen. Schwarz-weiß ein junger Mann im Anzug, am Arm eine Braut im Hochzeitskleid, wohl Nūrs Vater und Mutter. Die Frau mit einem Kleinkind in den Armen, ebenfalls schwarz-weiß. Der Vater im Ärztekittel vor einem Krankenhaus, Stethoskop um den Hals, stolz. Wieder die Mutter, deutlich gealtert, neben der vielleicht zwanzigjährigen Nūr, verblichene Farben. Der Vater mit Mitte fünfzig, doch jetzt arbeitet er inmitten anderer Männer offenbar auf einem Fischmarkt. Dann Fotos mit Nūrs Ehemann: die Hochzeit, da ist er um die dreißig. Am Steuer eines Lkws, die Fahrertür geöffnet, er winkt, hat deutlich zugenommen. Derselbe Mann in einem anderen Lkw, ein Kleinkind auf dem Schoß, Djadi. Zuletzt Nūr, ihr Mann und Djadi vor einem mehrstöckigen gelben Plattenbau in einer arabischen Stadt, sich an den Händen haltend.

Jaromin fotografiert die Fotos mit dem Handy ab, stellt die Schachtel zurück in den Schrank. Auf dem Weg zur Wohnungstür fragt er sich, ob er wieder auf die hilflose schöne Frau hereinfällt. Geht ihre Tarnung so weit? Gefälschte Fotos aus der Vergangenheit?

Sekundenlang lauscht er auf Schritte im Treppenhaus, hört nichts.

Er öffnet die Tür – und steht vor Nūr. Sie hält einen schmalen Dolch in der erhobenen Rechten und tritt so schnell an ihn heran, dass er nur zurückweichen kann, will er sie nicht verletzen.

Die scharfe Klinge an der Kehle, blickt er in ihre zornigen, enttäuschten Augen.

»You're a thief, Mr. Frank?«

Er sitzt am Küchentisch, Nūr steht im Raum, den Dolch in der Faust. Der Tisch ist zwischen ihnen, die Wohnungstür zu ihrer Sicherheit geöffnet. Sie wartet auf eine Erklärung, und Jaromin sucht nach einem Anfang. Er will nicht mehr lügen, kann nicht mehr. Will nicht mehr der Mann sein, dessen Leben auf Lügen beruht. Also erzählt er, was passiert ist; nur das Nötigste, aber die Wahrheit. Dass er für den deutschen Geheimdienst in Bagdad war, dass er hereingelegt worden ist und deshalb eine Irakerin getötet hat, die er hätte beschützen müssen.

»Wer hat dich reingelegt?«

»Leute, die den Krieg wollen.«

»*Ich* will den Krieg!«, platzt es aus ihr heraus.

Er zuckt die Achseln. »Ich weiß noch nicht, wer diese Leute sind. Deutsche. Amerikaner.«

»Und was machst du hier? In Amman, in meiner Wohnung?«

»Sie sagen, du gehörst zum irakischen Geheimdienst.«

Nūr lacht empört auf. »Saddams *Muchabarat?*«

»Du, dein Mann, dein Vater.«

Sie starrt ihn an, verfällt ins Arabische, Flüche, dem Ton und der Wut in ihrem Blick nach zu urteilen. »Du hast hier nach Beweisen gesucht?«

Er nickt.

»Und? Hast du was gefunden?« Ihr Zorn richtet sich wieder gegen hin. Zorn, Hohn, Enttäuschung.

»Nein. Sie haben mich wieder reingelegt. Erklärst du mir die Fotos? Unten im Schrank.«

Sie errötet, vielleicht, weil ihr bewusst wird, dass er auch ihre privaten Dinge durchsucht hat.

»Darf ich sie holen?«, fragt er.

Sie schüttelt den Kopf.

Auf dem Weg in den Flur legt sie den Dolch in den Einkaufskorb, als gehörte er dorthin. Sie holt die Schachtel, setzt sich zu ihm an den Tisch und nimmt die Fotos heraus. Mit leiser Stimme erzählt sie, erst zögernd, dann ruhig und beinahe sanft. Die Macht der Vergangenheit, denkt Jaromin. Er lässt sie reden, hakt nur manchmal nach, um seine letzten Zweifel zu zerstreuen. Dann ist er sicher, dass

Koeppen gelogen hat – oder der, der Koeppen diese Lügen als Wahrheit verkauft hat. Ihr Vater ist ursprünglich Arzt gewesen, hat wegen des UN-Embargos seine Stelle im Krankenhaus verloren und die letzten Jahre seines Lebens auf dem Fischmarkt gearbeitet. Ihr Mann ist Lkws gefahren, hat Waren in die Kurdengebiete transportiert. Er ist selbst irakischer Kurde gewesen und deshalb ins Visier von Saddams Geheimdienst geraten. 1997 haben sie ihn verhaftet, ein Jahr später ist er im Gefängnis gestorben.

Der Grund für ihre Flucht nach Amman.

»Niemand aus meiner Familie würde je für Saddam spionieren. Wir hassen ihn.«

Jaromin sammelt die Fotos vorsichtig ein, legt sie in die Schachtel zurück.

Entschuldigt sich.

Sie trinken Mokka, während es draußen dunkel wird, rauchen in der Küche, nicht auf dem Balkon, ein fremder Mann da draußen wäre kompromittierend, sagt Nūr mit einem schmalen Lächeln. Jaromin hat nicht den Eindruck, dass Gerede sie kümmern würde, aber sie muss an Djadi denken. Die Fotos wirken noch nach, sie spricht nicht viel, ist ganz für sich. Sie hält den Blick gesenkt, ein Finger gleitet über den Tassenrand.

Die Stimme des Muezzin legt sich über die Stadt, und Jaromin muss an das Gespräch mit Alina denken.

Alle Menschen gehören zusammen.

Gehören wir *noch zusammen, Papa? Du, Mama, Alex, ich?*

Vor einer Woche hätte er die Frage nicht beantworten können. Seit gestern gibt es eine Antwort.

67

RAUCH WIE DICHTER NEBEL, scheinbar undurchdringlich, vom Druck der verdrängten Luft durch die Straßen geschoben, immer wieder durchbrochen von züngelnden Flammen. Schemen tauchen auf, verschwinden, Menschen voller Angst, die Bilder in unkontrollierten Bewegungen, in Panik wie die Gesichter. Hans Breuninger sieht die Fliehenden stürzen, sieht erschlagene und verbrannte Leiber auf dem Asphalt liegen. Ob der eine, den er sucht, dabei ist – unmöglich zu sagen.

Dann ist auch dieser Videofetzen zu Ende.

Mit zitternden Fingern speichert er den Film im Browserordner bei den zahllosen anderen, durch die er sich gearbeitet hat. Hunderte, Tausende Schnipsel der Katastrophe. Der Untergang seiner Welt, zerlegt in Sekunden voller Grauen.

Er stößt den Laptop zur Seite, erhebt sich, steht auf kraftlosen Beinen da und ruft nach dem Hund, der vor dem Kamin schläft. Es dauert, bis Mary wach ist und zu ihm kommen kann. Ihre Wärme beruhigt ihn, sein rasendes Herz. Der traurige, verständnisvolle Blick.

»Gehen wir raus?« Er meint zu sehen, dass sie den Kopf schüttelt. Zu kalt, zu glatt, schon zu dunkel für die beiden Alten? Er lächelt. Irgendwann wird er, das ahnt er, hinter ihr herputzen müssen. »Komm, Liebes«, sagt er, führt sie an der Leine in die frühe Dämmerung hinaus, wenigstens eine halbe Stunde an der Luft, bevor er in die Küche muss, Punkt sieben wird Wesley eintreffen. So trotten sie auf rutschigen Gehwegen nebeneinander her durch die eisige Kälte, in Gedanken versunken. Breuninger wird die Bilder vom zerstörten südlichen Manhattan nicht los. Es gibt auch andere Stimmen, er weiß das, auch auf sie stößt man, wenn man das Internet durchforstet. Stimmen, die den Amerikanern die Schuld geben. Der Politik des Westens.

Menschen wie ihm.

Stimmen, die zu ihm sagen: *Du* bist schuld!

Auch diese Bilder wird er nicht los, den Anblick der Männer, die ihn mit hasserfüllten Augen vom Monitor aus ansehen, die Kalaschnikow in der Hand, und geifernd rufen: Du und deinesgleichen seid schuld!

Fanatiker, Terroristen, die den nächsten Anschlag planen.

Sie müssen ihnen zuvorkommen. *Das* rechtfertigt die Opfer, Marion.

Das Mobiltelefon reißt ihn aus den Gedanken.

Steffen malträtiert ihn mit Codewörtern und Abkürzungen, die er mühsam entwirrt: Jaromin ist wieder in Amman.

Er hält also tatsächlich nicht still. Die Anrufe waren der Anfang, jetzt sucht er die Beteiligten auf.

Und könnte so der Gruppe gefährlich werden.

Der Deal war keine gute Idee. Josefs Idee, er selbst war skeptisch. Zeit, die Angelegenheit wieder in die Hand zu nehmen.

»Haben wir jemanden dort, der ihn an die Kette legen kann?«

»Nicht kurzfristig.«

»Vielleicht doch«, sagt Breuninger.

Wesley wird es richten.

»Und wenn das nicht klappt?«, fragt Steffen. »Wenn er weiterfährt?«

Weiterfährt wohin?, rätselt Breuninger. »Du meinst nach …«

»Beta 37, ja.«

Breuninger erinnert sich, eine ganze Woche lang ging es ja um Beta 37: Bagdad. Ein Problem, er weiß, was Steffen meint. Toni ist zwar noch in Bagdad, aber er hat bereits vor einer Weile klargemacht, dass er dafür nicht infrage komme: keine Kameraden wie Jaromin. *Wir waren zusammen in der Hölle. Haben uns gegenseitig den Arsch gerettet. Nicht Jaromin, nicht Koeppen, niemals.*

Ein seltsamer Ehrenkodex, doch man muss das akzeptieren.

»Es muss klappen, Steffen.«

Er will das Gespräch beenden, den frierenden Hund nach Hause führen, will nicht hören, was Steffen noch zu sagen hat, doch es führt kein Weg daran vorbei. Mit bleischwerem Kopf lauscht er dem Klang der Stimme, die so kühl, so leer ist. Manchmal erschrickt selbst er darüber, sucht ein bisschen Gefühl darin, Empathie, Bedauern, aber Steffen verbirgt seine Emotionen gut. Breuninger hätte ihm eine Frau gewünscht, hat in seiner aktiven Zeit tatsächlich auch versucht, ihn mit der einen oder anderen Mitarbeiterin zusammenzubringen, einmal sogar mit einem homosexuellen Mann, doch vergeblich. Steffen war nicht bereit, sich mit irgendjemandem zu treffen. Ganz selten, wenn sie bei einem Glas Bier oder Wein in seinem Wohnzimmer sitzen, die Belange der Gruppe besprochen sind, Mary zwischen ihnen hin und her spaziert, meint Breuninger in seinen Blicken und Bewegungen etwas ganz Wundersames wahrzunehmen: Angst.

Angst vor – er kann es nicht anders formulieren – allem.

Mary ist vor einem kahlen Busch stehen geblieben und bellt heiser, hat irgendetwas entdeckt, was nur sie sehen kann. Sanft zieht er sie weiter, gleich sind sie zu Hause, nur über die rutschige Straße müssen sie sich noch tasten.

»Hans?«

»Ja, ja, ich denke nach.«

Helga.

Was machen wir mit Helga?

Diesmal erleichtern die Codes das Denken: Eine Helga kennt er nicht. Eine Helga hat er nicht vor drei Tagen noch mit Wangenküsschen begrüßt. Eine Helga hat nicht am Sterbebett seines besten Freundes gesessen. Hat ihn nicht im schrecklichen Winter 2001 nach Paulinenaue begleitet.

Über eine Helga kann man richten, wenn es sein muss, so wie man über eine Abeer richten konnte.

Aber er ist zu alt, um sich selbst zu belügen.

Sie wissen inzwischen, dass Hanne Lay an ihr dran ist. Dass wohl auch sie sie für die Verräterin hält.

»Julius besteht auf einer endgültigen Lösung«, sagt Steffen.

Breuninger merkt auf. Er hat bereits mit Josef gesprochen? Ungewöhnlich, Steffen arbeitet *ihm* zu, auch der Kontakt zu den anderen Mitgliedern des Führungszirkels der Gruppe lief bislang immer über ihn. Andererseits, vielleicht will Steffen ihm den Gewissenskonflikt erleichtern, indem er ihn weitgehend raushält. »Gibt es schon einen Vorschlag?«

»Ja.«

Breuninger sperrt die schwere Eisentür auf und lässt Mary den Vortritt. Schnell – für ihre Verhältnisse – eilt sie zum Haus; er folgt langsamer. »Ist er besser als der Deal mit … mit dem Back-up-Mann?«

»Keine Sorge, Hans.«

Er weiß, was das heißt: Steffen wird sich persönlich darum kümmern. Für die Endgültigkeit sorgen, die Josef Bardeaux verlangt.

Aber Michaels Frau? Die Witwe seines besten Freundes?

Ein Opfer, das niemals zu rechtfertigen wäre.

»Nein, Steffen«, sagt er. »Das können wir nicht tun.«

An der Garderobe schält er sich aus den Winterschichten, hängt Mantel, Schal, Strickjacke und Hut auf und hat sie plötzlich vor Augen, Petra vor drei Tagen, hier hat sie gestanden, bei Steffen, der ihr in den Mantel geholfen, sie durch den Flur begleitet hat, die Haustür für sie geöffnet und sanft hinter ihr geschlossen hat.

Ein Schauer läuft ihm über den Rücken. Nein, Steffen, nein!

Es gibt eine unausgesprochene Regel zwischen Wesley und ihm: Beim Essen bleibt die Welt draußen, erst hinterher darf sie herein.

»You are such a good cook«, sagt Wesley und blickt für Momente etwas weniger grimmig drein.

»And you are a very good guest«, erwidert Breuninger lächelnd.

Sie sitzen in der kleinen Bibliothek im zweiten Stock der Villa, Zigarre in der einen Hand, Whiskey-Glas in der anderen, tief in die herrlich bequemen Sessel versunken. Auf dem Tischchen zwischen ihnen steht die Dose mit den Orangenzungen, die Wesley fast noch besser zu schmecken scheinen als ihm selbst. Mary hat sich ins Kinderzimmer nach nebenan verzogen, sie hasst Zigarrenrauch.

Wie immer trägt Wesley die Generalsuniform; in Zivil, hat er Breuninger einmal anvertraut, fühle er sich genauso: zivil. Ohne Einfluss, wehrlos, den unsichtbaren Feinden ausgeliefert. Keine gute Voraussetzung, wenn man über einen geplanten Krieg sprechen will.

In den Stunden mit Wesley hier oben fühlt Breuninger sich jedes Mal in die Achtziger zurückversetzt. Überholte Herrenrituale zwischen dunklem Teak unter dem Damoklesschwert des Kalten Krieges, der Osten Europas im Umbruch, und niemand wusste, ob er nicht in einen heißen Krieg münden würde. Alle konzentrierten sich auf Moskau, auch Wesley und er, niemand hatte Belgrad auf dem Schirm. Die UdSSR zerfiel beinahe friedlich, Deutschland wurde wiedervereinigt – und Jugoslawien zerfleischte sich.

Die Pforte der Hölle hatte sich geöffnet.

Nie wieder hätten sie das zulassen dürfen. Und haben es doch getan.

Breuninger hat Neuigkeiten aus dem Kanzleramt für Wesley, noch informell und streng geheim. Das deutsche ABC-Bataillon, berichtet er, verbleibt während des Krieges in Camp Doha. Die Gruppe Schmidt wird darauf hinwirken, dass man es aufstockt. Was die Überflugrechte hier in Deutschland betrifft: Sie werden mit großer Sicherheit gewährt.

»Mit großer Sicherheit?«, brummt Wesley. »Sie sind absolut notwendig.«

»Du weißt, dass sich die Bundesregierung bedeckt halten muss. Mach dir keine Sorgen, wir regeln das.« Sie heben die Gläser zum Prosit, trinken einen Schluck, schweigen nachdenklich. Dann fährt

Breuninger fort: »Berlin wird einige Tausend Soldaten abstellen, um die amerikanischen Einrichtungen auf deutschem Boden zu schützen. Und die deutschen Besatzungen fliegen weiterhin in den AWACS der NATO. Ich denke, wir können unter den gegebenen Umständen zufrieden sein.«

Wesley sieht das ähnlich. Er versteht, dass die Bundesregierung tut, was sie kann. Mehr ist von Rot-Grün nach all dem pazifistischen Wahlkampfgetöse nicht zu erwarten. Eine für die Amerikaner immens wichtige Frage allerdings ist noch ungeklärt. Die Koalition der Willigen hat keine eigenen Agenten in Bagdad und ist dringend auf die Unterstützung des BND angewiesen. Wann also, fragt Wesley, könne das für Bagdad vorgesehene SET von Amman aus in den Irak weiterreisen?

»Sofort«, erwidert Breuninger zufrieden.

Das Problem Jaromin steht vor der Lösung.

Eine Hand auf Marys Flanke hört er zu, wie Wesley mit seinem Kontaktmann beim jordanischen GID telefoniert, sich für die Unterstützung bedankt und ihn darum bittet, die beiden BND-Agenten sobald wie möglich auf freien Fuß zu setzen.

»*Today, if possible*«, soufliert Breuninger, und Wesley nickt.

Später, nach dem zweiten Glas und der zweiten Zigarre, beugt Wesley sich unvermittelt vor, stützt die Hände auf die Schenkel, seine Miene hat mit einem Mal alles Grimmige verloren.

Erschrocken hält Breuninger den Atem an.

»Meine Leute haben vielleicht eine Spur von deinem Jungen gefunden, Hans.«

Er hat Fotos aus einer Videoaufnahme dabei, die Breuninger noch nicht kennt, wie auch, sie stammt von einer Verkehrskamera und hängt an einer Kreuzung in unmittelbarer Nähe von Ground Zero.

Auf den Bildern sieht man einen Mann in den Vierzigern, der durch Feuer und Rauch läuft, vielleicht selbst schon brennt.

Entsetzt erkennt Breuninger sein Kind, sieht es in diesem verstörten, panischen Männergesicht, so hat sein Junge geschaut, wenn die Bosheit der Erwachsenenwelt über ihn gekommen ist, wenn der Vater ihn geschlagen hat, um die kindliche Renitenz zu brechen und aus dem Kreislauf von Widerspruch und Wut herauszukommen.

Das Gesicht eines Kindes, das nur noch Angst und Schmerz kennt.

»Ist er es?«, fragt Wesley leise.

Breuninger bringt ein Nicken zustande, und der General lehnt sich zurück und lässt ihm Zeit zu begreifen. Er blickt wieder auf die Fotos, auf sein Kind, das man endlich, siebzehn Monate nachdem es verschwunden ist, gefunden hat, starrt auf die verschwommenen Konturen von Johannes, der Sekunden später gestürzt sein muss, bei lebendigem Leib verbrannt ist, die sterblichen Überreste von der Hitze, von Chemikalien, Kerosin, Bakterien unkenntlich gemacht. Falls Asche gefunden wurde, lagert sie im 9/11-Memorial in einem von Tausenden Beuteln mit nicht identifizierter menschlicher DNA. Wie oft war er dort, stand vor der Erinnerungswand aus blauen Kacheln, ohne zu ahnen, das sein Kind so nah ist.

So unerreichbar nah.

Kurz darauf bringt Breuninger den General zur Tür. Wie vor eineinhalb Jahren, als Wesley ihm versprochen hat, sein Kind zu finden, reichen sie sich, nachdem er das Versprechen nun eingelöst hat, die Hand. Breuninger sieht ihm nach, wie er im leichten Schneefall zur Straße geht, in seinen Wagen steigt und davonfährt, dann kehrt er zu den Fotos in der Bibliothek zurück, denkt lange über seine Opfer nach, den Verlust der Familie, die Einsamkeit, den furchtbaren Tod seines Sohnes. Ja, Marion, das war es wert, so schrecklich es klingt – wenn ich meinen Weg nur konsequent zu Ende gehe. Das erreiche, wofür das Schicksal diese Opfer eingefordert hat.

Doch dafür sind weitere Opfer notwendig.

Steffen geht sofort dran, als hätte er auf diesen Anruf gewartet. Breuninger hat sich die notwendigen Codes notiert, liest sie ab, nur für das entscheidende Wort benötigt er keinen: endgültig.

68

SIE SITZEN NOCH IN DER KÜCHE, als Djadi nach Hause kommt. Im Arm hält er einen Fußball, das Gesicht ist verschwitzt, das T-Shirt voller Staub. »*Mr. Frank!*« Strahlend tritt er zu Jaromin und reicht ihm die Hand.

»Ich habe deinen Rucksack verloren, Djadi.«

»Dann kauf mir einen neuen!«

Jaromin schmunzelt, für Sekunden von allen Lasten befreit. Morgen, verspricht er.

Er geht in die leere Wohnung hinunter, holt das Fernglas. Mit geweiteten Augen nimmt der Junge es entgegen, dreht und wendet es voller Ehrfurcht.

»Keine duschenden Frauen, okay?«, sagt Jaromin.

»Das kann ich dir nicht versprechen!«

Nūr blickt befremdet. »Wovon redet ihr?«

»Spionkram«, sagt Djadi.

Jaromin legt Jordanische Dinare auf den Tisch, mehr, als Djadi ihm eine Woche zuvor gegeben hat. Der Junge verstaut sie in seiner Hosentasche.

»Vielen Dank, aber das ist zu viel.« Nūr deutet auf die Hosentasche und das Fernglas.

»*La*«, sagt Djadi.

»Nein«, sagt Jaromin.

Sie steigen aufs Dach, der Junge und er, betrachten abwechselnd die Stadt durch die Okulare. Djadi staunt, was da nun alles zu sehen ist, und ganz ohne Kratzer und Nebel, so eine schöne Stadt, fast so schön wie Bagdad, und so groß, oh, schau mal, ein halbes Fußballstadion, ob Amman das Geld ausgegangen ist?

Kein Stadion, erklärt Jaromin. Ein altes römisches Theater.

»Sie sollten es abreißen, es sieht wirklich *sehr* alt aus.«

Natürlich kann er es nicht lassen und dreht sich unauffällig zum Hochhaus mit den Satellitenschüsseln und den Funkmasten und der nackten Frau.

Jaromin tritt vor ihn, versperrt ihm die Sicht.

»Ich will nur schauen, ob ich mit dem Ding bis nach Bagdad sehen kann, Mr. Frank.«

»Bagdad ist weiter im Osten.«

»Erzähl du mir nicht, wo Bagdad ist!« Kichernd bewegt er das Glas nach Osten.

Ein paar Hügel und neunhundert Kilometer sind dem Fernglas im Weg.

Später sitzen sie an der Brüstung, es ist dunkel, die Luft frisch, werfen wieder Steinchen in die Blechtasse, die noch an derselben Stelle steht wie vor einer Woche. Schnell führt Djadi haushoch.

»Du hast nicht geübt, Mr. Frank.«

»Du offensichtlich schon.«

»Wir spielen manchmal um Geld, da muss ich üben.«

Die Tür des Aufbaus öffnet sich, Nūr tritt aufs Dach, kaum erkennbar in der Dunkelheit. Jaromins Blick folgt ihr, während sie auf die gegenüberliegende Seite schlendert, sich dort auf die Brüstung setzt und sich ihnen zuwendet, eine reglose, rätselhafte Silhouette vor dem verschwindenden Licht.

Er unterdrückt den Impuls, zu ihr zu gehen.

»Und, warst du in Bagdad?«, fragt Djadi.

»Ja.«

»Wie lang?«

»Nicht lang.«

»Es hat dir sicher gefallen, oder?«

»Was ich gesehen habe, ja.«

»Was hast du denn gesehen?«

Jaromin ruft sich Koeppens Touristenprogramm in Erinnerung – Abbasiden-Palast, Al-Rahman-Moschee, am Nationalmuseum immerhin vorbeigefahren.

Djadis Stirn ist gerunzelt. »Nie gehört. Bist du sicher, dass du in Bagdad warst? Es gibt noch andere große Städte in meinem Land.«

Jaromin schmunzelt. »Die Schwerter von Kadesia?«

»Bah!« Der Junge spuckt aus. »Saddam, der Hund!«

Eine Bewegung lässt Jaromin aufsehen. Nūr tritt zu ihnen, sagt: »Wenn Saddam weg ist, kehren wir nach Bagdad zurück, Mr. Frank. Nach dem Krieg.« Sie setzt sich neben dem Jungen auf den Boden, spricht Arabisch mit ihm.

»*La!*« Djadi springt auf, antwortet wütend, ein Streit entspinnt sich. Nūr bleibt ruhig, scheint sich am Ende durchzusetzen, Jaromin sieht den Jungen mit hängendem Kopf kapitulieren. Sie hält ihm ein Bündel Geldscheine hin, und er nimmt es unwillig. Dann wendet er sich Jaromin zu. »Bist du morgen noch da?«

»Für ein paar Stunden.«

Djadi stopft das Geld in die Hosentasche. »Dann fährst du wieder nach Bagdad?«

»Nein, nach Hause.« Jaromin spürt Nūrs Blick auf sich und erwidert ihn. Sie hat die Beine angezogen, lehnt an der Brüstung, den Kopf leicht geneigt. Er spürt, dass zwischen ihnen etwas geschieht, ohne genau sagen zu können, was.

Während sie dem Jungen nachschauen, erklärt sie den Streit: Die Gasflasche ist leer, er muss eine neue besorgen, das ist seine Aufgabe. Sie deutet mit der Hand übers Dach in den Abend, leider ist es weit, und volle Flaschen sind schwer, und du bist hier. Er wollte es morgen erledigen, aber morgen wäre zu spät.

Jaromin nickt.

Schweigend sehen sie sich an.

Dann steht Nūr auf und hält ihm die Hand hin.

Sie sind sich fremd und bleiben Fremde, auch während sie dicht aneinander liegen, Nūrs Hände auf seiner Haut, ihr Geruch, ihr Atem dicht an seinem Ohr, die seltenen Laute aus ihrem Mund, ihre Zärtlichkeit, sogar ihr Gesicht bleibt Jaromin im Dunkel fremd, weil sie die geschlossenen Augen nicht ein einziges Mal öffnet, und so fällt ihm und auch ihr später in der Küche der Umgang mit dem anderen leicht, keine unbeholfenen Berührungen und Blicke, weil es nichts Vertrautes gibt, keine Nähe, nur einen Hauch weniger Distanz und mehr Freundlichkeit. Sie könnten sich sogar, wenn sie das wollten, einreden, dass sie gerade nicht miteinander geschlafen haben, sondern mit jemandem anders, und vielleicht hat Nūr sich ja jemanden anders vorgestellt, denkt Jaromin: den Mann, den sie verloren hat.

Gegen neun kommt Djadi zurück, zerrt lärmend einen uralten Einkaufstrolley hinter sich her in die Küche. Als sein Blick auf Jaromin fällt, hellt sich seine Miene auf. »*You are still here!*«

»*I just came back*«, erwidert Jaromin.

Nūr hat das Abendessen vorbereitet, kalte Pasten, Brot, eingelegtes Gemüse, und sie essen zusammen. Jaromin lernt die arabischen Namen der Gerichte, spricht folgsam nach und lässt sich nicht beirren, wenn Djadi ihn auslacht, weil er die Kehllaute nicht hinbekommt, *Baba Ganousch, Hummus, Tahin, Tabouleh.*

»*Good, Mr. Frank, very good*«, sagt Nūr ernst.

Dann verabschiedet er sich, wie sie es vereinbart haben. Ein fremder Mann am späteren Abend in der Wohnung wäre noch kompromittierender.

Djadi umarmt ihn, Nūr wendet sich ab.

Während Jaromin das eine Stockwerk hinuntergeht, spürt er ein seltsames Gefühl in den Gliedern, das er nicht deuten kann, Wehmut, Sehnsucht, nach der Frau, mit der er vorhin geschlafen hat, nach der Frau, die ihn verlassen hat, nach den Kindern, Alina, Alex, Djadi.

Nach dem anderen Kind, dem Sechsjährigen aus St. Georg.

Er schiebt die Wohnungstür auf, schließt sie, verharrt im dunklen Flur, plötzlich alarmiert.

Er ist nicht allein.

Da legt sich von hinten ein stählerner Arm um seinen Hals, eine Messerspitze drückt gegen seinen Rücken, und eine raue Stimme flüstert: »Du verdammtes Arschloch!«

69

Berlin

DER ANRUF KOMMT gegen 23 Uhr.

Leichenfund.

»Wo?«, schreit Lay ins Telefon.

»Glienicker Brücke«, erwidert der Kollege.

Sie fährt los, informiert von Goerden auf dem Weg.

»Mein Gott! Sind Sie sicher?«

Die Tote hat Weissmanns Ausweis bei sich.

Um halb zwölf ist Lay an der für den Autoverkehr gesperrten Brücke. Vor der Auffahrt steigt sie zur Havel hinunter, sieht dicht vor der Brücke das Boot der Kollegen von der Wasserschutzpolizei liegen, nicht weit von einem der beiden Pfeiler entfernt. Zwei Scheinwerfer strahlen die Brücke an, holen die Tote im Rhythmus der Strömung aus der Dunkelheit und verlieren sie wieder. Sie hängt kaum einen Meter über der Wasseroberfläche dicht bei dem Pfeiler an einem Seil. Der leichte Wind bewegt sie sanft hin und her.

Sie trägt dasselbe Kostüm wie am Mittag in ihrem Büro.

Lay steigt wieder hinauf, sieht von Goerden in Begleitung eines ihr unbekannten Kollegen der Sicherungsgruppe an der Absperrung. Dem Lichtkegel ihrer Taschenlampe folgend, eilt sie die Brücke entlang. Hält abrupt inne.

Einen Meter vor dem Pfeiler stehen die cognacfarbenen Pumps vor dem Geländer.

Die Techniker sind schon da, Kollegen des LKA, auch der Rechtsmediziner, der über eine Leiter auf den Pfeiler hinuntergeklettert ist.

Lay weist sich vor den Ermittlern aus, verspricht, sich nicht einzumischen. Dann winkt sie den Rechtsmediziner herauf. Schnaufend steigt er nach oben. Ein kleiner, untersetzter Berliner, riecht nach Zwiebeln und Bier. Er hat eine erste Erklärung zum Verlauf. Weissmann muss das Seil am Geländer befestigt haben, dann ist sie, das Ende in der Hand, auf den Pfeiler hinuntergeklettert, was nicht weiter schwierig ist. Sie hat sich die Schlinge um den Hals gelegt und ist ins Leere getreten.

»Fremdverschulden ausgeschlossen?«

»Überhaupt nicht.«

»Hast du Fotos?«

»Alles im Kasten, ja.«

»Ich muss da runter.«

Er tritt zur Seite, und Lay steigt über das Geländer, dann auf die Leiter. Die kalten, kräftigen Hände einer uniformierten Kollegin nehmen sie in Empfang.

Sie lässt sich auf den kleinen Stahlsockel sinken. Der Wind schaukelt die Leiche manchmal fast in Reichweite ihrer Hand heran.

»Partyleute haben sie entdeckt«, sagt die Kollegin. »Zwei Gäste haben auf dem Kajütendach gesessen, rücklings, einer ist mit dem Kopf gegen sie gestoßen.« Sie deutet Richtung Potsdamer Anlegestelle. »Falls du mit ihnen sprechen willst.«

Lay schüttelt den Kopf. Sie sieht von Goerden oben herbeilaufen, die weißen Haare wirr im Laternenlicht. »Ist sie es?«, ruft er.

Die kräftigen Hände helfen ihr hinauf.

»Ja«, sagt Lay.

Er schließt die Augen, hält die Luft an. Sieht noch immer staatsmännisch aus, staatsmännisch erschüttert. Wie, denkt Lay, durchdringt man diesen Panzer? Kommt dahin, wo der Mensch sein muss?

»Schau mal«, sagt einer der LKA-Kollegen. Er kniet vor Petra Weissmanns Schuhen, hält mit einer Pinzette ein mehrfach gefaltetes Papier. Lays Blick folgt seinen behandschuhten Händen, die es vorsichtig auseinanderschlagen.

Er liest vor. Der Abschiedsbrief, handschriftlich, zwei Zeilen. Eine Witwe, die nicht über den Tod ihres Mannes hinwegkommt.

»Das ist Blödsinn«, sagt Lay. »Sie ist ermordet worden.«

Der Kollege lächelt schmal. »Mischst du dich jetzt doch ein?«

Sie sitzen hinten in von Goerdens Wagen, die Heizung läuft, es ist viel zu warm. Auf der Brücke, jenseits des Absperrbandes, bereiten Sanitäter die Bergung der Leiche vor. Die Techniker packen zusammen. Für einen Moment hat es den Anschein, als würden sie die Schuhe an der Brüstung vergessen. Dann holen sie sie.

Man bringt sich draußen nicht ohne Schuhe um, denkt Lay.

Die Schuhe sind eine Nachricht: Wir wissen alles.

Sie müssen Zugang zu den BKA-Computern haben. Kennen den Bericht der Techniker zu den Spuren am Lokschuppen.

»Es ist vorbei, Hanne«, sagt von Goerden.

Sie wendet sich ihm zu, wartet.

»Das muss ein Ende haben.« Er hebt eine Hand. »Das Morden.«

»Morde stehen am Anfang, nicht am Ende.«

»Für Ihre Kollegen vom LKA. Nicht für Sie.«

»Sie kapitulieren?«

»Ein gutes Wort, kapitulieren. Ja, ich kapituliere.«

»Vier Morde, eine Verschwörung gegen Ihre Regierung, und Sie kapitulieren? Und wollten Sie nicht den Krieg verhindern?«

Er holt tief Luft. »Vielleicht gelingt es Ihren Kollegen …«

»Nicht ohne politische Unterstützung!«

»Ich kann Ihren Ärger verstehen, Hanne. Aber wenn man Teil des Regierungsapparates ist, weiß man, wann man verloren hat. Die einen ignorieren es und machen sich lächerlich, die anderen kapitulieren.«

»Wir haben nicht verloren!«

»Ich bin jedenfalls nicht bereit, für einen aussichtslosen Kampf weitere Tote in Kauf zu nehmen.«

»Sie machen denen den Weg frei?«

Er antwortet nicht.

Der Rechtsmediziner kommt auf sie zu. Holt Kaugummis aus der Manteltasche und geht an ihnen vorbei. So muss es sein, denkt Lay: Routine. Eine Tote an einem Seil? Ein Toter im Schnee? Schnell vergessen. Routine. Das ist der Unterschied zwischen ihr und den anderen. Der Kaffee am Morgen ist für sie Routine. Döner zwischendurch. Toilettengänge. Die Angst zu Hause in der Nacht, dass einer kommt, der vor dreißig Jahren im Haus in Frankfurt war und sie zu der gemacht hat, die sie ist.

Allerdings war der im Schnee ihr Partner, die Tote hier ihre Informantin. Für beider Tod trägt sie Verantwortung, anders als der Rechtsmediziner, als von Goerden, irgendwer sonst, abgesehen von den Mördern.

Ich übernehme die Verantwortung, für alles.

Muss das nicht heißen: Ich öffne die Tür im Panzer und lasse den Schmerz dahin, wo der Mensch ist?

Verantwortung endet rasch, der Schmerz nie. Zumindest bei ihr. Vielleicht ja an dem Tag, an dem ihr der Blutmann aus dem Wohnzimmer in einem Vernehmungsraum gegenübersitzt, er selbst, nicht einer seiner unendlich vielen Stellvertreter.

Die Wut auf von Goerden ist abgeklungen. Sie sind im Kampf, im Krieg, da kehren Panzer eben um.

Sie langt nach dem Türgriff.

»Hanne.«

»Mir reicht's mit Ihnen. Verstecken Sie sich in Ihrer Scheißsackgasse.«

Sie sieht ihn traurig lächeln. »Ein guter Ort, um über Fehler nachzudenken.«

Sie steigt aus, geht in der eisigen Kälte zu ihrem Auto. Und jetzt? Nach Hause, in den Schmerz.

Und morgen weitermachen.

70

Amman

KEINE ALBTRÄUME IN DIESER NACHT, dafür sind die Phasen zu kurz, in denen Jaromin schlafen kann. Er liegt gekrümmt auf dem Fußboden des Schlafzimmers, Ivo und Bert haben ihn geknebelt, seine Hände und Füße hinter dem Rücken aneinandergebunden. Manchmal, wenn er hochschreckt, schwebt Ivos Gesicht über ihm, roter Bart und zornige helle Augen. Im Morgengrauen hört er Bert in der Küche telefonieren, ohne zu verstehen, was er sagt.

Später kommt Ivo mit einem Plastikbecher Mokka aus irgendeinem Imbiss ins Schlafzimmer. »Kaffee?« Er nickt, und Ivo stellt den Becher neben ihn.

Ohne die Handfesseln zu lösen, dreht er sich wieder zur Tür. Jaromin stößt einen Fluch aus, den der Stoffknebel verschluckt.

Für eine Weile hört er die beiden im Flur hantieren, vermutet, dass sie sich auf die Abreise nach Bagdad vorbereiten. Ein Mobiltelefon klingelt, Bert spricht. Er taucht in der Tür auf, frisch geduscht, harmlos aussehend wie immer, Khakishorts und kariertes Hemd, ein Tourist auf Wüstenreise. »Ist verschnürt«, sagt er mit Blick auf Jaromin ins Telefon.

Plötzlich ist Ivo wieder da, packt ihn mit einem wolfsartigen Knurren am Nacken und zerrt ihn halb hoch. »Ausgerechnet du, Mann!« Er stößt ihn gegen die Wand, kalter Schmerz durchzuckt Jaromin. Stumm lässt er sich zu Boden gleiten, während Ivo hinausstürmt. Die Wut treibt ihn wieder hoch, im Knien rammt er die Schulter, den Kopf gegen die Wand. Mit einem Satz ist Ivo zurück, stößt ihn zu Boden und schlägt ihm mit der flachen Hand ins Gesicht.

»Lohnt doch nicht, Ivo.« Berts ruhige Stimme an der Tür.

Jaromin macht mit den Füßen weiter Lärm, kassiert die nächste Ohrfeige. »Letzte Warnung!« Ivo legt die riesige Hand um seine Kehle, drückt zu, die Luft bleibt weg. Jaromin hebt den Oberkörper an, windet sich, um Ivo abzuschütteln, vergeblich. Auch der Griff lockert sich nicht.

Berts blasses Gesicht taucht über ihnen auf. »Er kann nicht atmen, Ivo.«

»Gut so!«

»Vielleicht sollten wir uns anhören, was er zu sagen hat.«

»Keine Lust auf Lügen.«

Bert kniet sich neben sie. »Lass das mal sein, Ivo, okay?«

Jaromin starrt in Ivos Augen, während er nach Luft ringt, die nicht kommen kann, denkt: Du bringst mich nicht um, du bist kein Killer, du willst nicht sein wie ich.

Abrupt steht Ivo auf und verlässt den Raum.

»Möchtest du uns was sagen, Frank?«, erkundigt Bert sich, als Jaromin wieder zu Atem gekommen ist.

Er nickt.

»Wenn du schreist, gehe ich spazieren und lass dich mit Ivo allein, klar?« Endlich fummelt er ihm den Knebel aus dem Mund. »Wirst du schreien, Frank? Oder sonst einen Scheiß machen?«

Jaromin hustet sich die Kehle frei, krächzt: »Gib mir den Kaffee.«

Bert setzt ihm den Mokkabecher an die Lippen, und er trinkt.

»He, Frank? Wirst du irgendeinen Scheiß machen?«

Jaromin hustet noch ein paarmal, dann ruft er heiser nach Ivo.

»Hast du was auf den Ohren?«, knurrt Bert.

Ivo bleibt im Türrahmen stehen, starrt ihn an.

»Wer hat euch informiert?«, fragt Jaromin.

»Ob wir ihm das sagen dürfen?«, überlegt Bert.

Ivo reagiert nicht.

»Josef«, sagt Bert.

Immer wieder Bardeaux. Bringt ihm die Vereinbarungen, spielt den väterlichen Freund. Lässt ihn in Schäftlarn observieren, instruiert Ivo und Bert in Amman. »Ihr sollt mich für das GID hierlassen?«

»Du willst ja gar nichts sagen, bloß Fragen stellen.« Aber Bert beantwortet auch diese Frage: Bald werden »jordanische Vertraute« kommen, um auf ihn aufzupassen, bis die Kollegen aus Berlin eintreffen, die ihn nach Deutschland zurückbringen werden.

»Und warum?«

»Warum was?«

»Warum wollen sie mich zurückbringen?«

Bert kichert. »Vielleicht weil sie sich Sorgen machen, dass du noch jemanden umbringst. Oder für immer abtauchst.«

Jaromin rutscht zur Wand, lehnt sich dagegen. Falls sie ihn überhaupt zurückbringen wollen. Nichts wäre leichter, als ihn hier, in Amman, für immer aus dem Verkehr zu ziehen.

»Also, wenn du nicht auch mal was erzählst, kommt der Knebel wieder rein«, sagt Bert, streckt die Glieder. Jaromin hört seine Gelenke knacken.

»Red endlich!«, stößt Ivo hervor.

»Hat Bardeaux die Frau erwähnt?«

»Geht das schon wieder los?« Seufzend deutet Bert an die Decke. Die da oben? Nūr al-Irgendwas? Ja, steht auf Saddams Lohnliste.

Jaromin überlegt, wie gut er Bert kennt. Ob er ihm vertrauen kann. Wenn er jemandem vertraut, dann Ivo. Und umgekehrt.

Deshalb, denkt er, ist Ivo so wütend. Koeppen und er, die Einzigen, denen Ivo jemals vertraut hat, und jetzt ist einer von ihnen ein Verräter.

Jaromin begreift, dass er nicht reden kann. Falls Bert involviert ist, würde er Ivo in Gefahr bringen.

Bert kneift die Augen halb zusammen. »Weißt du, was mich interessieren würde? Was sie dir gezahlt haben. Ich meine, lohnt es sich?«

Während Bert spricht, bemerkt Jaromin an der Wand hinter ihm einen Lichtreflex. Hektisch wie eine Fliege krabbelt ein heller Fleck über den Beton, springt auf Berts Kinn, seine Brust. Verschwindet, taucht an der Wand wieder auf.

Jaromin richtet sich auf, so weit es geht. Der Lichtpunkt auf der Wand verschwindet, muss jetzt auf seinem Rücken liegen, sodass Bert ihn nicht bemerken kann.

Er sieht Bert an, der ihn neugierig mustert.

Spuckt ihm ins Gesicht.

Schritte dröhnen, Ivos Fuß trifft seine Schulter, und er fliegt gegen die Wand.

Wenige Minuten später kommt Bashar.

»Ah, Herr Lahn, so sehen wir uns wieder, bedauerliche Umstände, ich hätte es mir anders gewünscht, Sie brauchen vielleicht ein Pflaster.« Er tippt sich gegen die Stirn, dann setzt er sich unters Fenster, die Hände auf dem fülligen Bauch, der Kopf bewegt sich auf und ab, fast als würde er beten, aber er spricht dabei, an Bert gewandt. Pullach kann sich auf ihn verlassen, wie immer, er wird hier sitzen bleiben und aufpassen, bis das Paket abgeholt worden ist, gute Reise, meine Herren, wohin auch immer Allah Sie schickt.

Bert wirft Jaromin einen kalten Blick zu, Ivo lässt sich nicht mehr blicken.

Dann kracht die Wohnungstür ins Schloss.

Bashar springt auf die Beine und nähert sich Jaromin. Im Halbkreis geht er vor ihm hin und her, immer darauf bedacht, Abstand zu wahren. »Der Moment ist also gekommen, du Hund«, sagt er mehr für sich selbst als für ihn, »der Moment der Genugtuung nach den Demütigungen, die ich durch dich erdulden musste. Da liegst du, verschnürt und zum Schweigen gebracht, na sag es doch noch einmal: Lass die Frau in Ruhe, komm, sag es! Und schlag mich doch noch einmal, rechts, links ... Ach, nein, er kann ja nicht, wie traurig.«

Während Bashar seine Halbkreise zieht, verfolgt Jaromin den

Punkt aus Licht, der zurückgekehrt ist, auf Bashars Rücken liegt, wenn der zur Wand läuft, auf seinem Oberkörper, wenn er Richtung Fenster geht.

Dann ist das Licht abrupt weg und taucht nicht wieder auf.

Bashar döst unter dem Fenster, als der kleine Dschinn plötzlich im Türrahmen auftaucht, über dem Kopf eine weiße Kapuze, hinter zwei Löchern funkeln dunkle Augen. Dann verschwindet er wieder im Flur. Kurz darauf hört Jaromin ein Klopfen, Metall gegen Holz, leise, dann lauter.

Bashar erwacht, kommt ächzend auf die Beine. »Ist es schon so weit?« Er geht hinaus.

Ein Schmerzensschrei, gefolgt von Flüchen, dann taumeln die beiden ineinander verkeilt ins Zimmer. Djadi schiebt den jammernden, sich krümmenden Bashar vor sich her, und Jaromin rollt sich ihnen entgegen, bis der Jordanier rücklings über ihn stürzt. Djadi ist schon auf den Knien, tastet nach Jaromins Fesseln, dann ist der erste Kabelbinder durchtrennt, und er bekommt den Griff eines Messers in die Hand gedrückt.

»*Run!*«, flüstert Jaromin, und der Dschinn löst sich in Luft auf.

Rasch befreit er sich vollends.

Bashars Hände liegen zwischen den Beinen. Er macht keine Anstalten aufzustehen. Atmet, leidet, wartet.

Jaromin kniet sich neben ihn, presst ihm Nūrs Dolch gegen den Bauch. »Weißt du, was wir Pullacher lieben?«

»Aber Sie sind kein Pullacher mehr, Herr Lahn ...«

»Also?«

»Nein, ich weiß es nicht.«

»Deals.«

Bashar nickt leicht, schielt dabei nach der Klinge. »Ein Deal, einverstanden.«

Sie einigen sich auf eine Version der Ereignisse: Bashar ist eingeschlafen, plötzlich stand Jaromin über ihm, die Fesseln der Kollegen waren wohl zu locker, vielleicht mit Absicht? Jedenfalls kein mysteriöser Besucher, kein plötzlich aufgetauchter Dolch.

Bashar versteht. »Ah, es geht Ihnen um den Jungen.«

Jaromin hebt drohend die Brauen.

»Kein Junge. Kein Dolch.« Bashar räuspert sich. »Und was bekomme *ich*, Herr Lahn? Als Entschädigung für den Schmerz, den Schreck, als Vorteil aus unserem Deal?«

»Dein Leben.«

»Aber das wäre ein schlechter Handel für mich! Ich müsste mich betrogen fühlen! Sie würden mich niemals töten.«

Jaromin schlägt einen neuen, besseren Deal vor: Er bricht ihm nur ein Handgelenk, nicht beide.

Auch damit ist Bashar nicht einverstanden.

Doch einen anderen Deal gibt es nicht.

Der Dschinn tanzt durch die Wohnung, springt aufs Bett, springt hinunter, platzt beinahe vor Begeisterung, während Nūr erzählt. Sie haben aus der Wohnung unten Lärm gehört, sich Sorgen gemacht, und so ist Djadi mit dem Fernglas hinüber aufs Dach und hat was auch immer gesehen, er hat kein Wort gesagt, nur die Verkleidung und ein Stück Draht geholt und ist wieder verschwunden.

Draht für das Türschloss, denkt Jaromin beeindruckt. »Und den hier.« Er reicht ihr den Dolch.

Erschrocken starrt Nūr darauf. Dann kommt der Zorn, und der Tanz des Dschinns ist erst einmal beendet.

Jaromin ruft Koeppen an und informiert ihn, dass er am Abend wieder in Deutschland ist und nach Pullach kommt. »Sorg dafür, dass ich nicht aufgehalten werde.«

Koeppen schweigt lange. »Wer sollte dich aufhalten?«

»Kollegen, die Bundespolizei. Bardeaux weiß, wo ich bin.«

Wieder sagt Koeppen eine Weile nichts. »Und wo bist du?«

»In Amman.«

Später tritt Nūr zu ihm und reicht ihm ein Pflaster. Nimmt es wieder, als sie begreift, dass er ohne Spiegel nicht so recht weiß, wo genau es hinsoll. Wortlos klebt sie es ihm auf die Schläfe.

Schließlich der Abschied, der ihm schwerfällt, genauso wie Djadi, während Nūr in ihre Distanziertheit zurückgekehrt ist. Aber sie hält seine Hand einen Moment zu lang, sieht ihn einen Moment zu lang an. Jaromin lächelt, zwingt sich mit aller Kraft zu akzeptieren, dass er sie nicht umarmen kann.

Als spürte sie, wie gefährlich der Moment ist, zieht sie die Hand zurück. »*Have a safe trip, Mr. Frank. I hope, we see you again, maybe in Baghdad.*«

»*Bring your son, I show him how to play football*«, sagt Djadi.

Jaromin nickt, froh darüber, dass er immerhin den Jungen umarmen darf, der ihm womöglich das Leben gerettet hat und ihm kurz darauf ins Treppenhaus nachruft: »*And don't forget me, Djadi al-Omari, son of Nūr, the good spy from Baghdad, you hear me? You hear me, Mr. Frank?*«

»*I hear you!*«, ruft Jaromin nach oben.

»*Good!*«, brüllt Djadi und wirft die Tür mit einem lauten Knall zu, der die Schächte bis zu Jaromin herunterrast.

V

DER ÜBERFALL

71

NEBEL ÜBER DEN WEGEN, WIESEN, Bäumen, über dem See; versteckt im Nebel das Herrenhaus, im Nebel die anderen. Tauchen als dunkle Wintergeister auf, verschwinden im Nebel, bevor sie Gesichter bekommen. Nebel so dicht, dass man die ausgestreckte Hand kaum vollständig sieht. Passend zu seinem Gemütszustand, denkt Hans Breuninger. Andererseits sorgt der Nebel für Geheimnisse, für Überraschungen und Unsichtbarkeit und ist deshalb doch eigentlich die ideale Metapher für das Leben an sich.

Man muss den Nebel ja nur rückwärts lesen.

Mary fürchtet Nebel und trottet sicherheitshalber dicht an Breuningers Bein. Auf seiner anderen Seite geht Steffen, dessen Arm ihm Halt gibt auf den nicht gestreuten Wegen. Er ist heute ein bisschen zittrig unterwegs. Sein Kind geht ihm nicht aus dem Sinn. Die Angst und der Schmerz seines Kindes.

»Noch einmal um den See, Steffen«, murmelt er, »es ist ja noch Zeit.«

Eine halbe Stunde später taucht das Herrenhaus vor ihnen auf, erst die warmen Lichter hinter den zahlreichen Fenstern, dann die weißen Konturen, zuletzt die fast schmerzhaft schöne frühklassizistische Fassade. Er entzieht Steffen seinen Arm, schiebt Mary mit dem Bein sanft auf Abstand. Respekt ist schnell verloren, wenn man sich gebrechlich zeigt.

Am Fuß der breiten Treppe zum Eingang zwischen Säulen stehen ein Dutzend jener Gespenster, die er bis eben durch den Park hat wandeln sehen und die nun Gesichter bekommen. Weitere treffen ein. Er schüttelt Hände, nimmt halblaute Gratulationen entgegen, Bagdad und Bardeaux, Geniestreiche, Hans! Er spürt die Irritation der Gratulanten, weil er wohl nicht zufrieden wirkt. Von Hannes' Schmerz wissen sie natürlich nichts, bis auf Wesley, der ihm im Vorbeigehen mit aufmerksamen Augen zunickt. Im kleinen Pulk der Amerikaner steigt der General neben dem wie immer ungepflegten PNAC-Mann Ben die Treppe hoch. Steffen folgt ihnen.

Als Breuninger allein steht, tritt Josef zu ihm, und sie entfernen sich ein paar Schritte.

»So etwas darf nie wieder passieren.«

»Wird es nicht«, verspricht Josef.

»Ist die Gruppe zu groß geworden? Sind wir zu unvorsichtig?«

»Wir brauchen andere Strukturen, Hans. Mehr Hierarchie. Einen kleineren Führungsstab. Dann wäre jemand wie Petra nicht eingeweiht gewesen.«

Breuninger nickt, nimmt den versteckten Vorwurf an.

Sie sprechen über den Schützen. Josef geht nicht ins Detail, will ihn wohl nicht damit belasten. Breuninger ahnt, dass Jaromin unerwartet wieder zum Problem geworden ist. Bald wird das Problem für immer aus der Welt geschafft sein, hört er aus Josefs Worten heraus.

»Nicht auf offener Straße«, murmelt Breuninger.

»Natürlich nicht. Sie nehmen ihn mit.«

Kurz darauf gesellen sie sich wieder zu den anderen, steigen die Stufen hinauf.

»Wann ist es offiziell?«, fragt Breuninger.

»Morgen Vormittag, bei der Bundespressekonferenz.«

»Wirst du dabei sein?«

»Nein.« Josef lächelt. »War es sehr schwierig?«

Energisch schüttelt Breuninger den Kopf. »Überhaupt nicht. Du hast einen guten Ruf im Kanzleramt.«

Allerdings, ganz einfach war es nicht, denn auch an Josef Bardeaux drohte Bagdad kleben zu bleiben, irgendwie. Vermutlich gilt das zurzeit für jeden, der in Pullach mehr zu sagen hat als die Pförtner. Am Ende jedoch hat sich der Aufwand gelohnt: Die Gruppe Schmidt stellt zum zweiten Mal nach ihm den Präsidenten des BND. Einen Mann, der jung und intelligent genug ist, um in zwei, drei Jahren ins Kanzleramt geholt zu werden.

Dann hätte die Gruppe erstmals einen Mann im Zentrum der Macht.

72

Pullach

DEN GANZEN VORMITTAG ÜBER wartet Koeppen auf Bardeaux, der einen Außentermin hat, Besprechung in der Staatskanzlei. Gegen halb eins ist er endlich zurück.

Koeppen geht zu ihm, informiert ihn.

»Heute?« Bardeaux deutet auf den Stuhl vor seinem Schreibtisch. Er setzt sich. »Heute Abend.«

Mit langsamen Bewegungen nimmt Bardeaux seine Lesebrille ab, legt sie in ein Etui, schließt es mit einem Klicken. »Und was will er?«

»Beweisen, dass er unschuldig ist, vermute ich.«

Bardeaux reibt sich die Augenlider. Unvermittelt steht er auf und geht zum Kaffeeautomaten, der auf einem niedrigen Barschränkchen steht und jetzt lärmend Bohnen mahlt. Das Büro hat Koeppen immer gefallen, die dezent mediterranen Farben, abstrakte internationale Kunst an den Wänden, keine Pflanzen und so gar nichts Bayerisches, obwohl Bardeaux einer alteingesessenen Münchner Juristenfamilie entstammt. Er hat selbst erlebt, dass an manchen Abenden Giuseppa Bardeaux vorbeischaut, um Möbelstücke oder Bilder auszutauschen, damit dem Blick des Gatten neue Anreize geboten werden. Unmittelbar nachdem sie gegangen ist, lässt Bardeaux alles Neue in die Analyse bringen, wo es auf Wanzen, Kameras, Bakterien, Chemikalien und Ähnliches untersucht wird. Natürlich ohne Wissen seiner kunstsinnigen Frau, die zutiefst erschüttert wäre, wüsste sie, wie viele Substanzen auf die Oberflächen aufgebracht werden, wie viele fremde Finger sie betatschen.

Bardeaux stellt ein Espressotässchen vor ihn, sagt: »Beweisen, dass er unschuldig ist? Für mich klingt das inzwischen nach einer ausgewachsenen Psychose. Frank Jaromin gegen die ganze Welt, die ihm nur Böses will. Um ehrlich zu sein, ich mache mir Sorgen um dich. Du hast ihn nach Bagdad geschickt, warst dort sein Einsatzleiter. Vielleicht macht er dich in seinem Wahn für alles verantwortlich, was passiert ist?«

Koeppen schweigt. Was soll er auch erwidern? Dass er heute Morgen zu Hause dasselbe gedacht hat? Dass er Jaromin andererseits in all den Vorwürfen und Vermutungen noch immer nicht erkennt, selbst nach der Sache in Straßlach nicht? Dass er den Wahn, von dem Bardeaux spricht, in seiner Entstehung doch hätte wahrnehmen müssen, spätestens in Bosnien vor zwei Wochen, wo sie achtundvierzig Stunden lang nebeneinander im Gebüsch gehockt haben?

Auch wenn er im Wahrnehmen psychischer Zustände alles andere als ein Experte ist.

Noch etwas irritiert ihn. »Haltet ihr ihn für psychisch krank oder für einen Auftragskiller?«

»Ihr?«

»Du, der Dienst. Die Regierung.«

Bardeaux stützt die Ellbogen auf den Tisch, verschränkt die Hände, wirkt jetzt sehr präsidial. »Wir wissen nicht, was er ist, Bengt. Wir wollten eine schnelle Lösung, die uns die Handlungsfreiheit zurückgibt. Wir mussten uns die Franzosen vom Hals schaffen, öffentliches Aufsehen vermeiden und sicherstellen, dass er keinen weiteren Schaden anrichtet. Deshalb der Deal. Jetzt haben wir Ruhe und können weitersehen. Das heißt, wir *hatten* Ruhe.«

»Warum lässt du ihn observieren?«

»Wir müssen wissen, wie er reagiert. Ob er am Ende noch durchdreht. Außerdem müssen wir herausfinden, wer hinter dem Mord an der Irakerin steckt, sofern es ein Mord war.«

»Und was machen wir mit ihm, wenn er hier ist?«

Bardeaux seufzt, hebt die Hände. »Sag du es mir.«

Koeppen denkt an die Aufnahmen aus Straßlach, an den wehrlosen Mann auf dem Gehsteig, über ihm wie entfesselt Jaromin, der die Kontrolle über sich verloren hat. Er hat genug Agenten erlebt, die den Job irgendwann nicht mehr ertragen haben und ausgerastet sind.

Andererseits, wäre Straßlach nicht auch dann plausibel, wenn Jaromin mit seinen Behauptungen recht hätte? Auch dann wäre es ja Frank Jaromin gegen die ganze Welt – inklusive der eigenen Frau.

»Bengt?«

»Der Seelenklempner sollte mit ihm sprechen.«

Bardeaux lächelt, und Koeppen spürt, dass er mit dieser Antwort zufrieden ist. »Seelenklempner, ja?«

»Blank.«

»Dann behalten wir ihn hier?«

»Zumindest bis morgen. Vielleicht hilft Reden. Mit Blank, mit mir.«

»Gut.«

»Aber wir brauchen Dauerbeobachtung. Auch in einer Zelle kann man die Kontrolle verlieren. Gegen die Wände rennen.«

»Machst du dir Sorgen, dass er sich was antut?«

Koeppen hebt die Schultern. »Jedenfalls darf es so nicht enden.«

»Und schon gar nicht hier.« Bardeaux nimmt die Lesebrille wieder aus dem Etui, hält sie in der Hand. »Er wird dir weitere Lügen auftischen. Dass die Irakerin in Amman harmlos ist. Dass er psychisch gesund ist. Dass sich irgendwer gegen ihn verschworen hat.«

»Vermutlich.«

»Wenn er sieht, dass du ihm nicht glaubst … Sorg dafür, dass du nicht mit ihm allein bist.«

Koeppen steht auf, geht zur Tür. Auch in dieser Warnung erkennt er Jaromin nicht. Plötzlich kann er nicht mehr glauben, dass er sich so fundamental in ihm getäuscht hat. Einem Mann, auf den immer Verlass war, abgesehen von diesem einen Mal.

Will es nicht mehr glauben.

An der Tür dreht er sich um, sagt: »Träger ist schon raus.«

»Und es gibt bereits einen Nachfolger.« Bardeaux legt die Brille weg, erhebt sich mit einem Räuspern und kommt zu ihm. Sein Lächeln ist jungenhaft glücklich.

Endlich versteht Koeppen. Er hört sich überrascht gratulieren, reicht seinem neuen Präsidenten die Hand, während er noch überlegt, wie er dazu steht, dass kein Externer kommt, dass die beiden Vizes übergangen werden, ein Abteilungsleiter an ihnen vorbei auf den Thron gehoben wird. Aber das sind politische Aspekte, Bardeaux ist aus nachrichtendienstlicher Sicht eine gute Wahl.

»Behalte es bitte bis morgen für dich. Nicht einmal Giuseppa weiß es.«

»Und wer übernimmt die Abteilung?«

»Hast du Interesse?«

Koeppen wehrt ab, für einen Moment erschrocken, als wäre das alles nie geschehen und eine Beförderung tatsächlich eine reelle Option. »Nicht dein Ernst.«

»Durchaus! Na? Raus aus dem Dreck, keine Kugeln mehr um die Ohren, kein durchwachten Nächte mehr. Keine Jaromins mehr.«

Statt einer unfreundlichen Stadt die Leitung der Operativen Aufklärung? Nach dieser Katastrophe? Angesichts zahlreicher Schreibtischkrieger, die dafür besser geeignet wären als er, schon lange warten, mehr Anrechte haben?

Doch Bardeaux klingt aufrichtig.

Koeppen muss wider Willen schmunzeln. Josef Bardeaux, der Stratege, bastelt schon an seiner Hausmacht. Und er, Koeppen, stünde für den Rest seiner Dienstjahre in der Schuld des Präsidenten. Er legt ihm die Hand an den Arm, sagt ruhig: »Ich gehe zurück zur Bundeswehr, Josef.«

Bardeaux mustert ihn lange, das Lächeln ist erloschen. Natürlich weiß er, dass Koeppen so etwas nie sagen würde, wenn die Entscheidung nicht unumstößlich wäre. »Wegen Bagdad?«

Koeppen nickt, wenn auch »Bagdad« am Ende nicht das richtige

Wort ist, weil es längst nicht alle wesentlichen Aspekte enthält. Es gibt ein besseres Wort, ein traurigeres, streng geheim, das ihm in diesem Zusammenhang niemals über die Lippen kommen wird: Jaromin.

Grund genug, denkt er, Jaromin zuzuhören. Mit den gebotenen Vorsichtsmaßnahmen natürlich.

73

Berlin-Dahlem

DER VORMITTAG VERSCHENKTE ZEIT; in und um Breuningers Villa hat sich nichts Wesentliches getan. Gegen neun ist Vivian Steiner gekommen, eine Teilzeitsekretärin, wie Kollegen in Wiesbaden mithilfe des Autokennzeichens herausgefunden haben. Erst sie hat Lichter eingeschaltet, Breuninger ist also wohl nicht im Haus. Seit elf sind zwei Männer eines Gartenpflege-Dienstes auf dem Anwesen, hin und wieder hat Lay sie durch das kahle Buschwerk im Garten gesehen, der zur Hälfte von der Villa verborgen wird.

Um zwölf ist Steinert wieder gefahren. Die Gärtner sind nicht wieder aufgetaucht.

Viel Zeit und Gelegenheit, um an Petra Weissmann zu denken.

Um eins isst sie Sandwiches aus der Plastikpackung. Überlegt, ob sie es später wagen kann, sich draußen die Füße zu vertreten. Da setzt sich unvermittelt das Tor der neben dem Vorgarten liegenden Garage in Bewegung und öffnet sich. Sie steht ungünstig, kann nicht hineinsehen. Instinktiv hält sie den Kopf tief, als hinter ihr ein silberner Jaguar heranrollt. Er fährt in die Garage, die sich schon wieder schließt. Personen waren hinter den getönten Scheiben nicht zu erkennen. Der Jaguar, das immerhin hat Lay bemerkt, ist auffallend sauber, als wäre er soeben gewaschen worden. Kein Fleck auf der Flanke, kein Schneematsch auf den Reifen.

Jenseits des hohen Eisenzauns tauchen zwei Männer auf, ein Hund läuft kaum schneller voraus. Mit Mühe erkennt sie im farblosen Licht

Hans Breuninger, der leicht gebückt geht, offensichtlich geführt wird von dem zweiten, ebenfalls mittelgroßen Mann. Alle drei verschwinden durch eine Seitentür im Haus.

Lichter gehen an.

Und jetzt? Breuninger mit dem, was sie hat, konfrontieren? Ihm ein paar harmlose Fragen stellen, die nicht harmlos sind, weil *sie* sie stellt? Warten, um dem zweiten Mann zu folgen, wenn er das Haus verlässt?

Die Gärtner tauchen neben der Villa auf. Verlassen das Grundstück, steigen in ihren Kleinlaster. Lay sieht im Außenspiegel, wie sie sich entfernen.

Sie wartet auf den zweiten Mann, aber er zeigt sich nicht.

Also, reingehen? Sich aus der Deckung wagen?

Bevor sie eine Entscheidung treffen kann, summt das Mobiltelefon in der Jackentasche. Der Anruf, auf den sie seit dem Vortag wartet.

»Ein Glas Wein heute Abend?«, fragt Alan.

»Zwei«, erwidert sie.

»Dieselbe Adresse wie damals?«

»Nein, ich bin umgezogen, Treptow.« Auch das ist Routine. Umziehen, nachdem ein Mann für ein paar Stunden oder eine Nacht in ihrer Wohnung war. Der Gedanke, er könnte zurückkehren, weshalb auch immer, wie auch immer, wann auch immer, lässt sie schlecht schlafen. Sie nennt ihm die Straße. »Bringst du den Wein mit? Ich hab nur Leitungswasser.«

»Ich freue mich«, sagt Alan.

»Ja«, erwidert Lay.

Nach einer weiteren halben Stunde lässt sie den Motor an und fährt los. Vielleicht wohnt der zweite Mann ja im Haus. Und das Gespräch mit Breuninger sollte besser warten, bis sie die russische Satellitenaufnahme gesehen hat.

Ein paar Minuten lang kreuzt sie durch das Viertel. Dann weiß sie, dass es in der Nähe der Villa nur eine Tankstelle gibt, zwei Querstraßen weiter. Eine alte, vernachlässigte Anlage, dafür günstig. Sie tankt, geht in den Verkaufsraum. An der Kasse steht eine blasse Auszubildende, die noch blasser wird, als sie Lays Dienstausweis sieht.

Kameras? Ja, schon, aber …

Eine ältere Kollegin wird geholt, dem Dialekt nach Berlinerin von der Wiege bis ins Grab. Künstliche Locken, hochtoupiert, riechen nach Drogerie. Sie ächzt schwer unter ihrem Gewicht, während sie Lay in ein winziges, vollgestopftes Büro führt. An der Wand eine überdimensionale Hertha-Fahne, daneben ein winziges vergittertes Fenster. Auf dem Schreibtisch stehen zwei unruhige Winkekatzen, ein voller Aschenbecher. Die Frau deutet auf einen verstaubten Computer. »Was älter ist als achtundvierzig Stunden, wird automatisch gelöscht.«

»Praktisch«, sagt Lay.

Die Frau holt den Computer aus dem Ruhemodus, öffnet Dateien.

»Die Waschanlage«, sagt Lay, »heute zwischen dreizehn und dreizehn Uhr dreißig. Ein silberfarbener Jaguar.«

»Aber nicht der Breuninger?«

»Doch.«

»Netter alter Herr.«

»Kommt er regelmäßig?«

»Jede Woche, zum Waschen. Sie wissen, was der mal war?«

Lay nickt.

Die Frau nickt ebenfalls, während sie eine weitere Datei öffnet. Reglos sitzt der Mauszeiger auf einer Aufnahme, der Zeigefinger schwebt in der Luft. »Seit wir Hauptstadt sind, kommt häufiger einer, der mal was war oder ist. Für die halten wir die Anlage topp in Schuss. Intelligente Seitenbürsten, Wartung jede Woche und so, damit nichts verkratzt und alles schön sauber wird. Sind anspruchsvoll, die hohen Herren.« Sie deutet mit der freien Hand hinter sich. »Sogar aus Lichterfelde und Steglitz kommen die wegen der Waschanlage zu uns.«

»Lassen Sie mal laufen«, sagt Lay.

Die Frau klickt auf die Aufnahme, spult vor, bis der Jaguar ins Bild rollt. Schweigend sehen sie zu, wie der Wagen vor der Einfahrt zur Waschanlage hält. Breuninger steigt aus, der Wagen verschwindet im Inneren, während Breuninger auf den Verkaufsraum zugeht. Wenige Sekunden später tauchen der zweite Mann und der Hund aus der Waschstraße auf. Der Mann startet den Waschvorgang, das Plexiglastor schließt sich. Reglos steht er da, Blick auf das geschlossene Tor. Der Hund hockt dicht neben ihm, scheint sich an sein Bein zu lehnen, aber seine Augen liegen auf dem Verkaufsraum. Einmal hebt er die Schnauze, und der Mann streichelt ihn.

»Dreh dich um«, murmelt Lay.

»Jetzt bin ich neugierig«, sagt die Frau.

»Wissen Sie, wer er ist?«

»Dem Breuninger sein Fahrer.«

»Name?«

Die Frau zuckt die Achseln.

»Kommt er manchmal rein?«

»Nein, nur der Breuninger. Er zahlt, kauft Zeitungen und Schokolade.«

Auf dem Monitor kehrt Breuninger zurück. Erst jetzt dreht sich der zweite Mann halb um.

Lay erstarrt.

Es ist der Schlafende.

Zwei Stunden später sitzt Lay hoch oben im Turm vor ihrem Chef, der sie mit verschränkten Händen und sanft tadelndem Blick mustert. »Schön, Sie mal wiederzusehen, ist ja nicht einfach, bei Ihnen einen Termin zu bekommen.«

Sie ringt sich ein Schmunzeln ab, was ihr nicht schwerfällt, sie mag den Chef, seinen kühlen Humor, die hellblauen Augen, die so gar nicht zu dem in Ehren ergrauten und gelichteten Haar passen.

Und doch …

Vertrauen Sie niemandem. Sie schwimmen jetzt mit den Haien.

»Jetzt hab ich wieder mehr Zeit.«

Er nickt. »Der Geheimdienstkoordinator hat mich unterrichtet.«

»Schön ist es nicht, aber was kann man machen.«

»Es ist nie schön, für andere zur Seite treten zu müssen.«

»Ich fühle mich abserviert, ehrlich gesagt.«

»Dazu kann ich nichts sagen, ich kenne die Umstände nicht.«

»Andererseits hab ich vollstes Vertrauen zu den Kollegen vom LKA.«

»Der Verfassungsschutz übernimmt wohl. Wo waren Sie heute Vormittag?«

»Ich musste mal ausschlafen.«

»Fahren Sie nach Hause, schlafen Sie weiter. Morgen sehen wir uns dann in alter Frische. Wobei ›sehen‹ durchaus wörtlich gemeint ist.«

Lay erhebt sich, geht zur Tür.

»Falls Sie noch relevante Unterlagen haben …«

Sie wendet sich ihm zu. »Es hat bei diesem Fall nie Unterlagen gegeben, Chef. Anweisung aus dem Kanzleramt.«

»Notizen, Sprachaufzeichnungen, eigene Fotos, was auch immer: Stellen Sie es bitte den Kollegen zur Verfügung.«

Sie zuckt die Achseln. »Wie gesagt.«

»Ich gebe zu, ich bin neugierig. Werden Sie mir eines Tages erzählen, worum's da ging?«

»Bei Ihrer Verabschiedung vielleicht.«

Er lacht. »Nächstes Jahr also. So lange halte ich die Neugier aus.«

Lay nimmt den Lift ins Erdgeschoss, steigt in ihren Wagen und fährt tatsächlich nach Hause – der einzige Ort, wo sie stillhalten muss, keine Fehler machen kann, wo sie garantiert niemandem begegnet, dem sie vielleicht nicht vertrauen darf.

Sieht man von Alan ab, doch da sind die Fronten ohnehin klar: die BKA-Ermittlerin, der russische Agent.

74

KEIN SCHNEE, ABER DIE EISIGE KÄLTE der Nacht, die in der Lunge sticht. Jaromins Atem stockt automatisch, als er in Pullach aus dem Taxi steigt. Er kommt ein paar Minuten später als geplant, Koeppen wartet bereits, steht von den Scheinwerfern hell erleuchtet vor dem geschlossenen Tor, die Hände in den Manteltaschen.

Als das Taxi fort ist, geht Jaromin auf ihn zu. »Bengt.«

Koeppen nickt, zieht die Rechte aus der Tasche. Sie hält eine Automatik, Lauf nach unten.

Jaromin bleibt stehen.

Aus der linken Tasche nimmt Koeppen Handfesseln, wirft sie ihm zu. Reflexhaft fängt er sie. »Was soll der Mist?«

»Das frage ich dich.«

»Ich hatte nicht vor abzuhauen.«

»Ich meine Straßlach.«

Jaromin spürt, wie ihm die Röte ins Gesicht schießt. Straßlach ist privat, geht Koeppen nichts an. »Hat nichts mit uns zu tun.«

»Leg die Dinger an, dann reden wir.«

»Kommt nicht infrage.«

Koeppen hebt die Linke, lässt den Zeigefinger kreisen. Keine zwei Sekunden später öffnet sich die Fußgängertür, vier Wachleute strömen heraus. Drei von ihnen kennt Jaromin nicht; der vierte ist einer von Koeppens ehemaligen Leuten, Gerry, nach irgendeiner Krankheit ausgemustert, vom Wachdienst aufgefangen, schon älter.

Jaromin begreift schnell, dass die anderen drei es ernst meinen.

Als er sich wehrt, kassiert er einen harten Schlag gegen die Schläfe. Warm rinnt Blut über seine Wange, während zwei der Männer seine Arme auf dem Rücken fixieren. Ein Tritt in die Kniekehle, und er knickt ein. Gerry legt ihm die Handfesseln an, die anderen zerren ihn hoch.

»Hältst du jetzt still?«, fragt Koeppen.

»Wenn du mir zuhörst.«

»Morgen. Du bleibst heute Nacht hier, wir versuchen, das mit Straßlach zu regeln. Morgen kannst du uns dann erzählen, was dich da geritten hat.«

»Auch alles andere.«

»Märchenstunde, ja?«, sagt Koeppen. »Von mir aus.«

Jaromin kämpft die Wut nieder. Immerhin, sie werden ihn noch einmal anhören.

Koeppen bedankt sich bei den Wachleuten, sieht ihnen nach, während sie zum Tor gehen. Nur Gerry bleibt, der Jaromin unsanft am Arm packt. Ein Bein ist steif, der Oberkörper umso mächtiger aufgepumpt.

Langsam gehen sie auf die Tür zu.

»Okay«, sagt Koeppen leise. »Ich höre.«

Jaromin braucht einen Moment, um zu begreifen. »Amman?«

»Aber mach schnell.«

Mit gesenkter Stimme berichtet Jaromin, was er von Nūr erfahren hat. Dass ihr Vater Arzt war, kein Geheimdienstler, später in Bagdad auf dem Fischmarkt gearbeitet hat, weil das Krankenhaus zugemacht hatte, noch immer kein Geheimdienstler war, schließlich an Lungenkrebs gestorben ist. Dass Nūrs Mann irakischer Kurde war und Lkws gefahren ist, auch er kein Geheimdienstler, und siebenundneunzig in einem *Muchabarat*-Gefängnis zu Tode gekommen ist. Dass niemand aus der Familie Verbindungen zu Saddam hatte, dass sie ihn gehasst haben. »Von wem also stammt der Mist, Bengt? Hast du das erfunden?«

»Nein«, sagt Koeppen.

Sie haben den Fußgängereingang erreicht, er klingelt, sie werden eingelassen. An einem der Wachhäuschen stehen die drei Männer, rauchen, reden. Sie nicken Koeppen zu, beachten Jaromin nicht.

Als sie vorbei sind, fragt Jaromin: »Wer dann? Von wem hattest du die Fotos?«

»Das muss warten. Sprich weiter.«

»Warum antwortest du mir nicht, verflucht?«

»Drei Minuten, dann sind wir drin, und die Mikros hören jedes Wort.«

Adrenalin flutet Jaromins Körper, und es fällt ihm schwer, sich zu konzentrieren. Plötzlich ist die Selbstverständlichkeit zurück, mit der er und Koeppen all die Jahre miteinander umgegangen sind. Die Vertrautheit.

Endlich kann er weitersprechen, stellt seine Fragen. Von wem hatten die Jordanier die Information, dass auch er in Amman war? Nur Koeppen, Bardeaux, Träger, Ivo, Bert wussten Bescheid. An Träger kann man nicht ernsthaft denken, auch nicht an Ivo. Also, wer hat das GID informiert? War die Verhaftung des SET arrangiert? War das der ursprüngliche Plan – das SET und er sollten in Amman blockiert werden, weil sie in Bagdad gestört hätten?

Koeppen antwortet nicht, reagiert nicht. Auch nicht, als Jaromin von der Manipulation der Aufnahme erzählt. Von den Trommeln, den Frauenstimmen, die genau an den Stellen fehlen, die er nicht kennt.

Dann sind sie im Gebäude, und Jaromin schweigt.

Im Keller schließt Gerry eine der Zellen auf.

»Brauchst du was zu essen?«, fragt Koeppen.

Er schüttelt den Kopf.

Die Tür wird geschlossen, draußen verklingen Schritte, und Jaromin schreit für die Kameras und Mikros und alles andere die Wände an, schlägt sich am Stein die Fäuste blutig und denkt dabei wieder und wieder: *Nicht Bengt. Sie haben auch Bengt getäuscht.*

75

Berlin-Treptow

ERST DER SEX, DANN DER JOB. Andersherum geht es nicht.

Alan ist es recht.

Sie taumeln durchs Wohnzimmer, ganz ohne Wein, Wiedersehen zweier alter Bekannter. Obwohl sie nur einmal miteinander im Bett waren, erinnert Lay sich gut an diesen sehnigen, schmalen Körper, die forschen Hände, trotz der zwei Jahre, die vergangen sind; danach gab es keinen anderen Mann mehr.

Auch das Alleinsein wird irgendwann zur Routine.

Wie damals lacht Alan entspannt, als sie ihn im Bett nach unten zwingt. Sie mag seine Hände an ihren Hüften, an ihrem nackten Rücken, als sie sich nach vorn beugt, wie die Hände schwer von ihren Schultern zum Po gleiten und wieder hinauf. Mag seinen Mund an ihren Brüsten, seine ruhigen grauen Augen, die geöffnet bleiben wie ihre.

Das verlernt man als Erstes, die Augen in Gegenwart anderer zu schließen.

Sie küsst ihn.

Als sie danach so liegen bleiben, sie auf ihm, den Mund an seinem Ohr, heftig atmend, ihre Hände in seine gekrallt, kommen Gefühle, die nicht sein dürfen, und da weiß sie, dass sie ihn nicht wiedersehen kann.

Ein ähnlicher Ausschnitt von Bagdad, der Winkel etwas anders, dieselbe Szene, nur ohne Ton. Im Innenhof unscharf Baumann, Bitat, Abeer und ihre Mutter, Nazik. Auf der russischen Aufnahme ist in einer Parallelstraße auch der Wagen zu sehen, mit dem die BND-Agenten, so Alan, von der deutschen Botschaft nach Al-Amiriya gefahren sind. Ein Kleinlaster, der sonst Lebensmittel transportiert. Bengt Koeppen und der Fahrer warten darin.

Und: Der Schuss ist zu sehen, ein Aufblitzen am unteren Bildrand.

Sie stehen vor Alans Laptop, angezogen, die Weinflasche bleibt geschlossen. Zur Sicherheit hat Lay die Arme vor der Brust verschränkt. »Was weißt du darüber?«

»Nur das Wesentliche. BND-Agenten erschießen eine irakische Oppositionelle, weil sie euren Curveball als Lügner auffliegen lassen wollte, und kurz darauf den DGSE-Mann.«

»Wie bitte?«

Alan zeigt auf den Monitor, auf Baumann und den Franzosen, die aus dem Hof rennen, aus dem Bild. Er öffnet eine zweite Datei. Ein deutlich anderer Ausschnitt von Bagdad, diesmal ohne den Tatort, wenn Lay sich richtig orientiert. Am unteren Rand sind chinesische Schriftzeichen zu erkennen. Sie entdeckt Baumann und Bitat sofort, zwei Männer, die abwechselnd gehen und laufen, der Franzose ist vorn. Baumann schiebt ihn weiter, wenn er innehält, zieht ihn in Seitengassen. In einem schmalen Durchgang bleiben sie schließlich stehen. Bitat scheint sich zu setzen, Baumann tritt zu ihm. Bitat reicht ihm etwas, Baumann hält es in der Hand. Dann hebt er den Arm, Lay sieht Mündungsfeuer aufblitzen, zweimal. Das Etwas ist eine Pistole.

Jaromin hat Abeer erschossen, Baumann den Franzosen. Und Koeppen? Hat alles organisiert? Weil Breuninger und die Entschlossenen es so wollten?

Sie muss mit von Goerden sprechen.

Doch vorher mit Alan.

Sie wendet sich ihm zu.

»Nein«, sagt er bestimmt, bevor sie fragen kann.

»Wenigstens Screenshots?«

Er schüttelt den Kopf.

Das ist der Deal. Sie darf sich die Aufnahmen anschauen, aber nicht behalten.

»Komme ich offiziell dran?«

»Vielleicht in zehn Jahren.«

»Ihr könntet sie politisch nutzen, gegen die Amerikaner. Den Krieg verhindern.«

Alan lächelt, wägt seine Worte ab. »Wir nutzen den Krieg politisch. Der Irak wird Bushs Vietnam. Abgesehen davon glaube ich, dass Putin froh ist, Saddam loszuwerden.« Er deutet auf den Monitor, wo Baumann die Leiche Bitats inzwischen in einen Graben geschoben und Müllsäcke darüber geworfen hat. »Außerdem taugt das nicht als Beweis. Die Gesichter sind nicht zu identifizieren. Wir wissen beide, wie leicht sich solche Aufnahmen manipulieren lassen.«

»Trotzdem. Ich brauche sie.«

»Ich möchte nicht im Gefängnis enden, Hanne.« Er blickt sie an, leicht verärgert jetzt. Aber die weichen, dunklen Laute nehmen seinen Worten die Schärfe.

»Okay, okay«, sagt Lay.

Er beruhigt sich schnell. »Versuch es bei den Amerikanern.«

»Du denkst, sie haben eure Aufnahmen abgefangen?«

»Unsere, die der Chinesen.«

»Und deine Leute haben die der Amerikaner abgefangen?«

Er lacht leise. »Komm, das Wichtigste fehlt noch.« Sie tritt wieder neben ihn, dichter jetzt, spürt die Wärme seines Körpers. Alan wechselt zur russischen Satellitenaufnahme zurück, fünf Minuten später. Er zeigt auf einen Mann am oberen Bildrand, wohl Baumann, der sich schnell zwischen anderen Passanten bewegt. An der Kreuzung zu einer Querstraße verschwindet er in einem Laden, nur Sekunden später verlässt er ihn wieder, in der Hand etwas Helles, von der Form her ein Umschlag. Das Helle bewegt sich, dann ist es verschwunden.

»Was ist das? Was hat er da gemacht?«

Alan spult zurück, lässt den Moment in Zeitlupe laufen. Die Konturen Baumanns sind noch unschärfer, aber Lay kann erkennen, dass er sich den umschlagartigen Gegenstand in den Hosenbund schiebt.

Er hat Abeers Unterlagen ausgetauscht.

Und endlich ergibt alles einen Sinn.

»Noch was«, sagt Alan.

»Ist ja wie Weihnachten.«

»Ein Weihnachtsmann, der die Geschenke wieder mitnimmt.« Er lächelt. »Du kennst Hans Breuninger.« Einen Tag vor der Operation, am 13., erzählt er, hat Breuninger Koeppen in Bagdad angerufen. Zufall? Oder hat er ihn instruiert? »Wir haben leider nur die Telefonnummern, nicht den Inhalt des Gesprächs.«

»Er war Koeppens Mentor«, sagt Lay.

»Was nichts heißen muss.« Alan langt nach der Weinflasche. »Hast du die Weingläser mit umgezogen?«

Sie geht in die Küche, öffnet den Schrank, nimmt die kleinsten, unromantischsten Gläser heraus, die sie findet, dazu einen Korkenzieher.

Alan schenkt ein, sie trinken, ohne anzustoßen.

»Ihr überwacht Koeppen?«

»Breuninger.«

Sie spürt, wie ihr ein Schauer über den Rücken läuft. Dann wissen die Russen auch, dass sie einen halben Tag lang vor seiner Villa im Auto gewartet hat. »Weshalb?«

Alan zuckt die Achseln. »Er hat nach wie vor großen Einfluss.«

»Und warum glaubst du, dass er was mit Bagdad zu tun hat?«

»Nicht ich. Moskau.« Alan setzt sich halb auf die Tischplatte, sieht sie an, während er berichtet, das halb leere Glas im Schoß haltend. Sein Blick ist anders als vor ein paar Stunden, bevor sie miteinander im Bett waren. Anders als vor zwei Jahren, nachdem sie miteinander im Bett waren. Irgendetwas passiert in ihm.

Sie bringt einen halben Meter mehr zwischen ihre Körper.

Konzentriert sich, trotz der Angst.

Zwei Tage vor dem Gespräch mit Koeppen hat Hans Breuninger in seiner Villa mehrere Personen empfangen: einen CIA-Mann, eine Mitarbeiterin des amerikanischen Außenministeriums und einen Lobbyisten, alle drei Mitglieder des Neocon-Think-Tanks, »Project for the New American Century«, der der Regierung Bush nahesteht.

Breuninger und das PNAC, denkt Lay. Vereint in der Forderung, dass der Westen Saddam aus dem Amt bombt.

Alan will nachschenken, doch sie hält die Hand über ihr Glas. Er trinkt allein, fährt dann fort. Abgesehen von den Amerikanern haben eine Staatssekretärin aus »eurem Innenministerium« und ein unbekannter Mann an dem Treffen teilgenommen. Die Russen konnten ihn nicht identifizieren. Er kam und ging zu Fuß. »Wir haben niemanden dort, der ihm hätte folgen können.«

»Hast du Fotos?«

»Natürlich.«

Er dreht sich um, tippt und klickt auf der Tastatur. Die Fotos bestätigen, was Lay bereits geahnt hat: Weissmann und vermutlich der Mann, den sie am Mittag mit Breuninger im Hof der Villa und später auf den Aufnahmen der Tankstellenkamera gesehen hat: der Schlafende aus dem Wagen ihrer Entführer.

»Schick mir wenigstens die Fotos, ja?«

Alan lächelt dunkel, schaltet den Laptop aus und schließt ihn. »Geht nicht, Hanne.«

»Sag nicht ›Hanne‹ zu mir. So, wie du es sagst, klingt es so ...«

Nach einem anderen Leben. Anderen Möglichkeiten.

Er lächelt noch immer, freundlicher jetzt. »Gehen wir morgen Abend essen?«

»Nein.«

»Übermorgen?«

»Übermorgen habe ich dich schon wieder vergessen.«

»Also morgen.«

Sie schüttelt den Kopf. »Geh jetzt, okay? Und ruf erst wieder an, wenn du weißt, was du für all die Geschenke haben willst.«

Alan leert das Glas, sagt ruhig: »Ein Abendessen.«

Sie hält seinem Blick stand. »Zu teuer.«

Über Lichterfelde-West liegt Stille, über von Goerdens Bungalow Dunkelheit. Nur ein schwacher Lichtschein dringt seitlich in die Nacht. Lay steigt aus dem Auto, geht auf das Tor zu. Wagentüren schlagen zu, der Kollege von der Glienicker Brücke nähert sich von rechts, Sema von links.

Sema signalisiert Entwarnung, sagt: »Hanne.«

»Er ist daheim, oder?«

Sema streckt die Hand aus, bekommt die Dienstwaffe. »Ja.«

Lay klingelt, muss mit dem verärgerten von Goerden verhandeln, damit er wenigstens zum Tor kommt, wenn sie schon nicht hinein darf.

»Drinnen wäre besser«, murmelt Sema.

»Und wärmer«, sagt Lay.

»Du bist also gefallen?«

»Sieht so aus.«

»Er auch.« Sema nickt in Richtung von Goerden, der aus dem Bungalow tritt, wechselt dann Blicke mit ihrem Kollegen. Er positioniert sich neu, ein Stück von Lay entfernt.

Von Goerden trägt einen gelben Winteranorak, Jeans darunter, streicht sich im Gehen die wirren Haare zurück. Einen Meter vor dem Tor bleibt er stehen, macht keine Anstalten, es zu öffnen. Die Hände stecken jetzt in den Anoraktaschen, er wirkt ungehalten, grimmig.

Sema öffnet das Tor mit einem Schlüssel, schlüpft durch, schließt es wieder.

»Hören Sie mir zu, bevor Sie loslegen«, sagt Lay mit gedämpfter Stimme. »Baumann hat den Franzosen erschossen. Dann hat er die Unterlagen ausgetauscht. Was Sie bekommen haben, ist Mist.«

»Wenn das so ist, informieren Sie das Kanzleramt, Frau Lay.«

»Ich brauche …«

Er unterbricht sie, nicht aggressiv, eher entnervt. »Muss man Ihnen wirklich alles doppelt und dreifach sagen?«

Lay tritt dicht an die Gitterstäbe, spricht noch leiser. »Verschaffen Sie mir Zugang zu Jaromin und Koeppen. Und dann gehen wir beide zu Breuninger.«

»Schlagen Sie das meinem Nachfolger vor.«

»Breuninger ist die Schlüsselfigur. Einer der Männer, die mich entführt haben, geht bei ihm ein und aus.«

»Sicher haben Sie Beweise?«

»Die Russen und die Chinesen haben Beweise.«

Er starrt sie an, scheint nicht sicher zu sein, ob er sie noch ernst nehmen kann.

»Ich muss mit Jaromin und Koeppen sprechen!«

»Erzählen Sie mir bitte bei Gelegenheit, was dabei herausgekommen ist.« Er dreht sich um und entfernt sich Richtung Bungalow.

Lay umklammert die Gitterstäbe, ruft seinen Namen.

»Hanne.« Sema tritt zu ihr, verstellt den Blick auf von Goerden halb, der die Haustür erreicht hat.

»Sie verdammter Feigling!«

»Seine Kinder sind da drin. Willst du ihnen Angst machen?« Semas Stimme ist jetzt streng, vorwurfsvoll.

Die Tür fällt ins Schloss.

Sema ist wieder draußen, legt eine Hand auf ihren Arm. »Fahr nach Hause, ja?« Ihr Griff wird fester. Lay lässt sich vom Gitter wegschieben, kann es immer noch nicht fassen. So vieles ist geklärt. Sie sind beinahe am Ziel, müssen die Beteiligten nur noch einsammeln. Die Staatsanwälte mit Informationen füttern. Von Goerden wäre rehabilitiert, aus der Sackgasse raus, bevor er sie auch nur betreten hätte.

Und ohne ihn geht es nicht.

»Na komm«, sagt Sema. Sie überqueren die Straße. »Er ist seit heute Abend nicht mehr im Amt.«

Überrascht hält Lay inne. Irgendjemand scheint es eilig zu haben.

Oder hat Breuninger seinen Einfluss ein weiteres Mal geltend gemacht? »Das ging schnell.«

Sema nickt.

»Was heißt das für dich?«

»Mal sehen. Fortbildungen zwischendurch oder so was.«

Lay steigt ein.

»Wirst mir fehlen«, sagt Sema mit einem Lächeln. »Vielleicht mal Mittagessen in der Kantine?«

»Vielleicht.«

Sie bringt ein paar Straßen zwischen sich und den Bungalow, bevor sie wieder hält, Telefonate führt und schließlich bekommt, was sie braucht: die Adresse der einzigen Person, deren Rolle in Bezug auf Bagdad noch nicht geklärt ist.

Eine geheime Adresse.

Als sie am Dreieck Potsdam auf die A9 fährt, ist es kurz vor elf.

76

Pullach

KOEPPEN WARTET BIS NACH dreiundzwanzig Uhr, dann geht er los, läuft leere Flure entlang, hinaus in die kalte Nacht. Fröstelnd eilt er über das Gelände, das seit 9/11 nachts von unruhigen, schwer bewaffneten Schatten bewacht wird. Hin und wieder leuchtet im Dunkeln Zigarettenglut auf, ist eine metallische Stimme aus einem Funkgerät zu hören. Er muss sich zweimal ausweisen, dann hat er das Gebäude der Internen Sicherheit erreicht und steigt in den ersten Stock hinauf.

Gerry ist schon da.

Ein paar Sätze Small Talk für die Kameras, kein Versteckspiel, mehr kann Koeppen nicht tun, um ihn vor Konsequenzen zu bewahren.

Dann schließt Gerry das Büro von Cecilia Reuter auf.

Koeppen hat Glück, muss nicht lange suchen. Die Akte Bagdad befindet sich in einem Drahtkorb, der im Regal neben einem Dutzend identischer Körbe steht. In einem Spurensicherungsbeutel liegt auch das Diktafon darin.

Auf der Heimfahrt lässt er die Aufnahme ein paar Mal laufen, über Kopfhörer, aber er kann sich nicht konzentrieren, der Blick in den Rückspiegel ist wichtiger. Am Stadtrand hält er an einer Tankstelle, beobachtet die Straße über das Wagendach hinweg. Niemand scheint ihm zu folgen.

Die Katze wartet mit großen, freundlichen Augen am Ende des Flurs. Er gibt ihr Futter und Wasser, zieht sich dann um. Als er in die Schuhe schlüpft, streicht sie schnurrend am Türrahmen entlang, der Rücken zum schmalen Buckel gewölbt. Er streichelt sie, für einen bizarren Moment glücklich. »Warte nicht, es kann spät werden«, sagt er und kommt sich wie ein Idiot vor.

Im Treppenhaus schaltet er das Licht nicht ein, steigt leise in den Keller hinunter. Mit den Händen tastet er sich an den Wänden aus massiven Steinquadern entlang durch die dunklen Gänge bis zu einer verriegelten Tür in den Nachbarkeller, zu der er sich vor Jahren einen Schlüssel besorgt hat. Weshalb, hätte er damals nicht genau sagen können. Die übliche Paranoia vielleicht.

Oder weil er sich zu Hause verwundbar fühlt.

Nur zu Hause.

Wenige Minuten später geht er die Parallelstraße entlang, mit Mütze und Handschuhen gegen die Kälte, ein Spaziergang fast durch die halbe Stadt bei minus fünfzehn Grad.

In der Schwanthalerstraße eine Handvoll Nachtmenschen, wie man sie hier erwartet, Betrunkene, Obdachlose, Szeneleute, Schickeria. Freier karren in schicken Autos Prostituierte von der Landsberger Straße heran, verschwinden mit ihnen in unbeleuchteten Hauseingängen. Beschlagene Fenster von Eckkneipen, Szenelokalen, hin und wieder ein Streifenwagen.

Koeppen betritt einen der wenigen Altbauten; seinem Empfinden nach eine halbe Ruine, in der er privat keine einzige Nacht verbringen wollte. Gestank schlägt ihm entgegen, als er auf die Treppe zugeht, Urin, Exkremente und – er könnte wetten – Sperma. Auf dem Weg nach oben dringt Geschrei, Gestöhne durch die Wände. Fernsehstimmen.

Hier hat Rebekka sich vor ihrem Schicksal verkrochen.

Er ist ihr Schicksal, das ahnt er. Warum das so ist, weiß er nicht.

Im fünften Stock klopft er an ihre Tür und hört kurz darauf das Klirren einer Kette, die entfernt wird. Immerhin eine Kette, denkt er.

Sie öffnet, wendet sich schon ab. »Lange nicht gesehen, Papa.« Ihre Stimme klingt fest und tapfer wie immer. Sie wird sich nicht unterkriegen lassen von dem, was sie da mit sich ausfechten muss. Das ist sein Trost.

Aber sie ist so dünn, so schlaksig wie eine Zwölfjährige mit Anfang zwanzig. Männerunterhemd, zerrissene Jeans, die Arme voller Tätowierungen. Die Haare sind lang geblieben, ein seltsamer Stolz für eine junge Frau, die auf nichts stolz sein will, als Letztes auf sich selbst.

»Vier Monate?« Langsam folgt er ihr in den riesigen hohen Raum, in dem sie seit ein paar Jahren lebt, kocht, schläft, arbeitet.

»Acht. Du warst an meinem Geburtstag hier.«

Koeppen lässt die Augen wie immer, wenn er bei ihr ist, über ihre Handgelenke gleiten, obwohl er fast sicher ist, dass sie sich nichts antun würde. Sie ist zu tapfer.

Er legt den Mantel auf das Sofa, das sie vor Jahren vom Sperrmüll geholt hat. Erst dann wendet er sich der Wand zur Nachbarwohnung zu.

Die Wand der Albträume.

Sie malt auf diese Wand, was sie aus dem Schlaf reißt. Alles Grauenhafte, was Menschen anderen Menschen antun können, ist da zu sehen, in grellen, bunten Farben. Leichen, von Kugeln durchsiebt, Verstümmelte, Gequälte. Mörder am Werk, Berge von Toten, panische Gesichter. Blut, überall Blut und Leid und Angst und Grausamkeit. Koeppen erkennt neue Massaker. Über dem Sofa schlitzen sich zwei Männer gegenseitig die Kehle auf. Frauen sind an den Füßen aufgehängt. In einem Fluss treibt eine Kinderleiche.

Albträume, die viel eher zu seinem Leben gehören.

Das meiste von dem, was sie träumt, hat er gesehen, in irgendeinem Teil der Welt. Aber er hat keine Albträume.

»Wie ist es im Büro?« Sie sagt »*Bü*ro«, schon immer.

»Ruhig.« Er wendet sich ihr wieder zu.

Ein Verwaltungsjob bei der Bundeswehr, seit Jahren dieselben Aufgaben. Wenn man ihn wegbefördern will, sagt er Nein. Er mag das, tagaus tagein dieselben Aufgaben, über viele Jahre dasselbe Leben. So hat er es immer erzählt, erst seiner Frau, später seiner Tochter. Ein Leben aus Leere, um die Fülle zu verbergen. Seine Frau hatte bald genug von dem langweiligen, ruhigen Mann.

Rebekka streicht sich die Haare aus der Stirn. »Warum bist du hier, Papa?«

Sein Blick fällt auf die Gerätschaften, die Rebekka als Musikinstrumente dienen, Computer, Verstärker, Lautsprecher, Keyboards, Alltagsgegenstände wie Bürsten, Kämme, Schwämme, anderes mehr, was Geräusche oder sogar Töne produziert, wenn man irgendetwas damit macht. Er entdeckt ein Keyboard, das bei seinem letzten Besuch noch nicht da war. Sie kommt finanziell zurecht, hat sich in der speziellen »Musik«-Szene, deren genaue Bezeichnung er nicht kennt, einen Namen gemacht.

Er holt das Diktafon aus der Manteltasche.

»Jemand sagt, die Aufnahme ist manipuliert. Ich muss wissen, ob er recht hat. Kannst du das herausfinden?«

Rebekka hat die Aufnahme auf ihre Rechner gezogen, sitzt vor den Monitoren, voluminöse Kopfhörermuscheln auf den Ohren, die kein Geräusch in den Raum dringen lassen. Koeppen sieht über einen der Monitore stumme Wellen gleiten, auf einem anderen ein Tonaudiogramm, bunte Grafiken auf dem dritten.

Die Stimmen Lennys und Jaromins.

»Holst du mir bitte ein Bier aus dem Kühlschrank?« Sie deutet auf die Küchenzeile, ohne sich umzudrehen.

Er entnimmt dem Türfach eine Flasche, die ihm viel zu kalt vorkommt. Wärmt sie sekundenlang zwischen den Händen, bevor er sie mit dem Griff eines Messers öffnet und ihr bringt.

Rebekka hält die Flasche in einer Hand, ihre Augen gleiten über die Monitore, fünf Finger tippen auf einer Tastatur. Grafiken schließen sich, andere öffnen sich. Sie lehnt sich zur Seite, notiert etwas – und zuckt plötzlich zusammen.

Koeppen hält den Atem an. Der Schuss.

Sie wirft ihm einen Blick zu, sagt nichts. Arbeitet weiter.

Erst jetzt wird ihm bewusst, was er da tut. Er liefert ihr reale Stimmen und Geräusche für ihre Albträume. Öffnet eine Tür in sein echtes Leben.

Schweigend sieht er zu, wie sie die Aufnahme zurückspult, dann verlangsamt ablaufen lässt. Wieder erschrickt sie, als der Schuss fällt.

Und noch einmal.

Was tust du deinem Kind an?, denkt er. Was hast du ihr all die Jahre angetan? Er legt ihr die Hand auf die Schulter.

Erneut zuckt sie zusammen, diesmal wegen der Hand. Aber sie wehrt sich nicht dagegen.

Wenig später sitzt er erstarrt auf dem Sofa, während Rebekka erklärt, was sie gefunden hat. Mehrere Passagen sind nachträglich in die Aufnahme eingefügt worden. Geräusche im Hintergrund sind nicht konsistent, leise Musik, Stimmen, Rufe brechen plötzlich ab und sind nach einer oder zwei Sekunden wieder da. Sie spielt ihm Passagen vor, damit er es hören und sehen kann. Er blickt von Weitem auf die Grafiken. Besonders deutlich wird die Manipulation bei einem Wort, das »der Deutsche« zweimal sagt: »*Thanks*«. Die Ausschläge und Kurven, die Lautstärke, einfach alles ist bei beiden vollkommen identisch. Er hat es nur einmal gesagt, das zweite »*Thanks*« ist hineinkopiert worden.

Und viele Stellen mehr.

Koeppen bekommt das Diktafon zurück, dazu eine CD-ROM, auf der die fraglichen Passagen einzeln gespeichert sind. Während er den Mantel anzieht, sagt er: »Lösch alles von deinen Rechnern. Falls jemand hier danach sucht, darf er nichts finden.«

Rebekka nickt, stellt keine Fragen. »In vier Monaten darfst du wiederkommen, Papa.«

Er lächelt traurig. »Ich bin in der nächsten Zeit öfter in der Gegend.«

Sie schüttelt den Kopf. Lautlos schließt sie die Tür hinter ihm, und Koeppen geht die Treppen hinunter durch den Gestank und die Geräusche, ins Freie hinaus, wo er atmen und sich verfluchen kann für das, was er ist.

Auf dem Weg hinunter zur Theresienwiese ruft er Gerry an, der Nachtschicht hat. »Gibt es bei euch jemanden, dem du vertraust?«

»Einen oder zwei.«

»Einer reicht. Nimm ihn mit. Dann könnt ihr abwechselnd schlafen.«

»Ich kann nicht mehr im Sitzen schlafen, Bengt.«

Koeppen muss schmunzeln. »Du findest eine Lösung. Lasst niemanden zu ihm. *Niemanden*, klar? Keine Getränke, kein Essen, keine Decke, nichts.«

»Was sage ich meinem Chef?«

»Ist er da?«

»Nein, zu Hause.«

»Dann sag ihm nichts. Morgen früh sehen wir weiter.«

»Versteh ich dich richtig, wir passen auf, dass deinem Mann nichts passiert?«

»Ja«, sagt Koeppen.

Es beginnt zu schneien, immer stärker, Minuten später sind Koeppens Ärmel und der halbe Mantel weiß. Er wird zum Schneemann, denkt er, ausgerechnet er, dem Schnee nicht behagt. Er klopft den Mantel ab, schlägt den Kragen hoch. Am Morgen wird er Bardeaux konfrontieren, von Goerden anrufen, den Leitungsstab ins Bild setzen. Alles von vorn aufrollen. Dann wird er Frank Jaromin nach Hause bringen, mit der Waffe in der Hand neben ihm bleiben, bis keine Gefahr mehr droht.

Ihn um Verzeihung bitten.

77

München

SIEBEN STUNDEN, NACHDEM SIE losgefahren ist, stellt Lay den Motor ab und steigt aus. Die Raststättenbrötchen liegen ihr im Magen, zu viel schlechter Kaffee, eine Tafel Schokolade. Und ihr Kopf schmerzt, laute Musik über Stunden gegen den Sekundenschlaf.

Die klare, kalte Luft Münchens ist ein Segen.

Koeppen wohnt unauffällig, schmucklose Altbauten, an denen die Gentrifizierung bislang vorübergegangen ist, dazwischen in der Dunkelheit triste Fünfzigerjahrehäuser, die Straße fast ohne Bäume. Mit schnellen Schritten eilt sie durch den frischen Schnee zu seiner Hausnummer, wer weiß, wann sein Dienst beginnt.

Bevor sie klingeln kann, öffnet sich die Tür, ein mittelgroßer Mann um die vierzig tritt heraus, unter dem Arm eine Aktentasche.

Sie erkennt ihn sofort.

Sie stellt sich vor, weist sich aus. Falls er überrascht ist, lässt er es sich nicht anmerken. Aber sein Blick liegt nachdenklich auf ihr. »Reden? Worüber, Frau Lay?«

»Nicht auf der Straße.«

»Ich muss zur Arbeit.« Er setzt sich in Bewegung, und sie folgt ihm, schließt auf. »Rufen Sie an, sagen Sie, Sie kommen …«

»Nein«, erwidert Koeppen.

Sein Wagen steht in einer Querstraße, von einer Schneeschicht bedeckt. Er holt einen Eiskratzer heraus, beginnt schweigend mit der Arbeit, ohne sie anzusehen. Sie hört, wie die Plastikklinge unter dem Schnee Eis von der Windschutzscheibe löst.

»Sprechen Sie«, sagt er, »ich höre zu.«

Sie legt die Hände auf das Wagendach, mustert ihn. Ein Mann, kalt wie die Arktis, nicht einzuschüchtern, und doch hört sie an seiner Stimme, dass er vielleicht bereit ist, offen mit ihr zu sprechen.

»Ich weiß, wer Sie sind«, sagt sie, »für welche Behörde Sie arbeiten, wo Sie die letzten Tage verbracht haben.«

Er nickt. »Waren Sie mal in Sarajevo?«

»Nein. Auch nicht in Bagdad.«

Er schiebt die letzten Reste Schnee von der Windschutzscheibe, geht einmal ums Auto, kratzt dabei flüchtig Sichtstreifen in die übrigen Fenster. »Setzen wir uns rein.«

»Sind Sie bewaffnet?«

»Nein.« Er hebt die Hände, und sie geht zu ihm, tastet ihn unter dem Wintermantel ab. Sein Körper ist schmal und fest, keinerlei Fettpolster, die Muskulatur trainiert, aber nicht zu stark ausgeprägt. Ein austarierter Körper, stabil und vollkommen im Lot.

Als sie im Wagen sitzen, sagt er: »Bitte beeilen Sie sich, ich muss nach Pullach.«

Immerhin, das Versteckspiel hat ein Ende.

Er lässt sie nicht aus den Augen, während sie den ersten Teil der Geschichte erzählt, wie sie ihn kennt.

Es ist eine einfache Geschichte.

Bagdad, vierzehnter Februar. Der Präzisionsschütze und BND-Agent Frank Jaromin erschießt aus zweihundert Metern Entfernung eine irakische Dissidentin, die den BND-Informanten Curveball der Lügen überführen will. Ihr Material übernimmt vor Ort Jaromins BND-Kollege Toni Baumann. Wenige Minuten später erschießt Baumann ein paar Hundert Meter weiter den DGSE-Agenten Claude Bitat und versteckt die Leiche unter Müllsäcken. Anschließend tauscht Baumann das Material der Dissidentin in einem Kiosk gegen vorbereitete gefälschte Unterlagen aus. Diese Unterlagen gelangen am Tag darauf über ihn, Koeppen, nach Deutschland und über einen BND-Kurier ans Kanzleramt, wo sie unter anderem von Geheimdienstkoordinator Andreas von Goerden als haltlose Propaganda bewertet werden.

Curveball ist gerettet.

Und der Krieg gegen den Irak kann stattfinden.

Koeppens Miene ist versteinert, seine Stimme kalt vor unterdrücktem Zorn. »Ein Mann aus meinem Team soll Bitat ermordet und die Unterlagen ausgetauscht haben?«

»Der Mord ist auf einer russischen Satellitenaufnahme zu sehen, der Austausch auf einer chinesischen.«

»Nicht besonders vertrauenswürdige Quellen.«

»Was in diesem Fall wohl eher für die Amerikaner gilt.«

Er schweigt einen Moment. »Woher haben Sie die Namen meiner Leute?«

»Von einer Informantin.«

»Aus Pullach?«

»Nein. Eine Sicherheitsexpertin aus der Politik.«

»Woher weiß sie davon?«

»Sie war eingeweiht.«

»War?«

»Die haben sie umgebracht.«

Koeppen starrt sie an, in seine Miene schleicht sich Entsetzen. Zum ersten Mal in diesen Minuten scheint er sich nicht unter Kontrolle zu haben. »Die?«

»Eine Gruppe von Leuten mit viel Einfluss.«

»Aus Pullach?«

»Und dem Regierungsapparat.« Lay beginnt zu frieren, spürt, wie die Kälte unter die letzte Kleidungsschicht auf ihre Haut kriecht. »Können Sie bitte die Heizung anmachen?«

»Was haben Sie noch?«

»Jetzt sind Sie dran.«

»Ich will den Rest hören.«

»So läuft das nicht, Koeppen. Sie sind dran. Und machen Sie die Heizung an.«

»Ich kenne Sie nicht, Frau Lay. Woher weiß ich, dass Sie nicht zu denen gehören?«

Sie lacht verärgert auf. »Weil das verdammt absurd wäre, oder?« Andererseits auch nicht, denkt sie. Womöglich haben die Entschlossenen auch BKA-Leute in ihren Reihen.

»Gibt es jemanden, der für Sie bürgen kann?«

»Von Goerden. Die Heizung, bitte.«

Koeppen wirft einen Blick auf seine Armbanduhr.

»Er ist bestimmt wach«, sagt Lay. »Obwohl, er ist seit gestern nicht mehr im Amt. Vielleicht schläft er aus.«

»Warum er?«

»Von ihm kam der Auftrag, Curveball zu überprüfen. So hat es vor zehn Tagen angefangen. Einen Tag vor Bagdad hat sich die Informantin gemeldet. Von Goerden hat unmittelbar vor dem Einsatz noch versucht, Sie zu erreichen, um die Operation zu stoppen. Ihr Handy war wohl ausgeschaltet.«

Koeppen starrt sie düster an, nickt schließlich. »Haben Sie eine Nummer?« Er hält sein Telefon schon in der Hand. Wählt, während sie diktiert, und lässt es lange klingeln, bis endlich abgehoben wird. Er fragt nach ihr, hört eine Weile zu, die Stirn gerunzelt.

Immerhin lässt er den Motor an.

»Sie sind ja auch raus«, sagt er endlich, steckt das Telefon weg.

»Ach, es ist ein einziges Hin und Her.«

Ein vages Lächeln gleitet über seine Lippen. Aber sie spürt seine Unruhe. »Ich muss jetzt los, Frau Lay.«

»Geben Sie mir irgendwas, Koeppen. Sonst werde ich meine Zweifel nicht los.«

»Zweifel an mir?«

»Jaromin und Baumann sind Ihre Männer. Auch Sie waren in Bagdad, als das alles passiert ist, und zwar keine hundert Meter vom ersten Tatort entfernt. Außerdem hängt Hans Breuninger mit drin, der früher mal Ihr Mentor war – und Sie am Tag vor der Operation in Bagdad angerufen hat. Sieht auf den ersten Blick eindeutig aus, oder?«

Koeppen hat die Hände ans Lenkrad gelegt, blickt reglos nach vorn. Sie hört seine langen, tiefen Atemzüge.

Er wendet sich ihr zu. »Die Amerikaner haben das Gespräch zwischen Ramstein und Jaromin aufgenommen.«

»Ich hab's im Kanzleramt gehört.«

»Die Aufnahme ist gefälscht.«

Wenig später steht Lay auf dem Gehweg, sieht ihn davonfahren, zu schnell für die Witterungsverhältnisse und die schmale Straße. Er wird Bardeaux mit der Fälschung konfrontieren, die Bombe platzen lassen.

Und wenn er mit drinhängt?

Das werden wir dann sehen.

Lassen Sie mich dabei sein! Ich kann so was.

Dann wird er doch erst recht nicht reden.

Eine weitere Welle aus Kälte hat sie erfasst, Kälte von innen diesmal, als sie darüber nachdenkt, wie skrupellos die Verschwörer Frank Jaromin zum Mörder gemacht haben.

Endlich löst sie sich aus der Erstarrung. Sie läuft zu ihrem Wagen, schlägt dieselbe Richtung ein wie Koeppen, nach Süden, und gibt währenddessen das Ziel ins Navi ein: Schäftlarn.

78

SECHS UHR DREISSIG, DAS LICHT flammt auf, im Flur sind Schritte zu hören. Jaromin ist bereits wach. Zum ersten Mal seit Wochen, Monaten hat er halbwegs gut geschlafen, trotz der Kälte hier unten. Nach dem Gespräch mit Koeppen war plötzlich eine Art Ruhe in ihm, die neu ist. Er ist frei von Schuld, und Koeppen weiß es. Wird dafür sorgen, dass er rehabilitiert wird.

Aber das ist nicht alles.

Eine weitere Schuld scheint mit einem Mal fort zu sein: die Schuld des Sechsjährigen, die immer nur eingebildet war.

Er hört Stimmen vor der Tür, meint die von Gerry zu erkennen. Die andere gehört Josef Bardeaux.

Als die Tür aufgesperrt wird, erhebt er sich von der Pritsche. Bardeaux tritt ein, tiefe Schatten unter den Augen, das Gesicht bleich im grellen Licht. In einer Hand hält er Jaromins Reisetasche. Er legt die andere auf die Brust, sagt, er müsse für den Dienst und sich selbst Abbitte leisten. »Irgendjemand …« Er bricht ab, holt tief Luft. »Wir wissen noch nicht, wer, aber irgendjemand hat dich und uns reingelegt. Wir sitzen seit Stunden dran, und was da so langsam deutlich wird, ist monströs.«

Jaromin versucht, klare Gedanken zu fassen. Bardeaux, der nicht wollte, dass er von Amman nach Bagdad weiterfährt. Der ihm hier in Pullach die Aufnahmen vorgespielt hat, Ton und Bild. Bardeaux, der die falsche Analyse aus der Auswertung gegengezeichnet hat. Ihm gestern in Amman Ivo und Bert auf den Hals gehetzt hat.

»*Was* wird deutlich?«

Bardeaux senkt die Stimme. »Dass die Aufnahme gefälscht ist, weißt du ja.«

Jaromin nickt. »Unsere Analyse auch.«

»Sogar die Unterschrift darunter. Wir wissen noch nicht, wer dafür verantwortlich ist, aber wir sind dran.«

»Was noch?«

»Hast du in Amman noch mal mit Nūr al-Omari gesprochen?«

»Das weißt du.«

Bardeaux schmunzelt traurig. »Entschuldige, ich bin etwas … Wir haben sie jetzt auch von den Amerikanern überprüfen lassen. Die Informationen über die Familie sind offenbar falsch. Dann die Verhaftung des SET. Wer hat das arrangiert? Warum sollten Ivo und Bert nicht nach Bagdad? Und das ist längst nicht alles. Das Ganze hat wohl eine politische Dimension.«

»Ich bin gespannt.«

»Morgen oder übermorgen, okay? Es ist alles sehr heikel.« Bardeaux reicht ihm die Tasche, legt die Hand leicht an seinen Arm und führt ihn zur Tür. »Kollegen bringen dich jetzt nach Hause. Bengt wird sich später bei dir melden. Ich kann nur sagen, es tut mir aufrichtig leid.«

Neben einem Tischchen gegenüber der Zellentür steht Gerry, der unschlüssig wirkt, Jaromin ansieht, als suchte er Rat.

»Und die Verträge?«

»Vernichten wir«, sagt Bardeaux. »Bring sie mit, wenn du wiederkommst.«

Jaromin nickt in Richtung Gerry. »Er fährt mich, okay?«

»Mit dem Bein kann er nicht mehr fahren.«

»Der Kollege fährt uns«, sagt Gerry, ist schon am Funk.

Sie gehen den Flur hinunter, Bardeaux vorn, dann Jaromin, Gerry schräg hinter ihm, wachsam jetzt, die Hand liegt tatsächlich auf dem Waffengriff. Mühsam hält er humpelnd Schritt.

»Wo ist Bengt?«, fragt Jaromin.

Bardeaux wendet sich ihm halb zu. »Im Haus unterwegs, er lässt grüßen.«

»Toni?«

»Auf dem Weg nach Ramstein.«

»Kooperieren die Amerikaner?«

»Sieht so aus. Sie haben Rawls festgesetzt, verhören ihn gerade.«

»Ich möchte mit Bengt sprechen.«

»Er meldet sich in ein, zwei Stunden bei dir, okay?«

Draußen verabschiedet Bardeaux sich mit einem reumütigen Lächeln und eilt im Schneetreiben davon.

»Soll ich Bengt anrufen?«, fragt Gerry.

»Im Auto.«

Auf halber Strecke zum Parkplatz stößt Gerrys Kollege zu ihnen, ein schweigsamer junger Türke, Erdil. Zwischen den mächtigen Ohrenklappen der Fellmütze sieht Jaromin ein ernstes, schmales Gesicht.

In der Nacht ist ein halber Meter Schnee gefallen, Jaromin und Erdil graben den Wagen aus, während Gerry im Fond sitzt und telefoniert.

»Geht nicht dran«, sagt er, als Jaromin sich auf den Beifahrersitz fallen lässt.

»Versuch's weiter.«

Erdil startet den Motor. »Wohin?«

»Schäftlarn. Links raus.«

»Vielleicht sollten wir einen Umweg nehmen«, sagt Gerry von hinten.

»Die wissen, wo ich wohne.«

Sie passieren die Pförtnerhäuschen, warten, bis sich das Tor geöffnet hat. Zweihundert Meter weiter lässt Jaromin Erdil anhalten, steigt aus und durchsucht im Licht einer Straßenlaterne seine Reisetasche. Findet nichts, was nicht hineingehört.

Er steigt wieder in den Wagen.

»Wanze oder Bombe?«, fragt Gerry trocken.

Jaromin zuckt die Achseln, behält die Seitenstraßen und den Außenspiegel im Blick, als sie weiterfahren. »Was ist mit Bengt?«

»Geht immer noch nicht dran.«

»Weißt du, wo er wohnt?«

»München, im Süden. Machst du dir Sorgen um ihn?«

»Keine Ahnung. Such ihn, wenn ihr wieder in Pullach seid.«

»Und wenn ich ihn nicht finde?«

»Dann such weiter.«

»Was ist eigentlich los?«, fragt Erdil.

»Ja, Frank, was ist los?«

»Wenn ich das wüsste«, erwidert Jaromin.

Auf dem Weg durch Grünwald geraten sie in eine kleine Kolonne von Streufahrzeugen, die kurz darauf nach rechts und links auseinanderstreben. In der entgegengesetzten Richtung hat der Pendlerverkehr nach München eingesetzt, an Ampeln staut es sich, am Bahnhof Buchenhain warten Dutzende Menschen. Jaromin wird die Unruhe nicht los, immer wieder bleibt sein Blick an Autos oder Scheinwerfern hängen, selbst dann noch, als sie kurz darauf Schäftlarn erreichen. Was er befürchtet, kann er nicht genau sagen. Dass der Dienst die eigenen Leute im eigenen Land auf offener Straße aus dem Weg räumt? Und nicht nur ihn, auch Gerry und Erdil?

»Jetzt beruhig dich mal«, sagt Gerry. »Haben's doch gleich geschafft.«

»Die nächste rechts«, sagt Jaromin.

Er schweigt, als sie das Haus passieren. Sein Golf steht davor, eingeschneit, der Laguna ist vermutlich in der Garage. Im Erdgeschoss brennt Licht, auch in Alex' Zimmer. »Hast du eine Waffe für mich?«, fragt er, den Kopf halb nach hinten gedreht.

Gerry brummt unwillig. »Jetzt verlangst du ein bisschen viel.«

Jaromin bedeutet Erdil anzuhalten, bekommt Gerrys Holster mit der Waffe, verstaut es in der Tasche und steigt aus.

Die Winterstiefel unter der Garderobe zeigen ihm, wer da ist, wer nicht. Nur Alina ist schon los.

Oben im Bad wird ein Fön eingeschaltet, Daniela. Alex ist nicht zu sehen. Jaromin nimmt die Waffe aus dem Holster, steckt sie sich in den Hosenbund, lässt T-Shirt und Pulli darüber hängen. Er geht in die Küche, findet Brot, legt mit zittrigen Fingern Schinken darauf und beißt hinein. Als er die Kaffeemaschine einschaltet, taucht Alex in der Tür auf, Haare strubbelig, die Augen verschlafen, sagt: »Hab dich gehört.«

Jaromin nickt, schluckt runter. Starrt seinen Jungen an und fragt sich dabei, ob die Mikros und Kameras noch im Haus sind. Bardeaux kann noch nicht lange wissen, dass die Aufnahme gefälscht ist. Sie müssten vergangene Nacht hier gewesen sein, um aufzuräumen, was unwahrscheinlich ist, viel zu riskant. Daniela und die Kinder waren hier.

Also ist das Zeug noch installiert.

Er greift nach dem Handy, ruft Bardeaux an.

»Frank?« Gehetzte Stimme, im Hintergrund Gemurmel.

»Ist mein Haus sauber?«

Alex schaut zu, hört zu, die Augen klein und irritiert.

»Alles tot«, sagt Bardeaux, »seit ein paar Stunden. Können wir heute kommen und ausbauen?«

»Schickt mir die Positionen per E-Mail.«

Bardeaux seufzt. »Aber mach das Zeug nicht kaputt, bitte.«

»Und Bengt soll sich melden.«

»Warte.« Er hört Bardeaux verhalten nach Koeppen rufen, Frank ist dran, will dich sprechen. Kurze Pause. »Frank? Gib ihm noch eine halbe Stunde, er hat Stress.«

Jaromin legt das Handy auf die Arbeitsplatte. Dann hebt er den Blick, sagt das Erste, was ihm einfällt: »Keine Schule heute?«

»Die S-Bahn fährt nicht.«

»Und Alina?«

»Ist vorhin mit dem Rad los.«

Fünf Kilometer bei minus sieben, acht Grad in der Dunkelheit. Jaromin reibt sich die Stirn. Er ist nicht da, wenn die Kinder ihn brauchen, war nie da. »Hätte Mama euch nicht bringen können?«

Der Mama geht's nicht so gut.

Und Floris Eltern?, will Jaromin ungeduldig fragen, oder die der anderen? Er lässt es, schenkt sich Kaffee ein. Blickt auf das Handy, keine SMS verpasst, keinen Anruf. »Soll ich dich hinbringen?«

Alex schüttelt den Kopf. Er hat sowieso Halsweh, sagt er. Kopfweh. »Weißt du schon, wo du hingehst?«

»Was?«

»Wo du …« Alex bricht ab. Halbe Sätze, das hat Jaromin immer gehasst. Sprich es doch aus, Junge. Sprich doch aus, was du denkst.

Er atmet tief durch, erinnert sich: Er soll ausziehen, hätte vorgestern ausziehen sollen. Vielleicht das beste, in irgendeiner Pension abtauchen, bis er versteht, was in Pullach passiert und Koeppen alles geklärt hat. »Nein, weiß ich noch nicht. Ich finde schon was.«

Der Junge druckst weiter herum, verkniffenes Gesicht, die Pickel leuchten rot in dem schlimmen Licht, Flaum überall, mit dem man nichts anfangen kann. Die Proportionen des Körpers sind durcheinandergeraten, klobige Füße, die Beine bis zum nächsten Schub leicht nach innen geknickt, nichts ist auf den Rest abgestimmt in dieser Zeit.

Hast du jemanden?, denkt Jaromin unvermittelt und spürt, wie ihm Tränen in die Augen schießen, hast du ein Mädchen, vielleicht mit Blusen, die nach Pfirsich duften? Eines der Mädchen aus Straßlach vielleicht? Hast du Freunde, die den Wahnsinn dieser Jahre mit dir teilen, die bei dir sind, wenn es zu schlimm ist und wenn es zu schön ist?

Er stützt die Arme auf die Arbeitsplatte, blickt auf die Kaffeetasse zwischen seinen Händen. Ein Zuhause, Alex? Hast du ein Zuhause? Wo du immer willkommen bist?

»Ich wollte noch sagen, dass es mir leidtut. Was ich gesagt hab. Auf der Terrasse.«

Jaromin nickt, kann nicht sprechen.

»Aber was du gemacht hast, war so …« Er bricht ab.

Was habe ich gemacht, Alex? Was meinst du? Dass ich den Kerl verprügelt habe, der an meine Stelle treten will? Der zum falschen Zeitpunkt in meinem Leben aufgetaucht ist?

»Du solltest dich auch entschuldigen. Also, bei ihm.«

Jaromin nickt, kann immer noch nicht sprechen. Als er den Kopf dreht, ist Alex weg, läuft die Treppe hinauf, beinahe lautlos. Er will ihm nachrufen, ob es denn stimmt, was er auf der Terrasse gesagt hat – dass er ihn hasst und der Mann aus Straßlach der Vater ist, den er immer wollte. Will seinem Jungen nachrufen, dass er ihn versteht, weil er vor Jahrzehnten genauso gedacht und gefühlt hat.

Vielleicht genauso verzweifelt war.

79

Pullach

UM HALB ACHT PASSIERT KOEPPEN die Schleuse, eine Stunde später als geplant. Erst das Gespräch mit Lay, dann ein Winterstau nach dem anderen; statt fünfzehn Minuten wie sonst hat er für die sechs Kilometer nach Pullach doppelt so lang gebraucht.

Er rollt auf den Parkplatz, steigt aus. Im Gehen will er Bardeaux anrufen, doch das Diensthandy hat kein Netz. Ausgerechnet hier, mitten auf dem Gelände des Dienstes? Irritiert hält er es in die Luft, spürt, wie ihn die Paranoia packt. Er beschleunigt seine Schritte, schaltet es aus, wieder ein – nichts.

Dann ist er im Gebäude mit den Chefbüros, eilt die Treppe hinauf, die Laptoptasche unter dem Arm. Im Vorzimmer des Präsidenten sitzt eine fröhliche junge Frau, die er noch nie gesehen hat.

»Guten Morgen! Wen darf ich …?«

Er ignoriert sie, öffnet die Tür.

Bardeaux steht vor der kahlen Wand, die in den vergangenen eineinhalb Jahren von den schwermütigen Bücherregalen Trägers verdeckt gewesen ist, in den Händen eines der Gemälde aus seinem bisherigen Büro. Er hat das Sakko abgelegt, die Hemdärmel umgeschlagen. Seine Stimme ist kühl, als er sagt: »Ich habe versucht, dich zu erreichen, Bengt.«

»Irgendwas stimmt mit dem Handy nicht.« Koeppen schließt die Tür vor der neuen Vorzimmerdame. Bardeaux mustert ihn schweigend, wirkt distanziert. Das fehlende Diktafon, denkt Koeppen. Natürlich weiß Bardeaux inzwischen Bescheid.

Wortlos nimmt er den Laptop aus der Tasche, stellt ihn auf den Schreibtisch. Als der Rechner hochgefahren ist, startet er die Datei, die er von Rebekkas CD-ROM herübergezogen hat.

Die Stimmen von Lenny und Frank erklingen.

»Frank?«

»Yes.«

»Hi, I'm Lenny.«

Bardeaux mustert ihn, die Stirn gerunzelt. Schließlich tritt er zur Wand und lehnt das Gemälde vorsichtig dagegen. Er setzt sich an den Schreibtisch, rollt die Ärmel hinunter, schließt die Knöpfe.

Koeppen spult vor, spielt wieder ab.

Lenny und Frank, dann eine Pause, dort, wo Rebekka die erste Manipulation entdeckt hat. Eine kurze Passage folgt. »Das«, sagt Koeppen, »ist nachträglich eingesetzt worden.«

So geht es weiter. Das Echte, das Falsche.

Dann fällt der Schuss.

»Noch mal?«, fragt er.

Bardeaux schüttelt den Kopf.

Koeppen richtet sich auf, strafft den Körper. Die Bäume draußen vor den Fenstern sind schneebedeckt, das elende Weiß blendet ihn, obwohl der Morgen grau ist.

Das Echte und das Falsche.

Leere und Fülle.

Was ist was? Und was zählt, was ist das Relevante? Was ist das Verlässliche?

Bardeaux?

Rebekka ist verlässlich.

»Die Aufnahme der Amerikaner ist eine Fälschung«, sagt er, »aber unsere Techniker haben sie als authentisch deklariert. Warum? Und in wessen Auftrag?« Zum ersten Mal fragt er sich, ob es nicht auch anders gewesen sein könnte. War die Aufnahme der Amerikaner womöglich echt, und die Techniker des Dienstes haben sie gefälscht? Haben Lennys Stimme gefälscht?

Die Fülle unter der Fülle unter der Leere.

Plötzlich spürt er, dass er nicht mehr lange durchhält. Zu viele Nächte hintereinander ohne Schlaf. Den Rest der vergangenen Nacht hat er fast vollständig auf einem Sessel verbracht, die schlafende Katze auf dem Schoß, in Gedanken abwechselnd bei Rebekka, Abeer, Jaromin.

Immer wieder: Rebekka, Abeer, Jaromin.

»Eins nach dem anderen, Bengt.« Bardeaux hat die Ellbogen auf den Tisch gestützt, reibt sich die Schläfen mit den Zeigefingern. Er sieht auf. »Du kannst dir nicht ohne Genehmigung Zutritt zu einem Büro der Internen verschaffen und dir Beweismittel aneignen.«

»Gefälschte Beweismittel.«

»Dann ist es erst recht ein Beweismittel! Cecilia tobt, die Abteilung hat Dienstaufsichtsbeschwerde gegen dich eingelegt. Gerry wird gerade durch die Mangel gedreht, und ich hoffe sehr, er kooperiert, denn sonst muss ich ihn freistellen.« Seine Stimme ist strenger geworden. Er holt tief Luft, lehnt sich zurück und sagt wieder sanfter: »Wärst du so freundlich, Cecilia das verdammte Diktafon zurückzugeben, auch wenn es dir gehört? Vielleicht können wir sie damit beruhigen. Dann lassen wir die Aufnahme noch mal analysieren, diesmal von mehreren Leuten und unter Aufsicht. Einverstanden?«

»Nein.« Koeppen klappt den Laptop zu, weiß nicht recht weiter. Er fragt sich, was er erwartet hat. Dass Bardeaux zugibt, eine gefälschte Analyse in Auftrag gegeben zu haben? Oder die Aufnahme überhaupt erst zu fälschen? Doch wie kommt er ausgerechnet auf *ihn*? Nicht Bardeaux hat Jaromin von Amman nach Bagdad weitergeschickt und Toni als Ersatz für das SET vorgeschlagen, sondern er selbst.

Denk an das, was verlässlich ist: Rebekka. Also ist auch das, was sie herausgefunden hat, verlässlich. »Hast du noch Kontakt zu Hans? Breuninger.«

»Nein«, sagt Bardeaux verwundert.

»Wann hast du ihn zum letzten Mal gesehen?«

»Was soll denn das jetzt?« Aber er überlegt, sagt schließlich: »Anfang letzten Jahres, bei irgendeiner Ehrung in Berlin.«

»Er war vor ein paar Tagen hier, bei Träger.«

Bardeaux nickt. »Ich weiß. Zu mir ist er nicht gekommen. Du siehst erschöpft aus, Bengt.«

Weiter, denkt Koeppen, mach weiter. Wenn Rebekkas Analyse verlässlich ist, ist auch Jaromins Aussage über das Gespräch mit Lenny verlässlich. Dass Lenny ihn aufgefordert hat zu schießen.

Und alles andere, was Jaromin gesagt hat.

Was ihm vorgeworfen wird, dagegen nicht.

»Von wem stammen die Informationen über die Frau in Amman? Al-Omari?«

»Können wir bitte erst unser anderes Problem …«

»Von wem, Josef?«, wiederholt Koeppen scharf.

Ruhig liegen Bardeaux' Augen auf ihm. Selbstbewusst, unbeirrbar. »Du meinst Franks irakische Freundin? Die Agentin?«

»Sie ist nicht Franks Freundin.«

»Von mir aus: Geliebte.«

Koeppen schweigt, rechnet mit dem Schlimmsten. Und es kommt.

»Du wusstest es nicht?«

Er fährt sich mit einer Hand übers Gesicht. »Es spielt keine Rolle. Vom wem stammen die Informationen über sie?«

»Vom GID. Die Jordanier fangen ihre Nachrichten an den IIS ab, lassen sie vorläufig aber in Ruhe.« Er zuckt die Achseln. Routine, kennen wir doch.

»Sie ist keine Agentin.«

»Nein?« Bardeaux lächelt vorsichtig.

Kein Wort mehr, denkt Koeppen. Nicht in diesem Zustand. Nicht zu diesem Zeitpunkt. Kein Wort über das Gespräch mit Hanne Lay, über das, was sie weiß, auf Satellitenaufnahmen gesehen hat, die für sie wie für ihn offiziell nicht zugänglich sind. Lay ist sein einziger Trumpf, und solange er nicht sicher weiß, auf welcher Seite Bardeaux steht, darf er ihn nicht ausspielen.

»Fahr wieder nach Hause«, sagt Bardeaux. »Ruh dich endlich aus. Und dann denk über mein Angebot nach. Es steht noch.«

Koeppen starrt ihn an. »Und die Interne?«

»Ach, das regele ich. Solange ich weiß, dass ich mich auf dich verlassen kann.«

Koeppen hört sich mechanisch irgendetwas Vages antworten. Auch Bardeaux braucht das Verlässliche, denkt er dabei, packt den Laptop ein und verlässt den Raum.

Im Vorzimmer sieht ihn die neue Sekretärin an, als hätte sie auf ihn gewartet. Bittet freundlich um seinen Namen, fürs nächste Mal, damit sie Bescheid wisse. Schüchtern deutet sie auf Bardeaux' Tür. »Dass Sie einfach so rein dürfen.«

»Bengt«, erwidert Koeppen, hört sie nachfragen, doch da ist er schon im Flur.

Noch immer hat das Handy keinen Empfang.

Er eilt zu seinem Büro, verstaut den Laptop im Safe, läuft die Treppen wieder hinunter, auf den Ausgang zu, es ist Zeit, Jaromin nach Hause zu bringen.

»Bengt?« Vor dem Lift steht Natascha. »Hab versucht, dich anzurufen.«

Koeppen setzt seinen Weg fort, und sie begleitet ihn nach draußen, fällt in einen leichten Laufschritt, als er nicht langsamer wird.

»Du weißt, dass wir abgebrochen haben?«

»Die Überwachung?« Er sieht sie nicken. »Macht ihr weiter, wenn er wieder draußen ist?«

»Aber er ist doch schon wieder draußen.«

»Nein, er ist …« Koeppen bleibt stehen.

»Vor einer Stunde oder so«, sagt Natascha keuchend.

»Bist du sicher?«

»Ist mir jedenfalls gesagt worden.«

»Gib mir dein Telefon.« Er ruft Bardeaux an, der es bestätigt, ja, hab ich vorhin vergessen, entschuldige bitte, denkst du daran, das Diktafon … Koeppen unterbricht die Verbindung, wählt Jaromins

Nummer, hört eine Ansage. Dann Gerry, der nicht drangeht, nicht weiter verwunderlich, wenn er noch bei den Internen sitzt.

Koeppen läuft los, zieht dabei Lays Visitenkarte aus der Tasche und ruft an. »Wo sind Sie?«

»Schäftlarn, beim Frühstücken.«

Er gibt ihr die Adresse, bittet sie hinzufahren.

»Kann ich meinen Kaffee noch …?«

»Fahren Sie!«

Dann hat er den Wagen erreicht, springt hinein. Die Scheinwerfer gleiten über das bleiche, rundliche Gesicht Nataschas, die ihm gefolgt ist und ihn erstaunt ansieht, als er losrast.

80

Schäftlarn

DAS MOBILTELEFON IN DER HAND, geht Jaromin nach oben, um seine Sachen zu packen, an geschlossenen Türen vorbei, Alina fort, Daniela still im Bad, Alex in seinem Zimmer. Auf der zweiten Treppe macht er kehrt. Durch das dünne Türblatt hört er seinen Jungen vor sich hin reden, ein unverständliches Flüstern, vielleicht ins Telefon, vielleicht nur für sich selbst.

»Alex?«

Das Gemurmel bricht ab.

Er setzt sich auf den Teppich, direkt vor die Tür. Auf der anderen Seite sind Schritte zu hören, die sich nähern. Aber die Tür bleibt geschlossen.

»Stimmt es denn? Was du auf der Terrasse gesagt hast.«

Lange kommt keine Antwort, schließlich ein Murmeln, dicht an der Tür: »Weiß nicht … Irgendwie schon.«

Dann wieder Stille, im ganzen Haus. »Okay«, sagt Jaromin, räuspert sich. »Kann ich was tun? Ich meine, dass sich das vielleicht wieder ändert.«

Die Badtür öffnet sich, Daniela im weißen Bademantel, sieht auf ihn herab, die Augen verquollen, dunkle Ringe darunter. Kein Zorn, nur Müdigkeit und Schmerz.

Sekundenlang wieder die Stille, die ihm ins Herz schneidet. Alles Reden umsonst, alles Reden vorbei.

Hinter der Tür sagt sein Junge: »Keine Ahnung … Ich hätte mir halt gewünscht, dass du mir das Fahrradfahren beibringst und das

Schwimmen und dass du mal zu irgendeiner Schulfeier mitkommst …
Dass du mich zum Schießstand mitnimmst … So was.«

Jaromin löst den Blick von Daniela, die Alex nicht hören, zumindest nicht verstehen wird, und schaut auf seine Hände. Sie zittern wie so oft, an den Fingern und Knöcheln links vage Spuren noch vom Schlag in das Gesicht des Mannes aus Straßlach.

Das kannst du tun, wiederholt er stumm.

Ein Leben aus Versäumnissen, eine Liste von Enttäuschungen, eine lange Liste; etwa die gleiche, denkt er, die er selbst vor vielen Jahren angefertigt und seinem Vater vorgehalten hätte, wenn er nur mutig genug gewesen wäre.

Und tust deinem Sohn trotzdem das Gleiche an …

Da sieht er das Display des Telefons in seiner Hand aufleuchten, hört den Ton, eine SMS, Bengt.

Endlich.

Üblicher Treffpunkt. Sofort!

Sofort, denkt er. Aber er kommt nicht hoch, hat nicht mehr genug Kraft, um aufzustehen.

Er lehnt den Kopf gegen die Tür. »Ich kann dir das Autofahren beibringen.«

Ein leises Lachen von drinnen, immerhin. »Mit vierzehn?«

»Moped?«

»Okay.«

»Sobald der Schnee weg ist.«

Daniela schluchzt unterdrückt auf, über ihr Gesicht strömen Tränen. Lautlos schließt sie die Tür.

»Heute«, sagt Alex.

»Aber wir haben keins.«

»Floris Bruder hat eins.«

»Deal«, sagt Jaromin und steht nun doch auf, mechanisch fast, das Telefon in der Hand.

Aber er ist für einen kurzen Moment glücklich.

Er geht hinunter, schlüpft in die Winterstiefel, spürt die Pistole im

Hosenbund. Koeppen schreibt sonst nicht mit Ausrufezeichen, verwendet sie nur, wenn Gefahr droht – deshalb kommt die Waffe mit.

Draußen ist es heller geworden, soweit es unter diesem grauen Himmel heller werden kann. Fröstelnd geht er durch den Vorgarten, in Gedanken bei Alina, die in dieser Kälte mit dem Rad nach Icking unterwegs ist und noch nicht angekommen sein wird. Irgendwo in der Nähe läuft ein Automotor, gedämpft vom Schnee. Er tritt auf den Gehweg hinaus, wendet sich in Richtung Ort, über dem St. Georg aufragt, die Dächer von Turm und Kirchenschiff schneebedeckt, das warme Gelb der Mauern tröstend an diesem farblosen Morgen. Er muss an seinen Vater denken, der sein Leid dorthin getragen und keine Erlösung gefunden hat, nachdem sein Leben zerstört war. Die Kinder wissen nicht einmal, dass der Großvater all die Jahre im selben Ort gelebt hat wie sie; nur, dass er von ihrem Vater nichts wissen will. Sie glauben, er ist vor langer Zeit »in den Norden« gezogen. Irgendwann werden sie nach ihm fragen, werden ihn vielleicht kennenlernen wollen, um sich selbst besser zu verstehen. Dann muss er ihnen die nächste Lüge beichten.

Die nächste Enttäuschung auf der Liste.

Jetzt sieht Jaromin das Auto, es steht nahe der Bushaltestelle auf der anderen Straßenseite, ein silberner Ford. Farbloser Qualm steigt aus dem Auspuff auf. Zwei dunkle Körper jenseits der Windschutzscheibe, ein dritter hinten, reglos, als warteten sie. Koeppen kann nicht dabei sein, er wartet bei St. Georg. Jaromin hat die Hand am Griff der Pistole, der Puls ist hochgeschnellt, der Atem flach, während er langsamer weitergeht und den Wagen nicht aus dem Blick lässt.

Er spürt, dass die drinnen ihn beobachten.

Lässt Bardeaux ihn doch noch observieren?

Da nimmt er im Augenwinkel vierzig, fünfzig Meter entfernt einen hellblauen Punkt wahr. Alina, die sich mit dem Mountainbike auf der vereisten Fahrbahn abmüht. Sie muss kapituliert haben, zu kalt, zu glatt die Landstraßen hinunter nach Icking.

Er bleibt stehen, will denen im Auto nicht den Rücken zukehren.

Eine Tür öffnet sich, dann zwei weitere. Männer, die er nicht kennt, steigen aus. Einer zündet sich eine Zigarette an, einer streckt sich, der dritte schließt den Reißverschluss der Jacke. Sie sehen nicht herüber.

Aber der Motor läuft noch.

Unauffällig zieht Jaromin die Pistole, lässt den Arm lang hängen, die Waffe verdeckt von seinem Körper.

Alina hat ihn bemerkt und winkt. Ihr Gesicht ist gerötet von der Kälte und der Anstrengung, die Mütze tief in der Stirn, sitzt ein bisschen schief. Mit der freien Hand winkt er zurück.

Einer der Männer aus dem Auto schaut jetzt zu ihm, der mit der Zigarette. Rutschend geht er in seine Richtung, ruft ihm etwas zu, es klingt wie: »Entschuldigung, bitte.« Starker Akzent, osteuropäisch. Von Weitem nennt er einen kaum verständlichen Straßennamen, sie haben sich verfahren, radebrecht er, wiederholt den Straßennamen.

Jaromin schüttelt den Kopf.

Keine Pullacher, so viel steht fest.

Die beiden anderen machen kleine Schritte auf die Straße, tun desinteressiert, bleiben stehen, gehen weiter, einer zündet sich ebenfalls eine Zigarette an. Beim nächsten Schritt rutscht er unvermittelt aus, kann sich mit dem Oberkörper und den Armen ausbalancieren und steht wieder aufrecht. Er sagt etwas auf Englisch, der neben ihm lacht. Die abrupte Bewegung hat die Anoraksäume für einen Moment auseinandergerissen. Er trägt ein Hüftholster.

Alina passiert die beiden, dann den dritten, der mitten auf der Straße steht, zehn Meter von Jaromin entfernt.

Wieder der unverständliche Straßenname, langsam diesmal.

Jaromin deutet zum Ort. »*I show you. Come with me.*«

Nur weg vom Haus, denkt er. Weg von meinem Kind.

»*There*«, sagt er, deutet erneut.

Aber er spürt, dass er nicht überzeugend klingt.

Alina ist jetzt zwischen ihnen. Ruft ihm etwas zu, doch er versteht sie nicht. Er sieht, wie der vorderste Mann unter die Jacke langt und die dahinter in Bewegung geraten, schlitternd auseinanderlaufen, plötzlich Waffen in den Händen, vielleicht haben sie die Pistole gesehen. Hinter parkenden Autos suchen sie Deckung.

»Alina! Runter von der Straße!«, brüllt Jaromin.

Sie begreift nicht.

Ein erster Schuss, halb verschluckt vom Schnee. Jaromin hört sich aufstöhnen, presst die Hand auf die Halsseite, um den brennenden Schmerz zu lindern. Die Knie knicken leicht ein, aber er bleibt stehen.

Ein schriller Schrei, Alina. Sie ist immer noch zwischen ihnen, und er kann nicht schießen.

Weitere Schüsse, leiser, ferner, gehen im Rauschen in seinen Ohren fast unter. Er wird nach hinten gestoßen, dreht sich um die eigene Achse, heiß rast der Schmerz durch seine Schulter. Er stabilisiert sich, reißt endlich die Waffe hoch. Alina ist aus seinem Blickfeld verschwunden, er ruft nach ihr, rennt auf die Straße und sieht sie dort liegen, keine drei Meter von ihm entfernt. Blind schießt er auf die Autos schräg gegenüber, während er zu ihr läuft, hört leise Glas splittern, Rufe, von irgendwoher auch Schreie.

Dann ist er bei ihr, fällt auf die Knie, zieht sie an sich und kommt wieder hoch. Ein schwaches Wimmern an seinem Ohr, sie kann den Kopf kaum halten. Aber ihre Arme und Beine umklammern ihn mit Kraft.

Gebückt hastet er zwischen Autos hindurch auf den Gehweg zurück und weiter Richtung Haus. Immer wieder hört er durch das Rauschen in seinen Ohren hindurch Kugeln auf Metall und Blech treffen, knacksendes Glas. Tief geduckt rennt er in den Vorgarten und aufs Haus zu, als ihm ein Schlag von hinten das rechte Bein nach vorn reißt. Taumelnd fällt er auf die Knie. Er dreht den Oberkörper; bevor er schießen kann, trifft ihn eine weitere Kugel. Er fällt zur Seite, Alina mit einer Hand an sich pressend. Verzweifelt registriert er, dass ihre Beine und Arme nicht mehr um ihn geschlungen sind, und sie ist still, kein Laut aus ihrem Mund.

Blut strömt warm über seine Hand, das nicht von seinen Verletzungen stammen kann.

So viel Blut.

»Hey, Schatz«, flüstert er. »Hey …«

Mühsam kommt er auf die Knie.

Ein paar Meter vor ihnen wird die Haustür aufgerissen, Daniela, das Gesicht in Panik verzerrt.

Hilf mir!, will er ihr zurufen.

Aber er hat keine Kraft mehr.

Eine Kugel trifft Daniela, sie stürzt.

Dann Schüsse, die anders klingen. Trockener und viel näher. Ein vierter Angreifer.

Der, der es beenden wird.

Es ist eine Frau.

Jaromin starrt sie an, scheint nicht zu verstehen.

»Hoch mit Ihnen!«, schreit Lay und zerrt erneut an seinem Arm.

Endlich richtet er sich mit ihrer Hilfe auf. Das Mädchen hängt reglos an seinem Hals, scheint aber zu atmen. Lay schiebt die beiden zum Haus, deckt sie dabei und gibt vereinzelt Schüsse in Richtung Straße ab. Sie hat einen Angreifer gesehen, ist mit dem Auto direkt auf ihn zugerast. Sie rechnet mit weiteren, doch im Moment zeigt sich niemand.

Die Frau im Bademantel ist aus ihrem Blickfeld verschwunden, aber sie hört sie schreien. Als sie endlich mit Jaromin und dem Kind im Haus ist, die Tür zugeworfen hat, sieht sie sie in der Diele liegen, ein Arm abgespreizt, der Stoff von Blut triefend.

Sie drängt Jaromin mit dem Mädchen durch eine Tür, die Küche, kehrt zu der schreienden Frau zurück, die unter Schock steht, bindet den halb zerfetzten Arm mit dem Gürtel des Bademantels ab.

Erst jetzt bemerkt sie, dass auf der Treppe nach oben ein Junge steht, beide Hände umklammern das Geländer, reglos starrt er sie an.

»Hilf mir!«

Er nickt und macht langsame Schritte, lässt den Handlauf erst los, als er unten angelangt ist.

Aber er hilft ihr.

Vorsichtig tragen sie die Frau, die nicht aufhört zu schreien, in die Küche und legen sie auf den Boden.

»Deine Mutter?«

Er nickt hastig.

»Du bist Alex?«

»Ja.«

»Kümmer dich um sie. Kaltes Wasser zum Trinken, heißes Wasser und saubere Handtücher für die Wunde. Und Kopf runter!« Sie zeigt auf das Fenster. »Okay?«

Wieder das hastige Nicken.

Lay schließt auch die Küchentür, stellt einen Stuhl unter die Klinke, dann wendet sie sich Jaromin zu, der an der Wand hockt, das Mädchen im Arm.

Sein Blick liegt auf ihr.

»Hanne Lay, Bundeskriminalamt. Ist Ihre Tochter verletzt?«

Er antwortet nicht, sieht sie nur an, verwirrt. Lay tastet am Handgelenk nach dem Puls des Mädchens, ist sich nicht sicher, ob sie ihn spürt, aber dann ist er da, wenn auch schwach.

»Und Sie? Halten Sie durch?« Wunden am Hals und an seinem Bein, mehr ist nicht zu erkennen. Draußen hat sie gesehen, dass er auch in die Schulter getroffen worden ist.

Und die Blutlache, in der er sitzt, wächst.

Sie hat den Notruf informiert, unmittelbar bevor sie den Wagen gegen ein parkendes Auto gelenkt hat. Fünf Minuten sind seitdem vergangen. Sie ruft erneut an, sagt halb abgewandt: »Lay, BKA, der Einsatz in Schäftlarn. Drei Schwerstverletzte.«

Vorsichtig läuft sie zum Fenster, späht hinaus, keine Bewegungen zu erkennen, kein Mensch auf der Straße. In der Ferne nähern sich Blaulichter von Norden und Süden, auch die Sirenen sind schon zu hören.

Drei, vier Minuten, schätzt sie.

»Silberner Ford«, hört sie Jaromin murmeln. »Richtung Ort.«

Sie sieht den Wagen, dünne Säulen Auspuffqualm hängen darüber. Sie sind also noch da.

»Wie viele?«

»Drei.«

Drei! Verflucht, wo sind sie?

Sie überlegt, ob sie die Jalousie herunterlassen soll. Doch dann wüssten die Angreifer, wo sie sich befinden.

»Sie stirbt!«, ruft Alex plötzlich.

Lay eilt zu ihm. Die Mutter ist verstummt, hat die Augen geschlossen.

Sie beruhigt den Jungen, schau, sie atmet, ist nur bewusstlos. »Bleib bei ihr, ja? Sprich mit ihr. Sie hört dich.«

»Okay.«

Dann setzt sie sich auf den Boden und wartet. Überrascht stellt sie fest, dass sie keine Angst hat. Nicht um sich jedenfalls und nicht vor denen da draußen. Angst höchstens um das Mädchen, Alex, die Mutter. Um Jaromin. Sie ist jetzt für sie verantwortlich.

Nur das Flüstern des Jungen ist zu hören. Alles wird gut, Mama, gleich bringen wir dich ins Krankenhaus. Alles wird gut. Ein Mantra, immer wieder von vorn.

Und ein anderer, seltsamer Laut, eine Art Seufzer. Das Mädchen.

Lay kriecht hastig zu Jaromin, greift wieder nach dem Handgelenk. Kein Puls mehr. Oder doch? Sie versucht, Jaromins blutverschmierte Hand vom Rücken des Kindes zu lösen, aber er hält sie wie in einem Krampf umschlungen.

»Ich muss nachsehen, wo sie verletzt ist, verstehen Sie das?«

Endlich kann sie seine Hand zur Seite schieben. Blut strömt ihr entgegen.

»Scheiße!« Sie presst seine Hand wieder auf den Rücken des Mädchens. Sieht Verzweiflung in seinen Augen.

Die Sirenen werden rasch lauter.

»Alina, oder?«

Er nickt kaum merklich.

»Alina, hörst du mich?«

Keine Reaktion. Sie streichelt Alinas Kopf, beugt sich zu ihr, sieht die Augen. Sie sind offen, die Lider flattern.

Plötzlich hört sie im Zimmer nebenan Glas splittern. Ein dumpfes Geräusch folgt, Schritte nähern sich.

Sie sind im Haus.

An Jaromins Blick erkennt sie, dass er es auch gehört hat. Doch dann stößt er hervor: »Fenster!«

Lay dreht sich um und schießt, ohne nachzudenken, sieht im Splitterregen einen Schatten zurückweichen. Kalte Luft strömt herein, die Sirenen sind jetzt deutlich zu hören.

Sie rennt gebückt zum Fenster, betätigt die elektrische Jalousie, die sich quälend langsam herabsenkt. »Licht aus!«

Der Junge springt auf.

Draußen brüllt ein Mann etwas, doch es geht im Lärm eines heranrasenden Autos unter.

Dann ist es in der Küche endlich dunkel bis auf ein paar Standby-Leuchten.

Einer auf dem Gehweg, einer im Auto, der im Haus. Er ist stehen geblieben. Weiß vermutlich, wo sie sind.

Sie wechselt das Magazin, kehrt zu den anderen zurück.

Wieder die Schritte nebenan, diesmal schneller. Er kommt. Rennt in den Flur, an der Küche vorbei … Die Haustür wird geöffnet, fällt krachend ins Schloss.

Lay hält den Atem an. Weil die Jalousie unten ist, kann sie sich nicht vergewissern, ob er wirklich draußen ist.

Eine Autotür schlägt zu. Aber der Wagen fährt nicht los.

Stille, nur das Flüstern des Jungen. Alles wird gut, Mama …

Als die Küchentür auffliegt, liegt Lay rücklings auf dem Boden. Sie schießt zweimal, trifft den Mann beide Male in den Kopf.

81

KOEPPEN IST DA. BEUGT SICH über ihn, spricht auf ihn ein, aber er kann ihn nicht hören, so wie er Alina nicht hören konnte, vorhin auf der Straße. Er wüsste so gern, was sie ihm zugerufen hat.

Er *muss* es wissen.

Er legt die Wange an ihren Kopf. Sag's noch mal, Schatz. Bitte, sag's noch mal.

An den Rändern seines Gesichtsfeldes wächst Dunkelheit. Er kann nicht mehr richtig atmen. Sag's noch mal, Schatz.

Als sie sie ihm wegnehmen, schließt er die Augen vor der Dunkelheit.

Die Kälte holt ihn zurück. Kälte auf der Haut, Kälte tief in ihm drin. Er atmet frischen Sauerstoff, spürt eine Maske auf der Haut, trotzdem kann er nicht richtig Luft holen. Über ihm ist jetzt der Himmel, grau, kein Gelb. Blaulichter zucken. Er liegt festgeschnallt auf einer Trage, wird irgendwohin gebracht, Koeppen läuft neben ihm, Waffe in der erhobenen Hand, auf seiner anderen Seite Gerry. Er dreht den Kopf zu Koeppen, kann ihn so auf sich aufmerksam machen. Aber er weiß nicht, ob das, was er sagt, durch die Maske zu hören ist, es kommt ihm ohnehin eher wie ein Gedanke vor als wie ein Satz: dass er wissen muss, was Alina gesagt hat, weil sie doch nie wieder sprechen wird.

Und so denkt oder sagt er es immer wieder, irgendwann wird Koeppen schon verstehen.

Denkt und sagt es noch in die zurückkehrende Dunkelheit.

82

HANNE LAY LANDET GEGEN achtzehn Uhr in Tegel. In der An-
kunftshalle wartet Sven, traut sich nicht, auch nur ein Wort zu
sagen.

Der Dienstwagen steht direkt vor dem Eingang. Slavica steigt
aus und umarmt sie. »Hinten ist was zum Umziehen.«

Sven fährt, Slavica sitzt neben ihm, Lay wechselt im Fond die blutverschmierte Kleidung, zieht Pullover und Jeans von Slavica an.

Erst beim LKA in München konnte sie sich notdürftig waschen.

Walter war da, sichtlich erschüttert, als sie kurz von Salih erzählt
hat. Stundenlang hat sie zahllose Fragen der Kollegen beantwortet,
viele andere nicht: *Dazu möchte ich im Moment nichts sagen / Das
müsst ihr den ehemaligen Geheimdienstkoordinator der Bundesregierung fragen / Darüber kann ich nicht sprechen, BKA-Ermittlung.* Sie
hat Koeppen herausgehalten, kein Wort über Breuninger gesagt, seinen mysteriösen Vertrauten, über Petra Weissmann, die Gruppe der
»Entschlossenen«.

Kein Wort über Bagdad.

Weitere Gespräche in den Räumen des LKA, im Sitzen, sie hatte
nicht die Kraft aufzustehen. Der bayerische Innenminister, Sicher-
heitspolitiker aus Berlin, auch Bardeaux, der neue BND-Präsident, ist
gekommen.

Von Goerden hat am Mittag angerufen, wollte wissen, ob sie okay
ist. Ja, war sie und ist sie, was sie einigermaßen erstaunlich findet.
Irgendeine Instanz ihres Gehirns hat beschlossen, ein paar Schranken

herunterzulassen. Was wehtut, bleibt von jetzt an draußen. Zum Beispiel, dass sie zum ersten Mal in ihrer Laufbahn als Polizistin einen Menschen erschossen hat.

Dass es für das Mädchen, Alina, nicht gereicht hat. Die Kugel hat ihr Herz von hinten durchschlagen. Eine verirrte Kugel, was niemandem ein Trost sein kann.

»Haben wir schon was über den Toten?«

Slavica schüttelt den Kopf.

Die Merkwürdigkeiten haben sich fortgesetzt. Inoffizielle Anweisungen aus der bayerischen Staatskanzlei, aus Berlin, vom Generalbundesanwalt, die Kripo plötzlich außen vor, weil es um die nationale Sicherheit geht. Weder beim bayerischen LKA noch beim BKA ist bekannt, wo die Untersuchung des Toten auf Spuren stattfindet. Als Lay wieder stehen konnte, war die Leiche bereits fort.

Das Haus in Schäftlarn untersuchen Techniker des BND. Jaromins Aufenthaltsort kennt nur der BND.

Rufen Sie nicht an, ich melde mich!, hat Koeppen ihr zugeraunt, bevor er Jaromin und die Sanitäter nach draußen begleitet hat.

»Wir haben so gut wie nichts gegen ihn in der Hand, das weißt du«, sagt Slavica jetzt.

Fünf Tote ist »nichts«?

»Wir haben genug«, erwidert Lay.

Nachdem sie die Stadtautobahn verlassen haben, hängen sich Kollegen hinter sie, im Konvoi durchqueren sie Schmargendorf. Draußen rast die Dunkelheit vorbei. Lay sieht einen Schatten am Fenster, eine Tür fliegt auf, ein Kopf birst.

Wie konnten die beiden anderen entkommen? Von allen Seiten kamen Einsatzkräfte. Doch von dem silbernen Ford fehlt jede Spur.

In einer Querstraße nahe der Villa warten mehrere Streifenwagen. Sie steigen aus, suchen den Einsatzleiter, einen altgedienten Kollegen, klein, rundlich, Schnauzer, »Ich bin der Weber«.

»Er hat Damenbesuch«, sagt er. Henriette Altmeier, neununddreißig, schwarzer 3er-BMW, wohnt in Charlottenburg, seit dem späten Nachmittag im Haus.

»Und die Sekretärin? Vivian Steiner?«, fragt Lay.

Weber schüttelt den Kopf. »Es sei denn, sie hat übernachtet.«

»Gehen wir rein.«

Slavica seufzt, will wohl noch einmal Zweifel anmelden, aber Lay wendet sich ab und marschiert los, während Motoren anspringen, Blaulichter kreisen, Sirenen einsetzen. Weber hält Schritt und instruiert über Funk das SEK, das über die Nachbargrundstücke vordringt, um eventuelle Fluchtwege zu blockieren.

Die Garage geschlossen; ob der Jaguar darin steht, lässt sich noch nicht sagen. Im Haus ist in allen Stockwerken hier und da Licht.

Lay klingelt mehrfach, vergeblich, will die Tür des Eisenzauns aufbrechen lassen, doch Slavica besteht darauf, erst in der Villa anzurufen, damit Breuninger nicht allzu sehr erschrickt, ein alter Mann, du verstehst.

Sie nickt. Der alte Mann darf nicht vorzeitig sterben. Er soll noch vor Gericht.

Aus weiter Ferne ist tatsächlich das Klingeln eines Festnetztelefons zu hören. Niemand hebt ab.

»In Ordnung«, sagt Slavica.

Der alte Mann wird vor kein Gericht dieser Welt mehr treten. Er treibt bäuchlings im Swimmingpool im Keller der Villa, nackt, nicht weit entfernt von der ebenfalls nackten Leiche einer Frau, wohl Henriette.

»Scheiße!«, flüstert Slavica.

Am Poolrand gegenüber stehen auf einem Tablett zwei leere Sektgläser und ein Teller mit Gebäck. Gedimmtes indirektes Licht, dazu brennende Kerzen in Wandhaltern, es ist nicht zu warm, nicht zu kalt. Kein Blut zu sehen, keine Kampfspuren. Nur Gemütlichkeit bis in den Tod.

Die ersten Kollegen in Weiß tauchen auf.

Lay lässt sich auf den Boden sinken. So einfach also kann man es sich machen. Das Leben war ja lang genug, viel erreicht, auch das letzte Ziel: in viertausend Kilometern Entfernung eine Frau töten zu lassen, die der großen Politik in die Quere gekommen war. Gibt es einen besseren Moment, um die Welt zu verlassen? Bevor am Ende alles doch noch auffliegt?

Doch warum die Frau? War sie eingeweiht? Wusste sie zu viel?

Slavica ist nach oben verschwunden, kümmert sich um die Berliner Kripoleute. Sven kommt herunter, erstattet Bericht. Keine Einbruchsspuren an Türen oder Fenstern, das Haus leer bis auf einen alten Hund. »Liegt vor dem Kamin und schläft.«

Sie hören gedämpftes Hundegebell.

»Jetzt nicht mehr«, sagt Sven.

Sie erinnert sich. Der Hund, den sie gestern mit Breuninger und dem Unbekannten gesehen hat.

»Irgendwie tröstlich, oder?«, sagt Sven. »Dass er den Hund am Leben gelassen hat. Also, dass wenigstens der Hund lebt.«

Einer, der Menschen töten kann, doch nicht den eigenen Hund. Aber macht man das? Tötet sich selbst und überlässt den Hund seinem Schicksal? »Ich muss nachdenken, Sven.«

Er nickt verlegen und läuft zur Tür.

Mehrere Stimmen nähern sich. Slavica tritt mit unbekannten Männern ein, die nach Kripo aussehen. Einer der Techniker stoppt sie barsch, nur schauen, zu viel ist hier schon kontaminiert.

Ein paar Minuten später gehen Slavica und die Männer wieder.

Im Schneidersitz am Beckenrand sitzend, verfolgt Lay, wie die Techniker die Gemütlichkeit beenden, Stative mit Scheinwerfern aufbauen, rund um den Pool mit ihrer Arbeit beginnen. Slavica kommt erneut, im Aufbruch begriffen, will sie zum Turm mitnehmen, doch Lay will bleiben. Sven kommt, weiß nicht, wohin mit sich, Lay schickt ihn nach Hause. Sie spürt die Feuchtigkeit auf ihrem Gesicht, überall auf dem Körper, auch die Kleidung ist inzwischen klamm.

Schließlich werden die Leichen geborgen und auf Plastikbahnen an den Beckenrand gelegt. Eine junge Frau taucht auf, auch sie im Einwegoverall, allerdings blau, wohl die Rechtsmedizinerin. Kniend beginnt sie mit der ersten, oberflächlichen Untersuchung, spricht dabei in ein Diktafon, eine leise, angenehme Stimme, die über das Wasser an Lays Ohr schwebt.

Der Raum kühlt schnell aus, die offenen Türen zum Flur und nach oben bringen kalte Luft.

Nach einer halben Stunde erhebt sich die Rechtsmedizinerin und sieht sich das Tablett an, das die Techniker bereits freigegeben haben. Begutachtet die Gläser, spricht ins Diktafon, mit einem der Techniker. Dann nimmt sie den Gebäckteller, umrundet den Pool und kommt zu Lay. »Du bist Hanne?«

»Ja.«

»Bianca.« Ende zwanzig, schmale Brille mit schwarzem Gestell, dahinter leuchtende hellblaue Augen, unter der hellblauen Haube sind ein paar blonde Haarspitzen zu erkennen. Ein jugendliches, fröhliches Gesicht. Sie kniet sich neben Lay, hält ihr den Teller hin, Sandgebäck in Zungenform, zur Hälfte mit Schokolade überzogen, selbstgemacht, fast perfekt. »Was riechst du?«

Lay beugt sich vor. »Schokolade. Orangen.«

»Kaliumcyanid.«

Sie zuckt die Achseln. Wie viele andere Menschen kann sie den Geruch von Bittermandel nicht wahrnehmen.

»Die Füllung ist Orangenmarmelade, da ist es vermutlich drin.«

Macht man es so, denkt Lay, wenn man sich das Leben nehmen will? Gibt Zyankali in selbstgebackene Orangenzungen? Zelebriert das eigene Sterben auf diese Weise?

Vielleicht wollte er nur nicht, dass Henriette etwas merkt.

»Spuren von Gewalteinwirkung?«

Bianca wiegt den Kopf hin und her. »Vielleicht bei der Frau, am Hals. Als hätte jemand …« Sie hebt die Hand, deutet eine Art Zangengriff an. »Aber nicht fest, nicht lang. Wenn überhaupt.«

»Du meinst, er könnte sie gezwungen haben, das Zeug zu essen?«

»Ja.«

»Oder beim Sex?«

Bianca nickt. Noch etwas kommt ihr auffällig vor: kein einziger frischer Fingerabdruck auf dem Tablett.

»Frisch?«, erkundigt sich Lay.

»Von heute. Nur Reste von einem älteren.«

»Wie lange haben die beiden ungefähr im Wasser gelegen?«

»Stunden.«

»Zwei oder eher fünf?«

»Eher acht oder neun.«

»Halt mich auf dem Laufenden.«

Sie tauschen Visitenkarten, dann steigt Lay die Treppe hinauf, durchquert die holzgetäfelte Diele und beginnt ihre Wanderung durch die Villa in der großen, bestens ausgestatteten Küche. Auf einer Anrichte findet sie, was sie sucht: eine weiße Keramikdose mit weiteren Orangenzungen.

Sie streift Wegwerfhandschuhe über, trägt die Dose zum Pool hinunter, lässt Bianca riechen.

Kein Geruch nach Bittermandel.

»Falls ich Hunger habe, könnte ich die also …«

»Lass den Quatsch«, unterbricht Bianca.

Lay lächelt schief.

Gemeinsam gehen sie nach oben. Bianca verabschiedet sich, lässt die Tür für Neuankömmlinge offen, eine Gruppe Anzugträger, vierzig Jahre aufwärts, sehr wichtig und entschlossen, wie Lay an den strengen Blicken und dem etwas herrischen Gehabe erkennt.

Und hinterdrein ihr Chef, der sich wohltuend unterscheidet.

»Gehen wir, Frau Lay«, sagt er sanft.

»Wohin?«

»Wohin Sie möchten. Nur raus aus diesem Haus.«

Sie atmet tief durch, schweigt, während er erklärt. Die strengen Herren sind vom Verfassungsschutz, übernehmen von nun an, wie es ihre Aufgabe ist, bedenkt man, wer der Tote war, und dass grundsätzlich bei diesem Fall offenbar die Sicherheit des Landes gefährdet ist. Weitere Neuankömmlinge öffnen den zweiten Flügel der prächtigen Tür, damit die Angehörigen der Berliner Kripo und des BKA und alle anderen, die nicht BfV sind, die Villa rasch verlassen können.

»Da ist ein Hund«, sagt ein BKA-Kollege zu einem der Neuankömmlinge. »Alt und halb blind. Wir haben ihn angeleint. Er hat Angst.«

Immerhin, der Verfassungsschützer nickt.

»Und vergesst den BMW draußen nicht«, sagt Lay. »Hat der Toten gehört.« Sie spürt die Hand des Chefs an ihrem Arm, lässt sich von ihm die Freitreppe hinunter und auf den Gehweg geleiten. Das Garagentor ist inzwischen offen, auch am Jaguar stehen weiß gekleidete Spurensicherer, warten unschlüssig auf Anweisungen von Weber, der die Villa erst jetzt verlässt, hochrot im Gesicht.

»Dass ich das noch erleben muss!«, raunzt er. »Abmarsch, Leute!«

Auf der Straße ein Chaos aus Streifenwagen, zivilen Dienstfahrzeugen. Die ersten fahren davon. Hinter fernen Absperrbändern Schaulustige, zumeist ältere Leute, ein paar Kinder.

»Kann ich Sie in die Stadt mitnehmen?«, fragt der Chef.

Lay nickt.

Auf dem Weg zu seinem Wagen vibriert ihr Handy. Eine SMS, von Alan: das Foto eines Mannes, der Breuningers Villa verlässt. Das Gesicht ist wie immer nicht einmal halb zu sehen, doch der gesenkte Kopf, die Körperhaltung, die Größe lassen nur einen Schluss zu: Es muss der Schlafende sein.

Heute 10.33, schreibt Alan.

Am Bildrand ist das Heck eines schwarzen Autos zu erkennen. Der 3-er BMW von Henriette Altmeier. Er hat die Villa also nach ihrer Ankunft verlassen.

Sie haben den Wagen erreicht, der Chef hält ihr die Tür auf, und sie setzt sich.

Was ist da drin passiert?, fragt Alan.

Suizid, antwortet sie. *B. und seine Freundin.*

Und warum der Streit?

Das BfV hat übernommen.

Lay starrt aus dem Fenster auf die vorbeigleitende Villa, die hell erleuchtet daliegt, wartet auf die nächste Nachricht von Alan, doch das Telefon bleibt stumm.

Da rauscht ein weiterer Wagen heran, hält, ein großer Mann springt aus dem Fond, wird am geöffneten Tor mit Handschlag von einem der Verfassungsschützer empfangen.

Josef Bardeaux. Der BND ist offensichtlich willkommen.

»Ich hoffe, Sie haben jetzt verstanden, Hanne«, sagt der Chef.

»Hab ich.«

»Aus und vorbei. Zum Glück.«

»Na ja.«

»Eine Katastrophe für alle Beteiligten. Von Goerden hat sein Amt verloren, Träger den Posten.«

»Salih das Leben.«

Sie sieht sein Spiegelbild im Fenster nicken. »Und andere.«

Wieder eine SMS.

Spätes Abendessen?

Tränen schießen ihr in die Augen. Und was mache ich, wenn du stirbst?

Sie hebt das Handy, schreibt: *Morgen.*

83

Bayerisches Voralpenland

AM TAG DANACH IST JAROMIN über den Berg. Im künstlichen Koma zwar, aber er lebt. Vier Kugeln haben sie aus ihm herausgeholt, eine davon hat die Lunge von hinten durchschlagen. Ohne die Thoraxpunktion im Rettungswagen wäre sein Herz kollabiert.

So hat es die Ärztin Koeppen erklärt.

Und Sie?

Was ist mit mir?

Sie sehen aus, als könnten Sie sich kaum aufrecht halten. Ruhen Sie sich aus, wir passen auf ihn auf.

Und Gerry, Erdil, ein paar andere, denen er vertraut.

Die Ärztin führt ihn zu einem kleinen Ruheraum. Zum ersten Mal seit Tagen schläft Koeppen mehrere Stunden am Stück. Isst in Ruhe in der Kantine der kleinen Privatklinik, wo der BND eine Station vorhält, zu Mittag.

Auf dem Weg zurück zu Jaromins Trakt hört er, wie sich ein Hubschrauber nähert und zwei-, dreihundert Meter entfernt landet. Gerry stößt zu ihm, sagt: »Regierungsmaschine.«

Minuten später eilt Bardeaux den Gang entlang. Er wirft einen bestürzten Blick auf Jaromin, nimmt Koeppen beiseite. »Gehen wir draußen eine Runde.«

Die Sonne scheint, blauer Himmel, der Klinikpark liegt in einem milden Winterlicht, eine dünne Schneedecke auf Wiesen und See. Koeppen ist erst jetzt richtig müde, spürt jeden Knochen im Körper. Aber er hält das Tempo von Bardeaux, der mit großen, unruhigen

Schritten den menschenleeren Wegen folgt. Seit dem Anschlag gestern ist Bardeaux im Hochleistungsmodus; ein Mann, der instinktiv weiß, was in einem solchen Fall zu tun ist, wie er seine Leute instruieren muss, wo er selbst wann zu sein hat, um die Lage in den Griff zu bekommen. Noch am gestrigen Mittag ist er nach Berlin geflogen, hat zwischen all den Sitzungen immer wieder angerufen und sich nach Jaromins Zustand erkundigt.

Jetzt sagt er: »Wir haben den Toten identifiziert, Dragan irgendwas, ich kann den Namen noch nicht aussprechen.«

Ein bosnischer Serbe, stammt aus demselben Dorf wie Zoran Jergović, den Koeppen und sein Team Anfang Februar in Bosnien abgeholt haben. Die Kroaten haben Dragans Wagen vor zwei Tagen an der bosnischen Grenze herausgefischt und durchsucht, deshalb sind auch die Namen der beiden anderen bekannt. Der eine ist ein serbischstämmiger Amerikaner, der zweite der Bruder des Jungen, den Jaromin neutralisiert hat, Vlad Jergović.

Koeppen schweigt, kann nicht einordnen, was er da hört. Ein Anschlag der Jergović-Familie aus Rache? Weil Jaromin den Bruder erschossen hat?

Ihm fällt ein, dass Hanne Lay gestern am Telefon von slawischen Rufen berichtet hat. Trotzdem ist sie davon überzeugt, dass der Angriff mit Bagdad zu tun hat. Von den Leuten angeordnet worden ist, die hinter dem Mord an Zada al-Hamin stecken.

Aber ist Lay verlässlich?, fragt sein verwirrtes Hirn.

Bardeaux fährt fort. Dragan hatte Kabelbinder in den Taschen, außerdem Klebeband. Er vermutet, dass sie Jaromin kidnappen, nicht umbringen wollten. Zumindest nicht vor dem Haus. »Dann ist es aus dem Ruder gelaufen.«

»Ja«, sagt Koeppen.

»Wir müssen einkalkulieren, dass sie es wieder versuchen. Irgendwann, wenn sie ihn gefunden haben.«

»Also müssen wir sie vorher kriegen.«

»In der Republika Srpska?«

»Hat ja schon mal geklappt.«

»Ich schicke kein Team auf gut Glück dahin, Bengt. Wir müssen Geduld haben.«

Koeppen erwidert nichts. Ihm ist die Lust an diesem Gespräch vergangen, bei dem der Raum zwischen den Zeilen überquillt.

Zumindest hat es für ihn den Anschein.

Was willst du mir *eigentlich* sagen, Josef?

Für solche Gespräche mit den eigenen Leuten ist er nicht geeignet. Oder liegt es an ihm? Vermutet er inzwischen in jedem Satz etwas Unausgesprochenes?

»Wo sind Franks Sohn und seine Frau?«, fragt er.

»In Sicherheit.«

Auch das eine seltsame Antwort, denkt Koeppen.

»Wir kümmern uns um sie. Noch etwas.« Bardeaux bleibt stehen, auch Koeppen hält inne.

Er weiß, was kommt.

»Breuninger hat sich gestern Morgen das Leben genommen.« Bardeaux legt ihm eine Hand auf die Schulter.

Koeppen sagt, was er sich am späten Abend nach dem Telefonat mit Lay zurechtgelegt hat. Wie traurig. Ein großer Verlust für das Land, für ihn. Dass sie sich nach Breuningers Abschied aus dem Dienst nicht mehr oft gesehen hätten, zwei-, dreimal vielleicht. Dass Breuninger bei einem Telefonat von seinem Sohn erzählt habe, der seit 9/11 in New York verschollen sei. Er habe depressiv geklungen. Des Lebens überdrüssig.

»Wie?«, fragt er.

»Zyankali.«

Sie gehen weiter, langsam erst, dann beschleunigt Bardeaux wieder.

»Könntest du dir vorstellen …« Er bricht ab, reibt sich mit Daumen und Mittelfinger die Schläfen. »Wie loyal war er? Dem Dienst, der Regierung gegenüber?«

»Ich verstehe die Frage nicht«, sagt Koeppen.

»Könntest du dir vorstellen, dass er eine eigene Agenda hatte? Nach seinem Rückzug? Politisch, meine ich. Hinter den Kulissen.«

»Er hat sicher versucht, weiter Einfluss auszuüben. Hat Träger besucht, war im Kanzleramt.«

»Hat er möglicherweise gegen die Regierung intrigiert?«

»Hans? Seltsame Frage.«

»Beantworte sie bitte.«

»Ich kann's mir beim besten Willen nicht vorstellen.«

Wieder so ein Gespräch, das er zur Hälfte nicht versteht, nicht deuten kann. Will Bardeaux ausloten, was er weiß? Oder nur Indizien für den Verdacht sammeln, dass Hans Breuninger tatsächlich zu der ominösen Gruppe gehört, die den BND und die Regierung unterwandert hat, wenn man Hanne Lay glauben kann?

Sie schweigen, während sie zwei ältere Frauen überholen und hinter sich lassen. Linkerhand liegt der stille Tegernsee, auf drei Seiten von weißen Hügeln umgeben, die im Süden abrupt zu Bergen aufsteigen. Ein unwirtliches Schneeland beginnt, für ihn ein Albtraum aus Weiß, während Jaromin sich dort zu Hause gefühlt hat.

»Warum hast du mich gestern gefragt, ob ich noch Kontakt zu ihm habe?«

Koeppen sucht nach einer plausiblen Antwort. »Weil ich davon ausgegangen bin, dass du nicht Präsident geworden wärst, wenn er Einwände gehabt hätte.«

Bardeaux lächelt. »Ich werde mir Mühe geben, dich von meinen Fähigkeiten zu überzeugen. Egal, wo du künftig beschäftigt bist.«

Sie kehren zur Klinik zurück, stehen eine Weile gemeinsam vor Jaromin, der von Schläuchen und Maschinen am Leben gehalten wird. Anschließend begleitet Koeppen Bardeaux über einen gepflasterten und vom Schnee befreiten Weg zum Hubschrauberlandeplatz, wo der weiße Cougar der Luftwaffe wartet.

Auf halbem Weg sagt Bardeaux mit gesenkter Stimme: »Bevor ich es vergesse: Woher weißt du, dass die Aufnahme manipuliert worden ist?«

»Ich habe sie analysieren lassen.«

»Bei uns?«

Koeppen schüttelt den Kopf.

»Müssen wir uns Sorgen machen, dass sie an die Öffentlichkeit geht?«

»Nein.«

Irritiert denkt Koeppen über diesen Satz nach. Eigentlich kann sich das »sie« nur auf die Aufnahme beziehen. Und doch – ist es möglich, dass ihm jemand zu Rebekka gefolgt ist? Trotz aller Vorsicht? Dass sie von ihr und ihren Fähigkeiten wissen?

Will Bardeaux ihm Angst einjagen?

Bardeaux spricht schon weiter, während sie die letzten Meter zum Hubschrauber zurücklegen. Inzwischen gebe es Hinweise, wer die gefälschte Analyse angefertigt habe: tatsächlich einer von den eigenen Leuten. »Wenn sich der Verdacht bestätigt, informiere ich dich sofort.«

Sie verabschieden sich, und Koeppen kehrt zum Gebäude zurück. Er hört den Hubschrauber hinter sich aufsteigen, dreht sich nicht um.

Vor Jaromins Zimmer instruiert er Gerry und zwei Kollegen, dann läuft er zu seinem Auto und fährt nach Hause. Nachdem die Katze gefressen hat, hockt er sich im Wohnzimmer im halben Lotossitz auf den Boden und schaltet alle Gedanken aus, die verständlichen wie die unverständlichen.

Diesmal darf die Katze auf seinen Schoß.

Sie schnurrt ununterbrochen, und Koeppen spürt, wie Ruhe in ihn einkehrt.

Am Abend ist die Unruhe wieder da, und er fährt an den Tegernsee zurück.

Die Ärztin beruhigt ihn, Jaromin ist stabil.

Gerry beruhigt ihn, die Lage ist unauffällig.

»Womit rechnen wir eigentlich?«

»Keine Ahnung«, sagt Koeppen.

»Bardeaux sagt, es waren Serben. Denkst du, sie versuchen es hier noch mal?«

»Wir wären zumindest vorbereitet, oder?«

»Wären wir«, sagt Gerry.

So gehen die Tage dahin. Einmal telefoniert Koeppen über frische Handys kurz mit Hanne Lay. Sie beschließen, weitere Gespräche aufzuschieben und zu warten, bis Jaromin wieder ansprechbar ist. Die Gegner sollen sich in Sicherheit wiegen. Keine Fehler jetzt. Sie brauchen Zeit, eine Strategie. Nur dann haben sie eine Chance.

Eine minimale Chance.

Eine Chance, hat Lay erwidert.

Gut eine Woche nach dem Anschlag holen die Ärzte Jaromin aus dem Koma. Koeppen ist dabei, setzt sich neben ihn ans Bett und wartet, bis er die Augen öffnet.

»Sie dürfen seine Hand halten«, sagt die Ärztin.

Koeppen lächelt vage, bewegt sich nicht.

Es dauert noch eine Weile, bis Jaromin sprechen und die Fragen stellen kann, vor denen Koeppen sich seit Tagen fürchtet.

Alina. Alex und Daniela.

Kurz darauf dämmert er wieder weg, und die Ärztin schickt Koeppen hinaus.

»Dass einer so was erleben muss«, sagt Gerry im Flur, Tränenschimmer in den Augen.

Koeppen schweigt.

Bardeaux kündigt sich für den nächsten Nachmittag an, will unbedingt zu Jaromin. Er klingt erleichtert.

Diesmal kommt er aus München, mit dem Wagen. Die Ärztin gibt ihm und Koeppen zehn Minuten. Bardeaux hält Jaromins Hand zwischen beiden Händen, spricht mit sanfter Stimme. Er entschuldigt sich für sein Misstrauen, erklärt das Nötigste: gute Nachrichten, in der Republika Srpska gibt es eine Spur. Wenn wir die Täter haben, bekommst du dein Leben zurück. Du und deine Familie. Ein anderes Leben, ich weiß. Mit einer furchtbaren Leerstelle.

Jaromin sagt kein einziges Wort.

»Puh«, sagt Bardeaux, nachdem sie das Zimmer verlassen haben, »der arme Mann ... Auf ein kurzes Wort, Bengt, ich muss gleich nach Berlin.«

Erneut gehen sie hinaus in den Park, in dem der Schnee nun fast einen Meter hoch liegt, es hat zwei Tage lang ununterbrochen geschneit. Der Klinikpflug hat breite, sichere Schneisen in das Weiß geschlagen, den Schnee zu beiden Seiten der Wege aufgetürmt. Sie gehen zwischen Wänden aus Schnee, über die Koeppen gerade so blicken kann. Geräusche aus der Umgebung sind fast nicht mehr zu hören, selbst die Rotoren des landenden Hubschraubers klingen gedämpft.

»Und sonst, wie ist es so als Präsident?«

»Wie es eben ist, in einer solchen Lage«, erwidert Bardeaux. »Und wie geht es bei dir weiter?«

Er zuckt die Achseln. »Vielleicht brauchen sie mich im Ministerium. Berlin oder Bonn.«

Koeppen hört ein leises Klingeln, Bardeaux greift mit einem entschuldigenden Blick zum Mobiltelefon. Hört ein paar Sekunden lang zu, bestätigt irgendetwas, entschuldigt sich für irgendetwas. Dann steckt er die Hände in die Manteltaschen, sagt: »Es bleibt also dabei? Zurück zur Bundeswehr?«

»Ja.«

»Die Katze kommt mit?«

Natascha, denkt Koeppen verärgert. »Mal sehen.«

»Rebekka nicht, vermute ich«, sagt Bardeaux. »Hat ihr eigenes Leben, wenn auch ein ... seltsames. Ohne dass ich ihr zu nahe treten will.«

Erschrocken bleibt Koeppen stehen. Also doch, denkt er. Bardeaux droht ihm. »Sprich weiter, Josef.«

»Es läuft wie folgt. Jaromin bekommt eine neue Identität und beginnt irgendwo weit weg von hier ein neues Leben. Der Sohn und die Frau kommen in den Zeugenschutz und fangen im Ausland neu an. Alle sind sicher, niemandem passiert mehr etwas.«

»Und Bagdad ist begraben.«

»Für alle Ewigkeit.«

»Denkst du, Frank wird zustimmen?«

»Er wird nicht auch sein zweites Kind verlieren wollen.«

Also hat Lay recht, denkt Koeppen erschüttert. Mit allem. Und Bardeaux ist Teil der Verschwörung. »Dazu wärt ihr in der Lage?«

»Schon wieder dieses ›ihr‹. Wen meinst du diesmal?«

Nicht antworten, denkt Koeppen. Lass dich nicht provozieren. Aber er kann nicht anders, muss zeigen, dass er sich nicht einschüchtern lässt. »Dich und deine Verräter-Clique. Hans, die Staatssekretärin, was weiß ich, wer noch.«

»Ziemlich viele Tote in deiner Aufzählung.«

»Du jagst mir keine Angst ein, Josef.«

Da hört Koeppen die Rotoren des Hubschraubers. Als er den Cougar jenseits der Klinikgebäude aufsteigen sieht, begreift er.

Im selben Moment klingelt sein Telefon.

Es ist Gerry. »Sollen wir da auch hin, wo sie ihn jetzt hinbringen? Dann wüsste ich gern, wo das ist.«

Ohne zu antworten, steckt Koeppen das Handy ein. Er zieht die Pistole, richtet sie auf Bardeaux. »Wohin bringt ihr ihn?«

Bardeaux zeigt nicht den Hauch von Angst. »Du bist kein Mörder, Bengt. Und du bist nicht dumm. Wenn du mich tötest, tötest du Frank.«

Koeppen stößt ihm die Mündung gegen die Brust. »Wohin?«

»In sein neues Leben.«

84

Irgendwo in Deutschland

JAROMIN ERHOLT SICH NUR LANGSAM. Die Pfleger und Therapeuten sind nicht zufrieden mit ihm.

Sie wissen nicht, dass er keinen Grund hat, sich Mühe zu geben. Kein Ziel.

Ein neues Leben? Er weiß nicht, was das sein soll. Nur, dass es ein Leben ohne Alina sein wird. Ohne Alex, Koeppen, Ivo. Ohne Schäftlarn und das Haus und Daniela. Die Familie, die er gebraucht hat, um mit Koeppen und den anderen wieder aufzubrechen.

Auch in das alte Leben zurückzukehren und der zu bleiben, der er darin war, ist für ihn undenkbar. Er hat die Männer zu sich geholt, die Alina getötet haben. Und würde Alex und Daniela in Lebensgefahr bringen.

Also doch ein neues Leben, mit einer alten Schuld.

Steffen kommt, sein neuer bester Freund, ein Handlanger von Bardeaux aus einem der Berliner Büros. Er nimmt einen Laptop aus der Aktentasche, klappt ihn auf und stellt ihn auf den Nachttisch neben Jaromins Bett. Klickt mehrfach, sagt: »Bereit?«

Jaromin nickt.

Schweigend verfolgen sie, wie Frank und Alina Jaromin auf dem Friedhof von St. Georg zu Grabe getragen werden. Gebirgsjäger haben die beiden Särge geschultert, Alex geht dahinter, neben ihm im Rollstuhl und offenbar völlig entkräftet Daniela, von einer Pflegerin geschoben. Freundinnen von Alina und deren Eltern folgen, der

Mann aus Straßlach mit seinen Töchtern. Auch Koeppen und Ivo sind da, andere Pullacher, eine Handvoll ehemaliger Kameraden aus Jaromins Mittenwalder Kaserne. Bardeaux natürlich. Andreas von Goerden, der frühere Geheimdienstkoordinator. Und fernab von allen, nahe der Friedhofsmauer, ein regloser Zuschauer, den niemand beachtet. Ein alter Mann, ebenfalls im Rollstuhl, Zigarette im Mundwinkel. Ob er irgendwo tief in seinem fast erinnerungslosen Gehirn ahnt, wer da nicht weit von seiner Frau beerdigt wird?

Jaromins Blick gleitet wieder zu Alex, der sich ein ums andere Mal über das Gesicht wischt. Eines der Mädchen aus Straßlach ist jetzt bei ihm, hält ihn im Arm. Und Eder hat aufgeschlossen, falls dieser Trost nicht reicht.

So ist es besser, denkt Jaromin.

Aber so wird es nicht bleiben. Auch Alex und Daniela müssen in ein neues Leben. Bekommen neue Namen, eine neue Identität.

Steffen tippt mit der Fingerspitze auf einen unscheinbaren Mann, der nur von hinten zu sehen ist. »Kennst du den?«

Jaromin verneint.

»Ein bosnischer Serbe.« Lebt seit Jahren in München, fährt regelmäßig nach Banja Luka. Der Dienst ist schon länger an ihm dran, er hat Kontakte zum serbischen Geheimdienst. Und vermutlich auch zu Jergović.

Jaromin deutet auf den Bildschirm. »Wer weiß Bescheid?«

»Nur Josef und Bengt.«

Koeppen hält den Deal für die beste Option, hat Bardeaux erklärt, der in den ersten Wochen ein paar Mal hier war. Alle, die involviert sind, wissen inzwischen, dass Jaromin Zada al-Hamin nicht ermordet hat, seine Reputation ist wiederhergestellt. Wenigstens das ist erreicht. Alles andere kann niemand rückgängig machen. So denkt Bengt, hat Bardeaux gesagt.

Wenn wir die Mistkerle haben, sehen wir weiter. Wenn für dich und deine Familie keine Gefahr mehr besteht.

Wann kommt Bengt?

Er kann nicht kommen, Frank. Zu riskant.

»Von der Heiligen Messe haben wir nur eine Tonaufnahme«, sagt Steffen. »Soll ich sie besorgen?«

»Nein«, erwidert Jaromin.

Die Wochen vergehen zäh und eintönig, während das neue Leben Gestalt annimmt. Bald gibt es einen Namen, die ersten Stationen einer Biografie. Jaromin selbst erfindet sie, ohne sich besonders zu bemühen. Ein paar naheliegende Regeln sind zu befolgen. Die Eltern tot, er selbst unverheiratet, keine Kinder; anderes mehr. Plausibilität ist wichtig, alles muss passen, zu seinem Aussehen, seinem Körper, seinen Bewegungen, seiner Wortwahl.

Steffen fotografiert ihn und bringt ein paar Tage später Ausweise mit. Als Letztes Personalausweis und Pass. Er hält sie Jaromin vors Gesicht. »Wenn die an irgendeinem Flughafen oder sonst wo gescannt werden, läutet bei uns eine Klingel, und dann hängt jemand an dir dran.«

»Ist klar«, sagt Jaromin. Das alte Leben lässt sich nicht ganz abschütteln. All die offenen und verklausulierten Drohungen.

Natürlich glaubt er die Jergović-Geschichte nicht.

Er sollte getötet werden, weil er zu viel über Bagdad weiß. Das wenige, was er herausgefunden hat, war schon zu viel.

Auch das wird sich nie abschütteln lassen: dass ihn Leute aus Pullach hereingelegt haben.

Inzwischen verbringt er den Großteil des Tages nicht mehr im Bett, sondern bewegt sich zwischen Sitzmöbeln, Therapieräumen und Speiseraum hin und her. Manchmal läuft er draußen am Waldrand auf und ab. Er hat nie gefragt, wo sie ihn hingebracht haben, es interessiert ihn nicht. Die Landschaft sieht nach Norddeutschland aus, flach bis zum Horizont, Wälder, Felder, in der Ferne ein größerer Fluss. Im Speiseraum sitzen Männer und Frauen, die Mitarbeiter von Landes- und Bundeseinrichtungen sein könnten, dem Verhalten und den Gesprächen nach zu urteilen. Er hält sich von ihnen fern.

Er tippt auf eine regierungseigene Reha-Einrichtung in Brandenburg, Mecklenburg, Schleswig-Holstein.

Es ist ohne Belang.

Eines Abends Ende März kommt er am Fernsehraum vorbei. Die Rehabilitanden schauen die *Tagesschau*. Auf dem Bildschirm sind Aufnahmen von CNN zu sehen. Eine Stadt, ein Fluss bei Nacht. Straßenlaternen werfen ein wenig Licht.

Er erkennt die Stadt sofort. Bagdad.

Dann detonieren Bomben.

Der Krieg hat begonnen.

Anfang Juni bringt Steffen einen Stadtplan und eine gepackte Reisetasche. »Morgen fahren wir«, sagt er.

Jaromin ist froh, dass er die Einrichtung verlassen kann. Zu viele Menschen und nur ein einziger Freund, dem er keine Sekunde lang vertraut.

Er packt die Tasche aus. Die Kleidung ist neu, aber mehrmals gewaschen. Die Ausweise und Geldkarten wirken benutzt. Ein paar neue Taschenbücher, die der Mann, der er nun wird, offenbar noch nicht gelesen hat. Er schlägt den Faltplan auf. Die Stadt liegt in Mecklenburg und ist gerade groß genug, dass Fremde nicht auffallen.

Dann beginnt die letzte Nacht im alten Leben, und es ist an der Zeit, Abschied zu nehmen.

Am Morgen steigt er in ein Zivilfahrzeug, in dem zwei ehemalige Kollegen warten. Steffen legt die Reisetasche in den Kofferraum, setzt sich dann neben ihn.

Niemand spricht.

Kaum eine Stunde später erreichen sie die Stadt. In einem Vorort halten sie.

»Du nimmst keinen Kontakt auf«, sagt Steffen. »Falls irgendwas ist, melden wir uns.«

Jaromin antwortet nicht.

Er geht Richtung Zentrum, setzt sich in ein Straßencafé am Hauptplatz, bestellt Frühstück und Kaffee. Dann zündet er sich eine Zigarette an und schließt die Augen.

Die Sonne scheint warm im Juni in der neuen Stadt.

Er nennt sie Scharm El-Scheich.

Für einen Moment fühlt er sich beinahe wohl. Er ist noch immer nach Hause zurückgekehrt aus Scharm El-Scheich.

DANK

ICH DANKE ALLEN, DIE MICH bei der Recherche für diesen Roman freundlicherweise unterstützt haben, insbesondere Hans-Christof von Sponeck, von 1998 bis 2000 Koordinator des UN-Programms »Öl für Lebensmittel« im Irak, Claude Robert Ellner, von 1999 bis 2004 Geschäftsträger der deutschen Botschaft in Bagdad, Marius André und Roman Labisch.

NACHWORT

DIE MEISTEN PERSONEN UND EREIGNISSE dieses Romans sind erfunden. Natürlich hieß der BND-Präsident im Jahr 2003 nicht Eberhard Träger, sein Vorgänger nicht Hans Breuninger, sein Nachfolger nicht Josef Bardeaux. Auch Geheimdienstkoordinator Andreas von Goerden und Staatssekretärin Petra Weissmann sind fiktiv. Die Gruppe Schmidt entstammt ebenfalls meiner Fantasie. Eine BND-Operation »Jergović« in Bosnien hat es nicht gegeben, genauso wenig die Operation »Abeer« in Bagdad – wohl aber die Operation »Sommerregen«, an der im Roman Hans Breuninger und Bengt Koeppen beteiligt waren.

Wahr ist außerdem, dass der BND im Februar 2003 mit Wissen der Bundesregierung ein Sondereinsatzteam nach Bagdad geschickt hat. Aufgabe der beiden Agenten – ursprünglich Bundeswehrsoldaten (im Roman Ivo und Bert) – war es unter anderem, während des Krieges Aufklärung für das amerikanische Militär zu leisten. Der sogenannte »BND-Untersuchungsausschuss«, der von 2006 bis 2009 tagte, hatte sich damit zu befassen.

Auch die unglaublichste Geschichte im Roman ist wahr: Der irakische BND-Informant Curveball, dessen Lügen über vermeintliche chemisch-biologische Massenvernichtungswaffen im Irak die Welt lange geglaubt hat, existiert. Am 5.2.2003 legitimierte US-Außenminister Colin Powell unter anderem mit Curveballs Behauptungen die bevorstehende Invasion der »Koalition der Willigen« im Irak. Hanne Lays Theorie wiederum, dass sich der BND (oder eine Seilschaft innerhalb des Dienstes) Curveball selbst »gebastelt« und mit erfundenen Informationen gefüttert habe, ist vermutlich nicht mehr als das – eine reizvolle Theorie.

NAMENSREGISTER

ABEER Deckname der irakischen Dissidentin Zada al-Hamin

ALAN russischer Agent, Geliebter von Hanne Lay

ALWAN, RAFID AHMED echter Name von Curveball

BARDEAUX, JOSEF BND, leitet die Abteilung 1, Operative
Aufklärung (2003)

BASHAR inoffizieller jordanischer Mitarbeiter des BND in Amman

BAUMANN, TONI Agent des BND, bei Frank Jaromins Einsätzen
in Bosnien und Bagdad dabei

BEN Repräsentant des »Project for the New American Century«
in Europa

BITAT, CLAUDE Agent des französischen Auslandsgeheimdienstes
DGSE, Quellenführer von Abeer

BKA Bundeskriminalamt

BND Bundesnachrichtendienst, deutscher Auslandsgeheimdienst

BREUNINGER, HANNES (JOHANNES) Sohn von Hans Breuninger,
unmittelbar nach den Anschlägen von 9/11 in den Straßen
Manhattans ums Leben gekommen

BREUNINGER, HANS Staatssekretär a.D., BND-Präsident a.D.,
Mitgründer der Gruppe Schmidt

CIA Auslandsgeheimdienst der USA

CURVEBALL Deckname der CIA für den irakischen Asylbewerber
Rafid Ahmed Alwan, einen Informanten des BND, der u. a.
behauptet hatte, der Irak verfüge über mobile Labors zur Herstellung von chemischen Massenvernichtungswaffen. Zweifel

daran existierten wohl von Anfang an; trotzdem nutzte die Bush-Administration Curveballs Informationen 2003 als Legitimation für den Krieg gegen den Irak. 2011 gestand Alwan ein, dass seine Behauptungen erfunden waren.

DGSE Direction Générale de la Sécurité Extérieure, französischer Auslandsgeheimdienst

DIA Defense Intelligence Agency, Militärgeheimdienst der USA

FAILI, IBRAHIM AL Oberst des Iraqi Intelligence Service (IIS), des irakischen Geheimdienstes für Gegenspionage

GERRY gehört dem Wachdienst auf dem Pullacher BND-Gelände an, früher Agent

GID General Intelligence Directorate, englische Bezeichnung für den jordanischen Geheimdienst

GOERDEN, ANDREAS VON Geheimdienstkoordinator der Bundesregierung, offiziell »Koordinator der Nachrichtendienste des Bundes«

GRUPPE SCHMIDT geheime deutsche Gruppe, die eine ähnliche Ideologie und die gleichen Ziele wie das PNAC vertritt

HAMIN, ZADA AL echter Name von Abeer

HASSAN, AHMED Strohmann des BND, der sich als Curveball ausgibt

JAROMIN, ALEX 14, Sohn von Frank

JAROMIN, ALINA 11, Tochter von Frank

JAROMIN, DANIELA Ehefrau von Frank

JAROMIN, FRANK BND-Agent, hat sich 1993 von den Gebirgsjägern der Bundeswehr zum BND abstellen lassen

JIM Mitarbeiter der CIA, gehört dem Think Tank »Project for the New American Century« an

KARIM, ALI Strohmann des BND, der sich als Curveball ausgibt

KOEPPEN, BENGT Einsatzleiter des BND, führt die Teams in Bosnien und Bagdad

LAY, HANNE Sonderermittlerin des Bundeskriminalamts

—

»Exakt recherchiert, besticht ›Der kalte Traum‹ durch seine kraftvollen Sätze und die dichte, atmosphärische Sprache.« 3SAT KULTURZEIT

448 Seiten / Auch als eBook

Rottweil: Zwei Fremde stellen Fragen nach einem Toten. Es heißt, er sei im Jugoslawienkrieg gefallen. Doch eine Leiche wurde nie gefunden. Auch der Berliner Kripo-Kommissar Lorenz Adamek ermittelt. Eine mörderische Hetzjagd beginnt ...

www.dumont-buchverlag.de **DUMONT**

—

»Ganz einfach brillant.«

DER STANDARD

512 Seiten / Auch als eBook

In Algerien wird ein deutscher Rüstungsmanager entführt, angeblich von islamistischen Terroristen. Für BKA-Mann Ralf Eley wird jedoch schnell klar, dass es um viel mehr geht als um das Leben eines Entführten.

www.dumont-buchverlag.de **DUMONT**